红色经典·青少版

苦菜花

冯德英○著

长江出版传媒

长江文艺出版社

图书在版编目（CIP）数据

　　苦菜花 / 冯德英著. --武汉 ：长江文艺出版社，
2022. 11
　　ISBN 978-7-5702-2610-8

　　Ⅰ. ①苦… Ⅱ. ①冯… Ⅲ. ①长篇小说－中国－当代
Ⅳ. ①I247. 5

　　中国版本图书馆 CIP 数据核字(2022)第 049564 号

苦菜花
KUCAIHUA

责任编辑：张远林　　　　　　　　责任校对：毛季慧
封面设计：笑笑生设计·张俊锋　　责任印制：邱　莉　杨　帆

出版：长江出版传媒 ｜ 长江文艺出版社
地址：武汉市雄楚大街 268 号　　邮编：430070
发行：长江文艺出版社
http://www.cjlap.com
印刷：武汉中科兴业印务有限公司

开本：720 毫米×1010 毫米　　1/16　　印张：26.25
版次：2022 年 11 月第 1 版　　　　2022 年 11 月第 1 次印刷
字数：417 千字

定价：45.00 元

解放了的王官庄锣鼓喧天，群众正在欢送八路军战士。

在王唯一家的门口，日伪军纷纷上马逃走，王東芝命令王竹快把老婆子除掉。

王家大院，家丁在搬东西，王竹、王流子和王唯一等人密谋要增加保安队来对付共产党。

山雨欲来，天也快黑下来了。姜永泉告诉娟子，鬼子随时可能对解放区进行大扫荡，让她一定提高警惕。

冯大娘高兴地看到德强和杏莉一起回来，她要杏莉别为她担心，赶紧回家去看奶奶。

汉奸王竹带人押着冯大娘向山里走去，妄想逼迫冯大娘带着鬼子、汉奸找到兵器的埋藏地点。

目　录

楔子／1

第一章／4

第二章／23

第三章／38

第四章／54

第五章／71

第六章／88

第七章／105

第八章／129

第九章／151

第十章／172

第十一章／199

第十二章／219

第十三章／242

第十四章 / 264

第十五章 / 285

第十六章 / 300

第十七章 / 323

第十八章 / 347

第十九章 / 370

第二十章 / 393

楔 子

　　在山东昆嵛山一带，到处是连绵的山峦，一眼望去，像锯齿牙，又像海洋里起伏不平的波浪。山上长满了各种各样繁茂稠密的草木，人走进去，连影儿也看不见。

　　春天，大地从冬寒里苏醒复活过来，被人们砍割过陈旧了的草木茬子，又野性苗壮地抽出了嫩芽。不用人工修培，它们就在风吹雨浇和阳光的普照下，生长起来。这时，遍野是望不到边的绿海，衬托着红的、白的、黄的、紫的……种种野花卉，一阵潮润的微风吹来，那浓郁的花粉青草气息，直向人心里钻。无论谁，都会把嘴张大，深深地呼吸，像痛饮甘露似的感到陶醉、清爽。

　　夏天一到，这青山一天一个样，经过烈日的曝晒，骤雨的浇淋，那草木就窜枝拔节很快地长起来，变得葱茏青黑了。这时，山地里一片青纱帐起，那些狼呀山猫子呀野兔子呀……逍遥自在地活跃在里面，就像鱼儿游在海洋里那样。

　　到了秋天，几阵凉风，几场大霜，草木枯萎了，但它们成熟了的种子，却随风到处散播，传下了后代。

　　一场大雪，给山野盖上了被子——过冬了。唯有松柴树不怕寒冷冰雪，依然苍葱地站在白皑皑的雪地里，随着凛冽的西北风，摇晃着身子，发出刺耳的呼啸，像是有意在蔑视冬天。人们传说：松树所以四季常青不怕冬，是因为当年唐僧取经时路过山上，急着逃避妖怪的追赶，不小心被松树枝划破了胳膊，松树针上沾了唐僧的血，从此它就长生不老了。

在数不尽的山洼里，山坡上，山麓下，点缀着如同星星一般的村庄。村子大小不一，有一两家三四家的，有十几家几十家的，也有少数一百家以上的。村子的周围都长满了树木，有经验的人都知道，只要看到远处一片灰蓬蓬的树林，那就是个村庄了。

俗话说，靠山吃山，靠海吃海，真是一点不假。这里的人们一天到晚同山打交道，就连说话也离不了"山"字。他们称打架叫"打山仗"；孩子丢了东西就会告诉母亲："我满山找也没找到。"母亲责备调皮的孩子，就会喝道："你满山跑什么呀！"

然而，尽管这么多的山，这么多自然生长出来的财宝，就像这么大的地球而仍然有人没有立足之地那样，有的人还是没有柴烧。难道说，这荒山还有主吗？奇怪得很，就是有。

那些有权有势的人，任意在肥沃的山地上，繁密的草木中，埋上一块石头，做下一个记号，就可以庄重地宣布：这几个、几十个，甚至几百个几千个山岭，属于他私有了。从此，别人再休想去动一草一木，掘一筐土、搬一块石头。

这就是法律！天经地义的法规啊！

人们苦，苦难的人们啊！

他们祖祖辈辈生活在这深山里，用双手在乱石荆棘中开拓求生的每一寸土地。父亲折断了腰，流尽了最后一滴血汗，儿子从那双干瘪如柴的手中，接过残缺的镢头，继续着前辈的事业。

这样一代一代经过了许多年岁，才在笔直的巉岩上，开垦出和螺丝纹似的一块一坨的土地。这土地是人们的血汗浸泡而成的！这堤堰是人们的骨头堆砌起来的！

人们像牛马一样的劳动着。赤着双脚，在荒芜嶙峋的山峦上，踏出一条条崎岖的小道。他们用麻袋将粪料一袋一袋扛到地里，用泥罐子提水，浇灌着青苗。这一切都是和浑浊的血汗交融着进行的呀！在漫长的岁月里，孩子很少能见到父亲。因为当他还在睡梦中时，父亲就起身顶着满天星星上山去了，晚上父亲伴随着月亮的阴影回来，那时候，抓了一天泥的孩子，早又紧紧地闭上了困乏的小眼睛。可是劳动所得的果实，却要大部分送给主人，因为这山是人家的呀！

长期痛苦生活的磨难和有权势人的不断迫害，使这些贫苦的人们具有一种能忍受任何不幸的忍耐力，他们相信该穷该富是命运注定的，自己是没有力量也没有权力来改变的。他们像绵羊一样驯服，像豆腐一样任人摆布。

对于天下大事他们是很少知道，也并不想知道。因为从古至今不管怎么变化，不管哪个派别来，都要纳税交粮，少交一粒也不行。

这里七八个村子为一个乡，人们就知道乡公所是衙门，是决定他们死活的机关。大多数人在受了屈辱和压榨后，就用祖上传留下来的忍受惯了的卑屈性情忍受下来，不敢去告状。他们知道，"衙门口，朝南开，有理无钱莫进来"这句话的意味。他们也看到，有些人在屠刀摁到脖子上的时候，绝望地挣扎着向刽子手扑去。可是得到的下场是何等的悲惨！不是家破人亡，妻离子散，就是走这两条路：一是逃到深山野林里，结合一伙同命运的人当"红胡子"①，专门打劫富豪枪杀仇人；一是跑到关东②去谋生。

被逼上山的"红胡子"一天天地多起来，在人们忠厚善良的心胸中，慢慢地爬上了一个东西："懒汉争食，好汉争气"啊！这是争气的好汉子！这东西深深埋藏在他们的肺腑里，不易起动。只有抽动了它的导火线，它才会天崩地坍的爆炸。

———————————

① 红胡子——是群众对被迫逃到深山野林中和财主作对的人们的称呼。统治阶级则称他们是土匪。

② 关东——即东北。

第一章

　　秋天了。漫山遍野发了黄，是收割庄稼的时节了。今年的雨水频频，这是山地最喜欢的。谷子被饱满坚实的大穗儿压弯了腰，随着微风，一起一伏地荡漾着。

　　庄稼长得真好啊！可是，人们的心里像铅块一样重。因为日本鬼子占了县城，汉奸、特务、伪保安队经常出来胡作非为，除了地租田赋之外，又加上了什么"维持费""保安粮"等苛捐杂税，日子越过越难了！

　　在山坡上，一块狭长的谷地里，有两个女人，正在割谷子。干枯的谷叶儿，相互摩擦着，发出窸窸窣窣的声音。谷根儿带起的尘土，飞扑到她们的眉毛上、头发上。天气还真有些热呢。她们不断用衣袖揩拭额上和流到脸腮上的汗珠，把滑到脸上的散发理到耳后去，也时常交换着一两句话语，但从不停止手中的活计。

　　割到了地头，她们站起来，其中一个年老的说：

　　"娟子，歇会再割吧！"

　　"你歇着吧，妈！俺不累。"娟子说着，擦擦额上的汗珠，把掉到胸前来的那根又粗又黑用红头绳扎得结结实实的大辫子，敏捷地甩到身后去，又弯下了腰……

　　母亲实在是累了，她怜悯爱惜地看着女儿从容的动作，和那已被汗水浸湿贴在前额上的几缕头发，叹了口气，疲倦地坐在堤堰的野草上。她撩起衣襟，擦着汗，扇着风。那堰上的一棵柿子树像伞一样撒开枝叶，从树叶儿间的空隙中透进来的光线，斑斑点点地洒满母亲的全身。

母亲，她今年三十九岁，看上去，倒像是四十开外的人了。她的个子，在女人里面算是高的，背稍有点驼，稠密的头发，已有些灰蓬蓬的，在那双浓厚的眉毛下，一对大而黑眸的眼睛，陪衬在方圆的大脸盘上，看得出，在年轻时，她是个美丽而和善的姑娘。现在，眼角已镶上密密的皱纹，本来水灵灵的眼睛失去了光泽，只剩下善良微弱的接近迟钝的柔光，里面像藏有许多苦涩的东西一样。在她那微厚的嘴唇两旁，像是由于在忍受着巨大的疼痛，而紧闭着嘴咬着牙不呻吟似的，有两道明显的弯曲的深细皱纹，平时，她的嘴总是这样习惯地闭着。在她的下颚右方，长着一颗豆大的黑痣，像是留给幼儿好找妈妈的标记，也在发着显眼的善良光彩。

歇过一会，母亲走出树荫，用手遮着从块块的浮云缝隙射出来的刺眼的阳光，看看太阳快正南了，该回家吃午饭了。她朝谷地里走去。

已经看不到女儿的影子，她心里说："就不知道累，看割这么远了。"她顺着女儿割出来的趟子走去。发现女儿的镰刀放在一堆割倒了的谷子上，人却不见了，她就接着头向前割去……

"她上哪去啦，怎么还不回来呢？"母亲割了一会，一面自语着，一面把自己挑的和女儿挑的谷都捆好，可是还不见娟子的影子。

母亲焦急地向四周巡视一番也没找见，就大声叫道：

"娟——娟子——"

"妈，我在这呢。"娟子像是从天上掉下来似的，突然出现在母亲身后，笑嘻嘻地说。

母亲急忙转过身来，爱惜并略带责备地说：

"看你，上哪儿去啦？天晌了，没看见？"一见女儿头上粘有"草狗子"①，忙用手给她摘掉。

娟子有些犹豫不安，她看看母亲，带点撒娇地说：

"妈，你先回去好啦。俺，俺还有点事呢！"

"咦！什么事，这么要紧，连饭都不吃啦？"母亲有些吃惊。这时，她才意识到，女儿头上为什么粘上只有乱草丛里才有的草狗子。又忙问道：

---

① 草狗子——一种高草梢上长的带刺的种子，一碰到软体东西就粘上去了。

"娟子，你刚才到哪儿去啦，这么长时间才回来？"

母亲话里的怀疑和眼神中的恐惧，在娟子还是第一次遇到，这使她更加不安。娟子为不能把一件事表明，而使母亲误会，又难受，又害羞，脸红到耳根，话声也更含糊了。

"妈，我，我没上哪去。"娟子第一次感到自己的嘴真笨死了，"妈，刚才是……是德松哥叫我去有点事。妈，以后你就会知道……"娟子说着，头愈来愈低，声音愈来愈小，一只脚无意识地向后搓着土。

"孩子，你今儿是怎么啦？"母亲见女儿的神情，心里愈来愈不好受，"娟子，你有什么事好瞒着妈呀？你，你可要正经……"

"妈！"娟子知道母亲是越想越不对头了，一见她已撩起前襟擦眼睛，忙抓住她的手，心里也不好受起来。她一想，把事情告诉妈妈吧……可不行！她又仰脸望着母亲的脸，心里镇静一下，轻轻摇着母亲的手，亲昵地说：

"妈，你快不要瞎猜想啦，你还不知道自己的闺女吗？妈，你再说下去可把俺屈死啦，我也要哭了。妈，你相信我，俺做的全是正经事……妈，这以后——不，不多会你就会知道啦。妈，就求你答应我，叫我等会再回家吧。妈，行吗？妈，你说行，一定行。妈，你说呀！"

娟子的脸快靠到了母亲的脸上，就像小时叫母亲看看自己脸上有没有脏灰一样。

母亲有些迷惑地看着女儿，眼睛里的泪水在游移不定。她没马上回答娟子的话，轻轻把手放在女儿的肩上，又放在她的前额上，慢慢地抚摸着孩子的头发，端详着和自己相仿佛的脸型。看，这脸流露出的是多么天真可爱的神情，那水汪汪的大眼睛里充满了只有孩子对母亲才有的那种乞求讨饶。母亲想，现在她如果说个不，这脸马上就会像阴了天，那眼睛立时就会滚下泪珠，可是她要点点头，那脸就会笑得和花一样，眼睛就会变成碧清的两池水。母亲的心软了，她微微地点点头，轻声地说：

"去吧。如今世道不安宁，兵荒马乱的，要早点回家。"

女儿的背影一在视线中消失，母亲立刻又紧紧地锁上了眉头。

做母亲的不知道自己的女儿吗？不，她完全知道，知道得很清楚。女儿是她一口奶一口饭，一把屎一把尿拉扯大的，形影不离地在自己身边长大的。娟子是个最知道干活的孩子，非常正经，连话都不多说一句，有什么事，从来不瞒着母亲。想到这里，母亲宽慰地舒了口气，可是她的心马上又收紧了。

孩子大了，有什么心事都能说出来吗？这半年她不是有时候夜很深才回家吗？母亲知道娟子是在一个远门侄子——德松家里，同他妹妹兰子一起绣花。可是有时娟子回来讲的一些话，很使母亲纳闷。

"妈，你说说，咱们穷人为什么这样苦呢？"娟子望着母亲问，像是很不平似的。

"那是咱的命不好呀！"母亲不在意地愁悒悒地答道。

"妈，这不对。妈，你再说穷人多财主多？"

"那还用问，自然是穷人多。咱村不也是吗？"

"那为什么多数人要受少数人的欺呢？"

母亲随便支吾了几句。她不明白，女儿为什么提出这些很少有人问的事。

更使母亲难忘的，有一天晚上，娟子深夜回来，没一点睡意，脸上流露出少有的喜色，凑近母亲耳旁，悄声说：

"妈，你说像王唯一这样的人，该杀不该杀？"

母亲对女儿这个问话感到很惊讶，可是一想起往事，她也顾不得去管女儿为什么这样问，只是愁苦地叹口气说：

"那么你大爷一家是该死的吗？唉，会有那么一天？"

"妈，会有。会来到的！"娟子很有把握地说。

母亲想前想后，心里有些明白，可又有些糊涂。她不自觉地又抬眼望望女儿去的地方，那儿是一望无际的在秋风中翻腾的山草和树木，一点别的动静也没有。她像为女儿的事放了心，可又像有一种更大的不安情绪在压迫着她，使她觉得心里更加沉重了。

母亲看看天，天上大块的白云，在慢慢聚集起来，转变成黑色。一阵秋风从山头刮来，刮得那谷叶儿和母亲的头发一起飘拂起来。

母亲全身一阵紧张，她预感到，一场暴风雨就要降临了。

"怎么，老大娘走了吗？"

当娟子回到会场——长满各种一人多高的草木的山洼里，七八双担心询问的眼睛看着她，正在说话的姜永泉，代表在座的每个共产党员的心情，问了一句。

娟子朝大家笑笑，点点头，就在兰子旁边坐下来。兰子看样儿比娟子还小些，长着一对机灵灵的灰色眼睛，两个圆脸腮老是红润润的，说起话来翻动着薄嘴唇，和喜鹊叫差不多。她抓住娟子的胳膊，急急地问：

"娟姐，你给大婶说了吗？"

"还没有呢。"娟子又转向姜永泉说：

"我是想，先告诉她，她一定怕得不行，闹不好还坏事。我等天快黑了再对她说，她一准会答应我的。嗨，俺妈就是心软，我要求她什么，她都会答应的。"

姜永泉看着娟子充满自信的神气，也赞同地点点头。他说：

"秀娟这样打算也对，老人是容易受惊的。老大娘是个好人，我想她会答应的。"

"是啊，一百个错不了！"一个粗声粗气的声音，很信服地说。那是七子。

王官庄党支部书记冯德松对姜永泉说："老姜，这事就按原来的打算办吧，我们家和娟子妹家是掩蔽地。你再往下说别的吧！"

"好。"姜永泉的脸上变得严肃起来，口气加重地说：

"今夜这次暴动，是咱们党的组织从地下转为公开的决死一战！前面我也告诉了大家，不光是我们村，而是周围几十个村子都一齐动手干。上级指示，乘日本鬼子还没扎下根，咱们要先下手，把政权夺过来，攥在咱们手里，领导人民坚决抗日！只要咱们计划好，到时候不要慌，别看几杆土枪，几个手榴弹，也一样把敌人收拾干净！"

"同志们！咱们盼望多少日子的武装斗争就要开始了！是每个共产党员拿出真本事的时候啦！"

"同志们！咱们决不能失败，一定要战胜敌人才行！"

周围七八个人的心全都怦怦跳起来。人们那被晒黑的饱经风霜的脸上，显出严肃而紧张的神情。

德松瞪大那双青春的眼睛，里面闪烁着充满信心和勇敢的光芒，看着姜永泉的每一个动作。娟子和兰子膀挨膀紧靠在一起，激动得脸直发烧，鼻尖上浮着一层细小的汗珠。七子袒露出毛乎乎的坚实胸脯，用力地抽着烟，烟袋发出吱——吱——的响声……

静默一会，德松叮咛大家道：

"老姜的话大伙都要记在心里头。回去后再抽时间检查一下武器，别到时打不响。"

"好，大家还有什么话说？"姜永泉接上问道，"……没有了？好吧，就这样干！都要记住暗号，按分配的小组去行动。要保住秘密，外人谁也不能告诉。发生意外情况我告诉大家。秀娟，你回去好好劝劝妈妈，不行再想法子……"

"行，一定行。俺早寻思好啦！"娟子蛮有把握地回答。

娟子挑着一担谷走到场上，见母亲正在那里收拾割来的庄稼，因为天要下雨了。娟子抢上去帮忙，但被母亲制止了："快回家吃饭去，我自己行啦。什么时候了，不饥困吗？"

娟子瞅了母亲一会，笑笑，扭回身，走了。

秋雨前的冷风，一阵紧似一阵地刮来，横扫着落叶，戏弄着行人的衣服，令人感到寒栗，也有说不出的清凉。

母亲背着一捆干草，摇晃着往家走。

王官庄是个一百多户人家的大村子，四周都是山。村上的房子顺着南山根一条沙河排下去，像一条蛇一样睡在山麓下。母亲的打谷场，在村东头，而家却在最西北角上，后面紧靠着山，再没人家了。

街上乱哄哄的，人们都在忙着收拾东西。光腚的小孩子，成群结队地跑来跑去，叫闹个不停。那三五成群的燕子，飞得很低，互相呼应着，赶着风头，常常突然俯冲下来，追逐捕捉那些毛虫虫。遍地一片嘈杂声。

母亲被草捆压弯了腰，只顾低着头，艰难地走着，耷拉下来的几缕散发挡住她的视线，她也无暇去理它。突然，一阵马蹄子响和铃铛声，惊得她忙抬起头。

一辆搭着席篷、围着花花绿绿带穗缨的篷布、两匹大骡子拉着的大车，旋风般的冲到母亲跟前。母亲吓了一跳，慌忙向旁边一闪，连人带草倒在地上。

大骡子受了惊，猛地停住，大车掀起，可怕地震动了一下。车上立时发出种种惊叫和怒骂。接着，跳下两个歪戴帽子提着枪的伪军，其中一个脸上有麻子的，照母亲腰上就是一枪把子，骂道：

"你这老东西，眼瞎啦……"他正要再打，一见在附近做活的人都拥了上来，就骂着回到车上。

于是，一声鞭响，车轮滚动，向南拐去。

母亲受了这一惊吓，腰上挨了打，气恨得眼睛也看不清了。她被一个女人扶起来，直直地望着那向南驰去的大车，心想："凶煞神！又是向王唯一家去的……"她看着车后扬起的一片尘土，尘埃里有一个女孩子，东捡捡这，西摸摸那，老跟在大车后面转。那是谁呀？噢，母亲终于看清楚了，她是兰子。

"秀子，不抱你妹在家里玩，待在这干吗呀？"母亲对着在院门口逗着妹妹玩的二女儿说着，一面放下草，接过两手向她扑来的两岁的小女儿。

"妈，俺姐叫我在这看着点，不让外人进去。"秀子说着，机警地向外面巡视一眼。

"你兄弟呢？"

"去街上了。"

"快下雨啦，叫德刚回来吧。"母亲说着抱起孩子往里走。她被刚才的惊吓后的愤恨控制住，腰上还留着被枪托子捣后的疼痛，心里像有把草那样乱。她没注意到秀子开始说的话是什么意思。

秀子愣住了。让不让母亲进去呢？姐姐吩咐不让外人进，有人来就咳嗽两声通知她，可是母亲是外人吗？虽然，不是的。再看到母亲面带愁容显得很生气，她更不敢阻挡，也忘记了用暗号通知姐姐。母亲走进去后，秀子就为难起来了。母亲叫她去找弟弟回家，不去吧，是母亲的吩咐，不好不听；去吧，万一有外人来呢？她真难住了。秀子瞪着对大眼睛，皱起短粗的鼻子，虽然她才十一岁，但是看她现在这副神气，就像个大人在考虑重大问题似的。想了一会，她忽然笑了，忙把门悄悄关上，上了锁——让别人以为家里没有人，然后，向街上撒开了腿。

娟子是那样集中心思摆弄着那支陈旧的已被她擦去红锈的猎枪，母亲走到身后她也没察觉，直到她拿起那鼓肚的像海蚌壳一样的药葫芦，向枪里装药的时候，妹妹嫚子叫起来："姐姐，姐姐！我要……"她才吃惊地抬起头，看到母亲的眼眶里，饱含着泪水，呼吸异常用力，全身在抽搐。娟子急忙迎上来：

— 10 —

"妈！你？是你呀！"

母亲全身像没有了筋骨，瘫痪地坐在锅灶台上，泪水顺着嘴唇两旁的深细皱纹，流进嘴里，一股苦涩咸味冲进心间。她一切都明白了，把猜疑弄清楚了。噢！女儿一切背人的行动，就是为的这支枪！

母亲隔着浑浊的泪水，蒙眬地看着女儿的脸，悲恸着无力地说：

"孩子，你要做什么？！你知道你……你爹……"

"妈，你别太伤心。我记得，全记得！"

天空更加阴沉。铅块般的乌云，同山尖连在一起，像铁笼一般把人们围囚住。一缕缕灰白色的轻雾，缓缓地从茅草屋顶上浮过。一阵阴凉的秋风，把已枯萎的楸树叶吹下来。残叶不高兴跟着风走。于是，风就旋转起来，从山上冲进村中，从街上卷到院子里来。树叶发出萧萧飒飒的响声，像是在悲哀的哭泣。

两年前的事，像凉风一样，冲进母女俩的心间，影影绰绰的影子，仿佛就在眼前。

冯仁善、冯仁义是同胞弟兄两个，都是气死牛的好庄稼手，加上屋里的女人过日子细，一家人披星戴月，不分白天黑夜的苦干活，省吃俭用，吞糠咽菜，日子虽苦，可和和气气过得倒还安静。仁义的儿子德强还念着书。几辈没个识字的人，弟兄俩下决心供一个学生。仁善的老婆，生下第一个孩子不久就去世了。丢下一个儿子德贤，也是娟子的母亲——仁义媳妇照养大的。德贤十八岁娶了亲。这媳妇又俊俏又勤快，村里人没有不夸赞她的。

然而这样的日子，老天爷也不让过下去，大祸竟临头了。

四月间，一个晴朗的日子。闺女媳妇们，你伴我，我叫她，成群结队地奔上山冈，到处寻采各种只有她们才知道叫什么古怪名称的野菜。她们是多么快乐啊！这是家里万不得已、为了度过青黄不接的春荒，男人们又都在地里忙，才叫她们出来采野菜，否则，女人是不能上山的。

她们每个人都像飞出笼的鸟儿，嘻嘻哈哈地说说笑笑，打打闹闹，唱着自己编的山歌儿——

一呀一更里来

月牙刚出山
姐姐绣房心中打算盘
想起婆家好心酸
姑爷长得不及坑沿
可恨的媒人把奴骗
妈妈呀！女儿多可怜
二呀二更里来
……

"嫂、嫂嫂！快看呀、这花多鲜哪！"娟子折了一支"山里红"，高兴地叫着，跑来送给嫂子。

"嫂嫂，我给你戴上。……不，你一定要戴。……哎哟！多好看啊！"

嫂嫂忸怩着，羞红了脸，可也不把插在发鬓上的两朵露水盈盈、同她的脸色相媲美的红花拿掉。闺女媳妇们都聚拢来打趣一阵，然后又分散开，埋头挖着野菜。

就在这时，王唯一的儿子王竹，他的远房侄子王流子，扛着猎枪，领着狮毛大黄狗走来了。

女人们像见到毒蛇，都远避着他们。娟子拉着正在低头拔菜的嫂子，低声急促地说：

"嫂，咱们走！"

王竹他们已赶上来，挡住她们的去路。王竹嬉皮笑脸地说：

"呀！真不虚传。耳闻不如目见，这么风流的小媳妇，还戴花呢？不戴也把人迷住了。嘿！德贤这小子真有福气。哈哈……"说着向王流子挤挤他那三角眼。王流子咧着大嘴跟着嘿嘿地笑。

嫂子是个刚过门不久的新媳妇，怎么能受得住这种侮辱！

她又害臊又气愤，紧挽着娟子的胳膊，气急地骂道：

"不要脸的东西！青天白日瞎了眼。走，妹！"

"嘿，好厉害呀！"王竹啐了一口唾沫，向王流子一歪头，接着放下枪，向娟子的嫂子扑去。

娟子早气破肚子了，但她知道王竹是什么人，本想赶快躲开，不要惹火烧身。现在见他们真来了，就大叫道：

"你们要干什么？坏蛋！"说着向王竹扑去；但被王流子挡住了。

一场激烈的厮斗展开了。王竹死命抱住德贤媳妇往沟里拖，媳妇拼命地呼救、挣扎；王流子紧挡住又咬又打又骂像疯了似的娟子。那只大黄狗帮助着撕娟子的衣服……

当闻信后拿着鞭子的仁善赶到时，儿媳妇的衣服已被撕烂，躺在地上了。王流子眼快，见势不好，喊了一声就跑。谁也想不到，这个老实忠厚、走路怕踩死蚂蚁、受了一辈子苦的仁善，这时竟变得像只猛虎一样，不待王竹明白王流子为什么叫，那沉重的打牛用的鞭杆，已经一阵打鼓似的落到王竹的头上、身上……

人越来越多。王竹像条死狗一样，耷拉着脑袋，昏倒在地上。

人们多么开心啊！这畜生得到了应得的惩罚。然而他们马上觉醒到：这是打的谁啊？是乡长的儿子呀！人们不约而同地把惊恐担心的眼光，集聚在余愤未消的仁善身上，替他捏着两把汗。

这件搅乱人们生活平静的事，像农人的汗珠流进干燥的泥土里渐渐被吸干消失那样，担忧和惶恐慢慢从人们心里抹去，都以为雨过天晴，各人又忙着自己苦难的营生。

啊！淳朴忠厚而又迟钝的人们哪！怎么能算完呢？

德贤媳妇回家就病倒了，身上两个月的孩子也流产了，整天说胡话。一家人都陷在痛苦中。

一个漆黑阴沉的夜里，是娟子又多了个妹妹的第三天夜晚。一阵狂乱的狗吠声，夹杂着各种噼噼啪啪的怪叫声，把母亲惊醒。接着，她凄厉地惊叫道：

"他爹，快起来！啊！哥住的西屋起火啦……"

仁义披上衣服向仁善的住屋扑去。"砰！"一枪，使他慌忙趴在地上。

村里沸腾了。大人叫喊，孩子哭嚷，声声连成一片，震撼了环山。

人们把火扑灭后，房子已烧得差不多了，连房后那棵弯曲的老杏树靠墙的部分也被烧焦；炭火在黑暗里闪烁着、像是在控诉害它的凶手。在还有火星的灰烬里，找出一摊黑乎乎的东西。啊！可怜，老实如绵羊的仁善，只为他要保卫自己的孩子，被人吊在梁头上，浇上煤油，烧成灰了。第二天早上，在北山沟里又找到德贤和他的媳妇，他们满身被血浆糊住，媳妇已断了气；德贤奄奄一息，睁开一只被血糊住打得青肿的眼睛，用他年轻顽强的生命力的最后一瞬，抓着仁义的手，嘶哑地叫道：

"叔叔！报仇啊……是南头子害的！报仇啊！叔叔……"

仁义心如刀绞，眼瞪得那样可怕。南头子，不就是几乎占去村子的一半，那一片青森森的大瓦房吗！它像一座山，压在人们的头上。仁义抓起那支父亲遗留下来的打猎的土枪，装上火药就走！

母亲刚生过孩子三天的身子，虚弱得风能吹倒，抱着还没见世界的婴儿，急忙上前，扑到他身上，哭着说：

"不能啊，他爹！看看这群孩子！你是去送死啊！……不行啊！我的天哪！万万不行啊！"

妻子的哀号，孩子的哭叫，使刚强的仁义流下了眼泪。他痛苦而又不甘心地说：

"咱们……就这样算了不成？！"

"他大爷和两个孩子，死得多么惨啊……"母亲泣不成声了。

在这家人惨痛悲泣的日子里，王唯一龇着被鸦片烟熏黄了的大门牙，躺在炕上，对儿子王竹说：

"嘿，这小子要拼命造反，留着也是个祸根。哼！就给他个斩草除根，叫他知道知道厉害……"

正从窗前路过的长工老起，听到这里愣住了。他急忙瞅个空子，溜进仁义家里……

仁义听老起一说，气得内脏都快要崩裂了。他又抓起那支土枪，怒吼道：

"他妈的！太欺负人啦！活不下去，拼了这条命！"

母亲、老起，费了好大力气，才算把他阻拦住。怎么办呢？只有逃走一条路了。这是许多前辈人所走过的路。

夜晚。

母亲咬着牙挣扎起月子里虚弱的身子，收拾了一个小包袱，把所有的一点积蓄拿出来，给丈夫做盘缠。仁义用呆滞失神的眼光望着她，在他们的身边围着最大的孩子娟子才十六岁，德强十三岁，秀子九岁，德刚四岁，还有刚出世几天的婴儿。就要分别了，一家人悲泣在一起。

风，呼呼地刮着，刮得窗纸嗖嗖响。风从门缝里吹进屋来，豆油灯一忽一闪，它那淡黄微弱的光线，隐隐现现地照着每个人那苍白黄瘦的脸面。

母亲极力使自己的眼泪向心里淌，叫孩子们不要哭。仁义抱着德刚，尽量使自己安静些，对妻子说：

"不要太伤心啦，身子要紧。我还会回来的……"他的声音沙哑了，"好好照养孩子，德强不要念书了，帮你干些活。娟子不要急着嫁人，也好和你下地。啊，天不早啦，我动身吧？"

母亲忍不住一把一把擦去不听话的眼泪，抽泣着说：

"你放心去吧。家里不用你管，孩子由我拉扯。出门要保重些啊！……不要忘了家！有机会就捎书信回来……待些年，就、就回来……娟子，德刚！跟爹说说话呀！"

娟子，这十六岁的山村姑娘，生得粗腿大胳膊的，不是有一根大辫子搭在背后，乍一看起来，就同男孩子一样。她听着母亲的吩咐，瞪着一双由于泪水的潮湿更加水灵灵的黑而大的眼睛，噘着丰腴好看的厚嘴唇，缓缓地走向父亲。

"爹，你什么时候能回来呢？"她紧看着父亲。

仁义凄楚地苦笑一下，用粗糙满茧的大手，抚摸着女儿的黑亮头发，说：

"住不多久，我就回家来。好孩子，听妈妈的话。别使性，帮妈干活。"

娟子仰着头，眼睛一眨不眨地端详父亲的脸，像是要把每一个看惯了的记号铭刻在心上，她用力点点头，嗯了一声。

德强坐在炕角落里。他并没有哭，只是那稚气的脸上，涌现出同他年龄不相称的、像个经历极广的成人那样的可怕痉挛。母亲的吩咐，打断了他的沉思，他也走到父亲身旁……

突然，街上传来急狂的狗叫！母亲一口气吹灭灯。仁义推开后窗，跳了出去，大踏步上了后山，黑暗随即吞没了他。

娟子、德强、秀子、德刚，一齐紧紧抱住母亲，仿佛谁要把他们的妈妈劫去似的。

是由于这些悲惨的回忆，还是为丈夫离家后两年来的痛苦生活，母女俩都痛哭流涕了。

啊！这两年日子可真不是人能想象的啊！母亲，她是一家人唯一的支撑者。大孩子少衣服叫妈妈，小孩子饿了哭妈妈，她是他们的一切。母亲没叫德强停学，她整天怀里抱着手里扯着孩子，在山上、地里爬来滚去。吃的什么饭，穿的什么衣，那是可以想象得到的呀！

娟子抑制住自己，擦干眼泪，从母亲怀里接过妹妹来，劝说道：

"妈，不要哭了，别伤心啦。过去的事，不会再来了！"

母亲渐渐止住哭，把女儿拉到自己身旁，慈爱地抚摸着女儿圆厚健壮的臂膀，用温柔微弱的目光，端详着没离开自己一步长大的女儿。似乎生活的劳碌，使她从没仔细看过孩子。像娟子离开她长大后又突然回到她眼前那样，她感到女儿身上的每一特征都是新奇的，甚至女儿身上那件已褪色补了几块补丁的蓝粗布褂子，也是才穿到身上，她第一次见到似的。

娟子十八岁了，长得同母亲差不多高。在她那被太阳晒成黑红色的方圆开朗的脸庞上，总是无变化似的平静得几乎没有表情，但并不是过于幼稚和天真，因为在前额上，有几道细细的纵横纹线，像老是在思索着什么，显示出她单纯而又有主见，天真而又有成人的某些老练。她平常不爱多说话和嬉闹，大概就是表明她的这个特点的一个方面吧。

这姑娘从小就喜欢上山，知道干活，不让她去，她就哭，六七岁时就能赶牲口运庄稼了。正由于劳动，使她发育得强壮有力。如果说前两年她像个男孩子那样结实，那么现在她和同年岁的小伙子相比，是一点也不亚于他们的。为她高高丰满的胸脯和厚实的脚板，母亲忍受过许多风言风语的责难。那时代，女人是不许这样放纵的。七八岁就要开始裹小脚，当时娶媳妇看新娘子俊不俊，先瞅瞅脚小不小。长大一点，还要带上令人难以呼吸的奶箍，把胸脯束得平平的。母亲以自己的身历痛苦，又为着劳动，宽宥了不听约束的女儿。在这些苦难的年月里，娟子像乱石中的野草，倔强茁壮地成长起来了。

母亲的目光，又落到这支两年前曾使愤怒的丈夫抓起过、又不得不摔掉、而现在女儿又拿起来的土枪上，不由得浑身颤抖着，恐惧地说：

"孩子，你怎么又拿出它来啦？可不能再惹祸啊！你再有个三长两短，叫妈可怎么活啊？唉……"她又哭了。

"妈，妈妈！快别哭了，你听我说呀！"娟子给母亲理头发，擦眼泪，"妈，我不像俺爹一个人，拿着鸡蛋碰石头，我们有很多人。妈，你放心好啦，我一定替全家人报仇！"

"报仇⁇！"母亲吃惊地抬起头，颤动着嘴唇，非常惊讶地看着女儿。

"妈，你知道吗？"娟子看母亲不哭了，有些兴奋地继续说，"我们有了组织，就是穷人集在一起，力量就大了。我们有共产党——就是些最好的人，来给咱们带头，打鬼子，杀王唯一这样的大坏蛋！妈，我把事都告诉你吧，王唯一的死，就在今夜啦！"

"啊！真的⁇！"母亲大吃一惊。

"真的。"娟子平静地回答，"妈，你不要害怕，咱们一定能打过他们的。妈，咱家南屋今晚我们要用用，因咱家靠山，不会被坏人知道。再说，妈，我们都信着你呢，到别人家不放心呀！妈，你能答应我吗？"

母亲愣怔住了。她来不及领会女儿话里的全部意思，一阵恐怖向她袭来，而为女儿担心的紧张心情，更有力地攫取了她。她一想起街上那一幕，忙说：

"娟子，刚才街上又来了一大车当兵的，朝南头子去了。你们可……"

"好，妈，我马上出去看看。"娟子说着把妹妹递给母亲，刚迈出一步，又急忙回头问，"妈，你让不让我领人来南屋呢？"

"嗯，嗯，好，好，你快去吧！"母亲急匆匆地应着。孩子消失以后，她又战栗起来。

母亲的心被复杂的感情交织着，缠绕着。她不知道是甜是苦，是酸是辣，反正样样都有。她嘴唇两旁的深细皱纹更明显了，像是在咬牙忍痛，又像是在苦楚地微笑。

娟子一出胡同，迎面碰上兰子。兰子刚要张口，娟子却先开腔小声问道：

"你看到了吗？"

"什么？"兰子眯缝着眼一怔，一下明白过来，"你怎么知道的？哦，是大婶告诉你的吧？她挨了打……"

"什么挨打？"娟子吃惊地问。

"啊，她没告诉你呀⁇！就是大车上的二鬼子①，那个麻子班长打她一枪把子……"兰子把当时情况说了说，拉着娟子悄声道：

———————————

① 二鬼子——即伪军。

"走，告诉老姜去。我数清了，车上四个二鬼子，一人一支大枪……"

大车在一匝高大的围墙边缓慢下来。车夫吆喝一声，加了一鞭，壮骡子弓起脊背，猛力向前一冲，大车摇晃着进了围墙的半圆形的拱门，在挂着"胜水乡乡公所"的白板黑字长牌子的大门口停下来。从车上跳下四个伪军，走进朱漆森严的大门里。

在深宅子里的正堂客厅门口，出现了一个人。他那颗肥胖的头圆圆的，光秃秃的，眉毛几乎见不到，看上去恰似一个肉蛋子。他身上的黑色丝绸夹袄闪着青光，和他脸上的油光相照映。

伪军中那个脸上有麻子的快步抢上阶台，恭敬地笑着说：

"王乡长，你身体安好！"

"哈哈，郭班长回来啦！辛苦！辛苦！"王唯一龇着黄门牙，说着同郭麻子班长进了屋，喝着茶水谈起了事情……

这胜水乡乡长王唯一家，是几辈的老财主了。不过从来没有像王唯一承家以来这样兴旺过。王唯一还有个叔伯弟弟叫王柬芝，但从他们的父辈起就分了家。据说当年分家时为争一块好山峦曾闹过纠纷，结果王唯一的父亲有官势，所以王柬芝的父亲吃了亏，自此两家虽一墙之隔，感情已很淡薄了。也正为此，王柬芝的父亲决心要儿子长大做官，供王柬芝自小念书。王柬芝从进中学开始，就一直在外面，是不理家业的。所以除了住宅是并排着一家一个大门外，财产已比不上王唯一的多了。村里人对这同是财主的弟兄两个，一向有着不同的看法。听说王柬芝在北平念完大学就在烟台教书，他很少回家，村里的一般小孩都不认得他；不过从他几次回家的情形看，人们就认为他和王唯一不一样。王柬芝对人的态度很和蔼可亲，对受苦人也不歧视，特别是1935年初冬他回来那次，看到一些人缺吃的，就叫家里拿出一些陈粮来借给人们吃。村里人都说，到底是念过书出过门的人有出息、见识广呢！可是他那叔伯哥哥王唯一就不同了。王唯一袭了他父亲的职，当上乡长。那些什么秦司令、丁团长、黄三爷、七二老等地方军阀，统治着这一带山区。王唯一就倚仗这些自封司令、各霸一方的土匪势力，当了土皇帝。平时父子横行乡里，什么恶事都能干出来，谁家的闺女长得俊或娶个有些姿色的媳妇，那就要像防山猫子咬小鸡一样防着他们。王唯一的财产连他本人也不知道究竟有多少。据说曾有个讨饭的到他家来，女儿不给，儿子说："给她点吃吧，反正她吃了，拉屎也要拉到咱地里，给咱当粪料。"讨饭的是个老太婆，一听这话气坏了。她下决心挨着饿耐着屎向前走，一定不拉在他家地里。结果她整整走了一天半，还想往前走，可实在憋不住，就拉了。心想这可不是他家的地了。谁知拉完一打听，啊，还是他家的地。哎呀呀！老太婆长叹一声，逢人就讲她经历的故事：这世道太不公平了，连拉屎也非拉在人家财主地里不可。

王家的住宅，占去村子的一小半，一律是青灰色的大瓦房。房周围有高大的围墙包着，墙头上满布着铁蒺藜。在大门口的一旁，威严地矗立着守门的炮台。家里豢养着几十个"乡狗子"①，专门对付那些不怕死敢拼命的人。

这山区就他们家有大车，为大车的行动方便，乡长就下令修筑一条直通到水城的大路。

"七七事变"以后，听说日本人不论穷富，是中国人都杀都抢，王唯一非常害怕。这光景不是要完蛋了吗？后来军阀秦玉堂投了日本人，捎信来，要他扩张势力，组织保安队。他高兴得不得了，比过去更威武了三分。按他自己的说法，日本人倒也很讲人情，生来命好该享福，狗到天边改不了吃屎。

没多久，伪县长被起义军打死了，地面很不太平。王唯一又吓得要命，急忙要求日本人派兵来。但鬼子连大地方都缺兵，哪还顾得到山区来？倒是秦玉堂派来一队伪军，加上保安队，分散住在周围几个村子里。乡公所住有一个班伪军和二十几个保安队员。保安队长是他儿子王竹，他侄儿王流子是小队长。

可是地面上仍旧很不安稳，共产党就像数不尽的火星撒布在秋天的山草上，火苗越来越大，越来越猛烈，各地都有起义军，杀了不少伪政权的头目和汉奸卖国贼。王唯一更加感到这山区不牢靠，自己势力单薄，故此前几天打发郭麻子班长和王竹、王流子几个人进据点去请求鬼子派兵来……

"这怎么行，这怎么行？"王唯一听郭麻子说日本人还不过来，心神不定地来回踱着步，摇着肉蛋子脑袋。

---

① 乡狗子——即伪乡政府里的乡丁。

郭麻子倒不怎么在乎，呷口茶，笑笑，说：

"嘿嘿，乡长不必担忧，丁县长说啦，过一段时间看看这地方实在待不下去，我们就撤进大据点去……"忽然传来一阵女人的清脆笑声，像谁扯着他耳朵扭过去的一样，郭麻子的头立刻转向后窗，眼睛随即瞪大起来。他看到了王唯一的女儿玉珍。她正坐在后院的藤椅上晒太阳。

"哦，丁县长这么说了？"王唯一停止脚步。

"是啊，"郭麻子急忙转回头，"你家王竹和流子留在县城待几天，就是为你家安排住处的。"说着，他的眼睛又向后窗瞟去，向玉珍挤了一下眼。

王唯一没去注意郭麻子的脸相，只顾摸着秃脑门，黄门牙渐渐露出来了。

随着夜的降临，雨也下来了。

开始是断续的雨星，渐渐增多转大，一会就变成倾盆大雨了。天黑得伸手不见五指，两人相对碰着鼻尖也难看清脸面。在这滂沱的雨夜里，路上一个行人也没有。平常总爱闹夜的狗子，也被这不断头的哗哗响着的雨声搞得腻烦了，不再注意那能引起它们发狂的动静。

已是下半夜了。

村西北角母亲的南屋里，从外面看来黑乎乎的，实际上是用被子遮住窗户，挡住了里面的灯光。这时，从里面走出十多个人。他们走的脚步非常轻，出了胡同口，就分成三股，消失在雨夜里。

几乎是在同一时刻，德松的父亲轻轻地开了门，也送走了十几个人。

不多会的工夫，那个威风凛凛的高大围墙，就处在神不知、鬼不觉的包围中。人们听到炮台上的说话声了：

"他妈的！这个鬼天气，真窝囊死人。唉，眼皮老打架……"

"哎，回去睡会吧。队长不在，怕什么？"

"那郭班长不是回来啦？"

"管他个屁！他自己的丢人事，不知有多少。"

"好吧，我先回去躺会，再来换你。"

"去吧。这个鬼天气，谁还会出来？不会有事的。"

接着是下梯子的声音。

墙根底下的黑影移动了……

德松灵巧得像猫一样，踏着高大的七子那宽厚的肩膀，爬上了门楼子。上面有个不大的窄空隙，他用力挤了进去。大黄狗立即扑来。他忙把手里一块猪肉往狗嘴里一堵，狗就衔着肉跑到窝里去了。德松掏出豆油瓶子，用鸡尾巴蘸着，往门枕上、门闩上抹了抹，接着，沉重的大门就无声地打开了。一大群人立即拥了进来。

姜永泉跟在七子身后，顺着梯子向炮台上爬。其余的人，跟着德松向里面冲去。

炮台上，那站岗的披着雨衣、夹着枪缩在一起。一听有声音，刚转回头来，七子已抢到跟前，拦腰将伪军抱住。敌人正要喊叫，姜永泉一个箭步赶上来，一手捂住他的嘴，一手举起利刃的菜刀，向敌人的喉咙砍去……

"不要动！"这是德松洪亮的嗓门。

屋里漆黑一团，正在睡觉的伪军和保安队员们被惊醒，慌作一团。有大胆的想去拿枪，向墙上一摸，枪早没有了。一个个磕头的磕头，下跪的下跪，乱得像麻雀窝被戳了一棍。

姜永泉和七子也赶来了。

"留下几个人由德松领着看俘虏。"姜永泉把手一挥，"快！到上房抓王唯一！"

王唯一还没有睡着，抽足大烟，正跟他的两个小老婆在嬉闹。一听到外屋的响动，他知道不妙，抓起手枪想推开后窗逃走，怎奈小老婆扯着不放，说要领着她呀。他扇了刚才还抱着叫宝贝的小老婆一耳刮子就想走，可已经晚了。人们已包围住房子，冲到门口。他折回身，掩在门后，向外打枪。

"砰！砰！"七子应声倒在泥水里。

"快趴倒！"姜永泉喊着，自己一个蹿跳冲到墙根下。"王唯一！你快出来缴枪！不然抓着你，可不能轻饶！"姜永泉厉声叫道。

娟子气极了！爬起来，抓起手榴弹就向里面扔，但被门挡住了。轰一声，门被炸开了。

这时里面哭爹叫娘，呼天喊地的闹成一团。大家正要冲进去，但被姜永泉制住了。他知道王唯一正守在门后，进去是挨死打。

"姓王的！你听着：你不想要你一家人，你就别缴枪，我马上把炸弹扔进去！"姜永泉警告说。

　　"摔进去！"

　　"炸塌房子！"

　　"放火烧呀！"

　　……

　　大家都跟着喊叫，发出种种威吓、警告。

　　屋里更乱了。

　　"我的天哪！快把枪丢出去。咱有钱给他们呀。天哪！命啊！"这是那个年岁大些的小老婆的哭喊声。她还以为是"绑票"① 的呢。

　　"爹呀！救救俺们吧。要不，俺就完啦……"这是儿媳妇的哭号。

　　"快呀！你不？救救我吧！来，把枪丢出去。你不……放手……我咬啦……"最受宠爱的那个小老婆嘶叫着去夺王唯一的枪。

　　王唯一的手被小老婆咬得痛不过，把枪扔了出来。

　　人们蜂拥而进……

　　当王唯一在抵抗的时候，郭麻子班长正搂着王唯一的女儿睡得美甜，他们被枪声惊醒了。郭麻子拒绝了玉珍叫带着她跑和去救她父亲的哀求，自己爬后墙逃命了。

　　枪声惊醒了在睡梦中的全村人们，惊动了每个僻静的角落。山峦被感应，发出旋回的悠久的声响。

　　这一夜里，同样的事情，也在周围其他村庄发生了。

---

　　① 盗匪将人绑去作押，勒索大笔赎款，叫绑票。

第二章

天晴了。雨后的早晨分外爽快。大地散发出潮润清凉的气息。太阳出来了，照耀着一片新生气象。那座座的山峰被雨水浴洗过后，搽着层淡淡的朝霞，矗立在蓝得像海洋一样的天空中，显得格外庄严和秀丽；有几只苍鹰，回绕着山顶，翅子一动不动，上面像有根看不见的线吊着它们似的，缓缓地悠闲自得地翱翔着。而山根底下那条河流，雨水冲着泥沙，后浪推着前浪，正在急急忙忙地向西奔流。

当母亲吃过早饭抱着孩子来到会场时，场上已经拥挤了好多人。

昨晚她一宿没有睡，眼睛有些发红。她怎么能合上眼皮呢？女儿正在参加那可怕的殊死的战斗，时时有死亡在威胁着孩子，做妈的能不为她担心害怕吗？！

当母亲听到枪声时，浑身都颤抖起来，那枪好像打在她自己身上。她真后悔不该叫女儿去了，自己为什么不拉住她呢？唉！可又怎么能拦住那个被什么迷住了的女儿呢！当娟子领着人来的时候，母亲的心灵深处产生一种连自己也不能理解的感情，她没有阻止女儿的行动，相反，倒不知不觉有意无意地在帮助女儿的行动。她一次次不忍心孩子受委屈，宽恕她的行为，应允她的请求。她答应把南屋作为他们出发的地点，并把被子拿出来给他们堵窗户遮灯光。在做这一切的时候，她没思虑很多，她多半不信女儿说的真能把仇人杀死。她纯粹是为对自己女儿的担心和疼爱来做这一切的。

当人们消失在雨夜里时，母亲感到巨大的空虚和恐怖，心随着雨点跳起来。她怎么这样傻，眼睁睁看着亲骨肉去做有被人杀死的危险的事情呢？她想叫，嘴张不开；她想跑上去阻拦，腿挪不动。只剩下那可怜的、替孩子命运担心的、做母亲本能的权利了。

终于母亲看到了全身湿得像个落汤鸡一样的女儿背着大枪——而不是那支古老的猎枪——狂喜地奔回来，并告诉她，王唯一被抓住了。母亲简直不敢相信这是真的。母亲又流下眼泪，这过于令人激动和兴奋的现实，掺杂着痛苦的往事，一齐涌到她的心头，浇着她的全身。

清早，娟子要母亲来开会，并要她在会上把过去的冤仇说出来。母亲不想来，更不能当着那么多的人说话。她太怕这个梦想不到的这一天了。母女俩争执好半天，德强也帮姐姐劝说，母亲才答应来看看，至于诉苦——她摇摇头。

现在，母亲同一些上年岁的妇女们挤在一起，她观看着会场上的整个情景。

这是村南边靠山根的一条小沙河，河的北岸就是王家的围墙。现在墙根下面搭起个不大的台子，人们都在台子前面的沙滩上，有坐着的，有立着的，围成一个大半圆形。围墙上面，贴着白纸裁成方块用毛笔写的几个大字：王官庄公审大会。围墙两旁和台柱子上，还贴了些像"打倒日本鬼子""铲除卖国贼"等等标语。母亲不识字，更不知是儿子德强的笔迹了。

台上还没有人，台下人们乱哄哄地在说闹。今天来的人特别多，男女老少，全村人差不多都来了。他们的心情各有不同，可是多数人是抱着好奇心来瞧热闹的。一种说不出的快感，不自觉地从他们脸上流露出来。

年轻的小伙子们在互相戏弄打闹着，有的偷眼窥视那些不大出门的闺女们，姑娘们紧挤在一起，相互递传着神秘的耳语，又压低声音哧哧咕咕地笑起来，并不时地瞅瞅那些老人，唯恐惊动了他们，惹起斥责怒骂；老头子们今儿似乎也没心思去管女人们的放肆笑声了，那些皱纹满布的脸上，像是松弛了些，可依然含着恐怖和不安；抱孩子的女人们互相逗着娃娃，絮絮叨叨地说着话，有的大声呼唤孩子，然而那忧郁胆怯的阴影，还是浮现在脸上，那些孩子们可喜坏了，像是赶山会过佳节一样，互相追逐、叫骂，从大人们的孔隙里、胯裆间，跑来窜去。

在离会场十几步远的地方，一男一女两个十多岁的孩子，并排倚在墙上。男孩子身上的粗旧衣服和女孩子的秀丽穿戴，成为鲜明的对比。看他们脚下的沙被搓皱的程度，显然是待在那里为时不短了。

"德强，你说俺大爷真会死吗？"那女孩子问。

"怎么，还能是假的？公审大会嘛……咳，这个大坏蛋早该进泥坑了！"德强愤愤地回答，又反问她，"杏莉，你还可怜他吗？"

"不不，我不可怜他。俺不对你说过，他是汉奸呀。"杏莉说得不太坚决，停了一会，她低下头，又悄声说，"你知道，好歹他总是俺大爷呀！"

"那你家去吧，不要来开会！"德强扭过身，冰冷地说。过了一会，又转过身，软和些道：

"杏莉，你不知道，这坏蛋害死多少人，俺们家不都是他害的吗？唉，可惜王竹和王流子没抓到，要不……"

德强话没说完，人们都轰动起来。抬头一看，德松哥上台了，他忙向前跑去，没注意到杏莉也跟在他后面。

"静一下，乡亲们！都不要动啦……"德松踏在台子上，招呼着骚乱的人群，可是人们像没听到他的话，依然拥挤着向前看。

王唯一被两个全副武装的青年——玉秋和大海押上台。他被五花大绑着，那肉蛋子脑袋用力耷拉在胸口上。台子两旁和人群的周围，都有拿枪的人在警卫。还有两个女的——娟子和兰子，也紧握着枪，很威武地站在台子两边。这使人们格外感到惊讶和新奇。

母亲看到王唯一的样子，心跳得非常厉害。啊！这么一个过去谁也不敢碰一碰的大恶人，就这样完了吗？这是多么巨大的变化和突然的事啊！

一阵按捺不住的悲喜暖流从母亲心里涌上来，她要发笑了。不，她又看到女儿的神气，呵！她的孩子也是个参与者呀！这是动枪弄刀的事啊！恐怖的寒流，强有力地向她袭击，她又颤悸起来了。可是她到底有过几次的经历，想起女儿说的一些话，心，安定一些。

"大家静一下，不要吵啦！"德松把嗓子都叫哑了，人们才渐渐静下来。他接着说：

"现在，由咱六区抗日民主政府的姜同志，给咱们说话。"

台口上出现了姜永泉，他，二十三四岁，消瘦的中等个子，宽宽的肩膀稍有点向前塌，这不是衰弱的表示，而是从小的苦难生活，过重的劳动留下的纪念。相反，倒表示出无论有多大困难痛苦，他都有力量克服和忍受。他那瘦长的脸上，有一双精明的眼睛。眉宇之间，仿佛是生来就有一道上下的皱纹，里面像藏着不可告人的秘密似的。

人们听德松这一介绍，好像晴天霹雳，大吃一惊：怎么，抓王唯一的不是"红胡子"首领于得海从昆嵛山上搬下来的人马？是他，这牛倌？！他就是那神一般英雄于得海手下的"梁山好汉"？他就是打开牟平城杀了伪县长宋健吾，用土炮打掉鬼子一架飞机的那伙人里头的人吗？我的天，这是怎么回事啊？！

是的，姜永泉昨天还是看牛倌，但他不是一个普通的牛倌。

姜永泉的家离王官庄二十多里路，在黄垒河南岸。他从小死去母亲，跟着父亲长大成人。家里原来有几亩地，都是爷爷辈上一锹一镢开出来的。父亲自己种着地，姜永泉小时给地主放牛，大了就当长工。父亲拼命干活，想有点积蓄好给儿子娶个媳妇，成个家。谁知一场风波，弄得他们家破人亡。

过年前夕，姜永泉到东海给东家去赶猪，刚过老母猪河就遇上秦玉堂的部队，一哄把二十多只肥猪抢得一干二净。姜永泉和他们争辩，还挨了一顿打。唉！这可怎么回去呢？地主一定不会甘休，可拿什么赔呀？东想想西想想，走投无路，不敢回家去。正巧，听说文登一带有穷人起来造反，远近闻名的神枪手于得海带领着他们杀富济贫，替穷人做主，人们纷纷参加。姜永泉狠狠心，就投奔去了。后来姜永泉听说父亲被地主逼死了，他咬咬牙，心里说：

"也好，没家了，就一个人死心塌地干下去吧！"

这支起义军，是当时中国共产党胶东特委书记理琪组织领导的。由开始十七个人发展到一千多人，其中主要是被迫起义的农民。于得海是个老共产党员，是其中一股起义农民的领袖。

一九三八年二月的一天夜晚，理琪率领着一部分人，拂晓冲进牟平县城，活抓了伪县长宋健吾和许多汉奸，召开了群众大会，进行抗日救国宣传，枪决了伪县长。消息传开，人们无不欢欣鼓舞，大大激发了抗战的热潮！

当天下午，他们撤出牟平城，在附近山上的雷神庙，被从烟台赶来的日本鬼子包围了。

这支新生的人民军队，和比自己多十几倍的敌人，展开了激烈的战斗。其中有许多神枪手，他们像砍高粱秆似的把一个个冲上来的敌人打倒；还用土炮击落一架猖獗忘形飞得几乎碰到高树梢的敌机。但毕竟寡不敌众，突围时，理琪同志壮烈牺牲了。

姜永泉在这次战斗后，参加了中国共产党，并当上班长。后来在战斗中腿上负了伤，接受组织的指示，他转入开辟地下工作。王官庄也就雇到一个熟练的牛倌①……

姜永泉看着人们的惊讶表情，笑了笑，大声地说：

"乡亲们！从今天起，这里的天下就是咱们自己的了，咱们老百姓要当家做主啦！"他瞪一眼王唯一，继续说，"王唯一无恶不作，欺压穷人，大伙算算，被他害死、逼跑的人有多少？鬼子还没来，他就先当上了汉奸，出卖咱中国。大伙想想，他做了多少坏事，犯下多少罪恶？"

"现在咱们要打倒汉奸，组织自己的政府，一心抗日救中国。大伙不要害怕。咱们有共产党领导，有自己的子弟兵八路军撑腰。大伙还该记得，伪县长宋健吾是怎么死的。谁要当汉奸，谁就落这个下场！"

"乡亲们！咱们就开始公审王唯一吧。谁有什么尽管说什么，把他的罪恶都说出来，把受过他的害都说出来。咱们报仇雪恨的日子到啦！"

会场上鸦雀无声。人们都低下头，是这些话说进了他们心坎，使他们忆起了痛苦的过去，还是为这梦想不到的变革惊怔住了？

母亲默默地站在那里，紧抱着怀里的孩子，以至嫚子掀她的头发她也不觉得。刚才姜永泉的话，使她明白了好些。这世道怕是真要变了。这样，出走几年的丈夫就可以回来，仇也可以报了。丈夫是不是还活着呢？走后就一点消息也没有啊！

平常她总以兵荒马乱不能捎信来安慰自己和孩子……

母亲想着想着，心酸了，流泪了。她抬起头，瞅着跪在台子上发抖的王唯一，眼睛渐渐迸出愤怒的光，恨不得上去咬他几口，撕他一顿。可是有一种东西使她止住了脚，她本能地感觉到人们这种寂静中的恐怖。她浑身一震，又紧闭上嘴，于是，唇边的深细皱纹又显现出来。她微微地摇摇头，心里像有块石头向下坠。

娟子看着母亲的一举一动。她尽量想把自己渴求的眼光同母亲的目光

---

① 牛倌——是全村有牛者集体雇用的，这一带的牛都是集中放养的。

对起来，可是母亲像是有意在回避，看也不看她一眼。母亲和人们的懦弱与沉默，使娟子非常气愤。她气红了脸，见姜永泉向她努嘴，就毫不犹豫地冲到王唯一跟前，激动愤慨，使她的声音有些颤抖：

"王唯一！你还记得两年前的事吗？"她又朝向人群，人们被惊醒似的抬起了头。

"乡亲们！你们谁都记得，俺大爷一家三口是怎么死的，我爹如今不知下落……"

人群开始骚动。他们——这些质朴的农人，怎能忘记同类的命运呢！娟子的叙述像熔铁炉里的铁流，滴打在每个人的心上。他们联想到自身的不幸，同情和痛苦的热泪，从愤怒的眼睛里，泉水般的涌出来。女人都哭出声来了。

听着听着，站在母亲旁边的一个六十多岁的老太太，突然哭昏过去。当旁边的人把她叫醒过来时，她疯了似的向台子扑去。她那苍白的头发在空中飘拂。母亲和另一个女人怕她摔倒，忙上去扶着她。谁都知道她就是可怜的王老太太呀！

她家里不算太穷，三个儿子和媳妇都是干活的能手。第二个儿子叫珍袖，在济南纱厂做工。过年的时候回家来，王唯一吩咐人把他抓到乡公所，硬说他是共产党。其实，是想敲诈他带回来的钱。谁知珍袖骨头硬，打死也不招。王唯一就把他送到县里去，透出口风说要一百块大洋才能把人赎回来。这样大的数目，小户人家哪能拿得起？结果只得倾家荡产凑够钱送上去。钱，王唯一入进腰包；人呢？从城里抬回来，不到五天就死了。这还不算，珍袖媳妇又被王唯一抓去，糟蹋够了，卖到烟台窑子里去了。

王老太太整天哭儿子想媳妇，一只眼睛也哭瞎了。听到王唯一被抓住，一早就叫孙女玉子领着她赶来。起初她有些怕，经娟子这一引，她再也忍不住了。她要拼命！

她扑到王唯一身上，又撕又打又咬又骂：

"你这老不死的！你也有今天哪！……儿呀！你死得屈啊……"

"德强！看，你妈！"杏莉推着德强，惊叫道。

母亲那块坠心的石头已被愤怒的火焰烧化。她抓起沙子石头，狠命地向王唯一打去……

人们不顾一切地冲向台子，打打打！后面的人打着了前面的人，谁也不叫苦，也不在意。德强挤进去，帽子也被打飞了，他也不去捡。他扯住王唯一那只肥大的耳朵，一刀子割下来……

姜永泉心里有说不出的激动。他非常兴奋地看着这些暴怒的人们，就连那些衰弱的老太婆，都在动手打这坏蛋，多么炽烈的复仇火焰！他自己虽没动手，但也觉得一样的解恨。他的感情同人们的交汇在一起，他想让他们多打一会，多解解恨。一看王唯一已昏过去，快被打死了，他才同德松他们把人们劝阻住。

德强用力扶着母亲，杏莉从她怀里接过已吓哭了的嫚子。母亲满脸流着汗，怔怔地瞅瞅儿子，又看看杏莉，长长地舒了口气。

人们在大声地诉着苦。苦啊苦啊！他们的苦楚是诉不完的！辈辈世世的眼泪是流不干的！

姜永泉被愤怒的火焰炙烧着，大步走到台口，代表抗日民主政府，宣布了王唯一的罪状，判处王唯一死刑，立即执行枪决。

啊！人群暴发了！像潮水般的涌上来。德松、玉秋、大海等人，把已吓得不省人事的王唯一架起来，向山根走去。娟子和兰子紧跟在后面。姜永泉和另几个人，用力挡住也要冲上前去的人们。

母亲拥在人群中，身子全不由自主地随着人群的晃动而摇摆。她多么希望看到这个大仇人的死去。她极力踮起脚，睁大眼睛望，可又蓦地惊怔住了，她看到王唯一跪在沙坑旁边，娟子端起枪，哗啦一声推上子弹……啊！母亲的心紧张得快要跳出口腔，一种恐怖的寒流又压倒了她。她是多么不希望枪响啊！

"砰！"枪响了！母亲惊呆了！娟子又重新背上枪。

王唯一那像死了很久而没埋、已经发臭了的癞皮狗一样的尸体，被德松一脚踢进坑里。

……人们平静下来后，按照上级的指示，区政府代表姜永泉宣布：除了留给王唯一的家属够维持生活的财产外，将他的其余财产全部没收，分给贫苦的群众。

接着产生村政府，选举村干部。村长还是当过几年村长、其实一点权力没有的老德顺。这人有五十多岁，是个老实怕事的人，会写写算算，办事有些办法，所以大家还叫他当。

又选出德松当农救会长，负了伤的七子是副村长，玉秋、大海分别当了民兵队长和青救会长。可是一听说组织女人参加妇救会和青妇队，娟子和兰子两个闺女要当会长和队长，人们都轰动起来了。

他们刚看到娟子和兰子两个姑娘，背着枪和男人在一起时，就感到新奇惊讶。可也只顾新奇的一瞥，来不及有别的心思去注意。因为更大的天崩地塌的事情在发生，仇恨和悲惨的过去捆住了他们。但当这件事情——王唯一被处死以后，他们的心又收回来了。可怕的封建毒虫悄悄地从他们的心底爬起来，伸头长大，冲锋陷阵了，特别是那些老太婆、老头子闹嚷得最厉害。母亲站在人堆里，也感到冷起来。

母亲在村中一向是受人尊重信赖的女人。谁都晓得，她贤惠，心肠好，待人直，为人正派，肯帮助人。女人们常来串门子，把为难的事告诉她，请她想想法子，帮帮忙。她人虽穷，可知道穷人的苦楚。人在受难时，是最需要同情的。哪怕是几滴共鸣的眼泪，几句体贴的心里话也是好的。

母亲这时觉得有些反常，冷讽热刺的言语，钻进耳朵，扎进心里。

"哎哟！你们可看，娟子这闺女变坏了。跟男人平起平坐地混在一起，也不嫌害臊。唉，可不丢死人啦，俺替她脸红。"一个老太婆颠着小脚，气愤地嚷嚷着。

"可真是的。这孩子原先可好呐，就知道做活。唉，她妈也不管管，仁义嫂就是个好脾气，孩子叫她宠坏了。"另一个抱孩子的中年女人，叹息着说。

母亲正在难受，迎面走来个老头子。他拄着根弯弯曲曲的枣木拐棍，花白的胡须气得在发抖，两眼恶狠狠地盯着母亲。母亲不由得向后挪动一步，身上立时起了一层寒冷的鸡皮疙瘩，手在神经质地颤抖。

这老头子是家族里的长辈，娟子的四大爷，是个最讲究道德伦理的人。他整天满口的"三从四德""二十四孝""三善道三恶道"不离嘴。闺女媳妇都怕他。今天听说王唯一被人抓起来，他对儿子媳妇说，又是什么人"绑票"来了，就好奇地来看看，可不让家里的其他人来。他一见这次苗头不小，心想恐怕是到了"劫数"，天下要大乱了。他同人们一道为王唯一的死高兴得流出眼泪来，但心里也很害怕。

他注意到女人也出了头，真是大吃一惊，照他的说法是"阴人"要当朝了。一见族里的孙女在里头，早把他气坏了。但他不敢到台上直接找娟子——他怕她的枪——却向孩子的母亲奔来了。

"仁义家的！你看到没有？你、你眼瞎啦！"他气愤得浑身发抖，枣木拐棍用力向地上一点一点地直撞，像要把地球捅透似的，"你……你闺女反啦！还要不要脸啦！啊？"

嫚子吓得直往母亲怀里钻。

人们都替这个可怜的女人捏着两把汗。

母亲深知这个老人的一切，但她还是第一次遭到他这样的叱责和侮辱。她恐怖地看着他，乞求哀怜地说：

"他四大爷，孩子自个愿做的，当妈的也没法子呀。"

"啊！"老头子的肚皮也快气炸了。想不到在这么多人面前，一个下辈媳妇能不听他的话，真失去他当老人的尊严。他用拐棍指着——几乎打到母亲的脸上，大声地嘶叫道：

"你反啦！啊？快去把她拖回家去！快，快快快！"

母亲抬起头，通过许许多多的人头，望着台子上的女儿。台上的人们，都睁大眼睛注视着她，好像在说："老人家，就看你的啦！"

娟子两眼噙着泪水，紧紧地瞅着母亲。啊！妈妈太可怜了，她要去保护她！娟子正要冲下来，但被姜永泉拦住了。他对德松、玉秋说了几句，他俩就跳下台来。

母亲觉得那人做得很对，她也是不让女儿下来呀！他似乎知道她心里想的什么。

母亲闭着嘴，咬着牙，显露在嘴唇两旁的皱纹更深了。她用力把怀里的孩子护住，仿佛要准备挨打似的。她的心在乱翻乱绞。她非常怕这个长辈，他有权叫一个女人去死。不是有的女人犯了"家规""族法"被处死过吗？不是有的寡妇得罪了长辈被卖掉的吗？她不能犯了这些错，被人家讥笑嘲骂以至受刑啊！她本该去拖着女儿回家，好好教训她一顿，再不准出门惹是非，叫作妈的担惊受怕，受人责骂，把心都揉碎了。然而，有种东西，像是一把火从她内心烧起来，把她屈从哀怜的眼泪焚干了。女儿有什么不对呢？她杀死了一家的大仇人，她和男人一样的上山下地。女人就该比男人矮一头吗？不能同男人一起做事吗？唉，女人，女人生来就命苦。啊，娟子！娟子是好孩子，不能让她受委屈，有多大罪自己来受吧。孩子没有错！

母亲那善良驯顺的心，被愤怒的火燃烧着。她大声坚定地说：

"四叔！你愿怎么做，就怎么做好啦！孩子是我的，别人管不着。我不叫！"

老头子一听，张大嘴巴，恼怒地抡起拐棍……被德松等人拦住了。

母亲两眼盯着地，一声不响。

姜永泉和台子上的人们，舒口大气，又激动又兴奋地看着她。

娟子两眼夹着泪珠儿，像小孩子似的笑了。

母亲的心里有一块东西，像糖一样发甜，又像黄连一样苦涩。她回到家，天已经晌了。

她感到很疲乏，腰酸腿痛。她把孩子交给秀子抱出去，就开始做午饭了。

不一会，德强拉着姜永泉的手，后面跟着娟子，有说有笑地走进来。

母亲见有生人来，不知称呼什么好，张开两只糊满了地瓜面的手，有些恍然。娟子忙笑着说：

"妈，姜同志要去咱南屋住，好不好？"

"哦！怎么不好？好。"母亲怔愣一下，又不知怎么招呼，她觉得"姜同志"她不能叫，嘴怎么也张不开，只好憨憨地笑笑，说：

"哎，快上炕坐吧。"又吩咐德强去扫扫炕。

娟子看着姜永泉，两人会意地笑了。

"大娘，你忙你的吧！我给你烧火。"姜永泉说着坐在灶前的小板凳上，烧起火来。

母亲忙阻止道：

"哎，不用你，德强来烧。"

"走，兄弟！咱们去拾掇屋去。"娟子说着，母亲还没来得及责怪，就拉着德强走了。

姜永泉第一次来到这屋里。他虽然来这个村半年了，可是母亲家没有牛，又怕引起怀疑，所以从没来过。但从娟子嘴里，他已知道这个家和母亲的一切。他这时打量着这幢低狭的茅草屋。

这一共是三间房。显然因年久失修，墙壁黑魆魆的。当中一间安着两口锅，旁边两间都用泥坯砌的墙壁隔着。西房门挂一条门帘，已经认不出原来的颜色，现在变成青灰色。正间靠北墙有几张桌子，上面摆着碗橱和几个油瓶。桌底下放着咸菜坛子，桌旁有个水缸，缸旁边放着几个摘下不久的肥大菜瓜。加上另一些什物用具，把屋子摆得满满的。可是东西都是干净的，整理得有条有理，放的位置也很合适。人一进门，就有个整洁的感觉，会马上想到屋主人的勤劳、整洁和作风的利落。

母亲和姜永泉也见过几次面，可是谁有工夫去注意和自己无关的牛倌做什么呢？姜永泉突然变成另一个人，使她觉得他是个生人，像刚来到时一样。现在只剩下他们两人在一起，母亲感到很尴尬，又见他很和善，跟娟子很熟悉，她又觉得有些亲近，但不知说什么好。

姜永泉看着母亲埋头在做饭，她那浓厚的黑里带灰的头发，跟着调面前后起动的身子，一飘一忽地掀动着，心中升起一种同情又敬佩的感情。觉得这位老大娘跟自己的母亲一样，不，比亲母亲更好些。他想起刚才在会场上那一幕，多不容易啊！看起来是那样衰弱无力的女人，竟有那么大的勇气和力量。他当时真担心她吃不住，会拖着闺女回去！

"大娘，今天那个老大爷，是谁？"他已听娟子说过，这时却故意问道。

"是他四大爷。"母亲叹了口气。

"大娘，你做得真对，真对！"姜永泉从心里发出热烈的赞叹。

母亲听着赞许的话，不自然地笑笑，微微地摇了摇头，停住活计，很担心地问：

"姜同志，"她不知不觉地叫出来了，"你说世道真变了吗？"

"大娘，真变啦！"姜永泉见她舒了口气，接着说，"大娘，你不要害怕。你看，王唯一不是被咱们打倒了嘛！只要咱们穷人都起来，跟着共产党走，就能当家做主人，再不是财主的天下啦。现在鬼子侵占咱中国，大伙要一条心打走鬼子，好过太平日子。"

母亲静静地听着。她心里那糖一样的东西愈来愈甜，那块苦涩的东西渐渐在消失。她心里豁亮了好些。

"姜同志，你看俺家娟子能行吗？"

"大娘，她很行。她很能干！"

"噢，就是个女孩子家的，怕人笑话。"母亲嘴上这么说，心里却有些

— 33 —

兴奋。

"不，大娘！咱们新社会，男女讲平等。往后哇，女人也一样做大事。"姜永泉想起军队里的生活，兴奋地说：

"大娘，咱们八路军里，还有女兵呢！"

母亲心里那块苦涩的东西全消失了，都是甜丝丝的味道。不知是那锅里沸开的水冒出来的白色热气蒸的，还是从未有过来自心内的欢悦的缘故，母亲那布满纹线的脸上，浮现出一层油腻腻的红晕，放着春色般的神韵！

秋末的黄昏来得总是很快，还没等山野上被日光蒸发起的水汽消散，太阳就落进了西山。于是，山谷中的岚风带着浓重的凉意，驱赶着白色的雾气，向山下游荡；而山峰的阴影，更快地倒压在村庄上，阴影越来越浓，渐渐和夜色混成一体，但不久，又被月亮烛成银灰色了。

王唯一死后一个多月的一天晚上，王官庄的人们都在家吃饭的时候，朦胧的月光下有两个人影，很快地向村南头走着。后面那个人挑着东西，显然是前面那个戴礼帽穿长袍的人的脚夫。他们很熟悉地进了高大围墙的拱门，走进有着长长的走廊的大门里。

杏莉听到一阵脚步声，扭回头一看，把她惊怔住了。灯光下，只见那个人细长的个子，穿着灰色长袍，纹褶分明的香色礼帽，压在狭长的头上，脸皮雪白，以致脖子上的血脉清清楚楚地现出来，像根根的青绳子。这时，他正小心翼翼地帮那挑夫从担子上拿下一个沉重的皮箱。

"哎呀，爹！是你回来啦！真想不到啊！"杏莉惊喜地叫着跑上去，"爹，你快歇歇吧，我来拿东西。"

王柬芝已把皮箱轻轻地放在地上，拿出白绸子手帕，摘下礼帽，揩着秃脑门上的汗水，然后才看着女儿带笑地说：

"哦，好孩子，你长这么大了。"说着把杏莉要来提皮箱的手挡开，"这个不用你，快帮他把行李卷儿解下来。"

女儿对久别的父亲的不亲不热的态度有些迷惑，感到扫兴。

把东西收拾好后，王柬芝吩咐女儿把挑夫带出去吃饭、安顿下住处。又问道：

"你妈呢？"

"她在北屋。"杏莉答道。

"哦，叫她到这里来。"

杏莉不大高兴地领着挑夫出去了。不一会，王東芝的妻子走进来。

她是三十几岁的人，白皙鸭蛋形的脸儿，还红晕晕的很有光彩，细眯眯的眼睛说明她是个好看而多情的女人。她走在门槛外，黑暗中略停一刹，那淡淡的细长眉毛猛耸了几下，小嘴两边皱起纹褶。可是当她迈进门里站在灯光下时，随着这一步，她的眉毛展开了，嘴角上的细皱纹变成了微笑，但，像有苦味的东西衔在嘴里似的，这笑显得不自然。

"啊，你，你回来了。累吧……吃饭吧？我去做。"她似乎想托故走开，身子向门外侧偏着，话一停，就有个阴影浮在她眼窝下。

王東芝扬起一只眉毛，向妻子身上打量几眼，笑笑，没理她的话。他叫她打开放在柜子顶上的朱漆黑红的大樟木箱子，把他带来的那个沉重的皮箱放在里面，外面加上两道大铜锁，并把几把钥匙都从妻子手里要过来。

王東芝的突然回来，莫说他的妻子、女儿很惊异，就是他本人也不能不感到生活变化得实在突兀，环境变换得实在急速。他还真有点不大相信，前几天还住在牟平城的华丽楼房的他，现在已躺在大荒山村里的炕上了。事情演变得多么快啊。

王東芝在北平的大学里念新闻系的时候，已经是个国民党员了，特别是在破坏学生运动、监视进步学生方面，表现出了他的才干，得到上司的重视。大学毕业后，他到了烟台，在《鲁东日报》①报馆里当编辑。不久，又到一个中学当语文教员。这不过是他的公开拿薪水的职业罢了，而他实际上的责任，那就重要得多了。那就是对付共产党，进行间谍工作。"七七事变"后，国民党山东省政府主席韩复榘望风而逃，其他下面的官员们更是乱成一团，各保自身，忙于发财逃命。这时王東芝也着慌了，几乎卷席回家，可是很快他就安定下来了。他的直接上司——国民党鲁东区特派专员郑威平，得到上峰的明确指示：剿共政策坚定不变。为此，他们就留下来和日本人合作了。牟平县伪县长宋健吾被共产党领导的起义军打死

---

① 鲁东日报——国民党胶东地方的报纸。

后，郑威平为了加强对地方的控制，和日军更密切有力的合作，就从烟台搬到牟平城来。王東芝跟着上司到了牟平，名义上还是教学，其实是负责和日军的秘密联络工作。

胶东的昆嵛山一带，素来是个不安宁的地方。这倒不是那些山上自古就有的起来造反的农民使他们担心，而是因为共产党在那里种下了种子，这可真是他们的心腹大患了。虽说1935年共产党发动的暴动被他们拼尽全力镇压下去①，可是这不等于那里的地面太平无事了；相反，像扑不灭的野火、伐不尽的山木一样，共产党的组织在老百姓中更加生了根，逐步扩大起来了。"七七事变"以来，共产党为了抗日救中国，又领导人民举行起义，并比上次更凶更猛，好些地方已是他们的天下了。眼看昆嵛山区成了胶东共产党的心腹根据地，在国民党反动派的心里，这怎么能不可怕呢？简直比猛兽洪水还要厉害哪！

王唯一死得是那样突然和迅速，简直把王東芝惊呆了。

他恼怒的样子，使跟了他三四年的情妇淑花都怕起来。

"你、你怎么啦？"她惊吓地望着他。

"哼！他妈的，共产党！共匪……"王東芝怒吼着，猛地折断握在手中的一支铅笔……

正在这时，郑威平专员派人来找他了。王東芝到了专员那里，见一位日军情报官也在座。一切计划很快谈好了。王東芝就忙着试电台，做行动的准备工作……他把已经正式当了伪军的侄子王竹和王流子找来，了解了家乡的近况，俟好时机，他离别了哭哭嚷嚷的情妇淑花，回到本来他很不愿回来的家乡……

王東芝躺在炕上，眼望窗户想着先前的事情，和今后的生活，虽然长途的跋涉已使他相当疲劳，他却还是睡不着。他的耳朵听得很仔细，窗外的微风吹着碎草发出的声音，都听得清清楚楚。猛然传来一声轰响，他立刻屏住呼吸。但是当他辨别出是一只猫从墙头上跳下来的声音时，马上又

---

① 系指1935年2月14日（俗称"二一四"）中共胶东特委组织发动的武装起义。起义面波及几个县，参加的群众很多。其目的是打土豪、烧契约、分田地，进行土地革命，但因反动势力的残酷血腥镇压，和党组织本身的错误，故起义失败了。共产党员和群众牺牲很多，损失很大。

平静下来。他觉得自己过敏得有点可笑。是的，在离开牟平之前，王枣芝早就打算过了：他对自己回到这个已经变成另一个天地的山村，并不感到有什么可怕的。他知道自己虽是地主，可是没面对面地剥削压迫过农民，没得罪过人，回家的那几次他也非常注意博得老百姓的好感，同时也收到了效果；而且，谁会知道他的实际职业呢！他还想起，在1935年春天共产党的暴动失败后，他回家住了些天，把粮仓里快发霉了的粮食分给那些饿得发昏的穷小子，从一张张瘦骨嶙峋的脸上他看到了是怎样地表示对他王枣芝的感激……当然，那些感激他的施舍的人不会知道他王枣芝那次回来是有使命的（在王枣芝那次回来交给衙门里一张名单以后，使多少个共产党员和跟着共产党走的积极分子的人头落地了啊……），他们不可能了解这个秘密。共产党的抗日统一战线他王枣芝也曾熟读过，除去对投降日本当汉奸的分子，对一般地主是不加问罪的，而对当汉奸的也是一人做事一人当。所以，他王枣芝虽然和汉奸王唯一是叔伯弟兄，可是早就分了家，人们又知道他们两家有过纠纷，往来稀薄，为此，他王枣芝也可以放心了……过去的事都好办，问题最主要的还是看今后怎么做……

王枣芝想到刚才过分紧张的心情，脑子里油然浮现出这样一个情景：有一只灰色老狼，在黑夜中向庄院袭来。狼本来的走路声已经够轻了，轻得到了人的耳朵听不见的程度，可是它还是胆颤心跳，尽量放轻软软的脚掌。其实它有什么可怕的呢？一只鸡或者是由于父母疏忽而丢在街头的小孩子，对狼来说还不等于是送到嘴里的肉嘛！

王枣芝想到把自己比成老灰狼的角色，不觉脸上皱起一层笑纹。

第三章

一个寒冬的晚上，大北风在院子里狂暴地吹着，门、窗都发出刺耳的叫啸。稀稀疏疏的雪花，在暴风中狂舞、挣扎。屋里，明亮的灯光下，铺着带花纹的雪白的大苇席的炕上，放着雕刻着蛇龙的弯腿的暗红色炕桌，桌上摆着鼓肚锡酒壶，大盘小碟一个挨一个。王東芝正在和两个人饮酒。

三个人满面春风，吃吃喝喝很是痛快。王東芝感到头很热，就转回身靠近窗户，望着暴风雪的黑夜，想起从回家那天到现在的情况，他满意地笑了。

王東芝刚回来时，和外人谈起来，开头他总是说当他回到家听说王唯一被民主政府判处了死刑，心里也有点难受。"他毕竟和我是叔伯弟兄啊！"王東芝有些伤心地说。可是接着他马上就改变了态度，变为愤怒了。他痛骂王唯一卖国当汉奸，在乡里犯了那么多的罪恶，他的死是罪有应得的，然后表示他王東芝拥护共产党的做法，他素来就同王唯一不和，这些乡亲们也都是知道的，他王東芝是和王唯一走的两条路。谈到自己在外面的情况，王東芝便满怀愤恨悲痛地讲起他所看到的和亲身遭遇的事情：国民党如何不抗战，鬼子来了，到处杀人放火，奸淫掳掠，祖国遍地一片焦土。同胞的血淋淋的尸首使他认清了现实，深深感到亡国奴的日子没法过下去，他领着学生参加反对日本帝国主义的宣传活动，结果被敌人抓去关在牢狱里好几个月，出来他又不顾迫害地参加了救亡工作……当他听说家乡有了共产党领导抗日，就不顾敌人的阻难而奔回来，誓为抗日尽力。他说这些话时，那种痛苦万状，捧腹揪心的神态，很使人们动心。

光说空话不行，王柬芝还用实际行动来证明自己的抗日爱国心。他把山峦、土地献出一部分来，又把大批陈粮交了公粮，并自愿帮助政府办小学，以尽他知识分子一点力量。

王官庄是周围十几里最大的一个村子，又是乡公所的所在地，因此自早中心小学就设在这里，别村的孩子也到这儿来上学。

学校的房子，紧靠王柬芝的住宅，也是高大的砖瓦房，宽敞的大院子里还种植着各种树木花草。这是王唯一下令全乡出钱出力修盖的。学校的校长和校产的东家都是他乡长一人，收入是属于他自己的。现在王唯一死了，为了团结抗日，民主政府就叫王柬芝当了校长。

原来学校有三个先生，两个男的一个女的。据说那个女的同男的合不来，早在起义之前就辞职走了。

两个男教员中，一个叫宫少尼的是王柬芝的姑表弟，年轻轻的爱打扮，留着洋头，镶着金牙，细溜溜的身材，穿得漂漂亮亮，很是洒落雅致，满身风流。前些年他曾跟表哥王柬芝在外面逛过，后来家里死了娘，回来戴孝送殡，由于年头不太平没再出去，就被大表哥王唯一请来教学。

另一个叫吕锡铅，是离此五里路万家沟村的人。这人有四十多岁，一副老私塾先生打扮。他那颗长长的头，上面大下面尖，和驴头的形状相仿佛，走起路来头老是向前一点一点的，好像身子担不住头的重量，头老想掉下来似的。吕锡铅往年曾在县衙门里当过书记，后来不知怎么丢了差事，又教学了。

这两位先生，很快就成为王柬芝的党羽。今天晚上王柬芝宴请的客人，就是这两位人物。

王柬芝和两位教员已经吃喝了好一阵子，每人脸上红油油的，眼睛像夏天隔了夜的死鱼的眼睛——红紫紫的。

王柬芝这时转过身来，细眯着左眼，向对面那个脖子已喝红、身穿黑马褂的一位说：

"老吕，你好些了。可是还要注意，一定要做到爱学生，不打不骂，要学生家长满意才行。"

"唉！"吕锡铅委屈地叹息着，摇摇紫红的大驴头，"柬芝，你不知道，这些穷小子真气死人，什么抗日呀，抓汉奸哪，在早先时候，我早打扁他们了。吓，特别是冯德强这个小子！"

说完仰起脖子喝口大酒，仿佛在吞下他恨的人似的。

"不，吕先生！"那个镶着金牙的年轻人，瞪着一双小绿豆眼，讨好地看看王柬芝，"柬芝兄说得对，他们得势的日子不会长，将来有那么一天，我宫少尼……"他把手用力举起，狠狠地攥着黄瘦的条条青筋的拳头，放下时却很轻。

"老吕，少喝点吧，不要醉了。"王柬芝说，"明天回家再和万守普碰碰头，看看他们的情形……"

当啷一声，吕锡铅的酒杯掉到炕上，把王柬芝吓了一跳。

吕锡铅瞪起血红的眼睛，凶狠地叫道：

"够……够啦！我不去！我不去求他这个国民党的红人！"

"老吕，你醉了怎的？"王柬芝有些吃惊。

"我……我没醉。我人醉心不醉……"他说着抓起酒壶又往口里倒。宫少尼忙夺下酒壶：

"吕先生，你……"

"好，你们不给我喝我就不喝，我不喝你们的臊尿水，你们也别想叫我去拉磨……我，我命苦啊……"他忽然大哭起来，哭得又是鼻涕又是泪，不管王柬芝和宫少尼如何阻拦，他都不听，呜呜咽咽地说下去：

"我是狗，就只能给人家颠颠跑跑。嘿嘿！我吕大头前些年也在人前站过，衙门里谁不知道我吕书记！我一杆笔一张纸，谁想打赢官司不给个百儿八十块的哟！县太爷的小舅子要来，就把我一脚踢开了。

"守普，万守普！当初要我加入国民党的时候，他吹嘘得多好听啊！什么蒋总统的嫡系呀，能升官发财呀……他姥姥的，我丢了差事去找他，他不但不帮忙，反倒六亲不认了。你们又要我干什么？我不干！我吕大头什么也不干了……"

"你住口！"王柬芝可气炸了，用力猛击桌子，那盘盘碟碟都跳了起来。

吕锡铅猛吃一惊，头脑有些清醒，蒙眬着泪眼看着王柬芝那狰狞的凶相，脸上立刻现出恐惧的表情。他像胆小的人闯下大祸似的木呆呆地等候着就要来临的恶果。但是王柬芝瞅了瞅他，脸上现出缓和的神气，亲昵地对他说：

"老吕，以后可不要喝这么多酒啦！要是在这上面坏了事，那可太不值得了！我知道，你近几年很受委屈，可谁没有自己的苦衷和不幸呢！拿我来说吧，为什么城市不住，那样的荣华不享，来到这荒山沟里呢？我受的教育、我的地位不比你高吗？这就叫大丈夫能伸能屈。老吕，想出人头地，就得多为大局为将来着想，'皮之不存，毛将焉附？'这样浅显的道理你还不懂吗？"

"老吕，想必你看到家兄的死了吧？难道还不明白，要让这些穷小子长期当政，共产党得了天下，我们这些在他们眼里是'身上不干净'的人，早晚不都要被清算吗？我王柬芝为什么看着哥哥的坟头还没长上草，就去向杀他的人献殷勤呢？对了，我们要搞垮他们。能，完全能！要相信汪总裁的卓越领导和精辟的见解。他早说过，日本人并不可怕，可怕的是共产党。还不明白吗？这山区是胶东共产党的老窝，他们赖以图存的命根子。所以，我们这些国家的栋梁——国民党员们，不能坐以待毙，而要行动起来！嘿，老吕，脑子清醒些吧！等我们胜利了，毋庸说你那个小小的书记职位，就是当区长、县长，又有什么不可呢！哈哈……"

"哈哈……"宫少尼跟着笑了。

吕锡铅脸上的苦皱纹也舒展开来了。

过了一会，王柬芝又苦恼地说：

"唉，不知怎么闹的，电台就是沟不通，真成问题。你们去都不合适，哪里能找个适当的人去联络一趟呢？唉……"

忽然，门响了。他们有些吃惊。宫少尼打开门，见是长工，才松口气。王柬芝一股怒气冲上来，可马上又笑了，说：

"是长锁呀，坐坐吧。"

王长锁一见自己来得不是时候，正要退回去，听东家这么一让，忙赔笑道：

"啊，是先生们哪！咱是来问问校长，明儿村上要大车送公粮，咱去不去？"

王柬芝早对家人声明过，不准叫他二爷、东家或掌柜的，一律称校长。王长锁说罢，他忙答道：

"嗨，这还用问，抗日的事嘛，咱还能落后！去，一定去！"

王长锁一出门，宫少尼狠狠地盯他一眼，轻蔑地笑笑……

他忽然心里一亮，对王柬芝说：

"哎，叫这家伙去怎么样？"

"你傻啦，他能靠得住？"

宫少尼却意味深长地笑着，他笑得有原因。

十四年前，正在牟平城念书的王柬芝，被还没死的父亲叫回家成亲。

他，一个年轻的花花公子，城市里那么多风流女人，早迷惑了他。何况他正在一天一封书，向那个卖弄风情摆身价子的县长小姐求爱呢？可是他拗不过固执的父亲，结果和一个没落地主家的闺女成了亲。

他是那样轻蔑她，讨厌她，没住几天就走了。王柬芝根本不承认自己有老婆，也没把这件事放在心上。

这位可怜的千金小姐，就这样完结了她在闺秀中的美妙梦境。她守着这座阴森高大的住宅，是多么空虚和孤寂，多么阴冷和痛苦！家里除去一个快老死已不管事的公公外，什么别的人也没有了。她是唯一的主人。她无聊地和狗讲话，找猫做伴。她深深感到自己前途的渺茫。渐渐她埋怨父母不该把她嫁给这样的富人家，她仇恨这个有钱少爷的无情。她甚至想到不如跟个穷人好，有个人做伴，就是苦，也比这年轻轻的守活寡好受啊！她觉得世界上的人都比她好过，她是个最不幸的人了。

她慢慢地注意到年轻力壮的长工王长锁。开始她是从窗口上、门缝中窥看他那赤臂露腿的黑红肌肉和厚实粗壮的体格。后来借故同他说话，吩咐他做她目光能及的地方的活计，再后来，她索性不要他上山，专门替她照料家务。

王长锁是个没爹没娘的孤儿，整天连句话都不肯多说，他忠厚淳朴得有些迟钝。他做梦也没想到一个有钱有势人家的年轻女主人会注意到他。他根本没想到这辈子还能有老婆。

然而，炽燃在女人心头的野性情火，使她愈来愈大胆地进攻了。这老实人初发觉时，立即逃避，他以为她是在戏弄他，他不相信她心里会真有他，搞不好她会把他一掷，他就要立即粉碎。但受苦人善良的同情心是强烈的，这心情像虫子一样悄悄地爬出来，他感激她，同情她……

一个大风雪的深夜里，王长锁披着衣服到马棚里去给牲口添草。突然，一个黑影扑到他身上，伏偎在他怀里。他一时吓呆了……一切都明白

— 42 —

了。可是他没有叫起来，嘴张不开；也没把她推开，他全身一点力气也没有了。他屈服了，做了她的俘虏……从此以后，每当夜静更深的时候，王长锁就偷偷地溜进女主人的屋里。她正在等着他。

他们幸福欢乐过后，都会一齐感到前途的可怕，充满了恐怖。这时，她就说：

"不要怕，咱们就这样过下去。他反正是不回来了。唉，又有什么法子啊……"

不久，有了孩子。天哪，怎么办呢？自古有多少私情的男女，都是为有了孩子而败露惨遭丧命的呀！正在他们惊恐万状的时候，老公公死了，王柬芝回来送殡，住了几天又走了。她欢喜极了，可以生下自己的孩子了！因为她可以把孩子说成是王柬芝的，能轻易地遮盖过去了。就这样，把杏莉生下来了。而以后，一有了胎就打掉……

看来，他们是多么残忍呐！可是感情使他们难分，社会逼使他们不这样就无法生存。

他们在表面上还是主仆关系，实际上却起了变化。她觉得他就是她的丈夫，她就是他的妻子，他就是她的命根子，她的一切。

宫少尼来当教师了，这位年轻的表弟看上了这位表嫂。

她虽是三十几岁的人，可并不显老，她还很漂亮，太阳很少晒到她那白嫩细腻的皮肤，她有着蛋形匀称的红晕脸孔，在月牙儿似的淡淡眉毛下，藏着一双细眯着的秋波闪闪的眼睛，她那袅娜的身躯，突出的胸脯，纤细的小手，就连前额和眼角上细细的条纹，在表弟看来，都是故意生出来迷人的。他想，这个守着这么多年空房的女人，一见他这样年轻风流的美男子，还不像苍蝇见到血，赶都赶不走吗？

可不料，宫少尼碰到几鼻子灰，几乎使他倒了霉。他又羞又怒，又恨又恼，就越眼馋心痒。但无隙可乘，又怕闹出事来，只好忍气吞声，暗找孔子钻。当宫少尼发现她已有情人时，越发加上个醋字。可是他不舍得把她损害——这在他来讲实在不难，只要向王唯一讲一声，就要了他们的命——却又一直插不上手。现在他笑了，心里涌出一个美妙的圈套，这圈套足以使那美人儿，不能不投向自己的怀抱。

宫少尼知道表兄不爱妻子，外面另有女人，但是前几年在外面跟从王柬芝的经验，使他更明白表兄是个奸诈的人，假如照直说出自己的圈套，可能会对自身不利。所以他只藏头露尾地把表嫂和王长锁勾搭的事说了几句，他说得是那么含糊，那么巧妙，连吕锡铅也听不出个头绪来。但从王柬芝时时抬眼向他望着的表情上，他知道表兄听懂了，渐渐地表兄脸上泛起那熟悉的阴冷的微笑，这是他决定什么主意的预兆。啊！表兄可能和自己想通心思了。其实宫少尼对王长锁并没有寄予什么太大的希望，他只不过想借此达到占有表嫂的目的。宫少尼哪里知道王柬芝却抓住了一根重要绳索，这条绳索把王长锁和杏莉的母亲，牢牢地捆在自己的身边。

自从王柬芝回来后，王长锁早不敢同杏莉母亲来往了。杏莉母亲一天到晚愁颦着眉脸，偷偷地哭泣，在王柬芝面前，还要做出高兴的样子。她希望他快点走，永远别再回来；可是看情形他倒要长久住下来，这是她不能忍受的啊。她一点法子也没有，唯有在看到她和王长锁的命根子——杏莉时，才感到慰心些。对于社会的改变，她一点也不关心，也不明白是怎么回事。她同外界没有联系，这么多年的高大围墙隔离着人们的声音传进来，遮住阳光射进来，她在背光的阴暗处，悄悄地悲哀地打发着日子。

这天吃晚饭的时候，杏莉才从外面跑回来，嘴里还哼着歌儿。王柬芝一向对女儿很冷淡，这回却关心地问道：

"上哪去了，这么晚才回来？不饿吗？"

"放学后到德强家去了。"杏莉接过母亲递过来的筷子，端起一碗饭，垂下眼帘不看王柬芝一眼。停了一下，反问道：

"怎么，不好吗？"

"哦，怎么不好？好，很好。德强家是干部，又住着区农救会长，多跟他们接近才能进步，我还要抽空去拜访呢。嘿嘿！"

杏莉听王柬芝这么一说，天真地高兴起来。

"爹呀，你真开明。姜同志说你是开明人士呢。自动献山峦献地、又免费教学……"

"看你，说起就没个完。还不快吃饭！"母亲打断女儿的话，催促道，一面夹一筷子菜放进她碗里。

王柬芝脸上也显出笑容，说：

"你以后多到他家去，听些好事告诉我和你妈，咱们也开通开通。"

"嗯哪！俺就高兴去。"杏莉高兴地说。她见母亲苦笑了一下。

吃完饭，王柬芝对妻子说：

"今夜不要等我，我有事，和少尼在学校里睡。"

夜，深沉阴冷的夜。

院子里脱了叶的檀香树，和长青的柏松树，在随风呼啸。大骡子用力咀嚼着草料，发出咯吱咯吱的响声。吃完了，它就甩头打喷嚏，没有人出来添草料，它又用蹄子使劲刨地，还没有人来，它就嘶叫起来。

"我该走啦，不早了……"这是王长锁不坚决的声音。

"不。他今夜不回来啦，天亮还早……多不容易在一块啊！"杏莉母亲柔情幸福地说着，把他抱得更紧……

大骡子吃了一惊：从它槽底下爬出一个人来。它高兴地呼哧呼哧鼻子，但马上失望了：那人根本不理它，直奔房门口去了。

突然，一阵叫门声传进屋来，王长锁急忙爬起，浑身打哆嗦，不知所措。杏莉母亲身上也凉了半截，忙把他摁到炕前的桌子底下。

"杏莉她妈，快开门呀！"外面有人叫道。

"哎，来、来啦。就、就来……"她慌里慌张，蹬上裤子，拉一件衣服披上，跑来开门。

门开了跟着一道刺眼的手电光射进来，王柬芝带埋怨地说：

"开门这长时间，怎么闹的？少尼那铺盖少，冻醒了。看，睡觉大门也没插好……"

她待在那里，心里像揣着个小兔嘣嘣乱跳。她把他让进屋，什么也答不上来。

王柬芝若无其事地闩上门，又叫她点着灯，他那双眼睛四处巡视着。杏莉母亲越来越控制不住自己，端灯的手颤抖不停。她用身子挡着向桌子方向射去的灯光，催他快睡下。

"咦！你这穿的谁的衣裳？"

她的脸刷一下惨白了：她正披着王长锁的衣服。

"哦，噢，我急着去开门，穿、穿错啦。是、是伙计的，扣子掉了，下晚拿、拿来缝缝的……"她的嘴唇颤抖着，忙去换衣服。

"哦，是这么回事。对啦，我的那双皮鞋呢？明天要穿，找来擦擦。"王柬芝说着就要到桌子底下去摸。

这一刻，她的心都停止跳动了！忙阻拦道：

"我替你找……"

"啊！这是谁？"王柬芝向桌底下一摸，大叫道。

王长锁爬出来，捣蒜般的磕头。杏莉母亲扑到炕上，大哭起来。

"好哇，你们做的好事！啊！这还了得……"王柬芝破着嗓子叫起来。

"我……我错了。都是我的罪过。是我自个来的，不怨她！校长、掌柜的、开开恩吧……"王长锁跪着求饶。他这一刻，全被巨大的恐怖控制住，悔不该当初失了足，这不单是害了自己，而且戕害了她，害了挚爱着自己的人。他的求饶，完全是为了她。

"不，是我叫他来的，没他的事。该杀该打打我吧！啊，天哪……"她哭着。这女人倒没有懊悔自己行为的意思，只是觉得不该被人发觉，从而破坏了他们的幸福。如果说要把他们拆散，她倒甘愿不拆散忍受这种羞辱好些。她虽然哭，可没有向丈夫屈求的意愿。

王柬芝又骂了一顿，显出无可奈何的神情，说：

"唉！你们这些贱人，败坏家风，叫我怎么有脸见人！"

"掌柜的，开开恩吧！叫我爬刀山过火海我都去。只要你饶了俺们这回。"

王柬芝沉下脸来，说：

"长锁，你可知道你们犯下多大的罪，就是我能饶你们，要叫八路干部知道了，哼，不是刀杀就是活埋！"

杏莉母亲只是哭号。王长锁不住声地苦苦哀求。王柬芝长叹一声，说：

"唉，好吧。碰上你们这些不争气的人，我也跟着丢脸，我不是那旧脑筋的人，就饶过你们吧。不过，长锁，人要有良心，你以后可得听我的话！"他又瞪妻子一眼，说：

"你呀，反正不愿跟我，我也是外面的人，那就随你们的便吧！可是不能被外人知道了。这对我是小事，你们可就别想要命了！"

他俩还不信这是真的，后来听到要用着王长锁了，才半信半疑地答应下来，向这个"大恩人"叩头……

几天以后，王长锁找着村长，开了通行证。他对老德顺说要到西山村姑家去走亲戚。西山村离日本的据点——道水，只有五六里路。

中午。

晴朗的天空上，铺挂着一块块白皑皑的云彩。学校里，传出童音的清脆歌声：

> 月牙弯弯
> 星儿闪闪
> 我们都是儿童团
> 站岗放哨
> 又当侦察员
> 盘查行人
> 抓汉奸
>
> 鬼子来了
> 我们就跑
> 找到八路去报告
> 领着八路
> 手拿枪刀
> 杀退鬼子
> 把家乡保……

杏莉站在平时先生上课站的讲坛上，挥舞着两臂指挥。坐在下面的穿着各种破破烂烂衣服的男女孩子，都齐声地唱着。在她那如月牙似的柳叶一样的细长眉毛下，有同她母亲一样妩媚好看的细眯着的眼睛，薄薄的小嘴唇灵巧地动着，发出比谁都清亮的银铃般的声音，由于害羞，小脸蛋红红的。

德强站在最前排的桌子旁边，出神地看着杏莉的每个动作。真的，他从来不觉得她像今天这样好看，这样讨人喜欢。"都会唱啦，团长！行了吧？"唱完了，杏莉向德强问道。

德强忙点点头，转回身，朝着都在看他的孩子们说：

"好啦，今天就学到这为止，明天再学新的吧。""团长，我有个话，当说不当说？"一个穿得很破的孩子，站起来粗声粗气地问。

"什么事？说吧。"德强答道。

这孩子有些局促不安地向周围看看，见有几个人向他挤眉弄眼——鼓励他快说，他才结结巴巴地说：

"俺、俺说不好。就是杏莉……"他停下了。

德强一听说杏莉，不觉心里有点跳，焦急地催他：

"快说呀！怎么不说啦？"

"俺没念书、不知对不对。就是杏莉是汉奸家里的，不能当儿童团员。"那孩子说完忙坐下去。

孩子们都哄闹起来。有的说对，有的说不对。

杏莉心里又羞愧又难过又生气，脸都涨紫了，那双泪水就要溢出来的眼睛，紧看着德强。

德强很慌乱，又难过又气愤。他知道杏莉受了委屈，但又找不出责怪那孩子的理由。乱了一阵，他招呼大家平静下来，说：

"刚才小黑子说得也有理。汉奸家的人咱们不要他，可是杏莉家和王唯一家不一样。姜同志说过，咱们抗日人越多越好，有钱出钱，有力出力。杏莉她爹不也拿出很多东西来吗？人家杏莉很积极，还教咱们唱歌，怎么不能当团员呢？"

这么一来，那孩子没话说了，大家也都向着团长。虽然如此，德强还觉得心里不好受。杏莉也认为受了好大冤枉。

为什么德强和杏莉这两个出身截然不同的孩子，会这样相好呢？说起来，倒很有些来历。

德强今年十五岁，高小就要毕业了。德强刚上学时，因家里穷，用砖瓦块当石板，滑石①当石笔。他穿戴的不好，用的又赶不上人家，这天真幼小的孩子，常常受别人的嘲笑和欺侮。他没有别的法子，只有向母亲哭闹，躺在地上打滚，非要和人家一样的东西不可。

父亲上来脾气，就要动手打他，但母亲总是哄着孩子。她给他擦眼泪揩鼻涕，拍掉身上的土，把他摔掉的书重新整理好，煮个鸡蛋哄他别哭，愁忧忧地安慰儿子说：

---

① 滑石——一种软石头，能在硬物体上画出白线来。

"孩子，别比人家，咱们穷啊！好孩子，听妈的话，念好书要紧！"

这位勤劳的母亲，费尽心机来装扮自己的儿子。衣服虽旧，她做的使儿子穿上合身而又整洁。她用一件出嫁时穿的旧夹衣的蓝格布里子，给孩子改做成一个小书包，虽不如别人的新，可是手巧的母亲，做的样子却比别人的好看，使儿子能擦干泪水去上学。

母亲的这一切感染着儿子，渐渐地德强不再向母亲哭闹，缺什么也不向母亲要了。他也学会用力忍受着困苦。有时还知道去安慰母亲。在他幼小的心灵上，也深深划上"咱们穷啊"的印痕。

但是，本能的好胜心，使孩子越来越感到不甘心不服气，他恨死一切有钱的人，他常帮穷孩子打架，揍财主的少爷羔子。为这他也吃了先生的不少苦头，但他从不屈服求饶。先生用两寸宽半寸厚镶着铜边的戒尺，打他的小手，打他的屁股和腿肚子。打得他手肿成小饽饽，腔上腿上青一块紫一条，先生是等学生求饶才松手的，可是德强闭着嘴蹙着眉，晶莹的泪珠挂在脸腮上，就是不叫唤。直到先生累坏了，有时板子打断了，才放手。

德强从不让母亲知道他挨了打，并警告任何人，不准把他挨打的事告诉他家里的人。可是有一次，他的手被打肿得吃饭时拿不住筷子，母亲发觉了，心疼得像油煎，抱着孩子哭了一宿。

德强越来越变得老成而易于激怒了。他学会了对付仇人的方法——寻准机会，用血换血，用拳头对拳头。他这次报复先生的是：折断先生茅厕里用手抓着拉屎的木楔子，照原样虚插在那里，先生刚蹲下用手去扶，却不料仰脸朝天，跌进及腰深的屎尿坑里。

德强牢牢记住父母的话，刻苦地学习着。

母亲每晚要到儿子住的南屋来察看。她眼前时常出现这样的情景：儿子怀里抱着灯，手里拿着书，睡着了。有时眉毛被灯火烧着，他痛醒过来，又继续攻读，读一阵又睡着了。母亲蹑手蹑脚地走过去，把灯火吹灭端走。不敢叫醒他脱去衣服再睡，因为他一醒，就又不睡了。

正因如此，每学期考试，德强都在全班头三名以内。在有钱人家孩子的嫉妒愤恨的眼光下，他拿着奖品回家给母亲看。

到了四年级，德强偶然和杏莉同桌，这使他非常不高兴。杏莉的一举一动他都看不惯，甚至连她无意朝他笑笑，他也视为是讥笑自己，一样引起反感。他觉得她是个十足的小妖精。

杏莉却不在乎这一点，也不怪他的粗鲁。她天真活泼地去接近他，友爱地对待他。看他缺了笔墨，就主动给他，向他问算不出来的算术，写不好的生字。

开始，德强全不理她，认为这个妖精在收买自己。可是慢慢他怀疑自己的断定了，因为在考试时，她从没叫他告诉什么；平时德强挨了先生的打，受到欺侮，杏莉都很同情他，有时还挺身而出地帮助他。这一切使德强迷惑起来，不明白是怎么回事。但他在内心时刻戒备着，好给随时来的侮辱——哪怕是一点点——迎头痛击。

一天一月一年地过去了，德强对杏莉的戒备不知不觉全部解除了。他不但不觉得她可厌，而且主动和她在一起温习功课。不过，德强从不上杏莉家里去。他想，杏莉是个好人，跟别的有钱人家的孩子不一样，至于她的家，她家里的人，不用说，还是道地的财主气。

有一天晚上放学时，杏莉友爱地笑着说：

"走，德强，到俺家去玩吧！"

"不，我回家还有事呢。"德强含糊地回答。

"走吧，这么晚了，哪还有事？"杏莉知道他撒谎，连拖带拉地把他拉到了家。

出乎德强的意料，杏莉母亲很和善。这个恋爱着长工的女人，很亲热地招待他，硬留他吃了饭再回家去。当然，德强从没把这事瞒过母亲。

这以后，他就时常到杏莉家来，晚上一块温习功课。星期日她帮他上山拾柴或帮母亲干些活。杏莉也常到德强家去。

母亲很喜欢这个天真秀丽的女孩子。

晚上，下弦月挂在树梢上，银白色的幽静月光，透过窗户射进屋里来。那窗户玻璃上的冰花雪纹，宛如一块用银丝刺绣成的碎花手帕，显得格外好看。杏莉和德强，都用手扶着窗台，向院子里望着。

这是一间不大的房间，里面有条用砖头砌起来能睡两三个人的炕，炕前有张长方形的桌子，上面有盏带罩的洋油灯，桌前放着两把方板凳。显然，这是他俩常在一起温习功课的地方。

"杏莉，你还生气吗？"德强温和地问道。

"生气，生那老汉奸的气！唉，真该死。"杏莉是哭过了，眼圈还是红的，脸上还留有泪痕。

两人慢慢挨膀坐到炕沿上。德强忽然想起什么，说：

"杏莉，夜里自个在这睡，不害怕吗？"

"怎么不怕？这么多大房子，也没有人住。过去有白老师做伴……她却走了！"杏莉很惋惜地说。

"是呀，她走有一年啦，不知上哪去了。白老师待咱们可真好啊。她知道的多么多呀！告诉咱们那么多新鲜事。咳，什么时候再见着她才好哩！"

"谁说不是，多会能跟她那样好的老师念书就好啦！"杏莉向往地说。

温习了一气功课后，德强从杏莉家出来，已经半夜了。他一出二门，只见一个人影一闪，有些吃惊，忙问：

"是谁？"

"是我。"那人影慢慢走出来，走到德强跟前。

"哦，是冯德强呀！怎么这么晚还不回家睡去，明天要上学呀。"

德强一见是宫老师，有些奇怪，就问：

"老师，这么晚啦，你上哪去？"

"哦！我、我呀……找校长，有点急事。"宫少尼支支吾吾地说。

德强听杏莉说过，她父亲好几天就不在这个院睡了，就关照地说：

"老师，校长不在这院睡，你走错了。"

"啊啊，我不知道。"宫少尼说着和德强一起走出来，见德强走远了，拭拭额上的冷汗，轻轻骂了一句，转回身又进里面去了。

杏莉母亲被一阵敲门声惊醒，她心里一阵剧跳。自从她和王长锁的事被王柬芝抓住后，她连惊带怕，又羞愧又无办法，真是痛苦极了。整天越发连大门都不敢出，躲避着人们的目光。王长锁走后这几天，她越想越怕，日夜为他担心。她怕他在路上出什么凶险，担心有人会知道他是进鬼子据点去的……

王长锁按照王柬芝的吩咐，到村长那里开了张假装到姑家去的通行证，实际上是把一个小包裹送给在道水的王竹。王柬芝说，这是王竹的媳妇和妹妹玉珍托他找人送给王竹的钱和几件衣服。虽说王唯一家是汉奸，可是看在兄弟情分上，加上女人们的苦苦哀求，他王柬芝不能不可怜家破人亡的侄子啊。当然，他也知道他们是坏人，不好亲近，故此为避免外人怀疑和找麻烦，叫王长锁背着别人的眼睛，行动要特别谨慎小心。他又暗示出，万一要是碰上八路军查问，切不可说实话，否则，他们——连杏莉母亲在内，性命也将难保！

杏莉母亲和王长锁，虽然不知道那个包裹里夹的是王柬芝给他上司的密信，但背着人偷偷地到鬼子据点里去，送东西给当了伪军的王竹，这不明明是和八路军作对吗？更何况，王竹当伪军小队长，吃、穿、花是不愁的，用不到家中送钱和衣服给他，王柬芝这不是明明白白在撒谎，叫他去干坏事吗？啊，要是被人家发现了，会当汉奸治罪的，多么危险啊！不去吧，刀柄攥在王柬芝手里，惹恼了王柬芝，他们马上就要完了啊！为着他们的私情不被外人知道，为了他们的孩子杏莉，他们顾不得这件事有多大危险，违背良心去干了。自长锁走后，这两天她真是提心吊胆，坐卧不宁，怎么他还不回来呢，莫非叫八路军捉去了……

杏莉母亲正在胡思乱想之际，听到有人敲门，高兴极了，一定是长锁回来了，不然谁会半夜三更来敲门呢！她眼睛里闪着欢悦的泪花，甩开被子爬起身，匆匆忙忙地去开了门。由于黑布帘遮盖着窗户，屋里漆黑一团，什么也分不清。

"啊，你可回来了！"她迎着一股寒气，向前扑去。

来人一声不响，张开两臂紧抱住她那只穿着内衫的身子。这样沉默好一会，对方身上的寒气驱散她身上的温暖，使她从狂热的激情中镇静下来。她开始觉得不对头，这双一刻不停地抚摸着她的赤臂的细腻的手就不对。她一摸到那流油的洋头，像被蝎子猛蜇了一下似的，立时惊叫起来：

"你是谁？……啊！你这东西！快滚开……"她急忙挣脱身子，恐惧愤怒地盯着宫少尼。

"嘿嘿！不中意？我不比那个老长工强？"他说着逼向前来。

他的冷笑使她全身发麻，她嘶哑地喊道：

"你走开！快滚！……你干什么？我要叫人来啦！"

他一动不动，冷冷地说：

"好哇，叫去吧！走，找村干部，找姜永泉去。嘿嘿！我倒不怕，有个人当上汉奸，到道水送信还没回来，可要论个什么罪？"

"你说什么，谁是汉奸?!"她惊吓地叫道，可是马上明白了。啊，到底被人知道了！她恐怖地颤悸着。一刹那，她又镇静起来："这坏种早在打我的主意，他是想用法子把我压住……不，他不一定知道……"她想着，转用强硬的口气说：

"你别血口喷人！谁当汉奸？你凭什么证据……""哼哼，还装样吗？"他冷笑着，加重语气说，"偷汉子是要活埋的，可你们倒这样舒服！想一想，王柬芝是傻瓜，能这样轻轻饶过你们吗？哼！你以为我不知道吗？王长锁假装走亲戚到鬼子据点给王竹送信，这是假的吗?!"这几句话确实打中要害，她立刻觉得浑身瘫软下来，眼里直冒金星。宫少尼见她软下来，就上前搂抱她。

杏莉母亲再没有反击的力量了。她心里千头万绪，像乱麻一样纠缠着。她懊悔，不该上了王柬芝的当，死就死个干净，可是谁叫自己贪生，又落上当汉奸的罪名。她现在才感到，这汉奸的罪名是多么可怕！王柬芝就是为着这个才饶了她和王长锁的啊！她恨死了他们。她决不能再屈服。她不能给他——这条狗来糟蹋！她又振作起来，把向她伸来的手狠狠甩开。

"好啊，好啊！瞧着吧，我马上报告民兵，抓起你们这些汉奸！你看到王唯一是怎么死的……"他说着就要向外走。

啊，天哪！生死就在这一关，再晚一点，生命线就要断了。那么王长锁和她，还有孩子，不都完了吗?！可怕呀，和王唯一一样！不，不能啊！为他，为孩子！她，她顾不得自己了。她流着苦泪，哆嗦着无力的身子，上前拉住他的胳膊，拼尽全力从牙缝中挤出来：

"表弟，可不能啊！我求求你……"

他淫猥地笑了："是嘛，只要表嫂看得起我，我还能看着叫表嫂完了？我宫少尼才不是那样狠心的人……"

他像老鹰抓小鸡似的，把她抱上炕……

柔弱的女人，已失去知觉，变得像根木头一样麻木了……

第四章

　　敌人打来的消息传得一天紧似一天，像敲破锣一样难听的飞机声，也时常出现在天空。

　　今年冬天特别冷，雪下得有两尺多厚。早晨起来，连门都推不开。而天上大块大块的乌云，像瓦一样，堆叠在一起。鹅毛大雪还在继续下着，看起来老天爷真要把天地间的空间填满。那山上地上全盖上一层厚厚的白被子，天地连在一起，白茫茫地看起来怪美的。唉，若是老天爷下这么多白面有多好哇！

　　真的，据说很早以前就是下白面的，人们就吃它。有一天，天上派下一个特使，要看看老百姓怎么过的日子。这使官变成一个讨饭的病人，走到一个老太婆家里。这婆子真是个吝啬鬼，讨饭的向她要块饼吃她都不给；她却把雪白雪白的面饼给小孩子当尿布铺。这下可气坏了天使，回去禀告给天老爷，再不下白面而是下雪了。从此，大人小孩都咒骂这个自私自利贪而无厌的坏老太婆。

　　起先人们不耐烦听干部们说什么：鬼子杀人放火呀，东西要埋藏好呀，人要准备跑上山哪！……我的天，这么冷的天，跑出去娃娃不要冻死吗？经过干部们磨破嘴唇的劝说，大会小会的开，积极分子民兵的带头，总算说动了大多数人，把粮食藏起来，人准备着逃上山去。

　　母亲的南屋里，炕上地上挤满了人，正在开干部会。

　　人们用力地吱——吱——抽烟，屋里满是灰蓬蓬的浓沉烟雾。娟子、兰子被烟呛得睁不开眼睛，直淌眼泪。不顾冷了，娟子把北窗打开一扇，一股西北风冲进来，她长长喘口大气，觉得清凉多了。

区农救会长姜永泉刚从区上回来，他询问着每个部门的情况，时而点头，时而摇头，接着说出自己的意见。众人再讨论一回，一般的事情商量个差不多了，然后他又提出王东芝的问题：

"从表现来看，他还很开明，咱们是欢迎开明士绅参加抗日的。上级说，知识分子往往很明理，有些气节，咱们应当好好团结他们抗日。团结一切力量嘛，只要是中国人，他不当汉奸，咱们都应当团结他们打日本。不过有团结也要有斗争，他在外面多年，说是教书，可也很难实信。他哥被打死，王竹、王流子还在外当伪军，说不定他安的什么心，咱们要防备些才是。德松，你再到他家看看，藏东西的人手不够咱们可以帮忙。"

"前儿我就到他家去过了。"德松答道，"王东芝说他已挖好地洞，东西也都藏了。"

"对有些人实在不愿走，咱们也不能强迫。"姜永泉说，"就像秀娟她四大爷吧，也是老实人，就是想不开，也没法子。唉，这样的人不见血是不落泪的。"

"姜同志，我看再叫俺妈去说说吧。他生她的气呢。我妈向他赔点不是，再劝一顿，也许能行。"娟子恳切地说。她从不叫他老姜，为什么，她也说不上。

"对啦，这倒是个法子。说转这个老人，能影响一些人。"姜永泉很同意娟子的意见，可又担心地说，"就不知大娘肯去不？"

"哎呀！俺大婶好说话，咱们一动员，她准去！"兰子充满信心地说道。

大家都说这个法子可以试试。接着又详细研究了民兵怎样掩护群众转移……最后姜永泉又对大家叮嘱道：

"就这样吧。大家分头去做。这几天要好好加强岗哨。我去看看七子哥怎么样啦……"

姜永泉从狭窄的胡同转到大街。他习惯地向四周扫视一眼。街上冷清清的，看不见行人的痕迹，就是有人走过，脚印也马上被雪埋没了。西面街口上，一个民兵背着枪在放哨，像个雪人一样。民兵不去打掉身上的雪，因为一打掉又下上了，反倒容易化，还不如任凭雪一层层披在身上好些。这时村外走来一个人，走到民兵前停住一刹，马上又朝前走了。

姜永泉好奇地站着等那人走过来。渐渐看出那人背着个白包袱，只顾埋头走路，没发现有人在注意自己。走到跟前，姜永泉认出是王東芝的长工：

"这不是长锁叔吗？上哪去啦？"

"哦！是你。"王长锁略有些吃惊，接着笑笑说，"唉，好冷啊！走亲戚才回来哩。"

王长锁拐弯向南走了。姜永泉看着他的背影朦朦胧胧地消失在大雪里，就向七子家走去。

七子的家是在街北一个很别扭的深胡同里。姜永泉非常熟悉这条路，很快就走到门口。

一个瘦弱的女人出来开门，一见来人，忙亲热地招呼道：

"哎呀！真稀罕，多日没见着啦！快里面坐吧！"她忙拿起一把笤帚给他扫掉身上的雪。

"谁来啦？"七子问道。

"是老姜啊！"她快乐地回答。

"快上炕来吧！"

七子起身让地方，姜永泉忙捺住他：

"快别起来，我坐这就行啦。"说着坐在炕沿上。

这屋子太小了。一条能睡两人的炕，铺着一张用布补过几块的破席。七子靠墙躺着，身旁放着一辆纺花车。显然，姜永泉没来时，七子的妻子正在纺线。

"好点吗？"姜永泉亲切地问七子。

"唉！还不行。又化了脓。昨黑夜一宿没睡着，身上烧得烫人！"妻子叹口气，痛苦地说。仿佛伤口是在她身上似的。

"也不怎么样。天冷了，就重些。"七子岔开话题。关切地问，"老姜，工作都安置好了吗？情况怎么样啦？"

"工作都安排好了，情况是很紧。你别惦记这些，安心养着吧。"他安慰着，又向前凑凑，"来，我看看伤口。"

"算了吧，怪脏的。"七子说。

"哎，我怕什么？来，嫂子！帮帮忙。"

姜永泉同她掀开被子，七子的大腿根底下，有个碗口大小的疙瘩，肿得像饽饽一样。在包着的白布边上，还流着黄水。姜永泉用手轻轻按了按，皱起眉头说：

"肿得真不轻。区上也找不到药。我和交通①说了，叫他务必到军队上要点来。"

盖上被子后，七子不过意地说：

"就算了吧，还叫人家操心。"他又烦恼起来，"唉，起不来炕真急死人，鬼子又要来了，什么也干不成！"

"你安心养着吧，别犯愁，"姜永泉说，"敌人来了，用担架抬着你跑。"

"这倒不用啦，她给我挖好一个洞。"

"洞，洞怕不保险吧？被坏人看到……"姜永泉疑虑地望着七嫂子。

"没关系，"她笑着说，"谁也不会知道。是德强兄弟和秀子妹夜里帮我挖的……"她凑在姜永泉耳朵旁，告诉他洞的地点，然后又大声说：

"到时我背他到洞里去。这大冷天，出去也不行。"

姜永泉看着他两口子，心里很感动。

他两人在外表看来很不一样。七子是个又粗又高的汉子，方圆的大脸上长满麻子，一对土黄色的眼睛，两边镶着深密的皱纹。女人恰恰相反，又细又矮，干黄的脸，样子像有病，其实是从小营养不足的缘故。她比丈夫小七八岁，是前年跟父亲从莱阳逃难来到山区的。已经三十多岁的七子，还没找到媳妇，大家说合着，她就跟了他。第二年，她父亲就回莱阳老家去了。

从他们结合的那天到现在，两个人从没吵过一次嘴，红过一次脸。七子虽力大如牛，性子刚直，可是对待好人，却软绵绵的像个老妈妈。他俩都是在苦难里长大的人，互相体贴；都是一样的心肠，互相疼爱。可就是她不生育，因为她有病，是从小饿坏的。为此她哭过，觉得对不起他。但七子从不怨她，总是叹口气，安慰她说："唉，要孩子做什么？家里盛不开，也养活不起，这样倒松快些……"其实他何尝不想有个孩子呢！

七子的父亲是烧炭窑的，他自小就跟着喝炭灰。有年春天大地震，窑

---

① 交通——负责联络传递信件的人，类似通信员。

塌了，父亲和一些工友都砸死在里面。窑东家是王唯一，人死了一个钱不赔。七子娘俩把破柜腿砍去当棺材，把父亲埋了。后来王唯一做出一副慈善相，说是可怜孤儿寡妇，把七子母亲弄来当做饭的用人，住了半年，王唯一就把她卖给了东海的人贩子。七子十二岁给王唯一放羊，大一点又回到窑里做工。他是姜永泉来王官庄最先发展的一个共产党员。

姜永泉这时看着他，想起他入党时的情景。

一个夏天的中午，太阳炙烈地晒着。姜永泉把牛赶进深草洼里，同七子坐在背阴的岩石上。

"你不怕刀抹脖子吗？"姜永泉问道。

七子瞪大布满血丝的眼睛，坚决地说：

"咱不怕！过刀山走火海跟着党。尿包不是穷人的骨头！"

七子把手中一只野鸡的头，咯吱一声扭下来，鲜红的血，喷在他那赤着膀子的黑疙瘩肉上。他把鸡向深山沟用力一摔：

"我七麻子要有三心二意，就和这野鸡一样！"

姜永泉从回忆中醒转来，又安慰七子一番，才站起身说：

"七子哥，我走啦！有什么事，叫嫂子找我们吧。"

七子拉着他的手，忽然说：

"老姜，你留几个手榴弹给我吧。"

"你要它做什么？"

"不做什么。急着要用的时候，用用。"

"那好，回去我叫人送几个来。……好好躺着，别起来啦。……嫂子，再见啦！"姜永泉告辞着向外走。

"老姜，再来啊！"七嫂子留恋不舍地亲切地说着，直等他走出胡同拐了弯，才轻轻关上门。

吃过早饭，母亲抱着孩子，手里提着一包鸡蛋，走出家门。嫚子被凛冽的西北风吹得直往妈怀里钻。母亲走进四大爷家里。

屋里像没有人在里面似的那样沉寂。儿媳妇和出嫁后回到娘家的女儿花子，一见母亲来了，都忙下炕亲热地招呼，让母亲上炕坐。

花子接过母亲递给她的鸡蛋，说：

"哎，大嫂！你怎么又送这个来啦！留给俺侄和嫚子吃吧。"

"噢，这是什么稀罕的东西？送给他四大爷，看看老人家的病。"母亲微笑着答道。

花子瘪着嘴向西房间一噘，鼻子一哼，意思说：他有个什么病呀？

这老头子，自那天开会被族里媳妇顶撞以后，真是又气又恼。要去管教她吧，一看世道不对头，她家有干部和刀枪，他害怕。不管吧，可实在憋不下这口气，也没有脸面上街了。无奈何，只好躺在炕上发气。起初他连饭都不吃，后来饿慌了才吃。整天不是骂儿子就是骂闺女，咒骂母亲和娟子，口口声声要等着仁义回来出这口气。敌人要来，村干部叫他埋东西，准备跑，说什么他也不听。娟子来劝他，他几乎要动手搔她。像绵羊一样驯服的儿子任凭他吩咐，女儿媳妇哪还敢出声！

这时，听到母亲同闺女媳妇在东房间说话，他厌恶地嗤了一下鼻子，用被紧包着头。

母亲走进西房间来，嫚子一看见放在炕角前的那根弯弯曲曲的枣木拐棍，想起在会场上差点挨它的打，吓得噢了一声，往母亲肩膀上一扑，把小脸紧藏在妈妈脖颈后面。这下把老头子吓了一大跳，加上闷在被子里透不出气，出了一身虚汗。他掀开被头，愤怒地嚷道：

"你，你来干什么？快给我出去！我算没有这个近门！"

母亲并不惊异，她温和地说：

"四叔，别生那么大气啦。有话慢慢说嘛！"

"哼！慢慢说，赶快说你都当耳旁风！你快走吧，快走！"

说完，他把身子朝里一翻。

花子赶过来，气急地说：

"爹！你是怎么啦！大嫂好意来看你，可你这个脾气……"

母亲示意不让她说下去，把孩子递给她，要她抱出去。

花子抱起嫚子走后，母亲深深叹口气，紧闭着嘴唇，两边又出现那深细的纹路。她苦楚地笑了一下。这笑像吞下一块黄连以后，虽苦得不行，但还是用力忍受着吞下去，并向人表示自己并不感到苦味，而特意发出的一个微笑。可是知道的人，倒是更会体味到，她的心是多么不好受啊！

母亲轻轻坐到炕沿上，把老头子的被边压了压，免得透进风去。她的眼光，停滞在陈旧的被面上那朵蓝白色的菊花上。她心里在想："为着什么受这些闲气呢？人家不怕受害，干我个老婆子什么事呢？"可是这委屈的念头在她心里只是瞬息闪过，一想到日本鬼子和王竹他们来了一定要祸害人，她马上又可怜这个守在家里等死的老人，她要劝他逃出火坑，何况又是女儿和姜永泉叫她来劝的呢？他们说的都是对的，她怎么能拒绝他们要她做的事情呢？

"四叔，好点吗？"母亲关切地问道。

"嗯！没有病。"他粗声粗气地说，可软和了些。

停了一会，母亲看着屋里的粮食和东西，说：

"四叔，鬼子快来了，东西也不藏一藏？"

"我不藏。反正咱也没要人家的。"

母亲懂得他话里的意思。他指的是他没有要王唯一的粮食，没收王唯一的那些粮食，除去一部分交公粮，其余的分给了缺吃的穷人。这老头子也是分粮的对象，可是他不要。他说，不是正道来的食，宁肯饿死也不吃。

母亲这时也不去同他分辩，只是说：

"鬼子可不管你的我的，他都抢。"

"哼！我就不信。"

"四叔，你就没听说鬼子做的坏事？"

"我没见着，我不信。"

"王唯一和那帮二鬼子在时，你也不是不知道。"

"哼，大队伍比不上那些，人家找八路，关咱百姓什么事。你们是干部，你们跑。跑，这个天还不是冻死。闹不好叫人家抓住了，那可更倒血霉啦！"

母亲抑制不住心里冲上来的愤怒，她的手有点发颤了。这个执拗顽固的老头子，净讲一些气人的话，她把准备向他赔不是的话，全忘掉了。但她为完不成女儿和干部们的期望、说不动对方的心，心里也很难过。

"四叔！"母亲有些愤懑了，"大伙都走了，剩下你一家，出了事后悔可就晚了！"

这下老头子也气炸了。他一翻身坐起来，脖子上的青筋跳起好高，大口地喘着气，颤抖着白花花的胡须，怒吼道：

"我、我后悔……我情愿！你、你管得着？啊！走，快给我出去！滚！快滚！"

母亲气愤地下了炕，全身哆嗦着，嘴唇都发绀了，但她没说什么，又把嘴紧紧地闭上。

花子跑进来，边哭边说：

"爹！大嫂说的都是好话，叫咱好。你还骂人家！鬼子是杀人不眨眼的，你不走，俺可要走……"

啊？连女儿都信不着自己啦！他像火上浇油似的更气坏了，怒骂道：

"你走？我打断你的腿！没有家法啦？小兔崽子，不跟好人学……"

母亲从花子手里接过孩子。花子哭着送母亲出来，抽泣着说：

"大嫂，我可害怕。你走时，一准带着我呀！"

母亲怜悯地看着花子那被眼泪浸湿的脸，握着她冰凉的手，苦楚地叹了口气。

夜幕沉沉地拉下来。要不是有雪光反射，什么东西也不会看到。风吹着压满冰雪的枯树枝，枯树挣扎着，发出像用力敲打扯紧的细钢丝那样刺耳寒心的颤声。那狂风无情地横扫着雪野，把高处的雪刮到凹处去，把屋顶上的白被子掀掉，茅草不结实的部分，就被大把大把地撕下来，摔撒到空中去。低狭的茅草屋，在寒风中战栗着。家家户户的窗口，都射出昏黄的灯光。很寂静，没有了惯常的狗叫声，这是为着八路军和游击队活动的方便，人们早把狗打死干净了。

母亲正在拾掇逃难用的干粮。她把留着过年的一点麦面，掺上煮熟后稀软的地瓜，烙了一些甜烙饼，给姜永泉当干粮。准备自家吃的是粗面馍馍和地瓜干儿。母亲收拾完后，见秀子在逗她妹妹玩；德刚在喂他的小狸猫，一面喂一面像对好朋友似的向它友爱地告别："快吃呀，吃饱了自己跑吧。唔，你不高兴？不行啊，妈妈不让我带着你，出去冷啊！哈，对啦。同意啦。"说完，抱着它，跳着亲着它转圈圈。母亲看孩子那副认真亲切的神气，禁不住微微一笑。

德强从外面走进来，脚步是那样缓慢，就和腿上带着两百斤东西似的，几乎抬不动了。他一腚坐在已经揭去锅的灶台上。母亲有些诧异儿子这种异常的举动。仔细一看，啊！德强沮丧着脸，眼泪快掉下来了。母亲懵怔一下，又领会到什么似的笑笑，对他说：

"不去就算了吧。人家是要去打仗，也不是闹着玩的，掉了队怎么办？

跟着我跑还不是一样？帮我拿拿东西也好啊。"

"你不知道，别说啦！"德强把身子一扭，几乎是向母亲发火了，寻思了一刹，又转过身软和下来说：

"妈，打日本鬼子，不分男女老少都有份，我又是儿童团长，怎么能和老百姓一起，叫鬼子撵着跑，那太没出息啦！"

母亲忍不住笑了：

"呀！俺德强已不是老百姓啦……"

还没等她的话落音，只听秀子插上道：

"俺也不是老百姓，是儿童团员，也不跟老百姓跑！"

那德刚也抱着小猫跟着叫唤：

"俺不是儿童团，也不是老百姓。哥，我跟你去。"

母亲憋住笑，瞅着德强，那意思：你来答复答复吧！

德强的脸有些红，生气地瞪了妹妹一眼，好大口气地说：

"你嚷嚷什么！才多大一点，又是女孩子……"

秀子却不服气，把妹妹向母亲怀里一放，挺着胸昂着头走到哥哥面前，理直气壮地说：

"哼！你是团长看不起俺团员啦！女孩子，女孩子就不行吗？刚才你还说不分男女老少……"

德强一手把又要叫嚷的德刚推到一边，站起来，脸更红了。自知被妹妹抓住理，可又不好认输，就大声朝秀子嚷道：

"你逞什么英雄？……反正人家不会要你。我可是团长，怎么也能行。不信，咱们比比谁劲大。"

秀子把脑后的小辫一甩，话已涌到嘴边："真不害羞，人家已经不要你了，还说不要俺呢。"可被母亲制止了。嫚子见哥姐在吵嘴，就"妈妈""妈妈"地叫起来，母亲抱着她，笑着说：

"怎么啦，你也不是老百姓了，也不跟妈走啦？"

"不，跟妈妈，跟你。"嫚子紧抱着母亲的脖子喃喃着。

"对啦，就是俺嫚听话，等大了俺闺女再去。"她又对德强说：

"行啦，别再吵吵啦。人家干部不答应你，来家向俺娘们发什么火呀？俺们有什么法子呢？哦，你姐呐？"

德强憋了一肚子气，秀子还在用手指摸脸腮羞他，加上母亲这一说，就没好气地回答：

"我不知道……"没说完，就委屈得掉眼泪了。

母亲轻轻拍一下秀子的头，瞅她一眼，把孩子给她抱着。母亲的心被儿子的难过打动了，她走到他身边安慰说：

"德强，快把泪擦干！你弟、妹看着笑你啦。你这孩子，平常就是泪少，这时怎么就多啦？别哭啦，等过几年你长大了，再去还不是一样？"

德强抽搐着嘴唇，说：

"妈，等我长大了，还有鬼子打吗？那时鬼子早死光啦！"

这话可把母亲问住了："真的，鬼子能待那么久吗？"她心里想。接着对儿子说：

"好吧，去包点干粮拿着。我去跟姜同志说说，一定叫你去。"

"妈。真的?!"

母亲注视着儿子还挂着泪珠的惊喜笑脸，她微微地可是断然地点了点头。

母亲走到南屋门口，被里面的说话声止住了脚。她没感到自己是站在及腿肚子深的雪地里，没理会那风雪掀扯着她的衣服，吹打她的脸，撕揪她的头发。

"……不，秀娟！你该好好想想。就算你能行，可是大娘谁照顾呢？这么多的孩子，她身子又不好，冰天雪地的，怎么能行呢？"这是姜永泉那低沉恳切的声音。在母亲听来，是那么亲切和动心。

"姜同志，你也该为俺想想，我是共产党员，能落后吗？不该拿枪杆子去打鬼子吗？"是娟子那激动的带点男音的声音。母亲听着心里一热一酸。

"这不算落后。打敌人不光是拿枪杆子，你可以帮助村里工作呀！"

"村里有德顺爷和玉秋、兰子他们就行了。姜同志，我不是不疼俺妈，她是需要帮忙。可是他们也可以照顾些呀！再说，还有俺大兄弟呢。"

沉默了一会，显然姜永泉有些被说动了：

"大娘她愿意不呢？"

"我想，她……"

"我愿意。去吧！"母亲一面说着走进门来。

母亲见女儿坐在炕沿上，低着头，手在抚弄着从肩上弯过来的那根又

— 63 —

粗又黑又长的辫子上的红头绳。姜永泉在地上来回地溜达着，一只手习惯地撂起黑灰色的棉袍子，插在口袋里。

母亲的突然到来和果断的话语，使他们吃了一惊。姜永泉忙迎上去，很激动地说：

"大娘！"

娟子蓦地抬起头来，把辫子向身后一甩，一见母亲，不知怎的，像害羞又像受了委屈似的红了脸，她那双明媚黑亮的大眼睛，湿漉漉水汪汪的像两池澄清的沙底小湖。她趴在母亲的跟前，两臂搂着母亲的臂膀，急促地叫道：

"妈！你……"

母亲在门外听着他们的对话，埋在雪里的双脚冻麻了，身上被风吹得没有一点热气了，头发像堆乱草——这些她都没觉得。听着姜永泉对她体贴照顾的话，很是感激，而更使她兴奋的是自己的女儿是个共产党员。过去她是猜疑，现在明确了。就为这一点，她也不希望自己的孩子落在别人后头。但对他们担心她会阻止女儿的行动这一点，她心里很不好受，她想："做妈妈的哪一点妨碍了你们呢？"她最生气别人不信任她，把她当成累赘。母亲想转回去，叫他们来求吧，但她马上收回了这种自尊心。她不忍使他们再为难下去，为她担心。她的母性的慈悲，对儿女无限的宽宥，加上她的好胜心，为儿子的请战，使她不再计较一切，就走进屋来，同时发出有力地回答……

母亲用手轻轻地把女儿脸上的几缕乱发理到头上去，嘱咐道：

"去吧。放心去吧，别管我。"

"妈，你能行？"娟子这时倒真有些舍不得母亲了，也非常爱护地替母亲整理着头发。

母亲"嗯"了一声，转向姜永泉，她第一次自然不觉地称呼他：

"永泉，叫她去吧。还有，德强叫我来求你，让他也跟你们去吧。他哭了呢。"

姜永泉惊愕地忙阻止道：

"大娘，这不行啊！他们都走了，家怎么办？再说，他还小啊！"

"家，家里有我呢。他不小了，跟着你，我就放心啦！"母亲的话声渐渐缓下来，她用温爱的目光，看看女儿，又看看姜永泉。在她心目中，隐

— 64 —

约地出现了一种新鲜又模糊的感情。

半夜里，姜永泉接到情报：敌人离此不远了。立刻，村庄沸腾起来。人们像潮水般的涌出来。出了村，上了山……

一幢僻静的小屋，夹在深宅大院的很多房子中间，显得格外隐蔽。这原先是王柬芝他父亲的静神室，老头子死后，把他的遗像和用过的贵重遗物，像拐杖、烟具、奇特的宝珠和其他一些精细的玩意，陈列在这里。家里的人，通常谁也不到这里来。

房子后面有个不大的长方形小花园，现在已失修而荒芜了。园内贴墙有几株四季常青的柏松树。其中一棵大树上，人爬上去才能发现在那密层层的枝叶掩盖着的树干上，用铜线绑着一个长圆形瓷质的蛋子：瓷蛋子的另一端，穿着一根同力士鞋带差不多粗的铜线，这根铜线直直地扯到几十步远的另一棵大树上，接法同前一棵一样。在这根悬在空中成为水平面的铜线的大约中间，又接着同样粗的一根铜线，顺着一棵树的树干，垂直地拉下来。内行的人一看就知道，这便是无线电台的天线。

顺着拉下来的这条线看去，它经过后窗伸进小屋，接在一个灰绿色正方形的箱子上，这箱子的正面有着很多古古怪怪的黑亮旋钮，旋钮上还镌印着银色的英文。这是一部美国式的小型无线电台，专供固定的特务使用。

从外面看这屋子，黑乎乎静悄悄的，就像什么也没有一样。其实里面却是明灯亮烛，并有三个人。原来窗上门上都用几层黑幔帘遮得严严实实的。

王柬芝那长长的秃脑袋瓜上夹着耳机，白煞煞的脸上收得挺紧。他左手熟练地调整着机器上的旋钮；右手在控制发报机讯号的电键上上下跳动，一会又拿起铅笔在纸上迅速地写着什么，他是在发报。

宫少尼和吕锡铅偎在他身后。宫少尼翻查着一个小本子，看着王柬芝给他的写满一组四个数码的纸，一个字一个字地查对着。他每念一个字，吕锡铅就应声记下来。

王柬芝的右手最后跳动几下，发出"good—bye"①，就关上机器摘下

①　good—bye——英语，再会之意。

耳机，喘了口气。一会，宫少尼和吕锡铅把电报翻译出来。王崃芝接过来看，上面写着：

崃芝弟：

　　秘札收悉。电台之故，乃敝处报务员失职，已重责。

　　此次扫荡，旨在摧残共党根据地，兼筹粮抓夫，望弟尽力协助。唯据上峰钧示，此山区系胶东重地，共党赖以图存，势在必争，吾弟慎勿暴露，必获全胜而后已。吾弟明达，当不负重托。功成之日，飞黄之时，幸勿遗我碌碌也，尊宠无恙，顺告。

愚兄郑威平

"哈哈！专员还这么客气哪。"吕锡铅兴奋地摇晃着大驴头。

"哼，他算个屁！他是杂牌子出来的，崃芝兄是受过高等教育的人，见过汪总裁和蒋委员长……"宫少尼的谄媚被王崃芝打断了：

"哎，说这些蠢话干吗。快收拾东西，好走了。"

"爹——爹呀！哎，上哪去了？真急死人！"一个女孩子的声音传进来。他们马上吹熄灯火，停止了呼吸……

杏莉母亲坐在大门口的一个白包袱上，围头巾脱落在肩膀上，寒风拂起她的缕缕头发，戏弄着她的衣角，雪光映在她的脸上，脸，越显得憔悴而苍白，简直失去了血色。

她现在非常衰弱，有些迟钝和呆滞。她失去了理性，像木偶一样任人摆布。

她应付着两个男人。一个是她心甘情愿，当成自己的真正丈夫；另一个却是迫使她为保存自己和心爱的人，而不得不忍受他那像野兽一样的蹂躏。和第一个在一起，她是活人，有灵魂，有理智，全身流动着血液。可是她时常不得不痛心地支开他，而去接受另一个的强迫。在这时，她是死的，没有了灵魂，也没有了感觉。直到这个野兽满足地起身走了，她才慢慢苏醒、复活过来，痛哭一场。

这一切，老实的王长锁是不知道的。杏莉母亲深深了解王长锁忍辱负重昧着良心听王崃芝摆布，不是为自己活，而是为保护她，要是让他知道她是在怎样痛苦的情况下打发日子，让他知道她被别人占有了，那么，他还怎么能生存下去呢?! 她不能告诉他,什么也不能告诉他,为了他能活着,她忍受着难忍的耻辱和糟蹋,什么也不让他知道。

杏莉母亲两肘顶在膝盖上,两手托腮,失神地苦思着。王长锁提着包袱从门里走出来,看看只她一个人坐在这里,就温存地说道:

"把围巾围好,风挺大的。"见她没有动,又问道:

"他们还没来?"

"谁知道?杏莉叫去啦!"她有些烦恼地答道。

王长锁叹了口气,刚要去找,杏莉走来了,很不高兴地说:

"妈,我找不到。大叔,咱们先走吧!"

杏莉和王长锁之间,一向是很亲近的。这在她一点不觉得奇怪,从小就习惯了。她从生下来就没拿他当长工看待,她老觉着他就是他们家的人。而王长锁怎能不爱自己的亲骨肉呢?长期地相处,他不知不觉传染给她不少东西——一个穷长工身上的东西。

王长锁给杏莉把围巾整好,说:

"再等等吧,杏莉!说不定人家还有事……哦,你看,那不是来啦。"他看到走来的人影。

来的是宫少尼和吕锡铅。宫少尼很艰难地提着王柬芝回家时特别小心挪放的重皮箱,说:

"咱们先走吧。校长还有点事,随后就来。"

王柬芝站在门后,瞅着人都走了,就直奔王唯一家里来了。

王唯一死后,两个小老婆都走了,王竹的妈妈是早就去世的,现在只剩下女儿玉珍和王竹媳妇两个人。她们的大瓦房,被没收后分出一部分给穷人住,另一些被民兵和各个团体占用了。村政府就安在原来的乡公所里。两个女人,被赶到原来是长工住的下屋里。这些吃烙饼还嫌牙痛的女人,都是横草不拿成竖草的懒货。不过,每人都有私房,吃穿依旧不坏。

此时,这幢庞大的住宅冷清清的,空洞洞的,其他的人都走光了,只剩下玉珍和王竹媳妇在里面。

王柬芝左环右顾,谨慎地走进屋里来。看到她们正在忙着收拾东西,他故意地问道:

"大家都走了,你们还没跑啊?"

王竹媳妇提着个大红包袱直起腰，愁苦地说：

"叔叔，你说怎么好，人家都要跑上山去。可是这个天气……"

"还咕噜什么。"玉珍由于累，被铅粉毒得像麻雀蛋一样的脸面，涨得红通通的；她不以为然地打断嫂子的话，看着王柬芝说，"我收拾东西回到原来住的屋子里去，那些穷小子可夹着尾巴跑了。跑？哼，正该是咱们得逞的日子到啦！"

"可要不走，听说鬼子见了女人就……"

王柬芝瞅着王竹媳妇那低下去的嫩红脸蛋轻轻一笑，说：

"我管不着你们，走不走随你们的便！哼，冤家对头，各有相报。侄媳妇也不要听信这些闲言乱语。哦，我可是要跑的……"王柬芝对玉珍使个眼色，走到黝黑的走廊的角落里。

等玉珍来到跟前，王柬芝把叠起来的纸条塞进她手里，严肃地叮嘱道：

"把它装好。你在家里藏着，等见了王竹把纸交给他。一定要亲手交给他！记住了吗？"

"记住了！"玉珍有些紧张地回答，又悄声问：

"叔叔，我哥一准回来吗？纸上写的什么？"

"那还用问？他不回来谁给你爹报仇。那上面是情报。你们两个就跟王竹去吧，在家里没你们的好事。好，你快回去收拾吧，多加点小心！我走了。"

王柬芝踏着厚厚的雪层，一步高一步低地走着。有时摔倒了，他心里就骂道："他妈的，倒霉！"

村里逃难的人都走光了，静悄悄的，显得很空旷。是谁家走得太慌乱了，没把门锁好，那风雪就撞开门板，冲进屋里去；哪家的鸡没带走，在雪地里扑扑打打地乱飞跑，咯咯地惊叫着。远处，不时响起零星的枪声，在提醒人们的恐怖。

走着走着，王柬芝看到前面有个黑影，在慢慢地晃动着。

他怔愣一下，仔细一看，就紧步赶上去。

"啊，是七子和侄媳妇呀！"王柬芝惊讶又亲昵地招呼。

七子被妻子背着。他那高大沉重的身体，把她压得透不过气来，她几乎是在爬着走。七嫂子满身是雪，膝盖上的裤子摔破了，皮卡碎一块，一滴滴热血，掉在雪上，雪被融化出一个个深黑的小洞。他俩一听有人招呼，就停下来。七子扶着妻子的肩膀，回答道：

"啊，是校长呐！你还没走出去？"

"我是为点事耽误了一下。"他又同情地询问道：

"你们怎么才走到这里？哦，知道啦，是受了伤。咳，有功之臣哪！怎么干部也不关照些呀？"

"干部们忙着，咱自家慢慢走就行啦。"

七嫂子理理头发，用袖子揩揩脸上的汗水，舒了口气，接上说：

"就是雪太滑，要不早走出去啦。"

王柬芝忙点头道：

"那当然，那当然！"他略一迟疑，又关切地询问道：

"这冰雪的寒天，七子有伤在身，你们怎么抵得住，打算躲到哪里去呢？"

"啊，校长，俺们是……"

"咱们要到东山里去躲躲。"七子的粗嗓门压下七嫂子后面的话。

王柬芝眉头一耸，说：

"好，我也是往那走，我来帮帮忙吧。来，侄媳妇，包袱给我拿着。"

"不用，校长！你头走吧。"七嫂子谢绝。别看七嫂子是个女人家，她说这话可有两重意思。一是刚才她要说出口是到洞里去的话被丈夫插断，使她明白了他的心思，提醒了她的聪明，她也真怕有坏人，倒没有自己吃些苦牢靠的好；再是她从心里觉得劳累别人（特别王柬芝是个先生）不合适，过意不去。

王柬芝看样子倒是为人心切，已抢上来提过包袱，说：

"这有什么，还不都是为抗战？走吧，我也是顺路。谁和谁还用客气？瞧，这包袱也够重的。"

七子虽在家养伤，村里的事情常有干部去告诉他，对王柬芝进步的表现也是知道的，所以只有警惕，却没对他存特别戒心。他见妻子太苦太累，确实需要帮忙，王柬芝又一再这么慷慨，并已把包袱拿到手，若是再拒绝他，人情上也过意不去。为此，他就对妻子说：

"那也好，校长这么肯帮忙，就走吧！"

丈夫既然应允，七嫂子也就依从了。但过了河，一步步接近洞口时，七嫂子的心收得越来越紧。如果是为她自己，她就不会有这么多的重重忧虑；可是为自己丈夫的担心一刻也不间歇地捆箍着她，使她想得很多很多。她想起丈夫刚才对王柬芝不说是到洞里去的真话，现在却要进洞去，这怎么行呢!?

终于，七嫂子停住了，紧看着丈夫的脸。

七子刚上来一愣，接着知道了她的心情，就转头对王柬芝说：

"校长，你还是先走一步吧，咱们走得太慢，耽误……"

"哪里，哪里!"王柬芝忙分辩，"没有人帮忙你们走得更慢了。这份忙我该帮，快走吧!"

"不!"七嫂子的话说得很明快，使人没有再回驳的余地，"劳累你啦，校长! 你请头走吧，俺要歇息会呢!"

王柬芝一听再找不出帮忙的理由，只得说了几句体贴的话，向前走了。但走出一段距离，他就藏在一株树后，看见他们又动了，他立刻尾随跟去。一会，王柬芝又飞快地回了村……

七嫂子膝盖上滴在洁净的雪面上的鲜血印迹，被王柬芝那污秽的鞋底所践踏。而他的步步肮脏的脚印，又被狂风掀起的暴雪，立时埋没得无影无踪。

第五章

　　王官庄的人们跑出去的第二天上午，敌人丢下在村头被地雷炸死的尸首，像一股恶风卷进村里来。立刻，王官庄就翻了个过，变了个样。

　　那些没跑的人，一看苗头不对，都知道糟了。家家都用木柱子、大石头死顶住门，全家人抖缩着挤在一起。

　　四大爷家的情景也是如此。他的病早飞到九霄云外去了。他吩咐儿子和媳妇赶快用木头顶住门，自己也不知从哪里来的那么大的力气，两手端起百来斤的放水桶的大石条压在木头根上。也顾不得家规，把儿子和媳妇都叫到自己炕上来，这样好壮壮胆子。听了一会，没有动静，他才叫媳妇回到东间，吩咐儿子——柱子到外面看看风声。

　　柱子刚出门，就遇上鬼子，没说二话，就被两个鬼子拳打脚踢地架走了，另外三四个鬼子闯进屋里来。

　　鬼子们一个个头戴着上面有个红圈圈的钢盔，瞪着大牛眼，凶狠地满屋瞧着。接着就动起手来，把粮食囤子用刺刀戳开，那豆粒哗哗啦啦撒得满地都是。两枪把子捣破锅，几脚踢碎陈旧的柜门，把破破烂烂的衣服、棉花直往外扒，但没有一点值得他们要的东西。

　　四大爷跪在地上叩头哀求。鬼子们看着这老头子，嘿嘿冷笑几声，接着抬起带铁钉子的翻毛皮靴，狠狠地踢了他一顿。

　　突然，东屋间传出尖利凄惨的女人嘶叫声。四大爷慌忙向里扑去，但被鬼子一枪把子打倒了。他又爬起来，疯狂地奔去，又被打倒，身上挨了一刺刀，他再也爬不起来了。他绝望地躺在血泊里，抽动着重伤的衰老身体。

里面尖利的嘶叫声渐渐变成沙哑而痛苦的呻吟，后来连气也没有了……

三四个鬼子狰狞地哈哈大笑着从东间里走出来，一双双的大皮鞋踏着浓重的血浆走过，块块猩红色的血印，随着皮靴踩雪的咯嚓咯嚓声，越来越远地留下去。凡是这些皮靴踏过的地方，到处都留下血的足迹。

玉珍和王竹媳妇回到原先所住的房子里，又变成原来的主人了。

一大群鬼子，横冲直撞地从大门拥进来。玉珍一看不对劲，吓得屁滚尿流，顾头不顾腚地钻到天花板棚上去，抖缩成一团。

鬼子们稀里哗啦地东翻西找，你争我夺，搞了个天昏地暗，门塌屋倒。翻了好一阵子，才悻悻地出去了。

有一个瘦鬼子，脑袋和个干萝卜头差不多，他怀里已抱着个大花包袱，但还不甘心，又向里面翻。他一下走到王竹媳妇的房门口，就大叫起来。

这媳妇早吓掉了魂，闩着门在炕上发抖，连动都不敢动。那红缎子绣花裤，早尿得湿漉漉的。门被鬼子用脚踢、用枪把子捣得砰砰响，不一会，门闩被撞断，门哗啦一声开了。鬼子恶气腾腾地扑进来，举起刺刀就戳……刺刀在半空中停住了。他见是个吓昏了的花姑娘，就哈哈大笑起来。他甩掉枪，跳上炕，搂住浑身瘫痪得没有一点力气的王竹媳妇……

正在这时，伪军分队长王竹在院子里跳下马，走进屋来了。

王队长一看自己老婆身上压着一个鬼子，一股火气冲上来，他立刻蹿上去，用手枪照鬼子头上猛烈刨去。枪筒大半扎进那干萝卜似的脑壳里，鬼子像一根木头一样滚到炕上。

王竹还没缓过气来，郭麻子一步跨进房。他马上明白了是怎么回事，用手枪指住王竹：

"嘿嘿，好哇，分队长！这是你干的好事。举起手来吧，不要动！跟我见大队长去！"

王竹的脸变得煞白，强笑着说：

"老郭，咱兄弟……"

— 72 —

"少废话！"郭麻子阴沉着脸，有些得意地说，"今儿你知道厉害啦，才叫弟兄！哼，你平时那威风呢？不行，咱们公事公办，走吧！打死一个皇军，我看你有几颗脑袋！"

王竹更加心慌起来，哀求道：

"郭队副，求求你，看在死去爹的面上，饶了我吧！郭队副，以后我一定忘不了你的恩情。你要什么都行……喏，这是钱。这还有……"

"哼！"伪军分队副长郭麻子接过王竹从身上各处拿出的洋钱、金戒指、金耳环……但他并不满足，用蛤蟆眼斜睨着他垂涎已久的王竹媳妇说：

"好，我照顾你这一回，可是你得先出去一会……"说着他又似笑非笑地瞅一眼已经清醒过来的王竹媳妇。

王竹分队长明白了。羞怒交加的火气冲上来，他很快地抽出手枪，恶狠狠地说：

"郭麻子！你别得寸进尺，想在我王竹眼前干那种事，哼！办不到！要命我这有一条！"

郭麻子一听，怔愣半刹，接着把枪收了，赔笑道歉说：

"啊，王队长，别上火，我是和你开个小玩笑。嘿嘿，咱弟兄……好，你快把那鬼东西的尸首藏好，我到外面看着点风声。"说着他匆匆离开了。

王竹一愣，怀疑郭麻子可能去报告，急抢到外门口，忽然面前出现了妹妹玉珍。只见她脸上身上都是灰脏，从裤子里还发出一股臊臭气。玉珍是藏在隔壁屋子的板棚上，听到她哥哥的声音才从板棚上爬下来的。

"啊，哥哥……"玉珍叫着跑上来，把王東芝给她的纸条交给王竹，又说："叔叔说副村长七子藏在东黄泥沟……"

王竹听完玉珍的话，接过纸条，忽然想起妹妹和郭麻子的关系，心里立时一亮，忙吩咐道：

"妹妹，快！去找郭麻子。他刚走出去的！务必把他拦住……"

看着妹妹快步走出去以后，王竹才轻松地舒一口气，回到了屋里。

那不幸的女人不知是因为惊骇还是肉体上的痛苦，哀怜地看着她丈夫，呜呜地哭了。

"你听，有人！"七嫂子听到一阵咔嚓咔嚓的踩雪的脚步声，推推丈

— 73 —

夫，惊怖地说道。

"啊？像是！"七子侧着耳朵静听一会，有些惊异地回答，他想坐起来。

这是离村不远的一条黄土沟，紧靠着东山根，是成年累月从山上冲下的洪水疏凿而成的，巨大的岩石，分散地屹立在沟崖上。七子他们的洞，是顺着岩石缝挖进去的，有块大青石，刚好遮住洞口。下着这么大的雪，雪把洞口可疑的迹象和脚印完全湮灭，不知道的人，走到跟前也看不出破绽来。

七子躺在干谷草上，妻子坐在他外面，用她细瘦的身体，挡住从石缝吹进来的风雪。这时外面的脚步声越来越大，渐渐听出有好多人，再后来，呼哧呼哧的粗气喘息声也听到了。

七子意识到这是有目的的行动，他把姜永泉留下的四颗手榴弹挪到身边，对妻子说：

"好家伙，被鬼子知道啦！你快到里面去。"

"不，你别急。谁会知道啊？！"

然而，随着她的话音，传进来铁锹碰击石头的铿锵声。啊！这声音像冰豆子打在心上，令人骨寒心惊！七嫂子恐怖而颤悚，七子全身一阵紧张。他把噙着眼泪的妻子拉到身后去，抓起手榴弹爬到洞口。他清楚地看到一群鬼子和伪军，在王竹的指挥下，王流子领着在挖洞口。奇怪，七子这会儿一点没感到害怕，心里倒想："这些傻瓜，找死来了！"他左手撑着地，右手揭开手榴弹的盖，用牙咬着把弦一抽，手榴弹哧哧冒着白烟，狠狠地飞进鬼子群里——爆炸了！

敌人被这突然的打击弄得乱跑乱叫，雪地上留下几具尸体，两个炸断胳膊腿的鬼子，在翻滚着爹呀妈呀地叫唤，可是谁也不去理他们。王流子吓得滚到沟底下去了，耳朵被枣针划破一点，直淌血，他以为头被打个大窟窿，哼哼着直叫不能活，好一会才爬起来。

那王竹也趴在大石头后面，听到没有动静了，才敢站起来，埋怨地说：

"他妈的，不是说没有武器，怎么出来炸弹啦？"

王柬芝哪知道他殷勤地帮七嫂子提的那个包袱所以那么沉重，就是给他的同伙的礼物呢？

鬼子小队长气火了，扇了王竹一个耳光子，叫骂一顿，命令他上前指挥人再挖。王竹忍气吞声，掩在大石头后面，只露着头，大骂道：

"七麻子！再不出来，老子要开枪啦！"

七子的脸气得火辣辣的，每个麻疤都像要流出血那样红。

他把牙咬得咯吱咯吱响，狠狠地回骂道：

"×你姥姥，王竹！你别做梦！可惜你小子碰运气不在家，没赶上跟你老子一块下泥坑！等着吧，有一天抓住你，非零刀剐了你不可……"

王竹被骂得羞怒交集，指挥着开枪。

七子身上中了两弹，扑倒在地上。七嫂子忙扑过来，哭着说：

"天哪，天哪！这可怎么好啊！……"她撕下破棉袄面子，给他包伤。

七子苏醒过来，巨大的疼痛使他浑身颤抖，那粗大的汗珠从他额头上涌出来。他极力镇静着对妻子说：

"哭什么，这不是流泪的时候。行啦，不用包了，叫它流吧，反正是要拼上去！"

七嫂子哭得更厉害了，她那屡细的身躯在剧烈地抽动。她紧抱着丈夫的宽大肩膀，把脸偎在他的胸脯上。她的心，她的肉，她的血，她的骨头，她的筋髓，她的一切一切，全碎了！全化了！全变成泪水。不，是血，像滔滔不绝的山泉，无止境地涌出来！

七子的心也被她哭碎了。他看看跟着自己几年来的妻子，她那干瘦枯黄的脸，那像病孩子一样的不成熟的身体，就越觉得可怜她，更加疼爱她。不知不觉他的嘴唇有些颤抖起来，觉得眼窝在发热，多想安慰她几句啊！但他一听外面的喊叫声，浑身一震，立时恼怒起来，他推开妻子，第一次对她生气地说：

"哭哭哭！你就没有个够啦？你听，鬼子在笑你呐！再哭！再哭我揍死你！"

枪声早停了。敌人现在并不想打死他们，敌人要的是活人，要的是情报。

王竹听到洞里的哭声，给伪军和鬼子们壮胆说：

"听到没有？他们没法子就哭啦！就那么一个手榴弹，再没有了。快，快挖！"

王流子也跟着喊道：

"对啦，就那么一个小炸弹，再啥也没有了。快上前吧，谁先抓到立头功，有赏。快挖吧!"他自己可尽朝安全的地方站，做着随时准备向大石头后面躲的架势。

鬼子小队长举着战刀嘶叫着，王竹抢着手枪喊着，伪军和鬼子们又开始向前挖洞了。

七子瞅得准准的，把两颗手榴弹的弦扭在一起，等敌人都靠近了，就用力向外扔……可是他再没有力量抬起胳膊了。七嫂子满脸还是泪迹，痛苦还在煎熬着心肠，但她止住哭声忍住了眼泪。就在这一刻，她也顺从着丈夫，决不做他反对的事情。她一见他没有了力量，手榴弹紧握在他的大手里，就毫不踌躇地接过来，学着样子拉断弦，用全力甩出去!

轰轰的响声，震撼着山谷。敌人的血肉横飞遍地，惨叫声迭起不绝。

七嫂子见丈夫那苍白的脸上露出满意的微笑，就又抓起另一颗，照样要扔出去。她忘记了可怕的一切，全神贯注在杀敌人，似乎在这一刹，她身上增加了不少力量。可是七子忙把她的胳膊抓住，有些激动地说:

"就这一个了!"

她起初一愣，不懂是什么意思，接着从她看惯的、熟知各种表情变化的丈夫的土黄色的眼睛里，她明白了一切。她慢慢垂下头，眼泪簌簌地流下来——可没有哭出声音，她用力抱着他的头，热泪滴在他脸上，身子在疯狂地抽搐着。

七子也在哭，却没有流泪——他的泪早在童年时期流干了，他是心里在悲恸。他那只早已麻木了的大手，从妻子纤细的小手中，拿过冰冷的手榴弹。

"别再哭啦。"他使劲制止住手的颤抖，慢慢抚着妻子散乱的头发，很温和清晰地一字一字地说:

"你听我说呀!我是共产党员，你呢——是我的老婆，也是穷人。咱们虽是过的苦日子，可都还想活着。谁不愿多活些年岁啊!可是咱们立时就要死……你可千万别怨是共产党把你男人和自己的命夺去了，不，不是的。"

"你别再说啦，我依从你……"七嫂子的泪珠挂在眼窝下，紧瞅着丈夫的脸面，把他抱得更紧。

"别急，你听我说啊!咱们就要死，我要你明白，咱死的道理。"七子感到妻子身上热得烤人，一股疼爱怜惜她的感情又涌上心头，他的话音有些颤抖了；但一觉到她的身子在加快速度地抽动起来，忙用力吞了一口唾沫，极力镇静地说下去：

"咱们穷人在旧社会里，早晚要被逼死害死。多少人不是忍气吞声到头还叫人家打死的吗！咱爹咱妈是这样，仁义婶家是这样，世上这样死的人不知有多少！这都是那不公平的旧社会害的啊！这些理过去我不懂，老姜来了，才把我领上革命的路，才懂得穷人要翻身，就要起来把那些害人的坏种拾掇干净！可你要杀仇人，仇人也要杀你，穷人和富人是势不两立的死对头！咱们为穷人能过好日子死，死得值得，死得应该，死后会有人替咱们报仇！"

"你说，你懂了我的话吗？你不怨恨我吗？"

"不。我都懂了。你全是对的！我跟着你活，跟着你死！"七嫂子擦干眼泪，完全没有了恐惧和求生的余念。相反，如果真的丈夫一个人死去，剩下她自己孤独地活着，她倒是非常不情愿的。她哭，只是为疼爱丈夫才哭啊！

由于恸哭和激奋，七嫂子那焦黄的脸上变得火红，充满了血液。有生以来只有这时候她才像个健康的人，显得格外美丽。她紧睁着两眼，目不转睛地看着丈夫，准备做他叫做的任何事情。

七子把手榴弹送到妻子跟前，七嫂子就在丈夫手中掀开它的盖，拉出它的弦，两人用全力使劲拥抱在一起，手榴弹紧挤在他们的心窝上。夫妻对视了一眼，像是互相最后记住对方的模样。听着哧哧的导火线的燃烧声，他们紧闭上了眼睛……

五六十个搜山的敌人，在艰难地向山上爬着。不知他们是太蠢还是雪太滑，时常有人滚下山去。一个个像三伏天的狗，大口大口上气不接下气地喘息着，嘴像小烟筒似的冒着白气。一些老一点有胡子的，胡髭上像布上一层白霜。

姜永泉和干部们领着民兵，趴在山顶上的岩石后面。那飕飕的北风，像刀子一样直往肉里钻，刮起的雪粒，快把人们埋住了。大家时常把手放到嘴上，用热气哈一哈，不然手就会被冻僵了。他们都紧盯着爬上来的敌人，心怦怦地跳荡不停。

姜永泉掩在最高处，把敌人的行动看个一清二楚。他那瘦脸被风吹成紫红色，雪粒经常扑在脸上，他根本不去理会，只顾监视着敌人。

"大伙千万不要慌，等敌人到跟前听我的口令打！"姜永泉一面把手榴弹揭开盖，一面对大家说，"咱们一定得顶住一个时辰，等山洼里的群众都转移完才能撤。"

人们看着他的行动，都在准备武器。德强凑近娟子身旁，着急地说：

"姐姐！你快看，手木啦，死也掀不开。快帮帮忙呀！"

娟子看着弟弟的脸蛋冻得血紫，嘴唇乌青乌青的，眉毛成了白色，睫毛上结着冰碴碴，很有些不忍心。她忙给他把手榴弹的盖揭开，把他两只冻木的像冰一样凉的手握住，低头仔细一看，呀！都裂口出血啦！娟子猛抬头瞅着弟弟，一句话也说不出来。

"姐，你怎么啦？行了，这下我能打响啦……"

娟子见弟弟脸上没有一点痛苦的表情，心里稍松快些。她把他的手放到自己口上用热气烘烘，心里想："被妈知道他冻成这样，早不忍心啦！"她爱惜地说：

"兄弟，我给你暖和暖和……受得了吗？"

"行啦，姐！我受得了。"德强抽出手，满不在乎地说。为表示自己不怕苦，又天真地笑笑，然后爬回自己的岗位。

敌人逼近了。

"注意啦！"姜永泉喊道，"打！"

霎时间，钢枪、土枪、土炮、手榴弹响成一片。敌人被这意外的居高临下的打击搞昏了头，趴在地上向上乱放枪。

当民兵们往土枪、土炮里装药时，敌人趁空爬起来冲锋了，掷弹筒咚咚地打过来，雪地上掀起黑黑的泥土，岩石爆裂成花。一个民兵倒下去了。

凭着有利的地势，民兵们甩出一阵手榴弹和石头，又把敌人打下山去。

打了一歇又一歇，姜永泉看到弹药已不多了，就命令道：

"把刺刀上好，向后面山头撤退！"

于是，人们背着牺牲的民兵，呼啦啦向后撤。德强只有一颗手榴弹，打完后什么也没有了。他正为难，一眼看见刚才被敌人的掷弹筒炸开的石头，忙拣了两块最尖利的，紧紧抱在怀里。娟子回头见弟弟落下了，忙过来拉着他就跑。姐弟俩紧紧相挨着。

敌人的指挥官看到正面不好攻，就分配兵力从侧面迂回。他把雪亮的指挥刀一指，十几个敌人端着三八大枪和歪把子轻机枪，向旁边斜插过去。

民兵们刚翻过山梁，迎面碰上敌人。有的被惊呆了，几个胆小的想向后跑。

"拼刺刀！"姜永泉喊着冲上去。

德松、大海等人都跟着往上冲，展开了肉搏。

娟子迎上一个鬼子，她枪上没有刺刀，只能用枪把子打。那鬼子却伸长三八大枪上的长刺刀来挑她，眼看刀尖就要触到她胸前的衣服……就在这时，德强猛扑到鬼子跟前，抢起尖利的石头，照着鬼子的脑袋狠命打去……鬼子的刺刀已扎破娟子胸前的棉袄，露出白白的花絮，差一点她就完了。现在，姐弟俩同时看着鬼子滚到深山沟里去了。

敌人开始来不及施展火力，这时那端机枪的大个鬼子已把机枪架到岩石上，疯狂地扫射起来。

民兵们被压迫回来，又有一个人倒下去……

正在这生死关头，突然敌人背后响起枪声，鬼子乱了阵。只听一阵喊杀声，雪亮的刺刀出现在敌人身后，还没等鬼子的机枪掉回头去，但见一个高大有力的汉子，纵身蹿跳上去，飞起一脚踢翻那鬼子射手，迅速地端起机枪，猛烈地向敌人射击……

民兵们被这突然的事情惊住了，也看呆了。姜永泉抑制不住狂喜，高喊道：

"同志们！咱们的八路军来啦！快，冲上去啊！"

人们应声蜂拥地往上冲。

这股从侧面迂回过来的敌人，很快被消灭光了。那正面的敌人又攻上来。八路军中一个拿驳壳枪的人高喊一声，那个高大的战士随即掉转身，端着机枪横扫从正面攻上来的敌人，战士们奋勇地向敌群冲杀。敌人倒下去的很多，其余的敌人纷纷溃逃下去。战斗迅速结束了。

德松抢上去拉住那个抢敌人机枪的高个战士，兴奋地说：

"哎呀，同志！你真行，真是好样的！"

"没什么，没什么，"那战士被夸奖得有些不好意思地红了脸，和他刚才那种勇猛劲很不调和。他指着那个挎驳壳枪的人说：

"这是我们连长。"

"谢谢你们，连长！"姜永泉紧握着李连长的手说，"多亏你们的援助啊！你们是怎么知道的呢？"

李连长把情况简单地告诉姜永泉他们。他是奉团长的命令率领一班人给部队侦察情况，当尖兵的。我们的军队从昆嵛山东麓开过来，要截击扫荡的敌人，现在隐蔽在后面。刚才李连长他们听到枪声密集，赶过来一看情势，就从敌人的背后打过来。

打扫完战场后，按照李连长的意见，大家迅速转移了。走时姜永泉派德松领着人把两个牺牲的民兵抬到村里人躲难的地方去，并嘱咐他好好照顾群众。

部队转移到一个山洼里，大家坐下来休息，有的人就整理缴获来的武器。民兵们经过这第一场战斗，并且在八路军帮助下打了胜仗，心里有说不出的高兴。他们都亲热地和战士们又说又笑，真像一家人一般。德强瞪着两只大眼睛，紧瞅着那个夺敌人机枪、战士称他王班长的人的一举一动。看哪，他长得多棒啊！个子那么高，身子又粗壮，一伸胳膊一抬腿都显得有力气，满身和铁打的一样。再看，他脸上黑黝黝的，眼睛圆彪彪的，多有精神呀！

德强看着看着，心里爱得不行，羡慕得直咂嘴。心想，自己什么时候也能长到他这样大这样壮，端着机枪和没拿东西似的，那该多么好啊！……

"报告连长！缴来的武器都清点好啦！"德强正在看王班长、想得出神，一听这尖细的声音，忙转过头来看，啊，是个小八路！

李连长吩咐了他几句，就和姜永泉、王班长谈情况去了。

那德强却又被这小战士吸引住了。

这小八路同德强差不多高，背着小马枪，军装太大太宽，草绿色的棉袄达到膝盖，像个小棉袍，裤子肥肥的，和他的身量很不相称。

那小八路眯缝着眼睛，在吃吃地笑。德强有些奇怪："他笑什么呀？"就走过去。小战士一见德强来了，就指着给他看，自己仍笑着说：

"你看，你看……哈哈，哈哈……"

德强一看，他指的是他姐姐那根大辫子的下半截变成白的了。那结上冰的辫子在她背后划得衣服哗嗤哗嗤响。娟子正在向子弹袋里装从敌人尸首上捡来的子弹，一听笑声忙转回头。见小战士指着自己身后，起初莫名其妙，用手一摸，脸就红了。她不好意思地笑笑，把辫子从肩上弯到胸前，却没去掸掉冰雪，又忙着装子弹去了。

德强见这小八路放肆地笑他姐姐，脸有些热火火的，很不高兴地说：

"这有什么好笑的！那还不是为打仗才冻上去的。"

小八路忙收敛笑容，说：

"哎，你别生气。同志，我不是嗤笑人家，是……唉，"他拍一下头，"就是我有个忍不住笑的毛病。这女同志真不简单，除去我们部队上，我还没见到有女的拿枪打仗呢！"

德强心里高兴起来，特别是第一次听到有人称他是"同志"，还是个八路军叫的，心里很得意，就说：

"那没有什么。她是我姐姐！"

"啊，你真不简单！你们俩可真行！不过，"小战士又笑了，"这辫子可太不方便啦。咱们部队上的女同志们不留那玩意。你不信，我有个小故事：

"在我们那地方有个大闺女，留着根又粗又长的辫子。你猜怎么着？有天晚上她家光她一个人在家，心里很害怕。一听老鼠叫就以为是鬼叫了，她急忙向外跑。你猜怎么着？她跑呀，跑呀，怎么也跑不动，就觉得有人在后面拖着她。她以为是鬼使的定身法，吓得爹爹妈妈地叫，魂都吓掉啦！"

"是怎么啦？"德强紧张地问。

"嗨！人家的辫子被门框上挂门帘的钩子挂住了……"

"哈哈哈哈！"周围听到的人都捧腹大笑起来。娟子也听到了，红着脸说：

"小同志，你这故事可真有意思。下次再见面，俺的辫子你再想看也看不到啦。"

"于水！"那小战士听有人叫，忙回过头。原来是李连长叫他和王班长回部队报告侦察到的敌情。

姜永泉忽然想起什么，忙问道：

"连长，你们带药品没有？"

"带的一点都用光了。谁负伤啦？"

"不是。是咱们的副村长受了伤，好多日子啦。伤口都化脓了。"娟子伤心地答道。

"咦，叫王班长带些回来！团里有。"李连长说。

"这样好啦，我们派一个人跟着去拿吧！"姜永泉想到七子的伤，心里不能不急啊！

"我去吧，姜同志！"德强抢着说。他想同那王班长和小八路一道走，心里也真想看看大部队。

姜永泉起初不答应，后来只好准了。叮嘱他一番，并叫他回来就到村里人躲难的地方去。娟子也嘱咐弟弟一回，要他路上小心，赶快回来找母亲去。

德强跟王班长和于水走后，李连长领着战士和姜永泉一伙，向王官庄一带——敌人的主力所在地，搜索情况去了。

德强和王班长、于水，翻过一山又一山，走进大山沟里，一个十几户人家的小村庄，突然出现在眼前了。德强跟着他们走进村。

呀！里面的人马可多着哩！谁会想得到，这样寂静的小山村上，会住着这么多队伍呢！

他们躲躲闪闪地走着，怕踏着睡在雪地上的战士们。战士们怀里抱着枪，相互靠着身子枕着臂膊，发出酣睡的鼾声。德强见每人左胳膊上都扎着一寸多宽的白布条，觉得奇怪。于水告诉他，这是打仗时敌我的识别。德强又问，怎么不都穿绿色军装，还有穿老百姓衣服的呢？王班长说，这都是新参军的，部队在一天天扩大呀。德强心里一高兴，刚想说句什么话，可是已经进屋了。

他们走进一间茅草屋。屋里有四五个军人在围着一张桌子看地图，并没注意到有人进来。

王班长右脚往左脚跟一靠，洪亮的嗓子喊道：

"报告团长，我们回来报告情况！"

人们被惊醒似的抬起头，亲切地打量着他们。德强心里很紧张，在他心目中的团长一定是个非常了不起的人，可是这几个人都和战士穿戴的一样，分不出谁是当官的，谁是当兵的，他很感出奇。

一个中等个子的人，身体粗壮，黑红的脸膛上，长着胡茬，闪着一双炯炯有神的眼睛，看起来他很英武严峻，这时却慈祥地笑着走过来，拍着王班长的肩膀，说：

"好哇！大力士，王东海！坐下，快坐下！"他拖过一条长凳子，把王东海摁着坐下去。不知怎的，他却没摁于水坐下。于水也不去坐，接过一个人递来的一碗水就喝，可刚喝一口，忙送给德强。德强摇摇手没接碗，那被称为团长的人看到他，就问道：

"这是谁呀？"

德强正在发愣地想："这就是团长吗？看他多和善呀……"一听问到他，心里慌乱得不知回答什么好。王东海答道：

"他是区干部派来要点药的……"接着叫德强把七子负伤的事情讲了一遍。

那团长皱了一下眉头，他脸上的笑容消失了。他立刻对于水吩咐道：

"王班长在这里报告情况，你领他到卫生队去一趟。快！"

于水听罢放下碗，拉着德强的手出了门。

德强的心全被那团长的事占满了，他出门就问道：

"那个人就是团长吗？"

"哎，团长就是团长嘛，就是啊。"于水奇怪德强为什么会这样问似的，看着他笑笑。

"你不知道，我原先以为带一千多人马打仗的团长，和普通人不一样呢。唉，想不到他也是个平常人，穿的跟你一样的衣服。啧！"德强像是替那团长不是他想象的那个样子惋惜，倒唉声叹气起来。

"照你说团长该是什么样的呢？"于水忍不住又笑了。

"到底该是什么样，叫我也说不上，反正该是个最有本事的人才对。比方说，像于得海那样……"

"哈哈哈哈！"于水笑得那样的厉害，以至停止脚步弯下了腰。

德强对他的大笑很是惊奇：

"你笑什么呀？"

于水直起身边走边擦着眼泪，说：

"你呀，唉！可惜你的眼这么大，真是'眼大漏神，刷锅漏盆'。你猜那团长是谁？"

"谁？"

"那就是于得海呀！"

啊！？德强猛止住脚步，惊讶地瞪大眼睛看着于水。于得海！这个响亮的名字，那就是他啊！

提起这于得海，不单是德强吃惊，在这山区里从大人到小孩没有不知道他的。都知道他领着一帮"造反"的穷人，活跃在昆嵛山里，同地主恶霸和地方官僚斗争，替受苦人做主。财主叫他们是土匪，穷人称他们是"红胡子"，是"逼上梁山"的绿林好汉。官兵屡次围剿也无奈何他们。人们像神话般的传颂于得海的事迹。说他能知道连绵几十里的昆嵛山上的每一个石洞和每一棵树木，你就是把昆嵛山上的石头、泥土、草木拿到天边，他也能认出来是昆嵛山上的，说他能两手同时开枪，百发百中，会飞檐走壁，多少人也围困不住他，说他身有一丈高，枪弹不入，长着大红胡子，眼睛像夜明珠一样亮，和古书上的武将一模一样……

德强真不敢相信，他看到的这位穿着普通战士军装，非常和蔼的团长，就是那神一般的英雄于得海！

"走啊，怎么和打愣的鸡一样呢？"于水说着拉了德强一把。于水却没告诉德强，他就是于得海的儿子。

德强跟着于水来到另一幢房子。屋里挤满躺在铺草上的伤员，人们都在紧张地忙碌着。他俩站在门口等了好一会，看见一个头发达到耳朵的女军人，包扎好一个伤员，在准备药物。于水忙挤到她跟前，说：

"喂，卫生员大姐，咱们有事呢！"

"什么事？"她跟着于水的目光转过身来，一发现了德强，禁不住惊叫起来，"啊！德强！"

屋里的人都惊诧地看着他们。

德强怎么也想不到，他同杏莉日夜怀念的白老师，竟在这里碰到了。

白芸把德强拉到院子里，两手紧托着他冻红的两颊，眼睛激动地闪着泪花，注视了好一会才说：

"好兄弟！你怎么来啦？"

德强两手紧抓着她的胳膊肘，凝视着她那同她的姓一样白的脸，兴奋地说：

"白老师呀！你怎么会到这里来啊？"

他们是太兴奋太激动了，相互争着问这问那，顾不得回答相互的问话，又一猛醒，都笑了。

德强把白芸走后村里的变化都告诉给她。白芸还要问，但德强急着问她了。

白芸是济南人——其实也不是济南，老家在东北，她父亲是张学良部下的一个团长，一家人都跟着父亲东奔西颠。"七七事变"不久，这位有民族气节的老团长，同日本侵略军战死了，一些朋友才把他的家眷安顿到济南。

白芸从小受着正直父亲的教育，读了不少进步作家的书籍，对她有很大影响。

抗日救国的热潮激动着青年人的心，白芸初中毕业后，就同一帮子热血青年，参加了一些爱国人士在中国共产党的感召下，组织起来的抗日救亡团体，到处演剧宣传……

不久，国民党政府的山东省主席韩复榘，丢下三千八百万人民逃跑了，日本人很快打洪来。而当地的一些大小国民党头目，不是望风而逃，就是摇身一变投降了日本。那各地的军阀土匪更是横行霸道，趁势抢杀掠夺人民。整个山东一片混乱，人民处在水深火热之中。

白芸他们的团体，也因缺乏组织领导被打散了。她失掉联系，回家没有路费，回不去；只好跟着逃难的人群飘流到胶东来。在山区找个中学可真不简单，王唯一马上把她雇下当教师。白芸一方面想挣些钱做路费到延安去；另一方面感到教学也是教育儿童的机会，就答应了。

然而，她想得太单纯了。她倾全力把爱国思想灌输给像德强和杏莉那样的孩子，但她的努力却遭到吕锡铅和宫少尼的处处非难；而她的青春美貌，使王唯一、宫少尼兽性发作，他们欺她是个无依无靠的孤女，向她无理取闹。她气愤极了，再也待不下去。但是到处一片焦土，到处坏人当道，哪里是她容身的净土呢？

正当山东像一艘失去方向的船，在狂风骇涛中摇摇欲沉的时候，平地一声春雷，共产党领导人民起来反抗了！党把武器交给农民，那保卫祖国的枪口，对准了敌人！

当白芸知道理琪等人的起义部队时，她立即投奔进去。

她走时，当然不能把真情告诉天真的孩子们。

白芸留德强吃过饭暖和暖和再走，可是德强固执地拒绝了。

她留恋不舍地一直把他送到村外，反复地嘱咐他一路要谨慎，赶快找母亲去。直到德强的细小身躯被山挡住以后，她才走回去。

太阳像个被水蒸气迷蒙着的火球，离西山顶只有一竿子高了。淡紫色残散的夕阳光，无力地铺在雪面上。那冻硬的雪面反射出柔弱阴冷的青光。成群的雁队，摆成人字形，咕咕呱呱地叫着，逆着朔风，向北方飞去。风可真大，掀起一层细沙般的雪粒，摔打到光秃秃的枝干丫杈的大树上，白水条似的树枝发出欲折的呼救的哀鸣。只有那苍郁的松树上，虽然结满冰雪，但松针抖掉雪粒，露出葱绿的锋芒，无论多大的严寒，也冻不死它坚韧旺盛的生命。

德强是迎着风走，棉衣早被风吹透了，但他没感到冷，身上发散出的热气，抵御着外来寒流的侵袭。那冰雪粒吹打得使他睁不开眼睛，他把毛皮帽檐用力往下扯。低着头向前跑一气，又转过身向后退着走一阵。

突然，咕咚一声，他一条腿插进冰窟里，身子扑倒在冰上。德强一看，是条小河结了冰，上面铺着一层雪，中流有个地方冰很薄，他只顾低头跑没看到，腿撞进去了。

德强咬着牙皱着眉，费好大事才把腿拔出来。棉裤摔破了，膝盖出了血，鞋子裤子湿了个透，骨头像被刀子钻进去一样刺痛。

德强痛得站不住，一腚坐下来。他非常生气自己的不小心。飕飕的北风吹得湿腿更痛了。德强忍不住，真想哭啊。可是哭给谁听呢？白茫茫的大雪山，一眼望不到边，连个人影也没有啊！听着松树的呼啸，就像在嘲笑他似的。这不是自己找的吗？埋怨谁呀！德强寻思一会，一看裤腿，快冻成冰了！他猛地爬起来，把眼睛一擦，更快地向前跑去。

"快跑吧，跑出汗就好啦。真的，越来越不痛啦……"他一面跑着一面想着，"哎呀！我卡破一点就这么痛，七子哥的伤口那样厉害，那更不知怎么痛哩！哎，我何不就近把药品赶快送给他呢？……对啦，一直送去！"

德强忽然停下来，把从鬼子身上摘下来的一颗小手雷，往怀里揣好，又弯下身紧紧鞋带，朝村东山的方向跑去。

山区里长大的孩子习惯山，如同从生下来就在海上漂泊的渔民的孩子习惯海一样。德强像山猫子似的，很快地从这个山谷溜到那个山沟，爬过一座山峰越过一道山腰，一会就到了东黄泥沟。

他站在一棵小松树后面，喘口气，巡视着周围是否有人。只见村庄上空一片灰茫茫的，和村边的山连在一起，看不见人迹，听不见声息，只有偶尔几声枪响，划破雪野的寂静。

德强加快脚步向石洞走去。他越来越紧张，心扑通扑通跳起来，他见到雪被踩得稀烂，像是有很多人来过。他更加快了脚步。

黄昏的降临总是阴沉沉的。太阳已下去一半，散雾弥漫大地，昏暗的日光在给黑暗让位。夜风一阵紧似一阵，卷刮着枯草和雪片。

德强不由得打个寒噤，牙齿咯噔咯噔在打响，浑身像在抽筋：一摊摊黑乎乎的东西显在眼前，他低头一看，是血融化了雪，时间久变成黑色了。一块块人肉人骨头散乱遍地，金黄色破碎的呢子制服的残片，带钉子的破烂皮靴，就像是死去的尸首没埋好，被一群狗子扒出来撕吃的一样，玷污了这块盖着洁白的雪的黄色土地。

德强猜到这是经过一场激烈的战斗后，敌人留下的代价。但他一想，是谁打的呢？他再抬头一看，发现那炸塌的地洞。一切都明白了！德强急促地呼吸着，急跑上去，可是什么也没有了。他呆若木鸡地站在洞前，注视着从高处卷来的掩埋着洞穴的白雪。这样好一会，德强才慢慢从怀里掏出白芸给他用白绷带包起来的药，看着看着，一腚坐到石头上，眼泪开始往下淌，接着抱住药品，大声地痛哭起来！悲痛使孩子忘记了一切。

一小队巡逻的敌人，闻声赶来。

等德强听到响声抬起头，敌人已冲到跟前了。两个鬼子呼哧呼哧地扑到他身边，就要动手抓。德强一头从敌人胳膊缝里钻出去，飞快地蹿进山沟，向山上猛跑。

也许敌人欺他年小，也许敌人是想抓一个和八路军来联系的活口，他们不放枪，只是呜哇地叫着追。

不知怎的，是心太慌，是掉进冰里的那只脚冻麻木了，还是跑路太多累坏了？德强这时跑起来很费力。

敌人越追越近，只隔几十步了。

德强连头也来不及回，一边跑一边掏出手雷，急转身，用力甩出去。轰的一声，一个鬼子应声倒下去。

趁敌人趴下和烟幕的遮蔽，德强一头钻进稠密茸茸的大松林里……

第六章

度过几天几夜的雪山石洞生活，人们开始蹒跚地往家走了。每个人的心情，都非常沉重和惶惑不安，不知道家里变成什么样了啊！

母亲同花子拖儿携女地也在人群中，她心里比别人更加重一层负担。几天来，她吃不下饭，几个夜晚，她不曾合眼。并不是跟前的孩子闹得她不得安宁，而是担心着不在眼前的儿女，担心她觉着和自己亲儿子一样的姜永泉，还有和自己的孩子生死都在一起的人们。每当听说发生了战斗，听到枪声，她——母亲的心，就收紧起来，一直到发痛。她有时埋怨自己不该让孩子们离开她。可是她眼见只因孩子们去参加了战斗，才能使这么多男女老少安全地活着，她心里又觉得孩子们做得对，应该让他们去。如果她的儿女做了逃兵跑到她跟前，她会感到羞耻。她只盼望他们别遇到不幸，希望他们只有胜利没有死亡。

两个牺牲的民兵抬来了。死者的父母妻子发疯地痛哭着，人们都流下泪。母亲也哭了，悲戚伤心地哭了。她努力去安慰死者的父母妻子，她觉得他们太可怜太不幸了。她甚至下意识地想，毋宁把这种不幸落到自己头上好，她自信自己不会那么可怜，她会忍受下来的。这大概是她的怜悯心过于强烈的缘故，事实上如果真有一天她也挨上了，说不定她会更悲痛，简直无法活下去。

当德强赤着脚、流着血，一只裤腿冻成冰棍，浑身像个雪球似的跑来时，母亲心里一阵酸楚疼痛。可是儿子却一点不显得难受，倒兴奋地讲述他们怎样打鬼子的事，骄傲地说着他们用手雷炸敌人救出自己的经过。他似乎是在闹着玩，而不是在和凶恶的敌人打仗。这使母亲也受到胜利者的感染，她微笑了。人们都称赞夸奖她儿子，使她也觉得光彩。

但是七子夫妇的死讯，唤起人们更大的悲恸。母亲几乎痛哭失声，她越发觉得好人死得太多了，这打鬼子的事多不容易啊！她痛惜死去的人，就越担心子女和人们的命运。慢慢地，她把这一切转为痛恨。没有鬼子汉奸，哪会有这些不幸呢？

人们离村还有好远，就嗅到了潮湿的硝烟气味。他们的心收得越来越紧，越加快脚步。渐渐听到人的喊叫声，火烧柴草的爆裂声，水的拍击声，乱哄哄地响成一片。村里成了火海，浓烟弥漫，人们急拥进来。

八路军战士和民兵们，有的在房顶上、墙头上、院子里，紧张地救火；有的从屋里穿进穿出，抢救东西。

母亲看着那些战士们，身上冒着烟，着了火，忙得满脸都是汗，心里很感动。在这些人里面，她发现了姜永泉。

从一个胡同里抬出一条门板，上面躺着一个蒙着被子的人。走到身旁，母亲才认出，那个拦腰捆着子弹带、肩上斜背着大枪、抬着门板一头的人，原来就是她的娟子！她的心像一块石头落下地，松快多了。

人们哭哭啼啼参加进救火的队伍里……

母亲想起什么，回头找儿子，但德强已不在身边了。她吩咐秀子，领着德刚拿着包袱先回家去，她抱着嫚子同花子直奔四大爷家来。

一进院子，她们都惊呆了：四大爷满身是血躺在雪地里，身边的雪都融化了。

花子扑上去，号啕大哭起来。

母亲的眼泪像断了线的珠子，簌簌往下掉。嫚子也抱着她的脖子，哇哇地哭叫。

正在这时，走进两个战士，对母亲说：

"老大娘，老大爷受伤啦，我们抬去治疗吧！"

母亲忙叫花子进屋拿条被子来，可是花子立刻哭着回来：

里面什么也没有啦！

战士们解释说，先救人要紧，被子他们那有。

大家把老头子抬到门板上，他略微睁开一下青肿的眼睛，又慢慢闭上了。

屋里可真够瞧的：粮食和着泥水撒满一地，锅碗瓢盆所有家具成为碎块，鸡毛蛋壳，小猪蹄子大猪尾巴扔得遍地都是……连个插针的地方也没有。就像疏忽的主人出去忘记关门，闯进来豺狼，被搅乱得一塌糊涂。

花子哭叫道：

"天呀！俺哥嫂都哪去了啊？……"

母亲一进东房间，一股腥臊气几乎把她熏倒。嫚子吓得把头藏在妈妈怀里，连气都不敢出。

天哪！儿媳妇仰躺在炕上，全身赤裸裸的，肚子胀得像鼓一样，身上青一块紫一溜，头发蓬乱，眼睛愤怒地瞪着，血把炕席都染红了。

母亲用手摸摸她，已经僵硬了。她挡住就要扑上来的花子，悲痛地说：

"花子，人死啦，别上去啦……"母亲不得不一次次擦去眼泪，"去，听大嫂的话，找点布来。好孩子……"母亲的衣襟已被泪水浸湿，嗓子里有块咸腥的东西在塞着，她说不出话来了。突然，一口黑红的血，从她口中冲出来！

一个年轻的女人，没能等到她的孩子出生叫一声妈妈的时候，就无辜地同胎儿一块埋葬在血腥的屠杀中！

母亲正同花子在收拾媳妇的尸体，忽然柱子闯进来。花子跑上去抱着哥哥的胳膊，痛哭道：

"啊，哥呀！我的嫂……"

柱子的眼睛疯了似的骇人地瞪着，呆怔一会，一头往墙上撞，呜呜地哭叫道：

"天哪！都是我害的你呀……鬼子！这王八蛋……"他忽然变得残暴起来，满地寻找东西，像要去拼命似的。

母亲用力拉住他，一声声地叫他，柱子忽地扑通跪在母亲面前，抱着她的腿，哭着说：

"大嫂啊！这都怪没听你的话！这下我算明白啦。幸亏八路军救出我来，不然早叫抓进据点啦……大嫂！我一定豁上这条命去跟鬼子拼！"

"柱子，别再哭啦！"母亲把他扶起来，"知道了就好。快把媳妇料理料理……"母亲话没说完，秀子忽然哭着跑来：

"妈——妈！咱的房子都叫烧光啦！"

母亲站在院子里，三个小点的孩子都偎在她身边，注视着她的脸。她看着几乎被烧光、又被八路军救下来、还冒着白白的水汽的房子，一声不响，也没流泪。人的死亡把她的眼泪流干了，可是她嘴唇两边的深细皱纹更为明显，并在微微地抽动。

她的眼睛又向靠山的地方看去。

那里，有一座黑洞洞没有顶盖的破房屋，墙头上已长满野草，盖着屋山上烧煳的痕迹，后面那株下半边被烧死的古老杏树，像个衰弱的老人，弓弯着身子，俯视着自己的旧伤，窥探着村上的惨景。

母亲紧攥着手指，牙根咬得有些发痛，心里在清晰地说：

"王唯一！王竹！日本鬼子！两年前你们害得我一家死的死，逃的逃，今儿又烧得我寸草不留，这前世的冤，今日的仇，我烂了骨头也要跟你们算清！"

村子里渐渐平静下来。

锣声响起。

人民都向开会的南沙河拥去。谁也不和谁说话，就连孩子们惯常的嬉闹也绝迹了。人人的脸上像罩着一层乌云，阴沉沉的；眼睛像上了一层露水，湿漉漉的。他们默默地走进会场。

会场上，空气异常肃穆紧张，一排排整齐的战士坐在前面，带着刺刀的大枪，像树林般地齐齐耸竖在人们头顶上。

姜永泉在台上悲愤地大声讲话，他洪亮的声音有些沙哑。"乡亲们！"他说，"大家都哭了！谁能不流泪呢？我们受的损失可太大了！藏的粮食被抢去好多。大家亲眼看到，没走的人家所遭的殃，人被抓去，女人被糟蹋……七子、七嫂子牺牲了……"

随着他愈来愈低沉悲痛的声音，人们不由得注视着放在台子一旁的四口赭红色、雕刻着各种花纹的棺材。这是七子夫妻和两个民兵的灵柩。棺材是那些老人自动献出来的自己的寿材，献寿材的有德松的父亲和被王唯一害死儿子的王老太太。

会场气氛更沉重悲怆，令人窒息。

"乡亲们……"姜永泉被沉痛的情绪控制着全身，他的话音更加沙哑。

他真想痛哭一场。但他明白，这么多双眼睛在看着他，是多么信任、渴求和希望的眼光啊！难道这些人希求的是自己的眼泪吗？他们需要的是他的悲哀的恸哭吗？不，绝不是！他们不需要他的眼泪，他们需要的是力量，是希望他告诉他们眼下怎么走，将来怎么过！

姜永泉吞回从心底渗出的泪水，他转变口气，充满着满腔的勇气和力量，大声地吐出每一个字：

"乡亲们！死去的人为咱们做出榜样，要想保住家乡，必须战斗！乡亲们，死去的人不是要咱们活着的人为他们哭，他们不需要眼泪，要咱们来报仇！"

军队喊起口号，立时带动了全场。那呼声好似洪水奔腾：

"打倒日本鬼子！"

"收复失地！"

"坚决为死难同胞报仇！"

"同胞们！擦干眼泪，洗掉血渍，拿起刀枪，保卫家乡！"

……

会场沸腾了。姜永泉接着说：

"乡亲们！咱们不能等死啊。这次多亏我们的八路军，把敌人打回据点，把抓去的人救回来，又帮咱们救火抢东西。咱们民兵在八路军的帮助下，也打了胜仗，没使跑出去的人受害。咱们要感谢八路军。要想过太平日子，就必须把鬼子赶出去。要想打走鬼子，就必须扩大子弟兵……"

娟子领着人们又喊起口号：

"感谢共产党八路军！"

"老百姓要支援自己的队伍！"

"青年人要参加子弟兵！"

德松跳上台子，高举着拳头，大声说：

"要想不当亡国奴，过太平日子，就得有人保卫祖国，不打走鬼子就别想安稳一天！有种的跟我来！参加八路军去！"

军队鼓起掌，喊起口号……

德强心热了。他早就羡慕于水和白老师，想当个和王班长一样威武强大的人，更觉得那于得海团长不但英勇无比，而又是个很亲切很和善的人，再加上这热烈的怒潮，他再也憋不住了。他挤过来，拉着被这一切激

— 92 —

动吸引住的母亲，像要求又像告别地说：

"妈，我要走啦!"

"上哪去?"母亲一时莫名其妙。

"跟八路军去……"

会场继续沸腾着，不少青年往台子上跑。大海、玉秋等干部，还有四大爷的儿子柱子都在内。没一会，台子上排了长长一溜。

母亲的心浸泡在激动里，等她想起儿子，忙转身要对他说话，但德强早不在眼前了。

她这才发现，台子上夹在人群中的那最小的一个，就是她的德强。

德强看着母亲，高兴地朝她微笑着。

母亲也忘记刚才儿子问她时，她是不是答应他了。她唯恐孩子还不知道妈的心思，赶忙回了一个满意的点头。

王老太太颠着一双小脚，艰难地在人群中寻找着。一发现她第三个儿子，就叫起来：

"月袖! 你就这么不争气，还蹲在那儿干吗? 舍不得家吗?"

月袖早想去，可想二哥死了，大哥又病着，家里没人干活，又怕母亲不愿意，不去还怕人家笑话，所以才钻在人缝子里。听母亲这一说，他也不回答，就大步地跑上了台子。

参军的人报完名，人们又开始祭奠烈士……

开完党员会，已经是半夜了。

姜永泉把疲惫的人们送出村政府的大门口，刚想关门，可突然袭来一阵昏晕，只觉眼前直冒金星，一口酸水吐出来，他忙倚在门框上。

喘息一会儿，觉得头烧得厉害，脑子像有针扎似的刺痛。他扶着墙走出来抓一把雪在前额上擦了擦，冰凉使他清醒了一些。

他感到在外面比在屋里爽快多了，就想多待一会。他遥望着那矗立在星空中银白的南山尖，想着刚才会上大家讨论的问题。

在会上，大家都认为害死七子和干部们的房子被烧的这些事情，是王唯一家的女人坏的。她们也跟敌人走了。因为村里几家富农不敢动，别的再没有什么好怀疑的人。哦! 娟子提到过王柬芝，但立即遭到许多人的反对。都说这人平时表现挺好，这次又跑出去了，怎么能怀疑是他呢?

困惑的情绪又把姜永泉抓住了。平时他经常注意王柬芝的行动，虽然这人像娟子说的他毕竟是地主家出身，他哥王唯一又被镇压，平时对干部有些过于恭维，很可能不可靠；可是他也没做过对抗日不利的事情啊！而且样样事都想走在头里，处处表示对抗战的忠心。在这次敌人扫荡中，姜永泉也曾派人监视过王柬芝的行动，可他确实是和全家人藏在洞里，一直没有出来过，人们都回村后他才出洞回家的。这些事使姜永泉越来越迷惑，是什么力量使王柬芝和这个汉奸家庭的关系割断得一干二净呢！是真因为他是个知识分子明大理，敌人的惨无人道的兽行激发起他爱国的热情吗？可惜没法了解这个人在外面的经历。是啊？娟子、德松他们说得也有理，他终究是个财主，很难真心跟我们一道走。对，要团结他抗日，也要防备他存心不良……

"谁?"姜永泉正想着，见有人走来。

"我，是我。"来人凑上前，一认出是谁，忙说：

"啊，是姜同志啊！在这里不冷吗?"

姜永泉见是王柬芝，就说：

"不冷，在这清凉清凉。这么晚你要上哪去?"

"找你呀！吃过饭就找，听说你在开会，也不好打扰。"接着王柬芝恳切地说，"唉！姜同志，看到法西斯的兽行，真叫人难过，我找你是想商量商量，看谁的房子烧了没住处，到我那住去。谁没吃的，我家里粮食也有些，拿出些分分吧。唉，这丧尽天良的强盗哇！"

姜永泉想了想说：

"王校长，你诚心诚意这样做，我们很感激，群众也会欢迎。好，明天我和村里干部商量商量看。房子还好对付，粮食倒是很需要。天不早啦，你先睡吧!"

"哪里哪里，还不都是为着共同的敌人……"王柬芝正说到此，见有人走过来，就告辞走了。

来的是娟子。她胳膊下夹着一个包袱，一见走的是王柬芝，就问：

"他来干什么?"

"他说见村里受到损失，想拿出房子和粮食来救济。"姜永泉答道，又问她：

"你来有事吗?"

娟子没回答他，却又问道：

"你答应他了吗？"

"那怎么能不答应，为抗日出力是好事嘛。"

"我看他不一定是出于真心，该不要他的！"娟子有些气愤地说，一面迈步向屋里走。

姜永泉跟在她后面，边走边说：

"秀娟，这样做就不对了。咱们的抗日统一战线你不是不知道，不论穷富，有力出力有钱出钱，咱们都欢迎，怎么能不要人家的呢？"姜永泉对娟子的警惕性是喜欢的，并希望多有几个像她这样立场坚定的人，他也很理解娟子的心情，只是他考虑得多一层，全面些，不同意娟子的做法。他又接下去说道：

"秀娟，光有气不行，怀疑他有假，就要注意他什么地方有假，要弄清他到底是真心还是假意才行。"

"我一见他就有气，我自己也不知是怎么回事。也许是为他和王唯一是一家人，里面有些私仇？嗯，你说得对。以前我光是不信他，往后多留点神好啦！"娟子说着进了屋，把包袱放到炕上。

"这么晚，你到底来做什么呀？"姜永泉看着包袱问。

"啊，是做这个来啦，"娟子笑着把包袱解开，里面是床被子，"你的被子不是丢了吗？"

"哎呀，这怎么能行？你们盖什么？我一个人好对付。"姜永泉忙说。

母亲的房子烧了，原先姜永泉住的南屋烧得轻些，被八路军救下来，全家搬了进去。姜永泉就搬到村政府来住了。

"俺们还有呐。"娟子把被子丢到炕里边，就势坐到炕沿上，又加上一句似乎是多余的话，"是俺妈叫送来的。"

"谁告诉大娘我被子丢了？"姜永泉有些惊奇地问。

"看你，"娟子瞥他一眼，不好意思地垂下头，"给你就盖吧，问起就没头啦。"

姜永泉也不好再争，憨憨地笑笑。

娟子像还有什么话说，但脸烘热了，说不出口，也不愿马上走开。

姜永泉也坐下来，看了她几眼，本想说："好睡啦。"可又咽回去了。

沉默了一会，娟子抬头看着姜永泉那消瘦而苍白的脸颊上现出两块病态的红晕，眼窝深凹下去，眼眸里网着血丝，禁不住一阵心热，怜惜地说：

"姜同志，你可要注意些身子啊！我看你这几天很少吃东西……"

"嘿，我没有什么，身板还挺硬实。就是有时肚子有点不大舒服……那是小事。"姜永泉微笑着说，又关怀地问：

"秀娟，这些日子受得住吗？够呛吧？"

"受得住。再苦也不怕……"娟子忽然鼻子一酸，眼泪几乎掉下来，用力压抑着说，"唉，就是咱们的人死了好几个。七子哥和七嫂子多么好的人啊！还有柱子媳妇，你没看到糟蹋成什么样子，肚里还有五个月的孩子……唉，鬼子可真狠心哪！多咱把他们消灭干净才好！"娟子撩起衣襟揉眼睛。

姜永泉习惯地把手撩起棉袍子插进腰里。在地上徘徊一会，像回答她的话又像自言自语地说：

"是啊，革命就是要流血的。咱们是在半道进入革命的，那些前辈受的苦流的血就更多了。红军在长征时，那环境是多么残酷啊！记得理琪同志时常拿毛主席的话教导我们。毛主席说，要拿枪杆子改造咱中国，穷人就这么一条活路。咱们活着的人，都要更努力地战斗，不怕流血牺牲，才对得起死去的先烈，才能完成革命任务。七子就是咱们的榜样！"他转为兴奋，"你看今天群众的劲头，是多么大啊！嗨！咱们就要这样，倒下去一个，激起十个报仇的！革命的路虽长虽苦，可是最后胜利一定是属于咱们的！"

每一个字，都打在娟子那温存善良的心坎上。她振作起来，全身充满了愤恨、热爱和由此而来的力量。她恨，恨死了敌人！她爱，爱那些她没见到的革命战友，爱那些早早和刚刚流尽最后一滴鲜血的先烈！她绝不玷辱由鲜血浸染而成的革命红旗，她要以自己的血把红旗染得再红些，使它多放出一道绚烂的光芒！

娟子的心房里早已印上姜永泉这个影子，一天天地她越觉得他可敬可爱。

她不是单纯从一个姑娘来感受他的可爱，他的价值，她觉得每个人对他都会有这样的感情。真正好的人谁都会喜爱的。他是她的领导，她的同志，她的战友，她所需要的一切他都会给予她，他是她所熟悉的人中间最好的一个。

生死与共的战友的友情，使人类所有的任何友谊，都无可比拟。

天是晴朗的，月亮还没出来，只有星儿像个顽皮孩子的眼睛，一眨一眨地瞧着人。夜风煞住了，昆虫早已入蛰冬眠了，这隆冬的午夜异常静谧，万籁无声。没有水汽和薄雾，盖着厚雪的茅屋，洁白的山峰，显得格外醒目而明澈，空气里充满清新凉爽的气氛，令人心旷神怡。

娟子迈着矫健的步伐往家走。她的脸血红血红的，热得能烫手，瞧，墙头上偶尔飘落下的片片的雪花儿，一触到她的脸腮上就化了。她不感到冷，相反心里还热乎乎的，真像有火烧似的。

娟子回到家，母亲还没睡下，正在给德强缝补衣裳。她要帮忙，被母亲阻止了，催她快睡下。做妈的还能不知道女儿的疲困吗？

娟子躺在炕上，注意看着母亲的每个动作。母亲埋头缝补着衣服，针钝了，她就放到头发上去磨磨。娟子顺着针，看到母亲的头发里发灰的成分更多了，有的甚至发白，心里想："整天忙得没仔细看妈一眼。什么事都落在她一人身上。她没过一天好一点的日子啊！她又叫兄弟走了，怕姜同志阻拦，没开会前就同他说好了……往后她更孤单啦，可要多帮妈妈些忙……"想着想着，巨大的疲困悄悄地强有力地袭来，占据了她那发育饱满而健壮的少女全身。她迷迷糊糊闭上了那美丽明媚的大眼睛，那毛茸茸的黑长睫毛，紧紧护上了双眼皮。娟子发出均匀细小的鼾声，也许还做着梦呢。

母亲很幸福地看着安静地睡在她身边的儿女们。是的，她现在是最幸福了。孩子们像一群小鸡，经过几天的离散奔波，又回到她的身边，她随时可以看到他们，爱抚他们。

看，那每张母亲百看不厌的恬静而幼嫩的脸蛋，多么美好，多么讨人爱啊！

炕洞里烧着的柴火在爆裂着，发出轻微的噼啪声。那松木油的香味和炕上烘热的棉被絮所发出的干焦气息，飘荡在整个屋子里。

油灯下，母亲凝视着孩子们的脸出了神。她心里非常满意地想：就这样永远永远地在一起过下去吧。谁也别再离开她一步吧！

忽地，母亲动了一下，用针把灯花拔掉，将灯芯挑了挑，灯立时明亮起来。她擦擦眼睛，两手撑着炕，端详着每个孩子的脸。

几天的战火生活把娟子累苦了，她脸上显得有些憔悴，前额上那几条纵横的细细纹痕，像是更清楚了些；但满脸依然是血色充沛地泛着红晕，焕发着美丽的光彩。

秀子是她姊弟中最顽皮最活泼的一个。她总是跳跳蹦蹦的像个小麻雀，整天到晚无愁无忧的。实际上，一个十一岁的女孩子，能知道什么呢？这时她紧绷着赤红的小嫩脸，那粗短的鼻子上浮着的一层细汗珠在发着光亮，搂着她弟弟细打着鼾声。

六岁的德刚偎缩在姐姐怀里。他睡觉不安宁，头歪在一旁，小脸蛋在微微抽动，像是在哭似的。他嘴角上流下一丝口水，两唇吧嗒吧嗒几下，又用力向姐姐怀里偎。

母亲看着儿子的样子，心里一阵酸疼。她猜想，孩子一定是为那只他养大的小狸猫被鬼子烧死，而伤心地在梦中哭吧！

在逃难时，德刚要抱着他的小猫，母亲没让他抱。告诉他，抱出去它要冻死的。儿子为爱护朋友，就忍痛和小猫告别了。他用绳绑着小猫的腿，把它拴在屋里棚子上，跟前还给它放了一些好吃的东西。怕它跑出去冻死饿死呀！可是这小生命也没逃出鬼子的魔爪。房子被烧着了，小猫也被烧成灰了！

回来后，德刚大哭一场，他怨母亲没让他带走猫。母亲替他揩干眼上的泪，擦去脸上的灰，告诉他是谁杀害了他心爱的朋友。孩子懂了，他虽不能理解帝国主义的凶暴残忍的含意，但在他幼小纯洁的心灵上，深深划上一道痛痕，铭记着那些残酷的敌人活活杀死他的朋友，使他伤心地流过泪！

德强靠弟弟躺着，他好像不是在睡，而是在幸福神秘地微笑。他的脸上，从来看不出什么是痛苦什么是疲劳。他那略凸出的开阔前额，紧闭着的厚嘴唇，都像在显示出他有无穷的力量和勇气，还远没有使出来似的。而嘴角上两道向上微翘的纹线，像在表示对他的敌手轻蔑的嘲笑。

靠母亲身边是最小的一个孩子——两岁的嫚子。这孩子没离开母亲的怀渐渐长大起来。她一出生就跟着大人一起忍受着惨痛的遭遇，惊骇的波折，慢慢地像见惯了这一切，她很少啼哭。她也像有意识在忍受痛苦，来宽慰在苦难中的母亲的心。这孩子骨膀挺大，就是不胖，可长得逗人喜欢。唉，她怎么能胖得了呢？她吃的妈妈那奶汁都是苦味的呀！而孩子见到的眼泪，真比见到的水还多啊！

母亲深深地叹了口气，给孩子们整理一下被子。一床被子五个孩子盖可真难啊。本来是两床被子，但母亲一听说姜永泉的被子丢了，就立刻吩咐女儿把另一床给他送去。怎么办呢？娟子没盖被子，别看她身子壮，做妈的可怕她冻着。于是母亲把嫚子抱在怀里，用棉袄襟盖着她，让她在自己盘坐的腿上睡。尽管这样会把她的腿压得酸痛、麻木，但能匀出一点被子来给娟子盖上，母亲心里就惬意了。

一切安排停当后，母亲又开始做针线。

母亲一针一线地缝，一块一块地补，调过来复过去，把裂口缝严，把破洞补好。她眼花了，腰酸了，腿麻了，手累了；这些她好像全没觉着，唯有一颗心，别使孩子挨冻。

棉裤面子补好后，她把手伸进裤裆里，想翻过来补里面，可是像有块冰一样的东西触到她手上，凉得她忙缩回手来。她赶紧把裤子翻过来一看，啊，裤裆湿了一大片！

母亲愣怔一刹，不由得掀开被子，看看睡去的德强的大腿根。呀！紫红红的一大块！她用手轻轻按按，已经肿起来，有的地方已磨破皮，快出血了。

德强从小就有个尿炕的毛病。在家时，母亲每夜要叫他起来小便一次，这几天当然没有人招呼他，又穿着衣服睡觉，就尿湿了裤子。这样的寒天，再加上刀割般的北风一扫，就冻肿了。这孩子可从没叫一声。就这么穿着，任凭肿伤被裤子摩擦，谁也不让知道。

母亲抚摸着孩子的大腿，蹙起眉峰，嘴在咝咝吸冷气，就和伤在自己身上似的。真的，伤在孩子身上，痛在母亲心上。其实，哪有伤在她身上好受呢！

抚摸一会，母亲又把被子给儿子盖好。她紧闭着嘴，下颚上那颗善良的黑痣在跟嘴唇一起颤动。她两眼凝视着那闪烁的蜡黄色的豆油灯火一缕纤细的黑油烟，晃曳着升进黑暗的空间。母亲的眼睛发涩了，模糊了，潮润了——愈来愈湿，忍不住，一颗晶莹的泪珠滴到灯芯上。灯芯"砰"的一声爆出火花，灯光晃了晃，之后，又恢复原状……

母亲模糊的眼前，站着两个不同的德强，一个那么小，吃饭、穿衣，离开妈妈一步都不行啊！一个那么壮，他冲进鬼子群里，扔手榴弹、拼刺刀……两个模糊的德强，渐渐地合为一体了。母亲不自觉地喃喃道："去吧，孩子，去吧……"

德强起得比谁都早，天才麻麻亮，淡蓝色的天空上还缀着几颗明亮的星星。他很快走进杏莉的家门，怕惊动别人，就悄悄地一直走进那熟悉的房间里。

杏莉还在睡着。德强轻轻坐在她身旁的炕沿上。他想叫醒她，可又一想，让她多睡会吧，昨天晚上她睡得也很晚，原来昨儿他俩说了一晚上话，并约定他早晨起来就来找她。

德强静静地坐着，眼睛像再没有其他地方好放似的，心里本不想看她，可一次又一次把眼光投在她身上。接着，他就专神地端详着杏莉的睡态。在曙光的沐浴下，杏莉侧仰着身躺着，睡觉不老实，一只白皙的小胳膊赤露在红花被面上。薄薄的小嘴唇紧紧闭着，嘴角有一丝涎水流在下颚上。白红色幼嫩的脸腮上，出现两个浅显的小酒窝。淡淡弯曲的眉毛下，一双细长的眼睛，就像在微笑似的闭着。黑亮的头发，散乱在雪白的绣花枕头上。

德强又看看这屋里雪白的石灰墙壁，明亮的玻璃窗，赭红色的桌凳，眼前就浮现出自己家里的情景，成为鲜明的对照。要是看到别人家这样，他早就产生出鄙视愤恨的情绪了。可是在这里，享受这一切的是自己的好朋友，是杏莉啊！他一点也不敌视她，他认为这不能怨她，她没做过坏事。在这一刹，德强不再觉得吃好的，穿好的，用好的都是罪过，相反，如果是用自己劳力换来的，那是人人应该享受的东西。他德强如果有本领，一定使全世界的穷人都过上这样的好生活。

德强呆呆地看了一会，心想，她那只露在外面的胳膊一定冷了，用手一摸，真个是冰凉的。他就轻轻地把它放进被里去。他一触动她，杏莉马上睁开眼睛，一看是他，立刻笑了，高兴地说：

"呀，来得这么早哇！多咱来的？"

"不一会。你还睡吗？"

"不睡啦。不对，我猜你来好一会了。"杏莉眯眯着眼睛，俏皮地说。

德强的脸有些发烧了，眼睛不知向哪里看好，反问道：

"谁说的？你怎么知道啦？你早醒……"

"哈哈，脸红了，看叫我哄出来啦!"杏莉大笑着，拍着手儿叫。看德强很窘得慌，她接着笑嘻嘻地说，"哟，说了谎话还害臊呢，是我刚才做梦做到啦。"

"我不信。"

"你不信?"杏莉装作认真的样子，说，"刚才我睡着的时候呀，做了一个非常非常有意思的梦。梦见两个小八路，从南山顶上走下来，走呀走呀地走到我跟前来，我这么睁眼一看哪……"

"谁?"

"你猜?"

他摇摇头。

"哈，一个男的一个女的。你猜这女的是谁?"

"是你。男的呢?"

"对啦，女的是我。男的呀，是——"杏莉故意拖延着，忽一下坐起来，大声说，"是你呀!"

"哈哈哈!"两人都大笑了。杏莉笑得前仰后合，用手拭着泪水。德强见她还没穿上衣服，就说：

"快穿上衣服吧，看冻着了。"

"好哇! 请你把衣服递过来。喏，就在桌子上。"杏莉笑着请求道。

德强把衣服放到炕上，说：

"你穿吧，我到院里去。"

"哎，出去干什么? 外面冷呀!"这十四岁的小姑娘为了友爱，她忘记害羞了。

"那我转过脸去。"他背向她，脸朝着墙。

"……好啦。转过来吧。"杏莉穿好衣服，扣着纽扣，一手理着头发，同德强并肩坐在炕沿上。

"俺妈什么都给我预备好啦。她一宿没睡觉。"德强说。

杏莉看着德强身上多的新补丁，说：

"你妈真是个好人，真进步! 唉，真倒霉，谁叫我是女的，怎么不是男的呢? 不然咱俩一块去，该多好啊!"

"女的也行，白老师也是女的呀! 你还小，先干儿童团，也一样打鬼子。过几年再去吧。"他大人似的嘱咐她。其实他才比她大一岁。

杏莉瘪瘪嘴，停了一会，说：

"德强哥，俺爹叫我上中学。我现在不想去，等你打走鬼子咱俩一块去，好不好？"

杏莉这个称呼使德强脸红了，这还是第一次。德强觉得自己真的是大人了。

"不一定。有机会你先自己去吧，我不知几年才能回来，打鬼子是持久战啊！杏莉妹，我不想念书啦，光想去打仗！"

他兴奋地说，像称呼亲妹妹似的叫着她。

旭日慢慢地爬上窗户，那红晕柔和的阳光透进屋里来了，屋子暖和起来，如同冬季的暖花室一样，尽管外面是冰天雪地，屋内却是百花争妍，春光灿烂。

德强愈来愈觉得有一种不愿离开她的情感在逐渐上升。这在他还是第一次产生的新鲜感觉。骤然，他有些惶惑，可是他还没有那么多心思来细吮它，就马上想到战斗。战斗诱惑他比什么都强烈，比什么都来得快。他的心立刻又被对战斗的神往占据了，和心爱的朋友离别，他一点不感到悲伤，反而有一种说不出的乐趣。他站起来要走，杏莉拦住他说：

"你等等，我还有点东西给你。"她急忙开箱子拿出个小花包袱来。打开一看，有条白手巾；一条杏莉时常围着的褐色绒毛线织成的厚围巾；一个用各种彩绸绣的"卫生袋"①。

德强一见，忙说：

"哎呀！你怎么给我这些东西，围巾你不用吗？我不要。"

杏莉抿嘴笑笑，边包边说：

"我，你别管。出去可冷。卫生袋还是妈妈帮助缝的。"

正好，杏莉母亲出现在门口。她的脸更苍白了些，眼窝里有条黑线。她朝德强说：

"好孩子，都拿着吧。这也是你同学和妹妹的心意呀！"

---

① 卫生袋——用各种色彩布缝成的长形小袋子，是盛牙粉（膏）、牙刷、肥皂用的，故称卫生袋，是妇女们赠送给参军的人们的一种珍贵礼品。

杏莉一想起后面这句话的意思，脸唰一下红了，瞥了母亲一眼。她母亲却没理会，又对德强说：

"德强，别回去啦。大婶给你预备着好吃的呐。"

"对！就拿在我屋里吃吧。"杏莉高兴地说。

"不，大婶！俺妈等我哩。我马上要回家。"说着他就要走。

杏莉娘俩见留不住他，就包了一包熟鸡蛋，硬给他拿上。德强就急急忙忙地往家跑。

母亲早把饺子煮好了。真等急了。刚要打发秀子去叫，德强已跑进来。母亲也舍不得责怪一声，只催着快吃饭。

娟子一起来就走了，她要去把欢送参军的群众组织一下。

母亲一面给儿子捆背包，一面嘱咐道：

"出门不像在家里，多留点神。跟着大人走，别想家。有机会捎封信回来，我也好放心。……怎么，不吃啦？多吃几个吧……饱啦？……"

母亲尽说些无关要紧的话，直到孩子背起背包要走，她才想起昨晚上涌上心来的满肚子话，一句也没说呀！

蓝晶晶的天空像海洋，绚烂的阳光普照在盖着雪的各种物件上，万物像银子般的闪烁着光芒，耀得人眼睛发花。一会工夫，那屋顶上的雪开始融化了，雪水顺着茅草屋檐上的冰柱往下淌，一滴滴打到屋檐底下的地上。冻硬的泥土渐渐地被冲开一个个小坑，并越来越大地扩展着。一对对的麻雀，瞪着圆圆的小眼睛，瞅着青凌凌的冰柱的空隙，嗖嗖地从屋檐底下的窠里飞出来，踏在屋顶两头的砖瓦上，高叫几声，看人们几眼，就撒开翅膀，用嘴去啄肚底下的羽毛，不一会，就又呼唤着飞去。于是，几根白净的小羽毛就飘落下来。

街上非常热闹。锣鼓喧天，吵吵嚷嚷的，人们把十几个参军的青年围在中间。为照顾到村里的工作，姜永泉把德松、玉秋留下来。另外一些家里实在离不开和身体不行的人，也都没让去。

母亲也在人群里面，她紧瞅着自己的孩子，像要看看孩子身上是否还缺少什么东西，她要给他再加上似的。

姜永泉踏着碾盘，向参军的人们致祝词。勉励他们杀敌立功，不要想家，家里有政府照顾。

军队里的指导员接着讲话，欢迎新战士。

大海代表参军的人，向乡亲们保证：不打走敌人，誓不甘休。

接着军队和儿童团喊起口号，几个中年人和老头子敲起锣鼓。

娟子和兰子领着青妇队，把纸扎的一朵朵大红花，戴在参军的青年们胸前。

小伙子们高高挺起胸脯，一张张兴奋严肃的脸上，放着青春的光辉，再加上红花一映，更显得光彩了。

杏莉走到德强跟前，给他戴上花。她那天真俊俏的脸上，在兴奋之余，隐现着忧伤的阴影。似乎她现在才意识到这是离别，他是去战斗啊！她温存地说：

"德强哥，你多小心些啊！也别……"她脸一红，"别忘记我呀！"

德强向她微笑着，恳切地点点头。

队伍要出发了。德强急忙转身去找母亲，一见到她，他一边转回头笑着向母亲招手，一边跟着队伍前进。

母亲急赶几步，想最后摸儿子几把，对他再说句话，可是已来不及了。她只能用眼睛紧看着他的后影。

他，是他！排在队伍最后面的一个，那细小的身躯，背着个小背包，摇晃着渐渐消失在银装素裹的山野里。

一颗灼热的大泪珠，滴在母亲怀里的孩子脸上！

第七章

　　是暖流又融化了岩石上的冰层，滴下第一颗粗大晶莹的水珠，宣告了春的来到。

　　春天，山野的春天。最先是朝阳的山坡处的雪在融化，慢慢地露出黄黑色的地皮，雪水滋润着泥土，浸湿了去年的草茬，被雪盖着过了冬眠的草根苏醒复活过来，渐渐地倔强有力地推去陈旧的枯草烂叶，奋力地生长起来。在同时，往年秋天随风播落下的草木种子，也被湿土裹住，在孳植着根须，争取它们的生命。

　　山的背阴处虽还寒气凛凛，可是寒冷的威力已在渐渐衰竭。朝阳处的温暖雪水顺着斜谷流过来，融化了硬硬的雪层，冲开山涧水溪的冰面。那巨大的冻结在岩层上的瀑布也开始活动了，流水声一天天越来越大地响起来。最后成为一股汹涌的奔流，冲到山下流进河里，那河间的冰层就爆裂成块，拥挤着向下流淌去。

　　等到那燕子出现在摇曳着的青树枝上时，已是满目春光了。山区的军民，随着青纱帐起，更加活跃了。

　　敌人虽疯狂残暴，时常下乡扫荡，对山区我根据地进行残酷的进攻，实行"蚕食政策""三光政策""封锁政策"……然而，八路军和地方武装，就利用这高山峻岭、稠密的青纱帐，到处打击敌人，消灭敌人。由于敌人的兵力不足，我们农村的广大，使它只能把守靠大路的市镇，安下据点……敌后的抗日军民就掌握了这种有利条件，开辟根据地，扩大解放区。

人们习惯战争的生活环境，如同习惯过贫穷苦难的日子一样。当敌人来扫荡时，人们就实行空舍清野，躲到山里去，敌人走了，人们又回来生产。白天有妇救会和儿童团站岗，夜里有民兵自卫团放哨。村头的山顶上，埋有"消息树"。敌人来了，它就倒下来，人们就按着它倒下的方向跑……

在受过一次次的灾难后，这些善良忠厚的农人，就一次次在心中留下了烙印。他们一次次减少了悲痛的眼泪，只是一声不响，想出最好的办法，寻找最好的机会，对付他们的仇敌。

抗日民主政府实行了减租减息、增加工资、合理负担的政策。并没收汉奸卖国贼的财产土地，分给那些最贫苦的人们。当他们那长满茧的手，颤抖地拿着新发的盖有民主政府的大红印的土地证时，两眼流出感激的眼泪，心是怎样地在跳啊！世道变了，是的，社会变了。但最使他们感动的是，能好坏使肚子饱一些，能说一句从祖辈起不敢也不能说的话：

"啊！这块土地，是我们的！"

当他们在地里劳动着的时候，就会轻轻地抓起一个土块，慢慢地在手中搓揉着，搓揉着，直到把土块搓成粉面，粘了一层在出了汗的手上时，才慢慢地撒下去。再用力拍打拍打手，用口吹吹，唯恐手上的汗带走了一点泥土……

> 五龙河呀弯又长
> 胶东是个好地方
> 青山绿水庄稼好
> 金银铜铁地下藏
> 三面海水翻白浪
> 烟威青岛是良港
>
> 日本鬼子野心狼
> 馋得口水三尺长
> 挥着钢刀来抢杀
> 到了一庄又一庄

庄庄变成杀人场
家家户户遭了殃

同胞们哪莫悲伤
乌云天上见太阳
来了救星共产党
领导咱们动刀枪
一心打败小东洋
誓死保卫我家乡

青年男女的歌声，悠扬地荡漾在大地上。大地，春天的大地，到处像蒙上碧绿的绸缎似的闪着柔和的绿光。那润湿的泥土，只要一粒种子落进去，几天就生芽出土了。"一年之计在于春，一日之计在于晨。"如果在这时耽误一分钟，那么会抵平常的一天甚至更多的时间。人们都在紧张的劳动，想多把一粒种子播下地。

漫山遍野吵吵嚷嚷的。那大声吆喝牲口的吼叫，震撼山腰的尖脆皮鞭声，伴奏着歌声，成为一支高旋律的交响曲，像是整个山野都在抖动，都激荡在春耕的旋涡中。

母亲更显得苍老了些，鬓边在慢慢变白，而身子更不灵活了。可是她的脸上，不知是春色的拂润，还是别的什么缘故，倒焕发出红晕的光泽。那唇边的两道深细皱纹，似乎也油腻了些，不像从前那样干枯了，像是隐现着两道愉快的笑丝。她那双明亮的黑眼睛，虽然光泽在日渐减退，但并不显得迟钝呆滞，倒更加使她的目光柔和慈善，表明着她那忠厚善良的母性心肠。

母亲在栽植地瓜。垄已经打好了，她弯着腰，一起一伏地把地瓜芽插进松软的土里去。然后担起水桶挑水来一棵棵浇。最后把土坑埋上，两手用力把松地按结实。

从地那边山洼中的柿树林里传来窸窸的风声，接着温柔的东南风徐徐吹来，地堰上的一溜细高笔直的楸树上的嫩叶儿，簌簌地响起来。青草芽散布出来的潮气，和着浓郁的花粉馨香扑来。母亲不由得深吸一口气，顿时觉得嗓子不再干燥，心眼里爽快，浑身舒服。

忽然，地那头传来孩子的哭叫声。母亲直起腰一看，嫚子趴在地上哭；德刚在叫她。因为一只小牛犊俯着脑袋撅着屁股，在他们跟前摇头摆尾地示威，欺负孩子小呢。

"妈——妈！快来呀！快来嘛！"德刚拿着小棒棒，一面打一面叫。

母亲忙赶过去。

小牛犊一见大人来了，呼噜一声叫着跑了。

母亲笑嘻嘻地拍打掉女儿身上的土，把孩子抱在怀里，一面扯起嫚子胸前系的一块布给她擦擦泪水和鼻涕，一面亲昵地说：

"怎么哭啦？闺女，它欺负你了吗？"

"妈妈，它要吃人。我哭了，哥哥叫了。妈妈，我怕！我跟着你，它还来。"嫚子搂着母亲的脖子，撒着娇，喃喃道。

德刚丢下小棒棒，抱着母亲的腿，申诉道：

"妈，它要吃地瓜芽。我不让，它不听。我打它，它不怕。妹妹哭了，我就叫你了。"

母亲慈爱地笑了：

"嘿，你这当哥的先怕了，妹妹更要哭了。"她亲亲嫚子的脸蛋，"嫚，再别哭啦。牛犊不会吃人，它是吓你呢。你愈哭它愈欺你小。好啦，下去跟哥哥玩，妈要干活去啦。德刚，好好看着妹妹，别叫她哭了。喏……拿着这根大棍，来了就用力打它。好了，妈要担水去啦！"

母亲被一担一百多斤重的水压得可真够呛，走几步就要歇息一会。脸上的汗珠直往下淌，她也顾不得去擦。实在挑不动了，她心里很懊恼身体的衰弱，真不相信这才是刚四十岁的人啊。她不得不把水倒掉一些，每桶剩下一大半。在上一个陡坡时，费尽所有力气，上了几次都失败了。

母亲很生气，停下来用衣襟擦擦汗，又担起水来，鼓起全力硬挺上去。正走到最陡处，脚下的黄沙子滚动，支持不住，腰要折了，腿要断了，天也转地也动，眼前一黑，连人带桶滚了下去！

过了好一会，母亲才苏醒过来。一面心里怨恨自己，一面想站起来。可是刚一动腿，一阵像针扎似的剧痛，使她眉头紧皱，几乎叫出声来，忙又坐到地上。

母亲的牙齿紧咬着，前额冒出冷汗，腿痛得已有些麻木了。她低头一看，呀！右腿那膝盖以下的裤子已被血浸红了，沙子搓破衣服钻进肉里，那血还正往外淌哩！母亲吃了一惊。

> 大好河山真美丽
> 耕种纺织不分男和女
> 军民团结一家人
> 共同建设咱们根据地
> ……

母亲听到一个女孩子的越来越近的歌声，想是有人来了。她下意识地把摔坏的腿压在另一只腿下面，忙拍打掉身上的泥土，整理一下衣服，努力做出从容的样子。她嘴唇两旁的深细皱纹，却更加明显了！

花子和她父亲扛着锹镢走上来。母亲瞅着她那红扑扑的笑脸，嘴里哼着歌儿的兴奋神气，心里很惬意，暂时忘记了疼痛。

花子这姑娘真变了样，从前整天愁眉苦脸的样儿消失了，活泼了许多，并当上村里的副妇救会长。四大爷也变了，逢人便说八路军的好处，救了他一家人的命。本来他只柱子一个儿子，上次参军时没让柱子去，四大爷很不满意，没多久柱子又参加了区中队，这青年说什么也要为妻子报仇！四大爷也早不生母亲和娟子娘俩的气了，倒满口夸奖不休……

母亲心想，永泉说"战争能改变人"，这不是明摆着的吗！

四大爷父女一见母亲的样子，忙奔过来。花子放下铁锹靠着母亲蹲下身，关心地问：

"哎呀，大嫂！怎么摔倒了！擦破哪里啦？"

母亲强笑着，若无其事地说：

"唉，一不留神，叫沙子滑倒啦。没擦着，我坐这歇歇呐。哦，你们爷俩上哪去？"她想把话岔开。

"该叫他们帮你挑嘛。你一个人有孩子，身板又不好，可怎么行？"四大爷皱皱眉头，关怀地说。

"没什么，四叔！人家也是怪忙的，帮着把垅打好就行啦。前两年没有代耕，还不是自己种？"母亲笑笑说。她不得不吸了口冷气。

"来，大嫂！我给你挑吧。"花子说着就去拾扁担。

"不用啦，快放下。我自己慢慢来。你们忙去吧！"

……母亲目送着他们的背影，听到四大爷感叹地自语道：

"抗日嘛是对的。可是闺女家的都念的什么书呢？唉……"

这话音像股阴冷的风，飞速地钻进母亲的心里。她痛苦地歪着头，苦楚的痉挛掠过她的嘴角，那两道皱纹颤动着，像两丝苦涩的微笑。她颦着眉梢，两眼无神地凝视着夹在杂草中的一棵还未开花的鲜嫩的苦菜。

"是啊，女孩子家的都上的什么学呢？不念书不也一样打鬼子吗？唉，有她两个帮着，自己就松快多了。娟子能顶上一个男人干活；秀子也不小了，至少能照料她弟弟妹妹吧！唉，图个什么呢？"母亲的头愈来愈低地垂下去，离那棵苦菜愈近了：她似乎尝到了苦菜根的苦味。她感到创伤更痛，浑身出了一层细汗。她一动也不能动了啊！

没多久，在她脑海中出现一个影子，他那消瘦的脸面，那双明亮的眼睛，都很清晰，好像就站在她的跟前，他老是那么诚恳亲切地在说：

"……大娘，革命不是一天半天的事，还远着呢。打走鬼子还要建设国家，把咱中国建成像苏联那样。啊！那真是太好了……干事不识字真难呀，也做不成大事。过去穷人念不起书——你知道，小兄弟念书是多么地苦，现在念书不花钱，应该叫他们去。人年轻时不念几年书，以后工作困难可就大了……"姜永泉的话在母亲心中鸣响，回萦，使她蓦地抬起头：

"对，革命要紧，孩子前程重要！我老了，吃些苦受些罪怕什么呢！"

母亲眼前还是夹在杂草中的那棵还未开花的鲜嫩的苦菜。苦菜虽苦，可是好吃，它是采野菜的姑娘到处寻觅的一种菜。苦菜的根虽苦，开出的花儿，却是香的。母亲不自觉地用手把苦菜周围的杂草薅了几把。她自己也不明白她这样做，究竟是为了让采野菜的女孩子能发现这棵鲜嫩的苦菜，还是想让苦菜见着阳光，快些长成熟，开放出金黄色的花朵来？

接着，母亲把头发理理，咬着牙用力站起来，疼痛难熬地拖拉着腿走到泉水边。那澄清的溪水在乱石上漩着涡儿涓涓地流着。母亲坐在石头上的影子倒映在水里，虽然晃动不定，但连她下颚右面那颗黑痣也清楚地照出来。她卷起摔伤那只腿的裤子，仔细地洗涤已发僵变成黑赭色的血渍，抠出钻进肉里变成血蛋蛋的黄沙子。洗干净后，她把衣服里的小襟撕下一块，包好伤口。她又蘸着水抹了几把脸，立时觉得清凉了好多。她干脆又用手舀起一些水喝下去，心里舒服爽快起来。像是阴凉清甜的泉水给了她力量，母亲又担起水来！走到陡坡处，她就半桶半桶地提上山去，终于把

— 110 —

水挑到地里了！

母亲，她虽失去青春时代的体力，就连成年人的一般体格也被摧残，但她有着任何人所没有的精神力量。这种永远燃烧永不熄灭的信念的火，能使人返老还童，变得年轻！变得美丽！

"妈呀，快来看哪！八路军！那么多啊！"德刚和嫚子一见母亲来了，几乎是同时叫喊起来，一齐偎缠在母亲身上。两颗小心灵激动得简直要跳出来了。

母亲擦擦满脸的汗，望着山下行进着的部队行列，兴奋地笑了。

德强离家半年多了，没有一点信息，母亲也知道军队到处奔波打仗是很难来信的。她见到军队的人，总要打听打听儿子的消息。每次都碰到战士们和气而带点抱歉地回答：

"老大娘，军队里的人可多着啦，不能都认识……"

但她总不灰心，还是见面就要问问。

母亲觉得每个八路军都和自己的儿子一样，家里也有个像她一样的母亲，在日夜思念着儿子。担心他能吃得饱吗？穿得暖吗？衣服破了有人补吗？病了有人照管吗？……一听到枪声，就联想到自己儿子身上，心就不由得跳起来，仿佛每颗子弹都会打到她孩子身上。

母亲把给军队做的每一双鞋，每一件衣服，织的每一尺布，都和给自己孩子做的那样，尽了她的最大心血。由于对自己孩子的疼爱，逐渐扩大起来，她爱每一个战士，爱整个八路军。本来妇救会不叫她做军用品，娟子一份就行了。可是她哪能放弃为自己的孩子——那些离家别母的战士们，尽一分力量的机会呢！

姜永泉担任区里的教导员①，不在王官庄住以后，母亲就把南屋腾出来，专供军队住。每次来住的战士，很快就跟她熟了。

她给他们把炕烧热，补洗衣服。战士们不让她做，她就生气地说：

"你们这些孩子，这是对谁呀！在我这里不跟在你们家一样吗？我的

---

① 教导员——即区委书记。因战时区中队特别重要，是营的编制，区委直接掌握，区委书记兼任其教导员职务。同时党在当时不公开，一般都称区委书记为教导员。

孩子到你们家，不也打搅你们的妈妈吗？快别说了，再说大娘要生气啦！"

战士们看着这位和自己母亲一样亲的老大娘，又感动又亲热，最后都不好意思地笑了。

后来妇救会就负起这个工作，保证驻军不用自己洗补衣服。

有次母亲家住了一班战士，就是王东海那一班。其中有一个战士们都叫他小李的战士，母亲最疼爱他了。这青年战士，也真讨人喜欢，秀子、德刚就连嫚子在内，几天就和他亲得比亲哥还亲几分。母亲知道他是昆仑县人，父亲被鬼子杀了，他和老娘到处讨饭吃。八路军一来，他就参军了。现在他母亲在哪，是死是活他也不知道。正为此，母亲对他更疼爱些。

小李生了病，母亲无微不至地伺候他，使他很快好了。她由此联想到，儿子在外面生了病是否有人管呢？可是当她看到战士们像亲兄弟一样亲，还有像慈母一样的上级，她的心就宽慰了好些。做母亲的哪个不疼自己身上掉下来的肉呢！

军队要走了，这是全村从大人到小孩最难过的事情。

秀子失去惯有的活泼劲，知道害羞地别过脸去，偷偷地擦着眼泪；德刚却紧抱着战士的胳膊，大声地乞求："快回来呀！还到俺家来住啊！"嫚子不老实地在母亲怀里"鼓涌"①，乱伸着两只小胳膊，大嚷大叫，希望战士们多亲几下她的小脸蛋……

母亲默默地听着战士们的激动告别："大娘！真麻烦你老人家啦！我们一定多杀敌人，来报答你的恩情！"仔细地看着每张年轻的脸，要把每个人都牢牢记在心上。她一直把战士们送出村。站在村头的堤坝上，望着渐渐走远、依然留恋不舍地向后挥手的队伍，直到看不见最后一个影子，她才慢慢地走回家。

夕阳已靠山了。天上逦迤着几块白丝条般的云彩，涂上一层晚霞，宛如鲜艳夺目的彩缎，装饰着碧蓝的天空，和青山绿水媲美，映衬着春天的风光。远远看去，像大雨后山上下来的洪水一般的军队行列，从山根的大

---

① 鼓涌——活动挣脱的意思。多用来形容小孩子在母亲怀里全身不停地活动着，急着寻求什么的表示。

路上，浩浩荡荡向村中走去。

母亲怀里抱着、手里携着孩子，一进村，就觉出一种反常的热闹，街上到处洋溢着愉快的欢笑。……

母亲到家天已经昏黑了。一群战士在院子里，一见她进来，忙迎上来：

"哈！老大娘回来了。"

"呀！老房东来啦！"

"德刚，还认识我不？"

……

母亲一看，知道又是那班战士回来了，连忙笑着应和着。

王东海走上来，亲切地笑着说：

"大娘，又来打搅你老人家啦！"

"哎呀！可别那么说。你们再不来，大娘也想坏啦！嗨，你们可真辛苦啦！"母亲转向屋里叫道：

"娟子，娟子！"

"妈，俺姐早出去照料队伍啦！"秀子在屋里回答道。

"哦，那你快烧水。"

"不用啊，大娘！不渴。"战士们齐声谢绝。

"哈，我早在这烧呢！"秀子笑着说。

德刚早和战士们嬉闹起来。他偎在一个坐在小凳上的战士怀里，和另一个战士在玩"剪剪报"。只见他瞪着机灵的大眼睛，握着小拳头，和那战士嘴里说着"剪剪报"，各自把手伸出张开。那战士手大有些迟缓，刚伸出一个大拇指和食指，表示"剪刀"，德刚马上就把手握紧——"石头"。"石头"能磨"剪刀"，那战士输了。于是那战士就把手伸出来，另一只手用一个指头指着自己的鼻子。德刚一打他的手，嘴里同时喊"耳朵"，那战士错指到嘴上，德刚又喊鼻子，他又指到耳朵上去了……这样"鼻子""耳朵"地喊，把大家逗得哈哈大笑。

嫚子被这个战士抱着亲一气，那个两手举着逗一回，她还会给战士们唱"小板凳，两边歪，我跟妈南山去拔菜……"的歌呢。

有说有笑，有唱有闹，可把个小院落热闹翻了！

母亲正陶醉在欢乐的气氛里，王东海凑近她，兴奋地说：

"大娘，德强我打听着了！"

"在哪?" 母亲像听到春雷。

"在我们团部里。当通讯员。我见着他了，把你家的事都告诉他啦。哈，他可比早先又高又胖了。大家都夸奖他能干哩！"

"哦，好！那就好！" 母亲的全身都浸泡在幸福中。

她觉得——不，简直是看见了，经过她的心血孕育，她的奶汁、她的怀抱、她的双手，她的一切一切努力，抚养成人的儿子，现在已和站在她面前的王东海班长那样高大有力了！

晚饭后，母亲要到南屋去，打算把战士们要补的衣服、鞋子拿来，趁夜里做做。她刚走到大门口，就遇到兰子领着一大群姑娘迎上来。兰子眨眨那俏皮的灰色眼睛，笑着说：

"大婶呀，你那班同志住好了吗?"

"没有哩。还在院子里待着呐。"

姑娘们知道母亲在说笑，就假认真地嚷嚷着：

"好吧，让咱们来安排安排吧……"

母亲笑着把她们挡住，说：

"去你们的吧！等你们这些青妇队来，同志们早累坏啦！去，快去吧！到别的家照料去。"

其中一个身材苗条、有一双活泼烂漫的黑眼睛的女孩子，认真地说：

"大妈呀，俺们要来拿衣裳洗……" 她还没说完，就受到同伴的你推她拉的责备，脊背上还挨了一个姑娘的一拳。女孩子哎哟叫了一声。

母亲被她们逗得笑得合不拢嘴，指着她们说：

"咳，到底是俺玉子老实，说实话给大妈。好哇，你们这些鬼丫头，还有兰子你这青妇队长，都是一肚子猴，欺负我老婆子哪。我可早看透你们的心思啦。快给我走，再不走我可要发火啦……"

母亲笑着瞅着姑娘们嘻嘻哈哈叽叽咯咯，簇拥着走了，就转回身向南院里去。她一进门，看到一个光膀子的战士，忽的一下把什么东西放到身后去了，又不自然地笑着打招呼。母亲装作没看到，趁他们让座时，她一面说："你们这些孩子就是淘气。" 一面轻巧地把他正补着而藏起来的衣服拿过来。

— 114 —

战士们都咧着大嘴，憨憨地笑了。

母亲搜起一些衣服、鞋袜，又说笑一阵，就准备回去，可是忽然一怔。她这才发现少了几个人，仔细一看，就问王班长道：

"啊，怎么小李几个没来呢？"她学着战士们的称呼。

这一问不要紧，战士们都消失了脸上的喜色渐渐垂下了头。

母亲看着发愣，敏感到这是不好的征兆。她的脸也灰暗下来。

顿时，屋子里的快乐气氛被阴郁的沉寂代替了。

王东海那黑红的脸膛收得挺紧，努力抑制内心的感情，沉重地说：

"大娘，小李和副班长牺牲了！"

母亲的脑子嗡的一声，鼻子一酸，赶忙用衣襟捂着眼睛。

王东海接着从容地说：

"大娘，不要太难过。当兵就要打仗，打仗就要流血牺牲！小李他们死得光荣！死得有骨气！"

母亲怔怔地望着王东海的脸。一个机灵活泼的青年浮现在她眼前。这青年总是眯着带点稚气的眼睛笑嘻嘻的，像对什么东西他都喜欢似的。每天早上他最早起床，给母亲担满一缸水，把院子打扫得干干净净，一面还哼着歌儿吹着口哨。他教秀子、德刚唱歌，逗嫂子玩耍……而现在，他却早早地离开了人世。多么短促的生命啊！

母亲一动不动地凝视着跳动的灯火。柔细的油烟，跟着人们的呼吸越来越快地晃动着。母亲觉得这不是在自己屋子里，而是在战火纷飞的战场上。她仿佛看到：一个强悍的青年端着明晃晃的刺刀，向鬼子群里杀去；而在另一个不知什么地方，有一个白发苍苍的老母亲，在绝望地痛哭着……

在这一霎，母亲似乎预料到自己的儿子也会牺牲掉，那老母亲的命运也会落到自己头上。她一时觉得她过多地惦念、爱惜自己的孩子是自私的，不对的，比起别人来自己还好得多，为孩子担心的不止她一个做母亲的啊！可是随之又涌来一阵更紧张的感情，使做母亲的她更加痛感到失去孩子的可怕，战争的可怕！同时她并不希望孩子回到自己身边来，她更为清楚地体味到：没有这些孩子在前线战斗，敌人就会打过来残害更多的人，更多的母亲。

学校扩大了，学生增多了，娟子也来了。她的那根被于水笑话过的又粗又长的辫子早没有了，现在留着齐颈项的短发，比以前更俊俏秀丽，越显得好看了。娟子在过去就跟弟弟德强识些字，加上她聪慧和如饥似渴地努力学习，一连跳了好几级，不到一年工夫，她就念到了三年级。只是她太大了，同孩子们在一起，站队比别人高出一头来，真有点不好意思。但她下定决心，管他呢，念好书就行！每天早上起来，她同妹妹秀子就上了山，锄地拾柴采野菜，吃完早饭才夹着书去上学。晚上就开会，做拥军支前的工作，一直搞到大半夜。不知她哪来的那些精力，一点不知道累，身体还那么壮，精神还那么好！

这天吃过早饭，娟子到学校来请假，因为接到区上的通知，村干部都要去开会。

王柬芝满口答应，并关照地说：

"嘿，那怎么不行，行。要几天？和谁去？"

"村长、民兵队长和我。今晚上就回来。"娟子回答后，鞠了一躬，走出去。

回到家里，母亲递给她一个包袱——这是给姜永泉做的衣服和给她准备的一小包中午吃的干粮。她伴着村长老德顺和民兵队长玉秋，一块向区上出发了。她多么想看到姜永泉和调到区上当区中队长的德松哥啊！

娟子走后，王柬芝咬着下嘴唇思索了一阵，忙吩咐吕锡铅和另一个新来的高老师去上课，自己领着宫少尼转回家来。

这些日子王柬芝可闹得挺出名。全区里差不多都知道这个进步的抗日分子。他自动把大部分山峦土地献出来，平时经常救济穷人，他那和蔼可亲的态度，很使一些人受感动。不少人更加夸他有出息，倒真是在外面念过书的人深明大义哪。

特别是王官庄的学校，在他的领导下办得最受人拥护。老师都不打骂学生，教学耐心，管理得当，对穷孩子更是照顾，王柬芝常常自己拿钱买纸笔发给穷学生。由此他成为模范校长，新教育方法实行的典型。在县上开文教会议时受到表扬，不久就当上县参议员。

他不但在群众中的威信高，就是干部对他也慢慢失去戒心了，像娟子那样反感他的人，虽说在学校里对她的特别关照和客气感到有些虚伪，但事实毕竟是事实，渐渐也怀疑起过去对他是有成见了，思想上减少了疑虑和警惕，不大再有意识地去注意他。

但王柬芝自己却并不快活。

白天他像喜鹊似的有说有笑；晚上却烦恼地捶胸顿足。他不得不承认这些土共产党的厉害，使他不敢有一点疏忽，没有一点空隙可乘。每次发出的电报都没有重要的情报和活动的成绩。这使他的上司也沉不住气了，一面用高升鼓励他，一面威迫命令他。王柬芝到底是王柬芝，他没有灰心丧气，他是坚定而有主见的人。论说，他能在这种情势下插下脚，站得住，也就不是容易的了。尽管他为此付出的代价感到心疼，但对前途和将来的向往，他还是非常乐观的。

宫少尼默默地跟着表哥走，心想不知又有什么事。他憋得慌，又不好问，就抽起香烟来。

进了屋，按照王柬芝的示意，宫少尼把门闩上。赶他转过身，王柬芝的大白手里已握着手枪，枪身的青黑的电光在闪烁。宫少尼有些惊异地把烟丢掉。

"这是机会，不能放过！"王柬芝带着快活的口气，低沉地说着，"到区上来回有三十多里山路，赶开完会回来，走到猫岭山天就会黑了。这三个是村里的主要干部，除掉后，村里对我们就太平了。特别是冯秀娟，平常对我们的态度就很硬，样样事她都抢先……哼，他们三个，我们去四个！"说着他把手枪递给宫少尼，看着他掩进衣服里，又加重语气叮咛道：

"到万家沟找着万守普他们仔细商量好。只要天黑时他们走到那深山里就可下手，这是手拿把攥的！可要是他们白天回来或遇到什么意外，千万不能冒险！万万不能坏事……"

区上开完会，离天黑还有一会儿。娟子对玉秋和老德顺说：

"你们先回去吧，我到姜同志那有点事。"不知怎的，话一出口，她立刻觉得心有点热、脸有些烧，不好意思地低下了头。

老德顺没注意这些，望望满天的乌云，关切地嘱咐道："看样子要下雨啦，你也要快着点。"说完和玉秋先走了。

娟子答应着，向姜永泉的住屋走去。她走到大门口，碰到房东老大娘提个篮儿向外走。娟子常来，她们熟悉，这老大娘很是健谈，爱说笑，娟子向她打个招呼正想进去，不料老大娘一把拉住她的胳膊，神秘地向屋里瞅瞅，笑着说：

"妇救会长，你猜姜同志家里谁来啦？"

"他家会有什么人来？"娟子以为姜永泉的老家里有什么人来了，疑惑地反问道。

"咳，你这孩子，看问哪去啦？我说的是他在俺这个家呀！"

她再憋不住心里的话了："他来客啦！"

"客？"

老大娘把大褂前襟一拍：

"是啊。好个俊人儿哩，和你不相上下。"她又压低声音："嘿，是才从县上来的，她对姜同志可亲热着呐！哈哈，我看哪，像是他的媳妇……"老大娘全被自己的兴趣控制住，没有发觉听者脸上的变化。她看看娟子站着不动，就笑着说：

"哈，你也听迷啦！快进去看看吧。我也说着葫芦忘了瓢——要到园里割把韭菜呐……"

娟子忘记回答对方的话，怔怔地站着呆望老大娘颠拐着小脚走去的背影，不知怎的，心里一阵不好受。她想转回身走掉，可是脚不由心地跨进门槛……真的听见有个青年女人银铃般的说话声，话声里充满了喜悦。她不由自主地站住脚，心里涌上一股她有生第一次感到的酸溜溜的滋味。她想退回去，又想带来的东西怎么办呢？想起东西又想到母亲，她一向把姜永泉当成自己的儿子看待。如果把衣服拿回去，母亲一定要埋怨她甚至会生气的。再说他也需要穿啊！可转念一想，最好不进去，别把人家的谈话冲断了。对，把衣服交给房东老大娘转给他吧！

娟子正要转身向外走，里面女的声音响了：

"老姜！你看，谁来了？"

"啊，是秀娟呀！"姜永泉说着跑出来，"天快黑了，我当你们都回去啦……怎么站在院子里，快进去吧！"

这句"我当你们都回去啦"的话，在平常听起来没有什么，谁知娟子这时听了，就越发不受用。她很尴尬地支吾道：

"不，嗯，俺怕你有事，想再来。"

姜永泉没注意到她的表情，只是热情地把她向屋里让。娟子机械地走进去。

姜永泉指着坐在炕上的那位穿着黑裤褂脸上红扑扑的青年女子说：

"这是刚从县上来的赵星梅同志，是接替区里妇救会长工作的；星梅，这就是王官庄的妇救会长冯秀娟……"

还没等娟子放下包袱，那星梅忽地下了炕，抱着娟子的两臂，在她脸腮上亲了一下，接着瞅着她的眼睛，大笑着说：

"哈哈！太好啦！刚才还说起你呢。在县上我就听说有位能干的妇救会长，还有个进步的好妈妈！哈，我早想见见你啦！"

娟子真不习惯她这种亲热，把脸羞得血红，但也笑着拉住对方的手，可一时想不出说什么好。星梅却更加咯咯大笑起来。姜永泉也笑了。

说笑之间，星梅看到娟子很窘，心想她来一定有什么事，就告辞道：

"你们谈事吧，我先到区政府看看去。"

姜永泉也没留，同她握握手，送出门口后，转回来对娟子笑笑说：

"看，这人不错吧！是工人出身，经过锻炼。咱们农民出身的人，要好好向她学习哩！"

娟子像傻子似的呆立在那里。她全信那老大娘的话了。你看，自己同他在一起工作这长时间，从来也没握过手，可是她刚来，就……这个人多随便呀，就像回到自己家里一样……

娟子正瞎想着，听到姜永泉说话，她没有吱声。刚才同星梅的接触使她并不愉快，她认为这人太轻放了点，姜永泉的夸奖更使她心里不痛快，但还是随便地点点头。

姜永泉见她总不开口，才发现她老垂着眼皮，脸上有不高兴的颜色。他的笑容也渐渐淡下来。

娟子想快走。她打开包裹，拿出母亲给他做的衣服、鞋子，这才使谈话融洽起来。

"真叫大娘又费心啦！忙得好长时间也没过去看看她。怎么样，老人身体还好吗？"姜永泉满怀感动和挚爱地说。

"还没有什么。就是有她也不说。看样子腰痛得厉害。前些时担水浇地把腿擦得那么重，她谁也不告诉。有时我真念不下书了。"娟子非常怜悯和疼爱母亲，这些话她只对他才讲。

"村里不是有代耕吗？"

"代耕。妈说人家也挺忙，帮帮忙就行了，不能全依靠人家。我也是这么想的。"

"德强兄弟还没有信息？"

"有啦。……妈可高兴呢！心也安多了。"

姜永泉停了好一会没开口来回走动着，搔着光头皮。"真是，她真是个好妈妈！"他重复着星梅刚说的那句话，无限感慨地说，"是一个革命的妈妈。她一点不疼惜自己，她自己吃苦抚养孩子，养大一个就送给革命一个，她还是吃苦……咳，现在咱们最需要这样的人，这样的好妈妈！等革命胜利了，一定要这些好老人，多多享些福。"

屋里的光线渐渐暗下来，天黑了。看样子真要下雨，燕子叽叽喳喳地在院子里飞叫。

娟子站起来，说：

"时候不早了，我该回去啦。"

"怎么，这么晚还能走？！"姜永泉有些惊异，"在区上宿下吧，有你住的地方。"

"不，还是回去好。妈妈不放心！"娟子很固执。

"那么吃点饭再走吧，很快！"姜永泉恳切地挽留。

"不饿。俺不想吃！"

离家十多里路，虽说敌人不会出来，但一个人在深山里夜行还是不大好的。娟子生性胆大刚强，但最主要的是她心里很乱，身底下像有个刺猬，使她坐不住。另一方面，娟子也真怕母亲不见她回家，一宿不睡在担心。

这少女一旦下了决心，谁也阻止不住她。

姜永泉把她送到村头，看看天色很黑，很是不放心。结果把"三把匣子"枪给了她，要她谨慎小心。看她走远了，他深深地叹了口气！

从山顶上的大岩石底下，冒出细细的可是很有劲力的泉水，这样几个几个汇集起来，成为自上而下的涓涓小溪。小溪被土堆挡住，它就在土堆后面漩转起来。积水越来越多，以集体的力量冲破障碍，向前奔涌。水流穿过荆棘，转过大树，扑过岩层，结果在山沟中与其他同伴合并在一起，变为溪涧，滚滚地湍流着。溪涧又汇合其他同伴，于是，一股汹涌澎湃的瀑布出现了。它咆哮着猛扑下山，发出惊人的轰响，摇撼着山峦，宛如万马奔腾，一泻千里地划过平原，冲进海洋。

娟子爬过一座山，翻过一道岭，听着雷鸣般的瀑布声。她不是在凭眼睛找路走，而完全是仗着那双熟练的脚把她带到要去的地方。在这墨黑的夜里，加上重山里的崎岖巉险的羊肠小道，一般的人早不知东西南北了。

浮云贴着山尖随着南风向北游去，空气浓重，压力很大。不知是出了汗还是由于云雾的抚摸，娟子的脸上有些润湿，她感到闷得慌，就把褂子上面的纽扣解开，让凉风吹进怀里，她长长舒了口气。姑娘心里很难过，在错乱地想着：

"秀娟呀秀娟，你这是做什么呢？生谁的气呀？人家又没对你说过什么，你也没告诉他什么呀！你和人家是什么关系？唉，真不知道害臊，想这些呢！"她的脸发起烧来，重重地垂下了头。

"人家好不好吗？你为什么不高兴？你好狭隘哟！"调皮的风把她的头发飘拂起来，散乱在脸上，她生气地把它一遍遍地甩回去。

"秀娟，你这么傻。你想了些什么呢？你是共产党员，你在革命！是什么时候你还来想自己的事呢？对，我为什么要去管这些呢？干工作要紧。这多不好受啊，一辈子不找男人啦！对，人家好，我要向好同志学习……"她昂起头，心里爽快好多，又感到凉意，于是把衣服扣好。她心里想着以后的工作，迈着敏捷的碎步，很快地走进猫岭山的险峰峻岭里。

一声惨厉的猫头鹰叫声骤然传来。娟子不自禁地打个冷战，浑身起了一层鸡皮疙瘩。她这才感到空旷和孤单，也随即带来了紧张。她警觉地向四周看看，把匣子枪掏出来，顶上火，紧握着继续向前走。

突然一阵草响，接着是人的脚步声急切地传来。娟子还没来得及回转身，就被人从后面将她连胳膊带腰紧紧地抱住，那呼哧呼哧喘出的粗气，直喷到她的脖子上。

娟子浑身一抖，她立刻明白了是怎么回事。她觉得胳膊弯以上被箍住，以下还可以动，就用力把右手向后弯去，枪筒正好从她肩膀上伸过去。她狠狠地扣了扳机……

随着枪响，扑通一声倒下一个沉重的东西。可是马上又有一只手，像钳子一样掐住娟子的手腕。娟子手一麻，枪掉了！

那人用绳子照她脖子上就套，娟子两手扒着绳子，身子猛地转过来，向那人扑去！

对方丢开绳子，用枪指着她，阴沉地喝道：

"不准动!"

啊!这声音多么熟悉!是谁?知道了,她知道了,是宫少尼!

娟子盯着在黑暗里像一只怪兽的眼睛一样闪着阴光的枪眼,不自觉地向后退了一步。

对方以为她被吓住,趁势逼上一步,伸手就来拉她。

娟子在后退这一步中,像闪电似的在脑海中泛起一个念头:"跑吧,只要向山洼里一蹿,怎么也打不着了。不,汉奸!抓住他!死也要抓住他!"

她趁对方伸过手,飞起右脚,照握枪那只手狠命踢去。枪,飞落到山沟里。

宫少尼见枪被踢飞,也顾不得手的痛麻,慌忙去摸娟子那支枪。

娟子跳上来,扑到他身上,抓住他的胳膊向后死扭。

可是宫少尼还挣扎着去摸枪。

娟子眼见他快将枪拿到手,自己已抢不到了,就用脚把那支枪也踢出去了。

宫少尼翻起身来,扭打娟子。

凭娟子那从劳动中锻炼出来的强壮身体,力气是大于敌手的,她大多是占着上风,将宫少尼压在身底下。可是一来娟子中午只吃点冷干粮,晚上还一点没吃,再加上走了这么多山路,渐渐身子在发软,有些无力了。但是杀敌的怒火在她心里燃烧,她使出全身力量,一点不松劲地和敌手搏斗着。

宫少尼也知道逃身不得,就拼出吃奶的力气,恨不得一下捏死娟子。

他们从山脊上打到山坡上。宫少尼趁一棵松树把娟子的衣服扯住,挣脱出来,弯下身去摸石块。娟子猛地一挣,衣服哗哧一声撕开。她纵身扑向宫少尼,两个人扭打着滚到山沟里。猛然,娟子觉得头上被打击了一下,接着全身急剧地软下去……是一个尖尖的石尖,将她脑后扎开一个洞,鲜血泉水般的涌出来。娟子有些昏迷了。

宫少尼觉得对手的手在渐渐松开,他猛一用力翻上来,压到娟子身上。他感到她的呼吸在减弱,胸脯在下陷,心里有说不出的松快……

娟子浑身瘫软。骨头也酥了!可是还用手抓住宫少尼的胳膊,生怕他逃走。

宫少尼呼哧呼哧地喘息着，娟子挣扎着。当宫少尼的手卡着她的咽喉时，娟子的脚正好触着身边的一棵树。她急中生智，把一只脚蹬着树干，另一只脚弓起踏着草地，用尽生平力气，猛力向上一翻，又把宫少尼摔到底下。她不等他来得及还手，抽出一手，握紧拳头，照他的前额打去……

　　这打击来得有效有力，宫少尼两手松开，躺着不动了。

　　娟子越发来了力量，想要把他绑起来，可是没有绳子，怎么办呢？他醒过来还是难以对付的。娟子找到一块石头，照他头上打了几下。啊，依着她对这坏家伙的仇恨心理，她一定要把他砸死才罢休。可是她没那样做，她要留着他，问个水落石出。

　　娟子估计宫少尼一时苏醒不过来，就想去把枪找到，那样就容易对付这坏蛋了。可是她刚挪动两步，就扑通一声倒下去。只觉得眼前黑乎乎的一片，什么也看不清了。

　　不知过了多久，娟子渐渐醒过来，可是她还站不起身，挪不动步，全身痛得似刀割锥扎，血已把衣服粘住，只要一动，就像揭皮似的剧痛。头上那个窟窿疼得更厉害，血把头发都僵在一起，糊在头皮上。

　　痛啊痛啊！娟子两手紧攥着一把青草，几乎要淌出眼泪来了，她真不知道用什么方法才能使伤口痛得轻些，能好受些……

　　娟子身上烧得火烫，嗓子干得要冒烟，身旁就是潺潺流着的泉水，她多么想喝几口啊！可是她克制住了自己，她曾听说过负伤的人不能喝冷水……她用手抓了几把青草，放到嘴里咀嚼着，使嗓子清凉些。

　　娟子艰难地爬上山坡，用手到处摸索。那棘针怎么刺她，乱石怎么扎她，她都不觉得痛，只是找她的枪，枪！

　　摸索了好一会，她才看到树根旁有个东西在闪光。娟子狂喜地拿起来，枪，是它！她很难得地流出眼泪来了，她甚至把枪放到嘴唇上亲了一下。

　　看到枪，她想起送枪的人。是他，姜永泉！他知道她需要什么，他在最危急的情况下帮助了她。娟子有说不出的感激，感激把武器交给她的人！她更爱他了！她一点不生他的气了，纯粹是战友的爱！

　　娟子爬回来，见宫少尼动了一下，她端起枪，气愤地想立刻打死他，但她再一次克制住涌上心来的怒火。

　　宫少尼苏醒过来。他的头发被撕下一撮，脸上被乱石划破几块肉，头上有一个窟窿……他痛苦地扭歪了脸，咧着嘴，绿豆似的小眼睛也痛得鼓胀起来。他真懊恼死了。

王束芝派他们四个人来，那三个是万家沟的。他们等了多时，看到玉秋和老德顺是白天过去的，没敢动。本来要回去，可是他舍不得。因为这次干成功的报酬是每人一个金元宝。更加使他舍不得的，是他早想在心里，馋在嘴上的这个漂亮姑娘，趁这良机，他可以把她随心玩弄个够，然后再杀死。他叫另两个人走了，留下他和万守普两人。万守普被打死的那一瞬间，他甚至有些高兴，因这样他就可以全部独吞了。在他的想象中，那么一个山村姑娘，他一定能对付得了的。却不料，这样不顺手，相反落到她手里，眼看要完了。

"叭叭叭！"一连三声枪响，宫少尼抖索一下，他以为是向他打的，可是并没有。他实在疼痛得难熬，嘶哑着说：

"冯秀娟！你……你要把我怎么着？你就打……打死我吧……"

"哼！你想得倒容易，没那么便宜。等着吧，回村后再和你算账！"娟子愤恨地说。她是打枪好招人来的。她怕自己坚持不住昏过去，就把身子靠到那棵大柳树上，举起枪对着宫少尼。

宫少尼痛得哎哟一阵，昏厥过去。一会又哭起来，又昏迷过去……

娟子的身子愈来愈贴紧大树干，全身似火烧，脸色煞白，豆大的汗珠滚过脸腮，牙在打战，手在发抖，渐渐她靠着树身坐下来，可是枪口还在对准敌人！

那宫少尼虽是遍体鳞伤，疼痛难熬，可是到底没有致命的伤处，当他完全清醒后，知道了他的结局，真是狗急跳墙，他又在想法挣扎。

时间啊，过得真慢哪！怎么还不来人呢?! 娟子望望天空，还是那乌云满布，一点光亮没有。唉，傻姑娘，你是痛糊涂了吧？天才到二更呀，哪会亮呢！

娟子眼前一阵阵金花在迸飞，头愈来愈沉重，她实在支持不住了，一下子趴在树根上，一只胳膊搂着树身，一只手艰难地握着枪，忽然，眼前的黑影动了，猛地向山坡蹿去，接着拼命往上爬。

"不要动！站住……"娟子见喊不应，就朝他开了两枪，可是他还在爬。娟子知道是手发抖没打准，但她怎么也起动不了身子。她咬咬牙跪起来，胸脯抵着树干，两只手抓着枪柄，朝黑影瞄了瞄，狠狠地射出两枪……接着她倒下去，头沉重地耷拉下来，带血的黑发，覆盖着她那苍白的脸面……

"是妈把炕烧得太热啦，怎么这样烫人呢？……啊，谁在说话？是天亮了？弟妹都起来啦？哎，怎么眼睛睁不开呢？……嗓子这么干，真渴啊……奇怪，说渴就有人给我水喝……呀！真舒服……不对，我不是在打宫少尼那坏蛋吗？怎么，他跑了？不行，他跑不了！枪，我的枪呢……"娟子昏昏迷迷地想着，一睁开眼睛，灯光照得她什么也看不清，可是她一瞅见那个向她俯下来的黑影，不禁叫出一声：

"妈……"

"娟子，"母亲的泪水在眼眶中游动，见女儿醒过来，忙再用羹匙把温开水送进她嘴里，"娟子，妈在这里。"

屋里的人们都松了口气，默默地围拢过来。

娟子连喝了几口水，完全苏醒了。她看清是躺在自家炕上，母亲、弟妹和好多人都围住自己，她明白是怎么回事了。

她一发现玉秋，忙问：

"玉秋哥，宫少尼那、那坏蛋……"

"你放心，抓到了。"玉秋忙答道，"大婶告诉我你从区上没回来，很不放心。我领着人去迎你，过了西山听到枪响……赶找到地方，见你倒在树根下，昏过去啦。宫少尼已被你打中一枪，死过去了……"

"死了？"娟子吃惊地问。

"不，是昏过去了，心窝还有气。我们把他弄回来，这会在学校里押着。"

"那就好。天亮审问他……"

王柬芝闻讯大吃一惊，像凉水浇身，骨头都麻了。他在屋里转了一圈，把抽到半截的烟狠狠摔掉，跳上凳子，开开箱子，拿出一支手枪，哗啦一声推上子弹，揣进腰里，回身就想向外走：逃吧！唉，愚蠢哪愚蠢！想不到大事坏在轻举上面……他突然停住：要沉着！不到山穷水尽，是不能退却的……

王柬芝悄悄来到学校里，见教室外面挤着一大群人，在吵吵嚷嚷地纷纷议论着。只听王老太太对一个中年女人说：

"唉，真是'画虎画皮难画骨，知人知面不知心'哪！谁晓得平常那么好的先生，会是个汉奸！"

王柬芝浑身一震，刚想走开，忽听那中年女人叹息地答道：

"是啊！咳，幸亏娟子那孩子壮，不然早没命啦！听说还有一个坏东西，叫她放枪打死了。真是……"

听到这里，王柬芝心里一松，长脸抽搐了一下："好哇，只剩这一个还好办……"想着推开人们向里走，一面大喊道："这、这还了得！我平时拿他当好人，原来是、是个汉奸！我……"

人们见校长气恨得发抖，都尊敬地让开路，叫他走进去。

王柬芝一看，宫少尼满脸是血，浑身泥血沙土糊在一起，躺在那里像条死狼。

宫少尼听到王柬芝的声音，把青肿的眼睛睁开一条缝。

两个看守的民兵，在给人们讲着他们怎样找到娟子，怎样把宫少尼抬回来的情景……有一个拿着从万守普身上搜出的一把雪亮的小尖刀，另一个握着一支电光闪闪的日本式小手枪，在人们眼前晃着，得意地说：

"哈呀！这玩意跟黑石头一样色，咱们找了好半天，嗨！它在石头缝里呐。哈……"

王柬芝觑着手枪，计上心来，抢前一步，气得发疯似的指着宫少尼大骂道：

"你这人面兽心的东西，卖国的汉奸！我恨不得喝你的血，扒你的肝。"

王柬芝越骂越火，冷不防夺过民兵手里的短枪，人们还没弄清是怎么回事，当当两枪，随着惨叫声，宫少尼的脑袋开了花。王柬芝靠在墙壁上，声泪俱下地嘶叫道：

"气死我啦！想不到在我的学校里会有这号坏人，叫我怎么有脸见人啊！"

当"打死了"的声浪在人群里沸腾起来的时候，王柬芝突然变得惊恐万状，浑身颤抖着说：

"什么？打死啦？我把他打死啦？我一生一世别说杀人，连只鸡也没杀过呀！都是这强盗逼的我呀！"他哭了，哭着说着，"我糊涂，我随便打死了人，我糊涂！"

他的哭声激起了人们的同情，那些单纯正直而又处在紧张时刻的人们，谁也没注意到他用那支枪的熟练动作，人们反而劝他不要害怕，说他做得对。人们钦佩他的勇敢行为。因为这正符合了他们那复仇的激动心情。他那认真的做作，连干部也觉得他是为了学校和自己的名誉，一时出于激愤，才失手打死宫少尼，谁也没想到他与宫少尼有什么瓜葛。

杏莉一阵风似的跑到家里，从背后猛抱住正在做早饭的母亲，气急得脸儿都红了：

"妈呀！你快去，快去看哪！娟子姐被打坏啦！是宫少尼打的……妈，快去呀！"

她母亲听完杏莉简短急促的叙述，可吓昏了，忙问：

"那，那宫少尼呢？"

"他呀，叫我爹打死啦！"

天哪！是真的？她几乎不能相信，哪会有这种事呢？但她知道女儿从不撒谎，她忽然有说不出的喜悦——再不受这野兽的奸污了！她一阵心酸——感激娟子！她立刻收拾一包东西要去看她，可是她又突然怔住了。

"走呀，妈！你怎么停下来啦？"杏莉哪知母亲的心？

她摇摇头。她怕见到娟子。她有罪，她对不起人。这里面不也有她的一份罪过吗……她把东西塞进女儿手里，颤声地说：

"莉子，快送去。妈，妈要做饭，不，不去啦……"

"我不去！"杏莉不高兴地扭过身，"做饭有什么要紧？人家娟子姐身上受那么多伤，你没看看，脸煞白煞白的，头上身上，到处都是伤……妈，你……"

杏莉母亲一低头，眼泪簌簌掉下来，她忙用衣袖去擦。杏莉看妈哭了，也就不说下去，提着包裹说：

"那好，我先送去。妈，你一会可要来呀！"说着就要走，母亲却拉住她：

"莉子，你爹打死宫少尼，听到人家都说什么来着？"

"听到了，妈！人家都夸他不讲亲戚私情！"杏莉很高兴地说，停了一下又补充道，"就是娟子姐说，她为想抓个活汉奸，费了好大的事。她说该审问审问宫少尼，看他有没有一块的……"

"一块的？"她惊吓地重复了一声。

"是呀，说不定还有其他的汉奸……"

"哎！你、你快走吧！"

杏莉母亲看着孩子走出去，头嗡了一声，一腚坐到石级上。

她明白了王柬芝为什么杀死宫少尼。天哪！这王柬芝是多么阴毒啊！

她想去把一切告诉娟子，把这窝狼都除掉，就是她死了也甘心；可是不行，王长锁呢？杏莉呢？也都得死去啊！不能啊！她的心像有刀在绞，像在油锅里煎熬。她整夜失眠，暗暗哭泣，就连自己的女儿也对不起啊！

她诅咒王柬芝他们快被八路军抓住，杀死！这样，他们就可以悄悄地活着，多多为抗日出力，赎回自己的罪愆。可是老天爷就像有意为难，王柬芝不但不死，反而越来越成为红人。她不知道八路军为什么这样做，为什么看不透他。王柬芝似乎是个不可推倒，不可战胜的巨人。

这一切使她愈陷愈深，愈矛盾，愈恐怖，愈彷徨不安——渐渐集成一种巨大的阴暗力量，像一把钳子卡住她那细瘦的咽喉，她时刻有被窒息的可能。

她在死亡线上喘息！

第八章

德强离家快两年了。他现在可长高啦。细条条的个子，胸脯高高的，一身很合体的草绿色军装，腰间围着赭红色的皮子弹转带，左面挎一支带淡黄色木漆外壳的驳壳枪，右面挂一支七星手枪，皮枪背带上插满了发亮的子弹。膝盖以下，打着紧邦邦的裹腿。呀，真英俊威武啊！

这两年德强经历的事可真不少，打了无数次仗。他很快学会了骑马，并成为出色的骑手。他能在马猛跑时，赶上抓着马镫蹿上去，骑在驰骋的马上可以把地下的人拉上马来，马跑着他可以钻到马肚子底下躲避枪弹和障碍，并能在飞奔的马上转回身，稳稳地开枪射击……可这也是他吃了不少苦头换来的收获，也是那个老号长教给他的呀！

说起老号长来，可真有意思。德强刚参军时给团政委当通讯员，就和老号长住在一起。刚开始他见老号长满脸黑胡子，鼻子红红的，好像老在生气的样子，心里很有点怕他，可是住了没几天，德强就同老号长有说有笑了。他非常喜爱这个老头儿呢。

那还是在德强参军几个月以后，一次缴获到敌人一匹大洋马。这马全身赤红，没有一根杂毛，和熟透的枣一样颜色，谁见了谁说是好马。那时德强还达不到它脊背高，却老想骑上跑跑。可是它的性子像把烈火，人一凑近前去，它就颤抖着鬃毛，嘶嘶地叫起来，如果你还不走开，它就甩蹄子踢你了。

说也怪，可它就是对老号长一个人驯驯服服，百依百从，老号长就越发自豪，向人们得意地夸口。其实他也是以痛苦的代价换来的，只是他不告诉人罢了。是一天晚上，老号长悄悄把马牵到沙河滩，自己要先来试一试。不料他刚上去，还没等抓紧嚼子，那马就又踢又蹦撒起野来，没多会，扑通一声，把老号长摔到水里了。

老号长全身湿得像个落汤鸡，气狠狠地走回来，浑身冷得打哆嗦。他抓起酒瓶子，咕咚咕咚喝下半瓶酒——他自己常说，这是他改不了的缺点，一摸胡子，到马棚里把马拴紧，狠狠地教训了它一顿。

早晨起来，人家见老号长的衣服都湿了，就问他是怎么回事。他一面生火，一面笑哈哈地说，是白天没工夫洗，趁夜洗干净，早晨一烤就干了。

过了几天，老号长把于团长的通讯员于水——他是不久前从连队里调来的，陈政委的通讯员德强和参谋长的通讯员小张找来，指着马说：

"看，好吧？别争别争，一马三人要，不能把它切开呀。这样吧，你们哪个能骑住它不摔下来，就把它给哪个。"

三个小家伙都眼睁睁地瞅着马，很是羡慕，可是也都知它性子烈，不好骑。于水眯眯着眼，笑着说：

"老号长，你倒先给咱们做个样看看呐。"

"对呀！做个榜样咱们看个热闹吧！"小张有些幸灾乐祸地附和着。

德强站着没说话，只是眼巴巴地瞅着那高大的骏马，不自觉地吞了口唾沫。

老号长知道他们要拿他这一手，也正合上自己的心意，说了声：

"吓，瞧着吧！我老孙不是说大话……"他蹬上马镫，随着那马弯转身子的劲儿，疾身跨上去，马直刺地向前奔去……

德强非常敬慕地注视着老号长的每一个动作，心里热乎乎的。等老号长跑过一圈转回来，他立刻想去骑，老号长却把缰绳交给于水，说：

"先让这小伙子试试，他要不行，你们俩就别想吃这'天鹅肉'啦！闹不好摔坏了，我老孙可担当不起哩……"他说着又笑起来。

那马又踢又蹦，于水费好大事刚上去，立刻又被摔下来，脸也被沙子擦了一块皮去。

老号长摸着下颚的胡子哈哈笑道：

"好了吧？小伙子，你们还得几年才行啊！"

"老号长，让我试试。"

老号长一见是德强走上来，就看他一眼，又笑起来说："小家伙，见了好马别忘了命，算了吧，这可不是好玩的!"

"不，我一定要试试! 你刚才不是说每人都要骑骑?" 德强很倔强地说。

老号长收起笑容，瞅了德强一眼：

"好，好吧!"

德强充满信心地接过缰绳，刚要去骑，那马仿佛瞧不起他小似的，嘶嘶叫起来，屁股还不断左右扭动。德强心里有些慌，但他并不畏缩，用力勒住马嚼子，猛一跳抓住鞍，趁马在弯身，蹬上马镫一抡腿，忽地上去了。大概是马不服气，又觉得背上的人很轻，就疯狂地撒开四蹄飞跑，身后扬起高高的沙土。德强身子趴伏在马脖子上，两手紧抓住马鬃，只听得耳旁的风呼呼吹着，模模糊糊地看到两边的树木、房子纷纷向后倒去。

德强越来越沉不住气了，因为那马根本不听他的约束，横冲直撞地只管跑，渐渐地后面老号长他们的呼喊声也听不到了……

马飞奔进村，街上的大人小孩慌忙向两边闪，鸡飞鸭叫地乱成一片。

迎面来了几辆送粪的车子，德强一看心慌起来：如果让马冲过去，会踩伤人的! 他心里一急，顾不得许多，就一头栽下来……战马是有这种习性的，当它的骑者掉下时，它会立即停住。

人们都吃惊地赶过来。不一会，老号长他们也气喘吁吁地跑来了，七手八脚忙着把跌在粪堆上的德强救起。幸亏粪泥是软的，没有大伤着。德强被唤醒过来后，扶着老号长，一瘸一拐地回团部去。

陈政委一见可生气了，严厉地斥责老号长。老号长也承认自己做得不对。德强却一面抱着撞脱臼的腿吸冷气，一面说：

"政委，不怨老号长，是我要求骑的。不是学着老号长的动作我怎么也上不去那烈马。摔是摔了一家伙，可我又跟老号长学了一手。"

德强常跟老号长学本事。老号长是跟陈明政委从山东省委来的。去年德强给陈政委当通讯员时，陈政委常讲老号长作战经验丰富；他当过红军，参加过长征。他现在的任务是看管首长的马匹和这几个小家伙。德强他们虽然常和他嬉闹，可都很尊敬他。

老号长也很愿意把一切经验都介绍给他们。比如说不骑马行军时，遇到侧面的敌人打枪，你就到马的另一旁，脚步跟马走得一样齐，这样一匹马就能掩护两个人；听到敌人的子弹在头上吱吱的尖叫，你不要怕它，尽管往前冲，可是听到噗噗的叫声，你就要赶快隐蔽了……

也许就因为他是从百战中钻出来的老兵吧，迄今还没有一颗子弹碰过他一下呢！有一次，子弹把他的裤子穿了一个洞，打完仗他笑呵呵地说：

"哈哈！这家伙想吃我的肉。嘿，我老孙有俺那一家子孙悟空大圣传授的'分寸避弹器'，一分一毫都给它算好啦，它一辈子也别想擦我一根汗毛去。"说得大家都哈哈大笑起来。

这老头子像个小孩子似的，整天乐呵呵的，再艰苦的环境也不能给他带来一点愁闷。他也最爱开小家伙们的玩笑。

德强参军不久，陈政委的妻子侯敏——是位小学教员——来了。德强问老号长，在送洗脸水时应当称呼她什么。老号长扬着眉毛，一本正经地说：

"吓，这可不是闹着玩的。人家是先生，又是首长的爱人，要有礼节才行！嗨，要叫她看看咱们八路军的文雅，对，要文雅。你要称太太，就说：'请太太洗脸。'"

德强见他挺认真，就照他说的做了，结果把那女教员闹了个大红脸。老号长在窗外听着，乐得捧腹大笑。陈政委又好气又好笑，他知道是这老头子出的鬼主意，把他叫来责备一顿。老号长更乐了，为这事一连好几天合不拢嘴。

在老号长的带领下，德强、于水和小张几个小家伙长大成人，现在都成为首长的警卫员了。德强跟于得海团长，于水跟陈政委，小张跟参谋长。

一个月前，陈政委带着于水出去执行任务，今天就要胜利归来了。这消息振奋着全团人的心，上上下下忙个不停，像就要出发打仗一样。

德强全副武装，从大门里牵出两匹战马。白色的是团长骑的，枣红色的——就是那匹烈性的大洋马是他自己的坐骑。他打扫干净马身上的碎毛，备上马鞍，勒紧马肚带，把马拴在墙上的铁环子上，就立在门口，向西面大道上张望，专等政委归来。

嘹亮激昂的集合号声响起来。部队都向西面的沙河滩跑去。

一会，一个装束打扮和德强差不多的小战士飞也似的跑过来，近前看时，是参谋长的警卫员小张，小张边跑边嚷：

"小冯，快，快！来啦，来啦！"

于团长脸刮得净光，身上穿着洗得干干净净、熨熨帖帖的军装，大步从门里跨出来。德强牵着马，紧跟在他后面，向西沙河走去。

部队像要阅兵一样，线打得那样整齐的队形，行行列列地排在河滩里。战士们都哑悄无声，纹风不动，挺身肃立。枪上的刺刀，在阳光下闪闪发光。

看热闹的老百姓，拥挤在堤坝上，围了个水泄不通。

于团长挺胸昂首，望着西方。

西方的大路上空尘土飞扬，渐渐一百多人的队伍出现了。

前面，陈政委同一个矮黑胖子并辔而行。这人就是赫赫有名的柳八爷。

这柳八爷是胶东的土匪司令之一。早先也是农民起义的首领，但长期的野林生活，使他养成了浓厚的流寇习气。他手下有一百多人，个个身强力壮，每人一支钢枪，大都是神枪手。他们到处游动，到哪吃哪，遇着不好说话的官吏和财主，就把他们抢劫屠杀一空。有一个时期，"中央军鲁东军区司令官"赵保原曾把他们收编，可是不到几天他们就叫赵保原吃了哑巴亏——把弹药搞足又拉上山去。抗战初期，八路军曾派人去动员他们抗日。柳八爷说叫他帮帮忙倒可以，参加八路军受人管束可不干。后来我们有干部到省委来往，经常请他们护送。敌人都怕他们。柳八爷把队伍布置在敌人碉堡周围，就对上面喊道："不要打枪，我柳八爷今夜有事！"敌人真的不敢动了。因为敌人知道他的兵早都瞄好碉堡的枪眼，只要上面一动，马上就会准准打进去了。

为争取这支力量，陈政委到柳八爷队伍上住了一个多月，进行谈判和政治教育，结果到底说通了。不过他还保留许多条件，比如不能分散整编他的队伍，如果嫌不好，他有权不受干涉地脱离，等等。陈政委都答应下来。他想，慢慢教育，是能把他改造过来的。

前天陈政委来信，把情况谈了。一来于团长要叫他们看看八路军的军容和威武——因为他们最傲慢，瞧不起八路军的阵容；二来也是表示欢迎，所以就事先做好了准备。

部队喊着欢迎的口号，洪亮的呼声齐起齐落，接着热烈地鼓起掌来，带动了看热闹的群众也一齐跟着拍巴掌。

陈政委和柳八爷走到河滩下了马。

于团长和参谋长迎上前来。

陈政委做了介绍，就一同走到部队前面，进行阅兵……

德强和小张向于水互相友爱地笑笑，他们并肩跟在首长后面。

德强见那柳八爷两腮长满蓬乱的须髯，嘴上留着山羊胡子，身上穿着灰色的宽大褂，腰里用绳子勒起，屁股后横斜地挂着一把黑鞘的大片刀，粗大的刀穗缨黑里透红，晃晃荡荡，很是威严。五月天了，他还戴着顶大黄毛狗皮帽子，德强心里很好笑。

柳八爷对人们的欢迎，不知是惊异还是轻蔑，眼色有些迷惘，厚嘴唇斜咧着。看了一会，他有些不自在起来。他看到八路军的队伍整齐划一，个个精神抖擞，人人神采焕发，很是威武。再看看自己那一伙，一个个穿着长袍大褂，歪戴帽子趿拉着鞋，耷拉着脑袋歪着头，五颜六色，眉歪眼斜，真是乱七八糟。就拿他和于团长比比吧，也是极鲜明的对照。

柳八爷很恼火，心里不服气地说："妈的！摆样子有个鬼用？有本事比比手法！"

于得海团长一直在注意柳八爷的神态，看到他这种表情，心里早已明白，就带着钦佩的口吻说：

"柳八爷，早闻你好枪法！很想领教领教，就请亮亮手吧！"

"哪里哪里，也不过是虚传。嘿嘿！"柳八爷高兴得眼睛都笑眯了。他嘴上这么说，眼睛却寻找什么似的张望着。

"小冯，快！去准备好。"于团长命令。

"报告！早准备好啦！"一直站在后面的老号长插嘴道。他今天也被于团长逼着把胡子剃了，脸皮刮得发青，看上去年轻了好几岁。

"请柳八爷那边去吧。"参谋长让着。

柳八爷听说早给他预备好了，更是高兴，心想："他们倒是真意。"

沙滩中央，队伍的前面放着一张桌子，桌面上摆有两个鸡蛋。在离桌子三十步左右，挖了一个沙坑。离坑一百步远，埋着一扇破门板，上面用粉笔画着大小圈圈——表示几环几环。

柳八爷站在坑边，抽出插在腰里不带套子、用一根长皮条拴住套在脖子上的手枪，向人群扫视一眼，举起枪说：

"看左面那一个！""砰"的一声打出去。

大家跑过去一看，只见鸡蛋一动没动，子弹却从它中间穿个洞飞出去了。

人们鼓掌喝彩！

柳八爷骄傲地向于团长笑笑，说：

"请团长也试一试吧？"

于团长推辞说不敢；柳八爷也真以为他打不中，越发让得紧。于团长打不上，就更显示出他的本领了。于团长拗不过，接过德强递上来的七星手枪。看样子他很随便，连瞄都没瞄，手起枪响。大家一瞧，右面的鸡蛋也被打穿了。

又是一片鼓掌叫好声！

柳八爷心里暗暗钦佩，却又觉得不服气，就带点挑战的口气说："人站着不动，打死东西，好命中。要是在马上，可就不怎么简单啦！"

于团长明白他的意思，一面应和着，一面指指架在大路旁的电话线，说：

"请上马！"那电话线是敌人占领时架的，离地面足有四五丈高。

柳八爷也不答话，翻身上马，打着马飞也似的奔过去，举起手枪，那杆子上的一个瓷壶乓的一声，变成了碎块。

人群大声喊"好"！

陈政委示意，德强拉过马来，于团长敏捷地跨上白马，向前疾驰。德强撒开枣红马，随后紧跟。两马跑起来，一匹像白皑皑的雪球；一匹似红艳艳的火团。跑着跑着，只见于团长一招手，铮的一声，电话线断了。

这可把柳八爷和他的部下看呆了，无不惊讶佩服。他们没料到，八路军里还有这样的能手！

接着是柳八爷的一个姓马的排长，用大枪打那门板。这人吊斜着眉毛，劲头好像吃了两斤枪药那样冲，他虎凶凶地走上来，满不在乎地打了一枪，对面摆起小红旗，表示中了红心。他大模大样背起枪，轻蔑地瞥了他的对手——王东海一眼。

王东海是打兔子出身，百步内真是百发百中，但打靶却还是第一回，心里有点慌，加上这么多人看着，就越发心跳起来。他瞄了一会，打出去一枪。也正中红心，并且打进原来的弹洞里。

那个马排长狠狠地瞪了王东海一眼。

比试完毕，柳八爷心里很服气，没有刚来那阵子的傲慢自大劲了。他尤其佩服这位团长。

从此，柳八爷的队伍就成为于得海团的一个营，经上级批准，陈政委派去一个教导员。

据说月亮和太阳是姐妹俩。妹妹太阳白天出来很怕羞，姐姐月亮就给了她一包绣花针，告诉她说："谁要看你，你就扎他。"从此，那银盆似的月亮，发出幽静温和的柔光；而太阳老是羞红着发烧的脸蛋，射出万道刺眼的光芒。

村头小河旁堤坝上的路口，一边站着一个孩子。他们每人手里握着一杆枪，红彤彤的缨穗像火苗，雪亮的枪矛在阳光下闪闪发光。孩子们的嫩脸蛋，被晒得几乎要流油，眉毛和鼻尖上浮动着一层汗珠。尽管阳光刺得厉害，他们还是眯眯着机警的小眼睛，注视着远方。

在堤坝上的树阴下，杏莉和秀子正给失学儿童上课，教他们识字算算术。秀子自她哥德强走后，就被选为儿童团长，杏莉是"小先生"①。

"你看，来人了。"站岗的女孩子警告男孩子。"哎……是个女的。……夹着小白包袱②，像个干部。"男孩子用手挡着阳光，一面端详一面讲。

"哼，那说不定。"女孩子显然对男孩子的判断不以为然，"鬼子汉奸花招可多着哪。上次，咱们还不是抓到一个穿八路军衣服的汉奸？你不要马虎……"

"别说啦。来到了。"男孩子打断她的话。

星梅快步走过来，一看两个孩子的紧张神气，喜爱地微笑了。

"站住！"女孩子命令。

"上哪去的?"男孩子盘问。

---

① 小先生——由上学的儿童来当，负责教失学儿童和妇女学习的，有时也读报纸、做宣传工作。相当于宣传员。

② 小白包袱——因当时做地方工作的干部大都用白包袱皮包着用品，走哪都随身带着。故此群众常以此来判断他们是干部。

星梅的脸红浥浥的，汗把贴脸的头发都浸湿了。她摘下草帽，一面扇着风，一面温和地答道：

"我到你们村去呀。"

"有通行证吗？"男孩子问。

"有啊。"

"拿出来看看。"女孩子吩咐。

星梅笑笑，把小白包袱移到左腋下夹着，右手伸进有襟的黑褂里去掏。可是她抬眼看看沙河里那一大群孩子，有的在树枝上摇晃着，有的在玩水捉鱼，有的在洗澡……眉头微微一皱，忽然吃惊地叫起来：

"哎哟！可怎么好？掉啦！"

"掉啦？不是吧？"女孩子见她打量河里的人，就觉得这人像观察情况似的；一听说通行证掉了，更不信任地摇摇头。

"真的掉了。你们看……"星梅挺认真地把白包袱指给他们看，"我是干部呀！让我过去吧。"

"干部，干部也不行。干部更该有呢！"男孩子理直气壮地说。

"那好，下次来一定给你们补上。我有急事。我要走啦！"

星梅说着真走动起来。

这可把孩子们急坏了。女孩子上去扯住星梅的衣服；男孩子把两个指头伸进嘴里，鼓起两腮，吱——吱——吹响了报警口哨。

立时，沙河里翻腾起来了！

上课的撂下书本石板；在树上的不顾高低就往下跳；洗澡的男孩子也来不及穿衣服……所有的人都拿起自己的武器——棍棒、戳枪、木头刀等等，蜂拥而来。一刹就把星梅围了个铁桶似的严实。

那站岗的男孩子一见秀子上来，忙说：

"报告团长！这人不讲理，没有通行证强要通过！"

"她东张西望，看样子就有坏心！"女孩子气红了脸，瞅着星梅补充道。

星梅觉得有个滑溜溜湿漉漉的东西碰到胳膊上，低头一看，啊！是一个七八岁的孩子。他全身精光，皮肤黑黝黝的，身上沾满泥沙，还在向下淌水。他那对黑亮有神的大眼睛，很使星梅注意。

这孩子像个泥鳅似的从人缝中直往里钻，扯着秀子的衣服，带着哭声叫道：

"姐姐……"他挨到秀子的白眼，知道叫错了，忙改口道：

"团长！我的刀——俺的刀，叫谁拿去啦！"

星梅几乎要笑出声来。她看着这姐弟两个，心里想：

"哈，你看他们那对大黑眼睛多像他们姐姐呀！真是亲姐妹。大概他们的妈妈也是这样的吧？"

秀子没理会德刚，皱着短粗的鼻子，很严肃地上下打量一番这个自称是干部的人，然后粗鲁地问：

"喂，你是哪来的？"

"我嘛，是区上来的！"星梅装着看不起她的神气。

"区上，哪个区？"

"就是这个区。"

"没见过区上有你这个人！"

"区上的人，你都认识吗？"

"差不多。女的都见过！"秀子不耐烦了，"你这个人，听口音就不是本地的。来，咱们搜搜！"

这下子可了不得啦！孩子们一齐拥上来，扯的扯，拉的拉，把星梅的衣服也快撕破了。包袱也被一个孩子夺了过去。

弄得星梅哭笑不得，忙拉着秀子的手，笑着说：

"快别翻了，秀子——啊，团长！"她想起那孩子叫她姐姐遭到的反对，"儿童团长，我给你通行证。"说着从口袋里掏出来递给秀子。

秀子很奇怪：她怎么知道自己的名字呢？就着杏莉的手看过通行证，忙叫孩子们停下来。秀子傻着眼注视星梅一刹，顿时羞得满脸通红，不好意思地说：

"妇救会长，对不起你啦。"

星梅笑嘻嘻地紧握着秀子的手，抚着站岗的那个女孩的头，说：

"哈哈，哪能怪你们呢？这是我自己故意找的呀！对，你们这样做很好！这才不会使汉奸漏网！"

那德刚抢夺了包袱，正同一个孩子在翻弄，看到别人都住了手，起初他还不知发生了什么事，后来秀子叫他，他才明白了。他想丢掉包袱跑开，但星梅笑着把他拉在身边，也不管德刚身上有水有泥，猛地把他抱起来，在他脸腮上亲吻一下，高兴地说：

"哈，小兄弟！怕什么呢？你多神气呀，长大后一定是个好战士！"又对秀子说：

"走，秀子！找你妈去吧！"

娟子的伤好后，被调到区上工作，担任副妇救会长。她现在可出息了，跑遍了全区。

这个区是全县拥军支前工作的模范，而妇女在这里面起了很大的作用，这是与她和星梅夜以继日地工作分不开的。她现在对星梅真是从心眼里佩服。有好多事，她没办法，简直急得要哭，可星梅一指点，就亮堂了。她不再觉得星梅轻放和狂热了，而深深喜爱她那大方、热情、爽快的性情。她把星梅当亲姐姐看待，实际上星梅也比娟子大两岁。

娟子对姜永泉却有些疏远，在生活方面很少关照他了（但她从不干涉母亲对他的疼爱和照顾，她觉得母亲疼他是应该的）。这并不是娟子对姜永泉的看法变了。不，正相反，在工作中她越发感到他好。她在努力向他学习。她觉得星梅正是配他的人。她一点也不嫉妒他们，反倒喜欢他们的结合。她尽量避免自己对他过分的、超出一般同志范围的接触，也是怕这种接触会妨碍这一对相称人儿的幸福生活。可是这姑娘自己也不理解，为什么自己在深更半夜的睡梦中醒来，一想起这事，心里还会升起一股很不好过的滋味，有时甚至还会眼睛发湿，挤出那么一点点泪水来。唉！真怪！

姜永泉是个不喜欢表露自己感情的人，遇到什么事就在心里压着，如果自己不说出来，谁也不会觉察。他对人很热情，但他的热情不是表现在口头上，而是真心地对人关怀，实际地对人帮助。他对同志的态度都是一样好，从不计较别人对自己怎样，对他个人，就是你骂他几句，他也不会发多大火，更谈不到报复。看起来他好像很迟钝、懦弱，可是谁要妨碍了工作，他却变得容易激怒，对你毫不讲情面。

看来他很坚强，不易受感动和掉眼泪，但他内心里对什么事都很敏感，反应也很强烈。赶到表现到表面上时，那就是行动。在事情还不能做出决定前，看起来他的作风好像有些拖沓和迟缓，但一经决定，你马上又会感到他考虑问题周密，办事果断利索了。

对于和娟子的关系，他实在想得很少，只是有一点很自然的亲密感。按说他也是二十多岁的青年人，应该注意到自己周围的姑娘。可是不用说别人，就是对待在一起这么长时间的娟子，他也没仔细留意过她的长相，打量过她的身材，只不过和认识一般熟人那样，感到她在自己眼里很熟，甚至一听脚步声就能辨别出是她来。

但娟子对他的故意疏远，终于引起他的注意，慢慢地他为此有些苦闷了。他越是品尝这种疏远的滋味，就越感到过去亲密关系的可恋，他开始考虑起来。对，他的心里是有过她的呀！他不明白，她为什么变了，过去她对他的那种可想不可说的亲切呢？他从内心检查，没有什么对不起她的地方。他想找她谈谈，可是怎么张口呢？再说一个人的感情是可能变化的，何况人家又没表白过呢！也许是自己的猜疑，人家心里压根儿没有这回事？！……

人往往是这样，当两人正在相好时，倒不怎么感到这种友谊的重要，可是一旦一方要失去另一方的危险存在时，就会痛切地感到这种丧失的巨大和友谊的可贵，而已经失去了，就会懊悔当初为什么不好好珍惜它。那怀恋的情绪，也会随着时间的漫步，愈来愈浓地延续下去。

姜永泉想到最后，气愤地打自己的头，烦躁地说：

"去，去，去！被这些事纠缠着，哪有这些心思……"

正在这时，区中队长德松领着侦察员老张走进来。

"呀，老姜！跟谁在发火？噢，就一个人呐！"德松笑着嚷进来。他的下颚多了道伤疤。

姜永泉不由得红了脸，装没听到，不回答德松的话，赶忙走上来和老张握手，倒水让座。他亲切地说：

"啊，老张回来啦！坐下，够苦啦！"

"没什么，没什么，腿练出来啦。嘿嘿！"老张笑着坐下来。他没门牙，说话透风。穿着灰蓝袍子，里面用绳子勒起，戴着破礼帽，留着乱糟糟的胡子。看打扮，活像个乡下进城跑买卖的人。

"老姜，老张把什么情况都摸透啦。我已派人通知大家来开会了。"德松兴奋地说。

"对。那就好！"姜永泉说，"老张，你先喝口水歇会吧。"他见老张脸上直淌汗，脊梁后的衣服已被汗水浸透，忙递条手巾给老张，就走进里房

间。一会儿,姜永泉拿出一件叠得很板正的新粗布白小褂,给老张说:

"快把那灰大褂换下来吧,大热天穿这个可真够受的。"

老张接过褂子伸展开一看:

"啊,这衣服做得倒不坏,布织得又匀,和细布差不离。"老张称赞着,把褂子放到桌子上,"还是你穿吧,我的还可以对付。哈哈,穿上了就不像我那老本行啦!"

"快别说了。若是你伏天还穿那玩意,人家也要疑心啦。快穿上吧!我的还挺好,破了一补,还不和新的一样。"

姜永泉硬逼着老张穿上了。那白生生的褂子,确实给老张增色不少。他咧着没牙的大嘴笑着说:

"哈!倒真是量着我身材做的。教导员,又是冯大嫂子送来的是不是?"

"嗨,那还用问!除了俺大婶谁能织出这样好的布,做这么好的针线!"德松眨眨眼皮打趣说,"哈,老张!穿上这衣服,再把胡子一刮,真可当新郎啦!"

老张开心地笑道:

"就怕人家妇救会不批准……"

正好两个姑娘闯进来,一个瘦些的矮个姑娘嚷道:

"谁在这里说怪话,人家妇救会也不是随嘴唱的,背后说的什么呀?"

"好哇!叫玉媛和娟子妹来看看,老张能不能当新郎?"德松笑着嚷道。

那玉媛是区妇救会的干事,小嘴挺会说,听德松这一嚷,脸有些红,她白了德松一眼,冲着满脸通红、正在发窘的老张说:

"张大叔!你真要……哈哈哈……"她说不下去了,搂着娟子的肩膀笑弯了腰。娟子也搞得满脸绯红,给老张解围说:

"别说了,再说被张大婶听到,要哭着找来啦!"

老张就势下台:

"对啦,叫俺那老伴知道了,吵着要和我离婚,你们可要负责哟!"

一句话引起哄堂大笑,原来开会的人都来了。姜永泉招呼大家说:

"好喽,别闹啦!现在由老张把情况向大家谈谈。"

老张是个老"交通",专跑敌占区。他经常化装成卖小鸡的,推着一辆小皮轱辘车，来往在敌我之间。虽然敌人封锁很严，但不限制卖好吃东西的小贩进据点。

有一次还闹了个笑话。民兵们在老张腰里搜出"良民证"① 和手枪，把他绑着送到区上，还在他屁股上捅了几枪托子。

区中队一直活跃在敌人据点的周围，配合主力军打击敌人，保卫根据地的安全。我军把敌人挤到孤零零的据点里，他们兵少，根本不敢出来。

这次老张侦察得明白，东山村住着五个鬼子和一分队伪军，分队长就是郭麻子。他们每天上午在街里的广场上出操，岗楼子上有一挺歪把子轻机枪监视着动静。

老张还摸清了敌人的活动规律，并联络好里面的一个伙夫。

这是靠根据地最近的一个小据点。区委会决定坚决把它拿下来。

太阳刚从东山露出脸，射出道道的强烈金光，像是在大声地欢笑，藐视那层淡雾的不堪一击。蔚蓝色的天空上，没有一丝云彩，越发显得它的深邃无边。

一群姑娘媳妇，穿得花花绿绿。有的提着一篮鸡蛋；有的挑着一担蔬菜；有的抱着个大公鸡……她们嘻嘻哈哈，叽叽呱呱地夹杂在一大群赶集的人们中间，朝据点的西大门走来。

最前面，头上盘着发髻的正是娟子，她打扮得真像个俊俏的小媳妇。和她并排走的那个扎大辫子的闺女，一边走一边用手摸辫子，生怕有人把她的辫子扯掉似的，她就是玉媛。

守门的两个伪军，逐个检查向里进的人。结果人越聚越多，后面挤下一大堆。那些挑柴的男人们很不耐烦，大声吆喝道："快点，快点！"

女人们都笑嘻嘻地拥到伪军面前。娟子嬉笑着说：

"老总呀，今儿逢集，这么多人，你到天黑也查不完呀！俺们都是才出门的女人家，想赶个早市，哪有什么禁物？快放俺们过去吧！"

"哎哟，可累死俺啦！"玉媛把辫子一摆，讪笑着瞥了伪军一眼，"老总，你可要行行好啊！若是把俺的身子累出病来，可一辈子记恨你呢。你行行好，赶集回来买瓶酒请请你……好了，老总开恩啦！放我们

---

① 良民证——敌人发给其占领区的人们的身份证明。

走了……"

妇女们不等伪军答话，就你一言她一语，又笑又骂，又叫又嚷，把两个伪军闹得晕头转向，张着大嘴，呆头呆脑地看着女人们拉拉扯扯、推推搡搡地走过去。

伪军挡不住人流，只好闪在一边看着他们向里涌。

人都走光了，只剩下两个挑柴的。看样子他们累得很，把柴担放在门口，一面擦汗，一面向远处眺望。

过了一会，路上的行人已很少，只有远处稀稀拉拉几个赶集的老百姓。挑柴中的一个瘦长脸的人，给另一个身体粗壮的青年使个眼色，就挑起柴担走过来。他在一个站岗的伪军面前停下来，似乎在等着受检查。这时，那青年走到另一个伪军跟前。突然，都把柴火担子摔翻，拔出怀里的短刀，照对手的喉咙刺去。

一个敌人倒下了。

那青年的刀被对手打掉，两人扭在一起。那瘦长脸的人急奔过去，又一刀结果了敌人的性命。

两人把敌尸拖到一边，那瘦长脸的人擦了一把汗，对粗壮的青年说：

"柱子！把门守住，不许任何人进去！"

"好！教导员，你放心走吧！"柱子很自信地回答。

姜永泉立刻向村里奔去！

与此同时，老张领着德松和另两个区中队员，每人推着一小车毛鸡，朝东门走去。

到了敌人岗楼子跟前，老张叫出那个联络好的伙夫，那伙夫同鬼子讲了几句，放下吊桥，就领他们进了岗楼子。

有一个鬼子认识老张，拍着他的头说：

"你的送鸡来的，大大的有？"

"大大的有。"老张恭敬地答道。

"这三个的干活？"

"帮忙的，大大的有！"老张指着每人的车子给鬼子看。鬼子高兴地点着头。

他们进了伙房。那伙夫把老张拉到一边说：

"不好啦，狗日的今天把机关枪拿去演习了。你看怎么着？"

老张一听，心想：不妙！我们的人不知机枪在操场上，这怎么好啊？他和德松一商量，对，先下手为强！

那伙夫领着德松去对付岗楼上那一个岗哨，下面一个鬼子和一个伪军由老张他们三个人来收拾。

那伙夫端着一碗鸡汤爬上岗楼顶，亲热地对鬼子说："皇军大大的辛苦，鸡肉汤的，'米什''米什'① 的有！"

那鬼子一见，乐得咧开大嘴笑，忙接过碗就吃。

伙夫趁机两手抓住枪就夺。碗掉到地上摔得粉碎。两人扭打起来。

掩在楼梯处的德松，提着菜刀抢上去，正碰那鬼子把枪夺过来，向瘦弱的伙夫刺去。那伙夫倒也机灵，向旁一闪，鬼子的刺刀撞到墙上，咔嚓一声断了。鬼子刚拉开枪栓推上子弹，德松一个蹿跳扑过去，抢起菜刀，把鬼子的头带帽子劈下一半。但鬼子的枪也响了，子弹打在洋灰墙里。

与此同时，老张和两个区中队员俘虏了下面的两个敌人。

老张和德松本来商量，得手后不发信号通知姜永泉他们，以便悄悄过去告诉他们注意敌人的机枪。但现在已经响起枪声，不发信号反而更糟，他们对空射出三枪。

娟子她们进门后，就装着看伪军、鬼子们上操。广场不大，夹在很多房子中间。化装成老百姓的区中队员愈来愈多，逐渐向队伍靠近。

两个鬼子指挥着伪军在转圈练步伐；郭麻子分队长同鬼子小队长在一旁吸着烟卷。他的姘头玉珍，怕在这小地方不安全，前天到大据点道水她哥哥王竹那去了。

像往常一样，因为天气热，敌人把枪摘下来架在一旁，子弹带手榴弹都挂在枪上。

伪军们见这么多人看热闹，特别是有那些年轻女人们，心里乐滋滋的，怪神气地走着步子。

有一个家伙腿在向前走，那眼睛却瞪得像铜铃，直勾勾地向旁边盯着娟子，咧着大嘴，像要把她吞下似的。他一直把娟子看得心里有些慌起来："莫非这人认识我吗？"娟子装害臊，转过头去，把脸藏到玉媛脑后。

---

① 米什米什——日语，吃吧吃吧的意思。

忽听吵吵嚷嚷一阵骂声，抬头一看，原来是那个伪军看女人出了神，叫了向后转走的口令他还在向前走，结果与前面转过来的那人碰到一起，摔倒了。这一来，队伍也搞乱了，郭麻子气得麻脸紫红，把那伪军喊出来，狠狠踢了两脚，罚他立正站在队外。娟子这才松了口气。

娟子她们正在紧张地等待中，姜永泉赶来了。

不一会，枪声响了！

这些看热闹的区中队员和干部们，都从篮子里、筐子里、篓子里、柴捆里、衣服里……拿出手榴弹、长短枪，下冰雹子似的向敌人群里打去！喊杀声震天动地，人们奋勇地向架枪的地方扑去！

伪军们乱了，空着手乱跑，炸死炸伤好多，有的举手投降了。人们抢到敌人的枪弹，更勇猛地冲杀。

郭麻子边跑边开枪，想冲出去逃命。可是扑通一声被打倒，他就躺着射击。姜永泉跑着去追赶那鬼子小队长，没防郭麻子正向他瞄准；但没等郭麻子勾扳机，娟子从侧后抢上去，举起枪把子，照他头上夯下去。郭麻子只蹬了一下腿，就再也不动了。

不料，两个鬼子先抢到机枪跟前，抡起扫过来。

几个人应声倒下去。姜永泉指挥部队冲到房子跟前，以墙做掩护。

那鬼子小队长趁这工夫，也冲到机枪跟前，指挥着边打边退。

人们被机枪打得抬不起头来。姜永泉知道发生了意外情况，这样硬拼是不行的。他正命令一批人从胡同插到敌人后面去截击，机枪却突然哑了。

原来是德松他们从小路包抄过来，准备夺机枪。鬼子一见背后受敌，就扛起机枪向西门跑去。

人们顺着墙根，跟踪猛追。

鬼子向后扫一会，跑一会，已经倒下一个了。那小队长见快要出门，就命令另一个鬼子堵住冲上来的人们，他好逃走。那鬼子跪在矮墙后面，拼命地扫射着。鬼子小队长刚跑出几步，迎面响起枪声；他忙趴下还击，可是枪打不响——子弹完了。他气怒地把枪狠狠甩掉，唰的一声抽出指挥刀，命令那鬼子回过头来给他开路。那鬼子正要返身，一枪飞来，他的腿被打断，走不动了。

这可把小队长气炸了，一刀将那鬼子砍翻，自己抱起机枪向西门冲来。

那枪是柱子打的。他刚要冲上去，见鬼子又返回来，忙又射击。鬼子小队长负伤了，可是他仍端着机枪直冲过来。

柱子见那冒着青烟的机枪口，离他只几步远，眼看鬼子就要冲出门了。这个妻子被敌人残害了的青年农民，满腔充塞着复仇的怒火，眼睛都急红了！他把大枪一扔，迎面朝鬼子猛扑过去！鬼子的枪响了，一股热血涌出柱子的胸膛，但柱子没有倒下去。但见他身子向前微倾，他的两手抓住了敌人的机枪筒，立即有一股浓黑的油烟升上来！

大家眼睁睁地看到柱子瞪大两只眼睛，紧紧地咬着牙，像把生平的力量都使了出来，两手紧握着机枪筒，身子直挺挺地站着，一动不动。

那鬼子小队长抽机枪抽不回来，打又打不倒他，也惊呆了！

柱子和鬼子小队长相持着。人们冲上来。

大家抓住鬼子小队长，柱子才倒下去。他两手还紧紧抓住机枪筒。

娟子去掰他的手，怎么也掰不开。结果用湿土把枪筒搞凉，才拿下他的手。枪筒太烫了，揭去柱子手上一层皮。他的胸脯、肚子、大腿，已见不到什么肉，全被子弹穿透了！

柱子那纯朴的脸上，一点痛苦的表示也没有。那双还瞪着的眼睛，依然炯炯有光，像是在向他的战友们告别。

敌人的岗楼子上燃起熊熊的火焰，烈焰冲上晴空，迎着正午的阳光，照亮了人们火热的脸。

母亲一面撒种子，一面喜爱地看着星梅刨地的熟练动作。星梅穿着白粗布短褂儿，脊梁后已被汗水浸湿一大块；短短整齐的黑黄头发，随着镢头的一起一落，一忽一闪地飘拂着，黑裤儿卷到膝盖上，露出红润坚实的腿干，两只不大不小板正的脚，插在刨起来的松软潮湿的泥土里，一挺一挺的，蛮有劲儿。刨过一会，她抬起头，把掉到红扑扑的长圆形脸上的几缕头发理到耳后去，用胳膊肘拭拭稍微高突的前额上的汗珠。看到母亲在看她，就闪动着那对光彩奕奕的圆眼睛笑笑，吐口唾沫到手心上，两手一搓，又干起来了。

母亲走到她身旁，又亲又爱地说：

"梅子，歇息会吧！"

“不累，大娘。刨完再歇息吧！”星梅笑着答道。

“还要强哪！看看，你比来时瘦多啦。白天给我干活，晚上要工作到半夜，还说不累呢！”

母亲把星梅拉到地堰边坐下，向地那头叫道：

“德刚啊！快拿水来给你大姐喝！”

德刚应声提着罐儿跑来，后面跑着嫚子拿着两个砂碗。走到跟前，嫚子叫道：

“妈妈，我要。我要！”

“要什么呐？”母亲接过碗问道。

“他——我哥哥拿的，蝈蝈。”嫚子指着德刚。

德刚把手藏到背后，吓唬妹妹说：

“要什么，要？早飞啦！”

星梅笑着拉过德刚，扒开他的手一看，果真树叶里包着一只蝈蝈，就说：

“好兄弟，快给妹妹吧。当哥的要让着妹妹啊。”

德刚给了妹妹，嫚子笑了。母亲说：

“领妹妹再去捉几个，可别惹她哭啦。冬天我就叫你去上学！”

看着那兄妹俩走后，星梅关心地问道：

“可真是大娘，怎么没叫小兄弟上学呢？”

母亲往碗里倒着水，说：

“他还小些，等些时没关系，在家好帮我照管点孩子。咳，冬天我就叫他去，那时嫚子就不大要人看啦。看，说着话儿忘了喝水，快喝吧！”

星梅接过水，用手背把嘴唇一抹，咕咚咕咚一气喝了一碗。母亲满意地笑着说：

“你真是老手艺！在家干过这活？”

“干过，大娘！”

母亲这块地是在村南山上。坐在这里，那北山就迎面展现在眼前。

现在是种麦子的时节，丛生的樟萝①的叶儿红澄澄的，一人多高的山

---

① 樟萝——一种丛生的落叶灌木，这一带山上以樟萝和针松为主。性质和柞树相似，但不能长成树木，只当柴烧，柞蚕就是吃它的叶子的。

草黄燎燎的，那旺盛的松柴针青森森的，山野上构成一片青黄灿灿的景色。山草被风吹得前后翻腾，宛如海水上潮时向岸边扑打的道道的澎湃波涛。

星梅指着北山赞叹道：

"哎呀！这山真是财宝，不要人管就长这么多东西！怎么也不会缺柴烧啦。大娘，俺们那可没有呐。"

"是嘛，山峦比咱这薄地还强。"母亲接口道，"这会好啦，往年可不行，山多穷人还是没柴烧！梅子，听你说话有点'西①'我还没问你是哪儿人呢。"

"大娘！我是莱阳人。"

"哦，这可远了。你怎么自个儿跑到这儿来啦？家里还有谁？"

"咳，说起来话可长啦……"

莱阳离这儿有二三百里路，在国民党胶东党政军总首脑赵保原的统治下，人民真是处在水深火热之中，整天在死亡线上挣扎。

星梅家有父母弟妹，靠着租种几亩地，哪能维持五口人的生活！她长大些，就进了赵保原的兵工厂，当个小工。在工厂里她认识了一个叫纪铁功的工人，这人是个地下共产党员……后来，他们就订了婚。

在莱阳，当时流传着这样一首歌谣：

> 说莱阳，道莱阳
> 莱阳到处真凄凉
> 我问老乡为哪桩
> 只恨那赵保原把良心丧
> 祸国殃民喝人血
> 逼百姓走绝路上
> 爹娘儿女死路旁
>
> 说莱阳，道莱阳

---

① 西——系指同本地讲话不同的口音。因此地以东口音都相似，而向西就有差异，故有此说。

鬼子来了更遭殃
赵保原投降小东洋
作威作福更猖狂
苦只苦坏老百姓
哪日才能见太阳

　　莱阳沦陷以后，纪铁功就领着星梅离开家乡，参加了八路军。

　　星梅在军队里待了一年多，和战士一样同敌人厮杀拼打，后来因工作需要，被调到地方上来了。

　　"现时他在哪呢？"母亲关切地问。

　　"他，在咱们兵工厂里。住在昆嵛山里头。"

　　"家里的人呢？"

　　"不会好了，两三年没听到信息了。"

　　母亲没料到星梅这个乐呵呵的姑娘也有一肚子苦水，心想："共产党里的人就是好，两口子都在外面革命，不在一块，又丢下家，真不容易呀！而我呢？倒老担心着自己的孩子。咳，谁的爹妈不想自己的孩子？谁不知道自家的炕头热呢？可要都守在家里谁出来打鬼子……唉！这些人都是好样的！我那德强一准也没把我放在心上，整天只顾忙着打仗的事了。娟子……"一想到娟子，母亲又看看星梅，觉得她们两个差不多，像姐妹俩似的。她笑着问：

　　"梅子，你今年多大了？"

　　"二十二啦，大娘。"

　　"啊，比娟子还大两岁，长得可差不多。"母亲疼爱地拉着她的手，"梅子，你也好成亲啦，打算多会呢？"

　　星梅羞红了脸，她心里出现了纪铁功的影子，浑身更是热烘烘的，那脸儿越发像朝霞似的鲜艳。她不好意思地说："大娘，我们还都年轻，再过两年也行。打鬼子要紧呀！"

　　她又理理头发说："大娘，秀娟有'对象'没有？"

　　"没哩。就是有，她不告诉我，我也不知道。咳，现如今不兴爹妈做主了，我也不愿多管，但愿她找个好人，做妈的就放心啦！"

　　"大娘，我看她和姜教导员就是正好的一对。你看呢？"

"呀，叫我怎么说好呢？永泉，敢情好，真是个好人！娟子还不就是他教出来的？可人家的心也难说呀！"母亲心里很早就这样想了。她所指的好人，就是他，但她可也真猜不透他们的心思。

"哈，大娘！这不用你操心，我给他们当媒人吧！嘿，其实不用人介绍他们也早心热啦！我看哪，秀娟什么都好，就是大闺女气太重了。哈哈，太忸怩害臊了。大娘，同意不同意我对你那好闺女的批评呀！哈哈……"星梅笑得太厉害，流出了泪水，趴在母亲怀里。这使母亲觉得她和个孩子一样天真可爱。她兴奋地说：

"那，那才好呢！你呀，真是个好闺女，自己的事不着急，倒来操心别人的啦！娟子有你这个好姐姐，别说说她几句，你就是打她几下，大娘也跟着说该打呀！"

母亲慈爱地抱着星梅那由于激动兴奋而颤动的肩膀和胸脯，抚摸着她的柔发。星梅像真躺在自己母亲的怀里，带娇性地忸怩起来。在几年来炮火震荡苦难重重的生活里，她那忘记母爱的女孩子的心，现在被母爱的暖流层层包裹着，又复活了！

忽然，秀子从山底下急急忙忙地跑上来。她那嫩脸蛋涨得透红，急促地喘着气，胸脯一起一伏，激动得说不出话来。

母亲和星梅骤然感到有什么重大事情发生了。母亲忙问：

"什么事？快说呀！"

"哎呀……可累死我啦！妈，妈！我哥哥……"

"他怎么啦?!"母亲浑身一震。

"他，他回来啦！"

第九章

村子里热闹极了！人们都在欢迎八路军。啊！于得海！人们天天盼望着的神话般的英雄到底来了，他带着队伍来了！真的，他们比神话中的英雄还要强几分！于得海——啊！真是"鱼"得了海，天老爷也没有法子治他。提起他的名字，敌人都胆战心惊！

母亲和星梅慌慌忙忙赶到家里，一个全副武装、比她高出一点的英俊军人迎上来。她真不敢相信这就是自己的儿子——直到他口吃地叫着妈！

这个团是才从前线出击回来休整的。军队打了胜仗，老百姓比亲临战场的战士还高兴，更能体会到胜利的意义。人们把肥猪、肥羊、鸡、鸭、鸡蛋、蔬菜……直往部队上送。把个事务长忙得喘不过气来。部队开始不接受群众的慰劳品，老百姓可生气了，"告状"到区政府里。政府说服了军队的上级，才收下了。

小母鸡把脸憋得通红，瞪着两只滴溜圆的金黄色小眼睛，身子微微一动，从窝里跑出来，接着就"咕咕蛋，咕咕蛋"地叫起来。

秀子背着书包一跳一蹦地从门外跑进院子来，从鸡窝里拾起温热的鸡蛋，随口编着唱道：

母鸡下鸡蛋哪
哎咕蛋咕蛋地叫啊

秀子俺拾鸡蛋送给那侯大嫂
叫她吃了身体好
叫她养个胖胖的小宝宝……

"真不害臊，疯丫头，瞎唱什么!"母亲从屋里出来，打断秀子的歌声，又忍不住笑了笑，接过鸡蛋，吩咐道，"快去找你兄弟妹妹回来吃饭吧!"

秀子的脸有点红，瞥了母亲一眼，把书包递给她，就一跳一跳地跑出去了。

这时从母亲的西房间传出一个青年女子的爽朗笑声，母亲走进来笑着说：

"侯同志，你可别笑话那傻丫头。"

"哪里，大娘，秀子可真好呢!"侯敏笑着理理头发说，"大娘，你千万别把鸡蛋都留给我，你给小弟妹们吃吧。"

"咳，这是哪里话? 我没好东西，鸡蛋是自家的鸡下的，没啥稀罕。攒着留给你月子里……"母亲收住话头，看那侯同志挺着很沉的身子，靠墙坐在炕上，正缝一件红色的小孩衣服，就过去拿来看看，说：

"你的手真巧，看这针线活哪像是念书人缝的。你还是多歇会吧，别累坏身子，留着我抽空给你做做。"

侯敏那微黄憔悴的脸上泛起一层红晕，感激地看着母亲说：

"大娘，不用啦。嗨，你真比亲生妈还疼我。本来我想自己是生第一个，岁数也大些了，有些怕；有你啊，我什么都放心啦!"

"咳，你快别夸奖俺老婆子啦。看看你们这些在外面工作受累的人，谁还有个不动心的! 就说陈政委吧，快抱孩子当爹啦，又出远门了。"

"大娘，等他开会回来，正能看到孩子!"侯敏沉浸在即将做母亲的幸福里，那还未出世的小生命，模样儿似乎已经呈现在她的面前了。

母亲刚要说什么，忽听秀子在院里叫道：

"妈! 团长，于团长来啦!"

母亲兴奋地迎出来。

于团长满脸笑容，没等母亲开口，就先笑着说：

"嫂子，你过得好啊?"

"好，好！快进屋里坐吧！"母亲忙应着，向屋里让他。

于团长走进来，陈政委的妻子侯敏刚要下炕，被他阻住了：

"快别下来，我坐凳子上就挺好。怎么样，小侯，身体好吗？"

"好，团长你放心吧！有大娘照顾着，比在家里还强！"侯敏望着母亲笑着说。

"咳，哪里的话……"母亲正要说下去，于团长打断她的话说：

"大嫂子，你就是不爱受表扬，你这脾气，没来以前我就知道，有什么样的妈妈出什么样的孩子，德强就是和你一样。"

"那孩子在家啥也不懂，出去这两年还不是你团长教导的！"母亲的脸有些红，恬然地笑笑，接着说，

"于团长，我有个事想问问你呐！"

"什么事，嫂子？"

"唉，就是……"母亲犹豫起来。

"什么呀？嫂子，尽管说，侯敏也不是外人。"

"不是这，"母亲摇摇头，接着小声说："我知道自己不是，也不好多问。可是这孩子要不是，我总不放心。我是问问，德强是不是个党员啊！"

"噢，这个事呀！"于团长和侯敏对着笑笑，"嫂子，你怎么没问他本人呢？"

"问啦，他不说呀！"

"啊！这小伙子，倒真知道保密。"于团长笑得更开朗，"大嫂，你放心吧！我可以告诉你，他已经是啦！"

"哦，这我就放心啦！"母亲兴奋得眼里涌出泪花，她撩起衣襟擦擦眼睛，接着说，"谢谢你团长信得过我老婆子，放心吧，不该外人知道的事，我谁也不会告诉！"

"对，大娘！就该这样。"侯敏信任地看着母亲说。

"哎，好啦，快吃点饭吧！"母亲站起来，准备去拾掇饭。

于团长也站起来：

"嫂子，我来看看就行啦！饭我是不吃的。"

"你呀，咳！你们这些人都是这样，我看你当团长的得把这条什么纪律去掉，不然俺老百姓可有意见呐！"

于团长又笑了：

"不，嫂子，这可是顶重要的一条……"

警卫员德强和于水都跟陈政委出发了，老号长格外忙碌起来。这天早上，他从大门口把马牵出来，一面和马有趣地说着话，问它吃饱了没有，愿不愿跟他老孙去遛遛腿，一面又从怀里掏出他那永不离身的酒瓶子，一挨嘴，喝了两口。

抬头看见兰子走过来，他的玩笑又来了：

"青妇队长，你早。请喝口酒……"他突然止住话，因为他发觉平时最爱嬉闹的兰子姑娘，现在却垂着眼皮，满脸的不高兴。

"老号长，团长在家吗？"兰子问道。

"嗯，在家里。你有什么事？请进吧！"

兰子低头走进去，一会又出来了。

老号长正有些丈二和尚摸不着头脑，忽听团长叫他，急忙把酒瓶揣好跑进去。他一见于团长满脸怒气，站在桌旁，拳头握得紧紧的，就知道一定是发生了什么重大事情。

于团长把拳头狠狠地击在桌面上，严厉地命令：

"通知警卫排长，马上把三营的马排长抓起来！枪毙！"

老号长大吃一惊，怔愣愣地没有动。

"还等着干什么，快去！"于团长怒不可遏地喝道，但他踱了几步，见老号长走出去了，又喊道："回来！"

老号长转回来肃立着。于团长的两眼直直地瞪了好一会，才压下火气，说：

"把他先押起来！"老号长走后，于团长坐到椅子上，闷不出声地抽起烟来。

事情是这样的：

三营就是柳八爷的部队，经常不守纪律，战士们不断偷老百姓的鸡呀菜呀等东西。营长柳八爷惯着不管，派去的教导员又忙不过来，而一管严了，一些人就闹着要脱离八路军。更主要的是这些兵散漫惯了，根本不把这些当回事。也正因为如此，团部总和这个营住在一起，从各方面来教育改造他们。

马排长就是和王东海比过武的那个神枪手，是柳八爷的得力手臂。他非常骄横跋扈，谁也看不起，有着严重的流氓习气，经常打骂人。他一开始就不满意跟着八路军，嫌太不"自由"了。

昨天晚上，他溜到一个寡妇家里。这家人只母女俩，住在村东头上。那老大娘见是一位八路军，就很亲热地招待他，又是酒又是菜的。他吃完了，醉醺醺地乱吹一通。不一会老大娘的女儿从青妇队开会回来，他一见着了迷，推三道四地说他有病，要热炕睡。

老大娘就同女儿睡在一个炕上，腾出另一个炕烧热给他睡。半夜里，他摸来要强奸那女儿。老大娘苦苦哀求他，女儿却要嚷出去和他说理。可是他一概不听，硬把那女儿奸污了。临走时他用手枪指着她们威吓道：

"若是嚷出去，我先结果你们！谁不知老子是柳八爷的红人、堂堂的马排长！哼，小心点！"

那老大娘哭着把事情告诉给兰子。不是她看得严，这纯洁的少女是活不下去了。

于团长一连抽完两根烟，过分激怒的心情才渐渐平静下来。按照他刚上来的火气，恨不得马上把那该死的恶棍打成肉泥！可是他冷静些之后，就觉得事情并不那么简单，不是枪毙一个人就完了。他深深知道，这事情关系着八路军铁的纪律，关系着群众对八路军的看法，同时也牵扯到一个营人的去留。而柳八爷这个营人的去留，会影响成百上千的所谓"红胡子"究竟是跟共产党抗日，还是走别的路。不严格执行军纪，会失去民心，是无法弥补的罪过；枪毙马排长不能让柳八爷心服口服，团结不住柳八爷这伙人，也是原则性的错误。他深知那个马排长在柳八爷身上占的重要地位。可是无论如何，这种败类必须铲除，必须毁掉。而这绝不是在这一件事上，柳八爷部下的纪律败坏情况，必须马上扭转，彻底纠正！然而，这又不是一个简单的问题……

于团长沉思着，想着以上的事情。见参谋长走进来，就把情况向他谈了谈，考虑一下怎么处理……就在这时，柳八爷抢着手枪，大小机头险恶地张开，满脸杀气腾腾，突然闯进来，冲着于团长怒吼道：

"你他妈的，你怎么敢把他押起来！你这家伙，你知道他是谁？他是救过我命的人！他打枪百发百中，是个最了不起的人！你为一个女人就值得这样，你快放了他！"

老号长和警卫员小张见势早把手枪提在手里，哗啦一声顶上子弹。

屋里的空气像一触即炸的火药，异常紧张！

于团长站起来。他镇定而又坦然，根本不注意柳八爷那膛弹待发的枪。他吩咐老号长和小张说：

"把枪拿出来做什么！这屋里有敌人吗？快收起来！小张，告诉王排长把罪犯押来！"见小张走后，于团长踱步停在柳八爷面前。似乎他一张口，柳八爷马上就要开枪。

"三营长！"于团长严肃地说，"你来得正好，我正要派人去找你。事情发生在你的营里，你当营长的首先要负责任！你说要放他，就先谈谈你的理由吧！"

"他妈的，不管怎么样，你要放掉他！若是不放，老子先跟你拼这条命！"柳八爷的手枪还在空中挥舞，可是他已被于团长的质问弄得难以对答，有些心虚了。

于团长冷笑一声，说：

"拼命也好，放他也好，我们先来讲讲道理。我问你，你柳八爷当初起来反对官府的时候，打着什么旗号来？"

"你问这些干吗！反正你要放掉他，他是我的大恩人！"柳八爷的手枪已抬不起来了。

"你不说，我替你说。"于团长又开始来回走动，"你是打着杀富济贫、为民除害的旗号来造反的，所以才有人拥护你。若是你一开始就去杀受苦人、糟蹋老百姓，你柳八爷能站得住脚吗？'奸污一个女人是小事？'你怎么能说得出口来！这像是一个穷家出身的人说的话吗？亏你还是远近闻名的柳八爷，真是莫大的耻辱！而且，更重要的是，你现在身上穿的是八路军的衣服，是人民军队的一位营长，你怎么会表现出这种态度！你为报自己的恩，就放掉害人的罪犯！我真是没想到！"

于团长的话越说越急，越有分量。柳八爷渐渐把头垂下去，手枪在慢慢向套里装，嘴里嘟嘟囔囔地说：

"好吧，算你的话有理。你先说吧，你要把他怎么样？"

于团长和参谋长交换了一下眼色，接着坚定地说：

"这很明白，按八路军的纪律，对这种罪犯没有再留他的余地！"

"怎么，要杀掉他？"

"是的，杀掉！"于团长镇静地答道。

柳八爷装枪的手停住了！眼睛凶狠地瞅着于团长，厉声叫道：

"不行！这办不到……"

"于团长在家吗？"

人们回头一看，见是德强的母亲来了。嫚子本来在地上母亲领她走的，一见柳八爷的凶狠样子，吓得急忙抱住母亲的腿。母亲忘记回应于团长和参谋长的招呼，只顾把女儿抱起来。她有些胆怯迷惑地瞅着柳八爷。

"嫂子，你坐吧！"于团长招呼道，又指着柳八爷说，"你还不认识，这是咱们三营的柳营长。老柳，这是冯德强的妈妈。"

这么一来，柳八爷有些慌乱，他把手枪插进腰里，点点头，靠到门一旁。

老号长拿过一张椅子，让母亲坐下。

"大嫂，你来有什么事？"参谋长问道。

母亲深深叹口气，像有无限的悲痛在心，满脸布着愁苦的痕迹，带有质问的口气说：

"我来找找你们。于团长，你听说过那事？"

"听说了，嫂子！你有话尽管说吧！"于团长恳切地说，看得出他是在忍受着内心的痛苦。

"于团长，"母亲有些气愤起来，声音也提高了，"于团长！不是我老婆子不知情理，实在话，八路军的好处谁也不会忘，真比天高，比地厚。可是，"她沉痛地咬一下牙，"在你于团长的手下，出了这种事，这种伤天害理的事！叫谁的心里不难过呀！"她叹口气，"黑面里再掺上多少黑面也是黑的；白面里头有一星点黑的也显眼。我知道，咱八路军干这种事的只是一两个坏东西，就为这我更难过。于团长，人的眼睛不都是亮的呀，你说他们都会怎么说呢？唉！"母亲恳切地望着每个人的脸，最后又把眼光停在于团长脸上：

"于团长，我说些气话，你可别生气。我一个老婆子不懂事，只是觉着心里不好受，像是自己的事一样把想说的告诉你们。我知道，你们也在难过。"

于团长听着这些话，心里充满了感动和疼痛。他不知道用什么话表达自己对这位母亲的感激，只是从心里感到这些谴责里面包含着多么巨大的意义，多么深沉的热爱。

"嫂子，你说的都是实话。这是我没把队伍教育好，是我的过错。嫂子，我们正在商议处理这个事。"

已经是警卫排长的王东海那魁梧的身体出现在门口：

"报告！罪犯已押到。"

"好，叫他进来。"于团长吩咐着，可是一听说门外有很多老百姓围着，就说等一会。他走了出去。其他的人跟在他身后。

柳八爷见人都走了，他长喘一声，一腚坐在椅子上。椅子咔嚓一声，差点折断腿。他手抚弄着大刀穗缨，脑子里翻腾起来。

他真想不到，这么一点平常的事，会惹起这么大的反应。于团长是那么重视，气得简直不可按捺。他想起刚才于团长提到的在当初领导穷人造反的情景；他参加八路军后所见到的事情……是啊，八路军和别的队伍不同，待老百姓和父母兄弟姐妹一样亲。他柳八爷是愿为穷人出力卖命的，可是为这点小事就不能放吗？别的队伍拿这是平常事，唯独八路军这样严，为什么呢？对，如果八路军也是祸害老百姓，那老百姓怎么会自己把孩子送来当兵，对八路军这么好呢？可是马排长，是自己的得力手臂，是救过自己命的恩人！能不管吗？不，还要管。一定要放过他这一回，以后不犯就行了。于团长要不答应，他柳八爷就领着人马出走……柳八爷想到这里，就向外走去。

大门阶台前围着一大堆人，人人的脸上罩着一层阴云，眼睛里射出愤怒的光焰。

于团长走出时，纷纷的议论声向他扑来：

"唉，真想不到八路军里还有这种坏蛋！简直和反动派差不多了。"

"你可不能那么说，你见过几个这样的坏人？还不是外来的坏根！"

"怎么着，一个驴屎蛋子坏一锅汤，兴有坏的还能不让人家说？"

"是啊！想不到于得海部下还有这种人，唉！想不到，想不到……"

"瞧啊！于团长出来了。"

于团长再也忍不下去，他痛苦地皱紧眉毛，沉痛地说道：

"乡亲们！你们大家恨我骂我都是对的，我都接受！"人群一阵骚动，"对的，八路军是你们的子弟兵，是从老百姓里来的，是你们养活的，没有你们它一天也活不下去。我于得海就是几次被老百姓从死里救出来的。日本鬼子杀你们，二鬼子反动派害你们，我们八路军再糟蹋你们，你们还有点依靠吗？没有了！对，共产党领导下的人民军队不能有一个这样的坏蛋！我们决不能留他！"

人们静悄悄地听着于团长的话，接着又议论道：

"对啊！到底是咱的军队，你听于团长说得多好！"

"你看他多难过，比咱们还生气哩！"

"听说那家伙是柳八爷手下的，都是他惯坏他的！"

"你别瞎说，人家柳八爷想当年也是'红胡子'，为穷人出过力，哪会容得下这样的坏蛋！"

"哦！看，他出来了！"

柳八爷正向外走着，可是听到于团长的话和人们的议论，他感到两腿沉重，脸上像有火烧，后来就无力地靠在走廊的墙上。他忽然看见一个五十多岁的老太婆慢慢走上阶台，银白的头发在颤动，于团长忙扶住她。只见她泪水横流，悲哀地说：

"团长，你是于团长？"

"是的，老大娘。"于团长的嗓子像有把火在烧。

"啊！我那苦命的孩子……呜……"接着她痛哭起来。

柳八爷不觉眼窝一热，心怦怦地跳。他想走上去，可是一见马排长，迈出两步又站住了。

于团长愤怒地瞪大眼睛，厉声命令：

"王排长！枪决！给我立刻杀掉！"

这一声命令，人们像听到雷声一般，都张大嘴巴，互相呆呆地看着。接着就吵嚷起来：

"杀？啊！到底是八路军，纪律真严明啊！"

"天哪，这还了得！留着叫他多杀些鬼子赎罪不好吗？"

"共产党的队伍像眼睛一样，一粒沙子也容不得！"

……

那被害的老大娘，被惊呆了！哭声早没了。她一清醒，立时扑向于团长，两手抓住他的衣袖，眼泪早把她的视线模糊了。

"不！不能杀掉他呀，天哪！"她叫着，哀求着，"团长，真要杀他？

不，不能！你打他骂他就行了，千万不能杀他呀！他到底是个八路军，留着他吧！叫他多杀鬼子！不，不能杀他！我孩子她爹是被鬼子扫荡杀的，留着他去杀鬼子吧！团长，我求你！我给你下跪，给你磕头……"她双膝跪下，抱住于团长的腿。

于团长感到有种从来没有的巨大感情在压迫他。他扶起老人，激动地说：

"老大娘，不，这不能！他是罪犯，是坏人！不是咱们八路军的人。我们不能要这样的坏蛋！留着他就是留着敌人！老大娘……"

柳八爷早站不住了。他全身像落在油锅里，撞撞倒倒地赶过来。迎面碰到老号长，他一把从他怀里掏出酒瓶子，照大刀鞘上将瓶颈砸开，像喝凉水似的咕咚咕咚喝个精光，接着把瓶子狠狠地摔得粉碎！他上去扶着老大娘，喘息着说：

"老人家，是我，是柳八爷害了你……"

老大娘一听，忙又跪下哀求他：

"啊，你就是柳八爷！他说他是你的排长，你放了他……"

柳八爷头上像挨了一棒子，忙说：

"老大娘！你别求我，也别给他求情！我有罪啊，我也该死！是我惯坏的他，也该枪毙我！你这兔崽子……"柳八爷全身被酒劲攻着，眼睛血红，手握大刀柄，骂着转回身……

那马排长被绑着押在门旁，头发乱七八糟，像个丧家狗一样。起初他并不害怕，以为柳八爷一定会替他求情，如果求情不下，他也会领队伍脱离八路军，那就更逍遥自在了。这时他知道不好了！

柳八爷好似饿虎一样扑过来，唰的一声——从起来造反那天起，他用它斩过地主的头、剜下县官的心、祖上传授下来的大片砍刀出了鞘，一道红光，那丑恶灵魂的头掉下来了。

柳八爷多年没流过、他想这一辈子也不会流了的眼泪，这时站在昏过去的老大娘面前，流下来了！

暗杀娟子那件事件过后，王柬芝又不断接到电报，说是随着共区的发展巩固，其他地方的几个地下组织相继被破获，要他格外小心从事。因此，他的行动更加谨慎和隐蔽了。

王官庄驻下部队以来，王柬芝每晚跟在学生放学回家的队伍后面，送学生回家。有时就信步走到团部去。按他自己的说法，是顺便听新闻消息，向军队首长学习请教。这在外人眼里，更显得他进步。

团部的人，像德强、老号长他们，对这个县参议员总是客气地招待。德强回来没看到杏莉，因她上中学去了。

有一天，王柬芝走进团部，屋里冷清清的，正想出去，忽然老号长从北屋出来，笑着招呼道：

"啊，校长来啦！请里面坐吧！"

"哦，号长啊！首长不在家？"

"团长和参谋长外出溜达去了；政委开会还没回来。里面坐吧！"

王柬芝微微把薄眼皮向上一扬，嗅到对方嘴里有股酒气喷出来，就笑着说：

"嘿，号长还爱喝两盅啊？"

"不怎的，嘿嘿，"老号长脸红了，支吾着，"有这点改不丢的缺点。是小冯在家拿来点'地瓜烧'①，嘿嘿。"

"哦……走吧！上我家坐坐。你一个人在家怪闷的。走，你还没去过呢！"

"不去啦，校长。隔日再去吧。"

"咳，你这人，还要和我讲客气吗？快走吧！"老号长本不想去，可架不住王柬芝再三劝说，最后到底被他拉拉扯扯拖走了。

到了家，王柬芝先同他随便聊了一阵，推说上茅厕出去了，老号长瞅着这宽大的客厅，朱红的桌凳，雕印着花纹枝叶的茶几和器皿，雪白的石灰墙上挂着的山水画，心想："这家伙到底是财主，真他妈的阔气！"他坐着坐着就有些不舒服，觉得没有在德强家里痛快，亲切。他想等王柬芝一回来就告辞走掉。

王柬芝回来时，一只手端着盘子，上面摆着好几碟子凉菜；另只手提着能盛两斤多酒的鼓肚锡酒壶。他一面把酒菜往桌上放，一面笑着说：

"号长，你真有口福，我刚出去正碰上我家长工赶集回来，打了点酒。

----

① 地瓜烧——是农民用地瓜做的一种酒。在这一带一般人家都烧这种酒。

— 161 —

嘿嘿，你来一趟也真稀罕，咱们就尝尝吧！"

老号长一见，忙说：

"这可使不得。咱可不喝！"

王柬芝两手一摊，不高兴地说：

"唉，看你这个人是怎么啦？这样不给人留脸面？我一不是求你做事，二不是请你客，尝尝我王参议员的酒，未必就玷辱了你们八路军的英名啦？"

老号长被他这一说，真是进退两难。不吃吧，人家已经拿上来了，看来又是诚心诚意；吃吧，按军队的纪律是不准随便吃群众的东西的。

王柬芝早在那里把酒壶抬得高高的斟酒，搅动得那陈高粱酒的香味儿直往老号长的鼻子里钻，涎水也快流下来了。可是他一想到纪律，马上咽回去，站起来说：

"王校长，真对不住，你知道，这是我们的纪律！"

王柬芝有些怔愣——这人多么不好对付呀——接着把酒壶砰一声放到桌子上，脸色也变了，很生气地说：

"好，你走，你走吧！我真想不到你这么不给我面子。嘿嘿，纪律，我懂得群众纪律，这么说你是把我这个参议员也当成普通群众了？那好，我不留你！"

老号长没想到会惹他这么上火，就不好意思地笑笑说："咳，校长，你怎么真、真火啦！"他心里又想："他真要动火，闹得不好看也不好。可也是，他是个参议员，不是普通群众……好，就少喝点吧！"

"好，校长！咱就少来点吧！"老号长说着坐下了。

"咳，这就对啦！号长，我喜欢痛快人，你可是不够……哈哈……"王柬芝兴奋地说着，殷勤地斟酒把盏，尽管劝老号长多喝点。

过了一会，杏莉母亲又送上两盘炒菜来。这是王柬芝吩咐她炒的，她也知道黄鼠狼子给鸡拜年——没有好事。但因为是给八路军吃，还是很用心地加上各种作料，菜炒得真是好口味。她轻声对已喝红脖子的老号长说：

"多吃点菜吧，同志！在队伍上难吃到呐。"她瞥了王柬芝一眼，"那酒可是上好的呀，劲挺大，喝多了要醉……"

"你快回去收拾去吧！"王柬芝抢白她一句，见她走了，又劝老号长只管开怀畅饮。

老号长一喝开头，就收拾不住，眼看两斤多原封陈酒快下去了，他有些醉了。王柬芝很少喝，一面不迭声地劝着，一面称赞团里的首长好。提到陈政委，他感叹地说：

"他真是个文武全才！好几天不见面，我真有点想念他。哎，号长，陈政委什么时候才能回来呀？"

"让我算算，"老号长搬弄着手指头，"一天，两天……到明天，对，后天晚上差不离啦！"

"嘿，到哪去开会，这么长时间？"

"到专署，路上不大好走，要通过敌人桃庄的据点呢！"

"来，再喝一盅。这酒还不坏吧？"王柬芝见对方端起盅子向下饮，又说，"啊，那要很多人护送才行，不然通不过敌人的封锁线呐！"

老号长放下酒杯，吞了口菜，说：

"哎，你这个人，教书是能手，打仗可比不上咱了！"

"那当然，那当然！"

"嘿，"老号长醉醺醺地说，"通过敌人的封锁线，人越多越不行。人多目标大，最容易被发觉。咱们就去三个人。小于、小冯，还有一个能干的通讯员。悄悄从山上小路走，人不知，鬼不觉，去来一点事也没有。"他大醉了，信口开河，滔滔不绝……

赶老号长回队，同志们都睡着了。小张见他喝得醺醺大醉，打他一拳，说：

"你这酒鬼又喝醉啦！幸亏没有老婆跟你睡，要有的话，非把你推到地下睡一宿不可。"

老号长歪歪斜斜倒在铺上，呼呼噜噜地打起鼾声。

这时，王柬芝正在那僻静的小屋里，向郑威平"专员"发"火急"电报……

夜空闪烁着星光，草木披盖着寒霜，一层淡淡的轻雾，弥漫笼罩在山野上。多么静谧的夜啊，多么荒僻的山冈！

陈政委走在前头，后面紧跟着于水和德强，那个通讯员走在百步远的前面。马迈着不紧不慢的步子在山腰间的小路上走着，马蹄子偶尔碰击着石头，发出清脆的响声。

"啊，好热呀！过去这个山洼就望到敌人的据点了。"陈政委拭着额上的汗，轻声说。

德强轻松地接口道：

"过了桃庄据点，咱们就可放开马跑了。嘿，赶到家还可以睡一觉，才能吹起床号！"

"政委，回家咱们就可看到小孩子！"于水兴致勃勃地说。

"哦，什么小孩……你这小鬼，谁对你讲的？"陈政委微笑着。

"哼，这还不知道？侯大姐不说，俺亲妈①早告诉我了。大姐一来到，亲妈就给她攒鸡蛋啦！"于水得意地说。他指的"亲妈"，就是德强的母亲，他一来就认她为亲妈了。

"侯大姐一定在等咱们回去哩！"德强接着说，忽又问，"哎，政委，你准备给小孩起个什么名字呀？"

"哎，这要等看生下的是男是女才能起呀！"于水抢着说。

陈政委轻声笑笑，说：

"小于心眼还挺多，男女名字还不一样吗？你们看叫什么好？"

"我就不喜欢叫花呀英呀的，哎！政委，"德强满怀喜悦地说，"叫他'抗战'吧！正是抗战时期生的。"

"不好，我说叫他'胜利'，"于水说，"这名字好，胜利是属于咱们的。"

陈政委很有意思地听着他两人的争执，心里充满愉快和激情。

敌人的据点渐渐近了。大家下了马，把马蹄子用厚布包好，牵着马无声无息地向前走。

距离他们不到半里路，就是靠公路敌人的桃庄据点。从那兀立在民房上面的炮楼子上的枪眼里，透出橙黄色的惨淡灯光。

猛然，砰砰！前面响起枪声。

陈政委一顿，马上命令：

"准备战斗！"

三人随即翻身上马。

---

① 亲妈——即干妈，干娘。

— 164 —

于水立刻鞭马从旁边冲过去。紧接着两旁都响起枪声，并有人冲上来了。

三个人一齐开枪还击，向前猛冲！

敌人看不太清楚，于水一马当先，撞倒迎面扑来的敌人，冲了过去。

德强紧紧护着政委，向前猛突。忽然，陈政委身子一震，趴倒在马上。德强急了，忙抢上去，两马并辔，德强一手扶住政委，一手开枪还击敌人。

于水冲出后，不见他们出来，又折返打回来。

敌人忙掉回身打于水。德强趁这个空子，架着政委，冲了出去。

敌人的枪弹下雨般的压过来。他俩护住政委，边打边退。走了一会，碰到死去的通讯员。

眼看就要突出包围了，可是陈政委的马忽然被打倒，人也摔下来。于水转身去迎击敌人，德强急跳下来，抱起政委上自己的马。

陈政委已是奄奄一息了！从他的胸口上，开朗的前额上，蓄着美丽的分头的长发上，流下热血，染红了德强的衣襟。

陈政委有气无力，可很镇静地说：

"赶快走……快走！我不行了。快，把口袋里的工作记录本拿走！快……别哭，快呀！"

德强的眼泪泉水般的涌出来，哭着说：

"政委，我死也要把你救回去……"他用力抱起政委。

后面的枪声越来越急，子弹在头顶呼啸，打得石头迸飞四裂，树枝一片片被削下来。

"不行啦，别管我。不要哭。回去告诉于团长，要加强对柳八爷部下的政治工作……哦，给孩子起个名，对，抗战胜利……天快亮了，就叫他'黎明'吧。对侯敏说，要她别伤心。她是个老党员，不会……"

"政委！"

"哦，你还没拿走？快……记录……快拿出来！我……我命令你……黎……明……"

陈政委的声音颤抖着弱下去，喘出最后一口气！

德强来不及擦眼泪，听着激烈的枪声，他忙从政委口袋里掏出笔记本和一顶天蓝色的小绒帽。啊！白纸和绒帽染成红的了，那鲜血还涔涔地向下淌。德强把笔记本和陈政委给孩子买来的帽子揣进怀里，抱起政委的遗体往马上放。可是因为是在山坡上，脚底下乱石滚动，人马都站立不定，加上德强胳膊上也挂了彩，他几次都没能把政委放到马上去。德强听着敌人的冲锋叫声，心里更急了！

那枣红的高大战马似乎也为主人的心情着急，狂抖着身子嘶嘶叫起来。德强心里一动，急忙放下政委，翻身上了马。他勒转马头贴紧陈政委，两脚用力钩住马镫，弯下身来，奋力把政委的遗体抱到马脖子上。德强扶住政委，刚要向于水的方向冲去——可是他一想起工作记录本在身，只好停住，破嗓大叫：

"于水！于水！快撤，快撤！"

于水为掩护德强把政委救出去，他下了马，掩在岩石后面阻击敌人。他身上受了几处伤，全身浸在血泊里。他没感到自己身上有什么痛楚，只顾用两支驳壳枪轮番地向敌人扫射。他右手的枪子弹打完后，左手的又响了；而就在这同时，他的右手将枪顶在腋下，把子弹又压上了……

于水听到德强的喊声，就艰难地爬到马跟前。他挣扎着用手抓住马镫，身子站起来，向马背上猛力一扑，还没来得及把腿跨过去，他就昏过去了。

德强见于水的马向这里跑来，就开枪掩护，到跟前看清于水横趴在马背上，他叫了几声没有反应，眼泪又涌出来了。德强让过于水，一面向后还击，一面猛勒马缰，那赤红的骏马扬起头，撒开蹄子，像一阵怒风，飞奔向前！

于团长走进屋来时，各营来开会的干部已经到齐了。大家都把悲痛的目光投向他，可是从他的表情上，看不出他这是刚从老战友尸体旁边回来的，只是他的眉毛皱得更紧，眼色更深沉了一些。

于团长示意要大家坐好，从容地说道：

"同志们！开会吧。根据上级的指示，明天就要出发，到敌人的心上去割肉！来，现在就研究一下作战行动计划……"

每个人的心情都异常沉重，悲痛在咬着人们的心，但大家见到于团长的镇静神情，慢慢也安静下来，带着悲愤的情绪更紧张地工作起来。

样样工作都完了，于团长才提起陈政委的事来，他对大家说：

"回去把政委牺牲的消息告诉战士，下午全团开追悼大会！让战士们出征前在政委尸体面前宣誓，为政委报仇！"他问参谋长道：

"桃庄据点属哪个混蛋管？"

"是庞文的队伍。"

"好，记下这笔债！我一定要见到这条老狗的死！"

人们都走后，于团长感到身体在一阵阵软下去，他两手用力攥握着桌子角，但也抑制不住手的颤抖。刚才的毅力急转直下地消失了，他无力地坐到椅子上，脸面显得颓然而憔悴，像一下苍老了许多。他又缓慢地翻开陈政委的工作记录本，刚才在开会时他的心全集中在这上面记录的上级的指示里，而现在，他已看不清上面的字迹了，眼帘中全是一片片鲜红的血！随着，陈政委的鲜明影子也在他脑海里活动起来。

他忆起这个坚强的党的工作者，是怎样帮助他工作，怎样使他克服了单凭自己不能克服的困难，保证了战斗的胜利。他为了祖国，怎样不顾生命危险，深入到土匪队伍里去，把柳八爷的部队争取过来，变成革命的力量。面临牺牲时，又念念不忘革命的事业……

于团长越想下去越感到政委的高尚可贵，越感到失去他的悲痛！他觉得眼睛有些潮湿，渐渐蒙眬得什么也看不到了。他把本子合上，擦擦眼睛，奋力站起来，踱了几步站在窗跟前，望着窗外的明朗阳光，又出现陈政委的妻子侯敏的影子。

是的，她是个好共产党员！虽说对刚生过孩子三天的母亲，这噩耗的打击是那么巨大，那么沉重，而且又来得那么突然，可是她并没悲伤到不能自拔的程度，她坚强地站起来了。

对着丈夫的战友，她坚定地说：

"放心吧，团长！为革命流血是预料到的事情。我决不辜负陈明同志的期望，我会勇敢地斗争下去。我身体一养好，就回到学校去教好我的学生。孩子他爸爸说得对，就叫他'黎明'！他爸爸死在抗战胜利的黎明前夕，我要把这孩子送给将来的胜利！"

于团长听着这些话，在这位老战友遗留下的妻子面前还需要说什么呢！他把准备安慰她的话吞了回去，只是把她的手紧紧握了一回……

过了很久，于团长才转回身来，看到德强不知是什么时候已站在他身后。他看着德强满身的血迹，哭得发红的眼睛，有些吃惊地说：

"怎么，你还没去把伤口包好？！我曾对你说的什么，你忘了吗？"

"不，团长！是我没保住政委，请你先处分我。不然我心里痛得比伤口还难受！"

于团长见德强的倔强劲，不自觉地涌上来一股又像生气又像酷爱孩子的情绪，严厉地说：

"听话，快去！你真是气死人！"见德强拖着沉重的脚步走后，他又来回踱了几步，看看手表，是快开追悼大会的时候了，他走了出去。

于团长一出门，见德强还站在院子里没走，他真有些火了，可是马上又软下来。他没说话，过去拉着德强的手，一直走到卫生队里。

德强在包扎伤口的时候，于团长走过去看一下他的儿子。自从他的妻子——一个非常勇敢的女人，在农民暴动时的一场激战中，为掩护众人和丈夫而战死后，儿子就跟着他东跑西颠，出入深山和战火之中。可以说，他这个做父亲的对从小失去母亲的孩子，关怀是很不够的。平常他很少去留意儿子，只是看到他在战士群里就行了。记得有一次，部队在夜间转移，由于匆忙大家把于水忘了，直到第二天早上才发现他没有了。因为部队急着行动，于团长说来不及管他，算了吧。大家也以为于水没希望了，因为我军一走，村里就去了敌人。可是那老号长不甘心，一定要去找回来。结果老号长请示了陈政委就摸进村，到房东家一看，于水还睡在炕上没有醒。回来后于团长不但没安慰孩子一句，倒把他教训哭了。儿子稍大一点，于得海就把他送到连队里当战士，后来还是陈政委把于水调到团部来，跟他父亲当通讯员。

其实，于得海何尝不爱这独生子呢！他的爱，不是一般父母的爱，而像他对所有的战士那样，是严峻的爱，是使儿子时刻感到自己是杀敌的战士，不是父亲跟前的娃娃。

于水也习惯了这些，甚至说，他似乎忘记了团长是自己的父亲，而是一个纯粹的严厉的首长，他格外得到的，只有比别人更严格的要求，更危险艰巨的任务。

于团长注视着全身缠满绷带的儿子。于水闭着眼睛，迷昏昏的。他觉得有人在摸自己的头，略微睁开一下眼睛，大概是孩子为父亲这少有的爱抚感动了，于水眼睛有些潮湿，轻微地叫道：

"爹……"

一听到集合号声，于团长马上离开了儿子的身边。

星梅和娟子下乡收集给八路军做好的冬季被服。回来时，两个碰在一块，就肩并肩地向区上走去。

早饭后，霜化了，水汽很大。路两旁枯黄的野草，好像才从水里捞出来，湿漉漉地往下直滴水珠儿。打柴的男女，随着嚓嚓有节奏的砍柴声，都扯开嗓子唱起歌儿。山谷中发出就像几部轮唱似的回音——

阴湿的地方哪需要太阳
苦难的中国啊需要共产党
共产党的恩情哪比山高
八路军的好处啊比海水广
共产党好比哪红太阳
毛主席好比啊亲爹娘
太阳照耀着哪万物生长
共产党壮大啊人类得解放
……

敌人进行严密的封锁，不向根据地输入任何商品；人民在党和政府的组织领导下，展开了自给自足的大生产运动。

人们自己种棉花、纺成线、织成布，用槐树花、青紫泥、锅底灰……做颜料，把布染成各种颜色，缝成衣服；人们把猪皮剥下来，鞣成硬皮子，做成鞋；没有洋油，人们用棉花籽、花生、大豆榨出油，来点灯；用火石①钢板片代替了火柴。

人们就在土地、山野上，用两只手的劳动，支援了八路军，养活了自己。

星梅见娟子神采焕发，满脸喜气洋洋的劲儿，就想提提她的婚事。她怕娟子爱面子，不说心里话，就拐一个弯，笑着说：

"秀娟，我有个事儿，想问问你的意见。"

_____

① 火石——一种透明的石头，同钢片相击即能迸出火星。

娟子看她笑着的神秘样子，忙问：

"什么事呀，问我的意见？"

"你可要说心里话。"星梅紧瞅着她。

娟子轻轻拍她一下肩膀，说：

"看你，怎么慢吞吞的，嘴里像含个鸡蛋。有什么快说呀，我当然说心里话啦！"

星梅见她着急，故意激她：

"没什么，我不说了！"

"你这家伙，耍滑头！"娟子抓住星梅的手，"说，快说！要不，我动武啦！"

星梅挣脱就跑，娟子就赶。两个一边笑一边跑，像小孩打架似的。

没一会，娟子就把星梅抓住了。她用手胳肢星梅的腋窝，星梅笑弯了腰，求饶道：

"好秀娟，好妹妹！我说我说……"

娟子松开手，催促她：

"快说。这是轻的，再不说还有重的呢！"

两人都跑得脸儿泛上一层红晕，头发散乱下来。星梅理理头发，才认真起来，说：

"秀娟，你说姜教导员这人怎么样？"

"哈，你问这个呀。那你还鬼鬼祟祟干什么？他当然好啦！"

娟子笑着，不在意地答道。

"你听我说呀。你对他有意见没有？是哪一方面的都行。"

娟子的笑容顿时飞逝了，脚步不知不觉地慢下来。那对大黑眼眼上的长睫毛，上下忽闪起来。心里想："她征求我的意见了，他们一定是要最后决定……"想到这里，不知怎的，心像被一窝乱草包住，刺燎燎的，真不是滋味啊！"你是怎么啦，秀娟！不是早下过决心的吗……你原来是假的呀！真该死，你为什么这样不坚强呢……"她很恨自己。可姑娘哪知道，千丝万缕缠绵的情网，哪能那么容易斩断呢！娟子把心一横，对星梅很认真地说：

"星梅啊！咱们一块工作也不短了，都也互相了解。我是从心坎里佩服你，你对我的帮助太大啦！你和我的亲姐姐一样。姜同志呢，那更不用说，我入党是他介绍的，也是他领我走上革命这条路的。他是个好党员，好干部！你问我，我一点意见没有。我很同意……"

"啊，你同意了？那太好啦！"星梅很诧异娟子的大方和爽直，她高兴地叫起来。

"是的，我同意。你们真是一对好同志。我早就看出你们的事啦！我从心里高兴你们早一天……"

"啊，秀娟！你怎么啦？说哪去了？"星梅恍然大悟，这才明白她的意思，"哎呀，秀娟！你怎么这样想呢？我是说你……"

"不，星梅！我真是说的心里话，决不骗你！"娟子以为她爱面子了，指着心恳切地解释。

星梅又想笑又想哭，连话也说不上来了。她一把抱住娟子的臂膀，脸腮紧靠在她耳朵上。两张粉嫩的处女脸蛋，好像经过初霜的成熟的梨，既鲜艳美丽，又丰满诱人。

"你呀，秀娟！全错会了我的意思。"星梅的热气直扑娟子的脸，"你还不知道我的事。秀娟，过去你都这么以为的呀？……我的天哪，我还蒙在鼓里呢！好妹妹，你听我说呀……"

星梅把事情说开了。

娟子心里又高兴又难过又不好意思。她的脸涨得绯红，好像全身的血都涌到头上。她把心事也吐给了星梅……

第十章

"妈，燕儿，燕儿！"嫚子兴奋地叫道。她的小手指着院子里晒衣服的铁丝条，那上面真的并排站着一对美丽的燕儿，唧唧啾啾唱一气，又用红嘴擦一气肚皮底下的雪白柔毛，然后弹几下墨黑的羽翅。

母亲理了一把灰蓬蓬的鬓发，看着笑一笑，说：

"春天来了。燕儿又回老家来啦！"母亲刚要去喂猪，门吱一声开了。

"你找谁呀，同志？"母亲微笑着向走进来的一个人问道。

她留心端详着他。

那人穿一套旧军装，满身油垢，身体消瘦，个子挺高，一对和蔼的眼睛很有光泽，前额上有几条深细的皱纹。

"你是冯大娘吗？有个叫赵星梅的住在这儿吗？"他温和地问道，站着不动。

星梅正在屋里炕上拿什么东西，一听有人叫她的名字，扒着窗户一看，忽地跳下炕，趿拉着鞋跑出来。还没等母亲回答，她就抑制不住内心的喜悦和激动，飞快地跑到那军人面前，两只手紧握着对方的手，急促地说：

"啊，是你！是你来了！多想不到呀！啥时来的？怎么来的……"她像刚爬过高山峻岭似的，很快地气喘着。

那军人也很激动，脸上闪着兴奋的红光，微笑着说：

"刚来不久。我们的工厂移防到这里来了。一安顿下，我就打听着找到这里啦!"

星梅转回身,面对着对这情景发愣的母亲,幸福地笑着说:

"大娘,这就是纪铁功呐!"又对他,"这是冯大娘!"

纪铁功亲切地来拉母亲的手。母亲兴奋热情地招呼道:

"看,还站在院子里,快进屋坐吧!"

他踌躇了一下,对星梅看了几眼,说:

"大娘,你先忙着吧。我找她谈谈,就要回去。等有空再来坐吧!"

星梅会意他的意思,笑嘻嘻地说:

"好吧,大娘!我们出去一会,就回来!"

"大姐,你上哪去?我也去。"嫚子瞪着双小黑眼睛,不看她的燕儿了,跑过来扯住星梅的衣襟。

星梅笑着把她抱起来,在小红脸蛋上亲吻一下,说:

"好小妹,今儿出去我可不领你啦。等大姐回来捎枝花给你,好吗?"

"好,我要枝透红透红的。"嫚子比画着,挺认真地说,"你早点回来,晚了俺就睡了。"

星梅和纪铁功都笑了。

母亲把孩子接过来,目送他们走出门,意味深长地笑了一下,大声地嘱咐道:

"梅子!别忘了一块回来吃饭哪!"

傍晚。他们俩肩并肩,顺着堤坝,慢步走着。

堤上长着一行行杨柳,堤下潺潺地流着澄清湛蓝的河水。杨柳垂下纤细柔软的枝条,宛如刚洗过头没梳辫子的姑娘的长发。枝茎上凸出黄绿色毛油油的嫩芽,柳枝的影子映在水面上,随着那泛着涟漪的水面轻轻荡漾。远处有一片果树园,都还没长叶,那红白相间的盛开着的杏花和桃花,被夕阳的余晖一照,活像一块偌大的颜色绮丽缤纷的花布。

几个剜野菜的孩子,用那清脆银铃般的嗓子,唱着歌儿:

柳树叶儿嫩又青

桃树花儿鲜又红

一个俊姑娘得了病

样样医生都请过

各种药儿也吃净
就是治不好她的病
哎哟哟
她得的是相思病
……

"你听，那些孩子的嘴多巧！"星梅嘴里咬着根青草芽，笑着说。

"是啊，真会唱！哈哈，害这种病的人可真不少，就是在艰苦的战斗里也不是没有啊！"纪铁功瞅着她说。

星梅被他说红了脸，心怦怦直跳，怕他再说下去，就打断他的话，催促道：

"快接下说正经的吧。工厂现在怎样了呢？"

"比过去可好多啦！这和那些牺牲的同志是分不开的！"他显然是忆起往事，激动而又感慨地接着说，"你是知道的，咱们没有专门工具，就用老乡碾米的石碾子碾火药。有一次一个同志去碾，因为天气太干燥，一下子着起火来。他为抢救屋内的药，冲进去三次。他的衣服烧着，头发眉毛都着了火。可是他忍着痛又冲进去！最后昏倒在里面……赶大家把他救出来，已不行了。他牺牲啦！可几篓药却保住了。类似这样的同志，不知有多少哩！"他喘口气，看看被感动了的星梅，接下去说："现在咱们是进步了，可是还很不够，离战争的需要还差得很远。咱们把国民党军队丢下的破手榴弹扒开，掏出里面的药，重新做成好的。把打过的子弹壳捡回来，换上火帽重新用。咱们的战士每次作战一般每人只能用三发子弹，再就是手榴弹、刺刀、枪把子！战士们往往为夺敌人一挺机枪，就要花好大的代价，就是因为咱们自己不能造啊！吓！咱们也发明了一些新武器。比如说'石雷'吧，就是土造出来的。瞧，把容易爆炸成碎块的石头，中间打上一个洞，装上药，一点火，嗨！劲可大啦……"他越说越有劲，仿佛走在他身旁的不是他盼望已久的爱人，倒像是听他讲课的工人。不是星梅眼见天已昏黑，打断他的话，不知道他还要向下讲多少时候呢。

星梅看着他满身油污的外貌。那埋藏在心底很久的深情又涌上来："他总是这样，他多么需要人照顾啊！"她那长圆形的脸上泛起一层桃花似的赧晕，轻声说：

"铁功，我有个事，你能同意我吗？"

"什么事？"

星梅转过身，脸朝着他，仰脸看了他一刹，忽地两只臂膀紧紧地搂住他的脖颈，脸颊靠在他耳朵旁，生怕她的话被他打断，柔情而急促地说：

"铁功，听我说呀。看看，咱俩都不小啦，你二十六，我二十三了。咱们一分手就是几年，往后不知哪年才能见面！铁功，我们现在就——你说好吧？好，一定好！冯大娘会帮咱安排，上级也会批准的。铁功，你说呀，好！你说好呀！"

纪铁功紧紧地搂抱着她那窈窕而健壮的腰肢。他感到她的脸腮热得烤人。她那丰满的富有弹性的胸脯，紧挤在他的坚实的胸脯上。他觉得出她的心在猛烈地跳荡。他领会到她体贴爱护他的一往情深。只有在这时候，他才深深感到他们正在用血汗争取的幸福，他自己得到的比别人要多得多。

沉默……

"你说呀！怎么不说呢？"星梅像孩子似的，偎伏在他怀里。她那对水汪汪的眼睛，柔情地、祈求地紧看着他的和蔼可亲的脸孔。

沉默使纪铁功冷静起来，他找到克抑炽烈的情感的力量。他慢慢松开手，又抚摸着她那柔软黑黄的头发，温存地说：

"星梅，我懂得你的心。结婚当然好，可是你怎么办呢？结婚就要有孩子，你看，这样艰难的战争环境，敌人随时会进攻，我们时刻要战斗，这怎么能行呀？不错，冯大娘这样的好妈妈可以把结婚的事给咱们安排好，可是生了孩子人家也能给养活吗？不，不能啊！你要工作。"

星梅的双臂渐渐在松开。她那饱含爱情幸福的眼里，涌出泪水。

纪铁功却又紧紧地抱住她，更温爱地说：

"星梅，咱们是应该结婚了，可是不能那样做。咱们都是共产党员，这就是特殊的原因！我不能把你推到一个普通妇女的地位，我们都要在斗争的最前线战斗啊……"

"不，你别再说啦！"星梅浑身抽动着，又把脸贴在他的脸腮上，泪水顺着鼻子两边的纹沟淌下来，流进他的嘴里。他觉得有股涩咸味。

"星梅，你明白了吗？"

"我明白，我全明白了。是我一时糊涂。过去我还同大娘说，现在不能结婚。可是我一见你，心、心就忍不住了。我，我多爱你啊！铁功，是我不对，我对革命工作想得太少。"

"不，哪个人会没有感情呢！是你的心太好了！星梅，现在咱们加倍工作，熬过艰苦的时期，胜利是属于咱们的！星梅，到那时咱们该是多么幸福啊！"

星梅看着他那在暮色中兴奋得闪闪发光的眼睛，激动地说：

"铁功！你放心，你的话我全记下了，我一辈子爱着你！"

纪铁功注视着她那挂着泪珠的笑脸——像一朵迎着露水刚放的牡丹花，他用力在上面亲了一下。

"哎呀，可回来了！真把我等急啦！"母亲笑着带责备地对星梅说，"他怎么没来？"

"他回厂了。大娘，他事忙。"星梅笑着答道，又指着母亲正向锅里放的饺子："大娘，你包饺子干什么？"

母亲惋惜地说："可惜他没回来。"

"大姐，你这么快就回来了，俺还没睡呢。"嫚子兴致勃勃地跑起来。

"我又不是去开会，怎么会回来晚了？"星梅笑着搂着她，坐下来就烧火。

"花呢？"嫚子叫道。

"哦，在这里。"星梅拿出一小枝桃花，送给嫚子。

嫚子接过来，不满意地说：

"大姐，这花不红呀！"

"咳，还不红？这是桃花，多好看！"星梅笑着。

"哪里好看？还没有大姐的脸红呢。"

"你这小家伙，倒会捉弄人了。"星梅笑得更厉害，加上锅灶里的火光一映，脸更红了。

母亲笑着说：

"看嫚子的嘴倒巧，长大了可是个厉害闺女，从小就花呀叶呀的爱俊呢。"

"大娘，我看哪，她可有出息啦！"星梅又对嫚子说，"嫚妹，长大你要干什么呀？"

"俺先跟二哥当儿童团，再跟二姐当团长，再跟大姐当会长，再跟大哥当、当八路军，再跟大大姐你，跟你当……"嫚子小嘴越说越快，气越来越不够用了，小脸憋得通红。

这可把全家笑坏了。星梅擦着泪水道：

"再长下去可没有什么当了。嫚妹，赶你长我这么大呀，鬼子早被打跑啦！"

"那怎么办呢？"孩子认真地看着她。

"小家伙，鬼子给你打跑了还不高兴？到那时呀，你就上大学，念很多很多书。你不爱俊爱唱歌吗？就当演员去吧！我和你妈都在台底下看你演戏，好吗？"

"那好，那好！"嫚子拍着小手，真哼哼起歌来了。

"好啦，快吃饭吧。"母亲捞着饺子说，"吃完饭再唱。你大姐还要有事去……"

半夜里星梅开会回来，见母亲在做针线，就走过去，坐在母亲身旁。她一点睡意没有。母亲瞅着她那满面春光的脸蛋，关切地问：

"梅子，你和他商量好没有？什么时候成亲呢？"

"大娘，我们还年轻。再等几年也不晚。"

"照我说，凑碰到一块办办吧，要不又分成山南海北啦！"

"不，大娘，秀娟也还没有呢。我们就等着一块吧！"

母亲静静地凝视着她，微微点点头。似乎她把星梅那最后一句话，深深地铭印在肺腑里了。

妇救会正在开会，讨论为适应夏季生产的男女变工组的事。

根据地早就实行互助合作来进行生产。三五家、六七家组成一组，大家按等价交换的原则来互相帮助，解决劳力不足牲畜缺的困难。鳏寡孤独户，可以互相换工。女的帮男的家干家务活，缝缝洗洗；男的则帮女的家干山里地里的重活。这种一举两得的办法，自然各自欢喜。也有些寡妇和鳏夫，通过这生产的互助，发展成各方面的合作，最后干脆不分你我，变成夫妇了。

妇救会把女人们都组织起来，按邻居编成小组。有的看孩子，有的轧棉花，有的纺线，有的织布，倒像个小纺织厂似的。说声给军队做被服，大家按组一分，说几天完成任务，到时很整齐地就交来了。女人们都很乐意这样做。冬天在谁家的大热炕上，春天在朝阳的街头巷尾，夏天在大树阴下，秋天在谁家大院子里的阶台上，她们凑在一起，拉着家常说着笑话，一边哄孩子玩，一边做针线，不知不觉，快快乐乐，手里的营生就做完了。这比自己一个人孤零零地待在家里好多了！

母亲和许多妇女坐在地上正听星梅解说夏天到了要怎么变动男女变工才合适。

轰！骤然传来一声巨大的爆炸声，把屋子都震动了，墙上的土直往下掉。接着，街上传来嘈杂的叫嚷声。

妇女们都被惊住，没心思再开会，拥挤着向外跑。

街上的人们乱嚷嚷的，惊慌地朝村北头的兵工厂跑去。开会的妇女们也没有工夫去打听是怎么回事，跟着那人群也跑起来。

赶母亲抱着孩子走到，已经看不见一大群人围的是什么了，只听到有些人在抽抽噎噎地啜泣。她非常焦急，想挤到前面去，可是怎么挤得动呢？她见一个姑娘的臂膀在抽动，认出是兰子，就拉了她一把。兰子对着母亲，那挂满泪珠的脸腮抽搐得更快了。母亲一惊：

"怎么啦?!"

兰子没回答，只是把母亲让到前面去。母亲一看，啊呀，天哪！她明白了，她的心碎了！她看到星梅扑在盖着白被单的门板上，门板边和被单上，洒满血迹。她已哭成泪人了，泪珠还在簌簌地往被单上掉。

一个年轻的军人在低沉而清晰地叙述道：

"……这些手雷是缴获敌人的，咱们要把它的药倒出来，加工后另有用途。试验几回，一拉弦它即刻就响，没法把它拆开，怎么把药拿出来呢，大家都犯了愁。正在为难，纪主任——我们的老工人技师，自己要亲自动手。他，不错，真有本事，好多次遇到的难问题他都解决了，他还发明了一种新的枪药制造法……可是这次我们大家都不放心，因为太危险了！可他说，前方战士等着要弹药，我们不能让困难吓倒！

"我们几个人要帮他动手拆，他不让。他是怕出了危险伤着我们啊！他一个人拿着手雷到屋子后面拆卸。正搞着，突然手雷冒起烟！我们大叫起来！他马上把它扔出去。手雷飞到墙那头，可是他又慌忙扑过去。眼看手雷就要炸，他不顾死活，倒下身，紧紧压住了手雷，接着就是爆炸

— 178 —

声……"

"他扑上去干什么呀?"

"你们不知道,那是仓库啊!要是不压上去,手雷炸了,房子里的弹药就全完了。"青年军人悲痛地回答,一面擦着潮湿的眼睛。

是那沉重的突然打击把她压住,还是那悲痛郁结在心里涌不出来?星梅竟一直没哭出声。她坐在那里,听着听着,渐渐止住了眼泪。她两眼痴呆呆地凝视着那盖着被单的尸首和洇在被单上的斑斑血印。

老厂长走过来搀起星梅,像对待亲女儿那样把她扶进屋里。他又吩咐人把纪铁功的遗体也抬进了屋里。

开过追悼大会,同志们抬着战友的尸体,把他掩埋在屹立的山冈上,让他和青山做伴,一起永存!

星梅提着厂长交给她的死难者遗下的包袱,缓缓地走回家来。

母亲把饭拾掇到炕上,叫孩子们吃。她自己坐在炕沿上,背着从窗纸透进来的黄昏的淡光,用衣襟擦着她那永远流不尽的苦涩眼泪。

往常虽贫苦却很和熙熙暖的家庭,现在全陷在悲伤的暗泣里。

秀子,这个爱快乐嬉闹的小姑娘,这时哭得吃不下饭,泪珠吧嗒吧嗒掉进端在胸前的碗里。德刚咬了口饭,差一点吐出来,他是吃糠咽菜长成八九岁的,但现在他感到这上好的饭却和泥一样,用力也吞不下去。就连最小的嫚子,也一遍遍叫着妈妈,问她大姐为什么哭?怎么不回来吃饭呢?

母亲听到院子里有脚步声,忙擦擦眼睛迎出来。

星梅一见母亲,如同孩子见到失散几年、受尽苦难而又侥幸重逢的妈妈,她再没有力量支持,再也忍受不住,扑到母亲怀里,悲号起来!

母亲的心,简直是有利刀在宰割,星梅的眼泪,像一滴滴的铁流打在她心上。她坐在炕上,搂抱着星梅那由于激烈的恸哭而疯狂抽搐着的身子,眼泪滴在她的散发上。

没一会,星梅就哭得发不出声音来,嘴唇在神经质地颤动。母亲怕她哭坏了,用力压制住自己的悲伤,给她擦泪水理头发,流着不断头的眼泪劝她:

"梅子,好孩子!别、别哭了。听大娘的话别哭坏身子……"

"大娘——妈妈！我、我……"星梅恸哭着，更紧些地靠住母亲，"我怎能不哭啊，妈妈！他太好了！他是最好的人！大娘——好妈妈！我怎么能不难过哇！……"

"孩子，听大娘说，"母亲见她的衣服已经被泪水浸透，替她解开脖颈底下的纽扣，"好孩子，大娘知道你的心里难受。我也是活了大半辈子的人了。这几年我明白好多事。人死得太多啦！好人，一个个死了。我为他们眼快哭瞎、泪都流干了。铁功的死，别说你，就是连懂事的孩子都痛心啊！我也知道这些人，他们知道要去死，可高兴这样去做。为什么？为受苦人得救，为他们是共产党！是共产党教养出来的好孩子！梅子，你比大娘知道得多。好孩子，别哭啦。哭坏身子，他在地下也疼你！"

星梅止住哭声，睁开那睫毛已湿漉漉的眼睛，紧望着母亲的脸。

母亲找块手巾用水湿了湿，给她仔细地揩着泪迹。星梅紧握住母亲的手，颤着声音说：

"大娘，好妈妈！你说得对。我不哭，我不哭啦！"

晚上，星梅坐在孤灯下，想着她不久前同爱人的接触，说的一切话……过了一会，她叹口气，打开他留下的一个白色小包袱，翻弄着他的笔记本，忽然发现自己的名字，就仔细地看下去：

星梅同志：

你好吗？咱俩分别可不短啦，我很想看到你。你也想见我吧？等着吧，咱们一定会见面的。

我们的工作生活都很好，大家都在百倍努力，想一切办法，要多造一粒子弹，多打一把刺刀，早一天把鬼子打出中国去。我的身体还强壮，就是小时把肚子饿坏了，常吐酸水害肚子痛。但精神很饱满，请你不要挂念。

再告诉你一件很感动人的事情。有一次，我们被敌人包围了，我和一位工人抬着机器跟队伍向外突围，他被敌人打倒了。我要背着他走，他怎么也不肯，一定要我把机器扛走。敌人追近了，他拉住我的手说："纪主任，如果你能到我村子去，就告诉我老婆，叫她不要哭，要拿起枪，跟鬼子拼！"后来我正巧碰到她。她真没哭，从此参加了八路军。

你听了一定很感动吧。咱们都要向这些好同志学习。我要去工作了，再谈吧！

革命敬礼

铁功上

下面还有一小行：

信写好了，等什么时候知道你的地址，再寄给你吧。

星梅的眼睛，久久地停留在最后一行字上！

五月里。麦子黄了，被风一吹，荡起滚滚的麦浪，送来阵阵清香，使人禁不住要张大嘴巴深深吸气。

各据点的敌人都增了兵，要对抗日根据地实行残酷的大扫荡。

敌人的进攻已经开始了。

咱们的主力部队采取了"敌进我退""敌疲我打""诱敌深入，各个击破"的战术，都撤到外线打击敌人去了。

区上的干部分散到各村，领导群众坚持反扫荡。姜永泉领着一部分区中队员来到王官庄，帮助兵工厂坚壁机器。

母亲好长时间没见到他了，这时，见他更消瘦，颧骨更高出来，脸色也很黄，带血丝的眼睛又凹了些，很是心疼。

"永泉，多日没见着，看瘦的！"

姜永泉爽朗地笑了：

"哎哟，大娘！我可挺好，你可老多啦。"

"娟子她……"

"她到万家沟去了。她很好。"

"哎，不是说这，我管她上哪去呢。"母亲已从别人口中知道女儿的情况了，她指着他脚上的已经破了的鞋子，"我是说，她把鞋给你做好了没有？"

"噢，这个呀。"姜永泉的脸有点红，"她早给我啦。我看别人的鞋坏

— 181 —

了，送给人了。大娘，你看，我的还能穿呢！"

"你们都好，唉！"母亲愁忧忧地说，"就是星梅那孩子，可急坏啦。这几天她常把秀子叫过去，问这问那的……人都说害伤寒病是'十伤九亡'，亏她身子硬实，前些日子真看没救了，现在才慢慢好起来。要不是赶上鬼子扫荡，安静地再养些日子，就全好了。"

"是的，大娘！"姜永泉同感地说，"这多亏你黑天白日伺候她，我一见了她，她就向我说这些……大娘，她的身子很虚弱，病还没全好，有些事不要告诉她，免得她心急。她是没法跟着我们一块……"

"这个倒不用你们操心。"母亲打断他的话，"我早寻思好了，我守着梅子走。"

秀子忽然跑进来，对姜永泉说：

"姜……"秀子下面的同志还没出口，就知道叫错了，因母亲早告诉她改称大哥了。她脸一红，忙改口道：

"大哥，厂长叫你啦！"

"哈哈，老吕！"王東芝看完电报，眉飞色舞地在地上急溜达，"我那淑花可要来了。老吕，你瞧吧，看看她是怎么一个人才！我敢说，这破山村里没有一个能比得上的。"

"嘿嘿！那当然，那当然。听这名字就够美的啦！"吕锡铅点晃着大驴头，不迭声地附和着。他这人在这种场合就是这个脾气，对方说屁不臭，他会连忙补充，他嗅着就一股香味。

王東芝笑了一会，又看一遍电报，接着沉下脸来：

"老吕，电报的口气可很硬，这工厂是一定要找到的。它对共军可太重要了，恐怕整个东海区也只这么一个。搞毁它也等于掐掉八路军的口粮。这比几十个政委都值钱！"

"谁说不是？"吕锡铅摇晃着脑袋，"可就是那些小子精得厉害。上回去，不是我溜得快，差点被抓住了。你看看，深更半夜的，还都是党员干部在埋。山上山下都是岗，出出进进严极啦。他们有什么事都在冯德强这小子家里开会。哼，那老婆子也准是个共产党。唉，真没法子！"

"真没有办法了吗？"王東芝不满意地反问一句，他皱紧眉头。

"東芝，"吕锡铅又说道，"是不是想法子抓一个人……"

— 182 —

"嗯，" 王柬芝阴沉地哼了一声，"对，抓人！"

"抓谁呢？"

"抓谁？" 王柬芝恶毒地冷笑一声，"就抓你说的那老婆子。哼！她不单是共产党，她家还是个干部窝，什么事她都知道。"

他狠狠地握紧拳头向桌子一击："拍电报！"

拂晓。

山上放哨的民兵，发现了影影绰绰模糊的人影，对方根本不回答他们的口令，就开了枪……

村里听到枪声就乱了。

姜永泉领着区中队和民兵，带着一部分群众冲了出去，可是回不来了……

很显然，敌人是突然袭击，有计划地包围。

天亮了，没有太阳，它被层层的乌云遮住。那乌云放肆地游来游去，压住山顶，罩住村庄。天越来越低，越来越暗了。

来不及跑出去的人们，都被赶到南沙河滩里。大家紧紧挤在一起，垂下沉重的头。

母亲夹在人群中间，同兰子搀着星梅。嫚子紧依偎在母亲腿上。母亲没有闲手来抱女儿啊！

星梅头上用假发卷着发髻，穿着母亲那宽大带补丁的灰蓝色褂子，加上她那憔悴病态的脸，活像一个三十岁左右的乡下女人。

人群四周，围着端枪的敌兵。一个个瞪着凶恶的眼睛，枪上的刺刀闪出冷森森的寒光，虽然这是五六月的天气，可谁都感到阴冷得可怕。

母亲谨慎地窥视着一切动静，心里忐忑不安，她怕有人出卖星梅。

母亲担心的事，终于发生了！

身材高大的日军大队长庞文，腰间的指挥刀碰擦着马裤，高视阔步地走过来，两只大狼狗伸着舌头，在他前后撒欢。他身后跟着一个姓杨的翻译官。这个胖得浑身滚圆，显得拙笨而呆滞。再后面就是伪军中队长王竹，副队长王流子。

这伙人威风凛凛地来到放在人群前面的八仙桌子旁边。

人群一阵骚动，像互相取暖似的更加靠在一起。

母亲瞅着歪戴帽子瞪着两只三角眼的王竹，不由得心神更加紧张，手里捏着两把汗。

庞文眯起眼睛扫视人们一阵，摸着上嘴唇上一撮小胡髭，声音像哑嗓子公鸡一样破沙，冲着人群叫了一通。杨胖子翻译官接着朝人们喊道：

"注意啦！谁是共产党快站出来！"

不见动静。他又叫道：

"皇军最爱良民，谁知道的说出来有赏！"

人们仍然一动未动。

庞文一示意，王竹和王流子凶恶地走上来，打量着人们的脸。当他的眼光和王東芝的相遇时，王東芝的嘴向前一噘，眼一眨巴，王竹就奔过来，拖着他向前走，一面大骂道：

"好哇，你这个共产党，八路的干部，藏在这里呀！你他妈的不认亲，和穷小子穿一条裤子。我也不认你！你说，你们的兵工厂埋在什么地方？快说！"

王東芝站在人们面前，看样子很愤怒，冲着鬼子和伪军们怒骂道：

"你们这些强盗，你们这些汉奸！我说？我死也不说！死也不投降……"

王竹靠上前来，刚举手要打，王東芝趁势垂下头低声说了一句：

"老婆子在人里头，面生的是区妇救会长。"又大喊，"你们打死我也不投降！"

王竹照王東芝鼻子打去。鼻子淌了血，王東芝用手去摸，满脸被血糊住了。他一下仰倒在沙滩上。

"抓起来！送到家里押住。别叫他跑了！"王竹吩咐王流子。

王流子和另两个伪军架着昏去的王東芝走了。

人群有些动乱。谁不佩服王東芝这种英雄行为呢！也更使人痛恨残暴的敌人。

王竹推开人们挤进人群，狠狠地上下打量母亲几眼，拖着她和星梅就走。兰子等人死拉住不放。王竹冷笑一声，指着兰子：

"你他妈的还要强！你这女八路也跑不了。来人！一块拖出去！"

人们齐上去阻挡。哗啦一声，敌人的枪顶上火，刺刀尖都触到人们的衣服上。手无寸铁的人们，被逼住了。

嫚子见母亲被抓，扯着她的衣服哇哇哭叫起来。一个鬼子端起刺刀就要挑……王老太太等人慌忙把孩子拉过来，紧紧护住。

接着被抓出来的还有村长老德顺。

星梅的脸色惨白，身体软绵绵的，母亲紧扶着她。母亲知道，她落到仇人手里，是别想活了。可是她要把星梅救出来。她愤怒地对王竹说：

"你抓我杀我没关系。她是我的外甥女，病很重，你抓她做什么？"

王竹冷笑一声，恶毒地说：

"嘿嘿！外甥女，区妇救会长！"他猛地把星梅从母亲手里拖出去，一把将她头上的假发髻撕下来。

母亲吓一大跳，接着发疯似的扑上去，但被鬼子一脚踢倒了。

庞文来审问星梅，杨胖子翻译官说：

"皇军问你，兵工厂埋在什么地方？"

星梅倒坐在地上，用胳膊撑着一点力气也没有的身子，低着头，一动不动。

庞文又审问，杨翻译官又说：

"皇军说，你若是说出来，不但不害你，还大大的有赏！"

星梅抬起头，狠狠瞪了敌人一眼，没有回答。

"说呀！"杨翻译官急了。

"不知道！"她坚决的声音，同那虚弱的病体很不相称。

"哼，不知道？！说不说？说了没事，不说今天就叫你回老家！"王竹威吓地指着放在八仙桌子上的铡刀。

"呸！出卖国家民族的汉奸！你看错了人！怕死？怕死我不当共产党！落在敌人手里，我就没想活！"星梅愤恨地骂着。

激怒使她的脸也红晕起来。

庞文没等翻译说完，气得脸色像猪肝，颤动着小胡子，怒喝一声，那两只龇着利牙的大狼狗应声扑上来，几口撕开星梅的衣服，照她腿上咬下几块肉来。星梅不由自主地惨叫一声，昏厥过去。

这声音像钢刀刺进母亲的心里。她想扑过去，可是全身被紧绑着，她一动也不能动。天哪！眼见那孩子刚被她苦心伺候好的身子要复原，现在又要被鬼子折磨坏了！

母亲还没换过气，又见兰子姑娘被拖过去。母亲的心一阵收紧，不知她是担心那女孩子的生命，还是怕她受不住苦刑而动摇，她异常紧张骇然地注视着兰子。

王竹那副干涩的脸上似乎露出笑意，对兰子软和地说：

"你快说了吧。远亲不如近邻，咱们是一个村的人，说了我保你没事。我知道你是受了八路的骗才走上邪门。不满二十岁的人，死了多可惜！"

兰子轻蔑地瞅了王竹一眼，嘲笑着说：

"说了，说了，你倒是叫我说什么呀？"

王竹一听有门，忙凑上去，更软和地说：

"说兵工厂藏在哪里呀！只要你说出地方就行。"

"真的吗？"兰子几乎是在笑。

"真的。说了还有……"

兰子瞅着王竹凑过来的脸，狠狠地啐了他一口唾沫，大骂道：

"你这狗汉奸，早晚要同你那狗爹一样挨枪崩！死？我死了是为中国，有人报仇！你死了狗都不稀罕吃！"

王竹倒退两步，恼羞成怒，对庞文咕噜几句……几个鬼子冲上来，扭住兰子的胳膊，推到铡刀跟前。铡刀唰的一声张开，闪出阴冷的青光，不由人心惊胆战！

人们停止了呼吸，两眼紧盯自己的脚尖，看也不敢看一眼。

"怎么样？现在说还来得及！"王竹冷笑着。

兰子，这个从没离开家门几十里路在山区长大的姑娘，她还是孩子时，就跟哥哥德松参加了共产党，开始了她的革命生涯。谁会相信，这样平凡的女孩子，会有这种惊人的胆量！

兰子一声不响，她那稚气活泼的脸上，找不到一点痛苦和畏惧。她瞅着铡刀，轻蔑地笑笑，然后看看人群，看看周围的环山，又注视一下她亲爱的大婶——母亲。她见母亲满含泪水的眼睛在紧看着她，她回了一个孩子气的微笑。她仿佛是在向抚养了她的河山，看着她长大成人的乡亲们，做最后的诀别。之后，她闭上了美丽的眼睛。

日军大队长以为她动摇了。他不明白，他永远也不会明白，那中国的女孩子的心里在想些什么。庞文叫士兵松开手，走到兰子面前：

"说了的好，皇军大大的优……"

"啪！"人们吃惊地抬起头。

庞文挨了兰子狠狠一巴掌，羞怒地一手捂住脸腮，一手抽出指挥刀……随着一道雪亮的寒光，兰子的身子断了！她的鲜红热血，喷了鬼子们一身。

母亲禁不住啊了一声，头无力地靠到沙滩上。

人群中每个人都在呜咽地抽泣。哆嗦着的身体，相互碰擦着。

年老的老德顺，刚上来是恐怖控制着他的全身。他经历很广，从清朝的官吏到现在的八路军。他应酬过不少土匪司令和军阀。他过去当村长并没有使自己得到一点好处，他是为着邻亲们少受些罪孽才甘愿供王唯一指使的。八路军来了，他才做了名副其实的村长，他从自己的切身经历对是非黑白最为分明，他努力尽自己那一份抗日的力量。但他胆小，他怕事，怕得罪一切人。然而他也有仇恨，他也是被人踩在脚底下的一个，他也是被仇恨赶进战场的。但他缺乏共产党教导出来的青年人那种视死如归的刚强性格，还留恋他那虽不富裕却习惯了的小家庭生活……

这短促的时间，对他的影响超过了几十年的生活。他像父亲般地目睹孩子的死，看着鲜血染红了的沙河。这是那些外国人和汉奸在随意杀害自己的亲人。他瞅着敌人那股疯狂残暴劲，心里涌上来的愤恨，驱逐了恐怖，他全身被复仇的火焰烧炙着。

王竹本来有意让老德顺在那看着这一切，好使他害怕而屈服。他不知道，这却给正直的人增加了牺牲的决心。

一个鬼子端着枪，脸朝躺着的星梅那血淋淋的身躯呆望着。老德顺猛扑过去夺下他的枪，照他的脊背刺去……他拔出刺刀，又朝庞文冲去……但王竹的手枪响了。老德顺抱着胸脯，颤抖着胡须，不甘心地栽倒下去。

人们再也忍不住悲泣了，放声大哭。哭声震荡着血红的河水，青山发出凄怆的共鸣！

敌人更加疯狂了。

庞文亲自去把已苏醒过来的星梅拉起来，拖到铡刀跟前，怒喝道：

"八格牙路①！你说不说的有？"

星梅的病体，加上狗的撕咬，全身绵软无力。她的黑黄柔发散乱地披到脸上，嘴里紧咬着一绺带血的长发。她奋力摆脱鬼子的手，冲到母亲跟

---

① 八格牙路——日本语，骂"混蛋"的意思。

— 187 —

前，蹲下身抱着母亲的肩膀，用力地说：

"大娘——我的好妈妈，落在敌人手里就别想活。妈妈，别难过，你没白疼我一场。胜利一定会属于咱们的！"

母亲，她多么想抱着亲一亲她，就是摸一下也好啊！可是她被绑得一动也不能动。她说不出话，绞断肠子的悲痛哽住了她的喉咙。她用默默的点头、滴滴的眼泪回答了她。

星梅几乎是满意地笑了。她又转向人群，过分地用力使她的头发一飘一扬，她大声说道：

"乡亲们！不要难过，不要再哭！你们抬起头来，看着我，看着我们死去的人！我们一定会胜利！日本强盗一定要被赶出中国去！同胞们！给死难的亲人报仇啊！……"

鬼子们疯狂地向星梅扑来，剥去她的上衣，她身上已被血糊遍。铡刀嚓地抬起来。星梅看也不看它一眼，毅然地登上桌子。趁架她的拙笨的鬼子还没爬上来，她昂起头，挺着胸，看着人群，看着母亲！她那苍白的脸上浮现出朝霞般的红晕，骄矜无畏的神采。突然，用她那处女的柔润又带些由于愤怒疾病而沙哑的嗓音，唱出沉重豪迈而又悲壮激昂的歌声——

> 起来饥寒交迫的奴隶
> 起来全世界的罪人
> 满腔的热血已经沸腾
> 作一次最后的斗争
> 旧世界被打得落花流水
> 奴隶们起来起来
> ……

惊慌失措的敌人，慌忙地爬上桌子，去掐她的咽喉。

星梅狠狠地将敌人踢下去，继续唱着……

王竹的枪响了。

星梅身子一震，歌声哽住。她又奋力挺起胸，对着敌人的枪口，又把歌声送出喉咙……她胸膛的鲜红的热血，和歌声一起向外迸发！

终于，她被撂倒在铡刀口上了！

撑铡刀的刽子手打着哆嗦，铡不下去。

王竹恶狠狠地跳上来，推开他，身子用力跳起来。

铡刀咔嚓一声落下来……

母亲觉得是自己的头掉下来，她扑通一声昏倒在地上，只感到地动山摇，空中滚动着巨雷般的国际歌声……

"好，干掉它！"于团长听完侦察员的报告，握紧拳头，看着对面的柳营长，下了战斗的决心。

柳八爷没有说话，一点头，转身出去集合部队去了。

为便于在敌人腹心地带活动，一团人分开了。代替陈政委的林政委和参谋长带着一、二营，于团长领着三营。于水伤好后胳膊不灵活，跟于团长当通讯员，警卫员还是德强。

已经侦察清楚，敌人有一支一百五十多人的快速大队，备有五辆摩托车，车上各有一挺轻机枪，其余的每人一辆自行车一支长枪一支短枪，号称"轻骑队"，在平原的大路上来回流动专管护送运输，支援各地扫荡的敌人，对敌人的扫荡起很大保证作用。

于团长完全掌握了它的活动规律。

怕马的嘶叫暴露目标，于团长下令把马一律掩藏在山村。他领着部队，当夜急行六十多里路。将近拂晓，插进烟（台）威（海卫）公路中间一个小村子里。到后，马上进行严密封锁，不管任何人，准进不准出。部队埋伏在各个角落，叫老百姓都躲藏了。

东方渐渐发白，一阵凉风，天亮了。一轮火红的太阳升起来，普照着一望无垠的原野。

战士们的心真急得直跳！

王东海领着一些战士，埋伏在街头的破庙里。他时常用袖子擦去脸上流下的汗珠，侧耳听听，伸头望望，还是不见敌人的影子。四周寂静得能听到人的心跳声。

一个战士凑到他身旁，焦急地说：

"排长，怕敌人不从这走了吧？"

"不要急。咱们团长算得比诸葛亮还准呢，保证叫你有仗打。"

"一点不错。"一个皮色黝黑的班长悠闲地衔着烟袋，接口道，"小伙子，你还是第一回呢。刚才你还说日头是从西面出来的……"

"哈哈哈哈!"战士们全笑了。

"那是俺在俺村看惯了，日头老是从东山那棵大松树后面爬上来，谁知它又跑到那边去了?"那战士不好意思地喃喃着。

"是啊，就因为你是第一回到平原上来才转向呀。"那班长又抽口烟，接下去说，"提起咱团长的神机妙算哪，吓，那真是诸葛亮也比不了! 就说上次吧，咱们被几百鬼子追着，简直快到腚上了，我们都要求打，那柳营长更是摩拳擦掌的，可是于团长就是不下命令。你猜怎么着? 赶把鬼子拖得筋疲力尽，于团长把部队向侧边沟里一插，就叫准备战斗。嘿，咱们从树缝里眼瞅着大队的鬼子走过去，等剩下一部分，咱们就很快地把他干掉了。等前面的鬼子弯回来，咱们又走了……"大家满怀高兴地笑了，班长也笑了，他拍着那新战士的肩膀:

"你猜怎么着? 这叫'不打无把握之仗'啊!"

这么一来，大家的心都松快了好些。一提起他们的团长，个个都放心了。

三营营部设在街中心最高的一幢房子里。于团长在屋里踱来踱去。他停下来瞅瞅手表，看看伏在南屋顶上的德强、于水和老号长。这时他三个不知为什么在嘻嘻地笑。看了一下，他又来回踱着，恢复了冷静的沉思。

德强和于水在瞅着老号长笑……

那老号长脱光膀子，正在抓虱子，他那黑黝黝的脊梁被太阳晒得流油。他很用心地抓着，用手指甲掐得虱子咯吧咯吧响。听到他俩笑他，老号长抬头问道:

"笑什么，笑? 笑掉门牙我可不给你们拾!"

"哎，号长，我说个故事你听吧?"于水调皮地看着他。

"你这小东西肚子里的故事就是多，可没好货。"老号长不理他，又在专心抓虱子。

"你好好听着，我可要说啦!"于水就说起来:

"有这么一个老头儿，整天抓虱子，身上的虱子抓呀抓呀也抓不完。这天他真生起气来，一定要把虱子抓光。心想: 你吃我，我也吃你。他就抓一个放到口里咯吧一声咬死，抓一个咯吧一声咬死……一边抓一边还骂道: '咬驴虫咬驴虫，你再咬我可不行。'……"还没说完，他自己先笑倒了。

德强也忍不住笑起来。老号长被他骂得哭笑不得，生气地说：

"我就知道你小子没好货，专逗我老头子！"他又满不在乎地说，"生虱子有什么丢人？嘿，'穷生虱子富生疥。'你知道什么！"

"号长，这话怎么讲呢？"德强笑着问。

"嘿，这里面可大有道理啦！"老号长把衣服穿上，兴头又来了，"穷人一年到头没有衣服换，穿得破破烂烂的，怎么会不生虱子呢！财主大爷衣服多，这件刚穿上又换那件，净穿新衣服，皮肤又嫩，擦破了可不生疥还干什么？"老号长觉得后面的理由不够充足，又加上一句："噢，对了！还因为这些家伙一肚子坏水，所以才长疥。"

他俩齐说老号长讲得有理，老号长更乐了。他拿起总是揣在怀里的酒瓶子亮了一下，笑呵呵地说：

"嘿！这是冯大嫂子慰劳我的一个：原先那一个被柳八爷摔碎了，我可惜了好几天。"说着他把酒瓶又塞进怀里。

于水知道打仗时不准喝酒，却故意逗他说：

"号长，喝口酒才过瘾哩！"

老号长可有话搪塞：

"嘿嘿，这可不是闹着玩的。一喝酒，风一吹出去，敌人闻到味，那不就跑了！"

"酒的味道还不是一样？鬼子怎么知道是咱们呢？"于水打着趣。

"咳，那可不一样。八路军的酒和别人的两样。哈，德强家的酒就和王柬芝家的不一样。"

"那是咱们的地瓜酒不好；人家财主是用高粱、麦子烧的酒呀！"德强半正经半玩笑地说。

"嘿，对啦！分别就在这里。我以后再也不喝财主……"

于水搔老号长一把，说：

"听，嗡嗡声！"

敌人来了。

五辆三个轱辘的摩托车，上面架着歪把子轻机枪，在前面开路。后面紧跟着长长一大群骑着崭新自行车、身穿便服、头戴礼帽、长枪短器皆备的敌人。

王排长一声命令，战士们迅速揭开手榴弹的盖。

前面的敌人快要出村头了，但碰到几块大石头挡住路。于是，他们都叫骂着下车来搬石头。后面的就一辆咬一辆地挤在一起。

那鬼子队长见这突然的石头，忽然有所警觉，马上命令准备战斗。

他的话音未落，王东海的第一枪就打响了。紧接着手榴弹下冰雹子似的在敌群里爆炸，战士们从各个角落里冲出来，拼开了白刃战。喊杀声大震。

鬼子被这突然的短兵相接打乱了，都被压缩在光平的街道上，拼命地反抗。

王东海领着战士，没等敌人的机枪开火，就抢将上去。他打倒鬼子，端起机枪，勇猛地向敌人扫射。枪身急狂地在他怀里跳动，愤怒地吐出青烟。

鬼子一排排倒下去……

一股敌人想抢占地势，冲到营部大门口。德强、于水、老号长一齐开枪，打退了敌人。忽地一颗手雷飞来落在他们身旁，嗤嗤冒着白烟。那老号长急忙抓起来，摔出墙外。轰的一声，手雷在敌人头上开了花。

只十几分钟，战斗就胜利结束了。全歼了敌人。不过这股敌人也十分顽强，宁战死也不投降，有的家伙被打倒还躺在地上开枪还击……所以抓的俘虏很少。

于团长命令把车辆集中一起烧毁；撤回为防备敌人增援的柳营长带领的那一连队伍，部队马上转移了。

按事先计划，部队转移到离战斗地点十二里路只有十几户人家的小寨村。那小寨村靠着一个不大的土冈，土冈东脚有一片坟墓和树林。因为白天在平原上敌人的心脏里不好行动，所以于团长决定把部队撤到这里，暂时驻扎，晚上再移防。

大家都很疲倦，一进村子，躺到地上，抱着枪就呼呼睡去了。

于团长和柳营长几个人又察看一下地形，为防备万一，便派王东海那一排人到土冈下面的树林里去驻扎，并派两个班在村四周巡逻。但过了一会，柳营长觉得不会有事，见战士们都很累，就叫回来了，只留下村头上的岗哨。

于团长在屋里审讯俘虏。

"团长，你睡会吧！"德强端着一碗开水走进来。

于团长接过水，对他说：

"你快睡去吧！过一会我们还要到村外去。"说完又去做他的工作。

德强站了一会，见团长顾不得理他，又插不上嘴，就退到院子里来。他是知道团长的脾气的，如果他再去要求一遍，团长就会发火了。于团长就是这样的人，眼熬红，脸熬黄，但他总是精力充沛，在工作时从不打个哈欠。看起来他那不胖不瘦的身体，像是钢打的，铁铸的。这种精力的来源，如果说是他的肉体，毋宁说是他的毅力。

一夜的急行军，一上午的激战，德强也真有些瞌睡了。加上暖洋洋的阳光的抚摸，他靠在墙上，两手掩住枪套，眼睛越来越迷糊，渐渐地上下睫毛碰在一起……突然他站起来：村外传来急骤的枪声！

原来刚才作过战的那个村里有汉奸，他们向敌人告了密。附近据点的敌人从四面八方，以几百兵力包上来，同王东海那个排发生了接触。

战士们提起枪，投入激战。

敌人将村子和村外的树林截开，分批进行包围，向村里冲了几次，都被打回去了。村里村外，血流遍地，敌我伤亡都很重。

于团长看着这孤独的小村子，没有地形可以利用，战士们净挨打，群众也受到损失，心里很悲痛。一开始他就指挥部队突围，可是敌人围得甚紧，村外又是一马平川，敌人展开重火力，我们几次冲锋都被敌人压回来了。

他正考虑如何想办法能突出重围，柳营长匆匆走来，后面跟着一个战士。那战士满身血渍，脸上沾满泥土。"团长，"柳营长指着那战士说，"这是王东海派来的人，那里已经很难坚持。我看马上把他们撤回来吧！"

"你们那里情况怎么样？"于团长问那战士。

"团长，那里伤亡很重，树都叫敌人炮弹打断了。敌人死的也不少，已经被我们打下去五次冲锋。"

于团长听完，考虑一会，对柳营长说：

"命令部队，马上冲到土冈那里去！"

"那里还赶不上村里有些障碍。"柳八爷为难地说。

那战士也叫道：

"那里很难守啊，团长！"

"难守也要守！"于团长下决心了，"老柳，我们是拿什么当障碍？拿群众和房子吗？不行，不能再让群众受损失！全营到土冈上去坚守，找机会突围！"他对那战士说，"你马上回去告诉你们排长，听到这边枪响，集中火力把部队接过去！"

"是！"

……

部队全冲到土冈这边来了，大家赶挖掩体，投入战斗。敌人的火力疯狂地打来。那青旺的杨树和柏松一棵棵被截断，淡绿的浓汁冒出来，嫩枝绿叶铺满遍地。一颗颗炮弹打到坟上，多少年的古墓被炸开，石碑粉碎。

于团长又领着部队突围几次，都被迫折回来了。而敌人的兵力还在不断增加，层层包围。于团长又派人去送信给政委和参谋长来解围，但送信的战士还没冲出去就牺牲了。他正要再次派人给政委和参谋长送信，枪声又密集起来了。

这次敌人在长官的督战刀口下，冲进了树林。每棵树边、每个坟堆和土丘旁，都展开了激烈的肉搏！

老号长同德强、于水迎上一股敌人。他们一齐猛打，前面的敌人倒下，后面的又拥上来了。

老号长怒气大发。他从腰里拔出酒瓶子，掀开盖咕咚咕咚喝了几口，又将它揣进怀里，一摸胡须，端着刺刀，杀进敌人群里。

三个鬼子举枪向他刺来。老号长往后闪一步，忽地朝一个鬼子猛力冲去，刺刀向右上方一拨，把鬼子的刺刀挑到一边，接着狠狠地将刺刀插进敌人的肚子里。

另一个鬼子刚要向他脊后刺来，老号长敏捷地向旁边一闪，那鬼子用力过猛，刺刀插进树身，人也趴倒在上面。老号长又结果了第二个敌人。

第三个鬼子惊呆了，转回身就跑。老号长赶将上去，照他后面就是一刺刀。鬼子被戳倒了，刺刀却没插进去。老号长知道刺刀已被热血烫弯，急忙调过枪把子，狠狠地打去。

老号长已经杀红了眼。他又把酒一气喝光，摔掉酒瓶子，抓起敌人的枪，又冲向前去。正遇上敌人的骑兵，他举起刺刀猛刺，刺中敌人的马头。就在同时，鬼子的马刀砍断他的喉管。他的身子，沉重地倒在血泊里！

德强和于水已被另一群鬼子围住，眼看支持不住了，忽然敌人纷纷倒下，如同摔谷个子一般。

原来于团长右手受伤，他隐蔽在树身后，用左手射击，一枪一个，弹无虚发地毙杀敌人，救出德强和于水。德强、于水又冲上去了。

于团长一转身，迎面扑来四五个气势汹汹的敌人。于团长又沉着地一枪一个打了个准。正打得起劲，咚一声，一个掷弹筒打来，他摔倒了。两个鬼子举刀刺向他，身后忽地闪出柳八爷。只见他满身上下全是血，瞪着火红眼睛，手里抢起发红光的大片砍刀，唰唰两下，削地瓜般的把两个鬼子的头斩下来，抱起于团长，冲到土冈上的掩体里。他交给一个战士守着，就又冲进混战堆里。

王东海本来同几个战士用枪扫射敌人，这时已分不出战线，机枪失去作用，他们也冲进敌群里拼杀。

敌人见他个头大，就两个来对付他。王东海照一个鬼子猛地刺去，那小鬼子很机灵，身子一闪，王排长扑了空，刺刀插进土里，咔嚓一声——断了！王东海急转回身，鬼子的刺刀已经来到他的胸前；他飞快地一手抓住刺刀。往旁边一推，小鬼子刹不住脚步，身子向前踉跄，王东海又抓住他的枪带，飞起右脚，照鬼子的小肚子狠狠踢去。扑通一声，小鬼子仰面朝天摔下去，再一刺，死了。

另一个鬼子枪里还有子弹，忙向扑来的王东海开了枪。王排长觉得胸口一热，身子一晃，却没有倒下去。还没等敌人推上第二颗子弹，王东海的刺刀已捅透他的肝脏。

战士们用枪，用手榴弹，用刺刀，用枪把子，用双手，用牙齿，用为祖国牺牲的决心，用青年的热血，用青春的生命，用母亲给他们的一切，又打退了敌人的进攻！

生命的火花，只有迸发在为正义而战的战场上，才是最灿烂最高贵的！

这个小寨村和它周围的坟墓与树林，成了血海，成了尸山。在革命的道路上，它受过血的洗礼，作为祖国解放的见证人，永远写在历史上。

于团长被炮弹皮打昏，已苏醒过来，他指挥大家抓紧时间抢挖掩体。

战士们躺在血泊里，准备继续战斗！

听说又要给政委和参谋长送信，大家都抢着要去。于团长锐利的眼光落在德强和于水脸上。他两人立刻紧张激动起来。这信赖的眼光，包含着多么重大的意义啊！两人忙把驳壳枪往皮带上插紧，揣好手榴弹，又紧紧裹腿和鞋带。"你们俩去！"于团长沉重地说，"记住，一定要把信送到！你们都是共产党员，这是党最需要你们的时候！要知道，全营同志的生命都在你们身上了！路上要沉着勇敢，完成任务我再见你们！"于团长打量他们几眼，他们脸上的表示使他满意。

"现在是十二点半，"于团长看看手表和正南的太阳，"德强，你把教导员的表戴上。……你们突出去后，到村里找个牲口，六十几里路三个钟头要赶到。就这样吧，一切行动都写在这上面了。"他递给德强一个折起来的白纸条。

德强把教导员递给他的手表戴好，和于水向团长敬过礼，转身向外跑去。

于团长命令四挺机枪一齐开火，掩护他们。

一切出路都被敌人封锁了。

德强、于水出了树林，顺着一条小河堤向外猛冲。敌人的机枪迎面压来，子弹掀起股股尘土，迷糊了他们的眼睛。他俩不管子弹打得多么稠，只是不顾一切地跑着。

他们冲到了开阔地，敌人的枪弹如同夏天的暴雨一般密密盖来，而我们的掩护火力又射不到了。硬冲是不行的。

德强愤怒地盯着吐着青烟的敌人机枪口，他忽然把帽子摘下，放在高土块上；于水也照样做了。敌人的火力果然集中在这两顶帽子上。他俩闪到一旁，趁这个机会，穿过开阔地。

等敌人的火力掉过来，他们已冲到可以隐蔽的土丘边上了。

敌人派骑兵迎头截过来。看看来得且近，没让鬼子举起马刀，德强、于水双枪齐发，鬼子摔下马来。德强蹿上去，一个翻身上了马。那马跃起前腿，激怒地嘶叫，疯狂地旋转，似乎要把新骑手摔下来。德强一手用力勒住马缰绳，一手把正在向上跳的于水的手抓住。于水一脚蹬着马镫，纵身也上了马，坐在德强的身后。

于是，这马就随着新主人驱策的方向，飞也似的驰骋起来。

敌人的骑兵跟踪紧追。于水扭转身向后射击，敌人一个个连人带马摔倒下去。

跑着跑着德强觉着于水抓他皮带的那只手渐渐在松开，枪也不打了。他回头一看，呀！于水的身子向后仰着，血已浸透他胸口上的衣服。德强忙抓住他。于水还活着，急促地叫道：

"放开我！快，敌人追上啦！马驮两个人跑得慢。快，叫我下去！"

"不，于水！活我们一起，死我们一起！我决不撂下你！"

德强死拉住不放。

"不行。你完成任务。我掩护你。快放开！"于水用力挣脱下来，倒在草地上。

德强一面向敌人还击，一面勒着疯狂的马围着于水急转圈。

"这绝不行！于水，我死也不丢下你……"

德强要朝下跳，于水怒喝道：

"你是怎么啦?！快！送信要紧！全营的命啊！快，快走！"

德强的头垂下来，他看一眼亲哥哥般的战友，流下眼泪，哭着打马飞奔而去。

于水冲他的背后大声喊道：

"德强！告诉我爹，说我是他的儿子……"

于水一边打枪，一边咬着牙用力爬到高一点的地方去，点点鲜血滴在他爬过的青草上。

于水打一阵枪，回头望望，见德强越跑越远了，一种快乐的微笑，浮现在他那黑瘦的带孩子气的脸上。看到敌人蜂拥着渐渐逼近，他紧握着最后一颗手榴弹，拿起枪柄被他磨得发亮的驳壳枪，膛里已经没有子弹了。他爱惜地瞅了一遍，用干燥的嘴唇吻了吻温热的、发着火药味的枪眼，然后向石头上狠狠地摔去！

他又见胸脯滔滔涌出的鲜血，就撕下衣袖来揩它，但马上又住了手，微微笑一下："什么时候，还来管伤口！"他胳膊上那块伤疤在闪着红光，也像在流血。他忽然想道：

"冯大娘，好亲妈！我的伤是你伺候着治好的啊！我对得起你。好妈妈，听到我的死信你可别哭呀！好妈妈，你在哪里呢？我多想见见你再闭上眼啊!"他两眼含满了泪水。

巨大的疼痛越来越加剧地袭来,于水脸上滚动着豆大的汗珠,他真有些昏迷了。他鼓起所有力量抬起身向德强去的方向再看一眼,看见那远处只有马带起的尘土在慢慢消散。他松了口气,顿时感到全身在迅速地瘫软下去,他只来得及向拥上来的敌人摔出手榴弹,没等到听见爆炸声,身子就急速地倒下去,头靠在翠绿的青草上了!

林政委和参谋长吃惊地看着从马上滚下来的德强。他满身是血,鞋子也被血灌满了,脸色煞白。他睁开眼睛,忙从口袋里掏出被血浸红的纸条,气喘着说:

"政委,快!信……"他用力瞅了一眼手表,脸上显出微笑,失去了知觉。他心里留下一句话:

"啊!好,两点半,两点半,两点半……"

立时,紧急集合号声,激昂地响起来了!

……

第十一章

　　闪电没能撕碎浓重的乌云，巨雷在低低的云层中滚过之后，滂沱大雨就铺天盖地地压下来。雨，夏天的骤雨，哗哗地下着，像老天也在为人类的不幸而哭泣。夜，漆黑阴沉的夜，好像只有它才是世界的统治者。

　　母亲昏昏沉沉，被雨点冲击洋铁屋顶的铿锵声惊醒。啊！她的头不是被铡下来了吗?！怎么还活着呢?！这在什么地方？家里炕上？不是，身下面冰凉冰凉的；家里地下？不是，这地是洋灰的，自家的是土的；她用力睁开眼睛，怎么没有灯光？孩子们都睡了？不是……啊！这是王唯一家的房子，她怎么来的呢？想了想，她明白了：不是自己的头掉下来，而是星梅的！从此，活着的人中再没有这个好姑娘了！

　　母亲哭了，疼痛悲怆地哭了。

　　"老家伙，哭什么！妈的，再哭老子揍死你！"门外传来恶毒的骂声。

　　啊！她是被人家押起来了。她这才感到浑身一阵剧痛，一点动弹不得。身上还被绑着呀！

　　不一会，门开了。两个伪军把母亲架出去。雨点打在脸上，她才感到口干得如火烧，就用力张开嘴，想接点雨水喝。她被带进大厅后，嘴唇还舔着脸上流下的雨水。"嘿，渴啦？来杯茶。"王竹假惺惺地招呼，"快把绳子解开。请坐吧！"

　　母亲身上的绳子虽被解脱，可是由于捆得太久和勒得骨肉已麻木，并没感到轻松。她被拉到椅子上坐下。刚进屋被强烈的灯光刺得眼睛睁不开，头有些昏眩。过了一会，她才看清屋里的情景。

这原是王唯一的正客厅，现在做了伪军的中队部。屋内全是雪白的洋灰墙壁，陈设着朱漆的桌椅板凳，在惨白的汽灯光下，显得格外空旷而阴森。

母亲环视完屋里的一切，才看到王竹端着一杯茶捧到她跟前。她渴得嗓子要冒烟，多么想痛饮下去啊！但她一见王竹那个神气，想到沙河那一幕，愤恨立刻压下生理的需要。她两眼怒视着王竹的脸。王竹不由得后退半步，强作镇静地说：

"喝呀。"

母亲忽地站起来，抡起胳膊照王竹脸上狠狠一巴掌。

王竹被打得闪个踉跄，茶杯砰一声落地粉碎了。他狰狞地扭歪嘴脸，用力吞下一口气，压制着火气喝道：

"妈的，不识好歹。一句话，机器埋在什么地方？快说出来！"

母亲大口啐他一脸唾沫，狠骂道：

"机器？你别做梦！杀人灭种的狗崽子，你等着吧，我骨头烂了也难告诉你一个字！"

王竹羞恼交加，再也按不住心火，大喊道：

"来呀！他妈的，给她点厉害尝尝！"

立时冲进五六个伪军，手拿老虎凳、绳子、杠子、砖头、皮鞭、钢针、熊熊的炭火盆、烙铁等刑具。转眼间，这堂堂的大客厅，就变成一个齐备的刑事房。令人毛骨悚然，不寒而栗！

母亲立刻被按在老虎凳上，全身被绳子缚住，王竹在她腿下垫上一块砖，就喝问一句，得到的是怒骂；他又加一块，得到的仍是怒骂；他再加一块砖……

母亲的腿下一连垫进七块砖头。她的骨节咯吱咯吱地响，粗大的汗珠从脸上滚下来。她的怒骂声渐渐小下去，最后昏死过去了。

"说不说？"王竹见她醒过来，喝问道。

"不知道！"坚硬的声音。

"你知道！你全都知道！你他妈的家里是共产党的老窝！"

王竹发狂地嘶叫。

"知道，我知道！就不告诉你！"母亲非常骄傲。

"来！再换一换！"王竹气恼极了。

母亲的上衣被剥掉，被反绑着吊在梁头上。

王竹抡起皮鞭，狠狠地抽打母亲。他手脖子累软了，又换另一个人来打……血，顺着母亲的脚跟往下流，地上一会就有了两大摊！

母亲刚上来还骂着，后来又昏过去了。

敌人用香火的烟把她熏醒过来。

"怎么样，你还硬吗？"王竹冷笑着。

母亲垂着头，发髻已松开，蓬乱的苍灰色的长发，耷拉在胸前。过了一会，她抬起头，说：

"我说……"

"早说早没事了。放下来……"

"我说，我说你们这些狗强盗的末日快到啦！你们鬼子爹快完蛋啦！你们这些杀人精，我有一口气也饶不了你们……"

"他妈的！再给她换换！"

伪军从炽烈的火盆里，抽出红红的还爆着火星的烙铁。母亲紧紧闭上眼睛，只觉得五官内脏全在破裂，一股肉焦的油烟冲上来，一会浑身麻木，世界上没有她的存在了。她心里是多么希望这样永远地死去啊！

但她又被冷水浇活了。母亲已经没有力量来骂敌人，只是咬着已经咬破的嘴唇，抽动着唇边的深细皱纹，一声不响。

王竹的审问，又得到一口带血的浓痰吐在脸上。他像失性的疯狗，施用了最毒辣的手段——把两根四寸长的大钢针，狠毒地从母亲的奶头插进乳房里。

母亲不由得惨叫一声……

看她又活转来，敌人又把钢针从她指甲底下刺进去，十个指头都插满了。

啊！真不是人能忍受的刑罚啊！

俗话说，乳房是女人的生命根，十个指头根根连着心。谁不会为手指上插进个小刺而痛苦呢？！

巨大的惨痛啊！

刽子手们不择任何手段，一直折腾母亲到半夜，使她昏死过去五六次。但他们所得到的却是怒骂、唾沫和"不知道"！

最后，这个杀人不眨眼的身强力壮的王竹也疲倦了，他丧气地说：

"真不知这老婆子得了共产党的什么宝贝，这样顽固！把她押回去！"

就在母亲受刑的同时，隔着几道墙，王柬芝同他的刚从城里来的情妇淑花，正躺在炕上抽大烟。

王柬芝白天从沙河里回来洗去脸上的鼻血，立刻会见了这位美人儿。两个人真是见血的苍蝇，粘在一块，嬉闹了一天。

那淑花是个二十多岁的女人。本来她那小方脸上的鼻子眼睛长得还端庄，可是恐怕是吃得太好了些的缘故，她的身体过早地和年龄不相称地发胖起来，使狭窄的脸面和丰满的身体显得很不相称，变得丑陋难看了。

淑花躺在红花鹅绒炕毯上，像一只白色的大鹅一样，弓着腿躺着，起劲地抽着鸦片。

王柬芝紧靠在她身旁，身上仅穿着短裤，一只毛茸茸的长腿搭在她的大腿上。

淑花用在烟台跟着妓女和日本军官太太所学来的技能，吸足一口烟，噘噘鸡腚眼似的小圆嘴，向空中一吹，就出现一个团团转的烟圈。王柬芝对准烟圈吹一口气，一条烟丝从圈里钻出去。淑花吃吃地笑着丢掉烟，娇滴滴地叫道：

"嘻嘻嘻！我的小天，你真行！"

王柬芝乐得呵呵大笑。

突然，隔院传来一声令人寒心的惨叫。淑花打着哆嗦，惊怖地说：

"我的天哪！吓死人啦！"

王柬芝却把她搂在怀里，说：

"什么，听着这声音，你应该高兴才对呀！"

"哎哟！你们抓个老太婆折腾什么呀？有本事去找八路军哪。"

"八路军，哼！"王柬芝凶狠地抽搐着脸上的肌肉，"她比十个八路军还值钱！老太婆，哼！共产党！"

"你看你，一提起共产党、八路军就变得像要吃人似的，你好凶啊！"

王柬芝冷冷一笑，阴狠地说：

"我恨共产党！我恨这些死心塌地跟着共产党走的穷棒子，没有他们捣乱，日军一来，我们早跟着汪总裁在外面享天福了。"

隔院又传来审问和用刑声……他们听了一会，王柬芝推开淑花，边穿衣服边气恨地说：

"这老家伙！白天没吓坏她，这会还这么硬！看样子打死她也不会说；明天逼她带人去找！"他跳下炕，钻进黑暗里。

雨小些，还是淅淅沥沥地下着。

经过长时间的昏迷，母亲渐渐苏醒过来。她勉强睁开发肿的眼睛，一看，还是这间阴暗的屋子。

像是那些伤痛也同时醒来，一齐向她夹攻，她浑身痛得打着哆嗦！

母亲的每个手指甲底下还在往外淌血；乳房肿得紧邦邦的；胸脯被烙焦的皮肉，如同剥去一层皮；血把衣服都粘在身上，全身没有一块好肉了。

母亲坐也坐不住，躺也躺不下，只好侧着身子靠在墙根上。她在敌人面前没掉过眼泪，没叫过痛，那时她心里只有痛恨的烈火在燃烧；可是现在，不但巨大的痛苦在撕裂她，而且感到莫大的伤心。母亲哭泣起来，流出来的不是眼泪，而是血水啊！母亲在想：秀子、德刚两个孩子，跟着德松的父亲跑出去，现在在哪里呢？当时她坚决不走，抱着嫚子留下守着星梅。想不到冤家路窄，碰上王竹、王流子。在沙河时，她见嫚子是被玉子的奶奶王老太太带着的，孩子一定哭着找妈啦！她又想到娟子和德强，想到姜永泉；他们还不知她怎么样了呀！落在仇人手里，死不死活不活的，罪真难受啊！死了连孩子的面也见不到！啊，妈死了孩子怎么办呢？……她愈想愈伤心，全身痛得如同刀割，她抖瑟成一团！渴，她渴得用舌头接掉下的泪水喝。这滋味又咸又苦又涩又酸啊！

啊！共产党八路军，抗战革命！对她这个多子女的母亲有什么好处呢？她得到了什么呢？她得到的是儿女离开她，使她做母亲的替他们担惊受怕，使她山上爬地里滚，吃不尽的苦，受不尽的痛，以至落到这个地步。这，这都怨谁呢？

母亲想到这里，突然害怕起来：

"我是怎么啦？我在埋怨谁？在埋怨共产党八路军吗？"她恐惧得忘记疼痛，身子急速地抖动着，"共产党八路军有什么不好？他们做过什么对不起我的事？哥哥一家人的血海深仇，不是共产党给报的吗？没有共产党八路军，我拿什么把孩子拉扯大？没有共产党八路军，穷人怎能翻身，不再受财主的欺压？这不是做梦也想不到的好处吗？……"

雨还在滴答滴答地下着，屋里屋外一片漆黑，看不见一点亮光。唉！夏天的夜不长，为什么老不见天亮啊！

母亲又想到丈夫："他出去这么多年，是死是活，恐怕永远见不着他了！"母亲又想到孩子："他们现在都在哪儿？永泉、于团长，他们什么时候才能打回来？革命什么时候才能胜利？苦日子过到多会是个头？唉！你们好好奔吧，别想着我这老婆子了！"

母亲挣扎着爬起来，站在铁一般硬的墙边，带血迹的头沉重地耷拉着。

南山上传来大雨后的洪水下山的巨响声。

远处传来一声鸡鸣。

母亲蓦地抬起头，星梅、兰子、老德顺一个个在她昏黑的眼前滑过。她闭紧嘴，嘴唇两旁的皱纹，更加深地显现出来。她立时觉得自己很懦弱，很胆怯，她心里生气地怨恨自己。

"革命就是要打仗、要流血、要死人！"她的理智在说，"若是没有共产党八路军，中国早亡了。他们不都是从老百姓里来的吗！若是谁都怕死，都不出来干，哪还有什么共产党八路军呢？就是你不革命也有人来杀你；能等死吗？不，不能。永泉说，苏联革命成功了，穷人过上好日子；人家也是拼死拼活得来的呀！我一个老婆子死了有什么关系呢？只要后代有好日子过，孩子们能不吃苦，我反正活不长，拼上这把老骨头，还怕什么！儿子、闺女，他们跟着共产党，跟着永泉。共产党会教养他们，永泉会照顾几个小的。好，痛就痛，死就死，杀就杀吧！铁功为了护工厂搭上一条命，我再为它豁上一颗头！兵工厂，这是我们杀鬼子的本钱啊！"

母亲觉得疼痛减轻了好些，心里也豁亮了许多，她大口吸着从窗棂中挤进来的湿润的晨风。她想道：

"天快亮了！永泉、娟子、于团长、德强……就要回来了！"

"谁？站住！"站岗的伪军，发现有人，大声喊道。

一个瘦弱的女人，手里提着篮子，慌忙走上来，乞求道："好老总，你可怜可怜那个老人吧！她一天没沾口米水了。放我进去，送给她点吃的……"

那伪军嘴里的酒气大蒜味直往她脸上扑。起初他不肯，但一见白花花的大洋，就答应了。

母亲迷迷糊糊地觉得有人推她，睁开红肿的眼睛一看，认出是杏莉母亲。她早满面泪下，小心地给母亲擦着伤，抽泣着说：

"哎呀，大嫂啊！他们好狠心哪！看打成这样……大嫂，你，你怎么受得住……"

母亲见她伤心得厉害，倒不觉得自己可怜，反安慰她说："没什么，好妹子！我还受得住。"又关心地问："杏莉她爹怎么样了？"

她一听，哭得更厉害了，岔着气说：

"他，他没关系。大嫂，你快吃点东西啊！"

母亲吃不下那油饼和炒鸡蛋，只喝了几口稀米汤。杏莉母亲忙着喂母亲吃，心里稍宽慰些，眼泪还在扑簌簌地往下掉。

第二天。天放晴了。

原野上散发出清新、潮湿的泥土气息。山上山下绿油油的。草叶和树枝上挂满颗颗的水珠儿，被阳光一照，宛如串串的银珠，闪闪发光。一朵朵野花被沐浴得更加艳丽，娇嫩得像刚发育成熟的少女的脸蛋。麦子好收割了，青苗也正是需要锄耘的时候，可是田里一个庄稼人也没有，到处放满了日本人的马匹。那些畜牲的性情同它们的主人相仿佛，跑一阵吃一阵，这里咬几口，那里啃几块，尽兴地撒着欢。麦子、青苗被它们踩成了泥浆。

母亲被王竹、王流子领的一群敌人，押解着向北山上走去。她走不动，被两个敌人架着。母亲看到人们的一年血汗被糟蹋光了，真比自己身上的伤口还感痛苦。她深深地叹了口气。

走到山脊上，母亲停下来。她那微驼的腰直起来，头稍稍昂着，微风轻轻飘起她的几缕灰苍的乱发。她巡视着一望无垠、美丽富饶的河山，这时候一草一木都使她感到格外亲切。花儿像女孩子似的朝她微笑；万物都在向她招手、点头。啊！人活着，活着多么好哇！多好的故土啊！母亲心里充满了热爱生命渴求生存的激情！可身后——死亡在跟着她！

母亲看着看着，视线被泪水挡住，她赶忙低下头用力把泪水忍回去，咬着牙，紧闭着嘴，向前紧走。她知道山上埋有地雷，想赶快碰上它，同敌人一块被炸死……

王竹叫停下来，喝问道：

"你他妈的老是走不行！快说，埋在哪里？"

母亲似乎没有听到，只是满怀激动地望着山上的景致。王流子抢上就是一耳刮子，骂道：

"老东西，叫你看风景来啦！快说埋在哪？"

母亲眯缝着青肿的眼睛，呆滞而轻蔑地瞅着王流子。这目光是那样逼人，致使王流子恐怖地向后退去。不料，后面是个坑，王流子扑通一声，摔了个仰脸朝天。鬼子们哄笑起来。

母亲抱着踏地雷的决心，大步向前走去。走到山沟旁，她心里猛一动……突然，天崩地裂，一声巨大的轰响，震撼了山谷。

母亲回头一看，几个在沟边乱刨的敌人，被地雷炸倒了。

一个炸断腿的鬼子，叽里咕噜地往山下滚去。

一丝骄傲的微笑，出现在母亲的嘴角上。她大喊道：

"好！炸得好！炸得好！你们挖吧，满山都是地雷！炸死你们这些强盗！"她挣脱敌人的手，奋力向山沟里跳去！

天地急转，眼睛一黑，她、她什么也不知道了……

王柬芝怒冲冲地走回家来。淑花从炕上爬起，笑哈哈地迎着他。

"我的天，到底回来啦！你要小心点，村里人多眼杂呀！……啊，怎么啦？生谁的气？"

王柬芝摆脱她的胳膊，没好气地说：

"别闹啦！正经事都烦死人，你还来打扰！"

"怎么，庞文给你气受了？"

"唉！"王柬芝长吁一声，"他发了一会火，都是为那老家伙！她死也不说。到山上不但没找到机器，相反挨上地雷，又被炸死好几个人，她也差点跳沟死了……他妈的，真想不到她会这么死心塌地！"

"呀，那你打算怎么办呢？"淑花白着小眼睛，翻了翻几乎看不到睫毛的薄眼皮。

"我准备叫王竹把她活埋掉算啦！"

"费那么大的事，就落个这呀！"那女人用耗子似的细牙齿咬着下嘴唇思忖一阵，讨好地说：

"哎！我倒有个办法，保险叫她说。"

"别闹着玩啦，你有个屁办法！"

"哼！"胖女人鸡腚眼似的小圆嘴咧得和个瓢似的，"你们这点就比不上共产党，你别瞧不起我们女人呀！我真有办法，你怎么说？"

"小奶奶，有办法你就拿出来，开什么玩笑！"

"要主意有的是，可这笔奖金得归我。"

"给你，全给你。你倒是说呀！"

"她有孩子没有？"淑花沉下脸来问。

"好几个，问这有什么用？"

"孩子都跑了吗？"她紧追一句。

"大的都跑了，小的……可能有。"

"哈！这就好了……"她把嘴靠在他耳朵上，嘴唇翻动得飞快，说完，拍着他的秃脑门，得意地问，"怎么样？上策吧？"

"哎呀！小宝贝，你可真行……"王東芝喜笑颜开，把她搂在怀里，到处亲摸着。

母亲被敌人架回门口。嫚子一见母亲进来，立时把杨胖子翻译官给她的两个糖果摔掉，一面叫着妈妈，一面伸展两臂，猛扑过来！

母亲那褪了色的带补丁的蓝褂黑裤子，已破碎不堪，沾满一片片的血迹。发髻早脱散，长发像堆乱草似的散着。脸，那慈祥的母亲的脸，盖着一条条的血渍；一见女儿，她大吃一惊！但她来不及去考虑其他，只有母女的爱在她心里燃烧。她忘记身上的剧痛，上去很费力地抱起女儿，习惯地扯起孩子胸襟上系的那块布，给她擦鼻涕，甚至连嫚子的头发上插着的一朵因时间久快枯萎了的金色苦菜花快掉下来，母亲也注意到了，给孩子重往用红头绳扎着的小角上插结实。她摸摸孩子的小嫩脸腮，用力地亲着。

嫚子见母亲这个模样，惊恐地瞪大那对幼小聪颖的眼睛，哇哇哭叫几声，就立刻依偎在母亲的怀抱里。

母女俩的身子紧紧贴在一起，心在一起跳荡，是相依为命的啊！

那庞文大队长、杨胖子翻译官和其他随从，非常惊异地看着这一幕，互相交换着迷惘的眼神。但这绝不是那普通的贫困的中国农妇会见她的孩子时那种沉湛朴质的感情打动了他们，更没唤起他们丝毫的怜悯心，而是像那些最残暴冷酷的野兽一样，他们的迷惘是由于他们只知互相吞噬，而对人性的一切，都完全愚昧无知。

在迷惘之余，他们心里又特别狂喜。请看，这不是那个知道女人心的高明女人，献出的最好妙计吗？

时机已到。杨翻译官得到示意，笨拙地弓下腰，拾起被五岁的小女孩抛在地上的糖果，向母亲走来。

"小朋友，吃糖啊！"

母亲还没来得及向孩子说几句爱抚的话，她的心就立刻冷起来！敌人把孩子抓来做什么？……她越想越不对头，用力抱紧孩子。似乎用她那做母亲的受过千苦万痛的躯体，就能护住自己身上掉下的肉。嫚子像也懂得了母亲的心事，更紧地抱着妈的脖颈，头趴在母亲的肩膀上。

瞅那杨翻译官走过来，母亲觉得就是条恶毒的大虫扑上来，要把她母女吞噬下去，她不由得后退一步，紧张恐怖地盯着他！

"哈，别害怕。"杨翻译官把嫚子拉起来，硬把糖塞进孩子手里，"快吃呀，小朋友。大皇军从来都是爱护孩子的，特别喜欢我们中国的孩子。"

"对的有。大和民族的世界上最亲善的，最亲善的！"庞文摸着一小撮黑胡子，半通不通地说着中国话。

母亲的愤怒又炽烧起来，大声地说：

"孩子，别要！咱不吃狗的东西。摔到他脸上去！"

"妈妈，我不要。汉奸，给你！"嫚子听着母亲的话，小脸一绷，叫着把糖甩向敌人堆里。正好打在庞文的眼上。

庞文见软的不行，心里非常气恼。他一面搓眼睛，一面嘟嘟啦啦叫喊一通。

杨翻译官板起面孔，对母亲说：

"你这老太婆应该识相些。皇军大队长听说王竹中队长对你太狠了点，从死里把你救出来，并让你和孩子会会面。好哇，现在明告诉你：如果你疼自己亲生的孩子——"他把最后这句话说得特别重，故意顿了一下，瞥视母亲一眼。他见她浑身一震，就又说下去：

"好，不要太伤心。如果你把兵工厂的机器埋藏的地方说出来，那么你的孩子我们一动也不动；你的伤也负责治好；还有赏金。如果不说，哼！你也知道，皇军火了可什么都能做出来！"

母亲虽早已料到这一层，但当听到后，还是抑制不住那巨大的内心恐怖，她开始哆嗦起来，身子无力地靠在椅背上。她知道，她虽有一颗做母亲的为孩子可以掏出来的心，可是她已经被折磨得衰弱不堪的身体，怎么能保卫住孩子呢？啊！不能丢弃孩子啊！孩子是她的命根子，她的一切！哪个做母亲的能眼睁睁见孩子被杀死而不救呢？不，决不能！

母亲更紧地抱着孩子，目不转睛地瞅着孩子的脸。嫚子似乎也明白——不，是孩子感觉到了，她两眼瞪得溜圆，直直地看着妈妈，更加用力抱着妈妈的脖颈，喃喃地叫道：

"妈，妈妈……"

"孩子，妈，妈抱着你！"母亲本能地回答。

老天哪，不行啊！母亲开始流下眼泪，她情不自禁地呜咽起来……孩子见妈哭了，也跟着哭起来！母亲忙又收住哭声：

"孩子，别、别哭……"母亲猜得出敌人将要怎样对付孩子，她不能眼看着孩子遭毒手，她要尽一切法子把她的孩子保护住。她偶然有这个想法：或许她用做母亲对孩子的疼爱心说出最挚诚的言语，能打动这些也是人的东西发发慈悲吧？

"你们把一个五岁的孩子弄来干什么？"她很镇静地说，"工厂的机器我知道埋在哪儿，孩子不知道。共产党八路军是我招来的，我接干部到家里的，孩子她不懂。孩子小，她还什么也不知道。要杀你们杀我，你们不能害一个不懂事的孩子。不，你们决不能害我的孩子！你们快杀死我吧……"

"妈！你要死？"嫚子惊骇地高声叫着。

"不！妈活着。"母亲不自主地安慰她。

"好个厉害的嘴！"杨翻译官冷笑着，"少废话，现在你干脆回答：你要孩子还是要工厂？嗯？"

"孩子工厂我都要！要死我有一条命！"母亲断然地回答。

"好个英雄！"杨翻译官发火了。

庞文已等得不耐烦，暴躁地叫起来。

门外立时冲进王竹、王流子等人，上去从母亲怀里夺走嫚子。

嫚子翻滚着身子，尖利地哭叫着——她有哭的权利啊！

母亲发疯般的向孩子扑去，那长长的灰发在她身后飘散！

可是被两个敌人扭住了。

皮鞭在孩子赤裸的幼嫩身子上抽打，一鞭带起一道血花！

孩子已哭哑声了。

母亲哪，救救孩子啊！

孩子的小手指一个个被折断了！

"说不说？"

母亲昏厥过去……

孩子被倒挂在梁上，一碗辣椒水向她嘴里灌进去，又从鼻孔里流出来——是心肺里的血啊！

母亲醒过来，呼喊着，扑过去！被敌人架着拖过来。

孩子昏死过去，活过来，又昏死过去……

毒辣无比的凶手，在绞杀一棵幼嫩的花芽！

哭声像最锋利的钢针，扎在母亲心上！她已经没有力量去冲扑，她一次次昏厥。

她要救孩子，她要保工厂。

她要屈服……赶快饶了孩子吧！不，不能！

她要发疯！她紧咬着牙关发颤；她攥得手指发痛！

听不见孩子的哭叫声了，母亲似乎平静了些，坐在地上痴呆呆地发怔，从眼里射出凶狠的光芒！她脸色是那样惨白，阵阵的痉挛使全身抽搐着。等她再看清她已认不出的那摊血团是她两手捧大的孩子时，她嗷的一声又昏厥过去……

"怎么样？现在还来得及！"杨翻译官见她又睁开眼睛。

"你、你们这些没人性的东西，就死了那条心吧！"母亲从牙缝中吐出这几个字。说毕，她又昏厥了。

庞文拍着指挥刀，狂怒地吼道：

"八格！中国人的，大大地死了的有！"

入夜了。

在那高大围墙的背阴处，有个十六七岁的女孩子紧贴在那里。她那双机灵的眼睛，在黑暗里闪光。她紧瞅着在大门口汽灯下站岗的伪军，苦费

—— 210 ——

心机地想着怎么能通过去。

门响了。她赶忙向后一缩，但马上又伸出头来。她看见走出来的不是敌人，而是一个女人，手里提着小篮子。趁那女人转脸被灯光一映的瞬息，她认出是杏莉的母亲。

女孩子心里亮了一下，忙转身朝沙河跑去。她那苗条灵活的身躯，宛如一条梭鱼游进沧海里。女孩子跑到河旁的树林边，就放慢脚步，悄悄地走进去。里面隐隐地有一个人迎出来。

"玉子，怎么样？"那人焦急地问。

"秋哥，刚见杏莉她妈从里面出来，像是给大妈送饭的样子，咱到那里去问问她吧！"玉子很快地回答。

"好，走吧！"

民兵队长玉秋是今天傍晚溜进村的。他穿着伪军服装，背着大枪。他是奉姜永泉的指示回村来侦察敌人情况的。回来后就躲在王老太太家里。当他听到沙河惨案经过时，真是悲痛万分。一听说母亲娘俩还被关押着，马上就要去救。于是，他和王老太太的孙女玉子摸出来，先了解一下情况……

"怎么样？那孩子……"杏莉母亲一进门，王长锁就焦灼万分地抢上来问，但他一见她哭红的两只眼睛，心里就明白几分，后半句话吞回去了。

杏莉母亲丢掉篮子，扑在炕上，大声哭起来。

"天哪，不行啦！"她绝望地悲叫着，"大嫂身上没块好肉，可怜那孩子也被打坏了！孩子怕、怕不行了！听站岗的说，明天就要杀死，还要人都去看。这些狠心的狼啊！"

王长锁两手捶胸，瞪大眼睛，愤愤地说：

"不能看着她们遭毒手，我们要去救！"

"你、你疯啦！咱们有什么法子？"她惊恐而又绝望。

听到打门声，两人吓了一跳。她走出去，问：

"谁呀？"

"大婶，是我呀！玉子。"外面焦急地回答。

一开门，杏莉母亲惊住了：她见还有一个伪军！玉秋上前悄声说：

"婶子，是我呀。"

"噢，可把人吓一跳。快进来！"

他们进来后，王长锁已经不在屋了。杏莉母亲明白，他怕人知道他和她的关系而躲藏了。

玉秋和玉子忙问母亲娘俩的情况。

杏莉母亲长叹一声，眼泪又簌簌掉下来。顿时，玉子也哭开了。玉秋忍着泪，要杏莉母亲把母亲的情况说说。

"……玉子，嫂子怎么叫他们找到的？"杏莉母亲说完，又问道。

"大婶，谁知道王竹这坏种怎么知道的？"玉子哭着说，"今早晨，王竹领着三个人到我们家去抓。我奶我妈死拉住不放，又哀求他，可被打了一顿。奶奶当时吐了血，现在还躺在炕上哩！"

"这可怎么好啊！明天鬼子就下毒手……"杏莉母亲又啜泣起来。

"明天？"玉子惊呼。

"一定想法救出来！"玉秋把大枪向地上一蹾。

杏莉母亲似乎这时才记起玉秋是民兵队长，脸立时变得惨白，但她没让人们注意她，就立刻跑出去，向王束芝住的那院瞅瞅，接着把二道门轻轻插紧。她身子靠着门板喘息一会，才擦擦额前的冷汗，舒口气走回来。

她像回答玉子的惊呼，又像回答他们对她刚才突然的行动的惊诧眼色，默默地点点头。

"不，不能！"玉子痛苦地说，"秋哥，想法赶快救出大妈！"

玉秋苦心想着营救的办法，自言自语地说：

"硬来是不行。要想个法子……"

玉子苦恼地说：

"得先把门岗挡住。"

这话启发了杏莉母亲的智慧。她想起用大洋买通门岗让她进去送饭，伪军嘴里喷出来的浓烈酒气和大蒜味的情景。她打量一下穿着伪军服的玉秋，看看俊秀的玉子……一霎工夫，她有了主意。她对玉子试探地说：

"玉子，我有个法子，可就是要你多出些力。还有些不好……你敢不敢？"

"大婶，我什么也不怕！为救大妈和嫂妹，我死了都行！你快说吧。"

杏莉母亲小声说出她的主意，玉子兴奋得简直快笑了。玉秋点点头：

"行倒行，可是人手不够，我去找个来。"

杏莉母亲眉头微微一耸，说：

"出去找怕走漏风声，我家伙计长锁为人老实，叫上他就行啦！"

残云遮不住繁星，天河像银色的洪流，割裂开无边的夜空。徐徐的山风吹着，无数的小虫唧唧叫着，在这幽静的夏夜里，人们都到打麦场上乘凉。男人们躺在麦秸编起的草帘上，悠闲地聊天；闺女们远避他们去找一个僻静处，或者偷偷跑到老远老远的河水上流，跳进碧清凉爽的河水里洗个痛快澡。

做母亲的把饭后的锅碗瓢盆洗涤好后，提着稻草编起的蒲团，怀里抱着孩子走到门口，盘腿坐好，让孩子安静地躺在怀里，指着天河两岸的银星，给他们讲牛郎织女的故事。

孩子被那优美的故事迷住了，眨着小眼睛，看着母亲指给他们看的牛郎织女星，问什么时候"天河配"？问牛郎的两个孩子什么时候才能见到他们的妈妈？孩子怎么能不恨用头簪划成天河、隔开母子夫妻团圆的"天神母"呢！

可是"天神母"究竟还有点慈悲心，允许牛郎织女一家在每年的七月七日团圆一次；然而人世中，却有着比这更残忍暴虐的孽障！

月牙儿像把梳子似的挂在半空。人们都说月亮是位最善良、最好伤心和最易受感动的姑娘。谁有什么不幸和哀愁，她总是怜悯地注视着你，有时还会流下泪来！想必她这时是不忍心去看那不幸的人们吧？所以才掩住半个脸儿；但她那朦胧的淡光，还是同情地从窗户棂间射进来。黑暗的屋子，也变得灰白起来。

母亲背靠着墙坐在地上。她盘着腿，腿上躺着她的女儿——嫚子。多么安静呀！这母女，好像以往讲"天河配"的故事讲累了，女儿在母亲怀里渐渐睡去。

一缕月光沐浴着嫚子的全身。这孩子紧闭着两只眼睛，黑黑的睫毛聚拢在一起。小嘴角上有一道绛红的血条，顺着下颚流到脖颈上。她遍体鳞伤，妈妈用灵巧的手给孩子织缝的红蓝小格布褂儿，紫色的裤儿，已和血肉粘在一起。她的小右手，紧靠在母亲胸口上，这是她从小就习惯这样放着的。孩子的中指、食指已经断了，只能看出是个黑红的小拳头。那朵快枯萎了的苦菜花，还牢牢插在嫚子头发上那右面一只小角的红头绳上，不过金黄色的花和黑头发，那和红头绳一样颜色——被她的血染成红的了！

母亲陷在痴呆呆的境地里，眼前的一切一片模糊。她不知杏莉母亲来送饭时，她说了些什么，也不记得杏莉母亲什么时候走的，她真的以为是在抱着孩子睡去。你看，孩子抽搐着小脸腮，颤动几下小嘴唇，像是在梦呓。对，嫚子就爱唱歌，大概在梦里唱吧！这小脸多恬静啊！她忘记孩子的血正和她的血交流在一起。她没感觉到孩子身上像火炭一样地发高热，在炙烫着她做母亲的心！

敌人白天就把这昏死过去的母女关进牢房。母亲早苏醒过来，只是神志不清。孩子可是一直在昏迷中，甚至没睁开一下她的小眼睛，或发出一声细微的泣声。

随着月光，随着时间，母亲全清醒了。她开始抚弄着女儿。难忍的悲怆又压住了她！

"嫚，孩子！听，妈叫你，你听到吗？"

住了一会，嫚子像真的听到她所熟悉的声音，睁开小眼睛，紧盯着母亲下颚右方的黑痣，就像她从生下来就看着这颗痣找妈妈那样。

"孩子，你叫声妈。叫妈！"母亲忙抱她起来。

"妈……"声音太细弱了，几乎是嗓子沙响了一下。但母亲听得很真切、清楚。

"好孩子，我的好闺女！"母亲不停地亲着孩子，流着泪水喃喃地说道。

嫚子没有哭叫。不是这幼小的生命知道忍受，而是她没有力量做任何喊声。她只是紧盯着妈妈的脸！

母亲忽然觉得她怀里抱的不是个五岁的孩子，而是个大人——娟子、德强和秀子，她心里有很多话要对她说，要把什么都告诉她。

"嫚，好孩子，你怎么不哭？对，别哭。你已经哭得不少了，你知道妈心疼你。好孩子，你生下来就没安稳过一天。妈在月子里，抱着你埋了你大爷和哥嫂，送你爹逃命去。孩子，你知道吗？就是王唯一那些坏东西害得咱家破人亡啊！你跟妈上山下地，你在野草上爬，在泥土里滚，妈没工夫照料你。孩子，你是吃糠咽菜长这么大的，吃的妈的奶也是苦的。好孩子，苦菜根苦花是香的，你先吃了这么多苦，往后就该享福了！"母亲几乎是快活起来，带着满怀幸福的激情说下去：

"嫚，你知道吗？你姐，你哥，常抱你的姜大哥，星梅大姐，还有教你唱歌逗你玩的八路军哥哥，他们是做什么的吗？你知道，俺嫚知道，是打鬼子的。对，孩子，他们要打鬼子，要革命，要把咱中国受苦人的穷根子挖掉。好孩子，你妈老了，怕赶不上那好时候了；你到那时可长大了，长成大闺女了！孩子，你不是爱花爱俊吗？对，俺嫚还爱唱歌，到那时啊，就像你星梅大姐说的，你要当演员啦，妈要看俺闺女演戏呢！孩子，前辈的老人，都是为你们后辈着想的呀！孩子，好孩子！你还没见到你爹，他回来一定不认识你了！我的好闺女，你听到妈的话吗？"

嫚子像真听懂了妈妈的话，眼睛瞪得更大，一动不动地看着母亲。然而，她脸上的嫩肉不抽动了！嘴角的血道僵住了！断了指头的小手掉落下来了！身上不热了！细弱的呼吸停止了！她一动不动，她、她死了！

母亲骤然间变得冷酷起来！真的，跟了她十几年的孩子，也从没见过母亲变得这样可怕。她眼睛瞪得彪彪圆，仇恨的光利剑般的射出来！牙咬得咯吱咯吱响！

她要爬起来，冲出去！把王竹、庞文、杨翻译官……一切敌人撕成碎块，生吃掉！她愤怒！她喊叫！用头撞墙，用脚蹬地！她不知道世界上哪里还有比把她亲生孩子杀死的人更可恨，更凶恶的！她不知道哪里还有比母亲瞅着孩子被人绞杀时的心情更疼痛，更不能忍受的！

母亲渐渐平静下来，紧紧抱住小尸体，用手轻轻地抚摸孩子还在睁着的那对小眼睛，恍恍惚惚地说：

"孩子，嫚，闭上眼睛。听妈的话，闭上眼睛，去吧！孩子，别怨你妈狠心，眼见着让人把你杀死。孩子，你妈愿死一百次，也比看着你被人害死好受些。记住，是鬼子、汉奸把你杀死的。他们一会又要把你妈害死。孩子，你还没成人，他们就把你害了！你妈没护住你。孩子，闭上眼去吧，妈就陪你一块走。有你姐，你哥，有共产党，八路军，替咱娘俩报仇！"

这对倔强的小眼睛，在母亲的抚爱下，慢慢合拢到一起。从眼眸中挤出两滴晶莹的泪珠，紧紧粘在那聚集在一起的毛茸茸的睫毛下，在惨淡的月光辉映下，闪烁着水晶石般的宝光！嫚子头上那朵枯萎了的苦菜花，由于她的血液的浸泡，似乎又复活了生命力，花瓣儿又都伸展开了！

深夜，发了一天兽性的敌人，昏昏睡去。

站岗的伪军，横挂着大枪，耷拉着眼皮，干哑着酒醉的嗓子，打着睡意浓沉的哈欠，像失去脚后跟似的，似乎难以站住脚，摇摇荡荡地在门口徘徊。

从深宅子里面时而传来的嬉闹声，哗哗啦啦的麻将声，尖哨子似的卖乖弄娇的女人声，像是有意在对站岗的伪军嘲讽。他狠狠地向里面瞅一眼；一回头，发现两个人影向门口走来。

伪军还未来得及问话，人影已走到跟前。一阵浓重的香粉气息，扑进他的鼻孔。他不由得重重吸了一口气。"老总，"杏莉母亲上前柔声说，"王竹侄叫我送些酒菜来，放俺们进去吧！"

伪军的眼睛像铁碰到吸铁石似的，立刻痴呆呆地紧盯着跟在她身后的那位少女，禁不住又贪婪地吸口浓香。

玉子穿着杏莉母亲出嫁时的盛装，她的头发梳得流油，脸上搽着浓粉，身上洒满香水。这样打扮，在她还是第一次。

玉子心里有些慌，表面上却装作害臊的样子，低着头，不言语。这使那伪军更为着迷，竟忘记答话。杏莉母亲暗恨这家伙坏，嘴上却露出微笑，话里带蜜地说：

"老总，这是我外甥女，今年才十七岁。这些日子病啦，刚好。老总，让俺俩进去吧。"

伪军扬扬眉毛，两眼瞪得像铜铃，词句含糊地说：

"不行。上面有指示，不准生人进去。你去倒行，她……我可不敢担保。"他一面说着，一面紧瞅玉子那闪动水波的眼睛。

杏莉母亲给玉子使个眼色，玉子忙说：

"姨姨，你进去吧。我在这等你好啦。"

"唉，就这样吧。好孩子，别走远了。天黑你一个人不好走，等我回来一块回家。"她又和善地对伪军说：

"老总，这里有酒有菜，给你些吃吧。桂花，拿些给老总……"说着递了一些吃的东西给玉子，就进去了。

那伪军万分喜欢，真是老鼠睡猫窝，送来一口肉，心里早已飘飘然。他瞅着玉子，嬉皮笑脸地说：

"哈，你这姨真是好人，给酒又赏菜。嘿，你病才好……看，脸蛋还是黄的。哦，也还红哩。别害怕，有我。"说着拿起酒就喝。

玉子胆大起来，心里恨着，嘴却笑着说：

"老总，到旁边屋去喝吧；你看，在这菜都叫风刮脏啦。"

伪军心里麻酥酥的，瞥一眼走廊旁边的侧屋，紧盯着玉子说：

"你陪我吃盅！"

玉子假意睨视他一眼，说：

"坏人来了怎么办？我给你看着人吧。"

伪军心里更不是滋味，上来就拉玉子的手；玉子忙把手甩开，挑逗地说：

"别乱动，叫人看见了。到屋去吧。"

瞅见伪军和玉子走进屋，黑影里闪出两个人。一个穿伪军服的把帽檐往下一拉，灯光的阴影罩住他的脸面，他像伪军一样来回走着站起岗来。

王长锁见玉秋已站好，就向院里摸去……

一会，王长锁背着母亲走出来。身后是杏莉母亲抱着死去的嫚子。

他们去救母亲时，还见她紧紧抱着孩子的尸体！

屋子里，玉子用花言巧语诱劝伪军喝酒，来回躲闪他的袭击。伪军被她撩拨引诱得喝个没完，一会就吃得酩酊大醉，口里直往外吐白沫子。他解开怀，瞪着红眼珠子，向玉子扑来，口里嘟囔着：

"光叫我喝酒怎么行！你把我的心都馋碎了……"

玉子像鸟一样和他兜圈子。听到脚步声，她忙转到门跟前，拉开门闩。随着门开，玉秋闯进来，那锋利的斧头一闪，嘣哧一声，伪军的脑壳裂为两瓣，血浆流出来……

玉秋吩咐玉子一声；玉子一溜烟跑了。

玉秋见他们已走出好一会，打量几眼里外的动静，进屋把一张纸条放在伪军尸体上，关好门，这才溜进暗处，疾步回到杏莉母亲家里。

杏莉母亲要把母亲藏在自己家的地下室里。起初玉秋、玉子不同意，说这里离敌人太近，后来一则怕再转移被敌人发觉，又考虑杏莉家的地下室实在隐蔽，也就同意了。

而杏莉母亲则有另一种打算，她知道敌人决不会来搜查王柬芝的家……

玉秋当夜突出村，上山去找队伍。出乎他的意料，走在半路碰上了头破血流的王柬芝……

鸡叫头遍，查岗的伪军班长一面悠闲地唱着"昨夜晚，吃酒醉，好不……"一面哼着胡琴调子，来到岗位上，他一看没有人，就叫骂着到处找。一推开侧屋的门，可把魂吓掉了。

他拿起尸首上的白纸条一看，上面写着：

> 鬼子汉奸周知：为救我抗日军人家属，特将守卫伪军一名，处以死刑！杀害我干部等事，来日再报血海深仇！
>
> 第六区抗日民主政府宣

看后他打着哆嗦，跑到牢房一看，一个人也没有了。立刻，像刀子扎进他肉里，狂叫起来……

第十二章

王官庄的敌人，遭到地方武装配合着八路军的突然猛烈的袭击，狼狈逃窜了。

经过几次血战，解放区军民的英勇奋斗，敌人的扫荡又被粉碎了。这个最使敌人头痛的山区，又回到人民手中。八路军回来了。生活、战斗，又走上了轨道。

母亲没有死。她从死亡的边缘挣扎回来。她浑身的伤，一天天好起来。她那饱经苦难风霜的身体，又复原了。也只有受过苦中之苦，痛中之痛的身体，才能有这样的韧性，这样无穷的抵抗力。她身上各处又长出红嫩的肌肉，结下闪着红光的伤疤。然而，却也留下致命的病根！

一天，"交通"老张来了。他笑咧着没有门牙的大嘴，从口袋拿出一封信，向母亲说：

"大嫂子，你可要请我的客啦！"

秀子抢上夺过来，拆开信封，高声朗读道：

亲爱的妈妈：

听说你的伤好了，我高兴得跳起来啦！妈，请接受你儿子的祝贺，望你好好保养身体，吃得胖胖的。妈，我已不在军队了。自从小寨战斗（就是老号长和于水牺牲那次战斗啊！），我腿上受伤，现在好了，腿还不大灵便，上级决定叫我到中学来念书。

妈，在早先我最爱念书，现在可不愿离开军队啦。那里有老首长和战友，有心爱的马和枪，我还想多杀鬼子，为死去的人们报仇，收复咱全中国的失地。可我知道，上级为培养我才这样做的，妈，我一定服从命令，把书念好。

妈，现在我和杏莉在一起。她本来比我高一级，因她和大家的帮助，我俩已在一个班上了。妈，她要我问候你。我们俩都很好，请妈放心。

妈妈，我们要开饭了，不写了。问姐姐妹妹弟弟和村里的人好。

你的儿子德强上

八月十日

学校里开中午饭了。

大家集合在广场上。值日生在打饭分菜，其他人排好队，在唱歌。

杏莉站在队前指挥。

德强是不大爱唱歌的，思想"开了小差"。他在想："写的信妈妈大约收到了吧？哈，她才高兴哩！一定叫妹妹念着，或许她还哭了……"想到家就想到母亲，想到母亲就想到她是杏莉母亲等人救出来的，想到杏莉母亲就想起他和杏莉……心里忽然热乎乎的，脸有点红了，就赶忙瞅着指挥，随着拍子唱起来。但一看到杏莉的动作，又想起小时在儿童团她指挥唱歌的样儿。

那时她的两只细长的小胳膊，胖胖的小手，灵巧熟练地打着节拍的动作，同现在一模一样。但现在她长大了，是个十七八岁的姑娘了。她的身材窈窕而丰满，那对好看的眼睛，仍旧微笑似的眯眯着，但减少了天真幼稚的神气，而饱含着脉脉的温情，放着令人神往的柔光。那鸭蛋形脸上的红晕，微胖的两腮，两个时隐时现的酒窝，也更加好看而诱人了。

她像杨柳一样清秀，鲜花一样娇媚，泉水一样澄清，羊羔一样温驯。

德强的回忆被突然的枪声打乱了。枪声愈来愈紧，人们哪还顾得吃饭？都背起背包，向村南山上冲去。

中学设在昆嵛山的东麓根据地的边沿区，是在游击环境中上学的。其实除了不打仗也和部队差不多，经常同敌人兜圈子，抽空隙上课。树林山坡是教室，膝盖背包是桌凳。他们时常遭到敌人的袭击，遇到这种情况，就突围出去，如果被冲散了，就按事先约好的地点去集合。这次敌人来得太突然一些，新来的学生经验不足，一跑就乱了。

德强凭他的战斗经验，帮助其他同学向山上跑。有两个女同学张大嘴巴，跑得换不过气来，德强就拉着她们向前跑。但她们很知道，这是徒劳，并要连累他，就叫他快走。德强无奈，只得扒开一堆柴草垛，叫她们爬进去，给她们盖好。仔细看看盖严了，这才向山上爬去。

德强不顾子弹在耳边嗖嗖地划过，拼命地向前猛跑……他一开始就注意寻找杏莉，却一直没看到，心里很替她担心。

忽然，听到有人叫喊。德强顺声赶过去，啊，正是她！

杏莉的一条腿滑进泥水沟里，拔不出来了，急得她不迭声地乱叫。

德强抢上去，抱着她的腋下，拔葱似的用力把她拖上来。她的一只鞋被粘在泥里，也来不及找，他拉着她的手就跑。

枪声打鼓般的响着，敌人疯狂地追来。

德强瞅见前面有一大片棉葛蔓子，它那繁盛的蔓叶掩盖住地面，有两尺多深。他忙拉着杏莉钻进去，两人爬着向前走。

突然，呼的一声，一只狼从他们身旁蹿过去。两人吃了一惊。杏莉情不自禁地哎哟一声，紧抱住德强的胳膊。德强马上高兴地说：

"看，这有个石洞。快躲进去！"

石洞又黑又小。德强叫杏莉先进去，杏莉不敢；德强爬进去后，她才紧贴着他的肩臂偎靠着趴下来。德强感到她的胸脯在剧烈地跳动，她喘出的大口热气，喷到他脸上。

两人听着敌人叽里呱啦地从头上走过，枪声渐渐远了，才舒了口气。

德强一转脸，嘴唇正触在杏莉的眉毛上。杏莉这才发觉，她的脸几乎是贴在德强的脸腮上，而身子是全倒伏在他怀里了。

两人都有些不好意思起来。杏莉一抬头，咚一声碰在石头上。德强忙把她的头捺住。两人都笑了。

爬出石洞，杏莉才呻吟着叫起痛来。她那只没了鞋的脚，被乱石草茬碰擦得血糊糊的。

德强把她安放在平一点的地方坐好，摘下肥厚硕大的棉葛叶给她擦伤，一面逗趣地说：

"哈，这真是最好的包扎所，'药棉'随手就能拿到。"

"哎哟！痛，痛！"杏莉叫唤着，吸着冷气。

"别叫。愈叫愈痛。你用力咬着牙就好了。你试试，照这样……"德强紧闭着嘴，用力咬住牙关，"试试，用力咬。"

杏莉照样学着，真的不叫痛了。德强一边擦伤，一边笑着说：

"对啦。伤口这玩意就是欺负怕痛的人。你愈叫痛，就愈觉着痛得厉害。若是不理它，它就没法子了。"

杏莉看着德强的嬉笑样子，像受到传染似的，她也微笑了。她专神地瞧着他每一个敏捷的动作……忽然收住笑容，惊叫起来：

"呀，看！你胳膊上有血，血！"

德强转头一看，真的血把衣袖浸透一块。他卷上袖子，是胳膊被子弹擦去一块肉。他不在乎地说：

"没关系，擦去点皮。"说完用嘴在伤口上使力吸了几口，呸呸吐出一口血水，轻快地说，"好啦。"他又要动手撕衣服给她包伤口。

杏莉表面上安静地没说什么，只是看着他的从容不迫的动作。可是她内心里，已经充满了激荡的温情。德强毫无痛苦的表情，使她深受感动。这是一个精力多么充沛而又快活的人啊！杏莉从来没有像现在这样强烈地感受到她的朋友的英勇而可爱。如果她以前不认识他，仅仅通过这次意外，经过这短暂的相处，也会在她少女的心房中，唤起深深的感动和激情。

杏莉激动得眼圈都红了，见德强要撕衣服，忙制止道：

"别撕你的啦。你只这一件。我里面有白衬衫，脱下来好啦！"

像他们在小时那样，德强背过身去，等她换好衣服再转过来。两人把伤处包好后，德强说：

"咱们走吧。找学校去。"

于是，他又搀着她，一摇一晃地向前走去。

他们刚翻过一道山岭，迎头又响起密集的枪声。敌人又折回来了。德强急忙拉着杏莉，顺着松林往另一个山洼跑。

这山洼里满是逃难的老百姓，大人喊，孩子叫，乱成一团。德强一见忙说：

"不好，咱们来了会连累群众！"

"那快往别处跑呀！"

"不行。"德强摇摇头，"鬼子已追上来了！"

"那怎么办啊？"

杏莉失神地瞪大两眼瞅着德强。这眼睛里是全部的期望啊！德强并不慌张，只是扬着黑眉毛，紧张地寻找冲出去的道路……

枪声更密更近，扑嗒扑嗒地走路声也传来了。

德强正要拉杏莉冒险从敌人空隙中突出去，忽听有人叫道：

"同志，同志！赶快过来，快呀！"

两人不觉一怔。这声音是多么急促亲切啊！

一个四十多岁的老妈妈，边叫着边奔过来，把他们拖进人堆里。就同对自己的孩子说话那样，她带着母爱的口吻，不容反驳地说：

"都快把衣服脱下来，快！"

德强迷惘地看看自己一身褪了色的军装；杏莉慌乱地打量全身的蓝制服；都手足无措。

老妈妈急急忙忙打开包袱，拿出两套衣服，吩咐道：

"快换上，这是我儿子的，这是媳妇的。鬼子来搜，你们就说是我儿子和媳妇！"

德强和杏莉不约而同地对看一眼，霎时各自的脸都红了。老妈妈不由分说给他们把衣服换上，几个女人帮忙用假发给杏莉卷上个小发髻。老妈妈又从地上抓起一小撮细土，两手搓了搓，吩咐杏莉闭上眼睛，就往她脸上搽了几把。杏莉有些莫名其妙地看着她，老妈妈说：

"孩子，你脸蛋太嫩啦。鬼子老找留短头发的妇救会，看你嫩少少的不像个庄稼人，那头上的假就遮不过去啦！"老妈妈又吩咐身边的一个八九岁的孩子说：

"小方，谁来问你，就说这是你哥哥、嫂嫂，记住了吗？"

"知道了，妈妈。"孩子眨眨小眼睛，机灵地答道。

敌人把人们围住，开始搜查了。

他们把每个人的口袋都翻过来，仔细地检查，甚至发现一张纸条，或者孩子闹着玩用的青铜钱，就认为有嫌疑，把人抓起来。敌人还借检查为由，调戏年轻的女人。

"这是什么人？"一个敌人指着德强和杏莉。

"是俺儿子和媳妇。"老妈妈坦然地回答。

那家伙上去就要解杏莉的衣扣，一面说：

"快解开搜搜，里面藏的什么东西！"

杏莉着了慌，老妈妈护住她，哀求道：

"老总，孩子病刚好。她身上什么也没有。求老总，别叫她受着凉。"

那家伙阴沉地冷笑一声，瞅了一下杏莉那灰脏的脸，没再动手。他又指着德强，忽然吓唬道：

"哈，八路，八路！"

"你说什么，八姑？"老妈妈装作不懂，"噢，你问孩子几个姑姑呀。唉，告诉老总，一共两个。去年死去一个，可怜死人啦，撂下一大堆孩子。唉，是得伤寒死的呀！我去送殡……"

"妈的，谁叫你叨叨这些！"敌人不耐烦地扇老妈妈一耳刮子；骂着拖过小方，指着德强问道：

"他是什么人？"

"俺哥哥。"孩子从容地回答。

"哎，你说他是八路，我给你糖吃。"敌人说着把手伸进口袋里，佯作掏糖的样子。

"不，他是俺哥！"小方肯定地说。

"你妈的，小兔崽子！撒谎！"敌人扯着孩子的耳朵，撕扭着拖到身前来。

德强气恨得真要冲出去，砸死这些野兽；杏莉又吓又怕，又气又恨，全身在战栗；老妈妈紧紧把他俩护住。一切都指望在孩子身上了！

敌人抓住孩子的大拇指，折着问：

"快说！他是不是八路军？这里面谁是？"

"不是。他是俺哥哥呀！俺谁也不知道啊！"小方跺着脚，疼痛地叫喊着。

咯吧一声，孩子幼嫩的大拇指被折断。他哭得哑了气，倒在地上。

敌人疯狂一阵，撤走了。

德强满面泪下，紧紧抱起小方，激动地说：

"好兄弟！你救了我们。好兄弟，我永远不忘你！"

小方紧紧搂住德强的脖子，挂着泪珠的脸欢笑了：

"八路军哥哥，咱中国人死也不当汉奸！我是儿童团员哩！"

德强把他抱得更紧。

杏莉哭着拉住老妈妈的手，感动地说：

"大娘啊！你救出咱们的命。幸亏你啊！叫我怎么来报答你好啊！"

老妈妈给她擦干泪水，感慨地说：

"好孩子，咱们是一家人呀！我的儿子也是八路军；媳妇是在上次扫荡被害死的。你们多杀几个鬼子，早一天把日本鬼子打出去，这比什么都好！我为你们死了都甘心！"

在这黑暗重重的雨夜，你就是走出自己的村庄，恐怕也会迷失方向。在闷雷的催促下，大雨倾盆地下着，好像是水井倒过来了一样。

闪电下，出现一条急浪滚滚水质浑浊的河流。它汇集了莱阳城附近平原上的雨水，夹着黄黑的泥土，咆哮着冲进南海里。

若是没有四周的狗吠声，谁也难知道哪里有村庄。远处传来断续的枪声。被雷雨声埋没了一切响动的二三十个人，正在这雨天黑夜里往前挪动。

他们，有被背着的，有扶在别人身上的，有相互依偎着的，有拄着拐棍的……摇摇晃晃，颠颠踬踬，正走着，突然都怔住了！河流挡住他们的去路。人们立时惊愕不安地骚动起来。

走在队伍最后面的一个黑影，一发现前面停止了脚步，就把身上背着的一个身体高大粗壮的人，轻轻放下来，扶他坐在草地上，她自己急忙赶上前，冲着一个正在发愣的人，问道：

"于兰，怎么啦？"

"白队长，你看……"没等于兰说完，问者就明白了。

白芸瞅着这急浪滔滔的河水，听着兽嚎般的水声，也发起愣来。后面的枪声，似乎被人们忘记了。

白芸不自觉地摘下像刚从水里捞出来似的军帽，擦了把脸上的水和汗。她同这里的其他人一样，衣服湿得紧绷在身上，束得简直难以呼吸和迈开脚步，身上全被泥浆糊遍，像刚从稀泥潭里爬出来的。

这几十个人里面，有一半是伤员。部队在烟（台）青（岛）公路间游击敌人，有了伤员，就要转移到海阳一带的根据地里去。几年来，白芸已做过数次这样的工作。每次，都在群众的帮助下，胜利完成了任务。这次却遇到不幸的情况。

今天黄昏时分，他们被投降派赵保原的部队包围了。担架队的老乡被打散，只剩下卫生员和来护送的战士。他们一面抵抗一面带着伤员突出敌人的包围。

白芸他们冲出包围后，敌人拼命追赶。幸而遇上大雨和漆黑的夜，给敌人增加了困难。但也使自己失去方向，以致遇上拦路的河流。

怎么办呢？

白芸虽是个久经战火锻炼的人，但这时也失去了固有的平静，紧皱起她那很少这样皱过的眉头，两眼凝视着汹涌奔腾的水面。临走前于团长庄重信赖的话，还响在她的耳旁，他那只有力的大手，似乎还没有离开她的肩膀。

电光闪闪，白芸回过头，发现于兰那对明媚的少女眼睛，和其他在黑暗中更显得明亮的目光，都在瞅着她。这都是信赖和期望啊！

白芸忽然紧张起来，一刹那，感到身上的责任重大了数十倍。她心中升起一种少有的感情。看啊！这些在战场勇如猛虎的战士，现在倒像是最可亲可爱的天真孩子，用期望母亲似的目光看着她！

白芸感到异常惶惑。怎么办呢？她能背着高大粗壮的王排长走十几里路，但现在她能把所有的人都背起来跨过汹涌的河流吗？

这一切想法都在一瞬间疾过，在其他人眼中，她几乎没有犹豫一下。她把军帽用力往流着水的头发上一扣，对大家说：

"同志们！路我们走得不对。这条河水急浪高，不能过去。咱们马上转移到别处去。现在……"

"白队长！过来一下。"后面传来粗壮的叫声。

王东海身受几处伤，不是腿上有块弹皮，他怎么也不会听于团长的话，向后方转移。这硬汉子忍受痛苦的力量，真是使人吃惊。每次受了伤，他当时都似乎发觉不了，可是当战斗全部结束，别人给他包扎伤口时，他才感到是有点痛，但从不皱一下眉，吸一口冷气。仿佛那受伤的部分和他的身体是分开长的，他根本感觉不到似的……这时他坐在地上，听到前面的情况，心焦得像火烧，急想上前看看；可是爬了几次，却又倒下了。

"你别动。王排长，你的意见呢？"白芸应声赶过来，扶起他。

"白队长!"王东海有些激动地说,"敌人快上来了。如果天亮前过不去河,我们就要全部牺牲!把枪给我,你们……"

"不,不!"白芸已领会他的意思。

王东海在突围时就坚决要留下来掩护大家;结果大家苦劝又带强制地才把他背出来。白芸刚入伍时就和王东海在一起待过,她深知这个青年排长的一切,于团长也经常号召大家向他学习。她对他充满敬重和热爱。进一步说,作为一个姑娘,她的心上也印上了他的影子……白芸怕他一提出这事,就会引起其他伤员的响应,这样又会发生一场不容易做的说服工作。所以没等他说完,她就抢着说:

"王东海同志!你不该那样想。我们一定要把全体伤员送到根据地!"她转回头朝大家说:

"同志们!提起信心来,把伤员送到,完成咱们的任务!大家有勇气没有啊?"

"有!"五六个女卫生员和七八个战士,一齐响亮地应道。

"同志们,"白芸更加充满信心地说,"以我看这条河不太大,一定有能过去的地方。天太黑路又不好走,敌人是不容易找到我们的。我们先转移到树林里去,隐藏起来;再到村里找个向导,带我们过河。大家同意不同意?"

"同意!"

"走!"

……

以狗叫声为目标,白芸带着两个战士摸到一个村庄。

白芸在前,两个战士在后,慢慢地顺着墙根往里走。遇到一个门口,他们停下来。白芸瞪大眼睛,想看清这房子是个什么模样。

这是一幢三间茅草屋,它矮得白芸那不高的个子已快触到屋檐。看得出,由于太陈旧,它像个驼背的衰弱老人,随时都有倒塌的危险。门板已烂掉几块。泥墙上的两个小窗户,堵满破席乱草。现在,它紧紧地严实地闭着。

白芸心里寻思,这一定是家穷苦人,就是不能说服他们去当向导,也可以打听一下情况,至少不至于坏事。于是,她悄声对战士们吩咐几句,他们分别闪到墙的两端去了。白芸轻轻敲了一下门,马上把耳朵贴在门上听听。……里面一点动静也没有。她又略重些敲了几下，轻声叫道：

"老乡，开开门呐。"

里面有了动静。

"老乡，快开开门呀！"她又叫道。

"谁？"里面传出一声问话，是个女人。

"老大娘，开开门你就知道啦。快点呀。我被雨淋坏啦！"

白芸非常温和恳切地要求道。

里面又骚动一阵，并有小声说话的声音。接着，门无声地开了。

街上的狗又狂吠起来。

白芸左右环顾几眼，随即闪进门里，回身又把门关上。一股暖气，向她扑过来。

"老大娘，别怕。我是个闺女呐。"白芸极力安慰看不清模样、站在她跟前不动的人影。

"闺女？从来没听有谁叫老大娘的。你是，你是什么人？"

对方疑惧地问道。

白芸才发觉这"老大娘"的称呼包含着多么重大的意义。只有八路军对年老的女人才这样称呼呀！只因她在根据地叫惯了，忘记敌占区的人们是听不懂的。她更温和地说："老大娘，我们那地方都这么叫。我真是个闺女呐。大娘，你家还有谁？"

"噢！一个老伴，两个孩子。你是来借宿的吧？唉，黑天大雨的，可怎么往外面跑？我点上灯吧。"她像明白了，舒口气，亲切地说。

"别点灯。有鬼子！"白芸忙阻止。

"不要紧。咱这破窗户都堵死啦，亮透不出去。"老大娘边说边找火镰火石打火点灯。

屋里漆黑一团，什么也看不清。白芸听到角落里有搓擦声，像是有人在动。灯亮了，她才看清楚，原来那里是一条炕。炕里边躺着一个头发斑白的老头；中间是一个十岁左右很枯瘦的男孩子；一个十五六岁的女孩子披衣坐在炕上，瞪着一双深沉的眼睛，紧瞪着白芸。白芸觉得这双眼睛和她那黄瘦的脸面很不相称。

那老大娘猛地惊呆在那里。她原以为是夜里遇雨来借宿的闺女，万万想不到世界上还有女兵！她愕然地张着嘴唇，苍白的头发在抖索，一对被

— 228 —

皱纹包围着的善良眼睛，惶恐地看着穿着湿漉漉的草绿色军装的白芸。

白芸刚要向她解释，忽然那女孩子发出惊喜若狂的激动喊叫：

"啊！八路！"

白芸看着被小姑娘指着的她左臂上印着蓝色"八路"两字的证章——它被雨淋湿后，更显得清鲜醒目。白芸笑了，亲切温和地向这家人微笑了。

炕上的老头和孩子都吃惊地看着她。老大娘抢上一步，两手紧抓着白芸的两只胳膊，目不转睛地瞅着她的脸。慢慢地她又去摘下她的军帽，和对自己的女儿一样，理着她的湿淋淋的头发，抚摸她的前额、脸腮……

白芸也非常激动，见老大娘眼里闪着泪花，嘴唇在抽搐，忙把她扶住，叫道：

"大娘！"

"八路！你是八路军？共产党？"老大娘半天才激动地说道。

"是的，大娘！是八路军。共产党的队伍。"

"你们都来啦?!"老大娘几乎是在喊。

"不是，大娘。我们来有事。"白芸觉得这话对她太失望，又加上说：

"大娘，我们很快就会来的！"

老大娘嘴唇抽动几下，像有什么话要说，但又忍了回去。

接着叹口气，说：

"啊，你是来住的吧？快把衣服脱下来，烘烘干。可是，唉，到白天就……"

"大娘，我不在这里住。是来……"接着她把来意说明，紧注视着对方的反应。

老大娘怔了一下，为难地说：

"唉，这可怎么好？家里没人呐！瞧，老头子病啦。这黑天雨夜的，没个大人，可怎么办哪？"她说完也注意瞅着白芸；怕她有不信任和怨恨的表示。

但出乎她的意料，白芸急忙关切地问：

"怎么，老大爷病了？什么病？"

白芸看过病后，解开用衣服裹着的皮包，取出几包"奎宁"，递给老大娘说：

"这药治疟疾最有效。每顿饭后吃两片，用开水送，两天就好了。大娘，你看村里哪家的人肯去？我好另去找。"白芸说着就准备告别出来。她的心时刻在伤员身上啊！

"不，等等！"一直在打量这个女兵的小姑娘突然叫道，紧接着光着脚丫咚一声跳下炕。还没等白芸弄清楚，她已站在她前面了。

"我去。俺带你们过河！"她倔强地说。

白芸吃惊地看着她。

那女孩子的长圆脸瘦而黄，黑黄色的头发，扎着一根细小的辫子耷拉在脊背上，身上的衣服补丁加补丁，有的地方露着肉。但她那对不大的黑眼睛，却像有火在里面燃烧，它发出的不是一般女孩子的天真烂漫的柔光，而是倔强的深沉的犀光，以致使她那恬静憔悴的脸面，带着大胆勇敢的神采。

白芸爱惜又感动地拉着她的小手，亲昵地说：

"好妹妹，你还小。这个天，你不行……"

"不，我行！路我熟。俺知道哪里能过河。走，快走啊！"她说着，把裤腿迅速地挽到膝盖以上，谁也不看一眼，就向外走去。

白芸瞅着她的行为，知道这不是孩子的冲动。她心里很高兴，就把眼光转向老大娘。

老大娘踌躇一霎，忙找出一条破麻袋，赶着披到女儿身上，叮嘱道：

"孩子，千万小心些啊！送走就快回家。"

"大娘，你放心。"白芸安慰老大娘说，"路上我们照管着她。过了河，就叫她回来……"

老大娘望着一团黑暗，听着哗哗的雨声和突起的狗叫，心紧张而猛烈地跳起来。她一回身，忽然看到放在锅灶台上的军帽，忙抢上去，拿起来就向外跑，但她马上又停住脚：上哪去找呢？她无可奈何地走回来，坐在锅灶台上，两手把军帽捺在心口上，两眼凝视着刚才白芸站过的、现在留下的一摊水的地方。她心里一阵恸动，蓦地站起来，自言自语地说：

"怎么不打听打听，她知道不知道那闺女的信息呢？噢，没关系，她会问的……"

雨点猛烈无情地冲破白杨树叶的阻拦，顺着树身哗哗淌下来。地上的草丛中，没有一块干地方，到处是水汪汪的一片。雨，还在密密地浇下来。

受过伤的人都知道，冷水向伤口里浸泡，是怎样一个滋味啊！

绷带被湿透，有几个年轻的新战士，疼痛地呻吟着。

于兰她们几个女卫生员实在没有法子，光是亲昵的劝慰，怎能止住那巨大的痛苦呢！

王东海的伤势非常重。他的嘴唇已咬破，本来黑红的面孔早变为煞白，一层层冷汗珠夹在雨水中流下来。他两只粗大的手，紧攥着一把石沙，几乎把它攥碎成粉末了。但自己的伤痛不是他唯一感到疼的，他最心疼的是看着这些战友受痛苦，和为此而更难过的卫生员们。这些都是他的弟弟妹妹呀！

王东海靠到那个叫痛叫得最厉害的小战士身旁，把他紧搂在怀里，温和地说：

"小马，坚持一会，过了河就好啦！"

那小战士浑身滚热，发着高烧。一道闪电，显出他孩子气的脸上像纸一样白。他哭着说：

"排长，别管我！给我加一枪吧！你、你们好革命啊！"

王东海把他抱得更紧，激动地说：

"小马，快不要瞎说！能不怕死去杀敌人，这时的伤就受不住了吗？咱八路军的战士都要有种，只要有一口气，也要去和鬼子拼！小马！受不住苦不是穷人的骨头啊！"

小马两眼紧盯着他排长那睁得圆彪彪的闪着光亮的眼睛，用力咬住嘴唇，没再叫痛！

当白芸和两个战士领着向导回来时，大家正入迷地听王东海讲他听陈政委讲的红军长征故事——"强渡大渡河"！

听说找来了向导，大家振奋地围上来，但一见是位清瘦娇小的女孩子，都有些失望。不过大家都相信这位白卫生队长的稳重和能干，她是不会马虎的。

那小姑娘站在人们中间，带着惊喜的神色，看着这些陌生而又觉得亲切的人们。她没说一句题外的话，只是在有的战士对她表示怀疑时，她才不以为然地挑战地瞪着眼睛瞅他一下。

不知怎的，王东海很快就相信了这个孩子。他对小姑娘亲切地问道：

"小妹妹，你知道能过河的路吗？"

"知道。"小姑娘觉不出那大汉的话里有什么不信任的意味，只感到关怀的温暖。

"离这多远？"于兰已很焦急了。

小姑娘没马上回答，却突然转过头，紧瞅着于兰。顺声音她才发现，这里有这么多女兵啊！

"不太远。过去那个土坡就是。"她停下来，看到王东海被雨浇湿的衣服，就很快地拿下自己披的麻袋，温和地说：

"你披上吧。"

"不。你只穿一件衣服，还破了。我没有关系。"王东海爱惜地给她重新披好。

这工夫，同志们都已准备好。于是，一溜黑影又移动了。

在荒野里，小姑娘到处探路，有时撞到荆棘丛中，有时掉进水坑里……她的衣服更加破碎，手脚都出了血。可是没听到她叫一声。有一次，她滚进泥潭里，大家费好大劲才把她拉出来。她披的破麻袋陷进泥里，再也拖不出来了。她浑身被泥浆糊满，但还是一股劲朝前走，走！走到过河的地点。

此处的水只及腰深。这是因为河流到这里水面变宽，分成两个支流了。

大家顺利地过了河。人人长舒一口气，都争着向小姑娘握手感谢，她不好意思起来。

要分手时，小姑娘突然拉住白芸的手，要求道：

"大姐姐，问你个事。能告诉俺吗？"

"能，只要我们知道的。"白芸用力抱住她那瘦小的两臂。

"你知道俺姐姐吗？"

"她在哪？"

"她是共产党员。"

大家都惊讶地凑上来。

"啊，你怎么知道？她在哪里？"于兰抢着问。

小姑娘低下头，轻声说：

"她和俺姐夫一块走的。走后，衙门里到俺家抓人，说他们是共产党……她走好几年了，一点信息也没有!"她又抬起头，"听说八路军就是共产党，你认识她不？俺想，她也是女兵。"

白芸被这事惊喜住了。她虽然不曾听说有个同志是莱阳人，但还是关心地问：

"她叫什么名字？"

"小名叫星梅。大名赵星梅。"

"姐夫呢？"于兰紧问一句。

"纪铁功，也叫铁功。"

大家很快地交换了问话。人人都为不知道这两个人使小姑娘失望而感到不快。白芸亲切地安慰她说：

"小妹妹，八路军人太多啦!我们都不认识他们。你放心，回去后一定给你打听到。我把你家的情况都告诉她。"

小姑娘很失望，但还是非常高兴。她觉得姐姐就是这些女兵中的一个，也是这样了不起的人。她自己不知怎的，心里涌上一股热劲，舍不得离开这些身穿军装的人，不想往家走了。她出生就在那里长大的家，现在对于她是无所谓的了。跟这些人去找姐姐多好啊!可是她还是转回身去了。她想起慈爱的母亲，衰老病着的父亲，和年小的弟弟……

人们目送小姑娘往回走，借着河水闪烁出的灰亮，看着她模糊的细小背影。

白芸忽然想起，直到现在还没问她叫什么名字。她忙赶上几步，但小姑娘已走过去一条支流。白芸就站在岸上大叫道：

"小妹妹!快告诉我们，你叫什么名字呀？"

黑影转过身来。唰的一道耀眼的闪电蓝光，使她那消瘦的脸庞，清晰明朗地呈现在人们眼前，深深印在战士们的脑海里。小姑娘大声回答：

"星蕙!赵星蕙……"

咔嚓一声巨雷，盖没了她的声音……

娟子从区上动身，太阳已经好高了。

自星梅牺牲后，她的责任更加重了，大都在靠敌人的边沿地区工作，像王官庄这样离据点较远的村子，她很少来过。母亲遭到不幸后，她曾回家看过一次。本来区上决定要她留在家里照顾老人几天，但母亲固执地要她走。娟子见有花子等一些女人帮忙，也就只好走了。这阵子在外面工作紧张，她忘记了想家，也没工夫牵挂母亲。可是现在开始往家走，心里真是热乎乎的，恨不得马上飞到母亲身旁。

娟子的个子没再长，可也不矮了，和她母亲一般高，看上去她更粗壮些，更饱满些。走起路来还是那么快，那么有力，就连上山下山，身子也不怎么前躬后仰，和走平路差不多。瞧，已走了七八里山路，她还一点也不气喘，只是脸庞更红润些，鬓角有点湿津津的。

今天虽逢集，这时路上的行人却寥寥。山区里的集很少。从王官庄去赶最远的冯家集，如果推车子走大路，足有三十多里地，就是走山道，也有二十几里。人们一早就得上路，这会天已快晌午了，所以行人很少。

娟子登上一座山岭，看到路旁的大岩石缝中流出碧清的泉水，就把小白包袱放在一边，蹲下身用手捧着喝了几口，心里顿时清爽了许多。她站起来揩着嘴唇，向深邃万丈的山下望着。立时她被一道刺眼的光芒吸引住。顺光看去，有两个人藏在路旁的岩石后面，鬼鬼祟祟地在蠕动。他们手里的刀斧在阳光下反射出强烈的白光。

娟子立刻从腰里掏出手枪，推上子弹，抓起包袱。她向四周打量几眼，就顺着一个陡斜的山谷，借着松树和樟萝丛的掩护，轻悄悄急速地插下去，想给那两个不怀好意的家伙以突然的袭击。但她马上怔住了！

那两个家伙已开始动作……

原来从山下顺路走上一个人。那人肩上背着钱褡子，低着头走得很慢，可是一步一步走近那大岩石了。

娟子一阵紧张：她已来不及先抢上去，如果晚了一点，行人就要遭害。

"站住！"娟子见那两个家伙正要向路人行凶，断喝一声。

接着就猛冲过去。

这一喊把那三个人都惊住了。但那暗藏的两个家伙很快醒悟，冲过行人身旁，向另一座山上跑去。

娟子没马上开枪，因怕打着那个行路的人。等她抢过来开了两枪，已经打不中逃跑的人了，不单是草木太稠，就是手枪的射程也有限啊！娟子

— 234 —

紧追一阵，茫茫的深山一点影子也没有。她知道再追也是白费力气，就折转回来，迎面碰上那行人。

"长锁叔，是你？"

"啊，娟子！"

两人几乎是同时叫起来。娟子擦擦汗说：

"真糟糕，就差一点，让他们跑了。叔叔，你是上哪去的？"

"唉，赶集啊。娟子，这是劫道的杂种吧？咱这地方这两年可少见呀！好险呐！其实咱有几个钱？"王长锁余惊未消，茫然地说道。

"劫道的？倒是少见……"娟子有些怀疑地重复一句，又关切地问，"叔叔，赶集怎么这么晚才来？"

"唉，今天本来不去的，后来校长叫去买点东西。娟子，你上哪去，回家？"

"嗯。"娟子点点头，"是到咱村有点事……"

"噢！"王长锁刚从惊骇中定下心来，但又像被什么突然惊醒，打断娟子的话："娟子，回家再说，我要快点去了。"说完就匆匆地走了。

"叔叔，晚上回来可要小心些啊！"娟子大声嘱咐着。可是瞅着瞅着王长锁的背影，她心里就涌上一阵又是不满又是惋惜的情绪。她放慢脚步走着，想着不久前的事……

敌人上次血洗王官庄，曾引起人们的一度怀疑。敌人为什么能那样有计划地来找兵工厂，那样突然的袭击呢？是不是有敌特做内线呢？

区上派刘区长和妇救会的干事玉媛来调查，结果什么也没发现。被敌人抓住的干部都被杀害了，参议员王柬芝是英勇不屈的，群众亲眼见他被王竹打昏，而后又寻法从敌人手中逃出来，并被打得头破血流。他家的房子也被敌人烧毁几间。另有个怀疑点是一家富农成分的伪军家属。这家人的表现倒是很顽固，可是谁也没见那伪军回来，家里只有两个女人和一个几岁的孩子，也没发现什么可疑的痕迹……

刘区长回区后，留玉媛在此继续了解情况，开展工作。村里不知是谁起的头，风言风语地传出了王柬芝的女人和长工私通的事。

村里人听说出了这种事，一个个都气愤异常，依着几个急性子的干部的主张，马上就要开会斗争他们。玉媛觉着这事传出来得突然，又没有真凭实据；再者王柬芝是个开明士绅，杏莉母亲思想又不开窍，很少出门，

— 235 —

万一斗错了，有个三长两短就糟了。玉媛一面劝说干部们继续深入调查，一面把情况汇报到区上。

区里研究一番，觉得这事情很蹊跷。王长锁是王柬芝家的老长工，要真是跟杏莉母亲有私情，按理应该是早就勾搭上了，绝不会是王柬芝回来以后才有的事情。那么，王柬芝回来后他们一定会更谨慎小心，为什么村里人早不知道，而现在忽然发觉了？为什么又偏偏赶上在调查敌特活动的时候，传出这种最易激愤人心的事情来？为什么这两个常被人看作最落后的人，会冒着生命危险抢救母亲？这究竟是他们真有私情还是有人别有用心地想诬害他们呢？

一连串的问题一时无法澄清。当玉媛继续了解几天依然弄不明真相时，区里就决定派区委委员、妇救会长冯秀娟回来调查处理这件事情。

娟子到村后找着玉媛谈了一下情况，就打算到王柬芝家里看看杏莉母亲的动静。

杏莉母亲痴呆呆地坐在锅灶前的小板凳上，手里的烧火棍无目的地划着地。灶里的火快着出来了，她忘记向里填草，跳动的火苗，映着她的脸。脸，憔悴而枯黄，面腮塌下去。眼窝带着乌青色，眉毛紧锁着。很久很久，她才动了一下身子，深深叹息一声，把草填进锅灶里，又发起呆来。

他们由于同情和热爱，又被事实所激动、感动，煞费苦心地冒着生命危险救出母亲。可是事后又怕起来。王柬芝在鬼子面前做假，不光掩住了他的罪行，村上好多人还夸他骨头硬。这条缠在他们身上的毒蛇，越来越摆不开了，要是他听说他们参加营救母亲的活动，会怎样摆布他们呢?!

出乎他们的意料，王柬芝对这件事情好像并不看重，只是对他们说：

"好哇！你们好心救了一条人命，有了功，现在可以去自首啦！把你们自己的丑事，还有知道的关于我的事情，一块都说给干部们听听吧！"王柬芝突然换了一副面孔，咬着牙说：

"哼哼！别做梦！共产党不会为你们救出个老太婆饶了你们。当汉奸是一律要活埋的！你们就没看到我哥的下场！你们跟我是一样的人，说出去了我王柬芝要掉脑袋，可你们也别想在人世上待！再说，我王柬芝是八路军的红人，县参议员！凭你们就可以告倒我吗？哼，不那么容易吧！而你们的奸情……"他望一眼杏莉母亲，"人家要是知道了，谁不骂不吐你

— 236 —

们？谁还会信你们的话？"看着两人的惊吓神色，他又转换口气，说：

"不用担心，我不想害你们的命。想想看，我王柬芝哪一点对不起你们？我也没想要你们干什么事，你们想好，咱们井水不犯河水过下去。我早说过，我是外面的人，家我是不要的，这还不都是你们的吗？为人吃喝一辈子，还上哪去找比这更好的事呢？"

王长锁和杏莉母亲，能冒生命危险去救一个他们热爱的人，可是在自己预先知道他们要以当汉奸的罪名死去时，就战栗起来，畏缩起来！生命线又在他们心上抽紧了，他们立时骇然失措地把它死死抓住，不敢有一点松心。同时，为维护在他们的心灵上认为是最高贵的野性的爱情关系，使它不受损害，不受玷污，他们无论如何不能让外人知道，不能使他们的纯挚私情受到羞辱。他们为了保存私欲的爱情，王长锁可以出卖灵魂给汉奸当腿子，给王柬芝到外村送信进行联络，愈陷愈深地跌进泥沼里。他自己深负内疚，受着良心的责备，可是他没有别的法子，只是昧着良心，为他的女人活着，为他孩子的母亲活着。杏莉母亲就本身的痛苦来说，她比王长锁更惨重。她不单是为王长锁当了汉奸，和他一道受着良心的责备、悔恨的煎熬；更加一层，她为了他又遭受过宫少尼的奸污，把她自认为是对王长锁——她孩子的真正父亲——的圣洁爱情破坏了，把她的母性的纯良贞操彻底摧毁了，使她面对着最爱的人也感到身负重罪。可是，她这都是为着保护他、他们的爱情和他们的孩子啊！就这样把两个人完全缠在一起，为了保存共同的爱情不惜牺牲了一切。这种爱情关系已经和他们的生命融合在一起了。

他们刚上来希望这样偷生下去，然而良心又使他们不能安于这种在阴暗处的伤天害理的生存，那些被敌人残害的人的血淋淋的尸体时常出现在他们面前，他们的心就颤悸起来，越发觉得王柬芝像只狼一样时刻张大血嘴在等着他们，就像等待一只绵羊一样。杏莉母亲躲避着王柬芝，到母亲家去串门，她含糊地向母亲探询着什么。可是由于她胆怯恐怖得厉害，话说得含糊得使母亲听不懂，也无从知道她的心事，为此，杏莉母亲也得不到什么。可是她的心里已经在一天天增加着冲出去的勇气。

正在这时，王柬芝的新阴谋又出现了。当杏莉母亲和王长锁的私情关系在村里风言风语地传开以后，王柬芝告诉杏莉母亲说：

"唉，真丢人，到底传出去了，叫我怎么有脸见人？人家干部要开你们的斗争会，你若是还有点人性，要点脸面，你总该不会叫人捆到全村人面前，叫人家指着骂着说：'淫妇，偷汉子的臭娘们！'哼！你好好想想吧，反正是你们的事，死活都由你！"王柬芝临走时把一包"信精"① 丢在她面前。

这个消息像是沉重的闷棍击在杏莉母亲脑盖上，她再也没有勇气活下去了。她怎么能在全村男女老少面前，叫人家羞骂不休？这太可怕了！而且，怎么有脸再见把自己当成好人的母亲啊！再还有什么脸上街，有什么脸见人呢！怎么能在千人的羞辱下活着呢！她一咬牙，拿起王柬芝留下的毒药，临死之前心碎地说：

"我等不得见你们了，我的莉子，长锁……"

一想到女儿和王长锁，她马上转了一个念头："我这样死了，那不更证实是真的了吗？死了还落个不干净的名声啊！我那孩子也跟着我受羞辱，她没妈可怎么活啊！我死了长锁还能活下去吗？不，他也会死的！不，我不能死，我死也不能认下这件事！我一口咬定孩子是王柬芝的！……"

这个忧郁着度过半辈子的女人，拿定主意后，就等待着那可怕的斗争会的来到。过了一天又一天，到现在不唯没等到，村里关于他们的风言风语倒渐渐听不到了。这反而更加使她愁闷不解。她本来就很少走出那深宅的威严的大门。加上这一来，连母亲她也不敢去见一面，太阳下就更见不到她那柔弱的影子了。

杏莉母亲正坐在锅灶前烧着火发怔，门开了，随着一阵脂粉味，娇滴滴的声音响了：

"哟，火快烧到脚啦！大嫂子在做什么呀？哦，想心中人哪。"

杏莉母亲吃惊地抬起头，愠怒地瞅了进来的淑花一眼，又低下头，把火向灶里拨了拨。

那淑花在上次扫荡随伪军来到王官庄后，王柬芝本打算再叫王竹把她带回去。王柬芝是在鬼子没走时假样逃出去，以蒙混人们的眼睛，不料他回来一看，淑花还留在屋里，真是大吃一惊。可又有什么办法呢？鬼子在八路军突然而有力的打击下，慌慌忙忙逃回了据点，哪还顾得上领他的情

---

① 信精——一种烈性毒药。

妇呢！糟糕透了，没法给淑花搞到民主政府的通行证，无法行动；同时这女人的胆子最小，也不敢走这么远的路；王柬芝也怕她路上出了事，为此不得不把她留下来。过去这一段时间，在这深宅子里住着，谁也没有发现他家多了个女人，王柬芝心里还有些高兴，可以尽情地和美人儿待在一起了。他打算等着下次扫荡再把淑花打发回城里去……

"哦，生谁的气呀！我也不吃人，那样瞅我做啥？"淑花见杏莉母亲不答话，就白了她一眼，一瘪嘴唇，迈着笨拙的胖腿，从杏莉母亲身边跨过去。她那肥腆的屁股把杏莉母亲的头发碰乱了。

杏莉母亲顿时感到受了莫大侮辱，站起身，摔掉烧火棍，卷起袖子洗起菜来。

淑花见对方气恨的动作，一点不搭理她，好没趣味。她挑衅地说：

"我来告诉你，上回烙的饼不酥不脆不甜不香，这回要多放些糖和鸡蛋……"

"要吃自己动手，我没工夫！"杏莉母亲憋不住了，气恨地抢白一句。

"噢！"淑花可火了，"你说什么呀！哼，给脸不要，没工夫？你有工夫想那老长工，不要脸的长工姘头……"

杏莉母亲的脸唰地变白了，气得牙根打战，可是她到底吞回去怒骂的话，把洗菜的脏水用力泼到院子里，顺口说：

"泼出去，你这污脏货！"

"啊？你敢骂我！"淑花气急地扭动着胖身段，"我叫你骂，我叫你骂……你、你那野汉今天就完……"

"啊！"杏莉母亲手里的盆砰一声落地粉碎了！

淑花吃了一惊，知道自己失口，就慌慌张张地向外跑。她刚出门，迎面撞上一个人。她哎呀一声，一跤摔倒地上。

娟子一见把人撞倒了，忙上去拉她，一面抱歉地说：

"啊，对不起你啦。我没看见……"

那淑花翻眼一瞅，见是个青年女子，心慌起来，爬起就走。王柬芝从里院走出来，一见娟子在看着淑花发愣，心里一阵紧张，忙迎上来，笑着说：

"噢，是秀娟！妇救会长来了。你不认识她吧？啊，是我的姨表妹，昨天傍晚才到。表妹，表妹！来见见妇救会长啊！"那淑花早慌成一团，

— 239 —

顾头不顾腚地走进去了。王柬芝又对娟子笑笑说：

"她这人少个心眼，怕见生人，也不懂个礼节。秀娟，才从区上来？"

"嗯。"娟子回答着，看着那扭歪扭歪走去的胖女人的慌乱神态，心里很是奇怪。

娟子的疑惑王柬芝已觉察到，脸上罩上一层阴影，又笑着说：

"你来找我有事吧？到我屋坐坐去。"

"不，没有什么事。我是来看看婶子的。"

"好，快进去吧！"王柬芝说着领娟子进了屋。

杏莉母亲早趴在炕上呜咽起来，一点没发现有人进来。

"家里搞成什么样子？看盆也打啦！"王柬芝皱着眉头不满意地说。

"婶子，你怎么啦？"娟子吃惊地赶到她身边。

杏莉母亲满面泪水地转过身，朦胧中看出是娟子，又发现王柬芝也在场，嘴唇动了两动，才说出来：

"娟子，坐、坐吧……"

"你怎么啦？！"王柬芝倒是真的又惊又疑，"哦！又是肚子痛啦！唉，娟子，她身子重了，常害肚子痛。你痛得厉害就上炕躺着吧！"

娟子的心里有说不出的疑惑。她从来没有进过这所大院里，而这第一次进来所遇到的种种事情，每个人的说话和动作，都像是一个哑谜，使人感到不明白。

"校长，你忙吧。我在这看看婶子。"娟子对王柬芝说。

"噢，那好。你可别见怪啊。嘿嘿……"王柬芝说着走了出去。

"婶子，痛得厉害吗？"娟子体贴地问道。

杏莉母亲见王柬芝走了，心像平静些，把娟子打量好一会，猛地抓着她的手，又哭开了。她含糊地说：

"娟子！你……我没脸见人哪！大婶活、活不下去……"

"婶子，有话慢慢说呀！"娟子猜想她一定是指的她和王长锁的事了。

可是她只是哭哭啼啼地说不出什么来，但当一听娟子说到在路上遇见有人暗害王长锁未成时，她噢一声叫起来，像是惊喜，又像愤怒，怔怔地瞅了娟子半天，刚要开口，一听脚步声，又吞回去了。

王柬芝笑着走进来。他关心地问：

"秀娟，听说姜教导员的身体不大好，我这有些好吃的东西，看看你什么时候回区里给带去。嘿，我本来想去看看的，唉！你知道，学校离不开呀！"

娟子正被杏莉母亲的神情吸住，想听听她的心里话，但被他这一冲，知道今天没有机会了，就向王東芝说："谢谢校长的好意，他没有什么。"又向杏莉母亲告辞道：

"婶子，隔日我再来看你。你好好保重身子。我走了。"

娟子一出大门，王東芝随即把门关上。他那只因长时间握着手枪柄出了汗的手，从口袋里掏出来。把枪砰一声放在杏莉母亲眼前的桌子上，一手揪住她的头发，把她的脸扳仰向上，凶狠地喝道：

"你他妈的要说出去？哼！我要你的命！"

他又掏出一把锋利的匕首，嚓一声插进桌面，瞅着她那细弱的一呼一喘的喉咙，更凶狠地说：

"只要你说出一个字，我就先宰了你！听见没有？"

第十三章

中学迁移到万家沟村，离王官庄只有五里路。德强和杏莉请假回来看家。

傍晚，天空泛起淡淡的红晕，和这两个青年人的笑脸相媲美。鸟儿呼叫着飞进窝窝，唱出这一对年青人的愉快心情。

两个人沿着山麓下的曲折小道，肩并肩，膀挨膀，慢步地走着。

北方秋天的晚上，是很有些凉意的，老年人都要穿上棉衣才行。可是他们穿着单衣还感到热火。这一不是走久了，二不是走得急。那是为了什么呢？原来两个人的心中，都有东西在燃烧，烘炙着全身。

要说的话有很多很多，但却经常怔住，而一沉默下来，那就更觉窘得慌。

"你忘记没有？小方和他妈，真是好人！救出咱俩……"杏莉为摆脱这种窘境，也真忆起搭救他们的恩人，所以忽然讲起这话来。可是又顿住了。她心里一阵烘热，涌上当时老妈妈的一对"儿子"和"媳妇"……脸立时红遍了。

德强起始不明白她为什么突然停住不说下去，但一看她的神气，再想一想，也明白过来。不觉脸直发烧，埋下头，看也不敢看她一眼。

德强，从粗野的孩子长成一个健壮的青年。他胆大得从不知什么是害怕。有仇，他勇敢地去报仇！有恨，用血来雪恨！但就有一样使他没有了勇气，那就是接触到姑娘的时候，他比谁都胆怯腼腆。他爱杏莉，酷爱她身上的一切。从孩子时幼稚单纯的好恶相投，以至发展成青年男女的爱情。他有这种想法，觉得杏莉一定是他的爱人了。他也知道，她心里爱他，但他老是不敢明着说出来。他怕碰到意外的钉子，虽说他怎么也设想不出会有什么钉子。真怪，男孩、女孩长大了，心就不自然起来，有什么话也不能痛痛快快地都说出来，动不动就脸红，不说呢，又觉着憋得慌。唉！老像小时候那样多好呀！

自从那次他们被救后，杏莉心中老是忘不掉那救命的恩人。她很激动地把这件事告诉给同学们。大家都称赞这英雄的母亲。出乎杏莉意料之外，同学们把她和德强的化装也跟着传开了，成为取笑他俩的资料。更有趣的是，老师与同学把这故事编成话剧，要杏莉和德强做真实人物的重现。杏莉本来就是学校里的名演员，没费事就答应了。那德强却是从来没登过台的，他爱面子，不肯和杏莉相配。结果在教导主任和同学们的督促鼓励下，还是演了，并演得很成功。这下子把故事更传远了。

"那老妈妈多像德强的妈啊！咳，大妈真是个好人哪！我真能做她的儿媳妇，该有多好呀！德强，也真使人爱……"杏莉想到这里，不觉血都涌到脸上，像是德强已听到她心里的话。她偷偷看他一眼，见他还在埋头走路，又想道："他中意我吗？……他一定喜欢我，他对我最好。可是，可是他不会嫌我家庭成分不好吗？"她心里有些凉，想起小时初接近他遭遇到的轻蔑鄙视的眼光，不搭理她的阴沉脸色，姑娘脸上有一丝阴影浮上来。她又看一眼走在她身旁、比她高半个头、身躯笔直、迈着轻快步伐的德强，心里立时又豁亮了："不对，不会的。他早知道我，知道我的心。我俩是一块长大的。再说，我爹不也很进步吗？我妈还救了大妈呢！可是他为什么老不向我开口呀？他……"

"哎，过河啦。"德强打断了她的思绪。

暮色游游荡荡地降下来，河水上升起轻飘飘的茫茫白雾，风从山上吹下来，送来了夜前的冷意。

两人走到河岸。德强弓下腰，很快脱掉鞋，把裤子挽到膝盖。杏莉也脱好了，一抬头，眼光碰到他的腿上。她赶忙抢上来把正要下水的德强一把拉住。他吓了一跳，以为出了什么事。杏莉着急地说：

"哎呀！你看，你……"

"什么呀？"

"你看你的伤疤，这怎么能下凉水……"

"哦，我当什么呢。没关系，已经好长时间了。"

"还犟嘴。当老兵了还不知道这个理？若是被水浸坏得上腿骨病，那可成瘸子啦！快，我背你过去！"

德强心里热火火的，又感激又不好意思地说：

"那怎么行？你背不动我呀！"

杏莉猜透他的心理，微笑着说：

"你真和个大闺女似的，还爱面子呢！你忘记突围时你扶着我跑啦？兴你帮助我，就不兴我帮助你吗？快来吧，现在也没有人看见呀！"

德强心里又慌乱又激动，结果拗不过，到底听从了她的建议。

杏莉觉得出，他的心在剧烈地跳动着……

过河给德强增加不少的勇气。他们在树林边穿鞋的时候，他对她说：

"杏莉，我有个事想跟你谈谈。"

"什么呀？"她心跳得厉害。

德强靠在柳树干上，看着她，却不开口。

杏莉的心简直要冲出口了，催他道：

"什么事？快说呀！天黑下来啦。"

正在这时，牛倌赶着一群牛从树林的另一端走过来，他扬鞭打出一声脆利的响声，接着便高声唱道：

> 一抡鞭儿响四方
> 柳林是谈情的好地方
> 小情哥，俏姑娘
> 见我牛倌莫躲藏
> 我送牛奶给新郎当喜酒
> 我送野果给新娘做嫁妆
> 哈哈哈，一对好鸳鸯
> ……

德强杏莉大吃一惊，等牛倌走远了，才松了口气。两人感到空气更加紧张了。

住了半天，德强口吃地说：

"杏莉，我，"他吞一口唾沫，"我想问问你。你……"

杏莉听他说话结结巴巴像喘不上气来似的，几乎笑起来，心可跳得更加厉害。她又希望又害怕听到他的心里话。她低着头，双手抚弄着衣襟，细声地说：

"我又不是老虎，还能吃掉你。咱俩待在一块这些年了，怕什么？说呀，说呀！"

"我，我想问问你，高兴不高兴……像救咱那老大娘叫咱、咱俩扮的那样……"

杏莉不自觉地把手向前一伸，碰在德强手上。两人像触了电似的，忙把手躲开。

"说下去呀。"杏莉的声音更柔细了。

"咱俩真、真的那样，你说好不好？"德强说了又觉得自己嘴笨，可心里像块石头落下地，瞪着两只大眼睛，紧看着她。

杏莉抬起头，那对在柳叶似的淡淡眉毛下的细眯眼睛，更显得妩媚动人。这里面包含着少女心房中炽烈的爱情，包含着幸福的惶惑。

"德强哥……"她激动得说不出话站不住脚倒向他的怀抱。

德强用力握住她那烘热微胖的小手。杏莉把头轻轻靠在他那健壮的臂膀上。

两颗年轻火热的心，像有根线连着，激动地跳荡在一起！

……奇怪，根据地里好几年没发生抢案了，偏偏王长锁遇上劫道的，是敌人派进来的汉奸吗？不对，他们为什么要害他呢？碰巧的吗？不像，倒像是事先有计划的埋伏。他说，赶集晚了是校长吩咐他来买东西的。难道说，王东芝为他和自己的女人勾搭要害死他？就为这事他敢下这种毒手？杏莉母亲一定是和王长锁有关系，你瞧，她一听说他差点遭到不幸，脸色变得好厉害啊！看样子她像事先就知道他要遭到毒手似的，难道说她也同意丈夫把王长锁害死吗？她为什么要说什么一见王东芝进来又收住嘴不往下说了？王东芝为什么老不放心似的不肯走开，又正赶上这关节插进来了呢？那个打扮得花枝招展的胖女人见了生人那样慌张，急急忙忙地躲开，真是王东芝的亲戚会这样吗？她从哪里来？看样子不像乡下人，而城

— 245 —

镇都是敌占区，她怎么来的呢……

娟子边走边想，一抬头见已走到家门口。她忽然站住，心里说："这事不简单。恐怕不单为私通的事，也许王东芝有什么坏事被他们知道了，所以才……对，开干部会讨论讨论才是！"娟子拿定主意，转回身没走多远，正碰见德强。

"德强，是你！"娟子惊喜地迎上去。

"姐，你好！你也来家了！"德强一把拉住娟子的手。

姐弟俩欢悦地笑过后，德强见她夹着小包袱要出门的样子，就说：

"姐，你有事就先忙去吧！"

"那也好。我去开个干部会，回来咱们再好好说说话。你快进去吧！这下可把妈妈乐坏啦！"

德强目送姐姐走后，没马上迈过门槛，倒打量了一会这低狭熟悉的草门楼。小时他觉得它是那样高不可攀，这时却觉得它太低狭了，他向里走还要当心上面是否会碰着头呢。

德强走进屋，见母亲在做饭。他先笑了，情不自禁地叫道：

"妈，我回来了！"

"回来就回来呗，也不用我请你呀。"母亲没回头，漫不经心地说。

德强一怔，不知道是怎么回事。紧叫一声：

"妈！我才走到家的。你……"

母亲猛地抬起头，惊喜地看着儿子，赶忙迎过来：

"啊！是德强，你呀！我的儿，快到炕上坐，快呀！"把儿子安顿坐好，她不知道该做什么了，只顾上下端详着他身上的每个部分。好一会，才笑着说：

"唉，刚才叫我，我还以为是德刚啦！他呀，时常学着你的声音戏弄我，好几回我真以为你来了呢！啧啧，你吃点什么好？"

"妈，你还做原先的饭吧，别单为我预备。"

"这哪行？好，烙张鸡蛋饼你吃，加上点葱花去。我知道你最喜欢吃这个。好吗？"

"好，妈！我来烧火。"

"快歇着吧，等会你弟妹就放学回来啦！"

"妈，我烧着火离你近，能看着你呀！"

"那好。好，咱娘俩就对着看看吧！"

母子俩从心里发出幸福的欢笑……

母亲见儿子又长高些，更壮实了，脸上焕发着少有的春色，被灶里的火光烤得更加红亮而美丽。她心里充满了愉快和幸福。

德强却看到母亲比过去虚弱苍老多了。她走起路来左右摇晃，头发更加苍灰，并出现根根的白发。脸上的皱纹又密又深，背也更驼了些。德强心里又难过又怜悯，也更增加对母亲的热爱和敬意。

母亲的生活还是那样劳苦。她依然是山上家里忙着，来抚养子女。晚上，灯光下，她伴着两个读书的孩子，坐在已发黑的织布机上织布。嫚子死去后，对她来说是少了一个负担，她不用再抱着孩子干活，但对她精神上的挫折和打击，却远远超出劳力上的减少。由于酷想孩子，痛惜孩子的死，她得了个百药无效的心痛病。

敌人对她的摧残，严重到只剩下一丝生命力没有被夺去的地步。她的牙齿被打坏，硬一点的东西根本不能吃，夜里疼得不能入睡。早在五年前，她月子里受到家破人亡的惨痛打击，就得了腰痛病，加上这次被敌人更大的摧残，她浑身骨节发痛，遇到潮湿和冷天，又酸又麻，像脱了节一样。

母亲极力忍受着全身的痛苦。不用说别人，就是整天整夜和她在一起的孩子，也听不到她的一声呻吟。所有的巨大痛苦带给她的只是紧紧锁上眉头，额上骤然出现一层冷汗珠，习惯地闭着丰厚的嘴唇，那嘴唇两旁的明显皱纹，比任何时间更深更细了！

如果说，糟害了她的身体，是敌人得到的胜利的话，那么敌人所激起的仇恨，比母亲肉体的不幸要更多。

仇恨会使人变得坚强勇敢。母亲易受感动的软心肠，现在变得从不轻易掉下眼泪来。她更不会在看到王唯一倒下去时，还骇然地不希望娟子的枪响了。只要她有机会拿起枪的话，她会一点不慌张地打死所要打死的敌人！

悲愤会激起热烈的爱。母亲比过去更爱她所爱的人。这种爱早已超出爱子女爱姜永泉的范围，现在更扩大了。她家里，成为区、县人员来往的住地。大家称这里是"干部招待所"。区上从交通员到区长，和县上的部分干部，没有不知道冯大娘的。母亲总是热情地接待他们。德刚很知道，若是回家遇到母亲在家做好一点的饭，那准是又来干部了。虽说她的日子过得还是那么苦，逢年过节也不肯全吃上一顿麦面饺子，可是对革命同志，她从不吝啬自己的一切。

做母亲的人都知道，在失去丈夫后，她对大儿子是不隐讳一切的。他就是她的靠山和希望。她把所有的不幸、委屈和灾难，都向他倾诉，从而得到办法、安慰和同情。德强的母亲何尝不知道这一点呢！她比谁都需要儿子的帮助啊！何况他是不知几年才能跑到她跟前一回呢！但她没有这样做，她甚至没有这样想。母亲不使儿子知道她有一点痛苦。她要使孩子认为她过得很好，甚至是幸福的。实在，她早不觉得自己可怜和不幸。相反，她很自负，甚至感到骄傲！

晚上。街坊邻居的婶婶大娘、叔叔伯伯、姐妹兄弟……都来看望德强。说说笑笑、嬉嬉闹闹，好一阵才走散。最后，杏莉也留恋不舍地告别走出门去了……

德强躺在被窝里，母亲坐在他身旁，在灯下给他补衣裳。母亲静静听着儿子讲述他所经历的种种事故……讲到难过处，她深深地叹口气；讲到痛快处，她微微地笑笑……德强突然不讲了。母亲抬头看他一眼，见他瞪着眼睛怔怔地望着空中。她以为孩子累了，就温爱地说：

"睡吧，也累啦。明早上还要走。"

德强像没听到母亲的话，转过头看着她一针一线的动作。

夜很静，连风吹动窗纸的声音也消失了，只有昆虫的尖细叫声，不时打破沉寂。躺在哥哥身旁的德刚，不知什么时候听着听着睡着了，发出轻细的鼾声。

"妈，我给你引上。"德强见母亲把针凑到眼前，头靠上灯火，好一会也没把线穿进针鼻里去，就爬起来说。

母亲把针线递给他，带笑地说：

"你几年不回来一趟，这次赶上了给我引根线。你不在家谁给我引呢？你妹妹弟弟吃完饭，不是上学，就是去儿童团。你看，家里还会有谁呢？"

德强引上线，重新躺下，笑着说：

"妈，给你娶个媳妇来，她帮你干活，好不好？"

"那可太好啦！"母亲知道儿子在说笑，但心里也真有一种高兴冲上来。接着又说："按年岁，你也该成亲了，妈也该用媳妇啦。唉，我知道你是不会这么做的。你妈也没这份使媳妇的命啊!"

德强不觉红了脸,抿嘴笑笑说:

"妈,你猜错了。我已经找好啦。"

"真的?"母亲半信半疑,紧看着儿子羞红的脸,问道:

"你找的谁呀?"

"妈,你猜吧。远在天边,近在跟前。"德强孩子气地逗着母亲。

"咱村的?"

"是啊。"德强坐起来,紧望着母亲,"妈,你看杏莉好不好?"

母亲一时怔住了,但马上相信这是不会错的。她又有意逗儿子,笑着说:

"哈,她肯到咱家帮我做活吗?"

"妈,你先别说这个。"德强有些着急了,拉着母亲的手,"妈,你到底看她好不好?有什么意见呀?"

"嘿,"母亲又笑了,"看看吧,我说你说帮我干活是假的,这不摆出来啦?"她又收住笑容,认真地问道:

"你们不是好朋友吗?"

"妈,问你的意见呀!"

"我看是个好闺女。"

德强兴奋地摇晃着母亲的胳膊,激动地说:

"妈,你愿她做儿媳妇啦?"

"哥,我愿她当媳妇!"德刚被惊醒,一骨碌爬起来,大声叫道。

德强同母亲都吃一惊。他正要按下德刚,不料又传来话声:

"哈呀!我早猜到杏莉是俺嫂子了。我举两只手,赞个大成!"秀子从西房间,笑着说着走过来。

这下子可把德强羞坏了。他打弟弟的光腚一下,又冲着妹妹说:

"你们知道个什么!再瞎说,看我揍你。"

"哼!"秀子把鼻子一哼,头一昂,越发挺着胸脯走上前,气壮壮地说:

"呀!八路军还能打人?咱就不怕。"

德刚搂着哥哥的脖颈,挺认真地说:

"哥,你敢打我们的团长,我们开会斗争你!"

全家人都忍不住笑了。

"好哇！"母亲笑得合不上嘴，"你们大大小小都有组织了，哪个也惹不起啦。嗨，你们多数通过了，我这个妇救会员也要服从民主啊！等会你姐姐回来，也叫她补投一票吧！"

一阵阵欢乐的笑声，冲上了茅草屋顶，震撼着泥坯墙壁。

淑花趴在缎子被上哭泣，肥胖的身子，抽搐地蠢动着。过一会，她抬头瞅一眼王柬芝，希望他来理她。

王柬芝在地上来回走着，把烟卷一根接一根地狠抽着，烟灰撒满地面。过了一会，他把烟丢掉，一口气吹灭灯，跳上炕来。

淑花高兴地忙起身迎他，不料被他一把推倒，脸蛋上啪一声挨了一巴掌。

"他妈的！都是你这东西坏的事。谁叫你无故乱跑来，啊？"

王柬芝怒喝道。

淑花倒不敢出声了。手捂着脸腮，抽搐好半天，才悄声呜咽地说：

"谁、谁知道会遇上人呢……也不是我自己愿留下来……那次你走出去的第二天夜里，我正睡着，猛听枪也响，人也叫，吓得我钻到被窝里连动也动不了啦！谁知八路军来得这么快……"

"你还犟嘴！我告诉你不能乱走，你忘啦！?"

"我、我是到那屋去呀，谁想到那毛女人会进来？"她见他颓然地坐下来，像是平静些了，就大声哭着说：

"你杀了我吧！不想法对付共产党，你打死我能有屁用……"

王柬芝真的平静下来了。脸上的肌肉动了动，喘口粗气说：

"唉！看样子他们有些警觉了。那两个东西真他妈的饭桶，连个王长锁都杀不死……唉！"他懊丧地拍着秃脑门，忽然又显出喜色，把淑花拖过来搂在怀里。"嘿，对不起啦，小奶奶，使你受委屈了。你别怨我，都是为咱们的事啊！你不知道，碰上别人不要紧，偏偏碰上那秀娟！这人可不是好惹的呀！"

淑花眼皮夹着泪水笑了，噘着小圆嘴，不以为然地说：

"哼！什么秀娟不秀娟的，看那毛丫头有什么了不起。我就不信，你堂堂这么大人物，倒怕起一个村姑子来啦。看你刚才的样子，像要把我吃

— 250 —

掉呢！快躺下睡吧。"

"啊，我哪能吃你呢？"王束芝亲着她的脸腮，猥亵地说，"你呀，就是永远睡不足。好吧，睡一会，等下我还有事……"

王束芝早有他的打算。当他发觉杏莉母亲和王长锁参加了救出母亲的事情时，他恨不得马上把这两个越来越靠不住的人处死。但是他没有这样做，他怕自己无法摆脱干系。他要找好时机叫党羽们在外面杀死王长锁；看来除掉这个软弱的女人更容易些，可是把她害死在家里，他王束芝是免不了要受连累的。为此，他想出一条借刀杀人的诡计，把他们两人私通的关系传出去。他设想，虽是解放几年了，可是多少年来在人们的思想意识中最憎恨的是奸情，无不认为"万恶淫为首"。这件事一传开，准会激怒群众，杏莉母亲最怕人知道这件事情，只要告诉她村里人要开会斗争她，这个极少走出大门的女人准会害怕当众出丑而寻死。即使她不自杀，至少也不敢出门去接近母亲那样危险的人。可是王束芝失算了，没料到她的悲痛达到了极点的时候会有另一番打算；更想不到共产党的干部对这件事会是那样慎重，使一般人也很少谈论了。可是毕竟杏莉母亲怕丢人，再也不敢出大门了。王束芝正在想新的办法，真不料使他最感头痛的娟子却出现了，而且被她碰上了淑花。这是给他当头一棒，预感到事情的不妙……

"怎么样，你打算怎么对付呢？"淑花担心地问道。

"只要监视紧，谅那两个东西一时不敢说出去。你明天一定要离开……我已告诉老吕，明天一早到万家沟，叫人来把冯秀娟趁早除掉——哪怕冒点险也要干掉她！电报我也译好了，看看上面的意思，站不住脚我就搬走……哦，宝贝！天快亮啦。'约会'的时间要到了，我发电报去啦。""哎呀，急什么的？鸡才叫过第一遍呀。"淑花撒着娇，紧搂着王束芝的脖子不放手，"唉，什么时候不好'约会'，偏偏在正是暖被窝的时候，使人不好受。"

"我说过一百次，拂晓人静不会被发觉啊。今天更要加点小心，杏莉那孩子也在家里……"

杏莉翻了一个身，带着黏液的薄嘴唇，吧唧吧唧咂了两下，像是小孩刚吃完糖，还品着滋味似的。她睁开眼睛，微微皱起嘴角，两腮上立时出现了梅花似的酒窝儿——笑了！耳根有点发烧了。她见窗上还是一片模

— 251 —

糊，远远传来一声鸡啼，便又合上眼睛，但没有睡去。

她昨晚上回来，在家里没待多久，就跑到德强家去了。对自己的家庭，她愈来愈感到陌生。她母亲变得那么忧郁沉默，而那父亲王柬芝，就会做勉强的皮动肉不动的笑脸，这使她感到不快和厌烦。就连从小带她长大受她敬爱的王长锁，他那种像被吓着的绵羊一样的惊恐不安的神情，也使她很不痛快。

杏莉深深感到，这幢高大华丽的住宅，比起那座低狭的茅草屋来，是多么空虚和阴冷！那茅草屋里是多么温暖幸福，她是多么想跑去永远不再回来啊！

杏莉想着刚才梦里的景况，又幸福又羞涩地笑了。她简直忘记是在睡觉，而真的同德强像两只英勇的鸟，在高山峻岭上，在浩瀚海洋上，在冰天雪地中……到处飞翔！之后，双双落在鲜花盛开的青枝上，享受着浓郁醉心的芬芳……

又一声鸡啼喔喔地传来。她蓦地睁开眼睛，看到窗户已麻麻亮了。她忙坐起来，一面穿衣服一面想："快起来吧，别像他参军那天早上一样，他来了我还没起来呢。那时小，现在……"她脸一红。又想："早上要早些走，回校还要赶今天的课程。到妈屋里去拿几件衣服……"

杏莉刚出屋门口，忽见一个人影闪进通后院的夹道里。她有些惊异，莫非有贼?！她轻脚快步地跟上去。只见那人很稳重地直向深宅里面走，并不像是生人进来的样子。她刚想问是谁，可是从那颗在灰暗的光线下发着亮光的秃头，和那高身材的走路姿态上，她认出是她父亲。她又要叫出来，可一想他起来这么早，到那很少有人去过的闲房子去干什么呢？她尾随在王柬芝的后面，向里走去。

可是，赶她走进最后面一个院子里，一转眼，王柬芝没有了。她很奇怪，正想叫一声，可忽然听到轻微的门响，是从东北角发出来的。她第三次压下了要叫出口的声音，向门响的方向走去。赶到近前，她断定她父亲是进了紧靠着那个长方形的花园的屋子里。

杏莉骤然感到一阵紧张，有些骇然地轻轻走到那屋子的窗前，侧耳静听着。里面明明是在划火柴点灯，可没有亮透出来。杏莉睁大眼睛紧贴到窗户上，才迷迷糊糊看清原来窗户是从里面用黑东西遮着的。接着里面响起阵阵的"滴滴答答"声，又出现了"唧唧咕咕"的尖叫声。杏莉听着听着，浑身一阵抖索，出了一层冷汗。她的心像一只飞鸟一样在疯狂地扑腾着。她明白了：屋里面有一部无线电台！因为在中学里上物理时为讲无线电这一课，老师特地请胶东区党委的电台上的报务员来讲过无线电，并做了点示范。那"滴滴答答"声，就是那个报务员用拍发电报的电键拍出的声音，而"唧唧咕咕"的响声则是收讯机的讯号声……

"特务？汉奸？他……"杏莉的心里狂乱地重复着这几个字。她一迈步，想冲进屋里去，看个究竟……可是立刻停住了："不行！他要真的是坏蛋，我一个人怎么对付得了呢!？"她想着，蹑手蹑脚离开窗户，向外走去。一出了后院，她就放快脚步跑起来。

杏莉刚要叫母亲开门，可是一听里面有哭声，心里又是一惊。她急叫道：

"妈，妈！开门，快开门呀！"

白天那可怖的情景，还在杏莉母亲脑子里回萦，仿佛那黑色的手枪还放在她眼前，那雪亮的匕首还按在她脖颈上……她当时被吓昏了过去，一点挣扎的勇气也没有了。

她在哭，眼泪像两股泉水，把枕头都浸湿了。今白天她一听那淑花讲王长锁将被杀害，心就碎了！娟子来时，她正要开口把什么都告诉她，可是王柬芝在身边，她怕说出来使娟子也要受害。而当听娟子说到王长锁遇害被救下来，她又感激娟子，差点把真情说出口，可是王柬芝又进来了……她除了绞断心肠的痛苦外，还有什么办法啊！

杏莉母亲恰似生长在背阴处的草。这种草是那样的柔细脆嫩，好似未出土的韭菜芽，看上去挺喜人，可是最缺乏抵抗力，最易损坏和夭折。就为此，那些毒虫最爱咬它，牲畜也最爱吃它、践踏它。如果把这种柔弱的草种植到光天化日之下，它得到充足的水分和养料，也会壮实地成长起来。然而，栽培它是多么不容易啊！

杏莉母亲正恸哭着，忽听有人叫门，辨出是女儿的声音，就赶快煞住哭声，说：

"莉子，你有事吗？"

"妈，快开门！开开门再说！"

"哦，天亮还得会，回去睡吧，天亮再来。"她这是为不使女儿看到母亲的眼泪才说的；又一想，就急忙擦擦泪水，下炕去开门。

晨光刚刚小心地爬上窗户，屋里的一切东西都还看不清楚，只是模糊的一片黑影。

杏莉虽站在母亲跟前，可是看不清母亲那被浑浊的泪水沐浴过的脸面，不过凭刚才听到的哭声，她能判断出母亲的嘴唇在抽动。她进来就问：

"妈，你哭什么？"

"噢，噢！我，没什么，没什么。"母亲拼命压抑冲上来的哭声，可是她的声音还是带着明显的悲泣，愈来愈颤抖了，"啊！莉子！你要找什么……"

"妈！"杏莉顾不及再问母亲为什么哭了，她的呼吸急促起来，"你说，我爹是什么人？"

"啊！"杏莉母亲惊诧地紧盯着女儿的脸。她虽看不清孩子的表情，可是她感觉到了女儿是被愤恨占据着。她在吃惊之后，马上感到一阵恐怖。她用力镇定地说：

"他是什么人？你、你爹、爹呀。你怎么问起这、这话来？"

"妈！你知道不？他偷偷摸摸地安电台在家里干什么？只有汉奸特务才干这种勾当！妈，你快说，知道不知道他都干了些什么事！"杏莉越说气恨的情绪越浓，用力抓着母亲的手。

母亲吃惊地觉得女儿的手是那样地在抖颤，是那样的冰凉。

杏莉母亲全身一阵猛抽，身子无力地坐到炕沿上。很明显，她虽不知什么是电台，可是孩子已抓住这是汉奸的证据了，她没法再掩盖下去。可是一想到可怕的后果，她又不得不用力掩饰。她费力地说：

"莉子，快、快别瞎说。哪、哪会有这事……"

杏莉猛地把拉着母亲的手抽回来，毅然地说：

"妈！我爹干的是见不得人的事，这我已拿准了！我来问你，是想知道他究竟是怎么个人，你既不知道，那就算了！"

杏莉说完，转回身就向外走。

杏莉母亲这一刻停止了呼吸，她似乎这才弄明白了发生的是什么事。她立刻冲上去，一把拉着女儿的胳膊：

"孩子！你上哪去啊！？"

"找干部去。"

"找干部？不，不，你不能去！"

"怎么？"杏莉有些吃惊。

她母亲的声音平静起来：

"怎么，你这不是害了你爹啦！"

"爹，我不要这当汉奸的爹！"杏莉痛苦地皱紧眉头，充满仇恨地说。现在的杏莉不是几年前听说她大爷王唯一要被处死还可怜他的杏莉；她从一个娇小的女孩子发育成一个完全成熟的姑娘。她经受过几年的革命教育，战斗的锻炼，她的好朋友——未婚夫德强对她的感染，杏莉的心灵也是坚强而美丽的了。故此，她一发现王柬芝的行为，先想到的不是当事人是她的父亲，而是对敌人的痛恨完全激怒了她，控制了她。可是话一出口，望着站在眼前的母亲那细瘦的影子，全身禁不住袭来一阵寒栗，仿佛直到这时听到她最爱的母亲提到这一层，她才想到这事情将给她的家庭带来什么样的结果。她开始同情起母亲来。她又去拉住母亲的手，安慰她说：

"妈，你还不明白当汉奸的人是最坏的人吗？多少人被汉奸、鬼子害死害伤！就说德强他妈——我大妈和嫂子妹，被鬼子害得多么惨！你不是亲眼见着的吗！？妈，你放心，他究竟是什么人，罪有多大，咱人民政府都会处理得公平的！妈，你别怕，我就去报告……"

杏莉母亲听着女儿的话，像一把刀子刺到身上，心也要碎了！纯洁的孩子她哪知道她妈的境况啊！母亲知道用这个理由已阻止不住女儿的行动，她忽然怕起女儿来，感到杏莉是个陌生的人，似乎自己生下的孩子是铁打的，一点不体谅她妈妈的心。可是她毕竟是母亲，孩子是她生的，她养大的，她做母亲的还畏惧自己的孩子吗？

杏莉母亲突然变得强硬起来。她走上一步，扯着女儿的衣袖，用不容违抗的口气说：

"杏莉！你还要不要你妈？"

"妈！你别怕。咱人民政府决不连累好人，一人做事一人当！妈……"

"你妈若是汉奸怎么办！"

"啊！你？"杏莉不相信自己的耳朵。

"是，我……"

杏莉那两撇淡淡的长眉毛，立时竖立起来，那细眯眯的眼睛瞪得和杏子一样圆。她痴呆呆怔愣愣、直直地看着随着从窗户透进来的曙光，渐渐显出全身轮廓的母亲！接着，她的眉眼同时集聚起来，两边的眉峰在鼻梁上端碰在一起了。她的嘴唇抖动着，牙齿紧咬着，左手颤抖地挪到胸口，紧紧地撕揪着衣襟。她的心像堵塞着一包钢针，她的眼睛在开始模糊！

"孩子！啊……"杏莉母亲料不到这个消息会使女儿痴待在那里。巨大的悲痛又来到她的全身。她抢上去抱住女儿，痛哭失声。她猛然发觉女儿也在恸哭，孩子的眼泪和自己的眼泪流在一起了！她再没有力量控制自己，她忘记了一切！她的身子无力地往下瘫痪，结果双膝跪在地上，两臂紧紧抱住女儿的双腿，痛哭着叫道：

"孩子，你妈有罪啊！妈对不起你……我该千刀万剐……"

母亲边哭边诉地断断续续把事情前因后果都告诉了女儿。姑娘的情绪飞速地变化着。刚上来她痛恨她的母亲和王长锁，她不能原谅他们为了保住他们的生命替王柬芝当腿子、不把汉奸告发出来的行为。接着她又可怜她的母亲和王长锁，同情他们的不幸，过着这么多年的昏天暗日的生活。而后来，她又把她的同情心推翻，一点怜悯他们的心也没有了。虽说他们是她的亲生父母，有了那种关系才有了自己的生命；可是，姑娘认为那是不正当的关系，是堕落，是耻辱。但是，在杏莉把她母亲和王长锁的罪过同王柬芝的罪愆相比时，她把对母亲他们的恨完全归咎到王柬芝身上。这样一来，她甚至觉得母亲和王长锁是没有罪的。

杏莉的心情来回地变换着，痛苦着，无论如何也冷静不下来。她低头一看，母亲还在抱着她的腿哭，热泪把她的裤腿都浸湿了。她立刻把母亲搀起来，抽泣着说：

"妈，听我说……"

"孩子，你去告发吧！你妈和那不是人的坏东西一块死了也情愿，这样的日子我早晚也活不下去了！孩子，我是为的你，和那可怜的长锁……"

"妈，你说得对，我要去告发！妈，咱不能昧着良心，自己有罪也该去自首。你们是被王柬芝逼着干的，我看政府是会宽大的。妈，你别怕。"杏莉说着拢了拢散乱的头发，转身要走，可又被母亲拉住了。

"孩子，你说……"母亲带着深切的耻辱和痛苦说，"你不记妈的仇？你认长锁是你爹？"

杏莉的心中刺痛了一下。她望了那可怜的不幸的母亲一眼，没回答，走出去了！

东方放亮了。

勤劳的农人，已经起身整理工具，准备上山下地了。日夜忙碌的女人们，眨着微微发红的眼睛，打着倦困的哈欠，开始拾掇锅灶做饭了。一会，从烟囱冒出蓝色的轻烟，和灰茫茫的薄雾混在一起，像是给苏醒了的山村盖上一层薄纱。西山顶上的块块小云朵，在人们还看不到旭日的时候，它们就被朝霞烘得艳红，宛如一缕缕点缀在白玉上的彩翠。

杏莉才出二门，迎头碰上王柬芝。王柬芝的出现并非偶然。当他发完电报后，就走到妻子的窗前，想听听里面的动静；里面的哭声吸住了他，接着他全身沁出冷汗……杏莉像见到狼，恨不得上去揪住王柬芝，咬他几口……但是一想到他有枪，她就装作无事的样子向外走。王柬芝却用胳膊把她挡住：

"杏莉，什么时候回校里去？"

"哦！今天早上就走。"她用力镇定自己。

"多住几天再走吧。我还有事同你商量！"他微微笑着。

"那好。等我回来再说吧。"杏莉想赶快脱身，说着又要走。

"你上哪去？"他又拦住。

"我去找德强，一会就回来。"

"等一等。进屋去一下，我有几句话和你说。来，进去吧。"

杏莉踌躇一霎。心想，硬不进去他会怀疑的，就硬着头皮跟他走进屋。

那淑花还没起床。她一面在朱红的花缎子被面上撩摆着大腿，一面无聊地轻声细气地瞎哼哼。一见王柬芝，就嚷道：

"哈哈，你到底回来……"她发现后面跟进来的杏莉，扫兴地咽回后半句，哼一声鼻子，把屁股朝里一扭，用被蒙上头。

杏莉又恨又厌地瞪她一眼，背着身子站在炕前。

王柬芝溜达着，随手把门插上了。

"爹，你闩门干吗？"杏莉吃了一惊。她叫"爹"很别扭，但她还是聪明地叫了。

"嘿嘿，你表姑还没起来呢！"他阴沉地笑笑，使杏莉更感恐怖！接着他几步抢到杏莉跟前，脸变得异常阴恶，严酷地问：

"杏莉！你要上哪去？"

"我到德强家去！"杏莉也失去平静，心怦怦地跳起来。

"你要叫人来抓我！"他恶毒地抽动着脸上的皮肉。

"抓你干什么？"杏莉的脸唰地变白，胸脯在起伏。

"哼！你们说的什么，还以为我不知道吗？我是汉奸，你要抓我！好，咱先来看看……"他从口袋里掏出一把匕首。

淑花见势吓得缩成一团，浑身哆嗦。

杏莉脸色煞白，她并不是害怕，她眼睛里放出利剑般的光芒，愤恨地说：

"王柬芝！你要杀人！你，你这个老汉奸！你要是知罪就去向政府自首。你杀我，哼！也活不了你！"

王柬芝冷笑一声，把匕首倒握着，软下来说：

"杏莉，你我毕竟是一家人，我哪舍得害你呀！两条路：你不坏我，我就放你，等夜里派人送你到牟平城去，有荣华富贵你享；你若是告发我，可别怨我无情，那是你自己找死啊！"

杏莉浑身发颤。在这个手持利刀的大汉奸面前，她显得多么无力啊！她想呼喊，可是这深深的里三层外三层的住宅，谁能听到呢！她真有些后悔，不该进来了；自己死了是小事，而这些汉奸就抓不到了，但她的神经没有错乱，脑子一动，心想先答应下，抽空子再去报告……于是改变口气说：

"我一时糊涂，告发了还害着我妈。我不去啦。"

杏莉呀杏莉！聪明伶俐又单纯幼稚的姑娘，你用这些话能骗过老奸巨猾的王柬芝吗？你哪知道敌人的毒辣啊！

"呀，到底是知道好坏的姑娘。到城里可好呐，日本军官又阔气又大方，对咱女人可客气啦……"淑花见杏莉软下来，笑着扭过胖腰肢，谄媚撒娇地劝说着，但被王柬芝的严厉眼色逼回去了。

"这就好。"王柬芝说，"你就在这屋里待着，有人送饭给你吃。"

杏莉一听，急了，忙说：

"我要去找德强，好捎信请个假呀，不然他要来啦！"

"这不用你烦愁。我会去找德强！"

杏莉知道坏了。她立时忘记一切，冲过去就开门。王柬芝一把将她揪住，喝道：

"你跑哪去！"

"你要杀人！来人啊……"杏莉惊呼，不顾一切地反抗。

王柬芝的手指被咬破，刀掉到地上，两人拼命地厮打起来。

淑花刚上来吓掉了魂，后来见王柬芝的刀被打掉，就光着屁股跳下炕，把刀拾给王柬芝，王柬芝把杏莉摞倒在地上。

杏莉叫喊挣扎！

"快！"王柬芝叫道，"快拿东西，塞住她的嘴！"

杏莉的嘴被淑花用毛巾堵住了。王柬芝凶残地向她胸口刺去……又向她肚子插进一刀。

血——青春的热血，在晨曦中迸溅！

王长锁早晨起来挑担水饮了牲口之后，拿着竹笤帚到里院来打扫院子。他刚进王柬芝住屋的院门，就听到有喊叫声。他忙向发出叫声的门口奔去。可是门推不动，他从门缝向里一看：天哪，大事不好！王柬芝在杀他的女儿——杏莉！他摸起砖头就砸门……

王柬芝一听有人，忙从枕头下抽出手枪，开门冲出来。

王长锁见势不好，转身就跑，大喊大叫！

王柬芝尾追不放！

一个细条条的青年，穿着一身已褪色的军装，两手插进口袋里，满脸流露出喜悦的光彩。他那对黑大的眼睛，更显得有神而英俊，只不过现在里面含的善良温情的成分比过去更多些。他漫不经心地迈着敏捷轻快的步子，走近杏莉家的大门口。

突然，一阵叫嚷声和沉重急促的脚步声，使他立刻停住脚步。他脸上的喜色、眼里的温情几乎同时消失，随即换上紧张、警觉和勇敢的战士表情。他迅速抽出两手。

就在这青年的感情骤然变换的同时，一个人猛地冲出大门，枪声也随之响了，子弹打在门板上。那青年机灵地把身体闪到门旁，两眼紧盯着门口。

王柬芝提着还冒烟的手枪蹿出来。青年见势来不及多想，等王柬芝跑到跟前，他飞快地抢上去把腿叉开，扑通一声，王柬芝那瘦高的身体被绊倒在地上，嘴里啃满一口土。青年再上前一脚，踩住他伸向右前方握住手枪的手脖子，一把将枪夺过来。

王长锁跑出好远，听到这摔倒的响声，回头一看，就急忙跑回来，喘吁吁地叫道：

"啊！德强，德强啊！是你呀！"他见德强有些迷惑吃惊地看着他，又说："他杀杏莉……是大汉奸……"

"什么？"德强禁不住浑身一震，紧盯着王长锁的脸。

王长锁抽泣着，忽然叫道：

"德强，快！快去抓吕锡铅，也是汉奸！别叫他跑了！"

德强一听，来不及再问，这离学校很近，怕吕锡铅闻声跑掉，就把已经摔伤的王柬芝交给王长锁看管，提着枪直奔学校去了……

王长锁照躺在地上的王柬芝狠踢一脚，怒骂道：

"你这兔崽子！……"

王柬芝摔得并不重，只是装着爬不起来。他见德强一走远，猛地跳起，照王长锁胸前狠狠一拳，立时冲进门去。他慌忙地跑进屋，回身把门闩上。他打开箱子，把译电报的密码本揣进腰里，又抓起掉在血泊里的那把匕首，眼睛四下扫了一遍，没找到淑花。他要杀死她，以防她泄密……他听着前面王长锁的砸门声，也来不及再找，把刀插进腰间，推开后窗，跳进花园里，开开后门上了大街……

娟子听到枪声，急急向南赶来。街上有好多人，都惊恐地朝枪响的地方跑去。

昨晚开干部会，大家讨论了王柬芝的老婆和长工的事。经过分析，都觉得里面有文章。就决定今天找杏莉母亲和王长锁谈谈，看看他们有什么反应……

娟子正走着，猛见王柬芝匆匆从南走来。看样子他很紧张，别人和他搭话也来不及说完，只是一个劲地走。娟子心里一动，就迎着他走上去。

王柬芝一发现她，略一怔，就先开口说：

"秀娟，妇救会长！是怎么回事？哪里打枪？"

"我也不知道，想去看看。你上哪去？"

"噢，我，我想到万家沟去一趟。"他说着就走过去了。

由于人多，娟子开始没看清他的身上有什么特别。可是当他一闪身，娟子那敏锐的眼光就发现王柬芝的黑衣服上有点点的血印，再见他不安的神情，那枪声又是从南头传来的，娟子立时警觉，急忙跟上他，叫道：

"校长！等一下，我有点事！"

王柬芝已走出十几步，听见叫声转回头，可是一发觉娟子的手在从腰里向外掏什么，立时知道不对头，就放快脚步。

"哎，你等一等呀！"

王柬芝心一慌，顾不得其他，大跑起来。

"站住！"娟子推上子弹，紧紧追赶。

那王柬芝跑得更快了。

"站住！要不我开枪啦！"

王柬芝见跑不出去，就停下来，急忙从腰里掏出密码本，划着火就烧。

娟子见他在烧什么，更急了。猛地冲上去，抓住王柬芝的衣领，怒喝道：

"快把火熄掉！"娟子见他把烧着的东西摔到地上，急忙赶上去用脚踩。

王柬芝突然抽出匕首，照娟子背上就刺。

娟子飞快地闪身躲开，用枪指住他：

"不准动！把刀丢掉！"

王柬芝颤抖一会，又凶恶地向娟子扑来。

娟子气炸了！照他腿上狠狠开了两枪！

后面的人群赶上来，把已被打伤的王柬芝扭住……

教员吕锡铅因吃多了油腥东西，又喝了不少凉水，这几天颠晃着大驴头，老往茅厕里跑。前天上课时，他拉到裤裆里，学生说臭，他还赖学生不讲卫生，在教室里放屁呢。今天一大早，他又蹲在茅厕里拉稀，一面还想着昨晚王柬芝交给他的任务——早饭后就到万家沟去……一听枪响，他心里有病，吓得没拉完就提上裤子，越想越怕，又拉了一裤裆。

他刚出茅厕，就听见有人问那年轻的老师：

"高老师！吕锡铅哪去啦？"

那高老师见德强抢着枪，战战兢兢地回答：

"啊啊，他大、大概，在茅、茅厕里……"

吕锡铅见德强奔来找他，转身就跑。他拙笨地往墙上爬，已快爬到顶了。谁知墙是泥和石头垒的，又太陈旧——泥散了，更加上他那又笨又沉的身子，吓得发抖的两手，一个石头被他踩活，两手也没抓住，就四脚朝天，连人带石头，跌进粪坑里。二三百学生用的粪坑，加上刚下过雨，像个井一样。他站起来稀粪还到脖颈呢。

德强赶来将他逮住了。

村里的人们闻声已赶到。玉秋带着民兵押起犯人，进行搜查……

德强走进杏莉的家，人们的恸哭，使他发麻！

杏莉母亲已声哑泪尽，抱着血淋淋的女儿，哭得死去活来！

杏莉慢慢苏醒过来，眼睛无神地看着她母亲那哭皱了的脸，细声说道：

"妈，我不记你的仇，我认长锁叔是我爹……"说着又昏迷过去。

杏莉母亲恸哭得更加厉害了！

满屋的男女老少，个个流泪，人人悲泣！

母亲坐在地上，怀里放着杏莉的头。悲怆使她发昏，身子很难支持住了。她轻轻地抚摸杏莉苍白的脸颊，泣声呼唤道：

"杏莉！莉子！闺女！孩子……"

杏莉的眼睛睁开一条缝，注视着母亲的脸，一霎，细小的泪珠滚出眼角。她细声叫道：

"大妈呀……"

"孩子，你痛！大妈知你身上痛……"母亲急忙去揩她的泪水。

"我不痛，大妈……"杏莉的脸抽动一下，"我，我是想到你家去，跟着你……啊，大妈呀！你真好啊！德强哥……"

"妹妹，我在这！"德强立刻应道。他跪着蹲在杏莉身旁，紧握着杏莉的一只手。杏莉紧看着他，用几乎听不见的声音说：

"德强哥，你来了！你把敌人抓住了……你别哭，你真好啊！……你很年轻，别为我伤心……打敌人要紧。你要英勇下去！永远……"她以生命的最后一息，坚持着说出这最后几句话。没等他回答，她那在柳叶似的淡淡眉毛下的细眯眯的眼睛就闭上了，喘出最后一口轻微的气息！

像焦雷轰击脑门，德强感到一阵昏晕，忘记擦在他是很少流的眼泪，只是看着她的脸，握紧着她那只渐渐冰凉僵硬的小手！

人们再三苦劝，杏莉母亲还是止不住哭。而这个时时为女儿着想，在黑暗痛苦中爬过十几年的柔弱女人，怎么能不哭啊！她痛苦极了！她恨自己害了孩子。她撕自己的头发，不愿再活下去，她要撞死在女儿身旁！

花子去拾掇炕，想把杏莉抬上去，但向炕跟前一走，被什么东西绊个跟跄。她低头一看，惊叫起来：

"哎呀！这是谁啊？"

大家一看，啊！一双白胖的小脚露在外面，于是就动手向外拖……

那淑花帮着王柬芝杀了杏莉后，听到外面枪又响人又喊，知道大事不好。这女人更知道王柬芝的狠毒，他会为保密回来给她一枪的。所以吓得又是屎又是尿，恨不得钻进老鼠窟窿里去。惊恐中她发现了平常烧炕用的炕洞口，就赶忙向里爬。谁知美中不足，她长得太胖了，好容易挨着痛挤进个大屁股，但是两只脚怎么也弯不进去了……

大家把她拖出来一看，嘿！她可把炕洞里的灰都摸到皮肤上了，黑得像个驴屎蛋蛋，身上还被砖头擦破了好几处。

人们见她身上一丝不挂，都愕然吃惊。花子问道：

"嫂子，她是……"

"你这妖精！你赔我的孩子呀！"杏莉母亲发疯地扑上来，"你这婊子！汉奸的姘头！天哪！我的孩子……"

那淑花像鸡吃米，双腿跪在地上直叩头，哀求道：

"八路老爷，开开恩吧！宽大宽大咱妇女哪！都是他们干的呀！我什么都告诉你们……别打我呀！我都说出来……"

第十四章

初冬，天上飘着雪花，它一触到物件就化了。小北风飕飕地刮来，怪冷的。开会来的人真不少，周围十几里村上的人差不多都来了。就在几年前枪决哥哥王唯一的沙河里，又来公审弟弟王柬芝，和他在周围村里的全部党羽二十三名。

人们都很激动，怒视着这群东洋的奴才。纯朴的人们，往往仇恨汉奸更甚于日本鬼子。他们的想法是：日本鬼子生来就是坏的，就和狼一定要吃人的道理一样；可是这些同国土同民族的败类，却出卖自己的祖国和同胞，做敌人的帮凶；他们就像是失去人性变成豺狼的人，比野兽更加可恶！

母亲气得浑身哆嗦，各处的伤疤像火炭似的烧起来。她从来都把王柬芝当成好人，并为他那次被王竹抓去担过心，可想不到他就是折腾她的刽子手，是杀死她的孩子和更多的人的大凶手。

站在母亲身旁的是杏莉母亲。她紧挨着她，似乎母亲身上有可取暖的火焰。杏莉母亲不敢抬头，不敢看人们一眼。她相信母亲的话，政府会宽大他们的，可是王长锁还和王柬芝那些汉奸一块押在台子上；虽然大多数人都向她送来同情怜悯的眼光，但也有由于对犯罪事实太愤恨向她怒目而视的啊！

她全身被悔恨、羞愧、痛苦、恐惧所控制。她在战栗中！"大嫂，"她悄声胆怯地说，"你说真能、能没俺们的事？"

母亲转过头，非常怜悯地看着她那憔悴的脸，哭红的眼，挺着很沉的大肚子的瘦弱身子，握着她冰凉的手，安慰说："妹子，我不是和你说过嘛？咱共产党的政策和明镜一样，不会冤枉人的。你们的事，一定会宽大处理的。这都是被王柬芝害的。好妹子，放心吧！"

"大嫂，你看他，"她羞愧地把头垂得更低，"他也在押着啊！"

"哦，那是为着长锁也有牵连，不正式宣判是不能放的。这是永泉说的。"

杏莉母亲虽然相信，但心还是怦怦地跳着。

母亲这时想起早上同姜永泉的一场谈话……

"永泉，长锁和杏莉她妈，有没有关系？"母亲担忧地问道。

"大娘，照你的看法呢？"姜永泉微笑着反问。

"我？"母亲略停了一下，接着说，"我说这全是王柬芝那东西的罪，把两个老实人给吓住了。永泉，你还不知道，在往年，两个人私通真是要给打死的呀！咱村就有两个寡妇是这样死的，男的跑到关东，到如今还没音信……"她见姜永泉很用心地在听着，心里有说不出的畅快，"永泉，他俩也有功啊！救出我那算不了什么，可到底说破了王柬芝那一伙呀！唉，那个好闺女死啦……"她撩起衣襟擦了擦潮湿的眼睛，"这样的人不能不可怜，亲生孩子也叫杀了。我就心疼杏莉……"

姜永泉看她这样伤心，心里也有些难过，怕她再说下去更悲伤，就插断她的话，说：

"大娘，快不用担心。咱们政府是最公道的。你放心好啦，根据他俩的情况，政府不会惩办他们。王长锁现在还押着，是为按手续办事，也好教育教育受骗的人。大娘，开会时，你伴着她一块去，安慰安慰她，叫她也受些教育。你看这么做好吗？"

母亲又兴奋又感动，仿佛是她自己的事一样。她抓着姜永泉的手，激动地说：

"永泉，我早知道咱政府是最、最公道的！共产党的章程真是太、太好啦！"她想了一会，又问道，"哎，永泉！她和长锁的事怎么办呢？又有了孩子。"

"噢！这个事……大娘，你再说说意见吧。"

"又问我个老婆子了。"母亲满怀兴致地说，"要照我说呀，爽是叫他

— 265 —

们一块过吧！也真是一对相称的两口子呢！"

"大娘，你真会替别人着想。你说的和我的想法一样。我再和同志们商量一下，就照你说的这么办！"

母亲激动地站起来，好一会才脱口说：

"那——那——啊！他们真是重见天日啦！"

公审大会开始了。

县委会组织部宋部长首先讲话，他略述王柬芝等人的罪恶后，接着对未能及时发觉这些汉奸卖国贼，并把王柬芝当成进步人士的错误，做了沉痛的检讨。

下面，审判长——刘区长开始审讯罪犯……

杏莉母亲攥住手心，一直在注意听。听到审判王柬芝、吕锡铅、淑花等六名罪大恶极的汉奸就地枪决时，她心里刚舒一口气，可是看见区中队的人去拖罪犯，立刻又吓得浑身发颤，她紧盯着带枪的人和王长锁的脸。

就在这时，审判长接着宣判了其他的犯人，有的罚劳役；有的管制；而在免罪释放的人中间，有王长锁的名字。他还说，区上批准王长锁和杏莉母亲为合法夫妻。

人们的欢呼声雷一般鸣响：打倒汉奸！铲除恶霸！人民是一家！

杏莉母亲瘫痪在母亲怀里……

过年了。

今年不像往常被鬼子赶到山里去过年。八路军和地方武装把敌人打得不敢露头，像乌龟似的缩在据点里。根据地的老百姓，真可以过个太平年了。

人们抬着肥猪肥羊、白菜萝卜、葱花韭菜芽、花生、烟叶子……种种好吃的东西，打着锣鼓唱着歌，高喊着口号，去慰劳子弟兵。青妇队用各色彩布，缝成美丽的慰问袋，上面还绣着字句和花样，装上纪念品，送给每个战士。而战士们也把分得的胜利品——毛巾、笔记本、钢笔……回赠给她们。

三十晚上，秀子领着儿童团，排好队伍，敲锣打鼓，喊着口号，把"光荣灯"送给每家抗属。

母亲听到外面锣鼓喧天，吵吵嚷嚷地闹成一片，就走出来。她一看，呀！门楼上挂着一盏五星红灯。她不认识上面写的"革命家庭，无上光荣"八个大字，可是她感到愉快和光荣。她笑着，慈祥地看着在红灯下每张热情欢笑着的嫩脸蛋。

锣鼓煞住后，站在队伍外面的一个男孩子，领头喊起口号：

向光荣的妈妈致敬！

向抗属拜年！

革命家庭无上光荣！

打倒日本鬼子！

八路军万岁！

共产党万岁！

毛主席万岁！

喊完口号，接着是一片掌声……

母亲很慌乱，不知怎么才好。她一瞅见女儿，就拉住她的胳膊说：

"秀子，快领孩子们到别家去吧。咱家不用啊。这大冷天……"

"大妈，我们是儿童团呀！这是工作哩。"一个男孩子挺认真地说。

"大婶哪，你家最光荣，都打鬼子。咱们就该先给你老拜年。"一个女孩子很神气地道。

"奶奶，今晚是工作。俺妈说明早上、早上来给你磕、磕头哩。"这孩子太小，也分不出是男是女，说急了气都换不过来。

……

孩子们你一言，他一语，大妈、大婶、大嫂、奶奶……叫成一团。母亲也不知听哪个的，答谁的。正在这时，从人群里挤出个孩子，黑黝黝的脸蛋冻得透红，在棉帽檐下，那对黑大的眼睛更神气地闪闪发光。他一走上门台，两手拉住母亲的手，叫道：

"妈，你别说啦。人家是抗日呀！"

母亲觉得德刚的手像冰块子一样凉，她不自觉地想握紧它暖和一会，但一转眼，德刚已冲到秀子跟前，生气地嚷道：

"团长！你怎么不讲话呀？快说啊！"

"快说呀！快说……"孩子们齐声叫着。

儿童团长秀子每到一家都要致祝词的，却没准备到自己家来怎么说。她见了母亲有些害羞，被孩子们催急了，脸越发红起来。她冲着母亲，两手展着张纸条儿，像背书似的念道：

"敬爱的抗日家属：让我们儿童团代表全村人民，向你们鞠一躬……"
她接着两手垂直贴在身上，规规矩矩地向母亲深深弯下腰。孩子们都把帽子脱掉，跟着她做……

这可把母亲逗得哈哈大笑起来。不料，从门里拥出好几个区干部，看着这情景都笑弯了腰。

秀子更慌了，满脸臊得血红，忙向孩子们嚷道：

"走！咱们到另一家去吧。这家好了！"

孩子们前拥后挤，吵吵嚷嚷地走了。

干部们都围在门口看灯。刘区长笑着说：

"哈，真是革命家庭，秀子管妈妈也叫'抗日家属'啦。大娘，闺女都不认你做娘了。"

母亲也打趣道：

"俺才不怕呢。'女大不认娘。'大了就跟人走啦。'嫁出的闺女，泼出去的水。'做妈的也省了操这份心啦。"她笑着对姜永泉说，"你说是吧，永泉？"

姜永泉不知怎的，有些不好意思，憨憨地笑笑。大家看着都哄笑起来。

"大婶，"德松插嘴说，"我看你这光荣妈妈的封建脑筋，可真要好好改造改造呢。"

"嗨，大娘你真当水把秀娟泼出去呀，日头也要从西面出来了。"玉媛故意提高清脆的嗓子，薄嘴唇动得飞快，"我看哪，你疼女婿定会比疼儿子还厉害！"

姜永泉这时更吃不住，脸越发红了。母亲对他笑着，又朝玉媛说：

"你这个丫头就是嘴尖，看把永泉说得脸都红遍啦。其实呀，女婿和儿子还不一样？等你找着人家，你妈若是亏待了你男人，你可别又哭又闹啊……"

大家正在打趣嬉笑，一个老太婆却哭天嚎地、颠颠踬踬地走来了。她来到跟前，见这么多人在场，有些胆怯和局促。

犹豫一下，上来拉着母亲的衣袖，哭道：

"好妹子呀……你行行好吧！我那媳妇哭死哭活的，要走啦！怕人哪！好妹子，快叫秀子……啊，是团长！把那玩意拿走吧。好妹子，我求求你！我给你下跪……"说着她真要跪下，被母亲拦住了。

真是三伏天刮西北风，大家被她搞得莫名其妙，不知她说些什么。问了好一会才弄明白。

原来这就是那家富农伪军的家属。她儿子孔江子在外当伪军，秀子刚才领着儿童团，在她门上挂了一盏用黑纸扎的"孝帽子灯"，警告她们谁也不准动，并呼口号讽刺她们……

母亲脸上的笑容消失了。面对这个痛哭流涕的老女人，她一点同情都没有。相反，倒是气愤地感到她是那么卑贱，那么难看。母亲看着姜永泉，意思叫他来对付。姜永泉严肃地对老太婆说：

"这个你怪谁呢？谁叫你儿子不争气，当二鬼子的。你想不挂也可以，动员你儿子回来，保证他一点事没有。再说，那是儿童团的事，你找团长的妈有什么用呢？"

"是啊，他大妈！"母亲接上说，"人家是团体，我这老婆子怎么能管呢？你有理找政府去啊！"

"好刘区长啊，"老太婆向刘区长乞求，"你下个令，叫拿掉那灯。我明儿写信叫江子回来，你先叫把灯拿掉吧……"

"说得倒容易，"德松生气地抢白她，"空口白话谁信？过去你说什么来？做了吗？没有。我看哪，你倒是先做个样看看再说吧！"

老太婆本想来跟母亲闹一场，不想倒找个没趣。她听出话里有话，怕嚷下去再被人掀出丑来，就咕噜着走了。

"哼！"玉嫒瞅着她的背影，气愤地说，"她还去动员儿子反正，连她儿媳妇参加妇救会她都不依。死顽固脑筋！"

"看样子她儿媳妇倒可以再争取争取。"姜永泉考虑着对玉嫒说，"你们还应该多去动员她，据说孔江子还当个小头目，他反正了还可能带动几个人！"

"这倒是该做的工作。"刘区长说，"听说扫荡时她儿子还捎回东西来家。"

"就是嘛。她自己还说是孩子做买卖挣的呢！"德松又对母亲说：

"大婶，对这样顽固的家伙，就该治治她。秀子做得对，很对！"

县上老早就同意姜永泉和娟子结婚。但他俩老觉得工作忙，事情多，所以就拖下来了。现在局势比较稳定，区上又搬在王官庄住①，干部们催，母亲也说，趁过年好时日就把喜事办办吧。姜永泉和娟子也不反对了。大家就准备在年初一晚上，给他们举行结婚仪式。

大家决定的日子，新娘子并不知道。娟子还在外村忙工作。怎么办？

刘区长自告奋勇，他负责写信去叫。

母亲的南屋，打扫得干干净净，拾掇得整整齐齐。屋里的墙面，刷了一层新水泥。炕上换了一条高粱秸编织的席，用白粉莲纸重糊了窗户。小茅草屋焕然一新，亮堂堂的。

花子、玉子和一帮青妇队，还有区副妇救会长玉媛等几个区上的女同志，正在布置新房。

玉子巧妙地用红纸剪成一对嘴对嘴的喜鹊，她双膝跪在炕上，想往窗纸上贴，看呀看呀的，端详了好一会，也没找着合适的地方。她就嚷道：

"你们看哪！俺这对喜鹊贴在哪好啊？"

姑娘们都爬过来，这个说那，那个指这……玉媛瞪着水灵灵的两眼看了半天，抢上去指着贴在窗纸上用绿纸剪成的树枝，忙说：

"呀！贴这好。鸟踏在树枝上，这才好看哩！"

玉子真贴上去了。大家拍手叫好。那对俊秀的小红鸟，衬托在被雪光反射得更加白亮的窗纸上，宛如一对真的鸟双双歇脚在绿枝上。花子带笑地说：

"哎，这不大好看，两个亲嘴呢。咱们八路军早就不兴这一套。"

"咦！这表示两人亲近和好哇。不是真人亲嘴呀！"一位姑娘反驳道。

"哼！谁说八路军不兴亲嘴，我就不信。要是两人情愿呢？我今晚非让俺娟姐和姜同志来一个不可。"玉子眨着眼睛，神气活现地说。又对花子顽皮地笑道：

"妇救会长，你还封建哩！你没真试过吗？"

花子的脸蓦地飞红了。紧接着又像触动了伤口似的，痛楚得眼窝间微微抽动一下，显出青灰的阴影。但纯挚热情的少女们，只顾去调笑，谁也

---

① 在当时的环境下，区的机关经常调换住址。

没注意到她的表情。

"哈哈！想必玉子有个情愿的人儿，真来过呢。看她说得多真切呀！"一个小姑娘凑趣地冲玉子叫道。

大家都开心地笑了，可把玉子臊得不行，跳下炕趿拉着鞋就追那姑娘。那姑娘知道抵不过她，转身就向门外跑。只听哗啦啦一声响，大家向外一看……不由得把肚子也笑破了。

秀子兴冲冲地端着一脸盆温水，进来揩桌子，却不料正和小姑娘撞个满怀。水从小姑娘的头一直浇到脚跟，把她过年才穿上的新衣裳湿得透透的。秀子身上也好不了多少。两人对看着，哭笑不得。秀子忙放下脸盆，很抱歉地给她拧衣服，一面说：

"秀真妹，别生气。都怪我冒失。"

秀真本来噘着小嘴，上面能挂个油瓶，眼泪也快掉下来，一听秀子这一说，倒笑了，说：

"不怪你呀，秀姐。"她又朝着笑得抱着肚子的玉子说，"都是她的事。笑，笑，人家死人你坐轿。将来嫁个厉害男人，打扁你这毛丫头才好呢。"

花子走过来，安慰她说：

"秀真，好啦。赶快回家换换衣服吧。看冻着了。"秀真走后，她问秀子道：

"娟子还没回来？"

"没有。"秀子摇摇头。

"真不该，快当新娘啦，还不回来。"一个姑娘有些埋怨地说。

"是啊！"不知玉媛是称赞还是埋怨，"她啊，只顾工作，哪还想得起结婚啊！不知她哪来的那么大劲，不管冰天雪地，风里雨里，黑天白日，她一点也不知累，一点不叫苦。"玉媛说到这里，干脆放下活计，指手画脚地讲道：

"有一次呀，区里召开会议，我们都以为她来不了啦。因为她离区十几里地，一夜下了腰窝深的大雪，路都给封住了。嗨，想不到她真来啦！我的个天哪，你们可没看见，她那时的模样可真吓人啊！你们看，衣服上全冻成冰，头发一动嘎巴一声掉下一大缕——冻脆了啊！简直是个雪人了。那脸冻得乌紫，手都肿了。我们看着都疼得慌，你们猜她怎么着？却笑嘻嘻地说她来迟了呢！"玉媛见大家也都停下手，听迷了。

她就忙动作起来，一面笑着说：

"看，越说越远了。快干活吧，不然新房就布置不好啦。你们愿听以后再说，秀娟的故事可多啦！对吧，秀子?"

"嗯，不——对了。"秀子见人家夸奖姐姐，又高兴又不好意思地含糊回答。接着又说，"不用急。区长说，她在天黑前一定会来的。他派人送信说，要她回来有急事哩！"

娟子正忙着领人们去慰问伤员，接到区长叫马上回区——王官庄的信。她把工作交代好，就上路了。在她进家门口以前，真没想到今晚上就是她终身大事的喜日子。她只是同意结婚，却没想到就在今天啊！

自参加工作以来，几个年也没在家过了，都是母亲打发秀子给她送点好吃的来。有时妹妹提着篮子，跑好几个村才找到她。同样，今年她也根本没想到回家过年，就在接到区长的信时，她还是想着回区上有什么急事，并没感到全家聚在一起过节的欢乐。她并不是不爱母亲，不想弟妹，相反，在她看来，正是为更爱母亲，才应该这样去做的。也同样，母亲有时虽有点怨她，当然是想得最厉害的一霎，但母亲从来也没对谁提起过。有时秀子德刚嚷嚷着叫姐姐来家过年，还被她责备了几句。母亲觉得孩子这样做是理所当然的。这可不是母亲无限的宽恕，而是由于母亲真正和女儿有一致的认识。

娟子和姜永泉的恋爱，虽然经过了漫长的岁月，但这完全和火热的斗争交融在一起，他们之间简直没有什么温情接触，甚至两人连手都没有碰过一下。虽是在一个区上工作，但分开的时间比在一起的时间多得多。谁要去战斗，就拿着武器带着战友悄悄地出发了，从没特别告辞过。谁要去工作，就和普通的同志一样，有交的有接的，谈论着工作上的事，走了。但他们无论在什么时候，都觉得有两个人的力量、智慧、荣誉、耻辱、优点、缺点……在各自身上存在。

星梅的豪放热烈的性情，传染了很大一部分给娟子。当然，在性格上她俩有很大的不同。娟子以她自己的特点，悄悄地强烈地把爱情毫无保留地献给她心爱的人。

等娟子匆匆地跑了七八里山路来到家，已是上灯时分了。

她一进门槛，"噢"的一声，一大堆人把她接住了，屋子里顿时引起一片欢笑声……一瞬间，她什么都明白了。

人往往是这样：自己虽已明知道某种重大的事情必将来临，并也做好了充分准备，但当事情真的到来、特别是突然来临时，总免不了产生巨大的激动。

娟子激动得不知怎么是好。她一见到母亲，像受了欺负似的对母亲说：

"妈！是真的呀？"

母亲瞅着孩子那红嫩的脸，温和地微笑了。

杏莉母亲抱着出生不久的孩子，赶忙挤过来，抓住娟子的手，说：

"哎呀，快点吧，新娘子！好上轿啦，你还没打扮！'现上轿，现包脚'也要个时间呀。快来吧！"

这三间小屋，炕上地上挤满了人，后来的都站在院子里。人群里洋溢着热情的欢笑。

姜永泉和娟子，每人胸前戴着一朵红花，被大家拉着坐在一条长凳上。娟子上身罩着一件新蓝布褂子，下身穿一条小红梅花布裤子。她本来高低不穿这条红裤子，可是杏莉母亲和一些老妈妈一定要她穿，说结婚不穿点红生不了儿子呢。

她拗不过，才红着脸穿上了。

结婚仪式开始了。

司仪念着仪程，先向挂在墙上的毛主席、朱德总司令的肖像鞠了躬。又向母亲鞠一躬。娟子一听新郎新娘互相鞠躬，羞得忙转过身去。玉子叫起来：

"娟姐，你怎么背向新郎呢？是头啊！来呀，咱们教给她吧！"

一帮子青妇队应声拥来，扯拉着娟子，向下捺她的头。姜永泉很规矩地鞠完躬，头正向上抬，正碰上娟子的头被捺着向下低，咚的一声，两人碰个响头。人们大笑起来！

该介绍人讲话时，刘区长佯装地干咳一声站起来，笑着说：

"哈，我是个半拉子介绍人。其实是星梅同志给他俩介绍……"

这句话像一瓢冷水浇到已烧红的铁锅上，母亲的心炸了！她耳朵一阵嗡响，听不到刘区长下面讲的什么。星梅，这个鲜明的影子，又出现在她的面前！好闺女，那好闺女！她爱她的未婚丈夫，是那样热炽的爱！他死后，她的心都要碎了。母亲，她还记得星梅曾说过，她要和娟子一起结婚的话。可是现在，那一对未婚夫妻都在地下了，再也见不到今天的情景啊！……还有，那死去的杏莉，啊，可怜的好孩子！母亲想起她，不由得看看坐在她身旁的杏莉母亲。

她已变成另一个人。那双细眯俊俏的眼睛，又恢复了柔情的光泽，怀里抱着胖胖的儿子，正大口地吞着妈妈的奶汁。她见母亲看她，回奉一个感激而又幸福的微笑……这微笑又使母亲一震！是的，杏莉向来就是这样笑的。啊，一个俊秀的姑娘，还没等她做她的儿媳妇，就死去了，而使她的母亲，得到了幸福！

母亲的思绪奔放起来，她愈想愈远了。渐渐把七子夫妻、陈政委、老号长、于水、兰子、老德顺……一切人的事情都连在一起了。她再看看屋里每张兴高采烈被灯光辉映得更加红润的脸面。这些幸福欢笑的脸上，像是烈士的鲜血照红的。她凝视着女儿、女婿，他们胸前的红花。那红花像是她的小女儿嫚子戴的被鲜血染红的苦菜花。她似乎看到，那血现在还一滴滴向下淌！

母亲注视着女儿那年轻赧红的脸庞，仿佛看到复活了的星梅！她真要扑上去，大叫起来……

"大娘，该你讲话啦。"刘区长亲切地招呼道。

母亲蓦然醒过来，深深叹口气，习惯地闭紧嘴，唇角上又出现了深细的纹线。她竭力使自己坦然，做出高兴的样子，缓缓地站起来，理着苍灰的鬓发，苦楚地微笑一下，慢声地说：

"唉！我一个老婆子有什么好说的。他们俩是天生的一对，我从心坎里高兴。我知道他们是一个心眼，在做一样的事，是会和和气气过日子的。做妈的很放心啦！"母亲停顿一霎，深深叹口气，一只手又理了几下苍灰带白的头发，继续说道：

"我一看到他俩的今天，就想起星梅和铁功。这是多么好的两个人！真是一对好夫妻啊！星梅那时对我说过，等环境好了，她要和娟子一块结婚。可现在，她连看也看不到今天。我想说，有这一天真不容易啊！不是共产党、八路军和死去的那些好人，鬼子早把咱中国亡了。这、这都是血汗换来的呀！"母亲愈说心愈酸，眼睛潮湿了。她感到屋里的空气渐渐低沉下来，就赶忙用袖口去拭一下眼睛，强笑着说：

"唉，看看，我说哪去啦？我再没别的说啦，就是盼他俩早点叫我抱

— 274 —

个胖外孙。"

……婚礼依次进行完了，大家围起坐着，吃着炒花生，咬着甜蜜的大红枣，把娟子和姜永泉拉到圈里，大家提意见叫他们干这做那的取乐……

姜永泉被逼着手拿几包香烟，给每个人送上一支；娟子跟在后面，逐个点上火。她走到交通老张跟前，擦着一支刚要上去点，老张鼻子一嗤气，火灭了……连划三支火还没点着烟。娟子脸涨红，又忍不住想笑，故意把火向老张胡子上一促，吱啦一声，他的胡子烧了一片。大家哈哈地笑了。

又有人提议叫娟子唱歌。姜永泉能吹一手好笛子，要他伴奏。娟子和弟弟德强一样，不大爱唱歌，可也拗不过大家，就唱了个《小放牛》。她那洪亮略带点男音的嗓子，虽有些生硬，倒也嘹亮清脆，加上悠扬好听的笛声和着，也很动听。歌是——

　　　　什么花开放黄金黄
　　　　什么人奋勇上战场
　　　　什么人投敌当汉奸
　　　　什么人消极抗战跑到大后方
　　　　什么人消极抗战跑到大后方嘛咦呀嗨

　　　　迎春花开放黄金黄
　　　　八路军奋勇杀敌上战场
　　　　汪精卫投敌当汉奸
　　　　国民党消极抗战跑到大后方
　　　　国民党消极抗战跑到大后方嘛咦呀嗨
　　　　……

大家一阵鼓掌欢呼，一定要再来一个。并有人指名要娟子唱《苦菜花》。这歌是在女孩子们中间很流行的山歌，娟子小时也会唱，就唱道：

　　　　苦菜根苦开花香
　　　　你虽家穷长得强
　　　　荣华富贵我不爱

一心给你做新娘

鲜花开满青山冈
一朵赛过一朵强
问我爱的哪一朵
那花开在你心上

苦菜开花黄又黄
你我情深意又长
吃苦受罪心里甜
苦菜花儿万年香

娟子唱罢，玉子、玉媛还要闹着叫他俩亲一下，刘区长站起来给他们解围了，笑着说：

"时候不早啦，明天还要工作。饶了他俩，留给人家洞房里来吧……"

人都走了。母亲最后收拾一下什物，嘱咐几句关切的话，也走了。屋里就剩下他们俩了。

娟子侧着身坐在炕沿上，垂着头，浓黑的柔发遮着她那血红血红的脸蛋。姜永泉习惯地把手插在衣服里，来回溜达着。过了一会，他坐在她身旁，很温柔地说：

"你累啦？"

"不，不觉累。"娟子的声音有些颤抖。她身子虽没动，心却跳荡起来，像有火在燃烧。

他把手轻轻放在她的圆浑丰满的肩膀上，幸福地微笑着，看着她那赤红的脸腮，光滑的颈项。娟子抬起头，拢了拢头发。她那对明媚的大黑眼睛，在密长的睫毛庇护下，恰似两池碧清的泉水。她紧看着他那消瘦的脸，由于过度劳累，脸上的颜色被灯光一映，更显苍白。过分的激动使他的两颊浮起红晕，眼睛闪烁着幸福的光亮。娟子的心房里充满了对他的热爱，把手紧抚在他的手背上。

灯光渐渐暗下来，光线晃曳着，灯芯爆发出轻微的响声。"不，别管它了!"娟子见他要去挑灯芯,柔情地阻止道。

姜永泉略顿一霎。她的眼睛告诉了他一切。……

灯火像个害臊的处女的眼睛,不好意思看眼前的情景似的,忽闪了一下,立刻熄灭了。

"秀娟,你这样爱我,我心里真……"姜永泉紧搂着她,声音有些发颤,"想想在旧社会里像我这样的穷汉子,连个媳妇都说不上。而现在,你,你比谁都疼爱我!"

娟子把脸紧偎在他怀里,用手抚摸着他的臂膀,怀着无比的幸福,温爱地说:

"还提这些做什么呢。永泉!我还不是有你来才走上革命的路吗!这些都是有了党才有的啊!"她忽然鼻子一酸,说不下去了。

"秀娟,你怎么啦?"他觉得有热泪滴在他胸脯上。

"唉,我是想,有多少好同志倒下去了啊!"娟子擦擦泪水,"妈刚说过,星梅是个多好的人呀!她多爱铁功啊!可是……"

"是这样,大娘说得很对很对!"姜永泉很激动地说,"没有这些好同志的牺牲,也不会有咱们今天的幸福,中国也早亡了。秀娟,咱们往后要更加劲工作,才对得起党和死去的同志啊!"

娟子没回答,只是更紧些地靠着他。他更用力地抱着她。两个人都感到对方的身上炙热得厉害,像是在一个熔铁炉里的铁流一样,完全熔化在一起了,永远也分不开了。

白雪皑皑的丛山,屹立在深黑色的星空中,宛如一个个银质的巨人,俯瞰着村庄的动静。山村是一片黑蓝色的夜幕,酣睡在宁静的环山中。就连在新年中最喜欢顽皮的孩子们,这时也甜甜地睡在母亲的怀抱里,做着明天怎样玩耍的美梦。

唯独从那三间茅草屋里,还发出轻轻的、如同潺潺奔流的泉水一样的话语声。两颗紧贴在一起的心,像是糖,似是蜜,在永久地永久地散发着甜香……

过了些日子,区政府迁走不久,专署①又迁来了。

————————————

① 专署——指胶东区专员公署。

晚上，在南沙河搭起台子，剧团准备演剧。

周围十里八里村上的人，也都来了。母亲走到一看，黑压压的那么一大片人，无法挤进去，她就站在人们的后面。民兵队长铁锁——一个二十多岁热情能干的青年——看到她，亲切地招呼道：

"大妈，快到头里去坐。位子早准备好啦！"

母亲知道，不论开会演剧，最前面的一块地方，总是铺着干草，专门留给抗属坐。她笑着推辞道：

"算了吧，铁锁。这么多人进去挺费事的。谁坐了还不一样。"

铁锁哪里肯，就拉着母亲，向人们招呼。大家听说是抗属来了，自动闪出一条缝，母亲顺利地进去了。

花子同她父亲已坐在那里，忙招呼母亲坐下来。

这时帷幕还紧紧地闭着，幕里的七八盏用大泥砂碗装着豆油点起的灯光，透过紫红色的幕布，映照在台下每张仰着的快乐的脸上。

秀子领着儿童团唱完一支歌，就向青妇队拉歌子。青妇队长玉子也跳起来，向儿童团反拉。接着民兵、青救会也向青妇队进攻。直搞得玉子那像山雀一样灵巧的小嘴，也没话说了，只好领着妇女们唱了一个……

正热闹着，军队排着整齐的行列走进来。于是，各团体的目标都转向军队了。他们也不客气，就雄壮有力地唱起来。歌声此起彼落，欢笑声响彻各方，会场上洋溢着节日般的快乐气氛。

一个小男演员，在热烈的掌声中，报告了节目。

顷刻，幕内风雨雷声大作，枪声响成一片，把台子都震动了。紧接着，幕布急骤地拉开了。

在人们的心情十分紧张的时刻，眼前出现一条在野草中急浪滚滚的河流。一群八路军战士冲出来。其中有的是伤员，还有四五个女同志。他们有的被背着，有的相互扶着，有的挂着棍子，都穿着湿漉漉的衣服，顶着瓢泼大雨，急遽地向前走着。

观众的神情全被抓住，心都在急促地说："快走，快走！敌人赶上来啦！"当这群战士突然怔住在河畔，台下的人也不由得"啊"了一声，这可怎么好啊！……

毋庸再重复，这就是前面已讲过的故事。

整个剧情都深深抓住每个观众的心，人们被其中的真实情节感动了。

花子紧靠在母亲身上。她深深敬爱那个女卫生队长；爱那几个为伤员不怕吃苦的女卫生员；爱那个不顾苦痛勇敢地给八路军带路、不知姓名的女孩子，但更使她心弦激动的是王东海排长的举动。他为别人不惜牺牲一切的精神，深深打动这个农村青年女子的心！花子想，那时她在那里多好啊！她会代替女卫生队长背起那高大的王排长——她自信自己比那女卫生队长有力些；她更会代替身受重伤的他，紧紧抱着那位痛苦的小战士。可是现在晚了。天哪！谁知这个人还活着没有啊?！可惜剧没演到他现在的情况就完了。花子像为亲人似的，担上这份心事了……

母亲的心全被那女孩子的姐姐——赵星梅这个名字抓住了。"真是她?不，同名的人也有啊！能这么巧? 不，是她，一定是……"她翻来覆去地想着，到底决定不下。她盼望着那个给八路军带路的女孩子真的是星梅的妹妹，她一定要打听清楚。

接着开始演第二个剧——"锔大缸"。

一个锔缸的老汉，挑着担子，随着有节奏的锣鼓声走出来。他唱道：

　　　张老汉我挑起担子下四乡
　　　锔碟子锔碗锔大缸
　　　今天我不上别处去呀
　　　一心要去王官庄
　　　王官庄有个冯大娘
　　　她是抗日的好榜样
　　　大儿子参加了八路军
　　　大女儿是区里的妇救会长
　　　二女儿儿童团里团长当
　　　小儿子也在儿童团里扛戳枪
　　　她全家抗日真模范哪
　　　……

花子禁不住推推母亲，欢欣地说：
"大嫂，你听，这不是说的你吗?"
母亲心里也很诧异，嘴上却说：

"哪里的话，人家是演剧，同名同姓的多着呢。"

她们一听锔缸匠叫道："冯大娘来了。"就赶忙朝台子看去。啊，可不真是冯大娘来了！

台上出现一个老大娘，简直和母亲一模一样。似乎她的头发也是灰里带白，眼角上也有皱褶，嘴唇两旁也有像母亲一样深细的纹条，而下颚右方那颗豆大的黑痣，也是给人一种慈善温和的印象，可就是她那双大脚没搞成小的，否则，真是"如来佛"也难辨出的"真假孙悟空"了。

台下的人们一阵轰动，齐声喝彩。有的人真以为是母亲在台上了。

那冯大娘手提着细柳条编成的小篮儿，和锔缸的老汉对扭着唱起来：

日头高照天气爽
冯大娘我上街走一趟
街头一见锔缸匠
上前招呼走得忙
叫一声锔缸的好老张
今天你又来下乡
俺家可没有打碎的缸
哎哟哟
你的饭碗可难保长

就在这时，走上两个八路军的炊事员。他两人抬着一口破缸，唱道：

咱们真是太浪当
公鸡飞到墙头上
蹭下石头打破老大娘的缸
咱人民军队损物要赔偿
你我快把缸锔好
按市折价送给老大娘

四个人碰到一起。战士要花钱锔缸，冯大娘坚决不依。互相争执不下，各讲各的理由，忽然锔缸匠高唱道：

不要吵了
那面来了妇救会长

　　两个战士立刻向妇救会长说明情况，要她帮助劝说老大娘答应赔缸；那冯大娘瞥了妇救会长一眼，说：
　　"好啦，咱妇救会长说了算。"
　　大家都同意要妇救会长来断案。那妇救会长对战士们说："缸锔好了，你们还用，什么时候走什么时候再还，钱由缸主自付。"战士们当然不肯，但也没有法子了。
　　冯大娘和妇救会长向战士们告别走后，那锔缸老汉才对战士们唱道：

哈哈哈
那妇救会长的妈妈
就是这冯大娘……

　　剧还没演完，人们就大声欢笑起来。
　　母亲的脸红了，觉得怪不好意思的，心想："这事他们怎么知道的？娟子说出去的？不会。……咳，演得多像。我当时提个篮子也没漏呢……对啦，我那时正要送点四季豆、嫩韭菜和几个鸡蛋给于团长几个人，是他的队伍在村里住的呀。扮我的那人是谁呢！多像……"
　　"大嫂，就是你呀！"花子高兴地抱着母亲的胳膊，"怎么这事我连一点也不知道！大嫂，你的嘴真紧呀。哈哈，真好啊！"
　　下面是一出歌剧。述说一个当童养媳的女孩子，受着公婆的打骂，丈夫的欺侮，过着牛马不如的日子。她不能忍受，投井自杀也没成。后来，八路军来了，她参加了妇救会，积极作抗日工作，向公婆和丈夫作斗争，终于在组织的帮助下，她得到胜利，过着男女平等的自由生活……
　　剧演得很成功。扮那女孩子的演员真的哭了。花子看着看着，身子慢慢倒在母亲盘坐的腿上，悄声啜泣起来。台下好多人流下泪。有些青年男女和孩子，还摔小石子打那恶公婆。又看到那童养媳斗争胜利了，全鼓起掌来。花子也跟着鼓掌，可心里还是在恸哭……

母亲的眼睛也润湿了，但她总感到别人的、特别是花子的眼泪比她流得多，非常值得同情。母亲知道这个已出嫁而长期住在娘家的姑娘，为什么格外伤心些。但母亲不知道早变得活泼愉快的花子，为什么还有忧郁苦楚的阴影，时常出现在她脸上；而那双单纯朴质的眼睛里，为什么又有了惶惑不安的神色；更明显的是，她那本来黑红的脸庞，为什么渐渐变得憔悴蜡黄了呢？

善良忠厚的农村女人，往往以直觉和已经发生的事情来认识一切，却不善于通过外表去洞察别人的内心。她们是以自己的感情和品德来理解别人的。如果说这是缺陷的话，那么在这种人身上，这算是唯一的缺陷了。

母亲轻轻抚摸着花子的头发，满怀同情地说：

"唉，真是苦命的孩子啊！早先这样死的人可真不少。花子，你说……"

"是的，大嫂！很多。"花子的声音已喑哑了。

母亲觉得她像孩子似的向自己怀里偎来，就用大褂襟盖着她抽动的臂膀，怕她冻着似的。

"唉！"母亲叹口气，缓缓地说，"过去那些老古板规矩可真把女孩子害苦了。媒人两片嘴说得父母心动，就把个闺女推进了火坑。我那姐妹几个还不都是这么出嫁的！现如今可好了，共产党想得可真周到哇！闺女大了省得做爹妈的操心，自己找的又是相中的。为这事少使多少人吃苦流泪，少死多少人哪！"她又瞅着花子说：

"只要自个走得正，现如今好人总是有路走的。花子，你看那剧里的女孩子多能行！"

花子的身子可怕地抽动一下，心里一阵寒酸，打个冷战。

她抽噎着说：

"大嫂，你说得对，都对！可我……大嫂，你想不到啊……"

第二天，母亲听说家里要来住几位女同志，就忙着把西房间收拾干净。

中午，秀子扛着背包，一只手挽着一个军人，德刚也抱着一个军人的胳膊，身上斜背着一个挂包，后面还跟着两个军人。刚进门，两个孩子异口同声地叫道：

"妈啊，你看这是谁呀？"

母亲站在锅灶口，打量着来人中最前面那一个。她，黄绿色的军帽盖着齐颈的黑发，丰满浑直的身躯束着皮带打着裹腿，又白又红的圆脸蛋上，有一对深褐色发亮的大眼睛，她正看着母亲笑。母亲忽然迎上去，激动地叫起来：

"啊呀！是你，是白芸啊！看我的眼睛老花了……哎呀！你可也真变样啦！"

白芸狂喜地抓紧母亲的两臂，端详着母亲的脸，兴奋地说：

"大娘！是我，就是我啊！你也变多啦！看，秀子长成大姑娘了！德刚也使我认不得了，我走时他还吃鼻涕呢！……哎，"她突然停住，四周看了看，忙问，

"大娘，我记得不是还有个小女孩吗？她也长大……"

"芸姐！"秀子忙打断她的话，向她瞥视一眼，"你们快洗洗头吧！"

白芸有些惊异地看着秀子绷得挺紧的脸，又去看母亲，只见她像被锥子猛刺了一下，眉皱得紧紧的，但随即又展开，带点笑意地说：

"白芸，你不知道，秀子怕提起嫚子我难过。她死啦！"

"啊！生病死的？"白芸吃惊地问。

"不是。是鬼子杀害的！"德刚愤恨地叫道。

"别问啦，以后再说吧！"母亲打断白芸几个人的急促问话，把话题岔开，忙招呼其余的三个人，让她们上炕坐。她要做饭，她们高低不肯，说已经吃过了。于是，就开始了亲切的谈话。

"大娘，昨晚我们的剧演得好不好？我扮的你像不像？"白芸笑着问。

"是你们几个演的？"母亲有些诧异。

"是啊，大娘。"白芸喝口水，说，"我们卫生队有几个调到剧团来了。其实啊，一打起大仗来，我们还要作卫生员的工作。大娘，你的事情是于团长的部队告诉我们的。"白芸又指着一个姑娘说："大娘，她叫于兰，就是昨晚演童养媳和你闺女的呢！"

于兰被白芸指得有点不好意思，她对母亲甜蜜地笑笑，歪着头说：

"冯大娘，演得不好，你可多提意见哪！"她目不转睛地看着母亲的一切动作。

母亲拉住于兰的手，忙说：

"哪里的话。这点小事，还值得你们编成戏。"母亲瞅着于兰那稚嫩的脸蛋，又疼爱地问道："好闺女，多大啦？爹妈好吗？"

"没妈啦，大娘！跟爹长大的。"于兰回答道。

"哦，"母亲叹口气，忽然想起什么非常关切地问："白芸哪，你们快说说，剧里那个给你们带路的女孩子，是哪里人呀？"

"是离莱阳城不远一个小村子的。"白芸见母亲问得又急又突然，有点惊讶。

"她姐姐真叫赵星梅吗？"

"是的，大娘……"

"等等，白芸！"母亲的心跳得更快，"女孩子说没说，她姐有个未婚丈夫？"

"有。她说姐姐跟姐夫出去的。大娘……"

"不，等等！"母亲的手都发颤了，"姐夫叫什么名字？"

"纪铁功。大娘，他叫纪铁功！"于兰抢着答道。

"啊！是她，是她……"母亲像被什么憋住了才喘出气来似的，长舒一口气。她平静了些，把星梅的事讲给她们听……

文工团员们明白了母亲为什么这样激动，她们都被星梅的事所打动。于兰的感情来得更是快，晶莹的泪珠已挂在脸腮上了。她们都说，这就是星梅的家了。但最惋惜的是，那女孩子的名字没有问清——读者做证，是问了，同时也答了，但被巨雷淹没了——这使白芸和于兰感到很难过，很是对不起母亲。

尽管这使母亲感到失望，但在她的心目中，已留下了深深的印象！

这里是如久别重逢的母女会见一般，滔滔不绝地叙述所要说的一切话，那边秀子早同其他的姐姐——她们的友爱来得真快呀——在洗头洗脚、换衣服整铺盖……安排好了一切。

小屋子里，回荡着永不休止的友爱的欢笑，惊飞了在屋檐底下沉睡着的麻雀。

第十五章

"……花子，不。你，你到区上去离婚……去啊，你非去不可！"

"不行，不行啊，起子！我是共产党……"她忙停住，改口说，"我是共产党的干部，这哪还有脸见人？不行啊！"花子悲恸地说道。但就是在这时，她也没忘记保守党员的秘密。

雪夜的寒风吹打着草垛，呼呼地叫啸，一片片积雪刮下来，落在两人的身上。可是他们谁也不觉得冷，虽说在这里已待了好长时间。

老起无可奈何地长叹一声，望着远处白花花的雪山，痛心地说：

"这么说，就没路可走啦？"

"有！"

"怎么办？"

"我、我寻死……"

老起懵怔一霎，猛地把她抱住。两人肉体的温暖，把身上的雪融化了，但他觉得这不是雪水，而是她滚热的泪水。

"花子，你怎么说出这种话来？你真要……不，花子！你说，无论如何也别想这一着。你说呀！"

花子趴在他的肩膀上痛哭着，她的心在碎裂，什么也说不出来呀！可是他的苦求，他的悲哀痛苦，使她用最大的力量克制着自己，断断续续地说：

"起子，别着急。我说……不死。"稍微平静些后，她自语道，"在过去，我是想，虽是买卖婚姻，可是那男人还活着呀。就嫌人家傻能是理由吗？再说，我爹哪能依呢？'好马不吃回头草，好女不嫁二男'啊！唉，现在更糟了，后悔也晚了！孩子，都怪这孩子……"

"唉！这不能怪你，都是我不好。把你给害啦！"老起难过地说。

"不，全怪我。起子，是我愿意啊！"

两人互相把责任向自己身上拉，似乎这样就能好似的。

花子，这苦命的姑娘，三岁死了妈，跟爹长大的。

八年前，闹春荒，花子家里几天没揭开锅了。四大爷领着儿子闺女到王唯一家去借点粮食，求他开开恩，可怜可怜孩子。王唯一家的粮食囤子都发霉了，村里的人却饿得发昏。"老四，"王唯一放下大烟枪，"你欠我两斗租子还没交上，再借了用什么还？"他又瞅着因吃多槐树花而肿了脸的花子，说：

"嘿嘿，这么大的闺女，老待在家干吗？快说个人家吧，也挣几口吃的。嘿，这门亲事嘛，看你的面子，我倒可以帮帮忙……"

四大爷无法。就答应把十七岁的闺女送给王唯一的亲戚当媳妇，换回二百斤苞米。那年头，别人家谁还有东西结亲呢？二百斤粗粮就是一个姑娘的身价啊！

这家是个小土财主。花子的丈夫是个傻子。二十多岁了，还什么也不懂，整天在外面疯疯癫癫地胡闹。花子刚过门，就黑天白日像牛马一样干活，吃的饭还没他们家的猪食好，净是吞糠咽菜。她婆婆是个有名的"母老虎"，刁得像锥子尖似的尖。一时做不到，不是打就是骂，谁也不拿她当人待。

有一天，花子正在做午饭，那疯男人在外面受了一帮下流坏子的教唆，回家后冲上来就把花子摔倒在地。盆打了，面撒了。花子用力挣扎叫喊，但哪里架得住恶狼似的疯子？结果衣服被他扒下来……正在这时母老虎闯进来。她非但不管教儿子，倒骂花子是小淫妇，把她儿子教坏了。结果把花子关到厢房里，几顿不给她饭吃。那时，在这里当长工的老起，是个很粗壮的小伙子。他自己也不知家在哪里，从小要饭吃，长大一点就当长工，真是和野草石头一块长大的。他看不过去，很同情花子，就偷偷地从后窗送几个粑粑①、地瓜给她吃。谁知被母老虎知道了，马上把他辞掉。

① 粑粑——一种用玉米和大豆做的馍馍，类似窝窝头。

老起后来就被王唯一雇去了。王唯一死后，他分了几亩地和一块山峦，在王官庄落了户。

自从来了八路军，花子就回到娘家，死活也不到男人家去了。婆家知道王唯一倒了，没有人撑腰，也不敢大闹。母老虎来找过几次，花子都藏了，她也没有法子治。就这样不冷不热地拖了下来。

在一个村里，花子同老起就短不了见面，久来久去，两人心里都有了意思。可是谁都怕，怕那古板而又严厉的四大爷，怕人们传统的道德观念。两人不敢明着来往，更不敢正式提出来。

根据地在一天天巩固扩大，人民的觉悟逐渐提高，战争在影响着每个人的思想。四大爷也变了样，花子当上干部，以后又入了党，受着革命的教导和锻炼。这使她和老起的接近愈来愈大胆了。可是离婚重嫁这个事在这里还非常新鲜，没有人做过，他们心里也没个底。人家不笑话吗？闹出去不丢人吗？政府能答应吗？……加之他们本能的弱点，使他们犹豫不决，不敢声张。

然而，那纯朴真挚的爱情，随着年岁的成长，却如火触焦柴那样，炽烈地燃烧起来了。它要冲破束缚着它的铁环，爆发出美丽艳红的火花！

一天夜晚，在偏僻的荒山沟里，两个人挨着坐在岩石上。繁密的小星儿，闪着调皮的眼睛。秋夜的微风，通过凉露，吹着草木叶，发出催眠曲似的簌簌声，一阵阵向他们身上扑来。花子不由得打个寒噤。老起忙脱下夹大袄，披在她只穿着一件单褂儿的身上。花子看着他只穿着一件背心的健壮胸脯，没有说话。她那双温柔盈情的眼睛，使他明白了她的心意。老起心跳着挨紧她，她把夹袄披在两个人身上。他感到她那柔软丰腴的身子热得像热炕头……

这个强壮的穷汉子，第一次得到女人的抚爱。他才发现人世间还存在着幸福和温暖。

一朵苦难野性的花，怒放了！

花子一天天觉得难将身子不使别人看出来了。她不管穿怎样宽大的衣服，在人眼前走过也感到别扭了。她在看那出"童养媳翻身"的剧时，觉得肚子里有只小手在紧抓她的心。她后悔不该早不提出离婚，搞得现在没法收拾。人家剧里的媳妇是正大光明的，像母亲说得人家走得正啊！可自己这怎么对得起人哪！要被当下流人处置，这多么丢人啊！

不，这不单是自己的耻辱，她更记住自己是共产党员，她的行为是对党有害的。她要被开除，像逐出叛徒那样。她是干部，这对工作起多大的坏影响啊！她痛苦极了，深恨自己对不起党，对不起革命。但她心里又感到抱屈，感到不平，她不知道为什么不该和自己心爱的人结婚，为什么要受别人的横暴干涉。这一点是她至死也不会屈服的。她只责备自己不该有了孩子，为此妨碍了她的革命工作。她气恨急了就要打掉孩子，可是老起抱着她哭，她的心立刻软下来。而有时实在无法，他痛心地劝她把孩子打掉，她反倒又哭着拒绝他。最后互相擦着泪水分开了。

花子虽为耽误工作而痛心，但她再也没法出门，只好躺在炕上装病。其实精神上的挫伤，比真的生病哪里轻些呢！

鸡蛋没有缝还能抱出小鸡来。妇救会长招野汉肚子大了的事，如同夏天的云雨，很快就传播开了。本来就对闺女媳妇的开会呀、工作呀、争取自由解放呀不满意的一些老太婆和老头子们，这下可抓住正理，再不让闺女媳妇出来跑了。"真是的，什么妇救会青妇队的，看看吧！男女混在一起，这不出了事啦？俺的闺女可不能这样啊！哼，这还是干部领头干的呢！真是天大的丑事，丢死人啦……"这些人幸灾乐祸、得意洋洋地到处乱嚷。

四大爷本来对抗日很有些认识，还当上抗、烈属代表，大小也是个干部了，但他对男女的事还多半按着老脑筋的看法。虽说知道闺女掉进火坑里，他也不愿孩子痛苦，可是遵从道德伦理是他永远不变的生活准则。说实在的，他的封建思想还很严重哩。他一听到这个风言，可真气炸了。昨晚上他从山里回来，就把花子狠骂了一顿，不是看女儿病得可怜，他真要动手打她了。

老头子逼问花子男的是谁，他要抢起镢头去找他拼命。花子始终咬着牙不肯说。

今天早上四大爷气得饭也没吃就上山去了。临走时，他又骂了一顿，警告花子：要么把孩子打掉，还可遮遮丑；要么马上回婆家去，不准再在家里待一天。

花子的两眼肿得和熟透的桃子似的。父亲走后，又呜呜哭了一阵。她越想越没法，越觉得太丢人越觉得对不起党对不起革命……她越哭越伤心，越觉得命苦越觉得没脸见人，没路走……

她哭着哭着猛然敛住声音，头慢慢从被泪水浸湿的被子上抬起来。嘴唇抽噎着，身子抽动着，两眼直直地顺着土墙向上看去。蓦然，她浑身一震，睁大眼睛，可怕地盯着那古老的被烟熏得乌黑、挂满灰尘的梁头。接着她心一横，把牙一咬，抓起父亲由于生气而忘记束的腰带，自言自语地说：

"婆家，我死也不去！孩子我不打，我没那狠心，要死和我一块死！起子，我留着你的脸！死了我情愿……"说着说着一阵心酸，又趴在被上恸哭起来。"天哪！想不到解放了，我还会这么死去！"她心中在反抗，可是立刻又狠起来：

"该死！谁叫我不正经！我哪够个共产党员？啊，别再活下去丢人，快死了吧！"

花子寻死的想法由冲动变成唯一的决心。她迅速地跳下炕去闩上门、踏着半截墙壁台，把腰带向梁头上搭去。上面的灰尘落下来，撒在她黑亮的头发上。她赶忙捂着眼睛躲开，但接着又抓起带子，心里针刺般地想："唉，命都不要啦！还怕灰眯眼……"她怕再想下去会动摇决心，就赶忙把绳子拴好……

正当花子把死神套在脖颈上时，突然响起推门声！接着传来在她听来是多么亲切多么熟悉的问话声：

"花子，在家吗？闩门做什么呐？开开呀。花子，是我啊！"

花子一阵心跳。她要是把脚一挪悬了空，立时就完了……但她一怔，慌忙跳下来，飞跑着去打开门，一头扑进正要进来的人的怀里。

"大嫂啊，是你！我，我，呜……"她孩子般的哭号起来。

母亲向屋里一看，什么都明白了。她声泪俱下地说：

"好孩子，你这是怎么啦?！这怎么行啊！快起来，大嫂为这事来看你的……"

花子坐在炕上，抽泣着把前前后后的事都告诉给母亲。最后又倒在母亲怀里，哭着说：

"大嫂，我不是真害病。你来看我几次，我都把心里话从嘴边上咽回去了。我早想对你说，可又是怕又是臊。你走后我就自个哭……大嫂啊，我不死不行！我爹逼我走，逼我打掉孩子……大嫂，我没脸见你。我对不起革命，对不起党！大嫂，我死也不连累他……我是没脸见人了啊！大嫂，你看我怎么好啊……"

母亲满眶泪水地看着她。花子那健壮的身子已瘦弱下去，焦黄的脸被泪水洗得湿漉漉的。母亲开始听到传说花子的事时，心里很不相信：一个那么好的姑娘，又是干部党员，怎么会做出这样的事呢？……后来她也生起气来，就想来打听个究竟……现在她明白了内情，满心是对花子的同情和怜悯，气愤情绪早冰消雪化了。她想，花子不该不跟那个人不像人、鬼不像鬼的东西吗？当然不该；老起——这个救过自己丈夫的老实人，就不该有这个情投意合的好媳妇吗？当然该；这是肯定的。但使母亲为难的，他们不论怎样也是私通啊。这就不对了。

母亲又心疼又作难，看着花子那双红肿的泪水盈溢的眼睛说：

"花子，你们俩都是好孩子，大嫂从心坎里高兴你们。可事情也是难处，闹到这种地步啦……唉！"

花子又哭起来，爬起身说：

"大嫂！还是让我死……"

"花子，好孩子！"母亲紧握着她发凉的手，苦心地叮咛道，"花子，不管怎么样，你可千万不能寻短见。你怎么光想到死呢？不，别那么想。多少苦日子都熬过去了，如今是咱们的天下，活都活不够啊！好孩子，记住：咱们的共产党不管什么时候，都会给受苦人做好事的。花子，大嫂知道你是党员，你该把事情对党说说呀！对，你到区上去看看，我陪你一块去……"

突然，像骤来的恶风，院子里有哭有叫，大吵大闹，乱嚷嚷地混成一团。

母亲和花子正吃惊，忽地撞进一伙人来。为首的一个老太婆，披头散发，呼天抢地，娘娘奶奶地哭喊着破锣般的嗓子——可没有眼泪——咧着大嘴扑上来。她嘶哑地叫道：

"我的天哪，天哪！你这小蹄子，你这小淫妇，你这小野鸡……"她把所有能骂的词都用上了，一直到再凑不出来了才换口气，"我三番五次找你回去，你不走。哦、哦、哦！你原来安的这个心呀！当了官看不起咱小门小户啦！我的天哪！你不要脸，俺还要留着脸皮见人啊！"她骂得又快又急，和打机关枪似的，嘴上带着白沫子，胖脸腮松松地跳动着。骂完，挽起宽大的镶着绣花边的袖子，高声喊道：

"走！到区上打官司去！我先告你不守贞节，再告你不孝公婆……走！快跟我回去。"

花子一见是她那刁婆婆，早躲在母亲身后。

母亲见这疯泼的婆子，叫骂着又来撕扯花子，早气坏了。

她用胳膊挡住她，使力耐着怒火，没好气地说：

"你这是干什么？有话慢慢说嘛！骂骂嚷嚷地多难听！她有身子，你别吓着她！"

母老虎一见有人顶她，更加撒野疯狂起来。她一蹿尺把高，一手叉腰一手指点，朝母亲骂道：

"哟，我的天！哪出来这个打抱不平的？呸！你是干吗的？你护着她？她是你的闺女还是媳妇？她给你多少好处？那野汉子是你三亲还是六少？哼！孩子掉了，活该倒霉！她是我家的人！我打我骂我杀由我。她活着是我家的人，死了是我家的鬼！干你什么屁事！……"

"住嘴！"母亲气得脸上青一阵白一阵，头发也颤起来。她愤怒地指着母老虎，严厉地说：

"你那嘴干净点。这不是你撒泼的地方！太阳底下你别认错黑白，早不是你说这些话的日子啦！有理到咱人民政府去讲，你胡口伤人就是不明理！"

那刁婆子像当头挨了一闷棍，怔愣着说不出话来。她没料到看样子是那么懦弱老实的女人，会有这一着。她恼羞成怒，野性大发，挥舞着两只手就去抓花子。

母亲挺胸阻挡。母老虎一把抓住母亲的前襟，猛地一揪，哗啦一声撕下一大块。母亲的胸脯也被她尖长的指甲剜出红红的血来。

母亲真火起来，搡了她一把。

"哎哟哟！可了不得啦……打杀人啦……"母老虎一腚坐在地上，高声地瞎哭乱叫，接着又向母亲和花子扑去。

她领的一帮家里人，随着冲上来。

王官庄来看热闹的，大都是女人和小孩子——男人都上山下地干活去了——一看要动抢，又把母亲打了，有的就上来帮忙。玉子早挤上前，猛推那母老虎……

就这样，一方要抢花子，一方护住不放。三推两扯地打起来了……

母亲的衣服又被撕碎几处，胳膊上还挨了打，但她死护住花子不放。

到底架不住男人有力，他们生撕活扯地把花子拖到院子里，绑到毛驴上。

那母老虎余恨未消，拾起根粪叉子回到屋来，噼里啪啦、砰砰叭叭砸了一些盆盆罐罐，碗碗碟碟，这才领着一伙人，架着花子出了村。

门，砰的一声关上了！

"大妈！大妈……"玉子赶忙又把门打开，看着母亲消失在星光下的背影，急促地叫道。

干部们都你看我，我瞅他地怔在屋子里，情绪激动而紧张，长时地沉默着。

老德顺牺牲后，玉秋又调到行政村任村长去了，王官庄的村长和党支部书记，就由庆林来担任。他是个中等年纪，念过私塾，正直能干的人；可是生性固执，遇事缺乏全面考虑，好凭主观办事。

花子的事轰动了全村。大多数人都表示愤慨，同情的人是少数。在这种情况下，干部们召开会议，要对这事做出处理。

母亲把知道的详情向干部们讲了。她当然希望他们马上设法挽救花子，把事情赶快提到区上去，好做处置。她知道那刁婆子会怎样来对待花子的啊！

但出乎母亲的意料，干部们大多数并不同情花子、老起，却抱着异常愤怒的态度，强调事实本身造成的坏影响，和它坏的一方面。这使母亲非常痛心，以致气愤地离开会场。其实她并不是干部，也从来没做过干预干部们的事，这次是她为这事真焦急了。

母亲离开后，在庆林的主持下，通过了他们认为是对的决议。虽说玉子等几个人是反对的。

母亲回家后，照例坐上织布机。她本来能把粗布织成细布一样的手，今天晚上却变得笨拙了，常常断线。梭不听使唤，撑子老往下掉，机子也发不出像往常那样节奏均匀的响声了。

这一不是被那刁婆子剜破的伤处在火辣辣地痛，二不是由于激怒心痛病又发作起来，而是那好姑娘饱含泪水的渴求眼睛还在看着她，那刁婆子的恶毒骂声还在她脑海里回萦，为一个好人的命运的担忧在紧抓她的心……

母亲烦躁地停下织布机，紧紧地锁着眉毛，两眼凝视着挂在机杆上的豆油灯。看了好一会，她一面卸了围带下机，一面坚定地自语道：

"好人，因为是好人的事，我一定要去办！我要管，管到底！"

"秀子，吃过饭，我把剩下的放在锅里，晌午你回来烧把火热一热，和你兄弟俩吃。记下啦？"母亲边吃早饭，边嘱咐女儿。

"妈，你要上哪去？"秀子问。

"我上区里去一趟。"

"妈，不去，我不让你去！"德刚偎在母亲腿上，撒娇地说。

"啊，这么大啦，还离不开我的身。晚上我就回来呀！"

"那我也跟你去，好吗，妈？"德刚央求道。

"别使性啦，你要念书呀。"

"不，妈！停一天没关系。我要跟你去看姐姐。"德刚放下碗筷，趴在母亲身上。

母亲把他拉下来，给他夹块菜放进碗里，把碗筷送到他手中：

"快吃吧，好上学啦。好好听话，以后要学着离开妈啦。人一辈子还能老守着娘，我死了你怎么办？"

"妈，你不会死。妈老活着。"德刚天真地说，又吃起饭来。

母亲看着孩子的神气，不自觉地苦笑一下。

"妈，到区上这么远，净是山路，你不累坏啦？还是我请天假去吧。"秀子已知道疼母亲了。

"没什么，我慢慢走吧。这事你可办不了，还非我去不可啦。"

"什么事这么要紧？"秀子瞪着眼问。

"唉，是为你花子姑的事呀！"

"那还用你跑腿？"

"怎么不用？"母亲认真地对女儿说，"秀子，你也要记着，为好人办事，不管有多少人反对，自己吃多少苦，也要去办。别害怕，别偷懒。"

"嗯。"秀子像明白又像迷惑地紧看着母亲。

孩子走后，母亲收拾了一下，罩上一件干净褂子，对着镜子拢了几把头发，把发髻扎紧些……她刚要出门，秀子气喘吁吁地跑回来，扯着她的衣袖，惊恐地叫道：

"妈，妈！要游街！要游起子叔的街啦！"

母亲知道什么叫"游街"，大吓一跳，急忙跟着女儿奔向大街。

老起的胳膊被反绑着，头上戴着用白纸扎的大帽子，上面墨笔写着"我是流氓"四个大字。他见到母亲，羞惭地低下头。

开会的人们都乱了，急着向外拥。

杏莉母亲抱着孩子，一见母亲，忙迎上来，红着眼圈悲哀地说：

"大嫂，你看这可怎么好哇，怪疼人的！"

母亲的眼睛早模糊了，她费好大力气才找到庆林，冲口质问道：

"庆林兄弟！你这是干什么?!"

庆林见母亲来了，身上还穿着一件洗得干干净净、浆洗得熨熨帖帖、补了几个补丁的浅蓝色粗布裰子，看样子像要出门。他心里一怔，就笑着说：

"嫂子，你要出门吗？你还不知道，就是为他们的事嘛。"

"知道。我比你知道得清楚些！庆林兄弟！你想好没有？也不问问区上，就这么做，对吗？"

"这事还用问上级？明摆着的理，又是群众的意见。他们正该受处分哪！"庆林也有些生气了，但还带着笑容。

人们见势都围上来。本来要押着老起走的民兵，也停下来了。

"你是村长，可得做主！"母亲气得愈来愈难以控制自己，她指着老起，大声地说：

"这是什么人？是个老好人！花子，她是好干部，谁不夸她工作好？起子，他救过娟子她爹，是我一家的大恩人！你就没看看，花子婆家是些人是些鬼？你说，这样对付受苦人，良心过得去吗？"

"呀，嫂子！"庆林也火了，可还使劲忍耐着，用力吞口唾沫，"这你可不能那么说。你说，他们私通是对的？影响村子的工作是对的？都这样下去那还成什么体统？嫂子，公事公办，咱们也不能要私情啊！"

"啊！要私情？"母亲被这"私情"两字完全震怒了，而且感到侮辱，"庆林！你说谁要私情！他救人不是真的？他救人不对？我也没说他们的事全对呀！我是说你这样做不对！我看不过，我要管！"

"嫂子，这你可不对了。你别倚是抗属就这么呛人！我是村长，我有这份权力！"庆林恼炸了，他大声喊道：

"走！游街！出了事我负责！"

母亲，她的头发根颤抖起来，浑身哆嗦着，手在神经质地抖动。而她全身各处的伤疤像火烤一样疼起来，顿时，额上浮出一层冷汗！

她站在那里，显得是那么衰弱可怜！几个软心的中年女人和杏莉母亲，过来扶住她。杏莉母亲含着泪花，心疼地说：

"嫂子，到我家坐会吧，离得近些。"

母亲默默地看看她，摇摇头。她并不感到自己可怜和衰弱，她的心是那几个女人和杏莉母亲猜想不到的。她心里在愤愤地说：

"我倚抗属欺人吗？不，没有，从来没有。我从没想到自己和别人有什么两样。我一个老婆子有什么呢？儿女去革命是我高兴，我情愿！我要管这事，是觉得良心过不去……"她用力咬着牙，闭着嘴，唇旁的深细皱纹更加明显了！她头也不回，向通往区里的路走去！

这十几里山路，真把母亲累得够呛。赶到区上，她是拖着酸痛的两腿迈进门槛的，那双小脚肿胀得几乎不敢再触到地面。她上口不接下口地喘着热气。

副区长德松一见母亲来了，惊喜地迎上来。他扶母亲在凳子上坐下，倒碗开水送给她，亲热地说：

"大婶，你怎么来啦！这么远你还走得动？可把你累坏了！"

"还走得动呐。"母亲擦擦汗，喝口水，看到他有事——

正和一个年轻媳妇谈话，就告辞道：

"德松，忙你们的吧。我找永泉他们去。"

"不要急，大婶，你先歇歇。他们在街北开会，我也是刚从那里来的。歇憩会，咱们一块去。嗬，你也听听我们谈的事，参加一下意见吧！"他又对那媳妇说：

"说下去吧，妇救会长。"

看样子那年轻媳妇也刚来不久，红红的脸上汗珠还没干。

她抿着鲜红的嘴唇，对母亲微笑笑，掠了一下头发，说：

"……就这样，咱们也不知道详情，先叫民兵抓起那刁婆子和他们里的几个恶汉子。唉，那孩子到家就生下来了，不足月，瘦得像个小猫。不是咱们去得急，早被刁婆子丢进尿罐里溺死了。"说到这里，她的眼圈有

— 295 —

点发红。

母亲原是在歇憩，想着怎样把事情告诉区上，怎样说出自己的看法……没注意去听他们的话。但渐渐那媳妇的话直往她耳朵里钻，收紧她的心。听到这里，她忙插上问：

"你说的是谁？可是花子的事？"

"哦，是她。你也认得她吗？"年轻媳妇有些懵怔地反问。

"大婶，这是山南村的妇救会长，是花子姑婆家村……"

"我知道啦，德松。我就是为这事来的！"接着母亲把花子的前前后后和村里游街的事，叙述一遍。她又催问那媳妇：

"你快说说，花子这是怎样啦？"

原来花子被母老虎一伙人押出王官庄后，一路上驴颠、人打，折腾得回家当晚孩子就早产了。母老虎正要把刚出生的婴儿往尿罐子里放，幸亏村干部闻讯赶到救出来。那母老虎一伙人又打花子，逼问她对方是谁，可是花子死也不说，把母老虎气得怒吼如雷。

村干部们也不知道底细，但这家小地主很坏，很顽固；花子又是王官庄的干部，眼看要出事了，就把那刁婆子和几个帮凶押了起来。妇救会长一早就跑到区上来了……

德松觉得事情不简单，就领着母亲和那妇救会长去找正在开会的姜永泉他们。

大家马上做了研究。母亲和那妇救会长也参加了会议，并发了言。

区上很快做出决定……

吃过午饭，德松和那妇救会长出发到山南村；娟子和母亲奔向家里来了。

四月里，田里山上已变成绿油油的海洋。南风徐徐吹来，庄稼苗儿轻轻荡漾，宛如摆动着的绿色绸缎。空气里充满了潮润浓郁的清香。

蜿蜒曲折的沙底小河，顺着山根儿涓涓地流着。那澄清的河水，泛起花纹般的微波。一群群小鱼儿，来来往往穿梭般的游逛。嫩绿的杨柳，被夕阳倒映在水里，随着微风和涟漪的荡漾，宛如天真的孩子在欢笑。

原野，到处洋溢着新生、愉快的气氛，闪烁着美丽的光彩！

母女俩坐在河边草地上歇憩。

娟子用白手巾揩揩脸上的细汗，完后把手巾递给母亲。

母亲沉浸在事情获得合理解决的快乐中，一点没觉到疲劳、疼痛和头晕。来时她根本没顾得去瞅瞅青山、河水、绿苗，这时连河里的小鱼儿她都看到了，甚至掩在青草丛中的一朵刚开放的小水仙花也没逃过她的眼帘。她觉得一切都是美丽的，欢乐的。

母亲接过娟子递来的手巾，注视着她的大女儿。真的，她很少能这样仔细地看看她。在这几年中，怕这还是第一次呢。

在母亲心里，觉得女儿和自己疏远了。不是别的，单从女儿的脸面上看。在这张脸上，一点孩子气也找不到了，全是成人的表情。只有那忽闪忽闪的大眼睛在瞪着对妈说话时，才隐约地显现出天真的成分。她那前额上的几条细腻纹线，好像是生过一个孩子的青年女子，越看越显。这在母亲心中是很不好受的呀！

"妈。"娟子忽然叫道。

"嗯。"母亲有些迷惑地瞅着女儿。

"我有了！"娟子激动地说。

"什么呀？……噢！"母亲惊喜起来。她两手抱着白胖娃娃的影子从脑海中飞快地掠过，"那敢情好！什么时候起始的呢？"

"才知道。想是有一个多月了……"

娟子像一般的少女那样，她本来只叫别人妈妈，当自己将变成妈妈时，总会产生惶惑不安、神秘欢悦又夹杂着惊慌失措的复杂感情。娟子眼里挤出细小的泪珠。

母亲却老是笑嘻嘻地安慰她，嘱咐她一些事情，似乎她做母亲的已体会到女儿的心情，并不觉得奇怪。

晚上，开完干部会，庆林急急地向母亲家走来。

不只是在会上他受到上级的批评和娟子的苦心说服使他认识到自己做错了，而是在和母亲吵过之后，他就觉得自己对她太粗暴，太无礼了。他看到母亲当时愤怒的样子，就想起她被敌人折磨过的身体，她一向对工作的积极……开始同情起她来。但他感到自己的做法还是对的，而母亲是心软，太重感情了，所以分不清谁是谁非。出于关心，他中午就去找母亲，想向她赔个不是，解释解释他对她不该发火，向她讲讲道理；但当他走进屋里时，只见两个孩子在吃剩饭。一问，他才明白母亲到区上去了。秀子还告诉他，妈妈为花子的事被人打过后，一夜没睡着，牙和心都在发痛……

庆林开始考虑，母亲为花子的事为什么这样挺身而出呢？她的身子那样坏，又把孩子撂在家里，爬山越岭地去奔波，又为什么？……难道这一切只是为了花子是她的近门，老起是救她丈夫的恩人吗？

庆林越想越对自己的做法发生了怀疑，特别是母亲质问他的那句话："这样对付受苦人，良心过得去吗？"更使他心里不安。当时他在火头上根本没体会她话里的意思，这时却越想越感到话里的含意深重。是的，母亲是凭一颗纯朴的良心来办事的，可自己这个共产党员，却还在认封建社会的老理，没凭共产党员的良心——对穷人有好处的良心去办事……

庆林进门后，屋里静悄悄的。他轻轻走到炕前，见母亲盖着被子脸朝里躺着。淡黄的灯光照着她那灰里带白的蓬发，身子在微微地抽动。

庆林的眼睛顿时潮湿了。他轻声叫道：

"嫂子！"

"谁？"母亲翻过身来，一见是他，忙要坐起来。

"别起来，嫂子！我来看看你……"

母亲还是起来了。看得出疼痛紧抓她的心。她皱起眉头，强笑着说：

"快坐吧，庆林兄弟！我没什么，只是有点累，想躺一会。秀子，"母亲向西间叫道，"快倒水给你叔喝。"

"不用，别下来啦，秀子。"庆林坐在炕沿上，看了母亲一会，才很伤心地叹口气："唉！嫂子，都是我错啦！嫂子，我真对不起你……"

"快算了吧，大兄弟！"母亲见他难过，心里很不好受，忙打断他的话说，"其实呀，也是我不好，生起气来说话没轻重，在那么多人跟前，你怎么吃得住？唉，我也是真急眼啦。算好，事情过去就好啦！"母亲身上疼得不得不吸口冷气。

"嫂子，你这说哪里话！"庆林更加感动。他在人前给她那么多气受，说的话简直是挖苦她，可是她一点不怨他，倒说自己不好。庆林激动地说：

"嫂子，这回我可受大教训啦！像你说的，办事要处处讲良心。要看是对什么人，对谁有好处。要是光凭一股冲劲，事情很容易做坏的。"

"唉，我一个老婆子懂个什么？"母亲把头靠在墙上，声音很轻地说，"我是想人都有颗心，将人心，比自心，遇事替别人想想，把别人的事放到自己身上比比，看看该怎么做才对，这样做倒不一定错。我就觉着，咱们共产党的章程是不会屈枉好人的，倒是处处为受苦受难的人办好事。若是对好人有好处，那只管办，没有错。大兄弟，你说对吗？"

"对，对，嫂子！这一回我算真懂得了遇事要前前后后都想到，不能认死理，跟着一面跑。"庆林站起来说，"明天开群众大会，我当场向起子赔不是。还要向大家宣传，都换换封建脑筋，坚决为好人的事撑腰！"

过了些日子，花子的身体好后，到政府和那买卖的婚姻一刀两断，回来就和老起正式结了婚。婚后，两人抱着孩子，来到母亲家里。老起感激地说：

"大嫂，亏你啊！救出她娘俩。现时不兴磕头，要不我一准给你磕二十四个响头，来答谢你……"

"呀，可别这么说啦，"母亲赶忙说，"这都是共产党的恩德啊！"她又习惯地对自己称呼说：

"我一个老婆子有多大能耐呢？"

"大嫂，你就给这孩子起个名吧！"花子激动地说。

母亲接过孩子，虽是不满月生下来的，可是个大骨架的女娃娃。她寻思一回，面带笑容说：

"好吧，我就给好闺女起个名。孩子是解放后生的，没有共产党、八路军，她也不能活着。对，就叫她'解放'吧。她长大也好跟着共产党，去解放和她爹妈一样的受苦人！"

老起激动地把女儿高擎到头上，欢喜若狂地叫道：

"解放，解放！真解放啦！……"

外孙女刚大一些，四大爷就时常抱着她高高地站在街头的石头上。他用胡须亲她的小嫩脸蛋，孩子被刺弄得乱抓他的胡子。老头子布满皱纹的脸上，幸福地笑开了花。

有几个俏皮的小伙子见到，故意打趣他说：

"哈，大爷！这闺女家的能有什么出息呀？"

四大爷却不理会这句以前他常挂在嘴上的话，骄傲地回驳道：

"去你的吧！俺孙女长大了，准比你们这些毛小子强！"

第十六章

"妈，看！喜蛛，喜蛛①！"德刚叫着放下饭碗，急爬到炕里面，把一个从墙上爬下来的嘴里吐出一根长丝的小喜蛛轻轻捉住，两手捧着送到母亲跟前，"你看，妈！它还吐着丝哩。人都说喜蛛是夜报喜晨报财，妈，是吗？"

母亲看着儿子兴致勃勃的神气，喜爱地笑一笑，说：

"是啦。这时是晚上，想必它报喜来了。"

"对，是报喜！它报什么喜呢？"德刚更加兴奋，两手不停地动着，不让喜蛛跑掉。

"噢，"母亲随口应道，"怕是你哥姐他们哪一个要回家来啦。"

"哼，妈！你还迷信呐。"秀子在锅里盛一碗饭端着回到炕上，反驳着母亲，又对弟弟说：

"你呢？还是个儿童团员呐，就信些没影的瞎话！"

"现在不是开会，又不是工作，你是团长也管不着我！"德刚不服气地反驳姐姐，又认真地对母亲说：

"妈，往常我哥姐回来，我从没看到有喜蛛来送讯，我看这次一准是大喜事，说不定是我爹要回来哩！"

"你爹？"母亲禁不住重复一声儿子的话，接着又闭上嘴，微微摇

---

① 喜蛛——蜘蛛的一种，很小，专在屋里结网。

摇头。

"哎，说不定我爹真会回来，"秀子也忘了反对"迷信"，兴奋地说道，"昨夜里我还做个梦，梦见我爹正朝家走着……"

"哎，哎，它跑了，喜蛛跑了！"德刚叫着去捉已经爬到墙根的喜蛛。

秀子也不说她的梦了，凑过来把德刚的手拉住，说："别抓它，别抓它！看它自己向哪儿跑，看它向哪儿跑！"

"那有什么用呢？"德刚不懂。

"你看吧。它要是向南跑，就是咱爹要回来，向别处就不是了。"

"那又为什么呢？"

"傻瓜。咱爹不是到东北去的吗？东北在咱北面，要回来还不是向南走吗？"

母亲刚上来没兴味地听着姐弟俩的话，可被秀子这一说，也不由得去瞧着那只喜蛛。

褐黄色的泥墙被灯光映得忽明忽暗，在母子三人的目光下，喜蛛一直向上爬去。它爬得越高，母子三人的心跳得也越快，最后它忽然停住，向北面挪着步……母亲和两个孩子几乎同时要发出一声失望的叹息，可是喜蛛忽又怔住，接着掉转头，迅速地向南——它的窝巢的所在地爬去。

母亲带着明显的快慰舒了口气，但当她看着孩子们的狂喜神情，又觉得自己的这种心情是孩子气的，于是，嘴唇两旁的深细皱纹动了动，苦笑了一下。

吃完晚饭，安顿孩子们睡下以后，母亲今晚破例没坐上织布机，也躺下了。

风，永不平息的风，掠过波涛汹涌的海面，旋过盖着厚雪的群山，穿过层层浓密的森林，好似胜利者凯旋般的在只有星儿是观众的冬夜里，尽情地在山村中狂舞、呼啸。

家，多么温暖可爱的家啊！

孩子们都酣睡在烧得炙热的炕上，屋里安静得连老鼠的走路声都没有。

母亲瞅着被雪映得发亮的窗纸，老是睡不着。

吃晚饭时孩子们想念父亲的情景，还在母亲脑海里翻腾，使她想起丈夫。不，应该说她的心永远是在想着他的。

几年来，发生着各种新鲜变革的生活，深深吸引了她，把她带入新的时代，卷进斗争的旋涡里。她对儿子、闺女、姜永泉和许多人的担心与热爱，代替了她对丈夫的思念。然而，在她心灵的最深处，埋藏着怎样大的痛楚和悲哀啊！每当她在闪烁的灯光下，端详着睡去的子女的脸，目视着他们那同父亲一样稍突出的宽敞前额时，她就要停止针线，擦着眼泪，良久地默默地凝思……过去的事就又会涌上心头。

"……他这时能在哪儿呢？还活着？或许出门就死了。也许路上遇着风暴，船翻了，沉到海底……不，他会活着。他知道有家，有老婆孩子，他们都需要他啊！他有仇还没有报啊……关东最冷了，听说到冬天刚出口的唾沫就会冻成冰，有人给他缝衣服吗？是谁给他缝……他会不会跟上别的女人把家忘了？不，不会的，他不是那种人。那他为什么不捎信回来呢？是的，兵荒马乱地不能捎。他不知道家乡解放了，也不知道王唯一死了！是的，他全不知道。谁会告诉他呢……"母亲自问自答紊乱地想着，结果还是绝望地闭上满盈泪水的眼睛。流出来的眼泪，浸湿了枕头。

喜蛛没有送来喜讯，这样的不眠的夜晚，母亲继续煎熬着。但，毕竟熬到头了！

过了一些日子，一个大雪纷飞的夜里，几下模糊的敲窗声，把母亲从睡梦中惊醒。细耳一听，原来是呼呼的北风吹打窗户。她以为是自己过敏，叹了口气，又倦困地闭上眼睛。

"咚咚咚！"

这下她听得很真切，急忙爬起来，一面问：

"谁呀？"

"是我……"一声低沉粗沙的男人声，颤抖地传进来。

母亲不觉一怔。这声音有点熟悉，又很模糊。她急忙下了炕。

当她拉开朝北山的活动后窗时，一股夹着碎雪的寒风，直冲进母亲没来得及扣上衣纽的暖怀里。在此同时，跳进来一个满身是雪的人。

母亲看不清对方的面孔，可是从这和六年前向窗外跳出去时一模一样的动作上，母亲辨别出来人是谁，她情不自禁地惊呼道：

"啊！是你？娟子她爹！"

没等回答，母亲全身像没有了筋骨，瘫痪地靠在站在黑暗里那人的怀里。母亲身上的温暖，融化了丈夫身上的冰雪。从她眼里流下的热泪，汇合着他身上的雪水，一块流下来！

显然，仁义更激动，好一会，他才很费力地说出：

"你，你们都还活着?!"

"活着。都活着！"她急忙回答。

"世道真、真变啦?"

"变啦。真变啦！"

母亲觉得有几颗粗大的泪珠，沉重地打在脸腮上。仁义全身抖动着，在渐渐软下去……

母亲拉住他，赶忙让他坐到炕上。点上灯后，她又是眼泪又是笑容，对还睡着的孩子叫道：

"秀子，德刚！快起来，你爹回来啦！"

秀子立刻爬起来，揉着眼睛，一见到父亲，两手紧抱住他的大手，狂喜地叫道：

"爹，爹！你可回来了！俺想你……"说着扭回身擦着眼睛。

仁义摸着女儿的头发，嘴唇动了动，用力地笑着说：

"秀子，爹回来了。别哭。看冻着……"说着拿过棉袄披在女儿身上。

母亲闭着嘴，瞅着父女俩的悲喜感情，心里有说不出的千头万绪。

德刚还在睡着。仁义两手撑在他的枕头两端，俯着头端详儿子的脸好一会。母亲走上来刚叫一声："德刚……"仁义立刻制止住她。他想多看看儿子的面容啊！

德刚已睁开大眼睛，看到在看他的人，他很惊讶，擦擦眼睛爬起来，向母亲叫道：

"妈，这是谁呀?"

仁义一把抱起儿子，激动地说：

"德刚！不认得我了? 不认得爹啦！"

德刚抱着父亲的脖子，看了好一会，才高兴地说："是你? 爹，是你！你不像早先了，我想着你没有胡子呀！妈也从来没说爹有胡子。"

"你记性真不差，我走你才四岁呀！唉，爹老了……"

母亲苦楚地微笑一笑，对秀子说：

"秀子，烧火吧，做饭你爹吃。"

……

灯光下，母亲坐在一旁，端详着大口大口吃着饭的丈夫。他老了，真是老了。他的嘴唇上下蓄着杂乱的胡须，突出的前额和眼角上刻满深密的皱纹。里面像是藏着无数的苦难和惊险。那双本来发着倔强光芒的眼睛，添上许多倦困和呆滞成分。他的背有点驼，看起来还健壮。他穿得很褴褛，那饱经风霜粗糙的脸上，到处有着痛苦的痕迹，却没有颓丧的表示。从他的动作上，发现不了一点迟钝、衰弱的表示，依然是刚健有力的。

母亲端详着丈夫，想着他刚才说的这几年在关外流浪、当伐木工、泥瓦匠的困苦生活，想着他一听说王唯一被斗后那种激动、兴奋的表情，心想："才四十几岁的人哪！外貌变了，可他的心倒还是那么硬实……"她想笑，眼里却涌出泪水。她想哭，脸上却显出笑容。她太高兴了，她是悲恸着高兴啊！

母亲刚从河里洗完衣服回来，冰底下的水把她的两手浸得透红。她把衣服都晾在铁条上后，在前襟上把手擦了擦，又靠在嘴上哈了哈，看看偏西的太阳，就走进屋去。

冬天的严寒虽然统治着大地，但也有它达不到的角落。午后的太阳，暖暖地照着，这个不大的四合院落，没有一点风，充满了阳光。屋檐底下挂着几串金黄的苞米穗，在闪闪发光。屋顶上的积雪在慢慢融化，雪水顺着茅草一滴滴掉下来，打击着扣在墙根下的铁水桶的底子，发出均匀的回声。

母亲盘腿坐在院子里的稻草蒲团上，在缝一双用兔子皮当棉花的黑棉鞋。鞋已做好一只，另一只也只剩下几针没缝了。

丈夫的回来，使母亲变得年轻而愉快。在她脸上，时常泛起红润的光泽。那嘴唇两旁的深细皱纹，时常现出虽然干枯可是幸福的微笑。干涩的眼里也增加了水分。这不是纯粹的因为她不再是没有丈夫的妻子，生活的重担他挑去了一部分，她可以少去上山下地的缘故，不，不是的。更重要的是她做妻子的多年为丈夫的命运担忧的心被解放了。是她的丈夫已回到她的身边，并且按照她的心愿，他很快明白了只有跟着共产党、八路军走才有活路，毫不迟疑地参加到斗争里去，和她和子女们走上一条道路。

真的，被人逼走的仁义，回来后几乎一点没有犹豫，就参加到抗日斗争的行列里。在外数年受到的压榨，使他更觉得没有穷人活下去的路，非拿起武器拼不可。他本想偷偷回来用祖传的那支土枪先把王唯一干掉，逼到没路走，上山当"红胡子"也好。谁知他还没到家，就听说家乡大变了，到家后，从老婆孩子的口中，详细了解了家乡变化的经过，是共产党、八路军给他报了仇雪了恨，救了他全家，这是他自己永远没有力量来办到的。他像一条在沙滩上干得要死的鱼儿，一旦卷进大浪里，立时就感到它和水永远不能分离。他下定决心，从此跟着共产党，和妻子、儿女，还有许许多多同命运的人，一块生活，一块战斗，他认准了这条活命的道路，革命的道路……

在幸福的浪头上，很容易回溯起痛苦的过去，联想到这幸福的来源。是谁离散他们，又是谁使他们得到团圆？在这个苦难的历程中，又有了些什么变化呢？

母亲想起这一切，更感到如果没有共产党、八路军，丈夫是回不来的。家，不知早流散到哪里去了，哪还会有家呢！

想起过去的苦，就越觉得现在的甜。

暖和的阳光沐浴着母亲的全身，她感到很舒适，和春天的天气差不多。心里愈来愈高兴，随着屋檐上滴下来的水珠有节奏地击打着铁桶的声音，不知不觉地用轻细的鼻音，哼起她当闺女时常唱的四季歌来。这在她出嫁以来，真还是第一次呢！

春季里来暖洋洋
闺女绣房针线忙
绣一朵红花绿叶配呀
一只蜜蜂飞进房

夏季里来活儿忙
闺女河里洗衣裳
清清的流水波连波呀
鱼儿戏水对成双

秋季里来谷上场

闺女场上簸谷糠
谷米谷壳儿难分开呀
但愿嫁个知心郎

冬季里来雪茫茫
闺女给郎缝衣裳
不量身裁衣难合体呀
没见郎面泪汪汪

　　在母亲唱着的同时，秀子和德刚领着哥哥走近门口。秀子一听歌声，忙向他俩摆摆手，叫他们放轻脚步。她探头向门里一望，忙回头笑笑，向哥哥悄声说：

　　"真新鲜，妈还会唱歌呢。你听多好听！"

　　德强也笑了，刚要迈过门槛，被秀子一把挡住。她踮起脚神秘地在哥哥的耳朵边咕噜几句，德强瞅着她只是微笑，摇摇头。秀子又弯腰向德刚嘀咕几句，德刚连忙点头。

　　等母亲一唱完，秀子大声喊道：

　　"好不好？"

　　"好！"德刚用力叫着。

　　"妙不妙？"

　　"妙！"

　　"再来一个要不要？"

　　"要！"

　　这可使母亲吃了一惊。一抬头，见是孩子们笑着跑进来，母亲顿时脸红了。刚要责备秀子，可一发现德强走进来，忙起身迎上去，惊喜地说：

　　"哎呀，我的孩子！什么风把你吹到我跟前来了？妈想也想不到啊！"

　　"妈！叫你想不到才更高兴呢！妈，你还会唱歌呀，我真没听到过。"德强高兴地拉着母亲的手，见母亲从来未有的神采焕发的面容，更有说不出的喜悦。

　　"妈，你唱得真好听！再唱一个吧。"德刚抱着母亲的大腿，撒娇地说。

"哎，这下可叫你们羞着妈了。其实呀，我倒真会唱些歌呢。等以后有工夫再唱吧。"母亲红着脸，笑嘻嘻地说。又看着秀子拿的背包卷，向德强问道：

"怎么，你要来家多住几天吗？"

"不是，妈！"秀子接着回答，"俺哥中学毕业了，在县上青救会工作，还是全县的儿童团长哩！"

"哦，这么快！"母亲紧看着德强。

"是，妈。我成绩好点，一连跳了好几级。"德强倒有些腼腆起来，接着又说：

"我这是到区上去，顺路来家看看。听妹妹说我爹回来了，他在哪呢？"

"他呀，吃过饭到区上开会去啦！"母亲答道。

"哥，咱爹回来就当上干部啦，是副农救会长哩！"德刚高兴地告诉哥哥。

"唉，光顾说话去啦，快进屋坐吧！我也忘了做饭给你吃！"

"我不饿，妈，别做了。就在这坐坐吧，这很暖和。"德强说着坐在石台上。

"那也好，到晚上做点好的，一块多吃点。"母亲说着，忽见德刚把德强的手枪抽出枪套，急忙阻止道：

"德刚，快放下！别动响了！"

"没关系，里面没有子弹。"德强说着接过德刚送过来的枪，"你想打枪吗？来，我教给你……"

母亲静静地看着他弟兄俩边说边比画的神气，自己也不自觉地听着德强的解说，看着他拉枪栓、上子弹，然后扣扳机的动作，不由得说道：

"看不出这么点玩意，会有那么大的劲儿。"

"哥，给我放一枪，好不好？"德刚要求道。

"这可不行。子弹要打在敌人身上，哪能随便打呢？"

"妈，你敢不敢放枪？"秀子俏皮地戏弄母亲。

母亲微微笑笑，半真半假地说：

"你别看不起你妈，像你哥说的，枪要打在敌人身上，若是到了节骨眼上，你妈说不定真要打枪呐！"说话之间，母亲注意到德强的鞋子已破了，就把刚缝好的棉鞋拿过来，对他说：

"穿穿试试，行不行？这是给你姜大哥做的。早不知你在哪儿，也没法做双捎给你。"

"我不穿，留给大哥穿好了。我的还行。"

"快穿上吧，我抽空再做一双。"

"妈，再做来不及了，这双我就捎给大哥吧。我明天一早就要走！"

"这么急？怎么来不及啦？"母亲惊异地问。

"妈！"德强的脸有些收紧，"我这次到区上是分配下来坚持反扫荡的。我爹去开会，怕也是为这事……"

"扫荡？"母子三人几乎同时惊问。

"是的，妈！敌人这次扫荡不比以前那几次。鬼子越来越感到我们的厉害。想一下搞垮咱们的根据地。这次不单是扫荡咱们这一个地方，而是全胶东都在内……"

"……大扫荡！同志们，这是一场空前残酷的大扫荡！敌人集中了好几万兵力，他们的总头子冈村宁次亲自部署，实行从北海边到南海边，一直推到东海边，在威海卫集合的'拉大网'战术，妄想把咱们胶东的军民一网打尽，把根据地摧毁。哼！他们想得真比做梦还好呢！"区委书记姜永泉正在向开会的村干部们传达上级的指示。他那瘦瘦的脸绷得挺严肃，眼光锐利地看着静心听讲的人们。他继续说道："这是敌人临死前的挣扎，是狗急了跳墙。在苏德战场上，苏联红军把德国法西斯打得落花流水，德国越来越招架不住。那英国、美国这些动摇不定的国家，也为自己的利益受到破坏，在全世界人民的压力下，对法西斯开了火。敌人是一天天吃不住劲了。

"虽然国民党不抗战，使日本鬼子还有力量调出兵力对咱们根据地进行大扫荡，但这是一股子猛劲，它是不抗拖的。我们只要坚持下去，找空子打击敌人，也和每次扫荡一样，胜利终归是属于我们的。敌人一定会被粉碎的！

"同志们！咱们的组织已在战争中成长巩固起来，人民有了几年的斗争经验，对付敌人的办法更多了。咱们的大部队都调到敌人的背后消灭敌人，拔据点去了，留下地方武装和干部，领导群众坚持斗争。这是一场残酷的斗争，也是考验我们每个人的斗争。现在大家就把工作讨论一下，立刻回村发动群众，实行反扫荡……"

干部们怀着紧张又充满信心的心情，回到村里。立刻，紧张的反扫荡运动掀起来了。各级党政组织人民团体一齐动员，实行清舍空野，不给敌人一粒粮食，一件东西；把水井填死，不给敌人水喝……人人动员，个个奋战，对敌人进行英勇顽强的反扫荡！

据点里的汉奸狗党们可又乐又忙乎坏了，又到他们出头的时候了。每人都在抢老百姓的大车和牲口，准备下乡抢东西，大发洋财。

王唯一的女儿玉珍住在原来是个商店的小洋房里。自郭麻子死后，她就打着"野鸡"；后来觉得不太体面，才跟了王竹手下的一个分队长。此人就是王官庄被秀子挂过孝帽子灯的那老太婆的儿子——孔江子。

这孔江子原来在牟平贩卖毛皮，鬼子来后，他的买卖被抢一空，又被抓了兵。他自己本来不情愿，可是遇上了王竹，就干上了。王竹见他有两下子，先留他在自己手下当班长，后来又提升为分队长。

这人虽只有二十七八岁年纪，可经历的社会场面真不少。要说他胆子小，有时他却真敢干，要说他胆子大，有时又害怕得可怜。这就要看在什么地方、干什么事了。有大利可图，他敢去跑一趟有性命危险的买卖；可是我们围攻据点的时候，他甚至害怕得不敢把头伸出炮楼来。他很会见机行事，阿谀奉承更是老手在行。他和玉珍勾搭上，并不是真心和玉珍相好，也是为了发财，凭他做买卖的本事，同王竹、王流子经常合伙骗人，讹诈些钱财东西。上几次扫荡，他很刁，怕死，推病托故都没下乡，倒托人捎些东西回家。德松说他母亲得过他的东西，一点也不冤枉。

晚上，明晃晃的汽灯光下，玉珍大腿压二腿地坐在红漆椅子上。她那蜡黄的脸皮也没因擦浓粉和胭脂好看一些，相反倒和耍傀儡戏的石灰人差不多，更显得丑陋而阴沉。她耷拉着单眼皮，叼着烟卷，听着日本洋戏，轻声娇气地跟着哼道：

> 小妞小妞快快长
> 长大了跟官长
> 穿皮靴子格格响

在家里穿花衣裳

要出门披大氅
要睡觉三道岗
绸缎被窝两人躺
放个屁也啣啣响
……

砰的一声，门开了。孔江子猛地闯进来，骂道：

"什么躺啊响的，你他妈的又咕噜些什么？"

"哟，是你呀！把老娘吓一跳。"玉珍扔掉烟奔上来，两臂抱着他的脖子打坠坠。

孔江子没好气地一把将她推到床上，说：

"别闹了，烦死人啦！他妈的，欺我小啊！"

玉珍咧着嘴，哇的一声，两手捂着脸——装哭了。

"你不亲我，我走了。呜呜……跟谁不比跟你强。你斗不过鸭斗鸡。你吃了两斤枪药。你……"她从手指缝里看看他还坐着不动，就躺到床上打起滚来，哭叫声更大了。

孔江子像没听到一样，一动不动，像在想着什么心事。

……过了一会，他才走上前，扳着她的肩膀说：

"唉，整天闹，成夜叫，还像什么话。为屁大的小事就撒欢，又不是孩子……"

"放你娘的屁！别来碰老娘！"玉珍见他软了，就硬起来。

"别说啦，快睡吧。明天我就出发了。"他哀求着，去拉她。

玉珍把他的手一甩，自己起来，脱了衣裳，卷着被躺到床上，一点不理他。

孔江子瞥她一眼，就从口袋里掏出一个油纸包，在她眼前一亮，嬉笑着说：

"你瞧瞧，这是什么？"

玉珍那眼睛可尖，一下就认出是大烟土，心里早动了，脸上却不露色，又闭着眼不理他。

"哎呀，小娘娘，两口子还生那么大气干吗！这烟土可不少，上等的，你倒是要不要？"

好一会，玉珍才把脸转过来，慢声说：

"拿来吧。"

孔江子赶忙送上去，说：

"这下该消气了吧。"

玉珍扑哧一声笑了，用手指点了他额头一下：

"死鬼！"

……

闹了一会，玉珍问他下乡的准备怎么样了。这又勾起孔江子的火，骂道：

"都是王流子这小子坏！我先占上的大车，可叫他抢走啦！我和他到王竹那讲理，你这哥还骂我一顿。×他姥姥，没大本事，就以官大欺人。下乡叫这小子踏地雷！"

"哎哟，为那点小事还值得生这么大的气？明儿我向哥哥要辆车来，好不好？"

孔江子拍打着她，高兴地说：

"哎呀，亲妈妈！到底是你能行。"

玉珍格格地笑一阵，又说：

"我不光是为你，这次我也要回去。"

"你？那怎么行，你不怕死？"他吃惊地说。

"死？哼！我要回家去给爹和叔报仇！"玉珍狠毒地阴沉下脸，使孔江子都有些骇然。

"噢，这事交给我们办吧。你是不大方便的呀？"他含糊地说。

"谁也不行！我要亲手把小娟子一家零刀割了！"她把牙咬得咯吱咯吱响，像吃着人肉一样。又不高兴地问，"怎么，你不高兴我去？"

"不。我怕、怕你有个三长两短……叫我可怎么活呀！"孔江子为掩盖不安，用力去搂她。

"哼，那就一块去吧！"她冷笑一声，挣脱他的搂抱，翻到一边，呼呼地睡了。

这笑声像冰一样落到孔江子心上。他心里说："这家伙好毒，可怕呀!"心越跳越厉害。

孔江子的社会经历使他很滑头而聪明。这两年的形势变化使他越来越对日本人失去信心。别看现在日本人还蛮高兴,可是像草梢上的露水——长不了。前些日子他媳妇被妇救会动员通后,领着孩子来找他,哭哭啼啼地一定要他回去,并说政府讲,只要他回心转意,一定宽大他。孔江子已有些动摇,但敌人监视得严,更何况有玉珍在跟前!媳妇走后,被王竹叫去吓唬一顿,所以他到现在还不敢动。

孔江子他知道自己没有什么大罪,也没下乡祸害过人,就是在据点里一些不关人命的行为,八路军也不会知道,何况他们还讲宽大政策呢?他时常想,自己有家有业,有老婆、孩子、母亲,为何不回去过日子,待在这里鬼混。有一天日本人完了怎么办呢?他知道自己和王竹他们不同,是站在两条线上,而且要看他们的脸色谈话,闹不好还常受些气,这有啥干头呢?

每次下乡回来都有不少伪军逃跑。那时候,孔江子也想溜,可是决心不大。一来他还怕将来日本真把中国灭了,逃回去不如待在这里好;二来没有机会把东西都带回去,闹不好遇着战斗倒被打死了,那才不上算了。特别是他媳妇来了一趟,把根据地的情况向他谈了些,更加促成了他反正的决心。他想来想去,最后打定主意,趁这次扫荡,把几年来搞到的东西一并带回家,遇着机会就偷偷溜掉,等扫荡完了再回家。还有几个和他相好的伪军,也要跟他一块反正。

现在,想不到这个妖精——他瞅一眼旁边的玉珍——也要回去,这可怎么办呢?被人家知道了他和她的关系,不就把自己连累坏了吗?有她在跟前,那怎么好脱身呢?天哪,被她看出马脚,那命就休了。她多狠毒啊!看刚才那股劲,真的要把娟子一家吃下去似的。

孔江子左盘右算,前怕狼后怕虎,凉的不行热的又怕烫着,进退两难。最后还是实行他的人生最聪明的法子——看风使舵吧。

游击队隐蔽在公路一旁的山根上。片片葱郁的松林,橙红色的樟萝丛,黄灰色的蒿草,遮盖着每个队员的身体。这是人们为了反扫荡,便于打击敌人,所以靠大路的柴草都没砍伐。队员们趴在雪地上,注视着大路上的动静……

这支游击队是区中队加上区干部和一些村的主要干部组成的。刘区长是队长，姜永泉任教导员。德强、德松和玉秋都是分队长。德强部下的队员，有一名就是他父亲。

仁义变年轻了。这倒不是他把胡子剃掉的关系，而是他一直压在心底的青春活力复活了。他回来不久就被补选为村上的副农救会长，他拿出全部力气来干工作。他变得朝气勃勃，有说有笑，有一天他忽然对妻子说：

"老伙计，我要争取参加共产党！"

母亲被他叫得有些羞涩，心里却有说不出的高兴。她带打趣地说：

"能那样敢情好，我还怕你老了呢。"

"我老？咳，我不老！你看看我的力气。"他一下子把妻子抱起来，哈哈笑着。

母亲被他抱得骨头都痛起来，不好意思地挣扎着说：

"行啦，我知道你的力气了。快放手，叫孩子看见多难为情……"

本来游击队是不让他参加的，要他照顾村中和家里，但他哪里肯听。作为他的上级、女婿的姜永泉，也实在说服不了他。

敌人来了。

敌人被地雷炸丧了胆，非常缓慢地蠕动着。

走在最前面的是工兵，用扫雷器搜索前进，一发现哪里有嫌疑，就插上一面小红旗。离工兵约有半里路，才是大队的敌伪军。他们走得很慢，危险的红旗可太多了。

工兵搜索到游击队面前，发现有地雷的嫌疑地方更多，红旗快插满地面了。

看到这种情况，人们都很焦心。姜永泉正跟刘区长商量对策，德强悄悄爬过来。谈了一会，德强又爬回去。他领着几个人，飞快地接近公路。德强从树缝中向外观察，一见后面的敌人和前面的工兵被一道山麓隔住，立刻奔上公路，迅速地把小红旗移了位置。这么一来，小红旗的作用正相反了。

敌人走近了。大家看得很清楚，前面是开路的伪军，后面是整齐傲然的鬼子行列。高大的洋马上威武地坐着指挥官，太阳旗在凛风中发着怪啸。一步两步……轰轰轰……地雷爆炸了。接着，一阵喊声，人们一齐冲下来。手榴弹在敌人群里爆炸、开花……

敌人被打乱了阵脚，到处乱跑。所有的地雷都大显了身手。

没等烟消，游击队就飞快地进入山中了……

晚上，他们又在公路上挖个大地窖子，用树枝草叶盖好，上面再撒上雪，伪装得一点痕迹没有。

敌人的运输汽车疯狂地奔来，嘭腾一声跌进去。后面的两辆来不及刹车，猛撞在一起。游击队员们冲出来，消灭了未撞死的敌人，把汽油浇到车上，放火焚烧……

根据地的人们就是这样来对付敌人的扫荡，使敌人付出惨重的代价，像受伤的疯狗，缓缓地爬动着。

雪花纷飞，朔风叫啸。破棉絮般的阴云底下，逃难的人们向东跑。一家、一村、一区、一县……宛如从每个山沟流出的小溪，一条条汇成大河大海，人们在一个环山的平原上集合了。人山人海，牛马成群，闹闹嚷嚷，吵吵叫叫。

人人脸上像阴沉的苍天，布着愁云，谁也没了主意。敌人在后面一个劲地追，再向东跑，到了东海边可怎么办呢？天下哪里安全啊?!

母亲的一家，早同本村的人跑散了。她愁忧忧地望着混乱的人群，心里像一堆乱草。她看着因身子已很沉不得不跟着她一起跑的娟子，很吃力地挺着肚子，头上化了装，卷着个发髻，站在她身旁，就说：

"坐下吧。站着不累吗？唉，忘记听杏莉她妈的话，躲在她洞里许好些呢。"

娟子坐到包袱上，搂着弟弟的肩膀，说：

"妈，那也不一定好。洞是王柬芝挖的，谁知过去扫荡时王竹去过没有？再说藏在洞里终究不是法子，被敌人发现了，抓死的。咱们还是想法和敌人转，我看……"

正说着，近处山上响起下雨般的枪声。人们大乱了，像一窝被搅动的蜜蜂，向四面八方乱跑。大人叫，孩子哭，儿呀肉的，爹呀妈呀……响成一片。牲口失去主人，撒开蹄子，嗷嗷地嘶叫。草丛、树林中的各种野兽，都被枪声驱赶出来，直向人身上撞。鸟类的凄啼，更是震动人心。到处是生灵的奔逃，满空间震响着惊怖的呼叫。

秀子背着个大包袱，跑着跑着，扑通一声被什么绊倒了，摔了一身雪，包袱也滚出老远。她一看，哦！是个白兔子向她胯裆里钻。她两手掐住，抱着就跑。一想起包袱，又转回身去拿。可把母亲急坏了，大叫着：

"秀子！秀子！你不想活啦……"

秀子也来不及了，扭头就跟母亲跑。

枪声更紧。子弹从耳旁嗖嗖飞过，噗噗落在脚前，掀起股股碎雪。跑着跑着就有人倒下去……

德刚吓哭了，娟子忙背着他跑。母亲等人跑到一个草洼里，里面已经挤满人，他们忙趴在盖着雪的枯草上。

随着枪声，渐渐听到叽里呱啦的鬼子叫喊声，马蹄子、铁钉子皮靴踏雪的喀嚓声。

人们浑身收紧，谁也不敢咳嗽一声。抱孩子的母亲把奶头紧塞在孩子嘴里。

从这草洼的乱草孔隙中，可望见平原上的情景。

平原上，白雪皑皑的平原上，正在进行残暴的大屠杀。

鬼子们骑在马上，挥舞着钢刀，疯狂地追逐逃跑的人们，像砍瓜般一刀一个地砍杀着。一个六十多岁的老太太，摇摇晃晃地跑着，她那雪白的长发被风飘拂得散在空中。一个鬼子赶上来，从她肩膀砍下去。老人似乎还要向前挣扎，一头栽倒在地上。

德刚哇一声哭出来。母亲忙用衣襟蒙住他的头，紧紧抱着他。母子俩的心跳动在一起。人人都在痛苦地抽搐着身子……

枪声远了。人们从各个角落爬出来，哭叫着找自己的亲人。啊，亲人！亲人在哪里呢？

一片洁净的雪野，一刹那变成凄凉的荒场。马蹄子的痕迹和钉底皮靴的脚印，踩乱白雪，尸横遍地，人们的血把雪都染红了！

哭，到处是哭声！那几个孩子在哭什么？那血淋淋的尸首是谁？是他们的母亲！一个女孩子抱着断下的头颅在血泊里打滚，那是她的父亲！那女人疯了怎的？她不要命地撕自己的头发，两手又抓进冻硬的土里，已哭不出声来了。瞧，她身旁的孩子已身断几块了！……

哭啊哭！哭昏苍天，哭没太阳！

泪啊泪！流成黄河，搅浑长江！

目睹这种景象，听着这种哭声，母亲的全身都麻木了。身上一阵抽筋似的战栗，心里骤然袭来锥刺般的剧痛，头一晕，一股浓血从胸中冲出口。她怕被孩子看见，急忙用脚挪些雪把血盖着。她更紧地搂住怀里的儿子！

哭声渐渐平静下来，人们开始做下一步的打算。母亲这才发觉，秀子不知什么时候又把包袱背到身上，还有个兔子挂在一旁，就生气地说：

"你疯啦，秀子！这时还要它干吗？"

秀子�’着嘴，不以为然地说：

"等打走鬼子，回家包饺子吃呀！"

她的天真，把周围的人都逗笑了——这笑是多么苦涩凄然！一个抱孩子的女人，叹口气说：

"唉，傻孩子！家？人都不知死活了，哪还顾到想家啊？"

"一定能回家，大嫂！"娟子插嘴说，口气又坚定又亲切，"像往常一样，敌人刚上来很凶，过不久就被咱们打垮了。无论到什么时候，咱们也不能忘掉家呀！"

那女人略怔一刹，信任地看娟子一会，又深深叹口气。

怎么办呢？向哪里去呢？

娟子理着头发，向东看看。往东是一望无垠的平原，去的人又很多，她就对母亲和大伙说：

"我看咱们还是向西走吧，逃出敌人的'网'。不然老被鬼子追着，终究要遭殃。再说东面一马平坡，没有山地好藏，咱又不熟，还是到咱们本地的山上好些。"

有些人也说这样对，死也要埋在家乡土里，母亲也说是。

于是，一群人又折返回来了……

走着走着又被冲散，母亲一家人落了单。

夜来了。

天阴沉沉的，大块大块的乌云，把天空压得很低很低，像要塌下来的破墙似的。迎面的寒风，呼呼地吹着，掀起密集的碎雪，撕扯着行人衣服，扫打着冻紫的脸面。雪野上最显眼的是孤独的坟墓和各种高耸的枯草及蓬蒿。狂风把枯草大把大把地拔出来，夹着碎雪，无情地摔向空中。蓬蒿的苦味也跟着传布开来。古老的落叶树，树枝冻得酥脆，被风吹打得咯吱咯吱响，时而有枝干折落下地。而新茬上出现的绿汁，立刻又冻成了冰。

黑夜，是多么无情而寒冷！走路是多么艰难啊！

山来了。

山，冰雪的山峰，一个比一个高地矗立在夜空中。一片片的松林，虽是在黑夜，但在雪光下，还是非常醒目地显出黑森森的影子。山上的风更大，松林里发出巨大的怒吼声，宛如海洋里的惊涛在翻腾不停。上山的路本来就很陡，现在全被雪封住，更滑更难上了。

娘儿四个一步高一步低地向前挪动着脚步，有时还要把两手插进深雪里爬着走。他们常常迷失去向，不得不又折回来再找路走……

娟子的体质再结实再健壮，可她那快要分娩的身子，怎么能架得住这种折磨呢！如果是别人处在她的情况，在这种雪山路上，别说走，就是站也站不住呀！她身上早软绵无力，血一阵阵涌到头上，外面这样冷，衣服里却被汗水浸透了。她咬着牙关，一手搭在妹妹肩上，有时还去拉弟弟一把，艰难地向山上爬。

德刚早就走不动了，两只小手冻肿得和小馒头似的。母亲的痛苦比谁都重，但她看着孩子的样子，比自己身上的痛楚更难受。她几次要背他走，德刚却知道，大姐自己就非常吃力，二姐背着被子，还要照料大姐，母亲更是拿着所有带来的吃用东西，怎么能再背他呢？他每次都说：

"不用，妈妈。我能爬。看哪，我马上赶到二姐头里……"说着他真赶上去了。

现在孩子可真不行了。他在上一个陡坡时，手握不住小树干，一下子摔下去了。母亲赶忙把他扶起来，心疼地握着那双冻肿的小手，眼睛潮湿了。

"孩子，妈背你走。妈能背动。到了山顶就好啦！"

"不，妈妈。我能行。就是手不听使唤了。妈，你给我暖和好手，就行啦！"

母亲忙解开怀，把儿子的双手靠到胸口上，想吸走儿子手上的冰冷。她虽感到像两块冰放在心上，凉得使她发麻，可是她是多么高兴地觉得被融化的冰水，一滴滴顺着皮肤流走，那可爱的两只小手，从麻木中慢慢变得会动了啊……

一家人艰难地爬上山顶，谁都很饿。找到一个背风地方，秀子折了些松枝铺在雪上，大家坐下来吃点东西。

用雪和着炒面，一口口向下咽，唾沫也没有了，牙齿根都冰麻了。母亲抱着德刚，她含一口雪，等融化成水后，就吐到炒面上，叫儿子吃。

"妈，你吃。我自己能吃，不用你。"

"不，孩子。你小，别把牙凉坏了。"孩子还是不听，她又说，"妈说的真话呀。你看，你姐姐我就叫她们自个吃，大人的牙不会坏呀。"母亲嘴里这样说，她心里何尝不疼所有的孩子呢！可惜她只有一张嘴，没有那么多的温暖啊！

秀子吃得最甜，一气吃下两大把炒面，又吞下一口雪，把嘴一擦就要去找水。母亲忙阻止她。她怕孩子摔着，自己要去。但娟子又阻住母亲，说：

"妈，这么黑，山又陡，有水也找不着。少吃点就走吧，说不定下了山就有人家啦。"

秀子，这个永远无愁无忧的女孩子，总是坐不住。她爬到高一点的地方，胳膊抱着一棵小松树身，向西面山下望着。

在遥远的那方，黑暗中有一片片火光，遍布在各个地方。那火光一窜一跳地闪着，撕破无际的夜幕，似乎想冲破黑暗的束缚，飞腾出去。

秀子看着看着，眼睛润湿了。她心想，那一定是鬼子在烧房子，自己的家也在那方向呀……一股伤心和愤恨涌上来，她不觉得寒风怎样把她的头发甩来甩去，怎样扑打她的脸。她迎着风，轻轻哼起歌来。声音愈来愈大，在松涛的呼啸中，更显得凄怆而悲壮！

> 满天的乌云没有月亮
> 寒风雪花打在身上
> 两眼遥望出生的故乡
> 有家难归好悲伤
> 可恨的鬼子来扫荡
> 满山遍野是杀人场
> 数万同胞无家归
> 妻子离散泪汪汪

— 318 —

日本鬼子你别猖狂

中国人民你杀不光

我们有共产党来领导

我们有……

"秀子，秀子！"听见母亲叫，秀子擦擦眼睛，忙走下来。

母亲爱惜地给她理理头发，说：

"你怎么啦，这大的风还站在高处，看把脸冻着了。还唱歌呢！"

"妈，我见咱那地方都起火了，想着想着就忍不住唱起来。"秀子很难受地说。

"唉！"母亲叹着气，"房子烧了是小事，眼下是保住人要紧啊！快收拾一下走吧，等天亮了就不好办啦！"

大家刚走出几步，德刚突然高兴地叫起来：

"妈，姐！看哪，那不是灯亮？是，有人家了！"

全家都顺着他指的方向看去，果然在不远的地方，从松树缝中出现隐约的光亮。立刻都兴奋起来，朝那里奔去。

亮光越来越大，渐渐辨出是火光了。最后只离几十步远了。娟子突然停住，压低声说：

"不对，不像是住家。看，那么些影子在动。听，说的什么？"

大家都怔住，细耳一听，不觉大吃一惊，身上顿时起了一层鸡皮疙瘩。这是日本人像放机枪一样的说话声！接着传来皮肉烤焦的味道。再向四处一看，呀！这一连串的山头上都有火光。娟子忙说：

"快走！是敌人的封锁线。咱们闯到鬼子窝里来啦！"

秀子伸了一下舌头，小声说：

"幸亏风大，不然我唱歌也被鬼子听见啦。"

全家人急忙退回来，很快地走着……

直到天快亮了，母亲一家才在一个山洼里找到很多跑扫荡的人，并碰上花子、玉子两家人。

大家一见面，都像分开多少年似的，真高兴啊！

"大嫂啊！你们可来了！"花子兴奋地说，"自那天早上跑散了，我就和爹跟玉子他们跑，可'解放'她爹不知跑哪去了。唉，大嫂，这下咱们待在一块可好啦！"

母亲也愉快地说：

"可不是嘛。咱们在一块做着伴，心就松快些啦！唉，这天也折腾人……"

秀子和她那最相好的朋友玉子在嘻嘻哈哈地玩弄兔子。

本来睡着的人也被吵醒了。四大爷搂着德刚，坐起来说：

"就是你们这两个丫头不知愁，人家的心都碎了，你们还乐得不行。"

秀子大眼睛一忽闪，笑着说：

"不笑还哭吗？爷爷，等打走鬼子包了饺子，先送给你吃。"

玉子薄嘴唇一瘪，装生气地说：

"哼，可不给他吃哩。他就知道吓唬人。"

四大爷捋着胡子，半真半假地说：

"就怕你爷爷还吃不到，这条老命就叫鬼子要去啦。"

"爷爷，你可别悲观呀……"秀子乐哈哈地还要再说什么，忽听母亲叫，就忙跑过来。

"秀子，你是怎么回事？"母亲少有的气冲冲地责问女儿。

秀子在点着的松枝光下，看到母亲手里抓着一条黑被子，脸色非常气愤。她心一慌，正要说什么。但母亲一见女儿犹豫不决的样子，更加生气，怒喝道：

"说呀！你是拿谁的？你怎么敢做出这种事！你给我送回去……"

"妈，你先别上火。"娟子忙上来拉住母亲。

"你别管我！"母亲挣脱胳膊，反手抓住秀子的胳膊，拖过来，照脊背上就打。

秀子呜呜地哭着，但并不挣脱，只是叫道：

"妈，你别打……你听我先说呀……"

"我听你说什么？你拿人家的东西还有什么话说……"

花子、玉子上前拉开。人们也都围上来。四大爷很生气地责备着母亲。

秀子委屈地趴在姐姐身上，呜呜地哭着。

"唉，为这点小事还打孩子。这兵荒马乱的年头，一床被子算个么呀!"

"是啊,婶子。谁的东西还不是丢的丢,少的少,你的被子不也丢了吗?这床也不是什么好的,还不一样?"

"他大妈,可别委屈孩子啦。秀子那好闺女,怎么舍得打?快消消气吧!"

……人们七嘴八舌地劝说着。母亲却一句也听不进去。她心里有说不出的难受,无论如何,她的孩子也不该拿别人的东西。

秀子哭得抽抽噎噎的,听到这些话倒停止哭声,朝人们说:

"你们说得都不对,我若真是拿人家的东西,俺妈该打我。可是,妈……"秀子说着凑近母亲。

母亲听孩子这一说,有些怔愣,紧看着女儿,说不出话来。

"妈,你打人,也不先问问清楚。"秀子抽泣着向母亲说,"咱们那包袱是白的,这个也是白的,又正好丢在我丢包袱的那地方。我急跑回去找包袱,住一会才看清这个不是咱的。俺又送回去,咱那个可不见了,我打开包袱一看,见这床被子还不如咱那床新些,就拿、拿……"

母亲听着听着不觉心里一酸,一把将孩子拉进怀里,泪也掉下来了……

花子等人帮着找来一些樟萝、松柴捆子,给母亲一家挡着风雪。用松柴枝把地上的雪扫扫光,铺些野草,一家人围着坐在一起,互相用身体取暖。

母亲本来每夜都守着她的小儿子德刚,这次她却把秀子拉在身边,紧紧地搂着女儿,痛惜地轻声说:

"孩子,妈委屈你啦!打得痛不痛?"

秀子也紧抱住母亲,心里的委屈早烟消了,宽慰母亲说:

"妈,不痛。当时俺心里难受才哭的。"

"唉,好孩子!"母亲很感动女儿的懂事,"你记得妈打过你几次?"

"没打。妈,你从没打过我们。这是第一次,不,这次也不算。妈,你一次没打过我呢!"

"好孩子!"母亲望着远处的白山头,"好孩子,妈是从不舍得打你们姐妹一下的。倒好,你们也听妈的话。你们若不听,妈整天打骂也没有法子呀!秀子,刚才妈是真气急啦。你知道,妈最恨干那伤害别人的事,哪

— 321 —

怕是一点点的。孩子，记住妈的话：无论何时，给别人多做些好事，坏事是一点也不能干。哪怕自己吃亏，也不能占人家的便宜。闺女，懂吗?"

"懂。妈，我要学你，像你一样。"

……

虽然东方在放亮，可是这阴沉的山峦，却还是相当的黑暗。

第十七章

残暴的敌人，到一个村扑一个空，什么东西也找不到，饿急了就杀战马吃。河被冰冻涸，水井被泥沙填平，没有水喝，只得吞雪啃冰。他们如同饿狼扑食未获，越发穷凶极恶，到一庄烧一个庄。烧得浓烟遍野，遮住了冬天的太阳。没跑出的病人和老人、孩子，都被扔进火堆里，活活烧成灰。凄厉的惨叫声，震撼着天地。

一天傍晚，敌人扑进王官庄。

十字街口，埋着一个草人。草人头上戴着泥坛子，上面贴着纸做的太阳旗，身上贴一张白纸黑字的标语：我是狗强盗，就要死了！

士兵们发现后，报告给长官。日军中队长下了马，瞪着眼珠子问翻译。这时围上一大堆人，后面的看不到直往前面挤，矮个的踮起脚跟伸长脖子，都像看马戏一样。

翻译把上面的字意告诉给中队长。中队长气得脸色发紫，骂着"八格牙路"，抬起钉底大皮靴，狠狠踢去……

几乎是同时，轰轰轰！泥雪崩倒，烟雾弥漫，一片鬼子应声倒地。

这是民兵们的计策，秀子和玉子扎的草人写的字，十字街口埋下三个地雷，拉弦都拴在草人上。它一起动，地雷就都炸了。

敌人被地雷炸得晕头转向，简直是寸步难行。走到每家门口，先逼着伪军进去。有的家门后挂着手榴弹，有的锅灶里埋着地雷，一推门一烧火就炸开了……一直到小半夜，才算安静下来。

伪军中队长王竹非常沮丧。他回来一个人没抓到，什么东西也没有，自己人却被炸死好多，日军中队长也丧了命。他被大队长庞文叫去狠骂一顿，并逼他去找一个花姑娘来解闷。

这个最有武士道精神的日军大队长，平时总是吹嘘什么"人道""信义"，并自命是天皇子孙日本军人的模范化身。可也不假，庞文大队长真是日本军人的典型。他杀起中国人来，常常要换三四把素称世界第一的日本钢刀——杀的人太多，热血把刀刃烫卷了。他还最喜欢女人。

王竹憋着一肚子气恼，领着几个伪军挨家逐户去搜索，可是连一个人影也没见着。走到孔江子家门口，一听里面有人，他就抢先走进去。

这是村中唯一没跑的一家。那老太婆见有人来，认出是王竹，忙笑嘻嘻地招呼道：

"啊，大兄弟回来了。等多时啦，俺家江子没捎东西……"

"什么东西不东西，他也来啦！"王竹没好气地抢白一句，瞪起三角眼，满屋打量着。

老太婆见他来得凶，有点害怕；但一听儿子回来了，一股发财的野心又涌上来。

"啊，人来了！"她喜得像抱上金元宝，"大兄弟，俺家江子在哪呢？"

王竹早不听她絮叨些什么，正要向外走，却见一个四五岁的小男孩，哭叫着妈妈向里间跑。他一怔，也跟着闯进去。见到孔江子的媳妇，松一口气，心想："这女人还不难看，送去了事……"就冷笑着说：

"哎，到我家去一趟，有点事。"

那媳妇紧抱着孩子，恐怖地说：

"不，不。俺不去，俺不去！"

"怎么不去？去有好事呀，谁也吃不了你！"王竹说着就想动手拉。

"不，不。你，你走开！"她惊慌地向炕里偎。

"他妈的，好说你不听！来人……"王竹跳上炕，一把将那孩子拉出他母亲的怀，抓着她的衣服拉下炕。几个伪军上来扭着她的胳膊向外拖。

那媳妇发疯地又咬又打又叫……

老太婆也扑上来，双膝跪下抱住王竹的脚脖子，哭着哀求道：

"大兄弟啊！看、看我老脸饶了她……"

"去你妈的！"王竹将她一脚踢翻，和伪军架着那媳妇就走。

哭嚎叫骂着刚要出胡同口，迎面逢到一簇黑影，最前面的一个，正是同运输队一块进村的孔江子。

孔江子一认出被抓的是他媳妇，照一个伪军脸上就是一耳刮子，骂道：

"你这小子胆大包天，敢欺负到我……"

"你又怎么样！"王竹气汹汹地抢上来。

"好啊！王竹……"孔江子气怒地抖着身子，忽地抽出手枪。

王竹也早把枪握在手里，恶狠狠地盯着他，枪口对着对方。

伪军们吓得呆若木鸡。那媳妇躺在地上，哭声哽住，脸色煞白。

一阵扑鼻的粉香掠过，打扮得花枝招展的玉珍走来了。她卖弄风情地瞥视一眼，尖叫道：

"啊！你们在干吗？动武吗？我的天哪，这是怎么回事？快把枪收了……"

孔江子把枪插进去，愤愤地骂道：

"你他妈的不够朋友！这是对谁？"

"哼！吃醋啦？大队长要拉人，臭婆娘我王竹看都不稀罕看……"王竹说着也把枪收了。

"哟，就为这个呀！"玉珍松口气，轻蔑地瞅那媳妇一眼：

"哼！恶心人……"

那老太婆哭喊着赶过来，拉着媳妇哭哭啼啼往家走。孔江子浑身抽动着。

玉珍又变得阴恶地问王竹：

"我问你，小娟子一家可抓住了？"

"连根毛都没见着。"王竹丧气地嘟囔道。

"那老东西也没抓到？"

"有那老婆子倒好了……"

"哼！你们就有这本事。"玉珍冷笑几声，"好啦，别为小事生气了。都是自家人，何必那么认真？走吧，哥，和我看看咱们的房子去……"

孔江子看着他们走去的黑影，狠狠啐了一口。

他一走回家，媳妇就哭着趴到他身上，抽抽噎噎地说："俺要跑，妈拉住不放！差点叫鬼子害了呀！你还当汉奸，连自己的老婆你都不要啦！

我的天哪！你再不回心俺就没法活啦……"

唯财是命的老太婆也顾不得问孩子带回来些什么，呜咽着叫道：

"江子啊！妈的腰也叫踢坏了呀！那王竹不是人哪！打我这把老骨头。哎哟哟！痛啊……"

孔江子的眼里闪着浑浊的泪花，他重重地叹口气，头渐渐低下去……一声大洋马的嘶叫，惊得他突然抬起头，注视着黑暗沉沉的外面，全身一阵哆嗦……

第二天，敌人就出发了。不知为什么，他们没烧王官庄的房子，奇怪！

大雪飘飘，遮住人的视线。到处是白茫茫的一片，分不清天上地下，是山是田，四周灰蒙蒙的模糊一团。

王竹骑在马上，望着南山沟的方向，对王流子说：

"不知叔叔挖的那个洞，藏了什么没有？"

"哪会有？人家也不是傻子。"王流子看也不看地说。

"我看说不定。不藏人也许有些什么东西？他们怎么就料到咱们来？走，看看去！"说着王竹和王流子领着一伙人，向王柬芝的地洞奔去。

这洞王竹知道得很清楚。王柬芝详细告诉过他，以备有急事好联系。

王竹等来到一看，全是一片雪，什么异样也没有。王流子自负地说：

"我说不会有。看看，连个脚痕也看不到。"

"你知道个屁！洞口封好了，被风一刮，多深的脚印也被雪埋平了。别说还下着这么大的雪。"王竹又对伪军们喊道：

"快折松树枝子来，把雪扫光！"

扫去雪，发现洞口不久封过的新土。王竹高兴地叫道：

"快找家伙来挖！哈，一定有人或东西藏在里面。快挖……"

这洞修得可真不坏。洞是从山沟的陡坡向直里挖的。洞口用镶铁的木板盖着，外面敷上一层土就能封得严严的。里面靠洞口有个两丈深的陷阱，井底埋着削成锋利尖子的木楔子。不知底细的人，一进去就非掉进去不可，掉进去就没命了。从洞口向里要拐几道弯，不知道的人也会到处碰壁。墙用石灰刷得很白，一般个子的人不用低头即可到处走，里面有几个气眼通出去，空气很流通。烟筒口巧妙地开在山顶上的一个大岩石下，烟刚冒上来就被出风吹散了，因此在洞里面烧火做饭，外面一点看不到。这洞里面又宽畅又干燥，真和幢小房屋一样。这是王柬芝找泥水匠，花了好几个月才修成的。

这几天王长锁和妻子躲在里面，一家三口过得挺舒服。杏莉母亲在灯下做针线，孩子在她怀里吃奶。王长锁躺在她身旁，拉着孩子的小手，引逗他松开奶头，格格地笑一阵。

"咱们过得倒挺好，不用东跑西颠的。"杏莉母亲感叹地说，"唉，这大雪天，娟子快生了，大嫂身子也不好，怎么受得住？我再三劝他们藏到这里，他们却不肯。反倒劝咱也不要待在这里头。他们是怕坏人哪！唉，人家到底不怕受罪。"

"是啊！"王长锁接口道，"依我看这里也不太牢靠，被鬼子知道了，跑也没处跑。"

"谁会知道？"杏莉母亲不以为然地说，"那死鬼可精着哩，他肯告诉谁？娟子说怕王竹和王流子，可咱们每次都和那死东西一块躲到这来的，王竹他们谁也没来过……"

"你停停。听，什么响？"王长锁惊异地爬起来。

杏莉母亲停住手里的针线，脸色霎时惨白，惊叫道：

"有人挖洞？"

沉闷的吭哧吭哧声，越来越响了！

王长锁忙抓起利斧，对妻子说：

"不用怕。看着孩子。我看看去！"

为着坚固，王长锁这次没用木板封洞门，而全用泥和石头堵了一层又一层。

他走到洞口，只听哗啦一声响，洞口开了一个小窟窿。他忙闪到一旁，心像打鼓般怦怦跳着。

外面沉寂片刻，一颗戴钢盔的脑袋伸进来，喊道：

"喂！里面有人没有？快出……"

王长锁狠狠地抡斧劈去。扑哧一声，那脑袋和西瓜一样，滚进陷阱里了。

外面慌乱一阵，就向里打枪。

王长锁躲在一旁。

外面又开始挖洞，渐渐洞口全开了。一个伪军端着刺刀向里进，扑通一声，掉进陷阱里。

王竹这才恍然大悟：只顾忙乱，把陷阱的事忘记说了。他马上把怎样躲避的法子告诉士兵，命令他们再往里冲。他自己似乎有过教训，站得远远的。

两个伪军抬着一块大木板，胆怯地从洞口向里推。觉得搁上对岸了，就又向里冲。可是上去的一个，刚迈出两步，轰隆隆，连板子带人，又滚下陷阱去了。

原来王长锁在暗中看得真切，见敌人踏着跳板朝里进，搭脚猛一踢，把板子和伪军一齐掀进陷阱里。

外面又大乱起来，不敢再进，又打枪又摔手雷。可是子弹扎进泥里，手雷掉进陷阱，倒把敌人的尸首炸得更烂了。

于是，王竹下令放火熏……

王长锁见洞口堵上草，就提着斧头走回来。

杏莉母亲已哭好长时间，一见他回来，就哭倒在他身上。"孩他爹，咱们要死了！"她悲痛得全身在抽动，"可咱不能看着孩子死啊！他没有罪呀！"

王长锁没有流泪，擦擦脸上的汗，看来是愤恨和胜利的骄傲在主宰他。他把她的缕缕乱发理好，镇静地说："别哭，哭什么！咱们哭一辈子，这两年才有个笑的日子。你没听姜同志说，在敌人面前哭，那就是软、软弱。咱们一辈子就吃了这两个字的亏，把莉子也连累死了！眼下咱们要死啦，不能让它缠住。死要死个硬气！"他很激动，眼睛有些潮湿。但马上又睁大眼睛，"罪，谁有罪？孩子没有罪。你我有罪？没有。受苦人谁也没有罪！鬼子、汉奸才真是犯了天大的罪！咱们死也要惩治他几个！"

杏莉母亲渐渐止住哭声。第一次、也是最后一次，听到被她不惜一切酷爱着的人，说出这一席话。使她觉得他真是个了不起的人，不但可爱而又可敬了。她紧紧抱着吃奶的孩子。孩子在母亲那温暖的怀里，渐渐地幸福地睡去了。

"我生在富家，嫁在富家。"杏莉母亲抽噎着，轻声地说，"过去我不知道，后来才慢慢明白这些人是些什么东西，是最下流的坏子！外表上四面光八面圆，背地里什么坏事都能干出来。他们都是两条腿走路的畜牲！为自己，能不要亲生爹娘；为自己，能把老婆孩子卖掉……反正他们活着，就是为自己，把别人的一百颗心挖出来吃掉，也不觉得心疼。我总算把这些人看清了！"她擦干悲愤的泪水，激动又悲壮地说：

"咱们一家，死就死吧！做个好人死了，强似劣人活着。大嫂一家为大伙、为工厂，受尽那么多苦，遭了那么多罪，可什么也不说给鬼子。咱们怕什么呢？什么也不怕！死吧，反正有人替咱们报仇！"

王长锁几乎是以胜利者的高傲口气说：

"已经够本了，被我杀死三个！再杀，就是赚的啦！……"

一股浓重的黑烟冲进来。一切变成黑暗了。洞里没有空气了。一家三口人，都在窒息中踉跄，昏倒，死亡！

敌人的"网"越拉越紧，游击队的处境越来越艰难了。他们已被敌人发现，整天都有几百个敌人尾追着，经常受到包围又冲出来。他们带的口粮已经吃光，找不到粮食，就到地里拾冻地瓜和花生充饥，地瓜都冻成冰块，德强一咬，把牙垫得咯嘣响。他笑着向一个正在苦愁着脸的队员说：

"哦呀，这是冰点心哪！酥脆酥脆的，哪里也难买到。吃了又顶饭又当水，美极啦！伙计！你怎么不吃呀？"

"哎哟，哎哟！我这腿、腿痛得不行……"

"我给你治治吧？"德强忽闪着睫毛问。

"拿来呀！"那队员伸手要药。

德强脸一板，俏皮地说：

"你听着，照这样的方法找药：头痛棒子敲；眼痛抹辣椒；牙痛吃烙饼；嘿，你这腿痛嘛，要多多上山顶！"

说得大伙都哄笑起来。那队员也咬着牙不好意思地笑了。德强却不笑，认真地说：

"这叫以毒攻毒啊！我就有这个经验……"忽听有人叫他，就奔过去。

姜永泉同党委们研究，在密集的敌人围攻下，为坚持活动方便，需要把队伍分开，瞅空子打击敌人。姜永泉和德强领一队；刘区长、德松和玉秋领一队。约定好联络地点，就分头准备行动。出发前，接收了一批新党员，在向阳背风的山坡上，举行入党宣誓。

翠绿葱郁的小松枝上，盖着一层洁白的雪，随着树枝松针的形状，宛如朵朵开放着的棉桃絮。树上挂着一面鲜红的党旗，旗上那黄澄澄的锤子镰刀，被阳光照射得放出金色的光芒。

空气肃穆而庄严！

八个劳动人民的优秀儿子，激动严肃地站在党旗面前。其中之一的冯仁义，虽然身在冰雪严寒的天气里，可是他身上感到烘热，满腔的血液都涌到头顶，举着出了汗的粗壮拳头，低沉庄严地宣誓道：

"我自愿参加中国共产党。坚决革命到底，解放被压迫的人民。誓死不投降不变节，为革命不怕流血牺牲。如有违犯，愿受严厉制裁。宣誓人：冯仁义……"

一个个响亮的名字，像往钢铁上打印子，永远铭记不掉了！

篝火！蹿跳着火苗，飞进着火星，缭绕着火烟，互相交织，互相照映，连成一片，像一条巨大的火龙，蜿蜒地围住昆嵛山中的一座山岭。在火网后面，是数不尽的黑影，伸长那凶恶的枪筒，对准了暮色的山冈。

山上的人可真不少啊！有失掉联系的干部；有荣誉残废军人；有更多的逃难的老百姓：一千多人，没有一点组织，有的一家人都还跑散了。

天亮前的寒风一阵紧似一阵地吹来，大雪纷纷飘着。可谁也没感到身体的冻麻，顾不得打掉身上的雪花，那心比油煎的还痛！老天哪，可怎么活啊?!

松树底下，樟萝丛旁，岩石缝中，一家一户地抖瑟在一起。孩子哭，母亲哭，父亲也流泪了。哭，哭！哭又有什么用呢？眼瞅着阴暗的苍天，千万不要亮啊！你永远黑着挡住鬼子的眼睛，那该多么好！

可是天不从人愿，东方在渐渐放亮，沉沉地送来惨淡的灰光，模糊的树林在渐渐显出黑黝黝的影子。

娟子非常焦急，眼看天一亮，就要演成血洗的惨剧了。她不顾身子的痛苦，奋力在雪山上奔波，同花子、玉子、秀子等人，分头找到一些干部，召开紧急会议。

娟子想组织起一支队伍，领着群众突围；但大部分人的武器都埋藏起来了，只有几支短枪，这怎么行呢？在这时候，人们才深深痛感到，武器的宝贵如同生命，在任何情况下，也不能离开它啊！

大家商量一番，决定赶快把残废军人隐蔽起来。组织领导群众坚持不屈服，不出卖干部和共产党员。全体团结一致，来对抗敌人的屠杀。

人人怀里像揣着小兔，怦怦乱跳着。

骤然，听到那面山上响起激烈的枪声，喊杀声震破雪山上的沉寂，冲破黎明前的黑暗，摇撼了整个山峦……

人们更加慌乱，以为是敌人的血洗开始了，更加向一起聚拢……

就在这时，山顶上——第一道曙光照亮的白皑皑的雪山峰上，出现一个身材高大魁梧、穿着草绿色军装、腰间围着子弹带、插着一支驳壳枪、肩膀上背着一支带刺刀的大枪的战士。他左胳膊上佩着的八路军证章，立刻跃进人们的眼睛！

千百双眼睛——父亲、母亲、大人、孩子、男人、女人……都同时凝聚在这个方向——战士的身上。人群立时欢腾起来！秀子、德刚狂喜地拉着母亲，叫道：

"妈，八路军！瞧啊，山顶上！那么多啊！一个、两个、三个、四个……哎呀，太多啦！"

其实，他们只有十几个人，但这有什么关系呢？就是见到一个八路军，也像掉进茫茫大海里的人，见到一根木头那样，这就是救星啊！

战士们迎着群众的目光，跟着那高个健壮的人，急急走下来。

秀子眼尖，惊叫着跑上去：

"哎呀！王排长！王排长来啦！"

立时，人们全把战士们团团围住。接着不知是谁开始，把好吃的东西直往战士们手里送，一会塞满了每个人的口袋、两手。

王东海——他已是连长了——和战士们，满脸流着汗，看样子很紧张，可是没有回话的余地。人们的亲切问候、渴求解救的喊声，把他们的耳朵也快震聋了。他们只能以感激的眼光和亲切的微笑来回答。王东海焦急地想赶快把事情讲明……

母亲激动地伫在人群外面——她挤不进去了。花子走近她身旁，手里捧着干粮，两眼紧望着王东海和战士们。泪水从她眼眶里涌出来，她也没想着去擦。母亲见她的样子，忙问：

"花子，你怎么啦？"

"大嫂，"她忙用衣袖擦擦眼睛，真情地笑着说，"哎，看我多傻，不知不觉泪就出来了。大嫂，你看那王连长，还是那么结实，那么精神！上次看过那幕剧，唉，我真替他这好样的人担心透啦！后来一打听，才知他还活着，可想不到还这么壮！大嫂，有了他们，咱们就有救啦！多少鬼子，也要送掉狗命！"

"是啊，花子！他是个铁汉子，多会也打不倒的人！"母亲感慨地说，"八路军真是天兵天将也比不上的队伍啊！对咱老百姓比亲生爹妈还亲；打起仗来可和个小老虎似的，一个能抵上鬼子一百个……"

王东海挤出人群，见到母亲和花子，又亲切又着急地说：

"大娘，妇救会长！你们也在这里呀！快告诉我，干部都在哪里？"

"王连长，你们先吃些东西吧！"

"不，大娘！事情很急。"

"王连长！"花子把干粮塞进他手里，"我就去找！"

王连长把情况向干部们急急说明。他是接受上级的命令，领着一排人掩护专署机关转移的。任务完成后要回到部队去。走在这里发现敌人包围住这座山，知道一定是要屠杀干部和群众。他们就决定来救出群众。

刚才的枪声就是王东海他们打的。他留一班人在外面牵制敌人，自己带着十几个战士冲进来，好领着群众突围。

干部们很快将群众编好组，分头带领，跟着战士们向外冲。

敌人被刚才的打击弄得不知虚实，猛烈地乱打枪。外面那一班战士在另一座山的树林里袭击着敌人。

王连长领着战士，后面跟着一大群逃难的行列，顺着一道山沟，向下急急地扑来。走到一个山坡，发现鬼子们黑压压地撒开人马，向山上爬来。

王连长一声命令，一阵手榴弹猛打下去。几十个敌人滚下山沟。

部队在前，群众随后，冲出打开的缺口。等敌人调集兵力，又将缺口封住时，战士们已领着群众冲进安全地带。

王连长会合外边的那班战士，又勇猛地冲回山上……第二批群众又带出来了。

群众出来的只有一半，有三个战士牺牲了，负伤的也有好几个。而敌人已从四周发起冲锋，炮弹猛烈地向山上轰击，掀起冲天的泥雪，一棵棵树木被炸断，听得见山上的人们痛哭喊叫，看得见人们在绝望地奔跑。

情况相当严重。如果再冲进去，出来的可能性就很小了。敌人已集中兵力卡着下山的道路，而战士们的弹药也很有限了。

王东海的心情很激动，愤怒地瞅着那疯狂的炮火在山上爆炸。每个战士的脸都绷得挺紧，眼睛在瞅着他们的连长。

"同志们！情况很危急。再进去我们就很难全冲出来了。同志们！怎么办？"

"连长！别说了，冲进去！"战士们齐声呼喊着。

"对！冲进去！"王连长的大手用力一挥，战士们奋勇地跟着他，第三次冲进火网。

"妈！王连长又回来了！"秀子哭着叫道。

母亲不知是难过还是喜悦，眼泪簌簌掉下来。她的心狂乱地跳着，很想冲上去说：

"王连长！你们赶快自己走吧！眼看……"但是她来不及说出口，王连长已站在高大的岩石上。在炮火下奔逃的人们，立刻向他拥来。

"老乡们！不要流泪！有我们共产党的军队在，就不能叫你们受难！赶快跟我们向外冲！冲出一个是一个，决不要慌张！快向外冲啊！冲出去就是活命……"

王连长把部队布置在山沟两旁的岩石后面，对一个班长命令：

"张班长！你领着一班人带着群众向外冲。冲出去后把队伍带回去。把我们的情况向首长报告一下。"

"不，连长！还是我打掩护，你带队伍冲出去。"张班长坚决地要求着。

"快！服从命令！"王连长不容再说地把手一挥，同时命令：

"射击！"

蜂拥而上的敌人被猛烈的火力打乱，张班长领着战士突破敌群。群众像夏天山上下来的洪水，不顾生死地跟着向外倾泻……

王东海等用火力给人群开路，一秒钟也不放松。

人流继续向外奔流。人人流着感动的眼泪……

突然，机枪哑了！大枪停了！手榴弹光了！战士们一时愣住。眼见敌人扑向群众，子弹、刺刀在群众身上发威……

王东海和战士们的眼睛也红了。他怒吼着首先跳起来，向敌人群里扑去！战士们紧跟在他身后。

他们一边六七个人，用刺刀枪把子同敌人厮打，拼命抵住两面的鬼子。

群众在战士们挡住的人体走廊里，潮水般地向外涌……人人被这惊心动魄的场面所激动，好多人不向外跑了，抓起石头向鬼子打去……

战士们竭力叫喊：

"老乡们！快走！快跑！快冲出去啊！……"

老百姓带着巨大的感激和沉重的心情，流着眼泪，脑海里铭记着这场激烈搏斗的情景，冲出死亡的火坑。

母亲一家，也夹杂在人流里面。

残酷激烈的肉搏战，还在继续着。

战士们一个个倒下去。几个重伤的战士爬不起来，就抱住敌人的腿，狠命地撕咬。把鬼子咬倒，紧抱着他，一齐滚进深山沟里。一个班长和一个鬼子撕扭在一起。他将鬼子摔倒，咬掉他的耳朵；另几个鬼子赶上来，他拉出鬼子身上手雷的弦，与几个敌人同归于尽了！

勇士们有的高喊领袖的名字；有的大叫"共产党万岁！"……这悲壮洪亮的声音，长久地在巍峨的群山中回荡！人，最高尚伟大的人！

王东海的枪早打断了。他抡舞着钢铁般的拳头，挥动坚实的腿脚。打得鬼子一个个头脑开花，滚进山沟。他越打越有劲，忘记向外冲出，只是沉浸在愤怒的厮杀里……

一个肥头大耳的鬼子，见他赤手空拳，也把枪撂下，卷起袖子扑过来，想抓个活八路。

两人在山坡上扭打起来。谁知山陡雪又滑，一骨碌滚到山底下。这鬼子的劲可真大，加上王东海胳膊上已受伤，几乎吃不住他。两人滚打在山下水沟的冰上，猛听喀嚓一声响，冰碎裂了。那鬼子闻声大吃一惊。王东海趁机猛翻到鬼子身上，两手掐住他粗胖的脖子，猛力向下按……只听喀嚓嚓——呼隆一声，鬼子的脑袋钻进冰窟里。

王东海站起来，听见山上战士们高亢悲壮的喊声，在他那黑红结实的脸颊上，挂着两颗粗大的泪珠。他缓缓地向另一座更高的山峰走去。他胳膊上滴下的血，在洁白的雪面上，留下一条殷红的血印！

姜永泉他们转了几天，转到老母猪河一带，眼看要到东海边了。一天黑夜宿在一个小村子里，被敌人包围住。突围时队伍冲散了。德强本来同父亲还在一起，没几天也冲散了。

仁义同几个队员商量，觉得在熟悉的山地里好坚持些，于是决定突回家乡。

第二天清早，他们刚走到一个村头上，就遇到逃荒的人群，呼呼啦啦向外跑，说鬼子进村了。他们就跟着人们跑。结果仁义又同队员们跑散，只剩下他一个人。

在一片树林子里，人们停下来，换过一口气。这才发现背着枪的仁义，都惊叫起来：

"哎呀！你这人疯了怎的？是什么时候，你还背着这玩意！不想活啦?!"

仁义有些慌乱，可不舍得把枪丢掉。

一个老头子气冲冲地走到他跟前，一把夺下他的枪，扑通一声丢进野草里，怒吼道：

"你不想活，咱还要命啊!"

像一股旋风，敌人的马队赶来了。威逼人们交出八路军和干部。

大人小孩低着头，一声不响。

仁义偷眼瞅瞅夺下他枪的那老头子，唯恐他会坏他，但老头子像不知有他的存在一样，闭着眼睛谁也不理睬。

有几个青年被敌人抓出去。

一个年轻媳妇抱着孩子，哭着哀求放了她的丈夫。

一个伪军军官迎上来，一刀挑开她的肚子，她惨叫一声倒下去。她抱的孩子掉在地上，哇哇哭叫。那当官的怒骂一声，把孩子提过来，两手抓住孩子的两只小腿，狠力一劈！

人们的发根都竖起来，哭又不敢哭啊！

仁义愤怒地盯着那家伙，懊恼枪不在手，不然他非拼了不可。正在此时，一声嘶哑颤抖的声音响了：

"我，我给你们找八路!"

仁义惊怖愤怒地看着走出去的夺他的枪的那个老头子，正要冲向前和敌人拼命……但老头子比他先动手了！

那个伪军军官当听说有人报情报，就迎上来。老头子离他有两步远，忽地从怀里抽出一把菜刀，狠命地朝当官的脸上砍去！那军官见势不好，

— 335 —

一把拖过身边一个伪军，向老头子跟前一推——吭哧一声，菜刀和伪军的脑袋一齐落地了。

一阵枪响，老人捂着胸口，瞪着愤恨的眼睛盯着敌人。急速地倒下去！他和他的儿媳、小孙子，躺在一个血泊里！

仁义的目光在那个伪军军官的清瘦脸上停留一瞬间：

啊，那尖下巴，一对三角眼，狡黠阴险地瞪着……他全身猛然一震，啊！是他，这狗杂种！仁义立刻就要扑上去——不！他停住了。

他知道那老人一家三代的生命的代价是多么巨大，他们需要的是什么。他知道这些人是为什么不把他告发给敌人，他们保护他为的是什么。这绝不是他赤手空拳，为了仇恨的冲动就能回答他们的。不，绝不是。

作为共产党员的仁义，已经能克制住他烈火般的脾气，知道怎样来使用自己的力量了。虽说这对他是很不容易和痛苦的事。

仁义垂下头考虑如何对付敌人，几个人更紧地把他护住。

那个伪军军官很仔细地斜睨着眼睛察言观色。不一会，他推开人们走过来，阴沉地冷笑着说：

"嘿，这不是冯仁义吗？呀，这些年还没老，倒年轻啦。真凑巧啊，怎么跑到这里来？你找我王竹报仇……"

时机到了，仁义不动声色，等王竹走近身，猛然抢起铁一般的大拳头，照王竹脸上狠狠打去！

王竹鼻口渗血，向后踉跄几步，一手捂脸，一手拔出手枪就打……

几个人应声倒下去。

仁义没被打着，又猛扑上去……结果被敌人扭住了。

王竹想给予仁义更多的苦痛，他没有当场杀死仁义，狠狠打他一顿，就把他和抓来的人一起押着走了。

太阳啊！你怎么不露出脸来看看这世界?！难道说，破碎的乌云就会永远把你挡住吗？风雪，只有它扫荡着这辽阔的原野，埋葬着横七竖八的尸体。

路上，血迹片片，这里一个死人，那里一颗人头。几只长毛大狗——这不是中国的狗，是东洋的狼狗，在狂欢地撕吃着人的骨肉，疯狂地撒着野。这土地，似乎就是它们的。凄惨的大地，血染的原野啊！

敌人把抓来的许多人，用绳子绑着胳膊，摆了一大串。在刺刀的监视下，缓缓地走着。

仁义是最后一个，紧跟着是骑在马上的王竹。王竹的皮马鞭，一路上没离开仁义的身。罪真难受啊！

老母猪河有十八个深水湾，据说是老鳖闹水搞成的。十八个深水湾很像十八个奶子，和老母猪的出乳奶一样多，所以人们叫它老母猪河。河上只有一条狭窄的木桥，大批逃难的人群拥挤在河畔，眼巴巴地瞅着对岸，惊怖地看着后面。人们是多么想插翅飞过去啊！前面就是活路，后面就是死神！

突然，枪声响了！

人们都慌乱了，不管水急浪高，不顾死活，都跳进水里向对岸扑去。平常一见水头就发晕的女人们，几岁的孩子们，也拼命地向河里跳。好多人一跳进去就没再见影子，淹死了不计其数。可是都宁肯死在水里，也不肯被鬼子捉住！

敌人在离河不远的土丘上，架起机关枪，向这里疯狂的扫射。那机枪不停地响着，人一排排倒下去……一会，河水已变色，染红好几里。尸体漂上翻滚着猩红的血浪花的水面，拥挤着向东流去。

仁义等人被押着走到桥上，天已黑黑的了。黑夜的河面上风更大，浪更高，犹如一条凶猛的蛟龙。仁义趁天黑，慢慢地解着绳扣。麻绳终于在他那坚实有力的手指下松开了。

刚上桥，王竹又狠狠地向他脸上抽一鞭子，并恶毒地骂着。

仁义冻僵的肌肉，被皮鞭一抽，像利刀割的一样，皮肉绽开，血淌下来，流进嘴里。他就贪婪地吞下去！

仁义啊！想不到为逃避死亡躲开仇人，弃家离妻出去六年多，今天又跑回来送到仇人面前。你是多么不幸啊！像有一个人在嘲笑讥讽他。他感到悲哀和伤心，泪差一点掉下来。

仁义，亲爱的同志！你是共产党员，是为人类的解放而斗争的战士。革命要流血，战斗要牺牲啊！你为人民流了血，献出自己的生命，这是光荣，是革命的代价啊！仿佛是谁又在对他说这些话。他攥紧拳头，皱紧眉毛，看着桥下滚滚的河水，心里油然一亮："我来报仇！好，时间到了。"

走到桥心，仁义偷偷扭头瞅王竹一眼。见他安然地坐在东洋高腿大马上，就猛地转回身，向他扑去！

马突然受惊，前腿竖起，嘶嘶叫着身子向后一仰。王竹措手不及，被掀到桥栏杆上。

仁义飞快地抢上去，抱着王竹，用全力两脚一蹬，头猛向下一栽——扑通一声，两个人一起跃进水里。

这一切发生得那么急促突然，敌人懵怔好一会，才晓得是怎么回事。于是，一齐向水里开枪，手电光在河面上像闪电一样来往交叉。后来又架起机枪和小钢炮，向远处下游扫打。打了好一阵，不见动静，估计早死了，就又开始出发。

嘿！却不料前面抓来的人已走过桥头，趁敌人忙着向水里进攻，互相解开绳子，向三面逃跑了。敌人立刻追捕射击。

有的被打死，有的被抓回来，但跑掉的是多数……

王竹一栽下去就被水呛昏。仁义一手抓着他的衣领往水里揿，一只胳膊抱住桥底下水里的木柱子，把头贴着柱子露出水面。

他听到敌人渐渐去远，才松口气。王竹早灌成个大水包。仁义从尸首上摸索着摘下手枪和子弹带，一松手，王竹就顺着河水到东海里喂鱼虾去了。

仁义这才感到全身已冻麻木，身上的伤处被水一浸，更是疼痛难忍，好似火烧。他赶快动作起来，不然会被冻僵而下沉。他奋力顺水斜着游上岸，钻进干枯的芦草丛里暖着身子……半夜了，他又踏上向回走的路。

母亲一伙人，在山洼里一垛柴木根下过夜。大家铺些乱草，一堆堆挤在一起。怕被敌人发觉，也不敢生火，谁都冻得难受，哪还能睡着？

母亲把孩子都安顿躺下来，自己坐在外面挡着风口。她一点不想睡，倒不是全为冷的关系，而是王连长和战士们的影子又出现在她眼前。他们是活着还是死去了？幸亏这些好孩子，舍命救出老百姓。人，都是母亲生的，有的这么好，这样英雄；有的却是不如猪狗的坏蛋。

接着，母亲又想到儿子、女婿和丈夫，也不知他们怎么样了？没碰上凶险吗？正想着，忽听孩子叫：

"妈妈，妈！我的肚子痛，痛得厉害。"娟子气喘地说。

母亲忙凑到她身旁，关切地问：

"啊，是怎么痛法？"

"就是，像有个东西在动。哎哟，不行……"娟子说着坐起来，两手抱着肚子。

母亲一寻思，忙说：

"哎呀！是要生啦。日子还差几天，可是这些天你颠颠簸簸的……这可怎么好，一户人家也没有……"

母亲急得不知怎么是好，忙叫娟子躺下，给她抚摸着肚子。娟子头上粗大的汗珠往下直滚，急得悄声哭了。

花子等人闻讯都奔了过来。母亲忙张罗着把被子铺平些。花子和几个女人帮着把娟子放躺好。看不见，也没灯点。只好用床被围起来，秀子去找块松树油点着放在里面。

母亲和花子等人忙着在接生……

那德刚本来和大姐睡在一起，蒙蒙眬眬地被母亲推醒，叫他跟四大爷坐到另一边。他不知是怎么回事，以为姐姐病了，吓得不行。一会，传来婴儿的啼哭声，他忙说：

"爷，解放哭啦！"

四大爷笑笑说：

"不是解放哭，是你添了个小外甥。你要当舅舅啦！"

"啊！小外甥？在哪拾到的？"他惊讶地问。

"你姐拾的呀。"

"她生病啦，哪也没去，和我在一块睡的，怎么拾到的？"德刚一本正经地说，"爷爷，俺妈说，我是俺爹早上拾粪，在沙河里拣到的哩。"

四大爷笑着说：

"你这傻孩子，你睡着的时候，你姐在柴火堆里拣到的呀。"

周围的人都吃吃笑起来。

近处响起脚步声，有人向这边走动，大家立刻沉静下来，屏住呼吸。

母亲正在包裹刚生下来的胖胖女婴，闻声忙吹熄火，紧紧把孩子贴怀抱着。

来的是王东海。他找了一整天，才算碰上老百姓。他实在饿得难挪步了。

大家见了，都高兴得了不得，忙打听其他人的消息……

一听说留下的同志都牺牲了，人人痛哭失声！

王东海和着雪吞着炒面，真是又香又甜，足足吃个饱。

母亲关切地说：

"你还穿着这套军装，这怎么了得？快换换跟俺们一起跑好啦！"

"王连长，你跟我们跑吧，大家掩护你。你一定要跟我们在一起！"花子恳切地说。

"大哥哥，你别走！你走了我们再被鬼子围住，就没有人救啦！"德刚央求道。

人们的亲切挽留，使王东海感到全身充满了温暖。他激动地说：

"谢谢大家的好心。大娘，你们待我可太好啦！"他紧搂着德刚的腰，对孩子也是对众人说，

"小兄弟，我一个人挡不住这么多鬼子。是死去的那些同志——你的好哥哥们救出大家的。小兄弟，就为要救你和更多的人，我才不能留下来和大家一起跑，我要去找部队。那时我就有力量啦，就可救你，救很多人，救咱们全中国了！"

花子找出老起的两件衣服，帮着给王东海换上。当王东海向衣袖里伸胳膊的时候，她注意到那胳膊不灵便，仔细一看，惊叫起来：

"哎呀，王连长！你胳膊还伤着呢！"

"啊！"人们一齐惊讶地瞅着他。

"这不要紧，没伤着骨头。"王东海微笑着宽慰众人。

花子吱啦一声撕开包袱，把他原来用破布草草包着的伤口重新扎好。当花子看见那血红的一块伤口时，心里一阵痛楚，忍不住滚下泪珠，手都颤抖起来。可一看王连长，他却一点不动声色。花子深深被感动了。唉，天下有这样的坚硬人哪！

王东海再次谢绝大家的执意挽留，但被众人强制着拿了一些干粮，一个人走了。

送走王连长以后，母亲同花子等人商议一番，准备回到村里去。据王连长的估计，大队的敌人已过去，敌人不会再那样密集地进行围攻。再说刚生育过的娟子和婴儿，怎么能在冰天雪地里长待下去？连好人也受不住啊！

四大爷和几个男人先回村探听一下，说没有鬼子了。于是，大家连夜

搬回村……

孔江子同王流子领着一伙伪军，跟着一队鬼子从东返回来。敌人要从原路运送抢来的物资和抓到的人，回到据点里去。这就是王竹要求庞文没烧王官庄的房屋，等回来再清洗的原因。只是他王竹一去永不还了。

伪军们在前面开路。走到一个村头，见小树枝上挂着各种鲜艳夺目的小布袋，在雪的衬托下格外诱人。伪军们哄的一声抢上去。王流子不让众人拿，大声叱骂着，用皮带抽打去抢的人。

孔江子对王流子最有仇，王竹在场却不敢出声。这时看着就不顺眼，刺燎燎地说：

"何必那么凶？都是弟兄们，客气点吧。"

王流子却连他也捎上了，凶狠地骂道：

"他妈的，你也装佯！看你整天不带劲，想投八路去？"

骂着又去赶人。

孔江子心里一阵收紧，不敢发作，忍气吞声，悄悄地骂了一句，也去扯下一个小布袋。他打开一看，嘿！里面有个熟鸡蛋，还有一封信和反正宽大的证明书。他忙藏进口袋里。

这是妇救会做的"瓦解袋"，里面装着有的是伪军家属劝亲人反正的信，有的是讲抗日道理和敌我形势的信，每个袋里都有人民政府盖章的"反正宽大书"。这能使伪军们了解人民政府的宽大政策，使受欺骗的人明白真相。

尽管王流子打骂，很多人还是把"瓦解袋"藏了起来，狼吞虎咽地吃了里面装的鸡蛋、烙饼、红枣之类的食物。

敌人走得筋疲力尽，抢不到东西吃，肚子饿得直叫唤。他们费了好大力气爬上一座山梁，正走在傍山险路上，突然几声轰响，大地开花，泥土夹着雪片冲天升起。接着从山上传来枪声、喊杀声。敌人都慌了，朝山上乱打枪。停了一会，山上的枪不响了，地雷的硝烟和炸起的尘埃也消散了，这才明白是游击队或民兵的袭击。可是在陡壁下，能有什么办法去追赶他们呢！

孔江子擦了一把冷汗，心想："好险啊！幸亏我早有防备，走在最后面，要不……"他听到前面一阵叫嚷，走过去一看，嘿！王流子的头被地雷炸去一半，一条腿也无影无踪了，像堆烂骨头躺在路旁。一丝松心的笑影立刻出现在孔江子脸上，可一听到鬼子中队长的叫嚷，他马上板起脸孔，大骂伪军熊包，赶快开路……

在到王官庄的路上，逃跑了十几个伪军。

人们太麻痹了，也太疲惫了，夜里都睡得死死的，直到敌人进了村还没察觉。

母亲被猛烈的打门声惊醒。她知道事情不好，急忙叫起孩子们，自己穿上衣服出来。听见村里到处是打门声、哭喊声、惨叫声、零落的枪声……母亲更加紧张，问道：

"谁呀？"

"妈的！谁？快开门！"外面骂着。

母亲加上木头，奋力顶住门。但薄门板连门框子被捣塌下来。忽地闯进三个敌人。领头的一个照母亲脸上就是一耳刮子，骂道：

"混蛋！跑？这下子还跑得了你们？！给我押走！"骂着就冲进了屋子……

一个伪军拖母亲向外走，母亲拼力挣扎着向屋里扑去……可是架不住伪军劲大，到底被拖出了大门。刚到胡同口，孔江子闻声赶了过来。孔江子一认出她是谁来，略一怔，灵机一动，忙轻声对伪军说：

"老刘，放下她来。她是八路干部的妈妈，能给咱们做保人！"

这个伪军是孔江子联络的准备一块反正中的一个。他一听，忙松开母亲，直道歉说：

"老人家，对不起，对不起！我不知道……"

母亲很吃惊，不晓得这是怎么回事。

孔江子上前凑近她，低声说：

"婶子，你不认得我啦？我是江子啊！我想反正，到咱们这边来。"

"真的？"母亲惊讶又疑惑地问。

"真的。婶子，我要你给我担保。你家都是八路……"

"江子，以后再说！快走……"

孔江子吩咐那伪军在外面看着动静，就和母亲急向屋里奔来。

砰砰两声枪响传出来……

原来，娟子刚穿好衣服，敌人就闯进来。孩子大哭。她从枕头底下掏出小手枪，飞快地顶上子弹，朝扑上来的敌人连开两枪——这就是母亲和孔江子听到的枪声。

一个敌人痛叫一声，两臂张开，扑通仰面摔到炕前的地上。

在同一时刻，秀子在东房间抓住那个领头的敌人的枪，拼命地又撕又咬，扭打在一起。德刚见势，忙在炕上摸起一把剪刀跳下来……毕竟他年小，不知怎么下手。秀子急促地叫道：

"快！快！穿他的眼睛，眼睛！"

德刚一剪刀下去，把敌人的眼睛捅烂一只。那家伙痛急了，飞起一脚踢倒德刚。孩子再没爬起来。

娟子从炕上跳下来，直扑那敌人。但黑里不能开枪，怕伤着弟妹。她刚生过孩子的身体，不知哪来的那么大劲，抢上去一把夺下敌人的枪。那家伙抽腿向外跑。却不料德刚已苏醒过来，躺在地上紧抱住他的脚脖子，死也不放！

敌人正抡起拳头要结果德刚，娟子端着刚才夺来的枪，向他脊背猛力刺去，刺刀尖从敌人胸膛上露出来。

娟子吩咐弟妹隐在门后，准备应战。忽听母亲在门外叫道：

"娟子，不要打啊！是我呀！"

母亲领着孔江子走进来。娟子吓了一跳，又要开枪。母亲忙拉住，说：

"别打，这是江子。他救下我。反正啦！"

孔江子也忙说：

"娟子妹，是我，是我！我反正到咱们这边来。"

娟子这才松口气，说：

"那好。敌人听到枪声会来的，赶快……"

"不要紧，不要紧！"孔江子说，"现在到处在抓人、打枪，辨不出是哪出了事。外面有一个我约好一块投降的人在看着……"接着他又拿出"瓦解袋"，要求娟子保证宽大他。

娟子给他做了肯定的保证，并且表示欢迎。

大家在猪圈里用粪把两具敌尸埋掉。

母亲在给德刚包伤；秀子到外面望风声；娟子和孔江子商量对付敌人的办法。孔江子说打死两个伪军没关系，那都是他手下的人——一个班长一个士兵，他可以交代过去。但他说玉珍也回到了村子里，明天鬼子的大队长庞文还要领着大部队来，这就不好办了。孔江子想马上离开村跑掉，但家眷在村里带不出去，鬼子和玉珍知道他跑了，一定要把她们杀掉。他很是犹豫不决。

娟子考虑到当前的严重情况，不但敌人封锁了村子，把村里回来的人都抓到学校关起来，更危险的是玉珍也在村子里，她会把所有在村的干部、抗属、残废军人诬害掉。娟子要孔江子不能就离队，要想法把玉珍除掉，这样才能使村里少受损失。

孔江子开始有些犹豫，很怕闹不好坏了自己。经母亲和娟子的说服，鼓励他干好了政府还奖励，同时他又想到有玉珍在身边对自己也有危险，才答应了。

三人想好办法，孔江子满有信心地走了。孔江子走后不久，母亲一家也被敌人抓进学校的大院子里。

玉珍打开每个箱子，翻弄着里面的东西。那花的、绿的、绸的、缎的……各种各样的衣服和布匹，一包包闪闪发光的金银首饰，把她的眼睛都看花了，喜得拢不上嘴。听到有人来，她忙盖上箱子。一见是孔江子，就白瞪着干巴巴的黄眼皮，说：

"哼，还知道有我？一到家就把我撂下了，也不知那丑媳妇有什么香的。你一辈子别进老娘的门！"

孔江子心里骂道："臭婊子！你等着吧……"嘴上却笑着说：

"哈，我为公事忙得厉害呐。来，我看看你都抢人家些什么东西。"

"哼，抢的？是老娘动嘴小子动腿拿来的！滚开，你别动我的。"玉珍傲慢而得意，又道：

"听说村里人回来不少，我正等你回来陪我去找找，看小娟子家的人在不在，走吧！"

孔江子暗暗捏着一把汗，可又满不在乎地说：

"还等你去，早被我抓起来啦！"

"在哪？快领我去看看。哈哈！这下可落在我手里啦！"玉珍欢喜非常，说着就要走。

孔江子心里叫苦："这妖精可真毒。"忙堵住她的去路，笑着说：

"哎哟哟，急什么呢！都绑得结结实实，押在学校里，有四五个人看着，跑不了。明天就给你发落好啦！"

玉珍却不听，推开他就走，一面狠毒地说：

"哼！今夜也不放过他们去！我亲手打一顿先解解恨再说。嘿，我看他们的共产党娘八路军爹，还能来救他们不能!"

孔江子可急眼啦！身上吓出了汗，忙笑着将她拦腰抱起来。

玉珍的心也荡起来，打着他的脸，放荡地笑着说：

"打，打，你这迷鬼，又来缠老娘啦。我到底比你那媳妇强吧！嘻嘻，老娘心也软了……"

孔江子把她撂倒在炕上。玉珍搂着他的脖子不放手。他用手搔她的腋肢窝，逗得她松开手，吃吃格格地笑着在炕上翻滚……

闹够了，玉珍又抽开大烟，瘾头越来越大，越不想睡。孔江子真像热锅上的蚂蚁——坐立不安，焦急得不行。

天快亮了，怎么办呢？

算了吧！何必为八路干部冒生死危险？还是照老样子混下去，过一天，算一天吧！他那摇摆不定投机取巧的本性，出来说话了，占了上风。

可是又要回据点去。鬼子眼看待不长了，他亲眼见到，这次扫荡受到多么大损失。听说八路军在西面一带拔了好多据点，伪军逃跑不少，扫荡的鬼子也慌张起来。而自己再待下去被八路军抓住可怎么办？那时后悔也晚了。回据点去和一些坏蛋在一起，整天受气受欺，连自己的老婆都保不住。这是些什么人哪？简直是狼的世界，整天同豺狼混在一起，时时有被吞噬的危险，而终归死亡的下场又是注定的。想来想去，留下保家保命的思想又占了上风，使他做出勇敢的行动……

孔江子瞥视闭目养神的玉珍一眼，慢慢向她凑过来。

"你怎么啦？又来找老娘的麻烦。"她睁开眼睛，漫不经心地说。

孔江子心跳得厉害，装着嬉笑地说：

"再玩会……"

没等玉珍答话，孔江子就两腿骑坐到她的肚子上，用力夹紧她的身子，顺手抓起绣花大枕头，压在她的脸上。

玉珍还以为他和她闹着玩呢，嬉笑着挣扎说：

"你要怎么的？压得我肚子痛……你……你……"

孔江子用力堵住她的嘴。玉珍喘不过气来，两手乱抓，身子左右滚动，两脚上下猛蹬。孔江子急了，手一松，玉珍就叫起来。他立刻用双手掐住她的喉咙，狠命地往一起挤……

玉珍的脚渐渐不蹬了，手无力地搭到炕上，身子开始收缩，脸色像猪肝，舌头长长伸出来……眼珠子一瞪，没有气了。

孔江子全身像泄了气的皮球，看着她那可怕样子，一腚坐下来。但一听街上的脚步声，立刻又紧张起来。他怕玉珍不死，又解下她的裤腰带，在那黄细的脖颈上勒了一阵。他迅速用被子把尸首卷起来，放到屋内空中的板棚上。

孔江子坐下来，长长舒口气，揩揩脸上的汗珠。他脸上那可怕的痉挛慢慢逝去了，换上平常的神态。

这时，窗户上透进曙光，天快亮了。

第十八章

德强和父亲失散后，领着十几个队员在山上转，瞅空子打击敌人。

好些日子不见粮米了。口渴了就啃冰吃雪；肚饿了就摘下松树球，砸里面的种子吃，那滋味真是又涩又苦啊！人人的衣服褴褛，鞋袜破碎，脚趾露出来，冻得和红枣似的。有一个队员还穿着缴获来的伪军服装。

一个叫万克苦的队员，指着德强露出的脚指头，笑着说：

"看哪！好家伙，十个'将军'出来了六个，十个都出阵了，可要发生大血战啦！"

大家都被逗笑了。那个身穿伪军服的队员指着万克苦那破碎的棉衣，打趣道：

"你还说人家，看看你当上'花姑娘'啦！嘿嘿，咱们要演剧可不用化装了，你就是现成的'二鬼子'啦！"

正说着，听到有动静，大家立刻埋伏起来。

只见山下跑来一个老头子，慌慌张张地左右环顾，似乎后面有人追赶他。

德强站起来，喝问道：

"干什么的？"

老人一见这十几个背枪的人，吓得浑身哆嗦，一腚跌到地上。

"老大爷，我们是八路军，游击队啊！别害怕。"德强忙上前扶他起来。大家都围上他。

"啊？八路军！老天哪！快救救命吧！都完了啊！……"

说着他就哭起来。

这老人刚从山东面的村里逃出来。他说鬼子抓了好多青年人，男的都先押着走了，剩下一百多名青年妇女关在一座大庙里。鬼子要在村里过夜，第二天要把女人们押到据点里去，还说要装上船运回他们本国……

老人一面说一面哭，他老两口一个独生女也在里面啊！

队员们听到后都气得鼓鼓的，拍着枪一定要马上去救人。

德强安慰老人说：

"老大爷，先别哭，我们一定想法子把她们救出来！"

"啊、啊！那真是菩萨保佑啊……"老人欣喜若狂；可是马上又有些失望地打量着他们，担心地说：

"这……你们就这几个人，怕不行吧？鬼子有一两百，尽是大炮机关枪，还有马队……"

"放心吧，老大爷！咱们不和他比数，自有法子来对付。"德强安慰着他，又问道，"老大爷，你把村里的情况全说说吧！"……德强听完老人的叙述，同大家一商量，瞅瞅快落进西山的太阳，立刻行动起来。

散乱的阴云满布夜空，暗淡的星光闪烁在云隙中。没有风，四周很寂静。可是一走近村子，就传来嘈杂的叫嚷声。嘶嘶的马叫声，在寒夜里是那样令人骇然，会禁不住打寒战。人们的哭声那么凄惨，听着叫人心酸。村上空缭绕着烟雾，这可不是女人们在煮晚饭从烟囱里冒出的炊烟，散布着焦香味，而是烈火发出的浓烟，还带着人肉被烧焦的油腥气。火光映红半个天空，村里一片焦土。

德强身穿伪军服，领着队员们跟着那老人渐渐摸到村头，在几棵树后停下来。

德强那双大黑眼睛紧瞪着，瞅着在村口来回走动的两个站岗的敌人。然后他对队员们悄声吩咐几句，马上走到大路，大摇大摆地走着，并故意大声咳嗽着。

"站住！什么人？"对方喊道。

德强几个人仍走着，他不在意地回答：

"叫嚷什么！你们是哪部分的？"

"站住！再动开枪啦！"对方更严厉地喊道。

几个人停住了。德强有些不耐烦地说：

"我们是三联队附属的侦探队。有紧急情报回来报告，不要误会。"

"那好。先拍着巴掌过来一个。"对面哗啦几声枪栓响。

德强把手枪夹在腋下，拍着手走上来。

两个伪军端着大枪紧张地盯着走来的人。到近前一看，果见是自己人。伪军舒口气，把枪收了，刚要发话，不料德强一手抓住一个伪军的枪筒，一手用枪指住另一个，厉声喝道：

"不准动！把枪放下！我们是八路军！"

"啊！八路……"伪军乖乖地把枪放下。

后面的人抢过来把伪军扭住。

"快！都把衣服脱下！"德强命令着。

伪军哆嗦着脱下衣服。德强叫队员万克苦和另一个队员穿上了。把伪军捆到树上，又用破布把他们的嘴塞住，德强说：

"对不起，挨点冻吧。这样也省得连累你们。"

德强向队员们交代几句，队员们分头行事去了。剩下他、万克苦还有另一个队员，跟着老人迅速向村里挺进。走到十字街口的广场上，见围着好多人，当中有一大堆木柴在燃烧。里面乱哄哄的，惨叫声迭起不绝，时时又爆发出一阵狰狞的狂笑。

他们都攥紧枪柄，从围着火堆的敌人孔隙中向里一瞅，立时气得五脏六腑要崩裂！

在广场的中央燃起一堆熊熊的大火，一些汉奸还不时向里加柴。火堆两端各放一高凳，一条狭窄的长木板用水淋湿，从火堆中间穿过搭在凳子上。

一个汉奸尖着嗓子叫喊道：

"看哪！这个节目是'童男''童女'过'火桥'！"

一大群小脚女人和老头子，衣服全被剥光，在刺刀戳迫下，被逼着通过木板。

一个两个……惨叫着跌进火坑里，皮肉被烧得吱吱响。

鬼子们看着狂欢大笑。笑得最厉害的是靠北边坐在桌子后面的几位长官。他们一面喝酒一面观赏，笑得鼻子眼睛都没了。特别显眼的是中间那个高胖子，那血红的火光把他的大佐军阶标志照得分外刺眼，有时他甚至放下酒杯鼓起掌来。

那汉奸又尖着嗓子高叫道：

"再来看！这个最精彩啦！这叫'奶铃舞'！"

十多个留着短发的年轻妇女，全身赤裸，每人两个奶头上各拴一个铜铃，被逼迫围着火堆跑圈。有不愿跑的就被扔进火坑里……

德强三个人的眼睛早红了，万克苦已忍受不住，照敌人的背后就要开枪。德强伸手拉着万克苦就走，其实不是为救更多的人，他早动起手来。德强的手把枪柄都快攥碎了，他特别愤恨地盯着那大佐胖军官，他是多么想给那胖脑袋一枪啊！

他们悄悄来到村西头的一座大庙旁。据说日本人很敬神，军人身上都带有佛像。可是在中国土地上的神庙，遇到他们就罪过了。庙宇里的神像全被捣毁，变成泥土，连守庙的和尚也和打碎的神像躺在一起了。庙宇成为他们关人和喂马的场所。这倒是怪事！

德强他们看着这四合院的高大围墙，很是焦急。大门锁住，被抓来的妇女全押在大院子里。不但前面离庙门几十步远有站岗的，而且门外还住着一班鬼子。摸进去带那么多人向外跑是肯定会被发现的。德强踌躇起来，但他一听那老人说离此不远的东面是敌人的马棚，心里一亮，立刻吩咐万克苦前去行动……

德强踏着那个队员的肩膀，队员又踏着老人的肩膀，手刚刚能抓住墙头上的砖头。德强咬紧牙，用全力把身子一蹿，胳膊搂住墙那面了。他浑身出了汗，不得不休息一下。

听见院里的呜咽声，德强恨不得一下子飞进去，把她们一个个救出来。他奋力爬上墙头，迅速地掏出绳子，一头搭下墙外——队员和老人扯住，一头搭进墙里。他抓住绳子滑溜下来，脚踩在谁的衣服上。

迎接他的是一片惊愕的骚动。德强看到院子里挤满了黑压压的一片人，有躺有坐有站地靠在一起。黑暗中一双双闪着泪花的眼睛都朝他望着，他忙小声说：

"姐妹们，别怕！我们是八路军，来救你们的！"

又是一片骚动，人们都狂喜地站起来。

"大家小声些，前面有敌人。"德强接着悄声说，"都轻轻把冻木的腿活动一下，别到时候跑不动。大门打开后，大家不要乱，跟着我们跑。不管敌人的枪怎么响也要冲，出村后就散开向山上跑。跑出去就是活命！"

人们不能畅快地用言语来表达她们的心情，每双由于激动而含泪的眼睛，一齐向救命的八路军望着。

德强挤到门口，听着外面的动静。没一会，忽然东面枪响了。接着外面的敌人乱起来，呼呼啦啦奔跑着，只听有人大喊道：

"不好啦！马棚起火了……"

外面那队员一枪撂倒站岗的敌人，打开了大门。

"快跑！姐妹们，快冲出去啊！"德强大喊着，自己闪在门口。他一见放火的万克苦跑回来，就命令道：

"快！领着群众冲！"

女人们跟着队员，像一群出栏的牛犊，急急地跑着。那老人找到自己的闺女，拉着赶到德强跟前，感动地说：

"八路军哪！我老头子死后也忘不了你们啊！孩子，快给你救命恩人磕个头！"

那姑娘流着泪，急问德强：

"好人哪，你叫什么名字？俺好记住你！"

"你们快跑吧，老大爷！"德强忙催促，"这是我们应做的事。我们是共产党的军队——八路军！快，你们快跑啊！"

看看人都跑完了，德强不放心地又进院子看一遍，才跑出门。他一面跑着一面举起驳壳枪向空中连开三响。立时，村里到处都响起枪声。这是那些队员们在袭扰敌人。女人们都安全地突出去了……

德强正向十字街口跑，迎面遇上几匹被烧痛跑出来的马。他朝一匹狂跑的马冲去，那马突然一怔，他飞速地蹿上马身，两腿夹住光身的马肚，手抓马鬃勒转马头，向街里冲去！

街上的敌人乱成一团，吵吵嚷嚷乱跑着。

德强身着伪军服，也没有人认出来，但他顾不得向群敌开枪，只是策马冲向广场的方向。正跑着，迎面并排走来三个鬼子，旁边两个敌人扶着的中间那个高胖的军官，正是大佐。麻灰的星光下德强看得清瞄得准，等马扑到敌人跟前，照那胖子头上连开两枪。这个酒醉醺醺的日军联队长的脑袋立时开了花……

德强全沉浸在杀敌的兴奋里。他已顾不得其他，在马上连连向敌人开枪，敌人一个个倒下去。

那发疯似的马只管向前奔腾，有时德强来不及打枪它已撞倒迎面的敌人，猛冲过去了……

姜永泉带领的一部分队伍，始终在战斗着。

敌人的扫荡疯狂期已过，现在正处在落潮阶段，开始向后收缩龟脖子了。

姜永泉决定把队伍会合起来，集中力量打击敌人。于是，他领着部队向原来约定的地点转移。

一天早上，他们在一座山上碰到一群叫花子似的人。一看，原来是德强他们。

互相高兴极啦！你说他变瘦了，他说你又黑又显老；他说你衣服烂了，你说他鞋子破了……结果大家笑了一阵。

姜永泉忙招呼道：

"同志们！你们可饿坏了吧！咱们带有'大馒头'快吃吧！"

德强笑着说：

"不知怎的，肚子长出铁来——瘪不下去啦！"

大家打开麻袋一看——呀！净是青头白腚大萝卜。一人拿起一个，向膝盖上一磕，喳的一声分为两截，咯吱咯吱吃起来。真是有滋有味，比什么都强！

"教导员，你倒真会想法子。这玩意吃了真管用，饿不着渴不了，走路走多了，还能清火哩！"万克苦一面大嚼一面说。

姜永泉微笑答道：

"不是我有法子，是老百姓慰劳的呀！你还忘了一样，吃了它更有力，打起仗来才有劲头啊！"

大家说说笑笑，谈论着打胜仗的经过，心里很痛快。

姜永泉把自己的意见同德强等人谈了谈，大家都赞成。决定马上回山里找刘区长、德松和玉秋他们。

可是到原来约定的地点一打听，人们说刘区长他们从未来过。大家刚要转移，仁义领着一个队员找来了。

那仁义从老母猪河逃出来后，又回到那树林里找到他的枪，翻山越岭日行夜走来找队伍。他走在半路上，碰到刘区长和德松那一伙中的一个队员。那队员又把刘区长、玉秋和德松等人的不幸遭遇告诉给大家。

自从游击队分散活动以后，刘区长一伙人活动一气，看看形势太危险，没法再坚持下去，就把武器坚壁起来同群众一块跑。后来藏在一个能容纳七八十个人的大山洞里，不幸被汉奸告密，叫敌人围住了。当然谁也不肯出洞当俘虏，敌人就下毒手，施放了毒瓦斯。那队员和德松几个人靠气眼处，中毒轻些，醒来时已被敌人俘虏了。其他六十多个群众和游击队员全部牺牲。这个队员是后来从敌人手里逃出来的。

大家听罢，都垂下头，流出眼泪。德强的脸阴沉得像乌云一样，他猛一下坐到石头上，掏出"匣子枪"，用力向枪膛里压子弹，弹膛已装满，他似乎还不满足，还在向里塞，一直到手都攥出汗来！

姜永泉的心里异常悲痛。他觉得头很重，眼睛在润湿，胃痛病又发作了，但一发现大家的目光都在注视着他的时候，他马上用力吞回从心里涌上来的酸水，振作起来，大声说道：

"同志们！我们不能流泪，把泪水吞到肚子里去！死去的同志留下的不是叫我们哭，是叫我们接受血的教训，完成他们没有完成的任务！枪是我们的命根子，革命的本钱！毛主席早告诉我们，劳动人民要用枪杆子改造咱中国，枪杆子打天下。我们只要有一口气，就不能让枪离身。对，就是死了也不能丢开枪！我们都记得，柱子就是这样的硬骨头！"

姜永泉那消瘦的脸颊泛起红晕，带血丝的眼睛里射出炯炯的光芒。他见战士们都瞪大复仇的眼睛，紧握手中的武器，他心里更充满信心和力量。他把手枪在空中一挥，高喊道：

"走啊，同志们！我们要更勇敢地战斗下去！"

姜永泉领着队伍刚离开山村，就发现大路上敌人押着好多抓来的人和抢来的物资，浩浩荡荡地向村里走去。"教导员，打！"德强手攥枪柄，怒视着敌人，愤恨地说。

"打，打！"队员们随着叫起来。有的人已在拉枪栓、上子弹。

"好，截下被抓去的人！"姜永泉考虑着说。一见大家摩拳擦掌的杀敌情绪，他又补充道：

“只为救人，袭击敌人一下，可不要贪打仗。咱们人少，不然会遭到损失。”

部队迅速迂回到村西面两三里路的地方，埋伏在路一旁的山上。

约莫三四个钟头的时间，敌人的队伍走出村，步步向伏击圈接近了。

敌人为防备地雷，把抓来的人放在前面走，后面才是伪军、鬼子。

当被抓去的人走到跟前时，大家一看，分队长德松和几个队员也在里面。每人心里恨不得立刻冲上去，救出他们来。

被俘的人的行列刚走过，姜永泉的枪响了！地雷的拉线一抽动，全在敌人群里开了花！他大喊道：

“一连攻左，二连向右，三连跟我来！冲啊！”

接着枪声齐鸣，喊声大作。

敌人被地雷一炸，一听喊声，以为遇上八路军的埋伏，队伍全乱了。前面的伪军顾不得还击，向后直跑。鬼子们趴在地上，猛烈射击，但被散乱的伪军挡住，火力施展不开，倒打死不少自己的人。

队员们冲到被俘的人群里去解捆绑的绳子。人群已乱了，忘记是一串串被绳子连起来的，都在乱跑，结果一跑带倒一大堆……绳子终于被割断了，人们自由了！都向山上拼命跑去……

那庞文大队长的眼睛被地雷崩伤一只，他疼痛地用手捂着，一时看不清情况，没法指挥。几个鬼子边打边向后退，差一点把庞文从马上撞下来。庞文更加恼火，抽出督战刀，把一个鬼子砍翻。接着又削下一个向后逃跑的伪军的头，大叫着向前冲。

敌人听到枪声不密，一看不是大部队，就凶猛地反扑回来。

德强领着一伙人，凭着有利的地势，迎头痛击敌人。德松也赶上来，捡起敌人尸体上的枪，拼命地射击着。

姜永泉见救人的任务已完成，敌人展开了全面进攻，就赶过来对德强命令道：

“快！带领队伍和群众转移，我来掩护！”

“不要急，再打一会！你看，正是发挥火力的时候……”

德强看着一排排倒下去的敌人，头也不回，兴奋地说。

“对，杀死这些杂种！”仁义边打边附和儿子的意见。

队员们只顾射击，全忘了撤退。

"不行！敌人快包上来了，再不撤就要遭到重大损失。赶快撤！"姜永泉又一次命令着。

"教导员！再打一会吧，我非报报仇不可！"德松的眼睛也红了，几乎是央求着。

"德强！"姜永泉抓着德强的胳膊，厉声说道，"你还有纪律没有？凭一股子劲你要把全队的人都毁掉！快，服从命令！马上领队伍和群众转移！"

德强这才看清楚形势，敌人已从左侧的山梁上向这里包抄，再不撤退就要处在敌人的包围中。他正要说自己留下打掩护，可姜永泉已领着两个队员抢上一个制高点，迎击敌人去了。德强只得和德松带领部队和群众，迅速向群山里撤退。

姜永泉见人们都消失了，就和队员边打边向山上退。

敌人在后面死追不放。机枪、小钢炮猛烈地打来。

一个队员突然倒下去。姜永泉背起他就走。那队员气喘地挣扎着说：

"不，教导员！别管我……我不行啦！我掩护你……"

山太陡，雪又滑，两个人向上爬实在困难。姜永泉看着敌人快追上来，就向在一旁射击的万克苦吩咐道：

"克苦！快，背他转移！我来掩护。"

万克苦只顾射击敌人，头也不回地回答道：

"不，教导员！你要紧！你们快撤走，我堵住鬼子……"

"什么我要紧！"姜永泉生气了，向敌人甩去一个手榴弹，严厉地说：

"快！你尽管背着他，顺这个山洼向东插过去，过了山顶就有个石洞，钻进去藏起来，决不许你再向敌人打枪！好，快走吧！"

姜永泉顶住敌人，看到万克苦背着伤员已走进山洼里，他就边向敌人射击边向西退，把敌人的火力都吸到自己这个方向来。

敌人的枪弹越来越密，越打越近了。炮弹掀起的泥雪，把眼睛眯得睁不开，浓重的药烟，呛得人透不过气来。

姜永泉正跑着，只听呜的一声怪叫，他忙趴下来，一颗炮弹在身边爆炸了。他来不及看伤着没有，衣服被打着火也没觉察，跳起来就向前冲。可是随着他向前跑带起的风，身上冒烟了，火苗越来越大。他急忙在雪上打了一个滚，但是没能把火熄灭，火已烧着肉了。姜永泉满脸滚下汗珠，把枪用牙衔着，急速地将棉衣脱掉，又挥动着带血的赤臂，愤怒地向敌人扫出一梭子弹！

姜永泉转过山头，撞到逃荒的人群里，人们立刻把他围住。他见已来不及再走，也只得把枪插进草丛，做上记号。

不多时，敌人包上来。幸亏群众已给他换上老百姓衣服，没被查出来。

敌人临走时，把所有青年人都抓起来，姜永泉也在内。他看到一个区中队员和老起也在里面。

中午，敌人押着抓来的人进了王官庄。一会，把押在学校里的全村的人都赶到南沙河里。大队长庞文耀武扬威地坐在前面的太师椅上，被打伤的左眼，用纱布包着，看起人来吊斜得厉害，更显得凶狠歹毒。

先带着一队鬼子和王流子、孔江子那队伪军来到王官庄的日军中队长，迎着庞文立正敬礼，告诉他走在路上被共军袭击，死伤不少，伪军中队副王流子也死了。庞文听后，气得右眼吊斜得更加厉害，骂了中队长几句。中队长连说几个"是"，就闪到一旁，向孔江子吩咐一声，伪军分队长孔江子马上走向前朝庞文行个礼，说：

"报告大队长！老百姓都抓来了。要是没有事，我就押着大车前面走了。"孔江子杀死玉珍后，就被日军小队长叫着去学校审问抓来的老百姓，一直脱身不得。这时他想赶快借故走开。

杨胖子翻译官告诉给庞文。庞文嗤一下鼻子，侧歪着头朝孔江子叽里咕噜说了一阵。杨翻译官又对孔江子说：

"太君说，你等一会再走。皇军被打了埋伏，把抓来的土八路都夺跑了。现在把年轻一点的男人都拉出来，让每家挑人。剩下的统统杀掉！"

孔江子一听，吃了一惊，知道一时脱身不得，也不敢怠慢。

人们被迫分站两边。男人站在一边，老人、女人和孩子们站在一边。

杨翻译官向人们吼道：

"都听着！皇军有命令，每人挑自己的亲人。"他指着孔江子说："他是本村人，谁说错了，马上枪毙！还有，老婆认汉子，要亲个嘴才行……"鬼子们开心地狂笑了。

人们都愤怒地盯着敌人。

挑人开始了。

有个新媳妇，在这么多人眼前叫她和男人亲嘴，真比打死她还难。她慌乱地走到丈夫面前，怔住了。她丈夫急了，抢上去要亲她，她却又慌又臊地扭过脸。敌人立刻把男的抓起来。她哭叫着扑上去，可已经晚了！

妇女们看到这悲惨的下场，什么也顾不得了，亲个嘴拉着丈夫就往家走……

正在这时，又押来一群人，姜永泉也在里面。人们把他掩在中间，恐怕有人出卖他。

母亲的眼睛紧看着被捕的人们，想找出是否有落难的干部。她一发现一位区中队员，就要上去认……但迈出两步，她停住了，心里突然袭来一阵紧张。她记得，那鬼子大队长和杨胖子翻译官当面打过她，虽说几年没见，可是说不定他们还会认出她，那不是自己上前送死吗？不，怎么也要救出那队员，就是自己死了也要冒这个险！母亲一咬牙，夹在几个人中间，向那队员走去。

"你要认什么人？"一个伪军喝问。

"我的儿子。"母亲镇静地回答。

"儿子？哪一个？"

"就是他。"她指着那队员。

"干什么的？"

"种地的。"

孔江子听到后走过来，对伪军说：

"我认识，这老婆子有个儿子。快领回去吧！"

母亲松口气，上去拉那队员就走……可是又惊住了！她看到王连长也在里面，恨不得马上再把他拉走，可是这怎么行呢？！母亲心里忽地一亮，扭回头向女儿使个眼色，才领着队员走了。

娟子看到母亲的目光，心里一怔，立刻看到了王连长。她抱着刚出生还没见到父亲的孩子，看了孔江子一眼，就走上去。

她走到王东海跟前，停住了。王东海是在半路上和逃难的群众一块被敌人抓去的，他想逃出去，却老找不到机会。他这时有些惊异地抬头看着娟子。

一个伪军抢上来，照娟子的腰间捣一枪把子，喝道：

"他是你什么人？"

"孩子他爹。"娟子从容地答道，一手扯着王东海的衣袖，哭声叫道：

"你快点呀！谁知道你叫人抓去啦？快抱着孩子……"

王东海的身子微微一震，忙接过孩子。娟子就势在他的唇角上大胆地吻了一下，拉着他就往家走。

敌人哄笑了。

人越来越少。人们的心越收越紧了！

鬼子们像等着吃人的饿狼，张着大口，獠着黄牙，凶恶地瞪着剩下的每一个人。

庞文已坐不住，站起身，瞪着右眼，抓起指挥刀的把柄。

花子发现了人群中的老起，忙惊叫着走过去。怀里孩子的两只小手，也张开了。

老起一见妻子走来，满怀激动地迎着她。

一步两步……夫妻只离三步远了，花子突然愣住！一瞬息她那饱满红晕的脸庞上，失去立刻把丈夫抓到手的喜色；她那闪着激动泪花的眼睛，离开了丈夫的面孔，惊诧地盯着人群里边。她垂下眼皮，又抬眼瞥一下老起，似乎是看错了什么，微微地摇摇头。

老起十分惊异，随着妻子的眼光看去，哦！他看到了她看见的是什么。从她那双曾告诉过他痛苦、忧愁、爱情、幸福的黑圆眼睛里，他明白了她的意思。老起心里一阵滚动，用力看妻子一眼，立刻低下头，像不认识她是谁！

敌人踢花子一脚，喝骂道：

"妈的，哪一个是自己的都不认得啦！"

花子，聪明的花子！她知道孔江子不认识她的丈夫，恐怕连她也忘了。即使没忘，她也要以父亲给她招的养老女婿为理由，来认走那个站在她丈夫身边的别人的丈夫。花子一抬头，勇敢地朝姜永泉走去！虽是几步路，她觉得像座山，两脚沉重，呼吸急促；她觉得走得很快，一步步离自己的丈夫远了，她又觉得走得很慢，离自己的丈夫还是那么近。她感到像有根线拴着她，向后用力坠她；又像有一种动力向前推她，猛力地推她，把向后拉她的线挣断了……

花子终于走到姜永泉跟前，声音颤抖着，但很坚定地说：

"孩子他爹，你、你快跟我走啊！"

姜永泉刚被押上来时，不知道敌人玩的什么花招，后来就明白了。他看到母亲把区中队员带走，心里真为她的行动所感动。后来看到娟子认走了王连长，他心里有一霎紧张，可是马上镇定下来。他感到她那样做真对，并为妻子没见到自己而满意。因为这样可以不使她有任何内心的痛苦，减少她拯救同志时不必要的感情冲突。他了解身为共产党员的妻子，就是见到他也会那样去救别的同志的。姜永泉对娟子和母亲的行为感到满意而愉快，他下定牺牲的决心，随时去寻找死得更值得的机会……

花子的走来，使姜永泉很焦急不安。他看着老起，给花子使眼色，恨不得叫出来——"花子，你快领他去啊……"

花子是那样坚定，一点不理睬姜永泉的示意，上前拉着他的胳膊，又叫道：

"你怎么啦？还不回去？爹气死啦！"

姜永泉全身收紧。那激动的心情，真有些恨她的举动了，虽说他感动得眼泪快要掉下来。

老起见姜永泉犹豫不决，敌人的目光都集中过来，焦灼得身上像着了火。他一咬牙，冲着敌人喊道：

"你们他妈的不用抓人，我就是八路军！八路在哪里我都知道。他妈的，你们这些狗杂种……"

庞文摸着胡髭狞笑。一群鬼子蜂拥而上，把老起按倒在地上，捆绑起来。

姜永泉瞅着庞文的指挥刀，正要冲上去，可是花子早紧紧将他拉住，嘴唇贴在他脸上，身子几乎失去力量，靠在他怀里。

姜永泉只好接受她那不是妻子的，可比妻子伟大高尚的亲吻！一个老革命战士老共产党员，深切地感到，是人民，是母亲，在保护着他！

花子看也不敢看丈夫一眼，脸色煞白，浑身失去力量，紧抱着姜永泉的胳膊，跌跌撞撞往家走。

回到家里，花子就昏倒在地上！

西斜的红日，在云隙中移动，它似乎不忍心瞩望这被敌人丢下的血体，又不愿即刻离去，时而出现时而掩进白灰色的积云块里。它那冬天特有的火红柔和的光泽，从云隙中射出来，倾泻在烈士的遗体上，斑斑滴滴的鲜血，放出灿烂的光辉！

敌人撂下老起等人的尸体，不敢在这环山的村中过夜，匆忙地向西走了。

孔江子带着六个伪军留下来，投诚了。

人们悲愤地流着泪收敛好烈士的尸体。

姜永泉代表政府正式宣布，孔江子等七人免罪释放。对他们的行动给予表扬和鼓励。

姜永泉和王东海、娟子商量一番，组织群众还要到山里去躲避，以免发生意外。

姜永泉要去找游击队，王东海决定也跟着去。走时，他们来到四大爷家里。

四大爷拉着他俩泣不成声。花子抱着孩子，跪在棺材旁，痛哭不止。她那洪亮的嗓子，已变沙哑，散乱的头发，已被泪水粘在脸上，结实的身子，在急狂地抽搐。

母亲早来到这里。她的眼泪已浸湿了前襟。

望着这种惨景，能说些什么，语言又有什么用处！可还是要说啊！

姜永泉用力克制住悲痛的感情，扶着四大爷，声音颤抖地说：

"大爷，你女儿、女婿是好样的！救了一个革命战士……"姜永泉觉得喉咙里像有块火炭，他再也憋不住，热泪像泉水似的流下来。"我……我永远，永远忘不掉你们……大爷，别哭坏身子……"他抽噎得再也说不出话来了。

王东海，这个铁铸成一般的在战火里成长大的坚强战士，眼睛也被泪水蒙眬起来。他拿出所有的力量也难以压制自己的悲痛。

"老大爷！"他沉痛悲戚地说，"我们心里都知道，他们是为什么这样做的。这不是为一个人，而是为抗战，为救全中国！老大爷，你别伤心，我们每个战士都是你的孩子。大爷，我就给你当儿子吧！"

"你们都说得对！"四大爷抽泣着说，"起子，他死得对，他该这么做！我心里难受，是寻思他一个穷汉子，才有个家，就、就死了……"他颤抖着花白的胡须，两手紧抓着王东海的胳膊，"好孩子，我有你这个儿子，也算福分啦！花子，别老哭啦，来见见你哥！"

花子满面挂着泪，抱着孩子走过来。可是她嘴唇抽动好一会，一句话也没说出。

孩子伸展两臂去抓王东海。他忙接过来，紧紧抱在怀里。

解放看看他，叫道：

"爹，俺要找爹爹。"

王东海听着心里一阵酸痛，眼泪涌出来了。

花子浑身一震，又要哭，母亲赶忙扶住她。花子用力吞回冲上来的哭声，仰着脸，那双饱含泪水连睫毛都湿漉漉的大眼睛，好像在说：

"好同志，你说得对。自从来了八路军，我和他才能相爱相亲。为爱他，我更爱共产党的人……"可是她嘴上还没说出话来，眼睛一注意到王东海抱着孩子的胳膊，忽地上去接过孩子急忙说：

"解放，快下来！别把叔叔的伤……"

"啊！"母亲不由得叫出口，忙又说，"我倒昏了，王连长的胳膊上还有伤哪！快看看，怎么样啦？"

王东海心里更是激动得不行！真是世上少有的人，自己处在这种景况，还想到别人的伤口，伤口！他忙说：

"妇救会长，大娘！我不要紧。快好啦！"

其实他的伤口已因天冷风吹而冻肿化脓了。花子忙把孩子递给母亲，跳上炕找布给他包扎……

这次不管王东海怎么说，母亲和花子再也不放他走了。姜永泉也说他该留下来把伤养好，同时也可以帮助照顾一下群众。可姜永泉对他自己膀子上的伤，却没理会，别人谁也不知道。

为此，王东海留下了。

残酷的大扫荡，终于被粉碎。八路军和地方武装，到处在歼灭敌人，扩大解放区，一步步把敌人压缩到据点里去。……

"一下，两下，三下，四下……"院子里，一个身材高大的人，把棉衣搭在铁条上，上身只穿一件旧军装单褂，两手抓着五六十斤重的四方形的敲衣石，用力向上举着。他嘴里不断地数着回数。

他举到十五下，才放下来，就势坐到石块上，用衣袖擦着脸上的汗珠。那短短的头发茬儿上，直往上冒热气。天气是三九，他身上却是六伏。

王东海的伤口已好起来，他天天这样锻炼，今天成绩最大，脸上显得格外高兴，思想也就奔腾起来……

留下来养伤后，开始几天母亲和花子等人把他安置在山里，对他无微不至地照顾着。为了找药治伤，秀子常跑出好远去找中药铺。不管怎么艰难，人们都把好东西给他吃，一点也不准他动。他有时实在过意不去，就说：

"大娘，你们再这样我可待不下去了。我要马上找部队去啦！"

母亲却不急，只是问他：

"你找部队干吗去呀？"

"打仗啊！"

"怎么打法呀？"

"用枪嘛。"

"胳膊坏了怎么打枪呀？"

"这……"

"还说呢。"母亲用对自己孩子似的口气说，"人光要强也不行呀！俺们为你养身子为着什么？还不是好让你多打死些鬼子？你要是好了，叫留也不留你啊！"

更使王东海感动的是花子。她的话变少了，也很少流泪了，要哭也是在背后哭，不让别人看见。每次她照顾他，总是默默不响地认真来做。她把鸡蛋煮熟，皮剥得光光的，蘸着搓细的咸盐面，送到他手里。而有时王东海说要走时，她也不说话，只是睁着眼看着他，一直看得使他说不出话来，感到自己再坚持下去真难为情……

环境好些后搬回村，四大爷一定要王东海住在自己家里，和他睡在一起。老头子夜里常常起来，给炕洞里加柴，把炕烧得更热。

花子脸上的哀伤慢慢退去，渐渐话也多起来。没有事她就叫他讲战斗故事给她听。王东海从来不讲自己的事，但她却把他讲的故事中的人和他联系起来，心想那就是他，他是最英勇的一个人……

王东海练毕歇息的时候，心里高兴地想："好，明天就可以回队了！那可太好啦……"

他又抓起那块石头，念着回数举起来……

这时，外门口出现一个女军人。她一瞅院子里的情景，马上停住脚步。她那对深褐色的美丽眼睛微笑着眯起来，白皙的圆脸上泛出喜色，心随着王东海的上下"举重"跳起来。看着看着，她也不自觉地跟着数道：

"……七下，八下……"

"谁?"王东海闻声将石头停在腰间，急转回头。立时他嘣一声撂下石头，惊喜地迎上前，"啊！白芸！你怎么来啦?"

白芸欢笑着迈进门槛，两手握住王东海的一只大手，爽朗地说：

"我怎么能来? 就兴你来吗? 哈哈哈! 好个王连长呀，把人家都急死了，你还在这练功夫哪!"白芸太激动太兴奋了，两眼闪着泪花，紧看着他的脸。

王东海也激动得厉害，张了好几次口才说出：

"快进屋坐吧! 快……"

"哎呀! 这真像是你的家啦! 我的天，你安家了吗? 哈哈哈!"白芸边走边说边笑，"屋主人呢?"

"哦，都出去啦，我在看门呐。"王东海被她说笑得有些脸红。

刚坐在炕上，白芸就一句接一句地问王东海离队后的情况。她说回去的一班战士把情况讲后，首长和同志们天天盼他们回去，并派人四处去找……

王东海插了几次嘴想问她部队的情况也不成，只得把事情告诉给她……最后他沉痛地说：

"白芸同志! 我回去要请求上级的处分，我没把同志们都带回去……"

"你快别说了!"白芸的眼圈发红了，"我看你还该受到表扬，在那种情况下就该那样做。想救出群众又不损失同志，那怎么办得到呢? 对，那些牺牲的同志也是最值得的! 都是英雄!"

王东海问白芸的情况。原来白芸是和几位同志一块调到延安去学习，昨天宿在万家沟村。她要那几个同志等一会，她跑来看看冯大娘——以后不知能见面不能啊! 可巧，大娘告诉她王连长就在这里，这可把她高兴死啦! 白芸又把部队在反扫荡中拔除敌人据点的战绩告诉他，把每一件小事情都谈得清清楚楚。王东海听得也有滋有味，恨不得能马上飞回去才好! 但姑娘没把一件事告诉他，那就是她听说他有很大可能牺牲的消息时，背地偷偷哭了好多回……

白芸又给王东海看看伤口，见真快好了，又给他重新包好。说着说着，她见阳光已上满窗纸，就收起笑容，看着他说：

"王连长，我快要走了！"

"哦，再多待一会吧！"王东海也看着她。

"待一会也要走的。"白芸说着低下头，手抚弄着军褂角，"王连长，这次咱们一分开不知什么时候才能见面。不过反正能见面，等抗战胜利了——不，或许更早些，就又见到啦！"

"嗯，是啊。"王东海不大明白她自问自答的话意。

"我们在一起可真不短啦，好几年了。我还记得我刚参军时，你怎么手把着手教给我打枪的……唉，分开来都觉得不好过，我自己就是这样。可是过不了多久，又好啦。你说是吗？"

"是，是这样。"王东海有些奇怪，平常说话又干脆又流利的白芸，这时却啰唆重复起来。

"东海同志，你对我有什么意见？"她忽然抬起头。

"没有什么意见。你一贯工作很好，对同志很热情。你又有文化，再经过学习，那更是好上加好啦！"王东海诚恳地说。

"快不要只拣好听的说了。"白芸不知是不好意思，还是其他原因，脸顿时红了。她忽然又变严肃起来，紧望着他，有些激动地说：

"东海同志！我早有件心里事要和你谈谈，但没找到机会开口。今天我就要走了，非要谈谈不可啦！我的意思是，我们之间是否可以比一般同志的关系更进一步呢？"

王东海的头轰一下涨热了，他猛然站起来，心里急跳着。

想了一会，他才说：

"白芸同志，这叫我说什么好呢？说句老实话，我也了解你，你太好了，各方面都比我强！我说不同意，绝不是嫌你不好。可是……"

"还有什么呢？"她急促地问。

王东海真有些紧张，吃力地说：

"我想，在这样的战争环境里，还是别急着想这方面。"

"这……"白芸听出他的口气有些不坚决，"东海，咱们也不是马上解决呀！"

王东海一时怔住，但马上又有了勇气。他又坐下来，对她平和地说：

"白芸，乐意先听我把一件事告诉你吗？"

"什么事？"她有些吃惊。

于是，王东海就把花子的舍夫救人，这个女子的举动讲述一遍……

"白芸，你明白我的意思吗？我是……"

白芸的眼泪早流下来。她激动地站起身，说：

"不用解释了，东海同志！我全明白了，你是对的！……"听到一阵轻捷的脚步声，她止住话，眼向门口看去。

一个年轻女人映入她的眼帘。那女子一手抱着一棵大白菜，一手抱着孩子。幼小的孩子穿着一条白粗布做的戴孝的毛边裤子，头发上用白头绳扎着两个小角。女人穿着一双白鞋，她那丰满的脸庞，虽然现出微笑，但也盖没不了痛苦的痕迹。

白芸看着看着，没等对方开口，猛地抢上去将她紧紧抱住，流着泪叫道：

"姐姐！我的好姐姐！"

花子被白芸的举动惊怔住，忙说：

"啊！白老师，白队长！你来啦！我比你岁数大？""不，不管这个。你在哪方面都比我好，都可当我的姐姐！我永远是你的妹妹！"

反扫荡结束后，游击队解散了，恢复了原来的组织。

德强和父亲回到家来。他是要回县里去，顺路打家走，把破烂的衣服补一补。

小屋子又热闹起来。德刚偎在父亲怀里，要他讲灌死王竹的故事。秀子正剥她抓来的那只兔子的皮。兔子已死好多天了，冻得硬邦邦的。但那时谁也没有心思去吃它，这时环境好了，德强和父亲归来了，加上王连长也在，母亲要包饺子吃呢。

仁义和孩子讲了一会，就找庆林他们谈工作去了。娟子在西炕上给弟弟补衣裳，德强就逗着姐姐的孩子——菊生玩。秀子在灶前烧火。德刚被母亲吩咐去叫花子父女来吃饭了。

东炕上，母亲和王东海正在包饺子。

母亲一面包饺子，一面看着王东海那粗大的手，很灵巧熟练地擀着饺子皮，就笑着夸奖道：

"咳，真不是说，当八路军的人什么都会做。看你擀的皮多好！外面

— 365 —

薄当中厚，真和个巧媳妇似的。"

王东海有些腼腆，微笑着说：

"大娘，人家说当两年八路军什么都会做，可也不假。咱们逢年过节或是打完仗，也吃这玩意儿。嘿！咱们是又当男人又当媳妇，种地打柴，缝缝补补全都会哩！"

说着，两人咯咯地笑一阵。母亲寻思一会，轻声对王东海说：

"说真的，你就要走了，我看你和花子的事就拿定了吧！这些日子你们在一块，也该知道她的为人了。你看好吗？"

王东海不好意思地红了脸，低下头，没有马上回答母亲的话。

在事情还是朦胧的时候，王东海几乎是没过多地想一想就拒绝了白芸的爱情。可是当要正式决定了，他的心中又那样清晰地涌上白芸的影子：她那带着细条纹永远晒不黑的脸面，她独有的一双深褐色闪着热情光泽的眼睛，健康而浑直的身躯。她的长相是个美丽的姑娘！她的作风却是一个勇敢坚强的战士。

在这以前，从没停息一刻战斗的王东海，就是在白芸向他提出时，他也没有这样想到她是那么可爱，那么美好。现在他真有些留恋她！可当时他怎么就一口回绝了她呢？

接着在他的脑海里出现另一个人：她宽宽的脸膛，粗壮丰满的身段，显得是那样有力而刚健。那眼睛是淳朴的，而同时含有柔情，又是多么善于激动，特别当它饱含泪水时，使人没有法子不为它而感动。她的相貌是女人、是母亲，她的行动是战士，是勇敢大义的化身。她是共产党的好女儿。啊！这样一个坚强而美丽的女性，是应该受到爱慕和尊敬的啊！

渐渐这两个人并排起来。看！多么好的姐妹俩！看，两人的模样多不一样！她们像是一个母亲养出来的，可又不像是一个血统。可是她们的一切，都是从一个地方一个组织得来的。

王东海并不是在比较谁的长短，不，他根本不是在挑选人，但他老实纯洁的心中，还是想了一想。他这时才知道，自己原来在内心深处也有白芸的影子，可是在没遇到花子的事以前，从没把白芸和自己个别地联系起来。然而当白芸提出来时，他的心已被另一种更大的力量所吸引。他承认自己对花子比对白芸更爱，更无法避开。

长期的苦难生活，贫困辛劳的人们，把爱与怜混淆在一起了。由于同情而产生爱，也由于被同情而产生爱，更多的是互相同情互相感恩而产生更深沉的爱。在某种意义上说，他们认为爱怜是一个整体，不可分割，是一个东西。以同情来作为爱情的基石，这是人们在苦难的命运中建立起的最诚挚最深湛的一种感情……

"大娘，"王东海抬起头，非常亲切又动情地说，"我一见她和孩子，就想哭。真疼人啊！不是秀娟同志和她，我怎么能活呢！她对人真比对自己好多少倍，那么尽心地照顾我养伤，像对亲兄弟一样待我。这样的一个好人，又是党员，我怎么会不恋她？不过，大娘，结亲的事要经上级批准才行的。"

"我看你俩就挺好，你上级也会答应的。"母亲对他的回答很满意，心里不知是为王东海能有个好媳妇，还是为花子能找个这样的好丈夫，充满兴奋的激情，"好，等她来了，我给你们提提……"

门呀的一声开了。四大爷抱着孩子，花子拉着德刚的手，先后走进来。

"仁义回来啦！"四大爷进门就问，"在哪里？"

母亲忙下炕，招呼道：

"四叔，他才出去啦。又有事，没去看你。快上炕坐吧！"

"他忙他的吧，我这把老骨头反正一时烂不了。"他见王东海要下炕，忙堵住：

"快别下来啦，我就坐这里。"说着坐到炕沿上。

王东海亲切地望着他笑笑，接过解放来。

孩子早和他熟了，欢喜地叫道：

"叔叔，抱，抱抱……"

花子和母亲打个招呼，挽袖子洗手要帮忙包饺子。母亲却微笑着阻止她，说：

"不用你啦，王连长和我就行了。花子，到西炕上帮娟子的忙去吧！"说完向她有含意地笑笑。

花子一见母亲的神情，不由脸一红，忙走到西房间，帮着娟子补衣裳。她的心怦怦跳荡不停，耳朵集中在东房间……

母亲把亲事向四大爷说了。老头子的脸兴奋得发红，眼睛却有些潮湿了。他激动地说：

"那敢情好！唉，我有你这样的好女婿，不用为闺女外孙操心了，死也闭上眼啦！"

"大爷，哪里的话。"王东海感动地说，"咱们都是庄稼人，穷人的心谁还不互相疼爱！我这条命也是你们救出来的啊！"

母亲满意地笑了，就赶到西房来。

花子虽和德强、娟子说着话，可把他们的话都听得一清二楚。她一见母亲走进房，脸更发起烧来。

母亲坐到她身边，拉住她的手，说：

"花子，就看你的意思啦。他的为人你都知道。你对大嫂说说呀！"

花子臊得不行，把身子扭过去，背着脸，清晰地说：

"大嫂，你们看着好，俺心里也愿意……"

吃完晚饭，德强被村里的青年们拉出去玩了。大家又热闹地聊一会天，天色已晚，四大爷要照顾家，早走一步。母亲家里因娟子生了孩子，仁义又回来了，正屋没有地方。南屋的炕也拆了没来得及新盘，德强回来要到村政府去睡，而王东海一定要和德强去做伴，所以不去四大爷家睡了。住了一会，花子正要回去，王东海先站起身告辞。秀子一听王连长要到村政府去睡，忙下炕穿好鞋，说：

"我送你去，王连长！"

花子略停一下，不自然地说：

"唉，天太黑啦！秀子，你别去了。我顺便带他去就行啦！"

"不，姑姑！你家在东北角，村政府在最南头，你从那里走太远啦！我和姐姐俩去，外面还有月亮，就是再黑也不怕。"

德刚争先恐后，边说边下炕。

母亲心里笑了。她知道花子说的"太黑"和"顺便"的意思。她对孩子们说：

"别去了。还是让你们花姑'顺便'送送吧，这比你们都好得多啦！"

娟子忍不住笑出声来。秀子、德刚还不懂，很为母亲的阻拦而生气呢！

花子听着全身像火烧般的烘热，赶快出了门。王东海也向大家笑笑走出来。

淡蓝色的夜空散布着稀稀零零的星星，月牙儿挂在半空中。银灰色幽静的月光，把人照出一个清晰的倒影。街上很幽静，趁着明朗的月光，能一直眺望到洁白的雪山顶。

两人并肩走着，地上的倒影贴在一起。走到十字街口，是去两个地点分路的地方。花子要向东走，王东海要向南去。

"我送你去啊！"花子轻声说。

"不用，我知道路。我送你回家。"

花子是个胆大的姑娘，倒不是为害怕把刚要说出口的"不用"吞回去，而是心里压不住的感情，使她满口答应了。

两人又默默地走着。孩子在王东海的怀里恬静地睡去。谁都想开口，又都像怕惊醒孩子，不愿打破这恬静的夜景，谁也没说一句话。他们觉得这样走着，比什么都好。

到了门口，花子转过身朝着他，两臂伸出，像要去接孩子，可又不上去抱。

王东海也没把孩子递给她，倒不自觉地把孩子抱得更紧。

他声音有些发颤地说：

"花子，我明儿一早就回队，你有什么话对我说？"

花子仰起脸，睁着那双泪汪汪的大眼睛，一眨不眨地看着他。眼光是那么温柔那么深情，只有在巨大的悲痛中，获得新的生命，渴望着真挚的爱情的人，眼里才能发出这种光辉。

王东海被这双眼睛注视得有些惶惑，心里又涌上巨大的激动。他觉得一双柔软发烫的手，紧握着他粗壮的大手。他的全身像被她身上的热流所传染，感到一阵炎热，微微抖动。

"我没别的说，"花子的声音像涓涓的泉水，"东海！记住，别忘了孩子和我！"

"你放心。我一辈子忘不了你们！"

花子接过还在酣睡的孩子，看着他转过去的背影，有力地说道：

"你也放心，不管多长时间，我都等你！"

第十九章

菊生会笑了。这孩子真讨人喜欢！秀子把她抱到街上，谁见了都要逗弄一会。这个说，那对黑亮亮的眼睛，就是在她母亲脸上摘下安上去的；那个说，那薄薄的小嘴唇和稍下塌的鼻梁，和她父亲的一模一样……

母亲欢悦得不得了，她真抱上外孙当起姥姥来了。人都说祖父亲孙子，姥姥疼外孙，这对母亲没说错，但她还没有孙子，还不敢说她有偏向没有。仁义可更亲小外孙呢。

一家人添了新的喜悦。

一天中午，花子和玉子来同娟子商量工作……

解放区的前后方武装，对敌人展开猛烈的春季攻势。到处在攻克据点，消灭敌人，打胜仗的喜讯天天传来。人们不分男女老少一齐动员，抬担架的，送公粮的，缝织被服的……支前工作轰轰烈烈地展开了。随着战争的需要，也展开了生产大运动。争取多开一分荒地，多下一粒种子，多上一些粪料，多打一些粮食，为抗战多尽一分力量……

娟子送走她们，正要收拾出门去。秀子抱着孩子从外面回来，急忙说：

"姐姐，给你孩子。俺要找人送信去啦！"

"好妹妹，你再抱一会吧！我还有点事呐。"娟子央求道。

"俺也有工作，怎么能抱她去干呀！"秀子说完，把孩子放到炕上，匆匆地跑了。

娟子怔在那里，听着妹妹噔噔噔渐渐消失的脚步声，心里有些气。她看着孩子躺在炕上，小手乱抓着笑嘻嘻地瞅着她，就走上前，坐到炕沿上，解开怀，给孩子喂奶。

阳光从窗纸上射进来，照在炕席上。一只苍蝇，从阴冷中苏醒过来，在窗棂间嗡嗡地飞着，头撞得窗纸嘣嘣响。

娟子那两撇浓眉打着结，两眼出神地凝视着那只要冲出去的苍蝇，心里翻腾着：

"……这怎么行呢？几个月了，都是为孩子累在家里。"她不友好地瞅一眼正在咕嘟咕嘟吞奶汁的菊生，"人家都在轰轰烈烈地工作，争取抗战的最后胜利，可我整天守在家里转。抱着孩子出去吧？这个环境哪能行呢？……唉，千不该万不该，最不该结婚了。一个人单身过，没有孩子累赘，不论打仗工作都能和男人一样，那该有多好啊！可是现在，这孩子！唉，都怨这个小东西……"

娟子越想越急越气，把一切怨恨都集中在孩子身上。她生气地把乳头从孩子嘴里拔出来。菊生以为妈妈给她换另一个奶吃了，就"鼓涌"着小头去找。娟子看着真不忍心，赶忙把另一个奶头塞进孩子嘴里。

"光怨孩子也不行啊！她知道什么呢？"娟子又想着，"要想办法。上级常说，共产党员不论在什么困难下，都要寻法克服，不能停滞，不能束手缩脚。再说红军长征，地下斗争和抗战都坚持了，这点事就难住了吗？……对，把孩子送给别人，有些人想要孩子呢。"

娟子低下头，轻声对孩子说：

"快吃吧，吃饱妈把你送给人，好出去工作。菊生，你说好吗？"

菊生像真明白似的，停止吸奶，仰过脸朝着她母亲，小眼珠眨了眨，又衔紧奶头。

娟子的心又软了，她看出似乎孩子表示不愿意。她叹口气，又沉浸在紊乱的思潮里……

菊生衔的奶头滑掉了，就用力扯妈妈掉下来的一缕头发；不见反应，她就用小手抓妈妈的胸脯……娟子噢的一声叫起来，烦恼地将孩子放到炕上，怄气地说：

"抓什么！都是你这小东西，害得人守在家里。你不早死了好！"

孩子哇的一声哭了。

娟子看着也红了眼圈。

母亲从外面走进来，责备地说：

"你怎么啦？有什么事赖孩子做什么？她光会笑，什么也不懂。这么大的人，还和孩子赌气！"

母亲上去抱起菊生。孩子被妈妈的第一次粗暴吓坏了，吃惊地偷眼看着她妈妈。

不管做女儿的有多大，在自己母亲眼前，她还是小孩子。娟子见孩子哭了，心里非常不忍，加上母亲的责怪，又想想一点法子没有，满肚子委屈说不出，扑到被上，呜呜地哭起来。她那结实的身子，急速地抽动着。

菊生看妈妈哭了，更加哭叫得厉害。

母亲很少见过娟子的眼泪，更不用说号啕大哭了。她这时也有些手足无措，不知如何是好。停了一会，她带着笑说：

"可好啦，你们娘俩一个笛子一个笙，哭得可挺欢。叫人家听到，当是在唱戏呢。快起来吧，有什么事儿哭也不行啊！"

娟子被母亲一说，想想也好笑，又不好意思。她爬起来擦擦眼泪，愁苦地说：

"妈，你看有这孩子，我还出去工作不？"

"你说呢？"母亲反问道。

"当然要出去！"娟子干脆地回答。

"那就把她抱着走吧！"母亲笑着看她。

"妈，人家急死啦，你还在说笑话。这环境能行吗？！"娟子带抱怨地说。

"那依你的法子呢？"母亲认起真来。

"没别的法子，只有把她送给人……"

"啊！送人？"母亲惊讶地看着女儿，似乎不相信这是她的女儿说的话。她两臂紧抱着孩子，好像谁要马上把她抢走。

娟子被母亲看得低下头，浓黑的长发把脸遮住了。她心里很难过。

"你怎么说得出这种话来？啊？当妈的就不心疼？她不是你身上掉下来的肉？"母亲生气了。

"那就怨我，怨我不该结婚……"娟子又啜泣了。

母亲叹口气，不满和愠怒随之烟消。她满怀温爱地说：

"娟子，别那么说。人一辈子还能单身过？都那样不就绝后啦。你是干部，懂的事比妈多。革命抗战为的什么？不是为后代吗？人还能老活着？死了还能把好日子带进棺材去？"她换口气，说，"别难受啦，我早看出你的心事，也寻思好久了。孩子是一定要留着。嗨，这么好的闺女，怎么舍得丢了。是不是——菊生？"说着她在孩子哭红的小脸腮上亲吻一下，给她擦眼泪和鼻涕。

　　娟子被母亲说得平静好多，感到自己太冲动了。她恳求母亲说：

　　"妈，你说咋办好呢？"

　　"你走你的，孩子留给我，我养着她。"母亲像早就决定好了似的，断然地说。

　　"妈，这怎么行？她要吃奶啊！"娟子非常惊异。

　　母亲笑笑，很平静地说：

　　"能行。你大妈生下你德贤哥半年就去世了。我那时刚过门不久，还没有你，也没有奶水。他饿了，我就抱着去找人家几口奶给他吃。这究竟不行。我就尽心用汤水喂着，把他养活大了。唉，谁知他大了也被害死，真不如叫他那时死去了好，孩子也少遭些罪。"母亲有些悲戚，忙转过话题说：

　　"去吧，过去的事不说了。菊生也三个月啦，好想法子。叫你爹明儿赶集买斤蜂蜜回来，也试试看看。"

　　母女俩就这样商量好。到第二天晚上，娟子给孩子吃饱奶，送给母亲。她向孩子说：

　　"好孩子，就吃妈最后一次奶了，跟姥姥睡去吧！"

　　孩子吃饱了，很快被母亲搂着睡去。半夜里醒来，她哭着找奶吃。母亲把准备好的用麦面和着蜂蜜烙的饼嚼着喂她。可是她把小舌头一伸，全吐出来，怎么也不吃，大哭乱抓。母亲穿好衣服，把她抱到院子里，来回走着，一面哄一面逗，指星星望月亮地引她看。菊生却越哭越凶，声都哭哑了。

　　娟子听着心里难受极了，走出来说：

　　"妈，你快歇着，孩子给我吧！"

　　母亲决断地吩咐：

　　"快睡去吧！不用管。熬过这一关就好啦！"

娟子只得回来，躺在炕上望着窗户，听着孩子的哭声渐渐弱下去。母亲的脚步声也越来越缓慢沉重了。一直到天亮，她还在外面来回地走着。

平时母亲不让娟子母女俩见面，使孩子对妈妈陌生起来。娟子的两个乳房，胀得鼓鼓的，像快要爆炸一样，痛得厉害。一不小心碰上它，白皑皑的乳汁就直刺地射出来，胸前衣襟都湿透了。被风一吹，加上衣服的摩擦，更痛得慌！可是母亲吩咐她千万不要向外挤奶汁，不然是断不了奶的。

一连三四夜，闹得全家睡不着。母亲两眼挂满血丝，眼圈变成青黑色。仁义和娟子都失去信心，说是不行了。秀子、德刚更是嚷嚷不休，埋怨被闹得睡不着。

"妈，你快送给姐姐吧！哭得人家整夜睡不好，明早还要上学呀！"睡觉前，秀子叫嚷道。

德刚正要应声附和，母亲却先开口了：

"呀！可真还是干部哪，儿童团长到底会说话。你妈是为的什么？说我听听呀！"

秀子被问得红了脸，还不服气地说：

"俺知道是为革命。可是办不到的事也不能强作呀！谁听说三个月的孩子没奶吃会养活来？咱没听说过……"

"你快睡你的吧！"母亲插断女儿的话，"非要前人做出样子的事才能办吗？路是走出来的，辙是轧出来的，谁都不从新的开始，那还跟谁学呢？"

"那看你的吧。根本不行！"秀子没敢大声说，悄声地咕噜着，用被子蒙上头……

已经是第五天了。大家商量好，再不行只好寻别的法子。

母亲没感到一点自身的痛苦，虽说她实际上是最痛苦的人。她抱着一天比一天轻的孩子，看着她瘦下去的小脸蛋，非常心疼。可是她更不能使女儿留在家里，不能让她把孩子送给别人！

临睡前母亲把孩子喂得饱饱的，菊生蘸着蜂蜜吃得也很甜，可就是每到夜里不好哄，非要奶吃不可。菊生安静地睡到大半夜，又醒了，用头乱撞，想找奶吃。她姥姥却一点没有睡，随时在准备照抚她。母亲把她抱起来，"噢——噢——"地拍抚着她。她却又哭开了。

怎么办呢？母亲真作难啊！娟子又在西房间叫起来：

"妈，不行啦……"

"你不要过来！"母亲说她一声，就又喂孩子。

母亲把嚼得稀烂的甜饼吐在食指上，向菊生嘴里送。母亲的手挪晚了点，菊生猛然衔住她的手指头，像吸奶似的咂着。母亲心里忽地一亮，想起把自己那已回去四五年的奶子给她试试吧，没有汁使她衔着不哭也好啊！

菊生一衔到奶头就不哭了，用力地吸着，想是几天没吃奶而高兴了。可是一发觉这不是那个丰满饱汁的奶，干吸不见水，就又吐了出来。

母亲再把奶头塞进她嘴里……这样三番五次，菊生就衔着姥姥的奶头睡去了。

第六夜大家都安静地睡了一宿好觉。

又过两天，娟子提着小包袱，愉快又免不了担心地告别了父母弟妹，亲吻一下孩子，回到她的岗位上去了。

苏联红军打垮了德国法西斯，希特勒无条件投降的消息，飞快地传来了！

街上贴满各种色彩的号外，墨渍未干的大字，在庄重地向人们闪耀着亲切激动的欢笑！

青妇队扭起秧歌；儿童团唱起歌；民兵队演出"活报"；欢呼的游行开始了。

"希特勒"仰躺在被人们抬着的椅子上。他的头发是干黄的苞米缨子做成的，高鼻子是豆面染上紫颜色捏起来的。他胸前敞开，猪肠子用气吹起盘放在他肚子上，喷上红色，当中插着一把刀。他身前贴着一张白纸条，朱笔大书：希特勒自杀！

"墨索里尼"跟在后面，他的"老婆"和他并排挨着。他们被反绑着，跪在抬着的桌子上。身后有两个威武的红军战士，端着闪光的刺刀。

最后，一个头顶太阳旗、留着八字胡的矮人，骑坐在一棵长杉木干子的尖端，他身后写着：铃木！

走不远，"墨索里尼"就沮丧地喊道：

"墨索里尼就是我！"

他"老婆"接声哭叫：

"我就是墨索里尼他老婆！"

更惹人注意的是在杉木干子尖端上的"铃木"。人们把干子的另一端向下一按，他就被掀到半空中，绝望地高呼：

"大哥，二哥等着我啊！"

游行的行列穿大街过小巷，看热闹的人把路都塞满了。就连那平常日子不大出门的一些老太婆和新媳妇也都露面了。人人都把最好的衣服穿在身上。从年轻媳妇们的身上，散发出一股衣裳长久放在箱柜里的那种使人嗅着很舒坦的气味。

人们看着有笑的，有骂的，有拿石子泥块打的……闹哄哄乱嚷嚷的非常热闹，像是赶山会，又像欢度佳节……

德、意法西斯的崩溃，给中国人民以莫大鼓舞，增强了抗日胜利的信心。

解放区的军民，更加活跃了。用一切力量向敌人出击，收复失地，争取抗日战争的最后胜利！

东海区的于得海司令员在一幢过去的主人是汉奸地主的瓦房里，正同几个军人在察看一张铺在八仙桌子上的详细军事地图……

这几年他苍老了许多。那稠密的头发茬儿掺杂上斑斑的白发。那双锐利精明的眼睛两旁，镶上更深密的皱纹。黑乎乎的胡子布满在两颊和下颚上。唯有他那魁伟的身材，依然笔直得像一株粗壮的树干，还是那样坚强有力。这一切表明，他经过多少次残酷的战斗，多少天艰苦的生活啊！

他那双脚，走遍昆嵛山区，踏过东海岸的沙滩，跨过无数次胶济铁路；而曲折迂回在烟青、烟威公路的趟数，比一个孩子出出进进走过自己家门口的回数还要多。整个胶东半岛都有他和他的战士的脚印。他们走过的桥，真比普通人走过的路还要长！

这是条什么样的路呢？

是抗日的路，是战争的路。是目睹村庄在焚烧，人民在屠刀下死亡，孩子在硝烟里哭叫，女人在蹂躏下呼救，而冲杀复仇的路。是踏着战友的血迹，从烈士的坟墓旁向前走的路。是用枪打、刀杀、枪托子打、双手掐……敌人的尸骨堆成山，而又用刺刀挑开，继续向前走的路。是在满布荆棘乱石的崇山峻岭里开拓出来的一条平坦的道路!

这个身经百战千辛万苦的老战士,现在还是那么精神抖擞,脸上焕发出童颜的光彩。他宛如高山底下一股旺盛的泉水,永远不干涸,永远不休息,永远不疲倦,豪放地奔流着!

......

于司令员手中紧握一支红蓝铅笔,在四五双目光的注视下,他一面缓缓清晰地说着,一面在地图上移动着铅笔的位置。最后,他的笔画出的红线从几个地方环绕集中到一点——道水城,重重地圈上一个红圈。

正在这时,特工科长领着一个人走进来,他行礼说:

"司令员,你叫的人找来了。"

于司令员抬起头,迅速地上下打量德强几眼,他真有些不认识他的警卫员了。

"报告司令员,冯德强奉命来到!"德强像军人一样,行着军礼,郑重报告道。

于司令员敏捷地迎上来,用力握住德强的手,愉快地说:

"啊,又见到你了!几年啦?好几年了。长得真不赖,比我高半个头。走,到西屋谈谈去!有事需要你喽……"

到了西屋,于司令员拖过一条长凳坐下,把德强按坐在自己身旁,就像父亲对儿子那样。这使德强又激动又不自然。

"德强,妈妈好吗?"于司令员关怀地问道。

"谢谢首长,我妈很好,她比什么时候都高兴!"德强感激而愉快地回答。

"哦,这就好!"于司令员又和蔼地笑着问,"你怎么样,小伙子,工作好吗?"

"还好。"德强有点腼腆。又老实地说,"就是有些恋部队,地方工作真没有军队打仗痛快。我要求几次,就是不允许。老首长,你把我带上吧,我的腿早和好人的一样了!"

"好家伙,还是像匹烈性的小马。哈哈!"于司令员笑了几声,又认真地说:

"好好安心工作吧!前后方一样需要。等抗战胜利后,我们还要到城市去工作呢。光会拿枪不能拿笔也不行啊!"

于司令员站起来，镇定地踱了几步。德强立刻觉出有个很重要的事情要发生，也忙站起来。

于司令员走过来按他坐下，口气加重地说：

"德强！你知道叫你来是有事的。我们部队要打道水。"

"道水！"德强情不自禁地重复一遍。

"是啊！过几天就要拿下它来。"于司令员坚定地说，"道水是敌人最靠近我们根据地的据点，我们要把它先啃下来，为大反攻打开道路！"说到此他顿住，忽然问道：

"德强，你记得不记得陈政委牺牲后我说过什么话？"

"记得，你当时说，记下这笔账……对，就是鬼子大队长庞文那小子指挥的部队害的陈政委，他守的是道水。"德强兴奋地站起来，又急切地说，

"司令员，要给我的任务快说吧！我一定完成！"

"记得不错，就要给陈政委报仇了！你说得对，有很重要的任务交给你！"于司令员边徘徊边说，"这个据点很坚固，外面有壕沟、铁丝网，到处有地雷和暗器，暗火力点也很难摸清，我们硬攻是要受大损失的。所以决定进去一个便衣班，做好侦察，进行里应外合，像《水浒》书上写的宋江打祝家庄那样。但是敌人戒备很严，一般人难以进去，侦察员试验几次都没能突进据点。所以要找个适当的关系才行。"他停立在德强跟前，问：

"你不是有个姨姨在那里吗？"

"是的。"德强很佩服于司令员的记性。

"好，这就行。不过你一个人也难进去，最好是有不被敌人注意的老人做掩护……"

"司令员，这不难，我妈可以去。"德强轻快地说。

"啊，冯大嫂！"于司令员满脸带着喜色，但又蹙起眉头说，"这怕不行。听说她的身体被敌人折腾得很不好。再说是深入敌人心脏里，相当危险，我看还是不叫她去的好。"

德强看着于司令员关怀的神情，想到母亲的处境，也怕碰到有认出她的敌人，所以没再说什么。

"这样吧，过一会特工科长同你一块到你们区上去，和姜区委书记他们一起研究一番，做出一个严密可行的计划。噢，听说你们村有个反正过

来的伪军分队长，最好能争取他一块去，这会对我们有利。不过要多加动员说服才行。还要警惕些，目前对这种人的信任应有一定的限度。你明白吗？"

"明白了。"德强静静地听着，把于司令员的话一字不漏地记在心里。

于司令员望着他关切地说：

"这任务很艰巨，你有什么困难吗？"

"没有困难！"德强挺着胸，坚决地回答。接着他的眼光碰到于司令员皮带上那把崭新的左轮手枪，就不自然地说："我这枪好卡火，"他摸一下腰间的"三把匣子"，脸立刻绯红了，后悔自己说出口，忙想跑开。

于司令员一把拉住他，笑着说：

"还害什么羞？我知道，你需要它。"说着解下枪，连满皮带的子弹一块递给他。

德强又高兴又感激，忙接过来，说：

"谢谢首长！战斗结束再还给你。"

母亲姐妹三个，她是最小的一个。一个哥哥弟弟也没有，人家称她父母是"孤鲁"，意思是有闺女不能接香火，就是绝了后。为此，老两口常常吵架，互相埋怨，并给母亲起名叫"寻子"。意思是盼她出嫁后多生几个男孩子。

寻子十八岁就出嫁了。姐妹三个找的婆家就数寻子的穷，老爹常骂她长了一副受苦相，没有福，要遭一辈子罪。最富庶的是大姐，就是这道水里的了。

大姐男人叫葛琏，家里又有房子又有地，还开着丝坊，雇有一二十个男女人在做工，同烟台的商行都有联系。母亲没出嫁时也到姐家做过活。

当初老爹最爱大闺女，夸不离口。三个闺女伴着女婿走娘家，就数大姐阔气，大女婿最满丈人的意。

谁知那葛琏等妻子生下一个女儿后，就不大理她了。后来又找上相好的，待妻子和使唤丫头一样，不是打则是骂。

后来逢上年节，姐妹三个回娘家。两个妹妹都和丈夫抱着孩子一块来，唯有大姐孤独一人——那葛琏早把穷丈人撂到一边——她哭得死去活来，高低不回婆家了。

老妈总是又疼又气，伤心地哭着安慰女儿，又咒那没良心的女婿，又骂老头子瞎了眼……最后还是替孩子擦干泪水，把她送出村头。

每逢这时老爹也蹲在一旁生气，嘴上不说，心里却痛恨自己不该贪图富贵人家，把孩子丢进火炕里。后悔也晚了啊！

那时寻子心里还暗暗庆幸，偷眼望着穿戴粗俗的丈夫，总算自己没挨上这一着啊！

后来父母双亡，姐妹间就很少见面了。母亲没有事，很少叫孩子去走这些亲戚。就是在丈夫出走后，日子那样艰难困苦，她也不去巴结有钱的人。她说，要饭吃也不登财主家的门！

自从日寇占了道水，两家全断绝来往了。娟子和德强，只是小时跟父亲走过几次亲戚。

尽管如此，双方的情况都还知道一二。娟子的表姐，嫁的丈夫死后，做了杨胖子翻译官的情妇。这还是孔江子报告的呢……

"妈，你在想什么呀？"

母亲一怔，一见是秀子，就说：

"想什么？我想想都不行啦。"母亲笑笑，又叹口气，说："我看来了这么多队伍，莫不是要打大仗？是不是打道水？它离咱最近。我想起你姨姨也在里面哪……"

"妈，想她们干吗！财主人家不值得可怜！就是解放了，叫我去我也不去哩！"秀子不满意地说。

"你呀，就会挂孝帽子灯！"母亲想起那年三十晚上的情景，笑着打趣；马上又认真地说，"你也该分清黑白呀！你姨姨虽是他家的人，可谁也不拿她当人待，受欺负，这怎么不值得可怜！"

秀子听母亲一说，也点点头。又笑着顽皮地说："妈，俺大姨叫什么名字？我听说你叫'寻子'，是吧？妈！"

"你这傻丫头，叫起妈的名来啦！"母亲的脸红了，可也忍不住笑，"你是听谁说的？"

"谁？俺爹说的呀。他还说意思是……"

"哎，你快住嘴吧。"母亲脸更红了，"他那老东西闲着牙痛了，净说些没滋味的话。"

"哎，妈，再过几天就是你的生日啦！是吧？"

"噢，闺女大了，知道给妈过生日啦。你怎么想起妈的生日来了？"

秀子忽闪着大眼睛，笑着，很有兴味地说：

"我刚看到咱南院那棵大月季花全开了，花开得比哪年都多，都好看，就想起我小时听俺爹说过，那花的根是从俺姥姥家移过来的，栽花那天，正赶上是妈你那年的生日。对吧，妈？"秀子见母亲只是抿着嘴笑，不答话，又接着说道："妈，等你过生日那天，我掐两朵最大最鲜的花，给你戴头上！好吧，妈？"

"好哇。"母亲又像应允又像嘲弄地笑笑，理了一把灰里见白的鬓发，"你妈的头发都快白光了，还戴什么花呢。留给你们这些闺女戴吧！"接着她吩咐道："别老磨牙了。你没有事就抱抱孩子，要不找德刚回来，我也好做饭啦。"

"俺是回来拿粉笔写墙报去，我叫他回来好啦！"秀子说着进屋拿了粉笔，飞快地跑了。

母亲坐在朝阳的门槛上。菊生躺在姥姥怀里，在暖和的阳光照抚下，吸着她的奶。

母亲那干枯的乳房，已渐渐有些饱胀，早被孩子吸出汁来了。还不只是孩子拼命咬着乳头不松口的结果，而且母亲每天都要多喝些稀汤水的东西，促使乳房的分泌。这样做是难受的，但她还是做了，虽然汁不多，可是加上用各种食物精心地喂着，使菊生吃得很泼，长得又结实又胖。不知内情的人，根本不相信这是没有妈妈的奶养活的孩子。

世界上倒有这种稀罕事，外孙吃着姥姥的奶长大了。多么新鲜啊！

在母亲本身，她怎么能不感到痛苦呢！从小她就吃糠咽菜没过一天稍好一点的日子，这些年她那饱受种种摧残的身体，更加虚弱了。每当孩子吃奶时，她觉得全身的血管都在加剧动荡，血都在向乳头集中。她给孩子喂下去的不是奶汁，而是血，是血的结晶！

尽管如此，母亲从来没感到悲哀和不幸，更没感到心疼和怜惜自己，倒老觉得输出去的太少，总在想用什么办法多给孩子一些吃的。她看着孩子的成长，有说不出的喜悦。只要她不死，她愿为第二个孩子，第三个孩子……枯干全身的血，用碎她的心！

母亲嘴角上的皱纹，带着干枯幸福的笑影。她垂着眼皮，慈祥爱怜地看着孩子。

菊生吃饱了，松开口，小脸蛋像早露中刚开的玫瑰蕊瓣那样笑了。一只小手摸着姥姥下颚上的那颗黑痣，表示她早已认识姥姥；一只手伸展开，表示她要玩。

"妈，叫我吗？"德刚跑进来。

"对，快哄孩子玩去。我干活啦。"母亲又看着菊生说："去吧，跟舅舅玩。姥姥给你八路军叔叔做饭吃。"

母亲正在和面。花子抱着孩子，匆匆忙忙走进来，说：

"大嫂，你快给俺看看孩子。我去找人开会呐！"

"开什么会？我也去呀。"母亲笑着问。

"不用啦。都像你这样，有事说一声就行了，哪还用开会布置呀！"花子见母亲和的是麦面，就说：

"哎，大嫂！你又做饽饽给队伍上吃？"

"这回不是饽饽，是包子哪！"母亲笑着说："花子，把孩子放炕上去，叫德刚哄着和菊生一块玩吧。"

德刚在炕上，把小红枕头用带子勒成小孩头，当娃娃逗菊生笑。花子走过来，把解放往炕上一放，笑着说：

"去，找你哥和外甥女玩吧！"

德刚接过孩子，瞪着眼睛看着花子说：

"花姑，解放比菊生才大一点点，菊生可要叫她姨姨，你说这怎么对呀？"

"啊，这么大了还不知道？"花子微笑道，"解放的辈大呀。"

"为什么要有辈呢？"德刚好奇地追问。

花子被他问住了，不知打个什么比方才能使他明白。想了一霎，就说：

"比方说吧，男女结亲要一辈的，要不就不好。这下懂了吧？"

"那，王连长同咱离这么远，你怎么知道是一辈的呢？"

花子一听，顿时满脸绯红，不好意思地边向外走边说：

"你这小家伙，人不大管的事倒不少。"

母亲看着她的后影，咯咯地笑起来……

母亲把包子包好，放进锅里，就坐在灶前烧起火来。锅一会就开了，白色的蒸气从锅盖边直往上冒，布满屋子的上空。

"德刚，快背上解放去叫你二姐来家送饭，部队同志等着吃呢。"母亲走到炕前吩咐儿子。

"嗯。"德刚背上解放走了。

一会，娟子出乎意料地走进来。

"哎呀，你怎么回来啦!?"母亲惊喜地叫道。

娟子把小包袱放到炕上，笑着说：

"回来看看妈呀!"

"是嘛?"母亲不相信似的微笑着问，接着说，"快看看你那孩子吧!"

"妈，我真想不到，看她长得这样好!"娟子非常兴奋，拍着手叫道，"来，菊生！妈抱抱!"

那菊生趴在炕上，瞪着两眼瞅着她妈妈，很是吃惊，停住不动。

"看看，孩子已把妈忘了。"母亲笑着说，也伸着手叫：

"来吧，跟姥姥。"

菊生很快爬到姥姥怀里，偎得挺紧。娟子上去把她夺过来，抱起亲着说：

"你真把妈忘啦，我的宝宝哇!"

母亲看着由衷地笑了。娟子接着对母亲说：

"妈，我那剪掉的辫子还在吗?"

"咦，也没扫荡，你还找它干吗呀?"

"妈，我要看大姨去啦!"

"什么? 你要进道水?"母亲惊叫起来。

"是的，妈……"娟子把要进去侦察的事告诉给母亲。又催促，"妈，快点给我找出来，帮俺搞搞，就要走呀!"

母亲怔了一会，就从柜子里把那束长头发和发髻网拿出来，帮女儿向头上卷着发髻。她的手在动着，心里也紧张地动着，发髻卷好，心里的主意也拿定了。

"娟子，我和你一块去!"母亲坚定地说道。

娟子转回身，吃惊地看着母亲，说：

"妈，这怎么行? 你……"

"我倒行。你去找你姨我可不放心!"母亲非常担心地看着女儿的脸，

— 383 —

"你是小时去的，路也不熟，他们家和咱是两路人，你忽地冒进去，知道是凶是吉？再说你们年轻轻的，鬼子最注意。那孔江子怎么靠得住？"

"妈，区长德松哥还有军队上的特工科长，今天都来到咱村，他俩已经把孔江子说服了，办法我们也想好了，一般是不会有大事。不过你说得也有些理。不，妈！你不能去，你身子……"

"唉，又说我有病啦！"母亲有些不耐烦地打断女儿的话，"我又不是去和鬼子动刀舞枪，我把你送到你姨家，给你们听着点风声，还不好吗？再说我也真想看看那苦命的老姐啊！"

娟子看着母亲，有些踌躇，但马上摇摇头，说：

"妈，这是到鬼子心上去割肉，万一……"

"咳，我不为是险事，还不陪你去啦！"

"可是我弟妹和菊生谁管？"

"这，也不用愁。"母亲听女儿的话已是最后的阻拦理由了，心里舒口气，"秀子、德刚不小了，你爹在家，还怕没饭吃？菊生是离不开我的，就抱俺孩子走走姨姥家吧。来，菊生！愿去不？"

娟子被说动了心，她把孩子递给母亲，说：

"妈，你去是牢靠得多。等我去找德松哥和特工科长商量商量看。"

母亲兴奋地说：

"那你快去。把他俩拖来吃顿包子吧！"

"……那次扫荡，在王官庄时，我得到太君许可后，带着六个弟兄押着一大车物品先出发了。不料走出十几里地，正走在山里的路上，被土八路打了埋伏。结果有的被打死了，我和两个弟兄被土八路抓去。幸亏我地理熟，半夜里瞅空子逃出来，躲到我表弟家里。共匪到处抓我，把我家里的人都杀光了！搜得很严，我老想回来也没机会，直到今天我和表弟装成做买卖的，才算逃出他们的手来。唉！真不幸，怨我没本领，没能救出那两个弟兄。唉，共匪对我们这些人真歹毒，我那六七十岁的老娘和四五岁的孩子也没逃出他们的毒手，老婆也被逼着另改嫁了！我没路可走，我孔江子非跟他们干到底不可！我表弟也跟我来找点事做，为皇军效劳。还望太君和翻译官恩典！"

庞文阴沉地眯缝着那只没瞎的右眼，狡黠地听完孔江子的告白，扫视

— 384 —

德松一眼，唰地抽出指挥刀，照孔江子砍去：

"八格牙路！大大的坏了……"

孔江子的脸一霎变成纸，但一想起庞文平日的作为……马上又恢复原状，气急地叫道：

"太君的杀吧！我孔江子死了也高兴！怕死我也不回来了！"

庞文的刀，贴着孔江子的耳边嗖的一声闪过。他把刀收了，狂笑着说：

"大大的好！英武的有……"接着用日语咕噜一阵。

杨胖子翻译官说：

"孔队长，别生气。太君的脾气你还不知道？他是吓一吓你的。他说很佩服你的精神。你的表弟可以留下来做点事。"

"嘿，夸奖啦！"孔江子恭维地说，"今后还多蒙翻译官关照。嘿！小弟还带些礼物给太君和翻译官你。不客气，小意思……"

庞文和杨翻译官见大车上有一麻袋洋梨，好多瓶烧酒，还有情妇最喜欢的花花绿绿绸缎，满脸都笑裂成纹。庞文点头说：

"大大的好，能干的有！"

从此，敌人的伙房里，多了一个很卖力气的伙夫……

道水城可真坚固。高大的城墙，上面有密密层层的铁蒺藜，外面有三丈宽四丈深的围城壕。堑壕里面栽着尖利的木楔子，靠城墙根还有地雷。城里各街头巷口，都修满工事。各处的明暗火力点，互相照应，覆盖全城。坚固的炮楼子，像树林似的，矗立在半空中。

这就是敌人号称"固若金汤"的道水城。

希特勒的垮台，使敌人惊恐万状。解放区的军民展开的强大春季攻势，步步压到敌人的头上。为了防守，敌人撤退了小据点的兵力，又从牟平调来一中队鬼子，加上原来的一分队鬼子和一大队伪军，集中兵力防守道水城。庞文住在西北角上的大碉堡里，督战指挥。

现在敌人平时不敢露头，偶尔出来，也是在附近抢些东西糟蹋一下，就慌忙逃回，关上坚固的铁城门，放几道岗守护着。没有庞文签署的通行证，老百姓很难进去。

黄昏了。西城门口四个站岗的伪军，没精打采、懒洋洋地立着，像被霜打过的黄瓜似的，耷拉着歪戴帽子的脑袋。他们看到走来两个女人，才提起精神，大声喝道：

"干什么的？"

"啊，老总！俺们是走亲戚的呀！"女人中一个年老的急忙答道。

"她是谁？"伪军问那抱孩子的媳妇。

"那是我的儿媳妇，俺是一家人呐。"年老的女人从容地回答。

"走亲戚？"伪军翻眼横扫着她们，又问，"有通行证吗？"

"什么通行证？俺们刚出门，可不懂这个呀。"那媳妇羞涩地答道。

"没有通行证就休想进去！"伪军说道，眼睛瞪着那年老女人胳膊上挽的盖着红包袱的竹篮子。

"老总，你不让俺们过去可怎么好？天快黑啦！俺是到孩子他姨家去呀！听说他姨家和你们的长官还好着哩。"

"胡说！"一个伪军喝道，但那带班的班长却留神地问：

"你说的谁家？和谁相好？"

年老的女人赶忙回答：

"俺孩子的姨家是财主，就是开丝坊的葛琏呀！前儿听说俺那外甥女跟上你们的翻译官啦，你们不知道？"

伪军们有些吃惊地互相对看一下。那班长又说：

"是有这么回事。放你们进去倒可以，不过我们要搜搜你们带的东西。"

"那多谢老总啦！快看看吧，我这篮子里是些好吃的，有熟鸡蛋，烙饼……"那年老的女人忙掀开篮子送上前，"哎，你们就吃点吧！给我留一些就行啦……"

伪军们倒不客气，拿起来就吃。

"喂，我们还要搜搜这媳妇的身上。"那伪军班长命令着。

年老的女人猛一怔，忙说：

"好老总，她身上什么也没带……"

那媳妇却并不害怕，把用被单子包着的孩子往年老女人的怀里一放，说：

"妈，你好好抱着孩子。就让人家搜吧。"

那年老的女人吃惊地看着她，抱紧孩子。她见她的外衣被脱掉，几乎要扑上去……可是伪军们看了看，没发现什么，就放过她们了。

母女俩进了城门，母亲才擦一把额上的冷汗，悄声说：

"娟子，你把枪放哪去了？可把妈吓死啦！"

娟子看母亲余惊未消的样子，笑着轻声说：

"妈，是你拿的呀！"

"我？我什么时候拿的？"

"我就在他们眼前交给你的呀！"

母亲向包孩子的被单子里一摸，果然有一个硬东西，长叹一声说：

"你这孩子，也不早对妈说一声。看把我吓的。唉！"

"妈，靠墙根走！"娟子把母亲向旁一拉。

不远处噗噗一阵响，只见一辆三轮摩托车飞驶过来。上面坐着一个身穿黑便衣腰插手枪的人，凶恶地瞪着一双鸡蛋大的眼睛，向行人扫视着。街上的行人稀稀拉拉的。有几个挑着菜担的小贩，几辆拉大粪的木头车。卖零碎东西的摊贩，摇晃着货郎铃，发出当啷当啷报丧般的声音。

那辆摩托车猛冲过来，路上摊摊的臭水溅了人们一身。摩托车擦着大粪车驰过，拉车的老人被撞倒。那穿便衣插手枪的人跳下来，抢起枪带就抽打那老人，一面骂道：

"你这老家伙！眼睛长腚里去啦！砸烂你的骨头……"

开车的人叫说：

"郝队长，算了吧！打死他少个拉粪的。咱走咱的……"

母亲看着不由得浑身一颤，这才觉得走进了阎王殿一般的世界，到处阴沉得可怕！她拉了一下女儿，悄声说：

"娟子，从这小胡同过去。"

母女俩打量一会前面的一片青森的瓦房，听听里面的动静。母亲吩咐娟子抱着孩子闪到一边，就轻轻敲敲门。

不多会，门开了。一个白发苍苍、满脸皱纹、身子瘦小的女人，出现在门口。

母亲看着看着，一腿跨过门槛，禁不住颤声叫道：

"姐！姐姐……"

她再说不下去，抱着她呜咽起来。

那老女人惊怔一刹，也抱住母亲，大哭道：

"啊！妹子！是你……"

娟子听到哭声，忙走进门里，回身把门闩上。看着母亲和姨姨在抱头痛哭，也忍不住心酸，流下眼泪。她忙叫道：

"妈，你清醒些！这地方不能……"

母亲一听，立刻松手，擦着泪水道：

"姐，这是你那外甥女，娟子！"

"啊！娟子！都有孩子啦……"她抚着娟子的脸，又哭泣着说：

"哪阵风把你娘俩吹来啦？你们把我忘了……啊！多少年哪……哦，快到屋去……"

姨姨拉着妹妹和外甥女，哭起来没有头。母亲和娟子也很伤心，极力安慰她。忽然，这个衰弱的老人似乎想起什么，惊诧地看着她母女惶恐地说：

"啊，妹子！听说你们家都当八路，你上次差点被人打死。我那时真心疼死啦！妹子，你怎么敢领孩子到这来？我老了，不用你们来看啊！为我坏了你们……"

母亲和娟子说了很多宽慰话，才使吓坏了的老人平静下来。

吃晚饭的时候，娟子放下碗筷，对表兄和表嫂严肃地说：

"咱们两家有几年没走动，我和我妈特地冒生命危险来看我姨和你们。你们都知道，咱是八路军的人。可先得说明白，谁要走了信，坏了我们，那时你们不管亲戚，咱也顾不得了！"

"孩子，别说这些啦！"姨姨哭着说，"这些孩子都规矩，就是你那不正经的表姐……唉，她原也是个懂事的闺女，就是架不住坏人的引逗。我也心疼着她啊！"

母亲一面喂菊生吃饭，一面说：

"把话说头里也好，省得过后难收拾。我早知道这几个孩子都老实，是人也向着自家呀！"

"姨说得对。"娟子的表哥是个忠厚的人，老实地说，"咱什么也不知道，什么也不管。"

表嫂是个精明好心肠的女人，很会亲近人，嘴很甜。

"姨姨，把孩子给俺喂吧，你好吃饭。"她从母亲手中接过菊生，又对娟子说：

"好妹妹，你就和姨姨放心多住几天吧，咱们是谁和谁呀！"

娟子和母亲晚上和姨姨在一条炕上睡。母亲睡觉最警醒，一会给菊生喂喂奶，一会到院子里听听动静……

第二天上午，德松来了。他把那边的情况告诉给娟子。孔江子在特务队当副队长，他是伙夫。敌人的情报很快可以弄到；只是庞文的大印被杨翻译官带着，收得挺严，很难到手。他嘱咐娟子行动时多加小心，就走了。

娟子向姨姨讲了好多抗日的事和革命的道理，把目前的形势向她宣传。母亲在一旁也劝说着，把自己的亲身经历的事告诉老姐。这个衰弱无能的老女人，总是叹息和哭泣。最后娟子叫她悄悄去碉堡里把女儿找来时，她很快答应了。

母亲抱着孩子把老姐送出门，又嘱咐一番，就把门关上，走进外甥媳妇的屋里。

娟子把炕上整理一下，将手枪揣进袖筒，趴在窗户台上，向院子里望着。

没多会，门开了。一个伪军背着枪，一手提着包袱进了门。后面跟着一个花花绿绿的女人。

娟子浑身一震，心想一定是姨姨说漏了信。她马上把枪顶上火，两眼一眨不眨地瞪着院子，耳朵机灵得能听见绣花针的落地声。

"太太，我回啦。"伪军卑恭地说，想把包袱给那女人。

"呀，你这懒虫！给我拿到屋里去！"银铃一般傲慢的女人声。

娟子的姨姨慌忙从门外赶进来，一把接过包袱，说：

"行啦；行啦！这么点东西还要人家拿。我早不让你叫人家来，你可不听。唉，成了横草不拿成竖草的人啦……"她把伪军打发走，接着插上门。

娟子舒口气，擦擦额上的细汗，又把枪上了保险，放在炕上。两眼打量着很漂亮爱风流的表姐。

婵子很瘦，但依旧很艳丽。两只桃形的眼睛闪着水波，雪白的脸面搽着均匀的胭脂。腰很细，胸脯突出。粉红色缎子花旗袍紧绷在身上，整个身子的轮廓都显露得非常清晰，走起路来腰软得和青柳枝一般，头上的卷发也跟着摇动起来。只是由于过多的吸烟，雪白的牙齿变成黄色，纤细的小手上的指甲也被熏黄了……

娟子看着，不知是惋惜怜悯她还是讨厌她，心里有一阵子不好受。

一股浓烈的香水脂粉气息，直冲娟子的鼻子。她慢慢转过身来。

婵子掀开门帘，一见娟子和炕上的枪，惊呼一声，慌忙退回去。

她母亲在后面说：

"有什么好叫的？这是你娟子妹来啦！"

"你、你不是说我爹从烟台回来啦？"婵子颤抖着嘴唇。

"快进去吧！不说谎你还来？你姨也来啦，叫我找你回来看看。"

"她！在哪？"婵子又叫起来。

"婵子，我在这呐。"母亲说着从东房间走过来。

婵子惊愕地看着母亲，半天说不出话来。

"别害怕，孩子！你先和你妹说说话，姨再和你拉拉。"母亲说着走出门，坐在院子里。

"快进去呀！"姨姨把婵子推进去，自己出来坐在妹子身旁，胆怯地看着门外，不安地听着门里。

婵子浑身哆嗦，强作笑容，那双水灵灵的眼睛，一刻也不离开发着黑电光的手枪。她费力地说：

"啊、啊，妹妹，多会来的？"

娟子亲热地招呼道：

"快坐下吧，我和妈来几天啦。"看她吓成那样，笑着收起枪，"别害怕，人不动，它自己不会响！"

婵子这才侧身坐到炕沿上。娟子一把拉她到里面来，说：

"好几年没见面啦，真想得慌。姐姐过得可好？"

婵子余惊未消，听这一问，脸上青一块红一块，忙说：

"好么好？糊里糊涂消磨日子吧！也没别的法子啊！"

娟子凑近一些，低声严肃地说：

"找你来没别的事，实对你说了吧。我是八路军派来的，我们马上要打这个据点！你想想，到那时你自己见不得人的事可怎么办？"她见她低下头，接着说：

"德国已投降，日本鬼子也快完蛋了！你若聪明点，想想自己的后路，就给我们办点事。我也知道，你原是个好人，就是男人死后自己没主见受了人家的骗，才过着这种不正经的日子。你也会听说，八路军除了铁汉奸是不杀的。可是对死不回头的，那可不客气啦！"

婵子本来也是个聪明的女人，念过几年书，懂得一些爱国道理，但她自小爱虚荣，和一些风流子弟混在一起，养成享乐至上的思想，水一样的性情。她丈夫死后，杨胖子翻译官看她漂亮风流，老去纠缠她。婵子刚上来还很瞧不起他，不肯跟汉奸胡来。可是日子一久，她一时找不着合心男人，自己受不了寡居的生活，又看看到处是日本人的天下，杨翻译官在日本人跟前很红，有钱有势，又是个"有学问"的人，架不住他的引诱，就和他勾搭上了。近一年来，婵子也看出日本人一天不如一天兴旺了，而杨胖子翻译官也是个靠不住的人，想想自己的前途，也深感空虚无望，她心中就苦恼起来。可是她也没有什么法子，只好抱着过一天快活一天的打算混日子……

现在婵子听表妹这一说，引起她的悲伤，心早乱了。她央求道：

"好妹妹，都是我错啦。这鬼日子我也过够了。你有什么事快说吧，我一定尽力。"

"你把庞文的印拿出来，我们用用！"

"啊！这不行。他收得最严。不行，不……"她吃惊地摇着头。

"怎么不行？杨胖子收得再严还能避着你！"娟子见她不肯应，又说，"做这事当然有危险，可是到底会生出法子来。你说说他藏在哪儿？"

"他藏在睡觉屋子的保险柜里。"

"钥匙呢？"

"装在口袋里。"

"那还不行？"娟子说，"你和他睡在一起，等他睡着了把钥匙掏出来，用印在信笺上刻七八张就行啦！这还不容易吗？"

婵子低下头，开始动摇了，慢慢地说：

"行倒行。我有些怕。娟妹，等八路军打开城时，你可真保着我呀！"

"你放心！做好了还给你立功，我保你没事。"娟子鼓励她，又加重口气警告道，"你做不成千万不能露马脚，回来咱们想法子。如果你坏了我们，八路军把城拿下，你向哪里跑？"

姨姨忍不住闯进来，拉着女儿哭道：

"婵子，你可要有点良心啊！你姨和你妹待咱多好，冒生死来看咱！咱们是亲戚，你可不能再向着鬼子啊！"

婵子也哭了。她满口答应下来。

婵子走后，母亲和娟子心中跳荡不停。

第二天一早，婵子就把盖着庞文印鉴的八张信笺拿来了。

母亲激动得把她紧紧搂住……

中午，德松把孔江子和他侦察好的敌情送了来。

母女俩要分手了，因为要留一个人在此帮德松和进来的便衣队接头。娟子的意见是要母亲回去，但母亲一定要女儿走。母亲的意思是，娟子留下危险大，她走路快，能早些把情报送回去，军队好早作打算，同时她还能去参加工作。娟子想想母亲的身体不好，孩子也不能离她的身，走路真是够受的。只好安顿母亲一番，很担心地离开了……

第二十章

　　傍晚，初夏的傍晚。突起的大风，呼呼地横扫原野，掀起弥天的风沙，燕子被吹侧了翅膀，小鸟被刮得闪踉跄，没等太阳落就把天空刮黑了。块块的碎云疾驰着聚集起来，越来越黑。一会，就传来远处的滚滚闷雷声。

　　德强领着便衣队员，分别拿着有日军大队长签署的通行证，突进城里来……

　　"有人敲门。"正在吃晚饭，娟子的表嫂一听门响，说着站起来。

　　"你吃饭吧，我去看看。"母亲说着往外走。

　　天很黑，看不清脸面，可是母子俩的目光一对，都认出来了。

　　"妈!"德强兴奋地叫道，"你好吗?"

　　"好。我的儿! 快进屋歇会吧!"母亲说着就拉儿子进来。"不，妈!"德强悄声说，"别惊动她们了，等天一亮就是咱们的天下，那时再看姨姨吧! 妈，德松哥他们在哪里?"

　　"那也好。"母亲又悄声说，"他们在北头王财主马棚墙外等你。快去吧!"

　　"妈，你可要好好在屋里待着。打仗时枪很紧，不要出去呀!"德强关怀地说，转身要走。

　　"哎，"母亲忙拉住他，"孩子，妈不要紧。你和同志们可多留点神哪! 告诉我，你们要待在哪?"

"妈，我们几个隐蔽在靠东城门的福昌饭店里。妈，你放心好啦!"

母亲看着儿子的影子很快消失在暮色里，住了很久，她才轻轻地关上门。

德强找到约定的地点，德松和孔江子已等在那里。他俩把东西城门的地势、敌人火力的分布情况，详细地向德强交代一遍。德强又悄声对他们说:

"咱们的军队已把城围得紧紧的，就等着我们的了。你们回去，要沉住气，不要引起敌人的怀疑。听到战斗打响了，自己找地方隐蔽起来，等咱们的部队冲进城就好啦!"

"你们都住在哪里?"孔江子问道。

"我们……"德强本要告诉他，但一想起于司令员那句"目前对这种人的信任应有一定的限度"的警语，就停顿住，接着说:"我们都分散开了。你们注意自己行动好啦。"

孔江子转身走了。德强扯下德松，紧握着他的手，在他耳朵上说:

"区长，德松哥! 行动前我领的一组在福昌饭店，李班长那组隐蔽在西门旁边文德客栈，有什么急事来告诉我们。夜里要警惕些啊! 胜利就在明天，这是最后关头了!"

沉闷的雷声越来越大，它似乎要冲出浓云的束缚，撕碎云层，解脱出来。那耀眼的闪电的蓝光急骤驰过，咔嚓嚓的巨雷随之轰响，震得人心收紧，大地摇动。狂风无情地吹刮，瓢浇般的大雨遮天盖地直刺直压，粗大猛烈的雨柱，掀起一层尘埃。一霎，到处是一片汪洋了。

部队都匍匐在城墙的周围，趴在掩体里。战士们都把衣服脱下来，包盖着武器弹药。雨水顺着一个个黑红强壮的肌体，泉水般的往下流。虽是初夏，北方的夜晚加上风雨，还是冷得使人打哆嗦。

各村来的担架队，由区委书记姜永泉率领着，几乎有战士那样多。尽管部队领导向他们说过多少次，不要到前面来，但他们总是当耳旁风，都紧跟在部队的后面，有的还想到部队前面去呢!

仁义并没在家照顾孩子，他领着民工来了。他们紧跟着第一连。王东海排长说过好几次，叫他们别上来，等战斗打响再来也不迟。仁义每次都叫大家退回去，但大家都不走。他自己也觉得腿很重，一步也不想挪。

战斗，黎明前的战斗! 在激动着每个人的心!

忽然，战士们听到后面响起脚踩泥浆噗噗哑哑的声音，越来越近。

王连长和指导员正在巡视阵地，借着闪电光一看：成群的妇女们，抬的抬，挑的挑，提的提，扛的扛，摇摇晃晃走上来。

妇救会青妇队送饭来了。

她们一个个可真够瞧的。每人把外面的衣服脱下来盖在饭筐、饭篓和水桶上，剩下的衣服被雨淋得都贴在身上，头发也粘在脸上了。有的鞋子被泥浆粘掉，光着脚丫儿，有的跌得遍身是泥，个个活像落汤鸡。

不由分说，她们拿碗的拿碗，送筷的送筷，分干粮的分干粮……有的战士还不知是怎么回事，手里就有了热腾腾、香喷喷的肉包子。

战士们怀着感激的心情，和着雨水，大口地吃着热饭。

妇女们听着哑嘴的声音，心里是多么快乐啊！

王东海见到一个最小的影子，忙抓住她的手，激动地说：

"同志，小妹妹！谢谢你！……"

"王连长！是你呀！"秀子高兴地叫着，挥舞着她手中的一大束鲜花。花中有月季花、芍药花和她在路上刚采到的苦菜花。

接着，王东海觉得有人抱住他的腿。他低头仔细一看，惊叫道：

"是你，德刚小兄弟！你怎么也来啦?!"他说着把孩子抱起来。

"王排长，我来啦！我们家都来啦！俺大姐领着人，在卫生队帮着接伤员，俺爹在担架队里。我在家做什么? 也跟二姐来啦！"德刚很高兴，又看着黑洞洞的城市上空，想望地说道：

"妈和哥哥还在那里面。明天是妈的生日，我二姐还拿着花，我们要等天亮一块把花送给妈！不知妈怎么样啦?"

城里，狼窟虎穴的城里！

日军大队长庞文，对孔江子的回来并没发生过特别的怀疑。因为孔江子这个人在他的脑子中印象很好，他的命令孔江子总是百依百从地执行，对皇军表现出非常的尊敬和殷勤。可是由于他的职务，尤其在目前局势下的特别戒心，他对孔江子的回来还是警惕着的，他把监视孔江子的责任交给他最信任的特务队长郝三去做。

这特务队长郝三，是个非常残忍刁苛的人。自从他弟弟郝四——就是在王官庄被娟子姐妹杀死的那个伪军班长——下乡扫荡被打死后，他更加入骨地仇恨八路军。孔江子回来后，郝三就生气他没把自己弟弟照顾好，很是看不顺眼，老想挑他的毛病，搞他一下。

庞文的指示正合郝三的心意，他很严密地监视着孔江子的行动。可是孔江子知道郝三的为人，老不和他靠近，在他面前讲话非常谨慎。郝三几次请孔江子喝酒，都被孔江子婉言谢绝了。孔江子的这种小心行为更增加了郝三的怀疑；但孔江子过去在日本人眼里也是个能干的红人，没有一点把柄，是不能随便就掀倒他的。几个月前，郝三手下一个姓俞的伪军和一个小商店的掌柜的女人通奸。这女人很有几分姿色，被郝三看中了，就以私通八路的罪名把主人陷害，霸占了他的女人和房产。当然，那伪军再也不敢去沾这女人的身子。郝三为了使那伪军不记恨，把他提升为小队副。

这天晚上，郝三队长在外面巡视一回，想回家过过大烟瘾，刚要进门，发现那小队副从门前跑过，他不由得心中一动："这家伙和孔江子是把兄弟，最恨八路军……"就叫住他：

"俞小队副，进来坐坐吧！"

那俞小队副很吃惊，郝三怎么让他和那店主女人见面了呢？接着满心高兴，跟着进了屋。那女人身上像是吸铁石做的，立刻把小队副的眼睛吸住了。

郝三倒不在乎，把小队副推到炕上，叫女人陪着他俩，足足过了一顿大烟瘾……过了一会，俞小队副精神抖擞地出了门，找着孔江子，定要和他到酒馆去喝几盅。

原来这位俞小队副的姘头被郝三占去后，肚子里又妒又恨，但只是敢怒不敢言。后来郝三提拔他当了小队副，气是有些消了，可是对那标致的女人还是心里发痒。他见把兄弟孔江子回来了，并当上副队长，自己又有了靠山，心里很高兴。所以他想向孔江子献殷勤，说郝三的坏话，想使孔江子和郝三不和，给自己出出气。今晚郝三给他吃了甜头，交代了任务。他倒不是全为着郝三答应他干成了提升他当特务队副队长才去干这个事；而是由于他一听说孔江子可能是八路军派来的人，立时就感到一阵恐怖，随即就痛恨起孔江子来……

孔江子同德强接过头回来后，心里很高兴。自己又给八路军立下大功，要受到奖赏和赞扬，别人更看得起他了。孔江子越想越得意，一见把兄弟来请他去喝点酒，心想不会有事，就和他一块去了。

两人坐在阴暗的小酒馆里，吃吃喝喝挺投机。那俞小队副对孔江子比待亲爹还热几分，敬酒敬菜，夸奖孔江子大贤大德，又骂起郝三不是人……孔江子本来心里就痛快，加上这一奉承，又喝了酒，就完全把把兄弟当成亲人看待，嘴也滑溜起来。

"兄弟，"孔江子拍着俞小队副的肩膀，说，"你的苦处我知道，在人家手底下混事就是受气的买卖。拿我说吧，往常还不是在王竹、王流子脚底下踩着！"

"那是，那是！可都没有像郝三的为人不讲情面，这么歹毒……"

"哎，那是你没亲身尝过。这些人没一个懂人情的，都不够朋友。"

"唉！在这种过了今天不知明天的鬼地方，我真混不下去了。大哥，你看八路能攻破城吗？"

"这个嘛，我也说不上。"

"要是城真被八路打开怎么办？大哥，不瞒你说，小弟真想另找门路。"

"真的吗？"孔江子看他直点头，样子很认真，就靠近他的耳朵，说，"这是咱弟兄讲话，可不能向外人说！"

"大哥，你不相信我吗？"

孔江子心想，要是能把这个人拉着投降，就更显示出自己有本事，功劳更大了，同时也算救了结拜兄弟，于是更压低声音说：

"兄弟，这城破是一定了。要是你真想保住自己，真该早打算盘，早做准备。你想投降，我可以替你担保，到八路军那……"孔江子突然顿住，立时感到一阵恐怖！他想起这个俞小队副被八路军杀掉的汉奸父亲、哥哥，和他平时对共产党的仇恨言行……他马上感到失言了，这个烧香磕头山盟海誓的把兄弟，也是个对自己有危险的人！

"好，这太好啦！说呀，我到八路军那里会怎么样啊？"

孔江子听他这一说，越发觉得他心怀不善。为掩盖不安，他仰脸喝一口酒，接着嬉笑着提高声音说：

"嘿嘿，多喝了点酒，我和兄弟你说起笑话来啦！像我们这种人到了八路那里，我担保你的脑袋搬家。哈哈……"

俞小队副想再套孔江子说下去，可是孔江子怎么也不说了……

孔江子和把兄弟分手后，回到住屋越想越不对头，心里越慌起来。他前思后虑拿不定主意，最后决定去把事情告诉给德松，看他说怎么办。若是有意外，要赶快躲藏起来才好啊！

孔江子正要出大门，迎面碰上三个人。没说二话，立刻将孔江子扭起来。为首的郝三喝道：

"走！押到大队长那去！"

孔江子立时面如土色，身如筛糠！

"咚咚咚！"一阵急促的打门声。

母亲吃了一惊。她没有睡，紧抱着孩子坐在炕上。望着那黢黑的窗户，心随着雨点在跳动。母亲想到战士们都在雨地里，一定被雨淋得全身透湿，她多么盼着枪响啊！可是她又有些怕那枪响，因为她儿子和枪响有关，他会不会发生意外呢?！还有家里的两个孩子，夜里很少离开妈身边，不想她吗? 德刚会哭不? 秀子做饭做得好吗……

敲门声打断母亲的思路，她忙赶出来。院子里黑咕隆咚，稀泥差点把她滑倒了。

"谁?" 母亲问。

"快点！姨啊！事情糟啦……"

母亲一开门，婵子像从泥水里爬出来的，披头散发，一头撞进来，抱着母亲就哭。

母亲知道不好，忙问：

"快说，什么事?！"

"姨啊！那、那孔江子被鬼子抓去，挨打不过，把什么都招出来啦！我在屋里听得准准的……你快藏起来吧！姨姨啊……"婵子哭叫着。

"啊！"母亲全被惊住，没感到雨水是那样猛烈地往身上泼，接着她急促地说：

"婵子！你快领家里人躲一躲，把菊生带好！我马上出门！"

母亲说着就走。

"姨啊！到地下室藏着吧，出去不得呀！马上有人来抓啦!"

婵子拉住不放。

"快松手！我有急事。"母亲倒平静些了，急急走出门。

嗤一道闪电，喀嚓一声焦雷，母亲沉重地摔进泥水里……

德松来后就找一个独屋住着，准备发生意外好应付。

他一点睡意没有。他想到马上要战斗，敌人的死亡就在眼前了，心里充满了无限的喜悦和对胜利的信心。想着想着，他油然想起妹妹——兰子。

兄妹一块参加了地下工作。妹妹总是瞪着一双机灵的灰色眼睛，看着哥哥。他叫她干什么，她嗯一声，头也不回就去了。她是多么好的一个姑娘啊！斗争开始不久，她就牺牲了。她的年岁比其他人都小，可是牺牲得那么早——是继七子的第二个。兰子没能看到即将来临的胜利，这是很可惜的。然而，她坚信会有这一天的到来，她是很早就透过重重苦难和障碍，看到胜利的曙光的。人们都会记得，她死时是那样自豪和平静，眼里放出多么美好的光彩啊！

德松心里有些激动，觉得眼睛有些潮湿，但没流出泪来。他又想到德强嘱咐他要警惕些。是啊，他一向都是把驳壳枪压好火，放在枕头下。睡觉时，一只手扶在枪柄上，那胶木的枪把，永远是温暖的。想到这里，他坐起来，握住枪，两眼从窗口凝视着漆黑的夜色。听着狂风骤雨的鸣响，他觉得时间过得太慢了，一分钟像一天那样长……

他忽然听到像有脚步声。呀！是很多人向这里走来。他忙趴到窗上一看——啊！刺刀在闪着阴冷的灰光，苍白色的钢盔被雨点打得嘣嘣直响。要战斗的念头，迅速地通过他的全身！

"表弟……开门哪……"一声悲惨的叫唤，犹如夜晚站在房头上猫头鹰的嚎声。在这后面，是刺刀的犀尖，指挥刀的利刃。

"这家伙叛变了?!"德松心里在说，嘴却闭得紧紧的。他用枪筒挑开窗纸，准准地瞄着。

雨，哗哗地下着。敌人胆怯地安静了一霎。

那个俞小队副气急地骂道：

"你这小子，耳朵长毛啦？你插翅也难飞出去！快出来投降……"

叭地一枪，那孔江子的把兄弟俞小队副应声倒下去。德松又连打几枪，又一个敌人倒在泥水里。

庞文也赶来了，命令机枪向屋里开火。

德松觉得肩膀一热，仰倒在炕上。

窗纸被打着了火，窗棂着了，房子也着了。屋里充满浓重的乌烟，德

— 399 —

松呛得流泪，喘不过气来，几乎窒息过去。

他拼命挣扎，重新爬到窗台上，胸脯又中几弹，他用一只手撑起身体，另一只手向外开枪。他全身被血浸透，痛楚得把嘴唇都咬破了。但他听着敌人被他打的惨叫声，那苍白的脸上，显出骄傲自豪的笑影。在渐渐停止一下弱似一下的心跳时，他还在想着：

"抗战快胜利了。鬼子要完蛋了。我也对得起党和人民了。我的革命成功了！……"

庞文暴怒地看着躺在血水里的三四个尸首，命令把房子点着。

其实德松已静静停止呼吸。敌人不过尽了火葬的力，让火光烧得更大罢了。

孔江子骇然地望着房上蹿跳的火苗，那熊熊的火焰像是烧煎着他的肺腑，他感到浑身刀刺般的灼热。孔江子失魂落魄地向后退缩着、哆嗦着……

狂风暴雨，击打得房顶上的瓦片哗哗啦啦往下掉，吹撞得门板嘣嘣响。家家户户死闭门窗。全城在战栗中摇晃！

原先，敌人仗着这坚固的城防，对八路军并不害怕，静等牟平的来援，企图开门出兵夹击八路军。可是一知城里进来人了，就惶恐起来。

敌人实行戒严，满城搜捕，城门加强了防守。

母亲不顾一切地向前奔跑。她的衣服早被淋湿，鞋子已跑掉，在及脚肘深的泥水里，迈着艰难的步子。风吹散她的发髻，长长的灰白头发随风摔打。骤雨猛烈地打到脸上，使她眼睛睁不开，头抬不起。她怎么也站不稳，时时被刮倒在泥水里。她爬起来，又向前跑。看不到路，她用手去摸。碰到墙上，她来不及管哪里碰伤哪里痛，忙折回来又向前冲！走，快走！跑，猛跑！冲，把全身的力量使出来，向前猛冲！

母亲跑到福昌饭店门口，听到几声枪响，接着一群人冲过来。她略一怔，忙叫道：

"德强！妈在这里！"

德强领着三个便衣队员，急忙赶上来，扶住母亲，说："妈！你怎么来啦？我们听到街上风声不好，急忙赶出来。刚出胡同就遇上敌人。妈……"

"别说了。孔江子对鬼子说实话啦！你们快动手去啊！"

"啊！"德强他们都大吃一惊。德强忙说：

"妈，你快躲一躲。我们就走！"

"砰砰砰！"街口上传来枪声。

"快！去告诉李班长，叫他们马上行动！"德强知道情况危急，忙对一个队员命令，见队员跑步走后，又对母亲说：

"妈，你快走啊！"

"孩子，对面鬼子来啦！这是深胡同，一时跑不出去。你们都快走，我留下对付他们！"母亲推搡着儿子说。

"妈！这怎么行？你快走！我们迎上去……"

"别说啦，你听脚步声！"母亲打断儿子的话，性急地说，"你们就那三个人，去开城门要紧啊！鬼子这么多你们怎么架得住？快走！"母亲随即以坚定的口气说：

"德强！把手榴弹给妈一个！"

"妈?！你……"儿子明白了母亲要手榴弹的意思。德强没忘记母亲常常怀念的七子夫妇是以手榴弹与敌人同归于尽的。

"还等着干什么?！快呀！我自有法子。"

德强和战士们都流下眼泪，不忍心离去。可是眼看敌人就要上来了，如果迎上去拼了，任务谁来完成呢？

母亲为使儿子下决心，已开始向敌人来的方向迎去。德强知道无法挽回，又想到任务，疾步赶上母亲。他没把手榴弹给母亲，而将于司令员送他的左轮手枪塞进母亲手里，抱着母亲的两臂，哭着说：

"妈！给你这个。你勾一下它就响一声，不用动它。妈，我……"

"好，孩子！你快领同志们去开城门。别哭，妈不一定死啊！快走！"母亲说着一把将儿子推开……

母亲生平第一次握到枪，心里有说不出的激动。她很镇静，感到武器有那么大的力量，无怪乎当战士的都那样勇敢了。她身子靠在墙上，一动不动地站着，似乎在休息。

一群敌人忽忽冲过来。

母亲故意地咳嗽一声。

"不要动！"敌人喊道。

"我没动呀！"母亲镇静地回答。

"他妈的，是个女人！"郝三骂着走上前，喝问道：

"快说！刚才谁打枪？"

"我打的！"母亲坦然地回答。

"你打的？笑话。快说！人跑哪去啦？"

"怎么，你们不信吗？"母亲把手枪对准敌人——她的手毕竟发颤——用力勾了两下扳机。

敌人狂乱地闪到两边；一个栽倒下去。

母亲正要再扣板机，但被郝三一枪打中左胸。她感到全身一软，瘫痪着坐倒在墙根上……

突然，东面响起了激烈的枪声！

郝三又匆忙向母亲连开两枪，领着队伍朝枪响处跑去。

德强他们离开母亲，直取东门。不料迎头碰上三四个巡逻的敌人。两方相距只几步远。德强和两个战士立刻开枪，将敌人消灭后，又向城门扑去。

守城门的敌人已经做好充分的准备，从城门一旁的地堡里，用重机枪封锁住接近门洞的去路。德强他们被打得抬不起头来，身子趴在路旁的泥水沟里，心急得直跳。

正在这时，在西方，一颗绿色的信号弹划破了夜空，撕破了黑暗，升到半空中。接着是更加密集激烈的枪弹声，激昂的冲锋号声，震撼云霄的喊杀声……

德强知道是李班长他们已经把西门打开，部队冲进城里来了。同时他们也听到东门外的战士们已开始冲锋了，心焦得如同着了火一般！德强不顾一切了，他立即吩咐两个战士向城门接近，自己一手握着拉出弦来的手榴弹，一手抢着驳壳枪，朝敌人的机枪阵地冲去……

东城门是靠根据地的方向，敌人的防守特别严密，火力也布置得最强。并且，敌人把围城壕挖通了，进出都要放吊桥才行。

外面的部队已经冲到壕沟边，可是在又宽又深的沟前怔住了。王东海这个连是担任主攻东门的部队，他一看城门未打开，知道里面出了意外，就执行于司令员的命令：打不开城门就强攻！王连长立刻命令把事先准备好的长木板搭上堑壕，他抡着驳壳枪，第一个跑着冲过去，一面大喊：

"同志们！快冲过来！过来就是胜利！"

沟阔木板长，人跑上去板子上下跳动。跑着跑着就有人掉下去，可是后面的战士仍是毫不踌躇地继续冲过来。

冲到墙根，迅速把云梯搭上墙头，一个战士很快地向上爬。可是刚到上面，他就被打下来了。

王东海把手枪向腰间一插，推开一个要爬的排长，自己飞快地爬上去。快要到墙头，他猛力向上一跃，只觉得嗓子一热口里发腥，头一晕身子晃了晃。他用力抓住墙头，没有跌下去！

王东海抽出枪，向墙头两边的敌人猛扫。他打着枪跳上墙头。领着爬上来的几个战士消灭守卫的敌人。正打着，敌人地堡里的重机枪疯狂地压过来，打得王东海他们伸展不得。

德强从敌人的机枪口的侧面向地堡接近，可是敌人的地堡四周都是枪眼，不停地向他射击。他愤怒地盯着机枪的一蹿一跳的火舌，把手枪插好，从腰里掏出手榴弹，一手握住一个，手榴弹的弦都套在手指上。他猛地向机枪口打去一颗。随着爆炸声，德强飞快地扑上去，把另一个手榴弹从枪眼中扔进地堡里。轰的一声，机枪哑巴了！

那两个便衣队员在德强炸哑了机枪之后，迅速地冲进门洞，打开城门，放下吊桥。立时，如潮水般的战士们，涌了进来。

王连长领着战士们跳下城墙，会合了从城门冲进来的部队，在德强和便衣队员的带领下，杀进城中心区去。

城里的每个街头，每个巷尾，每个角落，都展开激烈、殊死的战斗！手榴弹飞出手，跟着就是白刃战，敌我厮杀在一起。

战斗迅速地向纵深发展。伪军举手投降，鬼子垂死挣扎……

最后，只剩下西北角上庞文和一队鬼子住的那个最大的碉堡了。

战士们马上铁桶似的把它包围起来。都登上周围的屋顶，伏下来，向敌人射击。

王东海刚爬上一所高房子，忽然眼前一黑，身子一歪——倾倒下来。幸而跌在院子里的草垛土。担架队抢上来，抬着就走。鸡叫了。天快亮了。狂风被预告黑暗将逝、光明降临的晨风所代替，暴雨也不甘心地渐渐停下来。

于司令员立即派部队去支援打敌增援的部队。

在离道水十几里路的地方，也发生了激烈残酷的血战！

在这里有两个连打敌增援，带领这两个连的营长，就是咱们几年没见了的柳八爷。

现在的柳八爷，可不是前两年的柳八爷了。

这不单是他的外装有了改变：那顶破狗皮帽子，早顺着五龙河流到南海去了；那件灰老鼠皮色的大褂，也早烧成灰，飞散在胶济铁路的上空。而更重要的是，他已是一个共产党员，一个名副其实的人民军队的营长了。

他失去一只右臂。那是在一次战斗中，他被敌人的毒弹击中胳膊，眼看就有全身中毒的危险，他立即用左手抽出大片砍刀，喀嚓一声把一只胳膊砍了去。现在他还带着——也是他唯一保存下来的原来的物件——这把粗大的血红穗缨已变成黑色的、从农民起义时就带着的祖传的大砍刀。

流寇的习气在他身上失踪了。但暴烈的性子磅礴的气质，还是深深地存在着。这倒不是"江山易改，本性难移"，而如果他失掉这些东西，事实上就不会有他这种人的存在了。

有一次打完仗，部队紧急转移。柳八爷的弟弟是个排长，身受重伤，同志们抬着他走。

这人和他哥哥有着同样倔强豪迈的性格，但比他哥稳重得多。他被伤口痛得昏死过几次，可不呻吟一声。他见战士们抬着他走也是个累赘，就乞求道：

"哥，哥哥呀！看兄弟情面，你给我加一枪吧！"

柳八爷看弟弟疼痛不堪的样子，皱了一下眉，声音有些沙哑地说：

"好兄弟！哥从来没亲你一下，今儿就随了你的心吧！"

说完他掏出手枪，战士们阻拦不及，他照弟弟心口开了一枪。

那时他还没入党，受到降职处分。

他就是在鲁莽的错误中，受着党的教育，渐渐地成长起来……

这一带是平原地，柳营长挑选公路旁边一个大土冈子做阵地，紧紧卡住敌人从牟平到道水的必经之路。

柳营长又一次眯起左眼，带着佩服的神情，眼看着老首长的预测又变为事实。

敌人在于司令员估计的时间——深夜两点多钟，果然来到了。

敌人的快速部队乘着汽车，车头上架着机枪、钢炮，轰轰隆隆地飞奔而来……却不料遇上这样坚固的防线，一次次的冲锋，都被打下去。除了一排排的尸首留在阵地前，没有一个敌人冲过来。

接着敌人的骑兵、重火力部队，鱼贯而来，总共有四五百人。

战斗一阵比一阵紧张，一次比一次残酷！

道水的枪炮声传来了，双方都增加了勇气。敌人是由于急着拯救亡命的伙伴、重要的基地而发狂。八路军是为了解放祖国、消灭强盗、为最后的胜利而奋勇战斗。

敌人以强大的火力，轰击着每个地方。

我军的阵地都被打平，战士们牺牲的渐渐多起来。

啊！当过战士的人都会体验到：当你躺在硝烟弥漫、枪炮声震耳欲聋的阵地上，艰难地眯起愤怒的眼睛，猛烈地向敌人射击；而在你的身旁，躺着的是曾和你一块行军打仗、一块吃饭睡觉、一块吵吵闹闹嘻嘻笑笑的战友的遗体，并且他们的鲜血还没有凝固，正在把你的军装浸湿时，你的心情会是怎样的啊！

……最后一颗手榴弹飞出手。像猛狮勇虎下山的战士们瞪大血红的眼睛，跟着用一只左臂抡舞着大片刀的人，向扑上来的敌人，狠命地杀去！

敌人又被打下去。战士们从敌人的尸首上拣回子弹和武器，准备继续打击敌人。

雨停了。也是城里围攻最后一个碉堡的时候。月亮从急速向南跑的乌云缝隙里露出来，窥望着人间所发生的一切。云彩向南——要好天。战士们等待着胜利的捷报。

一个、两个、三个黑点向阵地移动过来，越来越近，越近越清楚了。

大家一齐打去。

重机枪手已把机枪水管里的水打沸腾，水快蒸发干了。他迅速地揭开水管，把饭碗递给大家，说：

"快！快尿吧，同志们！水已用光了。"

……一碗碗尿倒进机枪水管里，机枪又叫起来了。

三个黑东西像乌龟似的，轰轰隆隆地开过来。它们根本不怕打，有时滚进沟里，但马上又爬出来了。

啊，坦克！敌人的坦克来了。它们后面跟随的是弯着腰的敌人。

几百步，几十步……眼看要轧到阵地前沿上了。两个战士飞快地迎上去。一个倒下，另一个冲上去，被坦克压到底下了。

人们身上出了冷汗，一部分人开始向后看了，更多的眼睛在看柳营长。

那柳营长却不慌不忙，用裹腿把三个手榴弹捆在一起，导火线扭在一块，然后把这扎手榴弹捆在腰间。他忽然跃起身，大片刀举在头顶，嘶声叫着，声音听起来使人悚然：

"哪个向后退，我就劈了他！同志们！坚持住，胜利就是我们的！有种的跟我冲啊！"

战士们紧跟在营长的后面，飞也似的向坦克扑去。柳八爷的大片砍刀，在月光下闪着青红的光！

敌人立刻向柳营长射击。他根本不躲避，用全力以赴的磅礴气势猛冲上去！

一个鬼子端着刺刀迎来。柳营长刀起头落斩了他，又抡刀狠命地向坦克的履带砍去！只听铮的一声，刀发出可怕的响声飞到空中。震得柳八爷五脏麻木。

再好的宝刀，怎么能斩断巨大坚韧的钢铁呢？啊！聪明又呆傻的柳八爷呀！

柳营长没有踌躇，他怒吼一声，一个翻身跳到坦克前面。

就在他身体刚被轧倒的一瞬，他抽动了手榴弹的导火线！

一声巨大的爆炸声，坦克的链带哗啦一声垮下来，冒起浓沉的黑烟。

后面两辆见到这个情景，急忙掉头逃窜。

战士们猛扑上来，奋力拼杀敌人……

不一会，教导员率领一连人，奉司令员的命令赶来了……

德强领着部队，直到把敌人围住，他才急忙地向母亲所在的地方跑来。

城里各处的枪声已停下来，都集中在西北角。街上躺着横七竖八的敌人尸首。担架队在抢救伤员。一群群俘虏垂着脑袋被押着。

德强的心里越走越紧张。他希望在那里见到母亲，可又希望别见着：

她还会活吗？要是被敌人抓去了，说不定遭遇会更惨……

他来到福昌饭店前面，什么也看不到。他急促地叫几声，也没有回答。他用手电筒照着，溜着墙根找，一见水里有缕缕的血迹，心更加跳荡，赶忙顺着看去，他猛然停住了！

墙根下，稀泥上有一大摊绛红色的血渍。从房檐上滴下来的粗大水珠打在血上，那血立刻迸溅起一阵红花，缕缕的血液浮在水面上，缓缓地向低处流去。

德强发现淹在血水里一个黑东西，忙去捡起来："啊，枪！左轮手枪！"他心里一跳，眼睛已开始模糊。虽是在黑夜里，那泪花却闪出光亮。他迅速地把弹膛打开，看见里面还剩下一颗子弹。他知道母亲打出两枪。因为一共是五颗子弹，他交给母亲时已打掉两颗了。

德强把枪用力甩甩，在衣服上把子弹上的血水擦干……

忽听对面传来枪声。他立刻把子弹装上膛，闪到墙根。

迎面跑来特务队长郝三。他见城破，想藏到那女人家里，再瞅空子逃到牟平去，却不料被战士们发觉，跟踪追来。

那郝三一面奔跑，一面向后还击。

德强见来人跑到跟前，趁他向后还击之时，猛冲上去，将他拦腰抱住。

郝三略一惊，掉过枪就向抱他的人打。

德强却早料到他这一着，准确地用一只手抓住对方的手脖子，向上一折——叭一声，枪打到空中去了。

郝三倒也凶猛，不等对手再动，奋力一转身，照德强胸口就是一拳。

德强虽然身痛，但还是猛力夺下敌人的枪，指住喝道：

"举起手！"

郝三听着后面的人已赶上来，他不顾一切，转身就跑。

"好小子，你跑不了！"德强激怒得厉害，他立刻从腰里抽出母亲的血沐浴过的左轮手枪，用那最后一颗子弹，向在黑暗里奔跑的影子，狠狠地打出去！

扑通一声，郝三一头栽进污泥里。

敌人不投降，就坚决消灭他！

鬼子们不接受再三的警告，死守着孤垒。于得海司令员下令实行最后的手段——炸毁碉堡！

民兵们已经挖好地道，一直通到敌人的碉堡底下。用一个古老的大棺材，装进大小几十个地雷，埋在碉堡底下，用绳子将导火线从地道拉到我军阵地上。一切准备就绪了。

一位小战士，用还带着童音的清脆嗓子，讥讽地警告敌人道：

"喂！上面听着：这是最后一次警告你们！现在交枪还不晚，咱们八路军一定宽大处理，送你们回家，不要再为财主卖命打仗了。若是再不听，我们就请各位坐土造飞机啦！"

战士们齐声喊话，警告敌人自悟。

碉堡里的敌人叫骂着，他们还梦想牟平的增援。

杨胖子翻译官从玻璃窗缝露出肥大的脑袋，向下嘲笑地说：

"嘿嘿！你们八路军只会钻山沟。看看，只隔一层墙就干瞪眼了。哈，对不起，我们要吃大酒大肉了。到天亮，还要吃牟平的点心当早饭……"

轰……没等他说完，碉堡就飞上了天空！饭碗、钢盔、枪、衣服、骨头、筋肉……飞满天空，又狠狠地摔到地上。

千万人的欢呼，震撼着大地！

"真的?!"德强一听人说母亲没有死，被担架队救出来，几乎不相信这是真的。过大的惊喜，使这个刚毅的青年像孩子似的，忍不住眼泪簌簌流下来。他拼命向临时包扎所奔去。

母亲，她静静躺在担架上。她一直昏迷！她的头被打破，前额包着宽宽的绷带。左面的肋骨被打断两根，身子只能仰躺着。在灯光下，她的脸是那样苍白，那样没有血色。

德强猛闯进屋，一见到姐姐站在那里，就知道那一定是母亲的所在，急忙抢上去。他情不自禁地惊叫：

"妈！……"可是一看人们的手势，他突然顿住。

不知是大儿子的呼唤，还是长时间医生的悉心治疗发生了效力，母亲慢慢地睁开眼睛。她向身旁一看，轻声说道：

"啊，你们都在这儿。"

"妈，我在这，在这！"德刚抽泣着凑上去。

母亲略一惊，看着丈夫说：

"孩子也来了，不饥困吗？"

"妈，我自己跟二姐来的。妈，我不饥困。"德刚忙去拉住母亲的手。

"唉，别哭，孩子，妈不会死。"母亲又发现姜永泉和娟子，"你们都没有事？我不用你们看哪。"

"大娘，没有事！"姜永泉忙安慰她说，"大娘，咱们已经胜利了！"

"啊，鬼子都完了！"母亲的眼里放出光彩，又不得不痛楚地皱紧眉毛。她忽然说：

"娟子，你姨家怎样啦？菊生还在她……"

"妈！我姨家都没受害。"娟子忙答道，"菊生已找回来，妹妹抱在那边。她一见你就哭。"

"快把孩子抱来！"母亲吩咐着。

秀子抱着菊生走过来。孩子伸展两手哭叫着要找姥姥。"好孩子，"母亲心疼地说，"姥姥这时不能抱你，不能给俺孩子奶吃啦！"

一个女卫生员走过来，亲切地说：

"老大娘，你不能多说话。伤口抵不住呀！"

母亲看着她，慈爱地说：

"好闺女，你快忙你的去，我没关系。"见她走了，母亲带着喜悦的表情看着一家人说：

"多少年了，咱们家第一次聚到一块了。多不容易啊！"

"真是啊！"仁义看着妻子，激动地说，"团圆一次是难，可你又……"

"别说了，我没有什么。"母亲舒口气，瞅见发亮的窗户，忙说：

"天亮了。快扶我到门口看看！"

"大娘，你身上伤很重，不能去！"姜永泉阻拦道。

"唉，这没关系。永泉，我要看看咱们的城啊！娟子，快扶我一下。"母亲说着就动弹起来。

德强和娟子忙一边一个扶起母亲，搀着她慢慢走到门口。秀子抱着菊生和德刚偎在母亲身前。仁义、姜永泉紧跟在后面。

东方现出一片乳白色。曙光以它无比的新生力量，终于击败顽强衰落的黑暗。它以胜利者的姿态，带来了黎明！

一轮红日从朝霞中欢笑着跳出来。万道金光，普照着暴风雨后清新的原野。万物发出灿烂辉煌的微笑，来欢迎它的莅临，受着它的温暖，在它的照耀下成长。

"妈！看，红旗！"德刚兴奋地叫道。

在解放了的城墙最高处，站着一个年轻英俊的战士。在他那草绿色军帽帽檐下的前额上，裹着洁白的绷带，肩上背着带刺刀的大枪。他双手紧紧扶着旗杆。火红的旗帜在半空中哗哗地飘扬。红旗那艳丽血红的光芒，向四外普照开来！

母亲仰脸看着。她那苍白的脸面迎着红旗和阳光，也泛起一层淡淡的红晕。

秀子忽然想起什么，把孩子给姜永泉抱着，自己急忙跑进屋，一会拿着那一大束鲜花跑回来。

"妈，今天是你的生日！给你……"秀子正要将花送给母亲，但立刻觉醒到母亲不能拿，又把花抱在怀里。

母亲注视着女儿手中的花。鲜花被雨水沐浴得更加娇媚鲜艳，在朝霞中放着异彩。在母亲眼中，最吸引她的不是那粉红色的月季花，暗红色的芍药花，而是夹在这些大花中的金黄色的苦菜花。看着看着，母亲觉得眼前一片金光，到处都开放着苦菜花。

母亲像尝到了苦菜根的清凉可口的苦味，嗅到了苦菜花的馨香，她嘴唇两旁那两道明显的深细皱纹，微微抽动，流露出虽然苦楚，却是幸福的微笑。

一九五五年十一月

写于汉口

一九五七年七月

改于北京